SV

Loraine Peck

DER ZWEITE SOHN

Thriller

Aus dem australischen Englisch
von Stefan Lux

Herausgegeben von
Thomas Wörtche

Suhrkamp

Die Originalausgabe erschien 2021 unter dem Titel
The Second Son
bei The Text Publishing Company, Melbourne Victoria 3000, Australia.

Dieses Buch wurde klimaneutral produziert.

Klimaneutral
Druckprodukt
ClimatePartner.com/14438-2110-1001

Erste Auflage 2022
suhrkamp taschenbuch 5229
Deutsche Erstausgabe

Druck und Bindung: CPI books GmbH, Leck
Umschlagabbildung: vakabungo/iStock
Umschlaggestaltung: Brian Barth, Berlin
Printed in Germany
ISBN 978-3-518-47229-3

www.suhrkamp.de

DER ZWEITE SOHN

Für Stead. Meinen ganz persönlichen Kroaten.

PROLOG Inzwischen träume ich in Englisch. Wenn ich anfange, in meiner eigenen Sprache zu träumen, weiß ich, dass der Albtraum kommt. Dieser Traum ist eine Erinnerung, die sich tief in meine Seele eingebrannt hat.

Mein Vater öffnet die Haustür, der Soldat hebt sein Gewehr. Die Explosion reißt meinen Vater von den Beinen und schleudert ihn gegen die Wand. Weitere Soldaten drängen sich durch die Haustür, meine Mutter fängt an zu schreien.

Ich bin vierzehn und für mein Alter klein, ich könnte für zwölf durchgehen. Vielleicht ist das der Grund, warum sie mich nicht töten. Stattdessen fesseln sie mich an einen Stuhl und knebeln mich, sodass ich zusehen muss, wie sie meine Mutter und meine Schwester vergewaltigen.

Ich zähle sie zweimal. In unserem winzigen Haus sind zehn Soldaten.

Meine Mutter bettelt sie an. »Bitte lasst meine Susana in Ruhe. Macht mit mir, was ihr wollt. Rührt sie nicht an!«

Aber Susana ist sechzehn. Sämtliche Jungs in der Schule sind in sie verknallt. Sie ist so liebenswürdig wie schön, man kann sie nicht übersehen.

Das Flehen meiner Mutter verwandelt sich in Flüche. »Ihr sterbt und kommt alle in die Hölle! Ihr schmort in alle Ewigkeit! Ihr seid schwach! Ihr seid Feiglinge!«

Einer der Männer tritt vor und schießt meiner Mutter ins Gesicht.

Sie trinken den Rotwein, den sie in unserem Keller finden, und bedienen sich an dem Essen im Kühlschrank und in der Vorratskammer. Sie gönnen sich ein Festmahl, während sie meine Schwester vergewaltigen, einer nach dem anderen, die ganze Nacht lang. Bis ein Soldat die Blutlache bemerkt, die Finger an ihre Kehle legt und sie für tot erklärt.

Sie fangen und töten unsere Hühner und nehmen mit, was noch an Essen übrig ist. Mich lassen sie an den Stuhl gefesselt zurück, in meiner eigenen Scheiße sitzend, inmitten meiner toten Familie.

JOHNNY Ich blinzele in die Dunkelheit. Jemand hämmert an unsere Tür. Amy stöhnt und schaltet die Nachttischlampe an: 3.15 Uhr.

Ich rolle mich aus dem Bett, ziehe meine Jeans an und gehe in den Flur. Wieder geht das Klopfen los. Scheiße, ich komme, okay? Als ich am Zimmer unseres Sohnes vorbeikomme, werfe ich einen kurzen Blick hinein. Er schläft tief und fest, hat die Decke heruntergestrampelt, die Arme weit ausgebreitet. Seine blonden Haare sind für einen Jungen zu lang.

Ich schnappe mir den Cricketschläger aus dem Schirmständer und schaue durch den Spion. Polizei. Mein Puls schaltet einen Gang höher, aber ich stelle den Schläger zurück. Als ich die Tür öffne, schlägt mir ein Schwall feuchter Nachtluft entgegen, die von der Klimaanlage gekühlte Luft aus dem Haus wirbelt an meinen Füßen entlang nach draußen.

Zwei Uniformierte nehmen den Großteil der vorderen Veranda ein. Es sind riesige Kerle, ganz ähnlich gebaut, Kleiderschränke. Ein paar Schritte hinter ihnen steht ein hochgewachsener Typ in Zivil mit rötlich glänzenden Haaren.

»Was ist los?« Ich sehe den Anzugtypen fragend an und versuche ihn einzuordnen.

Er tritt einen Schritt vor. »Lange her, Johnny.«

Meinen Schultern spannen sich an. Detective Inspector Ian MacPherson. Als wir uns das letzte Mal gesehen haben, hat er die Drogenfahndung von Liverpool City geleitet. Inzwischen steht er an der Spitze der Western Sidney Organised Crime Task Force. Was soll das? Was macht so ein hochrangiger Bulle vor meiner Haustür?

MacPherson deutet mit dem Kopf auf die beiden Uniformierten. »Constable Bridges und Constable Dyson. Dürfen wir reinkommen?«

»Haben Sie einen Durchsuchungsbeschluss?«

»Wir wollen Ihr Haus nicht durchsuchen. Es ist etwas passiert.«

Ist einer der Jungs bei einem Job erwischt worden? Aber warum kommen sie dann zu mir? Ist meinem Dad etwas zugestoßen? Ich schalte ein paar Lampen an und deute in Richtung Wohnzimmer.

»Ich ziehe mir nur schnell etwas an.«

Als ich wieder oben ins Schlafzimmer komme, zieht Amy gerade den Reißverschluss ihres Kleides hoch.

»Was ist los?«

»Keine Ahnung. Zwei Cops und MacPherson.«

»MacPherson? Der Leiter der Task Force?«

»Ja.«

»Was will der hier?«

»Ich hab keine Ahnung, Ames.«

Ich spreche leise und ziehe ein T-Shirt über. Beim Anblick meines Gesichts runzelt sie die Stirn.

»Ich setze Wasser auf«, sagt sie.

Amy geht vor mir nach unten. Meine Frau ist hochgewachsen, schlank und schön, ich frage mich bis heute, warum zum Teufel sie sich in mich verliebt hat. Sie und Sasha nicht zu verlieren, ist mir das Allerwichtigste, also halte ich sie von den Geschäften der Familie fern. Amy schiebt sich eine blonde Strähne hinters Ohr, als sie in Sashas Zimmer schaut, dann schließt sie die Tür. An der Haltung ihrer Schultern erkenne ich, dass sie Angst hat. Ich auch. Sie verschwindet in der Küche, ich würde ihr gerne folgen, aber ich gehe weiter ins Wohnzimmer.

Die Bullen schauen sich um. MacPherson hält ein gerahmtes Foto vom Kaminsims in der Hand: mein Bruder und ich, ungefähr fünf und sechs Jahre alt, wie wir in Mums Gemüsebeet sitzen, grinsend und braungebrannt. Ivans Arm liegt um meine Schulter, ich halte einen riesigen Kürbis wie eine

Trophäe. MacPherson stellt das Bild zurück und weicht meinem Blick aus. Was zum Teufel läuft hier ab?

»Amy macht einen Tee, aber Sie können auch Kaffee haben, wenn Sie wollen.«

Einer der Uniformierten wirft MacPherson einen flehenden Blick zu.

»Das wird nicht nötig sein, vielen Dank. Vielleicht könnten Sie Ihre Frau stattdessen bitten, uns Gesellschaft zu leisten?«

Amy muss mitgehört haben. Sie tritt ein, und ich stelle sie vor.

»Bitte nehmen Sie Platz.« Sie deutet aufs Sofa.

Amy setzt sich in einen der Sessel gegenüber, ich nehme den anderen. MacPherson nimmt auf dem Sofa Platz, aber die beiden Kleiderschränke bleiben stehen, als rechneten sie mit Handgreiflichkeiten. Der Detective zückt einen Stift und eine Kladde. Er schlägt sie auf, schaut auf die Uhr und beginnt zu schreiben.

Meine Finger trommeln auf die Armlehne. Amy streckt den Arm aus und nimmt meine Hand.

MacPherson blickt auf. »Es tut mir sehr leid, Johnny. Es gibt keine leichte Art, Ihnen das zu sagen.« Jetzt schaut er mir direkt in die Augen, als suche er dort nach etwas. »Es geht um Ihren Bruder Ivan. Jemand hat auf ihn geschossen.«

Mit zwei Schritten bin ich im Hausflur und schnappe mir die Autoschlüssel. Es klingelt in meinen Ohren. Warum hat sich von den anderen niemand gerührt?

»Welches Krankenhaus?«, brülle ich.

»Er hat es nicht geschafft, Johnny. Es tut mir leid.«

MacPherson klingt nicht, als täte es ihm leid, aber ich gehe ins Wohnzimmer zurück und baue mich direkt vor ihm auf. Das alles ergibt keinen Sinn. Sie müssen etwas durcheinandergebracht haben.

»Blödsinn. Es ist nicht er.« Einer der Kleiderschränke tritt auf mich zu und legt eine Hand auf meinen Arm, aber ich schüttele ihn ab. »Sie haben ihn mit irgendjemandem verwechselt. Ivan kann nicht tot sein.«

MacPherson schaut wieder in seine Kladde. »Ivan wurde zwanzig Minuten vor Mitternacht in seiner Einfahrt erschossen, als er den Müll rausbrachte. Ein Nachbar hat es gemeldet. Ein Rettungswagen war schon vor uns an Ort und Stelle, aber sie konnten nichts mehr tun.«

Ich bekomme keine Luft. Die Schlüssel graben sich in meine Handfläche. Ich will MacPherson diese schwarze Kladde aus der Hand reißen und sie ihm in den Hals stopfen. Ich will die ganze Welt auseinanderreißen. Dann nimmt Amy mich in die Arme.

»Alles in Ordnung, Mummy?«

Hinter uns steht Sasha. Ich bringe es nicht fertig, ihn anzusehen.

»O Gott«, stöhnt Amy an meiner Schulter. Sie drückt sich fest an mich, ich spüre ihr Herz hämmern. Sie lässt mich los.

»Komm, Sasha, zurück ins Bett.« Sie beugt sich hinunter, liebkost ihn, murmelt ihm etwas ins Ohr und bringt ihn aus dem Zimmer. Ihre Stimmen werden auf dem Weg nach oben leiser.

Ich zittere, irgendwie ist mein Gesicht feucht. Die Bullen haben sich nicht gerührt. Meine Knie geben nach, ich lasse mich wieder in den Sessel fallen. Während ich mir mit den Händen durchs Gesicht reibe, atme ich ein paarmal tief durch. Als ich glaube, mich wieder auf meine Stimme verlassen zu können, stelle ich die einzige Frage, die von Bedeutung ist: »Wer hat es getan?«

AMY Es überrascht und erleichtert mich, dass Sasha sich nicht daran erinnert, letzte Nacht aufgewacht zu sein. Mich weinend, seinen Vater verstört und das Wohnzimmer voller Polizisten gesehen zu haben. Ich muss noch einmal von vorn erklären, was passiert ist. Er soll nicht aus dem Fernsehen von Ivans Tod erfahren, aus irgendeinem Bericht über kroatisch-serbische Bandenkriege. Was, wenn er von einem Kind in der Schule gefragt wird, warum sein Onkel erschossen wurde? Novak ist nicht gerade ein Allerweltsname in Sydney.

»Gestern Abend ist etwas sehr Trauriges passiert. Dein Onkel Ivan ist ums Leben gekommen.«

Er macht sich über einen Spiegeleitoast her und versucht zu verstehen, was ich gesagt habe.

»Dann kommt er Weihnachten nicht zu uns?«, fragt er, als wäre Ivan in Urlaub gefahren.

»Nein, Sash. Er ist jetzt im Himmel.« Sasha geht auf eine katholische Grundschule, wo der Himmel auf dem Lehrplan steht. Aber wenn es einen solchen Ort tatsächlich gibt, wird man Johnnys Bruder mit ziemlicher Wahrscheinlichkeit nicht reinlassen.

»Onkel Ivan hat versprochen, zur Weihnachtsaufführung zu kommen. Ich bin doch ein Astronaut. Er hat es versprochen.«

Sasha starrt mich aus verwirrten blauen Augen an.

Okay, es wird seine Zeit brauchen. Er ist zehn, bisher ist niemand gestorben, den er kannte.

»Er wollte dich nicht enttäuschen. Manchmal passieren Dinge, die wir nicht unter Kontrolle haben. Das weißt du doch, Sash.«

Sasha schaut auf sein Ei hinunter, die Augen sind hinter dem blonden Pony verborgen. Er muss zum Friseur. Er sieht aus wie ich, nicht wie Johnny, kein bisschen kroatisch. Aber er hat das Temperament seines Vaters. Er spricht nur, wenn er etwas zu sagen hat, sein freundliches Wesen scheint immer durch. Er schüttelt sich die Haare aus dem Gesicht, als stiege er gerade aus einem Swimmingpool, seine Miene verrät Verwirrung. Trotzdem streckt er die Hand herüber und tätschelt meine. Mein Sohn tröstet mich. Ich könnte zusammenbrechen und losheulen. Irgendwie bewirkt seine Geste, dass ich mich mit alldem noch einsamer fühle.

Im Auto, auf der zehnminütigen Fahrt zur katholischen All-Saints-Grundschule im Liverpooler Zentrum, reden wir noch ein wenig darüber.

»Wie ist Onkel Ivan gestorben, Mum?«

Ich wusste, dass die Frage irgendwann kommen würde. Ich gebe eine Antwort, von der ich glaube, dass er sie verstehen kann.

»Es ist erschossen worden. Du weißt, wie gefährlich Waffen sind, Sash, es könnte also ein Unfall gewesen sein. Die Polizei versucht herauszufinden, was passiert ist.«

Das scheint ihn für den Augenblick zufriedenzustellen. Hoffentlich halten ihn die Vorbereitungen für die Aufführung in drei Wochen auf Trab.

In der Kiss-and-Ride-Zone herrscht das übliche Chaos. Autos kommen und fahren ab, genervte Eltern treiben ihre Kinder an, manche von den Kleineren weinen. Sasha ist zur Tür hinaus, noch ehe ich den Mini zum Stehen gebracht habe. Er schlängelt sich um kleinere Kinder herum, seine langen Beine wechseln abrupt die Richtung wie bei einem Querfeldeinrennen. Dann hält er kurz inne, dreht sich um und winkt. Kein Lächeln. Vielleicht beginnt er es langsam zu begreifen.

Meine Hände liegen taub auf dem Lenkrad. Ich sitze im Wagen vor dem Haus von Johnnys Eltern und kann mich nicht erinnern, wie ich hierhergekommen bin. Ich versuche, meinen Atem zu kontrollieren und mich zu konzentrieren. Alle paar Sekunden trifft die Erkenntnis mich neu, unsere veränderte Realität schwirrt mir durch den Kopf – Ivan ist tot. Von einem Moment auf den anderen. Wahrscheinlich hat er nichts gespürt. Es gibt vermutlich schlimmere Arten zu sterben.

Wenn ich die Uhr zurückdrehen könnte, wäre Ivan dann noch am Leben? Er war Johnnys Held, nicht meiner. Aber ich wollte auch nicht, dass er stirbt, oder?

Nachdem ich heute Nacht bestätigt hatte, dass Johnny den ganzen Abend bei mir zu Hause gewesen war, bat Detective MacPherson ihn um Unterstützung bei der schwierigen Aufgabe, seinen Eltern Milan und Branka die Todesnachricht zu überbringen. MacPherson ist kein Idiot. Ich würde auch lieber Johnny als Puffer dabeihaben. Milan hat seinen üblen Ruf nicht umsonst. Er ist grausam. Er hasst Cops, und ich wette, das beruht auf Gegenseitigkeit. Im Augenblick ist Johnny immer noch bei Branka und Milan. Jetzt, wo Sasha in der Schule ist, muss ich an seiner Seite sein. Aber ich mache keine Anstalten, aus dem Wagen zu steigen. Ich klappe die Sonnenblende herunter und schiebe die Abdeckung des Spiegels beiseite. Ein bleiches Gesicht mit rot geränderten blauen Augen starrt mich an. Ich klappe die Sonnenblende wieder hoch und schaue lieber in Brankas Garten.

Als Branka und Milan im Jahr 1980 nach Australien kamen, haben sie dieses eingeschossige, rot verklinkerte Haus am Rand eines Vororts von Liverpool gekauft. Ich frage mich, was die Nachbarn gedacht haben, als die Novaks damals hergezogen sind. Nach einem einzigen Blick auf Milan hätten meine Eltern ein »Zu verkaufen«-Schild an ihren Gartenzaun gehängt.

Kurz vor unserer Hochzeit, vor zwölf Jahren, haben Johnny und ich uns ein ganz ähnliches Haus drei Blocks entfernt gekauft. Wie die meisten anderen Häuser in dieser ruhigen Wohngegend hat es eine dreigeteilte Fassade und eine Doppelgarage. Vor dem Haus befindet sich eine Rasenfläche und dahinter ein Garten mit Schatten spendenden Eukalyptusbäumen. Oh, und ein Swimmingpool.

Ivans Haus liegt drei Blocks entfernt in der anderen Richtung. Wir alle wohnen hier in derselben Gegend von Liverpool. Ich weiß, dass so etwas für die meisten europäischen Familien normal ist, aber manchmal finde ich es klaustrophobisch.

Im Kontrast zu den Nachbargrundstücken ist der Vorgarten vor dem Haus von Johnnys Eltern zur Straße hin mit einer kniehohen, weißgestrichenen Reihe Hohlblocksteine begrenzt. Vor der niedrigen Mauer wirft ein Jacarandabaum mit purpurfarbenen Blüten seinen Schatten, dahinter teilen sich abgestützte Tomatenpflanzen, farbenfrohe Gemüsesorten und Brechbohnen an Spalieren die Fläche. Es gibt kein Tor, nur eine Lücke zwischen den Steinblöcken. Ein Weg aus Betonplatten windet sich zu den drei Stufen, die zu einer kleinen Veranda vor der Haustür hochführen. Abgesehen von einem kleinen rechteckigen Rasenstück hinter dem Haus, das in dem Jahr angelegt wurde, als ich mit Sasha schwanger war, ist das ganze Grundstück ein einziger Gemüsegarten. Brankas Reich. Das rechteckige Rasenstück war ihr Geschenk an mich, damit Sasha einen Platz hatte, wo er krabbeln und später herumlaufen konnte, wenn wir zu Besuch kamen. Brankas Nutzgarten ist etwas Besonderes.

In diesem Augenblick erscheint das runde Gesicht der Frau im Küchenfenster. Ich kann nicht länger warten. Als ich aus dem Wagen steige, trifft mich die Hitze wie ein schwerer, feuchter Schlag.

Bereitwillig lasse ich mich von den Düften des Gartens einhüllen, als ich über die Risse in den Betonplatten gehe. Wie immer quietscht die Fliegengittertür, als ich sie aufdrücke und den düsteren Flur betrete. Links liegt die Tür zu Brankas strahlend gelb gestrichener Küche.

Milan und Johnny sitzen zusammengesunken am langen Holztisch, als hätten sie sich seit Stunden nicht mehr bewegt. Zwei riesenhafte Männer mit der Statur von Rugbystürmern. Haselnussbraune Augen und lockige dunkle Haare, in Milans Fall von grauen Strähnen durchzogen. Markante Augenbrauen und dazwischen kräftige, gerade Nasen. Sie sehen einander so ähnlich, dass ich jetzt schon weiß, wie Johnny in zwanzig Jahren aussehen wird. Beide Gesichter wenden sich mir zu. Johnny begrüßt mich mit so etwas wie einem Lächeln, Milan mit einem hässlichen, finsteren Blick. Er hat mich nie gemocht. Ich weiß nicht genau, warum. Weil ich kein braves, kroatisches Mädchen bin?

Johnny steht auf und nimmt mich in den Arm. Milan bleibt sitzen und dreht den Kopf leicht weg, als ich mich zu einem Kuss hinunterbeuge. Er ist der körperlich beeindruckendste und beängstigendste Mann, den ich kenne. Er verströmt eine Energie, die Bäume fällen könnte. Heute Morgen allerdings wirkt er angeschlagen. Das durchs Küchenfenster fallende Sonnenlicht betont jede einzelne Falte in seinem breiten Gesicht.

Branka trägt ein zerknittertes Hauskleid mit Blumenmuster, das sie wahrscheinlich selbst genäht hat. Sie würde in Panik ausbrechen, wenn sie wüsste, dass sich der Saum hinten gelöst hat. Nachdem sie dicke, weiße Becher mit Tee gefüllt hat, hält sie inne und schaut gebannt auf das große Kruzifix an der Wand über dem Wasserkessel. Jesus wirkt, wenn man seine Lage bedenkt, erstaunlich friedlich. Brankas Miene schwankt zwischen grimmig und völlig ausdruckslos. Dann schließt sie die Augen und bekreuzigt sich.

Ich gehe um den Tisch herum und berühre sie an der Schulter. Ihre Augen sind rot, die vollen Wangen straff und glänzend von den Tränen. Ihr Kinn bebt. Sie wirkt am Boden zerstört. Ich stelle mir vor, Sasha würde sterben, schon der Gedanke raubt mir den Atem.

Branka ist eine kräftige Frau, aber ich bin ziemlich groß und schaffe es, meine Arme um ihre Schultern zu legen. Ich spüre, wie das Zittern durch ihren ganzen Körper läuft. Wir halten uns gegenseitig fest. Dann schnieft sie und macht sich los, um mir zwei Becher mit milchigem Tee zu reichen. Ich stelle sie vor unseren Männern auf den Tisch und setze mich neben Johnny. Branka dreht sich wieder zu ihrer Arbeitsplatte um und fängt an, Mehl, Eier und langsame, stille Tränen zu vermischen. Brankas Antwort auf sämtliche Lebenslagen sind Kochen und Backen.

Als ich die Stille nicht mehr ertrage, frage ich mit schriller Stimme: »Hat Detective MacPherson noch irgendetwas Neues gesagt?«

Milan schaut mich mit wütender Miene an. Hätte ich bloß den Mund gehalten. In seiner Gegenwart scheine ich immer das Falsche zu sagen.

Johnny antwortet, er klingt wie im Schlaf. »Ein Nachbar hat Schüsse gehört und die Polizei gerufen. Niemand hat etwas gesehen. Genau wie letzte Woche, als Michael Vucavec erschossen wurde.«

Stanislav Vucavec und Milan Novak. Die zwei mächtigsten Bandenchefs in Western Sydney. Der eine Serbe, der andere Kroate. Todfeinde. Letzte Woche hat Stanislav seinen ältesten Sohn verloren. Letzte Nacht war Milan dran.

Nach einem kleinen Schluck Tee fährt Johnny fort: »MacPherson hat gesagt, die Morde hätten für ihn jetzt oberste Priorität. Er will keinen Revierkampf. Er hat gefragt, ob wir eine Idee hätten, wer Ivans Tod gewollt haben könnte.«

Branka stöhnt, Johnny vergräbt den Kopf in den Händen. Wie kann ich diese Familie, die jetzt meine Familie ist, trösten, nachdem sie ihren Lieblingssohn verloren hat? Johnny hat seinen Bruder angebetet. Ivan hat Johnny vor Milan beschützt. Er hat Johnny beschützt, wenn sie zusammen irgendwelche Jobs durchgezogen haben. Sein ganzes Leben lang hat er Johnny beschützt. Und jetzt ist er tot.

Milan steht auf, sein Stuhl fällt um, sein ganzer Körper vibriert vor Zorn. Er sieht aus, als wolle er jemanden umbringen. Ich zucke zusammen, aber er stürmt in den Flur hinaus. Ich höre, wie die Hintertür zuknallt. Branka dreht sich um, sieht, dass er seinen Tee stehengelassen hat, und eilt ihm, den Becher in der ausgestreckten Hand, hinterher.

Ich lege meine Hand auf Johnnys und drücke sie. Keine Reaktion. Er starrt nur mit leerem Blick an die Wand.

»Hat er an etwas ... Außergewöhnlichem gearbeitet?« Jetzt, wo wir allein sind, kann ich ein bisschen direkter fragen. Aber es gibt vieles, was ich nicht weiß.

»Er war mit allem Möglichen beschäftigt. Vielleicht steckt eine andere Truppe dahinter, die sich ins Geschäft drängen will. Vielleicht die Serben. Sie glauben, dass wir mit Michaels Tod zu tun hatten. Vielleicht hat Ivan auch mit der Frau des falschen Mannes geschlafen.« Johnny klingt nicht wie er selbst.

»Hat dein Vater eine Theorie?«

»Dad hat noch kein Wort gesagt, seit ich ihm die Nachricht überbracht habe.«

»MacPherson hat es *dir* überlassen?«

»Ich hab ihnen gesagt, sie sollten draußen warten. Nur für den Fall, dass Dad durchdreht und die Bren rausholt, die er unter der Platte dieses Tischs festgeschnallt hat.«

Meine Eingeweide ziehen sich zusammen, als ich mir vorstelle, dass der Lauf direkt auf meinen Nabel zielen könnte. Ich muss mich beherrschen, um mich nicht zu bücken und nachzusehen. Eine neue Angst macht sich in mir breit. Milan wird wollen, dass Johnny nachrückt. Er braucht einen neuen Stellvertreter. Ich fröstele und drücke seine Hand noch fester. Endlich sieht Johnny mich an.

»Milan wird dich mir wegnehmen.« Ich klinge wie eine Fünfjährige, aber die Worte sind raus und schweben zwischen uns im Raum.

AMY Die Beerdigung zieht sich ewig hin. Ivan würde die Augen verdrehen, wenn er nicht da vorne in dem mit Blumen überhäuften Sarg läge.

Mehr als hundert Menschen drängen sich in der katholischen Sacred-Heart-Kapelle, die in einem Teil des riesigen Rockwood-Friedhofs liegt, der nach Glaubensrichtungen unterteilt ist. Ich habe gerade jemanden flüstern gehört, es sei der größte Friedhof der südlichen Hemisphäre mit mehr als einer Million Grabstellen. Diese Totenstadt ist wie eine kleinere Ausgabe der westlichen Vorstädte von Sydney.

Es ist wahnsinnig heiß. Dabei ist erst November. Hier im Westen bekommen wir keine frische Meeresbrise ab.

Warum hier?, habe ich Johnny gefragt. Warum nicht auf dem Friedhof in Liverpool, fünf Autominuten von unserem Haus entfernt?

»Da liegen zu viele Serben. Die serbisch-orthodoxe Kirche ist gleich gegenüber. Da gehen wir nicht hin.«

Es gibt in Liverpool nicht viele Orte, die von den Männern in Johnnys Truppe gemieden werden.

Auf dem Rockwood-Friedhof liegt eine beachtliche Anzahl kroatischer Katholiken. Sogar unter den Christen gibt es separate Bereiche. Welcher Kroate möchte schon neben einen Serben zu liegen kommen? Ivan ganz sicher nicht. Und die Serben, die nicht auf dem Friedhof in Liverpool beerdigt sind, liegen hier in Rockwood im Bereich der Christlich-Orthodoxen.

Sämtliche Frauen weinen, manche leise, andere schluchzen laut in ihre betenden Hände. Die Männer husten und reiben sich heimlich die Augen. Ich bin immer noch betäubt. Ich weiß nicht, wie ich mich fühlen sollte. Als Johnny aufsteht, um die Trauerrede zu halten, kommen mir endlich die Tränen. Er spricht über ihre Kindheit, darüber, wie er in dem Wissen aufwuchs, dass Ivan immer an seiner Seite sein würde. Ich spüre seinen Schmerz wie ein brennendes Geschwür. Er ist so viel intensiver als mein eigener, ganz anderer Schmerz. Er hilft mir, mit meinem eigenen Schmerz zurechtzukommen.

Ich bin froh, dass ich nicht katholisch bin. In der Church of England besitzen wir wenigstens den Anstand, unsere Beerdigungen kurz zu halten.

JOHNNY Als wir bei Mum und Dad durch die Haustür treten, scheint mein Blickfeld enger zu werden. Nach der Beerdigung musste ich mich in der Kirche noch um irgendwelchen bürokratischen Kram kümmern, sodass alle anderen schon hier sind. Es riecht nach Kohl und Zigaretten. Nach Zuhause. Sasha rennt gleich durch den Flur, öffnet die Fliegengittertür an der Rückseite des Hauses und verschwindet nach draußen, ans Licht.

Hinter mir flüstert Amy: »Wir müssen nicht lange bleiben. Lass uns einfach unsere Gesichter zeigen und dann nach Hause gehen.«

»Ja, klar doch. Als ob das möglich wäre.«

Ich weiß, was kommt, und Amy weiß es auch. Sie geht in die Küche, ich folge Sasha, komme an der Tür zum Esszimmer vorbei. Ich werfe einen Blick hinein. Die älteren Männer sitzen um den Tisch herum, mein Vater am Kopf. Ich fühle mich von seinem Blick gefangen, wie eine Spinne im Netz. Ich will einfach weitergehen, aber er ruft mich hinein, Onkel Baz schließt hinter mir die Tür.

Auf dem ovalen Tisch liegt eine weiße Decke, in der Mitte sind Blumen von der Beerdigung in einem Streifen arrangiert. An den cremeweißen Wänden hängen zwei nachgedunkelte Ölgemälde von Heuballen und gedrungenen Frauen mit Kopftüchern, die auflesen, was nach der Ernte übriggeblieben ist.

Ich nehme rechts von Dad Platz, wo ich immer sitze. Ivan hat immer links gesessen. So konnte er ihm die schwere linke Hand drücken und ich die etwas schwächere rechte. Dad reicht mir eine Flasche Rakia, seinen eigenen hausgemachten Obstbrand. Ich fülle das Schnapsglas, das vor mir steht, und reiche die Flasche weiter.

Zwölf Männer, brutale Gesichtszüge, kräftige Augenbrauen und gebrochene Nasen. Selbst mit den Blumen ist der Anblick nicht schön. Als mein Blick von Gesicht zu Gesicht wandert, wird mir klar, dass ich nach Ivan suche. In meinen Augen brennen unvergossene Tränen.

Mein Vetter Marko sitzt auf Ivans Platz. Er flüstert meinem Vater etwas zu und schaut sich dann um, als wäre das Haus seins. Ich spüre die aufkommende Wut in meiner Brust. Am liebsten würde ich den ganzen Tisch umstürzen. Mir Marko schnappen und sein selbstgefälliges Gesicht auf den Boden knallen. Mein Vater legt seine riesige Pranke auf mein Handgelenk.

»*Pažljiv*«, Vorsicht, flüstert er mir mit rauer Stimme ins Ohr, ehe er die Hand zurückzieht und sie wie einen Hammer auf den Tisch krachen lässt.

»Heute wir begraben meinen Sohn Ivan. Warum?« Es klingt wie ein tiefes Knurren. Der Moment ist gekommen, in dem mein Vater sein Schweigen zum Mord an Ivan bricht. In seiner Grabrede hat Dad darüber gesprochen, wie Ivan sich aus jeder Situation herausreden konnte, sogar als Kind schon, aber niemals einem Kampf auswich. Ich nehme mein Glas Rakia und stürze die brennende Flüssigkeit hinunter.

»Warum wir begraben meinen Sohn?« Dad legt eine Pause ein. »Weil serbischer Scheißkerl ihn hat erschossen, das ist warum.«

Während Dad spricht, starrt Marko mich unverwandt an. Der Rakia schlägt in meinem leeren Magen ein wie eine Bombe. Die Wärme gibt mir Selbstvertrauen.

»Wir wissen nicht, ob es die Serben waren.« Ich gebe mir Mühe, vernünftig zu klingen. Marko grinst hämisch. Dad funkelt mich an, als hätte ich etwas Obszönes gesagt.

»Wir wissen nicht, ob es die Serben waren? Mach die Augen auf, Johnny! Dein großer Bruder wurde in eigene Einfahrt erschossen, wie Hund auf Straße. Genau wie Michael Vucavec. Vater von Michael, Stanislav Vucavec, ist mein Feind. Wie siehst du das nicht? Bist du dumm?«

Ich beschließe, den Mund zu halten, Dad wendet sich wieder an den Rest der Truppe.

»Kroaten und Serben töten sich, ist normal. Wir alle haben Familie verloren in letzte Krieg. Ich habe meinen Bruder verloren, Miroslav, Vater von unsere Marko. Glaubst du, ich vergesse?« Dad schaut zu Marko hinüber, der langsam den Kopf schüttelt. Seine Miene ist jetzt ernst, unter der Oberfläche brodelt die Wut.

Dad schnappt tief nach Luft, als wäre das, was er jetzt sagen will, ein Haken, der sich in seiner Kehle verfangen hat. »Jetzt ich verliere meinen Ivan. Stanislav Vucavec, er tötet meinen ältesten Sohn.« Er fährt sich mit der kräftigen Hand seitlich über die Kehle. »Stanislav muss sterben.«

Große Fäuste schlagen auf den Tisch. Das ist es, was diese Männer wollen. Die Rakia-Flaschen machen wieder die Runde. Ich reiche eine Flasche weiter, ohne mir nachzuschenken. Genau dieser Unterhaltung wollte ich ausweichen. Ich muss nüchtern bleiben. Und ich habe keine Lust, auf den Tod eines weiteren Mannes anzustoßen. Aber die anderen Männer können es kaum erwarten, ihre Gläser zu heben.

»*Živjeli!*«

»Ivan!«

»Tod allen Scheißserben!«

Dad hält die Hand hoch. In der Stille höre ich meinen eigenen Atem. Der riesige Kopf dreht sich in meine Richtung, die blutunterlaufenen Augen suchen meine. Jetzt ist es so weit.

»Du musst entscheiden, Johnny. Du musst Stanislav heimzahlen. Für Ivan.«

»Wenn ein Hund kommt und Johnnys rechtes Bein abbeißt, wäre Johnny trotzdem nicht in der Lage, ihn zu töten.« Marko beugt sich vor, das Gesicht verächtlich verzogen.

Ich mustere meinen Vetter. Obwohl er perfektes Englisch spricht, hat er einen stark ausgeprägten Akzent. Dadurch klingt er wie eine Roboter-Version meines Vaters. Marko ist bereit zu töten, um Ivans Platz an diesem Tisch zu bekommen. Ich sollte Platz für ihn machen. Soll er doch Stanislav töten. Aber Ivan ist *mein* Bruder, das würde Dad mir nie verzeihen.

Dad ignoriert Markos Ausbruch. Er schiebt seinen Stuhl zurück und steht auf. Dann zieht er eine glänzende Halbautomatik hinten aus seinem Hosenbund und knallt sie vor mir auf den Tisch. Es ist Ivans Beretta, Dads Geschenk zum letzten Weihnachtsfest.

»Du weißt, was du mit Waffe tust, Johnny?« Dad klingt jetzt beinahe sanft, sein Blick wandert von der Waffe zu mir. Mein Mund ist trocken, ich wünschte, ich hätte noch einen Rakia getrunken.

Ich liebe meinen Bruder. Ivan ist immer für mich eingetreten. Aber wir haben nicht die geringste Ahnung, wer ihn getötet hat. Oder Michael Vucavec. Glaubt Stanislav wirklich, wir Kroaten hätten seinen Sohn ermordet? Hat er Ivan aus Rache erschießen lassen? Es würde tatsächlich Sinn ergeben, aber niemand hat etwas gesehen. Es gibt weder Beweise dafür noch dagegen. Warum also diesen Krieg wieder anfachen? Irgendetwas an der ganzen Sache riecht komisch. Aber das laut auszusprechen, wäre sinnlos und würde mich als Feigling dastehen lassen.

Ich nehme Ivans Beretta in die Hand, spüre das kalte Metall an meinen Fingern und stehe auf. Ich könnte sie entsichern und Markos hämischem Grinsen ein für alle Mal ein Ende machen. Stattdessen richte ich die Waffe zum Boden.

»Was tust du, Johnny? Was tust du für Ivan, für Familie?«

»Ich werde herausfinden, wer meinen Bruder getötet hat, und ich verspreche euch, dass Vergeltung geübt wird.« Ich spreche klar und deutlich, lasse meinen Blick von Mann zu Mann schweifen und schaue jedem Einzelnen in die Augen. Als ich Marko ansehe, zwinge ich mich zu einem Lächeln. Dann wende ich mich wieder an Dad. Der Stolz meines Vaters hat immer nur Ivan gegolten. Jetzt entdecke ich in diesen harten braunen Augen eine Frage, aber auch den warmen Glanz des Stolzes. Er fährt mir durch den Körper wie Kokain.

AMY Als ich aus dem Bad komme, stoße ich im Hausflur praktisch mit Marko zusammen.

»Herzliches Beileid, Amy«, sagt er auf seine förmliche Art und tritt zur Seite, ohne mir richtig in die Augen zu sehen.

Sollte ich etwas sagen? Noch ehe ich mich entschließen kann, geht er mit schnellen Schritten zur hinteren Tür hinaus, um am Leichenschmaus teilzunehmen. Ich gehe zu den anderen Frauen in der Küche zurück. Chance verpasst.

Vollbeladene Platten nehmen jeden Quadratzentimeter der Arbeitsfläche ein, am Spülbecken wäscht Branka den nächsten Berg Kartoffeln. Die älteren Frauen, Mary, Ana und Kata, alle schwarz gekleidet, unterhalten sich auf Kroatisch. Mit ihren fülligen Gesichtern und beleibten Körpern könnten sie Schwestern sein, aber ich weiß, dass sie nicht verwandt sind.

Es sind ihre Männer, die zur eigentlichen Novak-Familie gehören.

Während ich Mangold und Kartoffeln für den nächsten Topf *Blitva* schneide – obwohl sowieso schon mehr Essen da ist als nötig –, verfluche ich mich einmal mehr, weil ich mir nicht genug Mühe gegeben habe, wenigstens ein bisschen Kroatisch zu lernen. Aber jedes Mal, wenn ich ein Wort oder einen Satz zum Besten gebe, sorge ich für Heiterkeit. Mein Mund scheint für die kurzen, scharfen, gutturalen Laute nicht gemacht zu sein.

Lexy und Nadya sind ungefähr in meinem Alter, Anfang dreißig. Sie tragen schwarze Kleider, einfach, aber trotzdem irgendwie chic. Ich musste mir extra für die Beerdigung ein Kleid kaufen, weil ich normalerweise kein Schwarz trage. Der Schnitt ist bewusst konservativ, weil ich mich nicht noch mehr von den anderen abheben wollte als ich es sowieso schon tue. Wenn man eins achtzig ist, lange blonde Haare und blaue Augen hat, fällt man in einer kroatischen Familie unweigerlich auf. Lexy ist die kleinere Ausgabe von Ana, ihrer Schwiegermutter. Nadya, Johnnys Cousine, ist fast so groß wie ich und hat glänzende olivfarbene Haut. Äußerlich passen die beiden nicht zusammen. Nadya beugt sich zu Lexy hinunter, sie arrangieren Räucherfleisch und Käse auf mehreren Tabletts und unterhalten sich in Englisch über alles Mögliche, solange es nur nichts mit Ivan zu tun hat.

Ich erinnere mich an das erste Mal, als ich diese Küche betreten habe. Damals hat Branka mich mit steinerner Miene von oben bis unten gemustert. Milan kam aus dem Flur in die Küche gepoltert, mein Fluchtreflex machte sich bemerkbar. Ich weiß noch, wie meine Hand gezittert hat, als ich sie ihm entgegengestreckt habe.

Er lachte. »Deine Freundin, Johnny, sie zittert. Warum sie hat Angst?«

Es war mir sehr unangenehm, aber Branka hatte Mitleid.

Sie scheuchte die beiden Männer aus der Küche und ließ mich Kartoffeln schälen. Damals habe ich mit ihr zum ersten Mal *Blitva* gemacht.

Johnnys Familie kennenzulernen war wie die Ankunft auf einem fremden Planeten. Ich kam frisch von der Uni, hatte einen Bachelor of Arts, was letztlich eine ziemlich nutzlose Angelegenheit war, aber Mum und Dad hatten darauf bestanden, dass ich meinen Abschluss mache. Gerade hatte ich meinen ersten richtigen Job angetreten, als Assistentin in der Personalabteilung der Gemeindeverwaltung von Strathfield. Ich wohnte noch bei Mum und Dad zu Hause. Etwas Besseres, als in Strathfield in einem schönen Bungalow im Craftsman-Stil aufzuwachsen, kann einem in den westlichen Vororten kaum passieren. Kein Vergleich mit den reichen Vorstädten im Osten, aber solide Mittelschicht, respektabel. Liverpool genoss kein solches Ansehen. Damals wusste ich nicht so genau, was ich wollte, aber ich wusste, was ich nicht wollte. Ich wollte keine Kopie des Lebens meiner Eltern, nicht diese Normalität, nicht diese Langeweile. Ich wollte mehr. Ich wollte etwas Größeres.

Als ich Johnny das erste Mal sah, stand Ivan neben ihm an der Bar. Mit ein paar Freundinnen war ich in einem Club in Parramatta, dem Herzstück des Westens. Es war am frühen Abend und noch nicht besonders voll. Der DJ spielte modernen Blues und Trop Rock, Ben Harper und Jack Johnson. Meine Aufmerksamkeit galt den beiden Männern an der Bar.

Um ehrlich zu sein, konzentrierte ich mich auf Ivan. Groß und breitschultrig, war er ausgesprochen gutaussehend. Brauner Wuschelkopf, dunkle Augen und diese hohen slawischen Wangenknochen. Ivan schien sich über seinen Bruder lustig zu machen, der noch ein Stück größer war.

Johnny schaute zu Boden, sodass ich sein Gesicht nicht sehen konnte. Dann plötzlich blickte er auf, mir direkt in die Augen. Ich saß zehn Meter von ihm entfernt, an einem Tisch voller junger Frauen, aber er schaute mich direkt an. Ich war nicht daran interessiert, jemanden abzuschleppen, aber er lächelte mir zu.

Ich war zweiundzwanzig. Eins achtzig und ziemlich ahnungslos.

Er wartete, bis ein paar der Mädchen auf die Tanzfläche gingen. Dann kam er herüber und setzte sich auf den Stuhl direkt neben mir.

»Ich möchte mit dir essen gehen. Am nächsten Samstagabend. Ich komme bei dir zu Hause vorbei, hole dich ab und bringe dich zu einem ganz besonderen Restaurant.« Seine Stimme klang wie eine Mischung aus Schotter und Honig. Er roch nach Zitronen. Er überraschte mich mit seiner Förmlichkeit, seinem Verzicht auf irgendwelche Anzüglichkeiten, wie Jungs aus Sydney sie normalerweise lieben.

»Ich weiß nicht mal, wie du heißt. Warum sollte ich mit dir essen gehen?« Ich merkte, dass ich rot wurde, die Wärme kroch mir den Hals hoch bis ins Gesicht.

»Ich heiße Johnny Novak.« Er streckte mir die große rechte Hand entgegen.

Sein Händedruck war sanft, aber fest. Er hielt meine Hand nicht zu lange, noch ein Pluspunkt für ihn. Ich hasse es, wenn Kerle einem, nur weil man eine Frau ist, die Hand nur schlaff entgegenstrecken. Oder was noch schlimmer ist: wenn sie einfach nicht loslassen, obwohl man nicht Händchenhalten, sondern sich nur begrüßen will.

»An dieser Stelle müsstest du mir *deinen* Namen sagen«, erklärte er mit vollkommen ernster Miene, nur seine Augen lächelten.

»Amy Parsons.«

»Du denkst doch über meine Einladung nach, nicht wahr, Amy Parsons?«

»Ja, Johnny Novak, ich *denke darüber nach*«, erwiderte ich lachend.

»Sag ja. Wir werden uns kennenlernen. Keine große Sache.«

Die Skepsis muss in meinem Gesicht zu lesen gewesen sein. Wer war dieser Kerl? Mein Kopf riet mir, nein zu sagen. Ich spürte Gefahr.

Er beugte sich vor, jetzt wirkte er ernsthaft und entschlossen. »Ich verspreche, dass ich keinerlei Ärger mache.«

Die Nähe seines Körpers ließ mir schwindlig werden. Ich wusste nicht, was ich ihn fragen konnte, ohne unhöflich zu wirken. Wo wohnst du? Typische Sydney-Frage. Da könnte man gleich fragen: »Wie viel Geld verdienst du?« Aber ich wollte auch nicht, dass er ging. Mir war längst klar, dass ich ihn wiedersehen wollte.

»Okay, warum nicht?« Ich zuckte die Achseln. Er lächelte, mein Inneres schien zu schmelzen.

Er reichte mir sein Handy. »Dann brauche ich deine Nummer.«

Sobald ich meine Nummer in sein Handy eingetippt hatte, stand er auf. Plötzlich wirkte er riesig. »Ich rufe dich Mittwochabend an, um die genaue Uhrzeit auszumachen. Okay?«

Ich schüttelte den Kopf und sagte gleichzeitig: »Okay.« Was lief hier eigentlich ab?

Er drehte sich um, ging zurück zur Bar und nickte seinem Bruder zu. Sie gingen, ohne noch einmal zurückzuschauen. Er nahm sämtliches Licht mit sich.

Nach drei Dates an drei aufeinanderfolgenden Samstagen lud Johnny mich in seine kleine, aufgeräumte Wohnung in Liverpool ein. Die Wohnzimmerwand war kahl bis auf ein gerahmtes Poster von Korčula, einer malerischen Insel vor der kroatischen Küste. Er zündete zwei Duftkerzen an und legte »Come Away With Me« von Norah Jones auf, als wäre es nötig gewesen, mich zu verführen. Ich brannte schon darauf, wusste aber, dass ich nach seinen Regeln spielen musste. Es war eine Folter der angenehmen Art.

Meine Eltern hofften, ich würde aus der Sache »herauswachsen«, mich um meine Karriere kümmern und einen Arzt oder einen Börsenmakler heiraten. Sie gaben sich alle Mühe, sich Johnny gegenüber entgegenkommend und liebenswürdig zu zeigen, aber ich hörte sie über ihn reden, wenn sie dachten, ich schliefe. Von Anfang an hatte Dad eine Ahnung, dass mit Johnnys Familie nicht alles so war, wie es nach außen den Anschein hatte.

»Wissen wir eigentlich, womit er seinen Lebensunterhalt verdient?«, fragte er Mum mehr als einmal.

»Sie erwarten doch wohl nicht, dass sie in einem ihrer Fischgeschäfte arbeitet, oder?«, sorgte sich Mum.

»Er stammt vom Balkan. Da will er bestimmt keine berufstätige Frau. Aber mach dir keine Sorgen, früher oder später hat sie genug von ihm.«

»Und wenn sie schwanger wird?« Mum hing noch eine Weile ihren Sorgen nach. Ich war das einzige Kind der beiden. All ihre Hoffnungen und Träume hingen an mir.

»Wir haben keine dumme Tochter großgezogen.« Guter alter Dad, immer voller Vertrauen zu mir.

»Aber sie denkt nicht mit dem Kopf.«

Mum hatte recht. Ich dachte mit einem ganz anderen Bereich meines Körpers, und Johnnys Art zu leben, seine Familie, waren das Sahnehäubchen.

Der entscheidende Punkt kam am Ende jenes ersten Jahres mit Johnny. Milan spendierte uns allen Flüge nach Kroatien, »zurück ins alte Land«. Er wollte uns das Dorf zeigen, das Haus, das Branka und er gleich nach Ivans Geburt verlassen hatten. Aber das Haus existierte längst nicht mehr, es war im Krieg zerstört worden. Stattdessen übernachteten wir in Fünf-Sterne-Hotels.

In Split charterte Milan eine dreißig Meter lange hölzerne Schaluppe mit breitem Heck. Wir waren zu siebt: Milan, Branka, Johnny und ich, Ivan und seine damalige Freundin, eine wunderschönes, witziges Mädchen namens Melba, wie der Toast. Na ja, eigentlich hieß sie nach der Opernsängerin, aber wir nannten sie Toast. Und Marko, der Vetter von Johnny und Ivan. Marko und Ivan waren gleich alt, ein gutes Jahr älter als Johnny und sieben Jahre älter als ich. Marko war allein dort; er schien nie eine feste Freundin zu haben.

Als ich das Boot im Hafen von Split zum ersten Mal sah, dachte ich, es wäre ein Piratenschiff.

Die nächsten zehn Tage lebte ich wie in einem Traum. Ich war nie im Ausland gewesen, sodass es einfach zu viel für mich war. Außer dem Skipper und seiner Frau, die fantastisch kochte, gab es noch ein anderes Crewmitglied. Toast und ich fanden den Kerl leicht pervers, aber wir ignorierten ihn. Es war klar, dass die Jungs ihn verprügeln und über Bord werfen würden, sobald wir etwas sagten.

Etwas so Schönes wie die dalmatinische Küste hatte ich noch nie gesehen. Man konnte denken, jemand hätte strahlend blaue Farbe direkt ins Wasser gekippt. Es kam mir fast unwirklich vor.

Am letzten Abend, unter dem Sternenhimmel, fragte Johnny mich, ob ich ihn heiraten wolle. Wir saßen abseits von den anderen am Bugspriet und ließen über dem tintenschwarzen Wasser die Beine baumeln. »Ja!«, rief ich und ließ mich hintenüber ins Meer fallen.

Als ich die Augen öffne, halte ich das Messer noch in der Hand, aber ich habe aufgehört, die Kartoffeln zu schneiden. Brankas dunkelbraune Augen mustern mich besorgt.

»Alles in Ordnung, ich denke nur an die Zeit, die wir zusammen in Kroatien verbracht haben. Weißt du noch?«

»Wie kann ich vergessen? Ich war mit meine Jungs in Heimat. War beste Zeit in mein Leben.«

Sie lächelt, dann treten ihr Tränen in die Augen, die sie

schnell wegwischt, als sei sie verärgert über sich selbst. Ich lege das Messer hin und mache einen Schritt auf sie zu. Dann liegen wir uns in den Armen. Ich halte sie fest, sie kommt mir fast so groß vor wie Johnny, nur viel weicher. Jetzt fängt sie richtig an zu weinen, in langen, den ganzen Körper zum Zittern bringenden Wellen. Plötzlich sind alle Frauen um uns herum, tätscheln und umarmen uns. Es fühlt sich gut an, zu den Frauen in dieser überhitzten Küche zu gehören. Vielleicht bin ich jetzt endgültig akzeptiert.

JOHNNY Die Männer verlassen das Esszimmer. Ich muss Ivans Waffe verstauen, bevor ich zu den anderen in den Garten gehe. Es zieht mich zur letzten Tür auf der linken Seite des Hausflurs. Als ich in das muffig riechende Zimmer trete, das ich mir früher mit meinem Bruder geteilt habe, höre ich die Frauen in der Küche reden. Ich schließe die Tür hinter mir, gehe direkt zum Fenster und schiebe den Rahmen hoch. In der leichten Brise liegt der Geruch eines Sommergewitters.

Ich bin acht, trage meinen Schlafanzug und versuche, aus dem Fenster zu steigen, um meinem Vater zu entkommen. Ich höre, wie Dad mit bloßen Händen die solide Holztür einschlägt. Genauso gut hätte er sie öffnen können, denn es gibt kein Schloss, aber wo bliebe da der Spaß? Ich will mich durch die Lamellen der Jalousie quetschen und in Sicherheit bringen. Draußen auf den Boden zu fallen wird weniger wehtun, als wenn Dad mich erwischt. Aber ich bleibe stecken, mein Rücken auf schreckliche Weise der Wut meines Vaters ausgeliefert.

Ich weiß nicht mehr, was ich falsch gemacht, bei welcher Mutprobe ich versagt habe. Aber ich erinnere mich noch genau an meine Angst und daran, dass Ivan genau in dem Moment nach Hause kam, als Dad ins Zimmer stürzte. Er redete auf Dad ein, bis der mich in Ruhe ließ. Später ließ Mum uns die Jalousie entfernen, damit unser Fluchtweg in Zukunft frei war.

Von ein paar in der Ecke gestapelten Kartons abgesehen, sieht das Zimmer aus wie damals. Zwei schmale Einzelbetten. Ivans altes Fahrrad an der Wand, das Vorderrad fehlt. Motorradposter, die mit spröden vergilbten Klebestreifen befestigt sind. Warum schmeißen sie diesen ganzen Mist nicht weg und benutzen das Zimmer für etwas anderes?

Ich überzeuge mich noch einmal, dass die Waffe nicht geladen ist, und lege sie in eine Schublade des Nachttischs zwischen den beiden Betten. Ich will nicht, dass Sasha sie sieht. Ich hole sie mir, wenn wir gehen.

»Nicht mit Schuhen aufs Bettzeug«, war Mums feste Regel. Also behalte ich, als ich mich rücklings auf Ivans Bett fallen lasse, die Füße auf dem Boden. Ich betrachte die kleinen Fetzen von Papiertaschentüchern, die an der Decke kleben, vor allem inner- und außerhalb eines Flecks, dessen Umriss einem Hai ähnelt. Ich erinnere mich an das Gefühl von abgerissenem Papier in meinem Mund. Wie ich es zu einer kleinen Kugel forme, die in die leere Hülse eines Bic-Kugelschreibers passt. Wenn ich fest genug puste, kann ich auf den Hai dort oben schießen. Ivan ist schneller beim Nachladen, aber meine Zielsicherheit ist unübertroffen.

Es kommt mir vor, als wäre Ivan noch immer hier bei mir.

Ich wünschte, ich läge unter der Erde, und Ivan wäre hier mit der Waffe.

Langsam öffnet sich die Tür, Sasha streckt den Kopf herein. Der Junge hat mich kaum aus den Augen gelassen, seit wir ihm gesagt haben, was mit Ivan passiert ist.

»Alles in Ordnung, Daddy? Kommst du raus und spielst mit uns Fußball? Das tut dir bestimmt gut. Wenn ich Fußball spiele, fühle ich mich nachher immer besser.«

»Okay, Sash, ich komme.« Ich stehe aus dem Bett meines

Bruders auf, nehme Sashas klebrige Hand und lasse mich bereitwillig von ihm führen. Im Flur kommen uns die Geräusche vom Leichenschmaus entgegen. Ich trete durch die Fliegengittertür und gehe die beiden Betonstufen zum Garten hinunter. Hier draußen ist es noch heißer.

Ich schaue mich um und zähle fünfundzwanzig Personen. Mehr als hundert waren in der Kapelle, aber hierher sind nur Familie und Truppe eingeladen. Ivan würde es genießen. Für ihn gab es nichts Besseres, als im Kreis seiner Familie zu sein, auch wenn er selbst nicht verheiratet war und keine Kinder hatte. Wahrscheinlich hatte er einfach nicht so viel Glück, wie ich mit Amy hatte. Er schien es mit keiner Freundin länger als ein paar Monate auszuhalten. Jetzt wird er niemals Vater sein.

Immer wieder geht mir das Versprechen durch den Kopf, das ich meinem Vater gegeben habe. Amy sieht mir in die Augen und weiß Bescheid. Aber hier können wir nicht darüber reden.

Dads jüngerer Bruder Josef trägt eine Schürze und grillt *Ćevapčići* und Lammkoteletts. Er steht an dem gemauerten Grill, der eine Seite der großen Betonterrasse einnimmt, das weiße Hemd klebt an seinem Rücken. Der Duft der hautlosen, mit Knoblauch gewürzten Würstchen kämpft mit dem Ozongeruch des aufziehenden Gewitters. Die Würstchen gewinnen. Onkel Josef ist eine kleinere, weniger markante Ausgabe meines Vaters. Er ist nicht der Klügste, dafür aber loyal. Er tut alles, was Dad will.

Sasha schließt sich seinen Vettern an, die auf dem Grasstück zwischen den Zitronenbäumen und den Reihen mit Wurzelgemüse Fußball spielen. Auf beiden Seiten hängen Tornetze. Am Rand der Terrasse, im Schatten des Blechdachs, sitzen kräftige Männer und trinken Victoria Bitter direkt aus der Dose. Die meisten haben sich ihrer Jacketts und Krawatten entledigt. An einem derart heißen Tag bleibt für respektvolle Kleidung nur eine Nebenrolle. Die Frauen kommen und gehen durch die Fliegengittertür, beladen mit Platten voll gepökeltem Fleisch, Gemüse, Salat und Brot.

Als Mum die Stufen herunterkommt, nehme ich ihr eine Platte mit Essiggurken und Oliven aus der Hand. Sie ist fix und fertig. Wenn ich sie zu lange oder zu fest in den Arm nehmen würde, würde sie zusammenbrechen. Ihre schwarzen Haare sind von grauen Strähnen durchzogen, ihr Gesicht ist faltig, die kräftigen Schultern sind nach vorn gebeugt, als wollte sie ihr Herz schützen.

»Geht es einigermaßen, Mum?«

Sie zieht eine Augenbraue hoch. »Johnny, pass auf deinen *Tata* auf. Lass ihn nicht zu viel trinken.«

Beide schauen wir zu meinem Vater hinüber, dann begegnen sich unsere Blicke wieder. Sie scheint noch etwas sagen zu wollen, scheucht mich aber mit einer ungeduldigen Handbewegung zu meinem Vater.

Sein Blick ist schon leicht glasig. Der Rakia steigt schnell zu Kopf. Und doch wirkt seine massige Gestalt wie ein Fels in der Brandung. Er sitzt am Kopf des alten Resopaltischs, der mitten auf der Terrasse steht und dessen rostige Beine auf dem Beton Flecken hinterlassen, die an Blut denken lassen. Meine Eltern könnten sich neue Gartenmöbel leisten. Himmel, sie könnten sich wahrscheinlich sogar ein großes Haus in den östlichen Vororten leisten, aber Dad hat sich auf die Fahne geschrieben, niemals wie ein vermögender Mann zu wirken. Man zieht keine unnötige Aufmerksamkeit auf sich, das bringt nur Ärger. Als Ivan vor Kurzem in einem nagelneuen Range Rover Sport vorgefahren ist, war Dad entsetzt.

»Ein Luxusauto. Dämlicher Trottel. Was glaubt er, wer er ist?«

Ich stelle die Platte auf einen der übervollen Tapeziertische und betrachte Dad. Er starrt mich finster an, seine blutunterlaufenen braunen Augen sind das Einzige, was sich in seinem Bullmastiffgesicht bewegt. In seinem Mundwinkel hängt eine selbstgedrehte Zigarette, seine rechte Pranke schließt sich um ein Bier, das weiße Hemd spannt sich über einer Brust vom Umfang eines Zweihundert-Liter-Fasses.

»Johnny! Komm her!« Als ich auf ihn zutrete, deutet er auf die Rakia-Flasche, die neben seinem Ellbogen steht.

Onkel Baz macht den Stuhl rechts neben Dad frei. Seinen ursprünglichen Namen Berislav hat er in Barry geändert, als er nach Australien kam. Weil unser Land Spitznamen über alles liebt, wurde daraus schnell Baz. Eigentlich ist er nicht mein Onkel, sondern Dads bester Freund. Den Mann kann nichts erschüttern. Mit seinen Korkenzieherlocken, dem offenen Gesicht und dem lockeren Auftreten ist er der Vater, den ich gerne gehabt hätte. Er hat sich den Titel des Onkels verdient. Bevor er sich entfernt, schenkt er mir einen mitfühlenden Blick und drückt meine Schulter. Ich setze mich und schenke Dad ein Glas ein. Er schaut erst mich, dann Baz' leeres Glas an. Ich fülle es nach.

»*Živjeli*, Johnny.«

»*Živjeli*, Dad.« Wir stoßen an. Ich trinke das Glas nur halb aus. Ich muss immer noch nüchtern bleiben.

Er tätschelt mir unbeholfen den Rücken.

»Du jetzt mein einziger Sohn. Du enttäuschst mich nicht.«

Das ist kein Kompliment. Aus Dads Mund ist es immer eine Drohung. Aber ich bin der Einzige, der die einsame Träne aus seinem rechten Auge kullern sieht. Mit dem dicken Zeigefinger wischt er den verräterischen Tropfen weg. Es ist, als würde man einen Riss in einer Staumauer entdecken.

Ich lasse meinen Blick durch den Garten schweifen. Sasha hat gerade ein Tor geschossen und lacht wie verrückt, seine blonden Haare werden von einem letzten einzelnen Sonnenstrahl zum Leuchten gebracht. Sasha und Amy sind die einzigen blonden Familienmitglieder unter all den dunkelhaarigen, olivhäutigen Kroaten. Der größte Teil der Familie ist in den Achtzigern eingewandert, vor dem letzten Krieg mit den Serben. Wir sind sechs Monate vor meiner Geburt angekommen, vor achtunddreißig Jahren. Ich kenne eine Menge Familien, die viel früher eingewandert sind, nach dem letzten Weltkrieg. Erst die Männer, dann ihre Frauen und Kinder. Der Mehltau auf den Trauben hat die erste Welle geschickt, der Kommunismus die nächste.

Während des Balkankriegs in den Neunzigern habe ich als Teenager in Sydney gelebt. Ivan und ich sind mit dem Zug häufig sechs Stationen Richtung Stadtzentrum gefahren, nach Yagoona, um uns vor dem örtlichen jugoslawischen Club zu prügeln. Bei Fußballspielen beleidigten sich die Fans so lange gegenseitig, bis der Krawall begann. Wenn es darum ging, auf die Serben loszugehen, stand ich meinem großen Bruder in nichts nach. Jeden Abend sahen wir in den Nachrichten, wie Jugoslawien zerfiel. Die Gewalt dort stachelte den Hass hier an. Aber damals war mir nicht wirklich klar, worum es ging. Ich wusste nur, dass wir die Serben hassen mussten. Trotzdem war es nicht leicht. Manche von ihnen hatte ich schon als kleiner Junge gekannt.

Im Jahr 1996 gab es in Australien genügend Jugoslawen, um einen Krieg anzufangen, und inzwischen sind es noch mehr. Aber wenn Ihnen Ihre Gesundheit lieb ist, sollten Sie einen Kroaten nicht als Jugoslawen bezeichnen. Für viele von uns wird der Krieg niemals aufhören, denn die Verluste in Osteuropa waren auf beiden Seiten sehr hoch. Der Hass schwelt noch immer.

Amy kommt mit Platten voller Fleisch direkt vom Grill an mir vorbei. In ihrem einfachen schwarzen Kleid sieht sie unglaublich aus. Jeder in der Familie liebt Amy, nur mein Dad nicht. Ich hoffe, er wird sich irgendwann besinnen. Wahrscheinlich wäre es anders, wenn wir mehr Kinder hätten. Er liebt es, ein *Dida* zu sein, ein Großvater. Meine wunderschöne Frau dirigiert Familienmitglieder und die Männer der Truppe höflich zu den Tapeziertischen an der Hauswand. Jetzt, wo es langsam dunkel wird, scheinen alle Hunger zu haben.

Sechzehn kräftige Männer zwischen Anfang zwanzig und Ende fünfzig stellen sich an, um Salate auf ihre Teller zu laden. Mein bester Freund Anto, der Sohn von Baz und Ana, macht sich zwei Teller voll. Der Mann ist ein wahrhaft leidenschaftlicher Esser. Wir kennen uns schon seit Kleinkindertagen. Er ist nicht so groß wie ich, aber gebaut wie ein Panzer, seine dichten schwarzen Augenbrauen wachsen beinahe über dem Nasenrücken zusammen. Anto sieht nicht gut aus, aber bei einer Schlägerei gibt es niemanden, den ich lieber an meiner Seite hätte.

Heute sind weniger Frauen als Männer hier, und nur fünf Kinder. Die meisten jüngeren Männer sind noch nicht verheiratet. Mit Ausnahme von Amy sind sämtliche Frauen entweder zierlich wie Antos Frau Lexy oder kräftig gebaut wie meine Mutter.

»Johnny, du musst etwas essen.« Amy steht vor mir und streckt mir Messer und Gabel in einer Papierserviette hin, dazu einen Teller mit all meinen Lieblingsspeisen: *Ćevapčići*, *Blitva*, Krautsalat und Chilischoten. Ihre klaren blauen Augen fordern mich zum Essen auf.

Ich nehme den Teller. Sie belohnt mich mit einem Kuss auf die Lippen und geht dann, um sich selbst einen Teller zu holen. Sasha sitzt am Rand der Terrasse und schlingt sein Essen herunter, als würde er nie wieder etwas bekommen. Er sagt etwas zu Amy, sie lächeln sich an. Dass sie Mutter und Sohn sind, ist unübersehbar. Er sieht völlig anders aus als ich, dafür ähneln wir uns in anderer Hinsicht.

Bei der Vorstellung, dass sie mir genommen werden könnten wie Ivan, schnürt sich mir die Kehle zu.

Ich versuche, am Tisch etwas zu essen. Das Kauen fällt mir

schwer, das Schlucken noch viel schwerer. Anto mit seinen zwei Tellern setzt sich neben mich. Er haut mir auf die Schulter, sodass ich fast vom Stuhl falle, und fängt an, sich das Essen reinzuschaufeln. Ich kann mir ein Lachen nicht verkneifen. Ein wenig entspanne ich mich, dann aber tritt Marko auf uns zu, einen Teller in der Hand, das weiße Hemd ein perfekter Kontrast zu seiner gebräunten Haut. Groß sind wir alle, aber Marko ist groß und schlank, wie ein scheiß Model. Sein Hemd ist feiner, der Schnitt seiner Hose enger. Verdammte Schaufensterpuppe.

Dad ruft Marko etwas auf Kroatisch zu und lädt ihn gestikulierend ein, sich zu seiner Linken zu setzen. Warum zum Teufel will mein Vater, dass Marko Ivans Platz einnimmt?

Diesmal ist es Anto, der mir eine Hand auf den Arm legt. »Lass dich nicht aus der Ruhe bringen, Kumpel.«

Ich löse meinen Blick von Marko und konzentriere mich aufs Essen. Marko und Dad unterhalten sich auf Kroatisch.

Anto rülpst. »Ich hab sie reden gehört, bevor du gekommen bist. Marko reitet immer wieder darauf herum, dass der Befehl, Ivan zu töten, nur von Stanislav gekommen sein kann. Du weißt ja, wie irre er ist, sobald es um die Serben geht. Durchgeknallter Spinner.« Anto spricht besser Kroatisch als ich. Er hat ein Faible für Sprachen.

Ich brumme zustimmend, aber meine Gedanken wirbeln durcheinander. Wenn Marko und Dad nun recht und die Serben Ivan tatsächlich erschossen haben? Dann gibt es wieder Krieg, aber diesmal hier auf den Straßen von Sydney.

AMY Auf den Zehenspitzen stehend beugt Lexy sich über den Küchentisch und wischt die Krümel weg. Mit ihren klaren grünen Augen, den hohen Wangenknochen und roten Lippen sieht sie aus wie eine kleine Puppe, mit perfekter Figur. Mit ihren dreißig Jahren könnte sie für sechzehn durchgehen. Anto ist noch genauso vernarrt in sie wie an ihrem Hochzeitstag.

Mary, Josefs Frau, macht in einem Kupfertopf türkischen Kaffee. Sie ist klein und rundlich, die langen grauen Haare hat sie auf dem Kopf zu einem nachlässigen Knoten zusammengesteckt. Branka stellt den Topf ab, den sie gerade schrubbt, und wischt sich den Schweiß von der Stirn.

»Eben ich höre Marko und Milan. Sie sagen, Serben töten meinen Ivan. Rache für Mord an Michael Vucavec.«

Lexy wirkt getroffen. Ihre Eltern sind Serben. Sie hat Vettern in der örtlichen Truppe der Serben. Genau das habe ich befürchtet. Milan hat nie einen Hehl daraus gemacht, dass er die Serben hasst. Er toleriert Lexy, wahrscheinlich, weil sie eine Frau ist und in seinen Clan eigeheiratet hat, sodass sie jetzt unter seinem Schutz steht. Aber was wird Milan tun, wenn er glaubt, dass die Serben dahinterstecken? Was wird er von Johnny verlangen? Ich muss herausfinden, wohin diese Logik noch führt. Vielleicht kann ich irgendwie eingreifen.

»Branka, ich weiß, dass Milan im letzten Balkankrieg seinen Bruder verloren hat.« Ich fange vorsichtig an, es ist nicht der richtige Moment, um in alten Wunden zu stochern. »Aber keiner von euch spricht jemals darüber. Ist das der Grund, warum Milan die Serben immer noch so hasst? Obwohl es fünfundzwanzig Jahre her ist und ihr schon hier in Sydney wart?«

»Ja, mein Milan hat Miroslav verloren.« Branka taucht die Hände wieder ins schaumige Wasser. Sie starrt in den Garten hinaus wie in eine öde Landschaft. »Damals in Kroatien, wir alle haben Familie verloren. Und Freunde. Aber ist auch Religion. Ist Politik.«

Mary übernimmt, wobei sie Lexy einen entschuldigenden Blick zuwirft. »Kroatische faschistische Partei macht Deal mit Nazis in Zweite Weltkrieg. Zusammen sie töten vielleicht eine halbe Million Serben und Juden. Ist sehr schlimm. Ist Schande für unser Land.«

»Aber Kroatien hat auch kommunistische Partei«, fährt Branka fort und schiebt das Kinn vor. »Unser Widerstand. Sie arbeiten mit Alliierten. Alliierte gewinnen Krieg. Stalin gewinnt, also Kommunisten gewinnen, sie geben neues Land, Jugoslawien, an Tito.«

»Tito ist Kommunist. Aber Tito ist auch Kroate und guter Mann. Außer, dass er Kommunist«, wirft Mary ein.

»Wir Kroaten sind römisch-katholisch.« Branka bekreuzigt sich mit der tropfenden rechten Hand. »Aber wir behandeln bosnische Muslime wie Kroaten. Bosnier gute Leute und Kroaten keine Rassisten.«

»Kroaten nie Rassisten. Aber Serben ...« Mary wirft Lexy einen Blick zu und zuckt die Achseln.

»Moment, Serben sind keine Rassisten.« Lexys schmaler Brustkorb bläht sich auf, ihre grünen Augen blitzen.

»Aber Serben sind Orthodoxe.« Branka nickt Lexy zu, als wäre die Religion verantwortlich, nicht die Serben. »Also sie mögen uns nicht, sie mögen Bosnier nicht. Jugoslawien war sechs verschiedene Republiken, sechs verschiedene Völker. Aber Tito hält uns zusammen. Und dann Tito stirbt.«

Branka und Mary bekreuzigen sich.

»Dann wir sehen überall schlechte Nachrichten«, fährt Branka fort. »Leute gehen weg aus Land. Ivan ist Baby. Ich bin schwanger mit Johnny. Wir gehen weg und kommen nach Australien. Johnny hier geboren, aber trotzdem Kroate.« Bei diesen Worten schaut sie mich an, als wolle sie mich zum Widerspruch herausfordern.

»Ihr habt Glück gehabt, dass ihr in den Neunzigern nicht mehr in Jugoslawien wart«, sage ich, Lexy nickt zustimmend.

»War kein Glück«, erklärt Branka und knallt den nächsten sauberen Topf aufs Abtropfbrett, damit ich ihn abtrocknen kann. »Milan, er sieht Krieg kommen.« Sie deutet auf ihre braunen Augen. »Ich sehe es. Alle sagen, Serben machen Invasion in Kroatien und Bosnien, weil wir haben das Meer und sie nicht. Sie brauchen Küste.« Sie schüttelt den Kopf. »Wenn Serben kommen, sie töten viele, viele muslimische Bosnier und viele, viele katholische Kroaten. Sie sagen, ist Säuberung. Ist Mord.«

»Wie Branka sagt. Ist politisch, ist religiös, ist wegen Land, aber ist auch wegen Rache. Verstehst du? Wegen, was die Nazis früher gemacht?« Mary wartet, dass Lexy und ich nicken.

»Ist nicht erstes Mal, dass Kroaten müssen Serben schicken zurück über Donau. Ist immer dasselbe, immer wieder, aber am Ende, wir gewinnen.« Mary greift nach einem Geschirrtuch. Sie dreht ihre Freundin Branka um, trocknet ihr sanft die Hände ab und schiebt sie zum Küchentisch.

»Sitz, sitz. Trink Kaffee. Lexy, hol Branka etwas von meine *Paprenjakc*. Sie muss essen Süßes.«

Ich finde es sympathisch, wie Mary ihren Bemerkungen über die Serben den Stachel nimmt. Sie schnalzt zufrieden mit der Zunge, als Lexy die mit Honig und Pfeffer gewürzten Plätzchen auf einen Teller häuft. Honig und Pfeffer.

So wie alle Kroaten, die ich kenne. Süß bis zu dem Punkt, wo sie gefährlich werden.

AMY Als ich wach werde, hat Johnny die Hand um eine meiner Brüste gelegt. Sein Körper liegt dicht an meinem. Sein Atem verrät mir, dass er noch schläft, aber sein Körper ist wach und bereit zur Lust. Ich schaudere. Auf keinen Fall will ich, dass wir uns heute Morgen lieben. Aber er darf den Grund nicht erfahren.

Als ich mich vorsichtig von ihm löse, stöhnt er und streckt

den Arm nach mir aus, aber ich bin schon aus dem Bett, ehe er mich festhalten kann.

»Wo willst du hin?« Er hat ein Auge geöffnet, als er das Bettzeug zurückschlägt und sich streckt, sein Körper ist groß und attraktiv, sein Begehren unübersehbar.

In mir regt sich nichts. Werde ich je wieder in den Normalzustand zurückkehren?

»Eier mit Speck?«, biete ich an, in der Hoffnung, ihn abzulenken. Ich ziehe ein T-Shirt und meine Lieblings-Yogahose an.

»Was ist los, Ames? Ich meine, abgesehen vom Offensichtlichen, Ivan und allem?« Er setzt sich auf, schwingt die Beine über die Bettkante und schaut mir forschend in die Augen.

»Du hast mir noch nicht erzählt, was passiert ist, als ihr Jungs euch gestern im Esszimmer eingeschlossen habt.« Ich bin ziemlich sicher, dass meine Ablenkung funktioniert. »Wie sieht der Plan aus?«

»Marko hat Dad wegen der Serben in den Ohren gelegen.« Sorgenfalten legen sich auf Johnnys Gesicht. Er reibt sich den Schlaf aus den Augen und gähnt. »Aber ich glaube nicht, dass Vucavec so dumm ist. Wer braucht schon einen Krieg?«

»Einen Krieg?« Ich stelle mir vor, wie die beiden Gangs auf den Straßen kämpfen, sehe Mündungsfeuer und zu Boden gehende Männer vor mir. »Sollt ihr alle ihn rächen?« Mir dreht sich der Magen um. »Oder du allein?«

Er wirkt ertappt. Ich habe den Nagel auf den Kopf getroffen. Meine schlimmste Angst ist, dass er sich umbringen lassen wird. Mein Schwiegervater ist komplett verrückt geworden.

»Wie kann er so etwas von dir verlangen? Warum will er dich solch einem Risiko aussetzen? Will er etwa *beide* Söhne verlieren?«

Johnny lässt den Kopf hängen. »Du weißt – und Dad weiß es genauso –, dass ich noch nie jemanden umgebracht habe.

Leute verprügelt, klar. Sie nach allen Regeln der Kunst eingeschüchtert, sicher. Aber getötet? Nein. Dafür haben wir wesentlich qualifiziertere Leute.«

Vor meinem inneren Auge tauchen die Gesichter der Crew auf. Wer wäre der Richtige für diesen Job? Milan hat sich seinen Ruf nicht durch Nettigkeit erworben. Und Marko war während des Krieges in Kroatien Soldat. Er hat Menschen getötet. Bei dem Gedanken fröstele ich. Die anderen Männer mögen harte Kerle sein, aber mir gegenüber zeigen sie sich immer ausgesprochen höflich. Dann wird es mir plötzlich klar – Ivans Nachfolger muss gefürchtet werden, also bleibt die Rache unweigerlich an Johnny hängen.

Es scheint, als könne er mir die Gedanken vom Gesicht ablesen.

»Ames, ich muss es machen. Aber ich lasse mich nicht erwischen, versprochen.«

Sämtliche Nerven in meinem Körper spielen verrückt, die Bilder am Rand meines Gesichtsfelds verschwimmen. Noch ehe ich mich rühren kann, zieht Johnny mich fest an sich.

»Du bist ganz blass geworden. Es ist alles in Ordnung, Schatz. Ich bin hier, uns wird nichts passieren. Du musst dir keine Sorgen machen.«

Er hält mich in den Armen, ich will mich sicher fühlen. Aber das tue ich nicht. Ich zwinge mich, meinen Atem zu kontrollieren, und hoffe, dass auch mein Herz zu rasen aufhört. War das gerade ein Art Panikattacke? Ich schließe die Augen, atme Johnnys Geruch ein und den Geruch der Angst wieder aus. Noch zwei tiefe Atemzüge, dann schiebe ich ihn weg und rede vom Frühstück.

In der Küche halte ich mich beschäftigt. Früher oder später wird Johnny merken, dass ich kurz vor dem Durchdrehen bin, und sich nach dem Grund fragen. Am Spülbecken spritze ich mir Wasser ins Gesicht. Ich begreife, dass ich mich auf Johnny konzentrieren muss, nicht auf mich selbst. Er ist derjenige, der in Gefahr schwebt. Was auf dem Spiel steht, ist sein Leben, seine Freiheit. Wie kann ich Milan davon abhalten, meinen Mann für seine Rachegelüste zu benutzen?

JOHNNY Als ich rückwärts aus der Garage setze, um mich auf den Weg zu meinem Treffen mit Anto zu machen, bemerke ich vor unserem Haus einen frisierten weißen Calais. In den letzten gut zwanzig Jahren habe ich so viele Zivilfahrzeuge der Polizei gesehen, dass ich weiß, was ich vor mir habe. Ich lasse den Motor des Jeeps laufen und gehe zu dem Wagen hinüber.

Das Fenster gleitet herunter, Detective Ian MacPhersons roter Schopf taucht auf.

»Wie wäre es, wenn Sie mich aufs Revier begleiten, Johnny?«

»Ich habe gestern meinen Bruder beerdigt. Warum belästigen Sie nicht Stanislav Vucavec?«

»Es ist wichtig. Nehmen Sie Ihr eigenes Auto, wenn Sie sich damit wohler fühlen.«

»Ich habe Ihnen alles über den Mord an Michael Vucavec erzählt, was ich weiß, nämlich nichts. Ich war nicht am Tatort. Das wissen Sie, weil Sie mein Alibi überprüft haben, stimmt's?«

»Ich verrate Ihnen ein Geheimnis, Johnny. Ich glaube nicht, dass Sie Vucavec erschossen haben.«

»Und meinen Bruder auch nicht.«

MacPherson seufzt. »Sie gelten in keinem der Fälle als Verdächtiger.«

»Dann muss ich Sie auch nicht aufs Revier begleiten.«

»Ich möchte Ihnen etwas zeigen. Ihre Reaktion sehen.«

Ich versuche, möglichst desinteressiert zu wirken. Freiwillig zu den Bullen zu gehen, ist schlecht fürs Image. Dann fällt mir ein, was Amy heute Morgen mit flehender Stimme gesagt hat: *Mach dir die Polizei zunutze. Lass dich von deinem Vater nicht als Pfand in seinem dummen Spiel benutzen.*

Abgesehen von drei Monaten Jugendknast wegen eines Autodiebstahls und ein paar Nächten in der Zelle wegen Trunkenheit und Ruhestörung mit Anfang zwanzig habe ich eine weiße Weste. Keine Vorstrafen. Aber wie der größte Teil der Truppe bin ich »polizeilich bekannt«. Wenn in der Gegend eine größere Sache gelaufen ist, werde ich zur Befragung abgeholt, aber es gibt niemals genügend Beweise für eine Anklage. Als Michael Vucavec erschossen wurde, mussten wir alle antanzen. Das wird auch jetzt so sein, nur dass sie diesmal nach den Alibis für Mittwoch, den 21. November fragen werden. Für den Abend, am dem Ivan starb.

Über das Dach des weißen Calais hinweg starre ich ins Leere. Auf der anderen Straßenseite sitzt Mr Fellows, unser neugieriger Nachbar, auf seiner Veranda und beobachtet uns interessiert. Wahrscheinlich sollte ich unseren Familienanwalt anrufen. Nein. Ich kann die Sache allein regeln, vielleicht finde ich ja sogar etwas Nützliches heraus.

»Wann immer es Ihnen passt, Johnny.«

»Okay. Ich verschiebe ein paar Termine und komme dann mit aufs Revier. Ich rate Ihnen nur, mich wie einen trauernden Angehörigen zu behandeln, nicht wie einen Verdächtigen.«

»Ich mache Ihnen sogar einen Tee.«

Das Polizeirevier in Liverpool ist zusammen mit dem unmittelbar angrenzenden Gerichtsgebäude in einer Reihe hässlicher grauer Klötze auf halber Länge der George Street untergebracht. MacPherson stellt sein Auto in einer reservierten Parkbucht direkt vor dem Eingang ab. Ich muss an einer Parkuhr auf der anderen Straßenseite meine Kreditkarte zücken. Typisch. Ich schicke Anto eine SMS, um unser Treffen zu verschieben, dann steige ich aus, überquere die Straße und folge MacPherson die Stufen zum Eingang hinauf. Die Sonne knallt mit der Wucht eines Vorschlaghammers. Das Gerichtsgebäude liegt direkt vor mir. Zur Linken öffnet sich die automatische Tür des Polizeireviers. Die Klimaanlage im Gebäude hilft, aber es stinkt wie Sau.

Im Eingangsbereich dreht MacPherson sich zu mir um. Er ist rund eins fünfundachtzig, hat eine krumme Nase und eine kräftige Schulterpartie. Alles in allem wirkt er wie ein alternder Footballspieler in einem schlechtsitzenden Anzug. Seine rotblonden Haare beginnen an einigen Stellen zu ergrauen, sein Gesicht ist permanent sonnenverbrannt, die Augenbrauen sind fast weiß. Für australische Sommer ist sein Typ einfach zu hell.

Diesmal streckt mir der Detective sogar die Hand entgegen, dankt mir demonstrativ, dass ich mir die Zeit nehme, und spricht mir sein Beileid aus. Fast klingt er, als meine er es ernst. Der Sergeant am Empfang beobachtet die Szene mit über dem Bierbauch verschränkten Armen und finsterem Blick. Die kleine Vorstellung geht ihm eindeutig gegen den Strich. Habe ich den Kerl schon mal gesehen? Im Moment klingelt nichts.

Ich folge MacPherson zu einem Vernehmungsraum und setze mich hin, während der Detective loszieht, um mir die versprochene Tasse Tee zu besorgen. Graue Wände, grauer Linoleumboden, grauer Tisch und ein Einwegspiegel. In der Ecke eine Kamera und ein Aufnahmegerät auf dem Schreibtisch. Ich bekämpfe die aufkommende Klaustrophobie, indem ich mich zu erinnern versuche, ob ich schon einmal in diesem speziellen Raum gewesen bin. Wie auch immer, diesmal geht es – eine nette Abwechslung – nicht um ein Verhör.

Nachdem er zwei dampfende Tassen auf den Tisch gestellt hat, tippt MacPherson auf einem Laptop herum, dreht ihn dann so, dass er mein Gesicht im Blick hat, und beugt sich vor, um eine Videodatei zu starten.

Körnige Schwarz-Weiß-Bilder aus einer Überwachungskamera. Abgesehen vom Zeitstempel in der rechten oberen Ecke ist der Bildschirm dunkel – 1:36 Uhr, 14. November. Offenbar ist es der Elizabeth Drive an der Stelle, wo er unter dem Hume Highway hindurchführt, ehe er weiter ins Stadtzentrum führt. Von links taucht ein schwarzer Mercedes-SUV auf, ein ML63 mit verchromten Felgen und Niederquerschnittsreifen. Der Wagen rast in hohem Tempo auf den Highway, Richtung Osten.

MacPherson beobachtet mich. Ich trinke einen Schluck Tee und zucke die Achseln.

»Ich weiß nicht, warum Sie mir das zeigen. Ein Mercedes ML63. In der Nacht, in der Michael Vucavec gestorben ist.«

»Ja. Jetzt schauen Sie sich das hier an.« Der Detective dreht den Laptop ein Stück, um eine andere Datei zu starten.

Auf den Aufnahmen, die jetzt kommen, zeigt der Zeitstempel 2:50 Uhr, 21. November. Als ich das Datum registriere, ziehen meine Eingeweide sich zusammen. Ein schwarzer SUV, der in hohem Tempo über die Bigge Street fährt, vorbei am TAFE. Dieselben auffälligen Felgen. Dasselbe Auto? Flüchtet dieser Mercedes nach dem Mord an Ivan vom Tatort?

Die plötzlich aufkommende Wut droht mich zu zerreißen. Ich schließe die Augen und kämpfe gegen den Drang an, jemandem wehzutun. Schließlich öffne ich die Augen, schaue auf meine Hände, löse die Fäuste und lehne mich mit einem tiefen Atemzug zurück. MacPherson starrt mich über den Rand seines Bechers hinweg an.

»Wie verstehen Sie das, was ich Ihnen gerade gezeigt habe, Johnny?«

»Glauben Sie, dass es eine Verbindung zwischen diesem Auto und den beiden Morden gibt? Dem an Michael Vucavec und dem an Ivan?« Ich schaffe es gerade eben, einigermaßen ruhig zu klingen.

»Wenn ein Mord in den frühen Morgenstunden begangen wird, überprüfen wir grundsätzlich die Überwachungskameras. Ihre Leute töten gern mitten in der Nacht. Natürlich vermeiden Sie auf diese Weise Zeugen, der Nachteil ist aber, dass nachts nicht viele Autos unterwegs sind. Wenn Sie also an einer Kamera vorbeikommen, fallen Sie unweigerlich auf.«

»Mir ist nicht ganz klar, was Sie mit ›Ihre Leute‹ meinen, Detective. Sollte ich mich beleidigt fühlen?«

MacPherson zieht eine Augenbraue hoch und trinkt noch einen Schluck. Mit einem zufriedenen Seufzer stellt er die Tasse wieder ab.

»Wenn dasselbe Auto – mit sorgsam schlammbespritzten Kennzeichen – tatsächlich in beiden Mordfällen eine Rolle gespielt hätte, was würde Ihnen das sagen, Johnny?«

Gute Frage. Ich spiele die Möglichkeiten durch. »Könnte sein, dass Stanislav sowohl Michael als auch Ivan erschossen hat.«

»Woher wissen Sie, dass es nicht jemand aus Ihrer Truppe war?«

»Nachdem Michael erschossen wurde, hat mein Vater ein Treffen einberufen und gefragt. Ob Sie es glauben oder nicht: Niemand hat die Hand gehoben.«

»Das ist wohl kaum ein Beweis. Jemand aus Ihrer Truppe könnte trotzdem hinter beiden Morden stecken. Vielleicht jemand, der Karriere machen will.«

Ich verziehe keine Miene, sehe innerlich aber sofort Marko vor mir, wie er auf Ivans Platz sitzt. Nein, Marko hätte seinen besten Kumpel Ivan niemals umgebracht. Dass er Michael Vucavec auf dem Gewissen hat, wäre möglich. Aber warum hätte er Dad darüber belügen sollen?

MacPherson zuckt die Achseln. »Vielleicht hat auch irgendjemand einen heimlichen Groll gehegt. Vielleicht gab es nur ein wirkliches Ziel, und der andere Mord war ein Ablenkungsmanöver. Vielleicht stecken die Serben dahinter.« Er schaut mich an, aber ich reagiere nicht. Ich will all seine Theorien hören.

Schließlich funktioniert mein Schweigen, MacPherson nimmt den Faden wieder auf. »Es könnte auch ein völlig Außenstehender gewesen sein, der Unruhe schüren will.«

»Hat Michael auch den Müll rausgebracht?« Davon ist in den Medien nichts erwähnt worden.

»Ja, Johnny, das hat er. Heißt es nicht immer, dass Arbeiten im Haushalt ziemlich gefährlich sind?«

»Wurde beide Male dieselbe Waffe benutzt?«

»Das darf ich Ihnen nicht sagen.«

»Ein Gewehr oder eine Faustfeuerwaffe?«, hake ich nach.

»Kein Kommentar.«

Diesmal ziehe ich eine Augenbraue hoch, was MacPherson zum Lachen bringt.

»Jetzt wissen Sie, wie es sich anfühlt, wenn Sie von der anderen Seite des Tischs immer nur ›Kein Kommentar‹ zu hören bekommen.«

»Warum bin ich dann hier?« Langsam verliere ich die Geduld.

»Sie sind hier, weil ich auch ohne weitere Schießereien genug zu tun habe. Wobei es mir ziemlich egal wäre, wenn ihr euch alle gegenseitig aus dem Verkehr zieht. Für Western Sydney wäre es gut, aber ich hätte eine Menge zusätzliche Arbeit. Denken Sie darüber nach. Reden Sie mit Ihrem Vater. Was bringt es, wenn Sie losziehen und jemanden erschießen, der nichts mit dem Mord an Ihrem Bruder zu tun hat?«

»Wie kommen Sie auf die Idee, dass ich jemanden erschießen will?«

»Nennen Sie es polizeiliche Intuition. Überlassen Sie es

uns. Wir haben ein paar neue Hinweise, denen wir in Ruhe nachgehen wollen. Halten Sie sich einfach raus.«

Als ich den Bullenstall verlassen habe und mich in den Wagen setze, klingelt mein Telefon. Auf dem Display erscheint die hässliche Visage meines Vaters. Scheiße.

»Hi, Dad.«

»Warum du sprichst mit Polizei?«

Ich schaue mich um, ein eiskalter Schauer läuft mir den Rücken herunter. Woher weiß er, wo ich bin?

»Was meinst du damit? Dass ich mit der Polizei rede?« Instinktiv beginne ich zu leugnen.

»Was ich meine? Josef ruft an. Er sagt, dein Auto parkt vor Polizei.«

Das wäre der richtige Moment, um Dad zu berichten, was ich gerade herausgefunden habe. Einen Moment bin ich unschlüssig, dann folge ich meinem Bauch.

»Das war nicht mein Auto, Dad. Josef hat sich geirrt. In den westlichen Vororten gibt es eine Menge schwarze Jeeps.«

Er legt auf, gerade als ich auf den mit Schlaglöchern übersäten Parkplatz vor dem Commercial Pub im Zentrum von Liverpool biege. Ich schlendere zur Rückseite des Gebäudes. Für das Treffen mit Anto komme ich zwanzig Minuten zu früh, aber ein bisschen Zeit allein kann nicht schaden.

Ich weiß weder, warum ich meinen Besuch bei den Bullen für mich behalten wollte, noch, was MacPherson damit bezweckt hat, mir die Überwachungsaufnahmen zu zeigen. Vielleicht werde ich manipuliert. Aber ich vertraue meinem Instinkt, und aus irgendeinem Grund klingeln, was MacPherson betrifft, keine Alarmglocken.

Der Geruch von abgestandenem Bier, die Geräusche der Poker-Automaten und die kühle, klimatisierte Luft wirken beruhigend. Ich bestelle ein Resch's. Das Bier vom Fass ist hier eiskalt, und das Personal weiß, wie man richtig zapft, mit einer ordentlichen Schaumkrone. Ich trinke einen langen Zug, dann nehme ich einen Teil des Wechselgelds von der Theke und gehe zu den Tischen am Fenster.

Ich nehme den Stuhl in der Ecke, sodass ich den ganzen Raum im Blick habe. Mein Vater sitzt grundsätzlich mit dem Rücken in einer Ecke, bereit, es im Zweifelsfall mit jedem Einzelnen im Raum aufzunehmen. Unmöglich, sich bei ihm von hinten anzuschleichen. Diese Angewohnheit hat auf Ivan und mich abgefärbt. Wir haben uns oft darüber gestritten, wer auf dem sicheren Platz sitzen durfte. Seit seinem Tod muss ich, sobald ich allein bin, ständig an Ivan denken. Dann kommen Erinnerungen hoch wie Wasserleichen, die an die Oberfläche steigen, sobald sich in den Eingeweiden genug Gas gebildet hat.

Gerade fällt mir ein Tag ein, an dem es so brüllend heiß war wie heute. Das Blechdach hatte die Terrasse hinter dem Haus wie einen Glutofen erhitzt. Aus den Zitronenbäumen am Ende des Grundstücks drangen die Geräusche der Zikaden herüber.

Ich war ungefähr zehn, in Sashas Alter also, und hockte auf den Knien, um die Kette meines Fahrrads wieder aufzuziehen. Ivan, Dad und Marko saßen hinter mir am Resopaltisch. Plötzlich flog mir eine leere Bierdose gegen den Hinterkopf.

»Ich höre, gestern du hast Angst vor Kampf, Johnny.« Dads Stimme drang durch meine Schmerzen hindurch.

»Er weint, Onkel Milan!« Marko war auf Besuch aus Kroatien. Es muss unmittelbar vor dem Krieg gewesen sein, während unserer Sommerferien. Er kam damals jedes zweite Jahr. Wahrscheinlich hat Dad ihm die Flüge bezahlt. Er kam immer allein. Wenn Marko da war, hatte Ivan keine Zeit für mich.

»Nein, Marko, Johnny nicht weint. Ist schwach wie Pisse, aber nicht weint.«

Ich warf Ivan einen flehenden Blick zu, in der Hoffnung auf Beistand. Ich konnte sehen, wie er mit sich rang, bevor er sich entschloss, mir zu helfen. Er stand auf wie ein Anwalt, der seinen Klienten verteidigt.

»Dad, der Junge war halb so groß wie Johnny. Er hat das Richtige getan. Er ist weggegangen.«

»Er geht weg. Was kümmert mich? Johnny, du bist schwach. Nächstes Jahr dieser Junge ist groß. Er greift dich an, weil du bist Feigling. Wenn du jetzt schlägst, er weiß, wer ist Boss. Was sage ich dir?« Dad zählt an den Fingern seiner rechten Hand ab. »Eins. Keine Freunde. Zwei. Keine Gefühle. Drei. Kein Gewissen. Nur Familie. Alle anderen Feinde.«

Ich schaue hinunter auf mein Glas. Leer. Während ich an der Bar ein neues Bier hole, kommt Anto herein, also bestelle ich auch eins für ihn, dazu zwei Gläser Tequila. Warum nicht? Als er den Tequila sieht, zieht Anto die raupenartigen Augenbrauen hoch, aber er ist klug genug, sich jeden Kommentar zu verkneifen.

Wir ziehen uns an den Tisch in der Ecke zurück und studieren die Speisekarte, die wir auswendig kennen. Wie jedes Mal entscheiden wir uns für Hähnchen Parmigiana. Ich reiche Anto einen Fünfziger und bitte ihn, für uns beide zu bestellen. Er schlendert hinüber zur Essenstheke, sein großer Quadratschädel hängt ein bisschen zu dicht über den muskelbepackten Schultern. Wir müssen ungefähr acht oder neun gewesen sein, als Ivan und ich ihn mit Mums Lebensmittelfarbe grün angemalt haben. Er spielte den Hulk, was damit endete, dass er den Gartenzaun demolierte. Schon damals war er unglaublich stark. Seine Oberschenkelmuskulatur ist so massig, dass er einen krummbeinigen Gang entwickelt hat, der bei den meisten Männern lächerlich wirken würde, was er bei Anto seltsamerweise nicht tut.

Abgesehen von Beerdigungen oder Hochzeiten trägt er zu jedem Anlass Cargohosen oder -shorts, Hauptsache viele Taschen. Er liebt T-Shirts und Poloshirts in Khaki oder Grau, sodass ich ihm schon häufiger gesagt habe, er solle sich einen Job als Park Ranger oder bei der Army suchen. Dort würde er perfekt reinpassen, denn mit Befehlsketten hat er kein Problem. Er mag Struktur. Außerdem ist er ein Technikfreak, der in irgendeinem Keller hätte enden können, wo er – mit Pferdeschwanz und einer über den Hosenbund quellenden Wampe – seinen Lebensunterhalt als Hacker verdienen und immer für den Meistbietenden arbeiten würde. Stattdessen trainiert er Tag für Tag in seinem heimischen Fitnessstudio und hält sich ständig bereit für den Fall, dass die Novaks ihn brauchen. Beim Bankdrücken schafft er zweihundert Kilo. Versuchen Sie das lieber nicht zu Hause.

Altersmäßig liegen wir einen Monat auseinander. Er hätte, genau wie ich, zu Ivan aufschauen können, hat sich aus irgendeinem Grund aber für mich entschieden. Als ich gerade mein zweites Bier austrinke, ist er wieder zurück.

»Kumpel, hol mir noch ein Resch's, bevor du dich wieder setzt.«

»Hast du gerade einen Lauf, oder wozu die Eile, Mann?«

»Ich hab einen Scheißdurst.«

»Schon gut, ich meine ja bloß.«

Als das nächste Bier kommt, beginne ich mich zu entspannen. Zum ersten Mal seit einer gefühlten Ewigkeit ertappe ich mich bei einem Lächeln.

»Das war eine verdammt gute Idee.« Ich lege den Arm um Antos Hals und nehme ihn in den Schwitzkasten. Er ist meine rechte Hand, das soll er wissen.

Aber er schiebt mich mit rotem Gesicht von sich. »Klar, weil heute Montag ist und wir kassieren müssen, und weil Josef mir drei Kilo Gras zum Ausliefern mitgegeben hat. Die liegen jetzt in meinem Auto und stinken mir den Kofferraum voll. Wenn ich angehalten werde, bin ich erledigt, Mann.« Er setzt seine übliche mürrische Miene auf.

»Anto, du bist ein Bedenkenträger. Hab ich dir das schon mal gesagt? Hol uns noch zwei Tequila.«

AMY Im Sommer treffe ich mich jeden Montag mit meiner besten Freundin Chaz im Freibad an der Memorial Avenue, nur ein paar Blocks von unserem Haus entfernt. Sie ist nach Schulschluss zum Schwimmtraining ihrer Tochter Jenny hier. Sasha und Jenny ziehen vor den Augen des Trainers ihre Bahnen, während Chaz und ich so tun, als machten wir Aerobic. In Wirklichkeit bringen wir uns nur gegenseitig auf den neuesten Stand. Heute ist Lexy dazugekommen, sie nimmt die Übungen ernster, was sie nicht vom Plaudern abhält.

Mit Hüten und Sonnenbrillen, eine Schwimmnudel unter die Arme geklemmt, treten wir Wasser. Die Kunst liegt darin, mit den Beinen froschartige Bewegungen zu machen und dabei genau auf der Stelle zu bleiben. Lexy trägt einen winzigen Bikini, ihre olivfarbene Haut glänzt, die kurzen braunen Haare hat sie hinter die Ohren geschoben. Chaz hat sich ein pinkfarbenes Badeshirt angezogen, um ihre blasse Haut zu schützen, und die roten Haare unter dem Hut hochgesteckt. Ich trage wie immer meinen blauen Speedo-Einteiler. Wir haben uns in eine Ecke des Beckens zurückgezogen, so weit wie möglich von den überdachten Sitzplätzen entfernt. Hier ist es ruhiger.

Charlie Tyler und ich haben uns vor zehn Jahren hier kennengelernt. Die Vorstellung, mein Kind könne in irgendeinem privaten Pool ertrinken, hat mich in Angst und Schrecken versetzt, also wollte ich, dass Sasha das Schwimmen noch vor dem Laufen lernt. Als ich Chaz das erste Mal gesehen habe, dachte ich, sie wäre Nicole Kidman. Dann wurde mir klar, dass sie nicht groß genug war und dass Nicole Kidman wohl kaum zum Baby-Schwimmunterricht in Liverpool aufkreuzen würde. Chaz ist so schön, dass ich immer wieder staune, dass sie nicht ständig von Männern umschwärmt wird. Aber sie wirkt ziemlich reserviert, jedenfalls, wenn man sie nicht richtig kennt. Irgendetwas an ihr hat mich fasziniert, sodass ich nicht aufgegeben und ihren Widerstand nach und nach überwunden habe. Die Angst um das Leben unserer Kinder hat uns verbunden.

»Wie kommt Johnny zurecht?«, fragt Chaz mit einem mitfühlenden Blick. »Die Beerdigung war schrecklich. Ich kann immer noch nicht fassen, dass er bei seiner Trauerrede nicht komplett zusammengebrochen ist.«

»Die Gefühle kommen und gehen.« Ich denke an heute Morgen, als ich ihn nach dem Frühstück auf dem Rasen vor dem Haus entdeckt habe. Er hat auf seine nackten Füße gestarrt, als könnte er zwischen seinen Zehen die Antworten auf alle Fragen entdecken.

»Anto glaubt, dass es einen Monat dauert, bis Johnny zusammenbricht. Dass es so lange dauert, bis er Ivans Tod richtig begreift«, sagt Lexy, deren kurze Beine unter Wasser doppelt so schnell arbeiten wie meine.

Wasser spritzt gegen meinen Hinterkopf.

»Hey, Mum! Hast du mich gesehen? Mein Kopfsprung war super, und ich war stundenlang unter Wasser. Jenny hat's gesehen, stimmt's, Jen?«

Wir alle schauen zu Sasha und Jenny hinüber, ein paar Bahnen weiter. Sashas braungebrannter Körper glänzt, als er dank einer Mischung aus kräftigen Beinstößen und purem Überschwang ein Stück aus dem Wasser hochschnellt. Er grinst übers ganze Gesicht. Ich werfe Jenny einen Blick zu, um mir die Großartigkeit meines Sohnes bestätigen zu lassen. Sie trägt das gleiche rosafarbene Badeshirt wie ihre

Mutter, nur kleiner. Ihr Gesicht wird von langen, rötlichen, feuchten Zöpfen gerahmt. Sie könnte die nächste Anne of Green Gables spielen, falls eine australische Verfilmung im städtischen Milieu geplant wäre. Mit einer Hand hält sie sich am Beckenrand fest. Keine Energie verschwenden. Sie verzieht den Mund und wirft Sasha einen Blick zu, als hätte er etwas Abscheuliches getan. Ich muss einfach lachen. Die beiden sind echte Freunde.

Auf einen Ruf vom anderen Ende des Beckens hin schwimmen sie wieder los. Wie üblich um die Wette. Was Jenny an Körpergröße fehlt, macht sie durch Verbissenheit wett. Sasha gleitet mit lockerer Eleganz durchs Wasser.

Ich bemerke die Träne, die Lexy übers Gesicht läuft. Bevor sie sie wegwischen kann, strecke ich die Hand nach ihr aus. »Was ist los?«, fragte ich, obwohl ich schon eine Vermutung habe.

»Heute Morgen hab ich meine Periode bekommen. Wieder zwölftausend den Bach runter. Ich hab's nicht fertiggebracht, es Anto zu sagen.« Als sie es schließlich schafft, den Blick von den Kindern abzuwenden, sehe ich die Trauer in ihren Augen. Lexy und Anto versuchen es schon seit Jahren. Dies war ihr fünfter Versuch mit künstlicher Befruchtung.

»Du wirst schwanger, Lexy. Irgendwann ist es so weit, ganz sicher.« Denn was soll man in einer solchen Situation anderes sagen?

»Kein Kind zu haben, wäre vielleicht auch ganz nett«, sagt Chaz mit so viel Wehmut in der Stimme, dass wir beide die Stirn runzeln.

»Ich meine, manchmal frage ich mich schon, wie viel leichter mein Leben sein könnte, wenn ich Jenny nicht hätte. Versteht mich nicht falsch, ich liebe sie über alles, aber …« Sie schaut zur Seite. »Ich hätte in meinen Zwanzigern reisen können, wie meine Schwester. Ich würde nicht in einem beschissenen Halbtagsjob bei der Gemeinde festhängen. Ich hätte ... ich weiß nicht, *alles Mögliche* werden können.«

Chaz hat es nicht leicht gehabt. Ihr nichtsnutziger Freund hat sich von ihr getrennt, als sie im achten Monat schwanger war. Kein Unterhalt, keine Familie, keine Hilfe. Sie kümmert sich um alles selbst.

Lexy schaut sie an, als hätte sie den Verstand verloren.

»Aber du bist Mutter! Das ist doch was! Das ist der wichtigste Job der Welt.«

»Für den wir nicht die gebührende Anerkennung bekommen«, füge ich hinzu. »Aber ich habe auch darüber nachgedacht, wieder arbeiten zu gehen, vielleicht im Personalwesen. Oder irgendwas anderes. In Teilzeit, so wie du, Chaz. Ich will mich nicht so abhängig von Johnnys Familie fühlen.«

»Warum willst du nicht noch mehr Kinder?«, fragt Lexy. »Wenn ich könnte, würde ich sechs haben. Eine Menge Kinder ist alles, was ich je gewollt hab.«

In Lexys Gegenwart habe ich angesichts ihrer Probleme immer einen großen Bogen um dieses Thema gemacht, aber die Frage haben mir schon andere gestellt. Wenn man jung und verheiratet ist, glauben scheinbar alle, das Recht zu haben, einen mit solch intimen Fragen bombardieren zu dürfen.

»Ich weiß ... Wir haben Sasha bekommen, als wir zwei Jahre zusammen waren, praktisch gleich, als wir angefangen haben, es zu versuchen. Nach seiner Geburt dachte ich, beim nächsten Mal würde es wieder genauso locker klappen. Na ja, so ist es nicht gekommen. Wir haben uns untersuchen lassen, aber ohne Ergebnis. Die Ärzte sagten, so etwas kann vorkommen und wir sollen es einfach weiter versuchen.«

»Du wolltest ein Mädchen, oder?«, fragt Chaz. »Weißt du noch, wie du ständig Nüsse gegessen hast, weil du irgendwo gelesen hattest, es würde helfen, ein Mädchen zu kriegen?«

»Ja, klar. Das Einzige, was ich bekommen habe, war Verstopfung! Aber es könnte immer noch passieren. Schließlich bin ich erst zweiunddreißig. Da ist noch reichlich Zeit. Wäre das nicht toll?« Ich denke an all die Mädchennamen, die ich im Laufe der Jahre in mein Notizbuch gekritzelt habe. Milan würde sich wahrscheinlich nur über weitere Jungs freuen. Scheißkerl.

»Warum versuchst du es nicht mit künstlicher Befruchtung?«, fragt Lexy.

»Sorry, Lex, aber ich hab gesehen, was du durchgemacht hast, also nein danke. Wenn es passieren soll, wird es passieren. Abgesehen davon bin ich selbst auch Einzelkind und finde es gar nicht so schlimm. Mum und Dad haben es jahrelang mit einem zweiten Kind versucht, bei ihnen hat es auch nicht geklappt. Es kommt, wie es kommt.«

»Was hält dich davon ab, wieder arbeiten zu gehen?« Chaz versucht eindeutig, das Gespräch aus Rücksicht auf Lexy vom Thema Kinder wegzusteuern, aber sie wirft mir einen gerissenen Blick zu. Sie kennt die Antwort und will, dass ich sie in Lexys Gegenwart ausspreche, um ihre Reaktion zu beobachten.

»Johnny will nicht, dass ich außer Haus arbeite, weil Milan denkt, es würde ein schlechtes Licht auf die Novaks werfen.« Meine Worte klingen lahm und wie auswendig gelernt, ich gehe gleich in die Defensive. »Ich bin gern für Sasha zu Hause, hab Zeit zum Kochen und für die Hausarbeiten, den Garten und alles. Und ich kann zum Yoga gehen, wann immer ich will ...« Mitten im Satz halte ich inne.

Chaz grinst mich an.

»Ich weiß, es ist lächerlich. Ich langweile mich und muss irgendwas ändern! Aber jedes Mal, wenn ich das Thema Johnny gegenüber auf den Tisch bringe, scheint er es als Angriff auf seine Männlichkeit zu empfinden. Du hast recht, okay!«

»Ich hab doch gar nichts gesagt.« Chaz' Grinsen wird noch breiter.

»Ich will hier nicht das Patriarchat verteidigen.« Lexys grüne Augen wirken ernst. »Aber sobald ich schwanger werde, höre ich auf zu arbeiten, für immer. Ich will zu Hause bleiben und jede einzelne Sekunde da sein.« Sie seufzt. »Nur ... die ganzen Gedanken bringen nichts, weil ich nicht schwanger bin. Schon wieder nicht. Und jetzt reden die Jungs auch noch darüber, in einen Krieg mit den Serben zu ziehen. Was glaubt ihr, wie ich mich dabei fühle? Warum werden wir da wieder reingezogen?«

Ich werfe Lexy einen warnenden Blick zu. Dieses Thema will ich hier nicht besprechen, und auch nirgendwo sonst. In diesem Moment springt Sasha gleich neben uns ins Wasser, das über unsere Köpfe spritzt. Eine willkommene Ablenkung. Chaz weiß ein bisschen über die Geschäfte der Novaks. Sie könnte nicht meine beste Freundin und gleichzeitig völlig ahnungslos sein. Aber sie weiß nicht alles. Es gibt Probleme, die man nicht mit Außenstehenden besprechen kann.

JOHNNY Mein Kater ist monströs. Ich habe Kopfschmerzen, der Mund fühlt sich an, als wäre er mit feuchtem Zement gefüllt. Anto und ich machen unsere Runde und holen nach, was wir gestern nicht geschafft haben. Er weiß, dass er mich in Ruhe lassen muss. Jedes Mal, wenn ich aus dem klimatisierten Wagen steige und mir die Backofenglut draußen entgegenschlägt, glaube ich, ich muss kotzen.

Es ist später Nachmittag, als wir bei Bogdans Fischgeschäft vorfahren. Ich trage meine übliche Arbeitsuniform: schwarze Jeans und schwarzes T-Shirt. Ich hasse es, mir Gedanken über meine Garderobe machen zu müssen. Wäre mein Leben ein Cowboyfilm, würde ich einen schwarzen Hut tragen. Im Moment allerdings wären mir Boardshorts am liebsten. Nach einer verregneten Nacht ist es schwül, man kommt sich vor wie in einem Sumpf. Ich will diesen Job so schnell wie möglich hinter mich bringen. Und dann nach Hause, mich in den Pool fallen lassen und anschließend mit einem netten kalten Bier die Füße hochlegen.

Anto steigt aus dem Beifahrersitz und marschiert durch die kleine Gasse, die seitlich am Laden vorbeiführt. Er wird in der Nähe der Hintertür bleiben, um den zweiten Ausgang zu blockieren. Eine übertriebene Vorsichtsmaßnahme, aber sie ist uns in Fleisch und Blut übergegangen. Als ich durch die Ladentür trete, bimmelt die Glocke. Drinnen riecht es verlockend: frittierter Fisch und heiße Pommes.

Ich gehe zur Wand an der rechten Seite und lehne mich an einer Stelle an, von der aus ich den ganzen Laden überblicken kann. Bogdans Gesicht verliert jegliche Farbe. Seine Frau registriert mich, wendet sich ab und konzentriert sich auf die Fritteuse. Ihr Sohn steht einen Meter von mir entfernt an einem der Tische an der Wand, anscheinend macht er seine Hausaufgaben. Er ist zehn, wie Sasha. Ein hübscher Junge. Er blickt auf und lächelt mir zu, dann kümmert er sich wieder um seine Matheaufgaben. Irgendwie kann ich mir nicht vorstellen, dass Sasha im Augenblick seine Matheaufgaben macht.

Bogdan bedient Kunden, ruft Bestellungen durch. Er führt ein strenges Regiment. Als er endlich einen Moment Ruhe hat, nehme ich meine Ray-Ban ab und ziehe fragend eine Augenbraue hoch.

Ich sage nichts, das ist nicht nötig, meine Anwesenheit genügt. Bogdan muss mir nur das Geld rüberreichen, das er uns schuldet. Ich will keine lange, sich hinziehende Diskussion, heute nicht. Ich will bloß die anderen Läden auf unserer Liste abarbeiten. Der Geruch des Essens lässt mir das Wasser im Mund zusammenlaufen. Wenn ich gehe, werde ich ein paar heiße Pommes mitnehmen.

Bogdan wirft einen Blick auf seinen Sohn. Dann flüstert

er: »Tut mir leid Johnny, ich hab heute kein Geld. Ist nächste Woche okay?«

Ich begreife die Situation. Er will vor den Augen seines Sohnes nicht bloßgestellt werden. Also gehe ich an die Theke und spreche leise. Trotz allem habe ich einen Job zu erledigen.

»Warum sollte das okay sein, Bogdan?«

»Na ja, ich frage wegen meiner Tochter, du kennst doch Alexa? Sie heiratet dieses Wochenende, ich habe jede Menge Extraausgaben, verstehst du?«

»Bogdan, ich verstehe es, aber warum sollte das *mein* Problem sein?«

»Nur dieses eine Mal, Johnny.«

»Du bist aber schon drei Wochen im Rückstand. Wenn du jetzt nicht bezahlst, werden es vier Wochen sein. Was wird sich zwischen jetzt und nächster Woche ändern, abgesehen davon, dass du eine verheiratete Tochter und vielleicht eine eingeworfene Fensterscheibe hast?«

Ich hasse diesen Teil des Jobs, aber es muss sein. Ich lege meine große Hand auf den Glaskasten mit dem filetierten Fisch. Bogdan sieht, wie meine Hand sich langsam zur Faust ballt. Er dreht sich zu seiner Frau um.

»Bezahl ihn«, sagt sie. »Wir nehmen weniger Blumen, unsere Gäste trinken weniger, und wir machen lieber Schulden beim Pfarrer.« Abrupt wendet sie sich ab und geht hinten aus dem Laden.

Unter der Registrierkasse zieht Bogdan einen Stapel Scheine hervor. Er ist ein ehrlicher Kerl, es werden genau dreitausend Dollar sein – fünfzehnhundert fürs Haus und fünfzehnhundert für den Laden. Die Miete für drei Wochen. Ich weiß, dass er und seine Frau vor Steuern jeweils tausend pro Woche verdienen, schließlich bin ich für die Lohnabrechnung zuständig. Und sie beide haben Sechzig-Stunden-Wochen. Das Geschäft muss täglich zwischen 10.30 Uhr und 23.30 Uhr geöffnet sein, außer sonntags. Wir Novaks sind gute Katholiken.

Ich könnte die Miete einfach mit ihrer Bezahlung verrechnen, aber Dad besteht darauf, dass die Familien, die er »gerettet« hat, mir das Geld persönlich überreichen, Woche für Woche. Ein lächerliches System. Wir besitzen zehn Fischgeschäfte in den westlichen Vororten, die alle von kroatischen Immigranten geführt werden. Dad »sponsert« sie, indem er ihnen bei der Beschaffung von Visa und Flugtickets nach Australien unter die Arme greift. Dann quartieren wir sie in einem unserer billigen Häuser ein. Sie zahlen uns die ursprünglichen Schulden zurück, plus Zinsen, dazu die Miete für das Haus und den Laden.

Das alles ist die Fassade fürs wirkliche Geschäft der Novaks – Erpressung, Raubüberfälle und Drogenhandel. Aber es gibt Grenzen, die wir nicht überschreiten. Wir verkaufen kein Heroin oder Crystal Meth – Drogen, die ihre Benutzer in Zombies und Psychopathen verwandeln. Wir halten uns an Partydrogen. Und ich bin dafür zuständig, das Geld zu waschen. Im Schnitt schleuse ich jede Woche fünf- bis zehntausend Dollar extra durch jeden einzelnen Laden. Jede Woche! Es sind die profitabelsten Fischgeschäfte im Großraum Sydney. Trotzdem stehe ich hier und drohe damit, einen Stein durchs Fenster unseres eigenen Geschäfts zu werfen. Bogdan weiß, dass ich es tun würde und dass dann er die neue Scheibe bezahlten müsste. Wie verrückt ist das?

Ich reiche Bogdan die Hälfte des Geldes zurück.

»Ich biege das hin. Betrachte es als Hochzeitsgeschenk für Alexa. Aber das bleibt unter uns, klar?«

Bogdan ist so dankbar, dass ich mich schäme. Mir ist nicht mehr nach Pommes.

Ich erkläre den Arbeitstag für beendet, setze Anto ab und fahre nach Hause.

Als ich die Fernbedienung auf unsere Doppelgarage richte, bemerke ich, dass der Rasen gemäht werden muss. Scheiße, in dieser Jahreszeit wächst das Gras schnell. Und sicher muss ich auch den Pool reinigen. Die Eukalyptusbäume in unserem Garten sehen gut aus, lassen aber jede Menge Blätter ins Wasser fallen. Ich beschließe, dass Rasen und Pool warten müssen.

Als ich den Motor abgestellt habe, lasse ich mich von der Stille der Garage einhüllen. Amys weißer Mini steht da, wo er stehen sollte. Meine Familie ist in Sicherheit. Ich taumele aus dem Wagen und zucke zusammen, als die plötzliche Bewegung meine Kopfschmerzen wieder anfacht. In diesem Zustand hilft nur ein Whisky. Ein Single Malt Scotch. Ein Islay Single Malt. Als ich die Tür zwischen Garage und Haus öffne und in den Flur trete, werde ich von Sasha angesprungen und beinahe aus dem Gleichgewicht gebracht. Kein schlechter Versuch für einen Jungen.

»Mann, das war ein super Tackling.«

»Aber ich hab dich nicht von den Beinen geholt, Dad.«

»Stimmt, aber ich musste ganz viel Kraft aufwenden, um stehen zu bleiben.«

Ich nehme meinen Sohn auf den Arm und liebkose ihn. Er riecht nach einer Mischung aus Schweiß und kleinem Jungen, Erde und Lutschern. Das alles wird noch überlagert von einem köstlichen Aroma, das aus der Küche dringt. Mir läuft das Wasser im Mund zusammen.

»Komm nach draußen und wirf den Ball. Ich kann schon richtig gut fangen.«

»Heute Abend nicht, Junge. Ich bin ziemlich müde.«

Amy tritt durch die Hintertür ins Haus und kommt durch den Flur auf uns zu. Im Gegenlicht, das aus dem Garten hereinfällt, scheint ihr Kleid zu verschwinden. Ich sehe nur ihre Umrisse, wie eine Geige, die sich mir hin und her schwingend nähert. Sie wirkt verärgert, sodass ich meine herzergreifendste Miene aufsetze, einen um Zuneigung bettelnden Hundeblick. Sie lenkt ein und küsst mich. Ich schlinge die Arme um sie und Sasha.

»Igitt, ihr zwei seid peinlich.« Sasha windet sich zwischen uns heraus und läuft in sein Zimmer.

Wir fangen beide an zu lachen, halten uns weiter fest und steigern uns in ein Gelächter hinein, das nicht mehr aufzuhören scheint. Dann drückt sie ihr Gesicht an meine Brust, der Drang, sie zu beschützen, wird überwältigend. Ich ziehe sie an mich und weiß genau, dass ich nirgendwo sonst auf der Welt sein möchte. Einen Moment lang sind wir still, atmen den Geruch des jeweils anderen ein, dann hebt sie ihr Gesicht, wir küssen uns. Ich hebe sie hoch. Sie schlingt die Beine um meine Hüfte. Ohne das Küssen zu unterbrechen, bringe ich sie ins Schlafzimmer, aber sie zieht sich zurück, schüttelt den Kopf und sagt, ich solle sie absetzen. Diesen Ausdruck in ihren Augen habe ich nie zuvor gesehen. Ich könnte herauszufinden versuchen, was los ist, aber im Moment bin ich nur erschöpft. Sie geht hinaus in den Flur und ruft Sasha, der in die Badewanne soll.

Vielleicht war es einfach schlechtes Timing. Der letzte Sonnenstrahl fällt auf unser Doppelbett. Im Schlafzimmer ist es ruhig und friedlich. Es riecht nach Amy. Durchs Fenster kann ich den Pool sehen, er glitzert sauber. Amy muss ihn für mich abgesaugt haben. Die Sonnenstrahlen reflektieren von der Wasseroberfläche und fallen auf die Zimmerdecke. Am besten wäre, ich ginge schwimmen, aber ich kriege den Arsch nicht hoch.

Stattdessen lasse ich mich aufs Bett fallen und öffne die Schublade des Nachttischs, in der ich nach der Totenfeier Ivans Beretta eingeschlossen habe. Ich weiß nicht, was mich gerade jetzt zu der Waffe hinzieht. Nachdem ich sie herausgenommen habe, zwingt mich die Macht der Gewohnheit, mich zu bücken und zwischen meinen Beinen hindurch nach dem Reinigungsset zu greifen, das ich unter dem Bett verstaut habe. Der Geruch des Waffenöls versetzt mich in meine Teenagerjahre zurück.

Als wir dreizehn und zwölf waren, nahm Dad Ivan und mich zum ersten Mal mit in den Busch, um uns zu zeigen, wie all die Gewehre und Faustfeuerwaffen im Arsenal der Familie funktionieren. Dad wirkte beinahe zärtlich, als er uns beim Zielen half und demonstrierte, wie man möglichst schnell nachlud. Er brachte uns bei, die Waffen zu reinigen und zu pflegen. Was die Sauberkeit seiner Feuerwaffen angeht, ist Dad penibel.

Als wir älter wurden, schossen wir statt auf in Bäumen aufgestellte Flaschen lieber auf Kängurus und Wildschweine. Zuerst nahmen wir sie von der Ladefläche unseres Lieferwagens ins Visier, dann mit einer Hand vom Soziussitz des Motorrads. Alle paar Monate fuhren wir Richtung Westen, an Bourke und Cobar vorbei oder hinunter in die Riverina, in die Gegend um Cootamundra. Manchmal allein, manchmal mit der Truppe. Campen und Schießen. Wir aßen alles auf, was wir schossen. Restlos.

Wenn wir zusammen mit der Crew dort draußen waren, übten wir für bevorstehende Jobs. Wir lernten, auf die altmodische Art Autos zu stehlen, mit Paketband oder einem Kleiderbügel. Dad nahm Ivan, Anto und mich zur Seite, um uns eine Aufgabe für die Nacht zu übertragen. Wir mussten warten, bis sämtliche Männer auf ihren Schlafmatten schnarchten. Dann krochen wir mit Messern um das Lager herum, zwei hielten Wache, während der Dritte sich vorsichtig die Armbanduhr von Baz oder die goldene Halskette von Josef schnappte. Am nächsten Tag bekamen wir einen Schlag an den Kopf, wenn wir dem Opfer die Beute zurückgaben.

Mit jedem Mal wurde die Aufgabe ein Stück komplexer. Als wir dreizehn und vierzehn waren, sagte Dad, wir sollten unsere Waffen benutzen.

»Passt auf, dass nicht geladen. Ihr nicht erschießt meine Männer wegen Dummheit. Verstanden? Ihr überfallt Tankstelle da vorne.«

Dad und Baz hatten den Grundriss eines Ladens in den Staub gezeichnet. Die große mit Bier gefüllte Kühlbox hielt als Ladentheke her, hinter der unsere Vettern Brick und Blocker standen. Josefs Söhne waren Jungs von acht und neun Jahren, aber ihre Spitznamen passten perfekt zu ihrem Körperbau.

Ivan, Anto und ich trugen Beanies und mussten uns »der Tür« mit gesenktem Kopf nähern, um nicht in die Kameras zu schauen. In letzter Minute taten wir so, als würden wir die »Sturmhauben« über unsere Gesichter ziehen. Wir preschten durch die Tür, rissen die Waffen aus dem Hosenbund und riefen. »Runter! Unten bleiben!« Josef spielte eine schreiende Frau, um die wir uns zu kümmern hatten.

Im Laden war Ivan der Boss. Er befahl Blocker, aufzustehen und an die Kasse zu gehen, um das Geld rauszurücken. Blocker zog eine Schrotflinte hervor, die hinter der Kühlbox versteckt war.

Es gab verschiedene Arten, Blocker die Flinte wegzunehmen. Manchmal griff Ivan nach dem Ende des Laufs, entriss dem Jungen die Waffe und schlug sie ihm gegen den Kopf, um ihn dazu zu bringen, das Geld rauszurücken. Oder Anto schnappte sich »die Lady« und bedrohte sie, sodass sie Blocker anflehte, die Schrotflinte wegzulegen. Einmal sprang ich einfach über die Kühlbox und nahm ihn aus dem Spiel. Wir mussten uns das Geld dann von Brick geben lassen.

Nach diesen Trainingseinheiten betrank Dad sich häufig und ließ seinen Aggressionen freien Lauf, beispielsweise, indem er mich auf den Hinterkopf schlug und mir sagte, ich wäre weniger wert als ein Stück Scheiße. Ganz egal, wie ich dann reagierte, schien es immer nur schlimmer zu werden. Immer wenn Dad im Suff bösartig wurde, gab Ivan sein Bestes, ihm gut zuzureden. Dafür hatte mein Bruder ein echtes Talent. Manchmal brachte er Dad zum Lachen, und die Sache nahm für alle ein gutes Ende.

Ich weiß noch, wie ich mit Anfang zwanzig auf meiner Enduro saß und durch niedriges Gestrüpp, Staub, Grashügel und Felsbrocken ein Känguru verfolgte. Als ich nahe genug war, ließ ich die Waffe fallen, zog mein Messer und sprang vom Motorrad auf den Rücken des eins achtzig großen Roten Riesenkängurus. Es war über die plötzliche Last so schockiert, dass ich es zu Boden ringen konnte, ohne von seinen mächtigen Hinterbeinen in Stücke gerissen zu werden. Ich wollte ihm gerade die Kehle aufschlitzen, als mich der Drang zu töten mit einem Mal verließ. Ich sprang auf und brachte mich schnell auf Abstand. Das Tier kam auf die Beine und hüpfte davon, wobei es sich noch einmal nach mir umdrehte. Nein, ich verfolge dich nicht. Ich sah mich um und spürte plötzlich die paranoide Angst, dass Dad mich beobachtete, aber ich entdeckte keine Menschenseele. Es war das letzte Mal, dass ich zur Jagd ging.

Sasha stürmt ins Zimmer, frisch gebadet. Als er die Beretta sieht, bekommt er leuchtende Augen.

»Darf ich sie anfassen, Dad? Ich will sie mal halten.« Er streckt die Hand aus, seine Stimme klingt sehnsüchtig. Was zum Teufel mache ich hier eigentlich? Mit einer Schusswaffe in der Hand auf dem Bett zu sitzen.

»Keine Waffen, bevor du zwölf bist. Das weißt du doch. Familientradition.« Ich schwinge mich auf, schiebe das Reinigungsset mit dem Fuß unters Bett, lege die Beretta wieder in die Schublade, schließe sie ab und lasse die Schlüssel in meiner Tasche verschwinden. Als ich das enttäuschte Gesicht meines Sohnes sehe, treffe ich eine Entscheidung – ich werde mit dieser verdammten Tradition brechen. Sasha wird niemals lernen müssen, wie man mit einer Schusswaffe umgeht.

Am Kühlschrank lasse ich drei Eiswürfel in einen Whisky-Tumbler fallen und gehe zur Anrichte im Wohnzimmer, wo ein halbes Dutzend Flaschen mit Spirituosen stehen, aufgereiht wie in einer Bar. Ich gieße mir einen großen Scotch ein und trinke einen Schluck. Das rauchige Aroma wirbelt durch meinen ausgedörrten Mund und meine Kehle hinunter. Ich lasse mich auf meinen Lieblings-Drehsessel fallen, kreisele langsam und betrachte den Raum, die sorgfältig ausgewählten Gemälde, die Möbel, die teuer wirken, obwohl sie es nicht waren. Meine Frau hat einen großartigen Geschmack. Sie hat meinen Standard deutlich gehoben. Ich kann sie jetzt nicht im Stich lassen.

Ich weiß, dass ich meinen Vater anrufen muss. Er hat es heute zweimal versucht, ich habe nicht mal seine Nachrichten abgehört. Er will meinen Angriffsplan hören – den ich nicht habe. Vielleicht sollte ich darüber nachdenken, statt mich gleich wieder zu betrinken.

Amy kommt herein und starrt demonstrativ auf mein Glas. »Ich dachte, du hättest gestern genug gehabt.«

»Nein, hab ich nicht. Hör auf, mich zu kontrollieren.« Meine Reaktion kommt spontan, ich bedaure die Worte, kaum dass ich sie ausgesprochen habe.

»Ich versuche nicht, dich zu kontrollieren. Ich versuche, dir zu helfen.« Sie setzt sich mir gegenüber. »Ich bin wirklich wütend auf Milan. Das ist verrückt. Du hast nicht ernsthaft vor, etwas zu unternehmen, oder? Denk daran, in welche Gefahr du Sasha und mich bringst.«

Warum kapiert sie es nicht? Ich bin auch meiner Familie verpflichtet – und meiner Gang. »Ich muss etwas tun. Ich weiß noch nicht, was, aber ich habe jedenfalls nicht vor, mich erwischen zu lassen.« Ich schenke mir nach. Das Eis ist noch nicht geschmolzen, aber es ist kaum noch Scotch im Glas.

Jemand klopft laut an die Haustür.

Amy wirkt verwirrt. »Erwartest du jemanden?«

»Nein. Ich sehe mal nach.«

Ich gehe in den Flur und schaue durch den Spion. Scheiße.

»Es ist Dad!«, rufe ich.

Das hat man davon, wenn man einem Problem wie meinem Vater ausweicht – einen Hausbesuch. Seiner Miene nach zu urteilen, wird das, was jetzt kommt, ziemlich unangenehm.

AMY Beim Anblick von Milan an der Haustür schaudere ich. Ich kann mich nicht erinnern, wann er das letzte Mal hier gewesen ist. Wir gehen zu ihm. Er kommt nicht zu uns.

»*Dida! Dida!*«, ruft Sasha und läuft zu seinem Großvater, den er anbetet. Seine Haare sind vom Baden noch feucht, er trägt seinen heißgeliebten Superman-Schlafanzug. Milan lächelt breit, hebt ihn hoch und wirbelt ihn herum. Die beiden so zusammen zu sehen, sollte mich glücklich machen, stattdessen macht es mich jedes Mal fertig. Milan drückt Sasha fest an seine Brust, küsst ihn auf den Kopf und setzt ihn wieder ab. Endlich sieht er mich an. Kein Lächeln, nur ein Nicken. Er schiebt Sasha in meine Richtung, mir ist klar, was erwartet wird. Mutter und Kind müssen sich zurückziehen, während die Männer wichtige Dinge besprechen.

Am liebsten würde ich schreien, was Milans Blick auf mich als nutzloses Weibsstück nur bestätigen würde. Ich habe akzeptieren müssen, dass Johnny in einem männlich-chauvinistischen Haushalt aufgewachsen ist und es ihn auf eine Art und Weise prägt, die ihm selbst nicht bewusst ist. Aber ich werde dafür sorgen, dass Sasha nicht dieselben Werte übernimmt.

Sobald ich den Jungen in die Küche bugsiert habe, gebe ich

ihm die Kopfhörer und beschäftige ihn mit einem Computerspiel. Zugegebenermaßen keine vorbildliche Erziehungsmethode, aber ich will nicht, dass er mit anhört, was sich vermutlich zwischen Johnny und seinem Vater abspielen wird. Ich mache mich an die Vorbereitungen zum Abendessen, so leise wie möglich, um ihrem Wortwechsel lauschen zu können.

Unser offener Küchen- und Wohnbereich liegt rechts von der Haustür, neben dem Flur, der sich als eine Art Rückgrat mitten durchs Haus zieht. Auf sämtlichen Fußböden liegen entweder Astkieferdielen oder beigefarbene Fliesen, je nach Funktion des Raums. Die Wände haben wir in kühlem Weiß streichen lassen. Unser Haus macht keinen sonderlich charmanten Eindruck, aber alles ist praktisch und leicht sauber zu halten. Als Johnny dann noch den versenkten Pool im Garten hat anlegen lassen, waren wir ziemlich zufrieden mit uns.

Johnny sitzt mit Milan in seinem Arbeitszimmer, links vom Hausflur. Die Tür ist geschlossen, aber was ich von den gedämpften Stimmen mitbekomme, reicht aus, dass ich mir genau vorstellen kann, in welche Richtung sich das Gespräch entwickelt. Es scheint, als würde niemand außer mir die drohende Gefahr bemerken. Wie können sie alle so blind sein?

Johnny könnte körperlich viel bedrohlicher wirken, als Ivan es je getan hat, auch wenn er seine Stärke ständig herunterspielt – vielleicht ein weiterer Grund, warum Milan und Ivan ihn an die Seite gedrängt haben. Aber Johnny fühlt sich für jeden Einzelnen der kroatischen Immigranten verantwortlich, die sie in den Fischläden der Novaks arbeiten lassen, dafür bewundere ich ihn.

Ich habe Monate gebraucht, um herauszufinden, dass Johnny Legastheniker ist, so perfekt verbirgt er es. Wenn man ihm dagegen eine komplizierte Tabelle in die Hand drückt, wird er zum Gelehrten. Deshalb ist er für die Finanzen verantwortlich. Aber als er vorgeschlagen hat, die Fischladen-Familien an den Profiten zu beteiligen, haben Milan und Ivan ihn bloß ausgelacht.

Ivan fehlte Johnnys Verantwortungsbewusstsein. Er lebte nach dem lächerlichen Familienmotto – keine Freunde, keine Gefühle, kein Gewissen. Was für ein Schwachsinn. Ivan hat immer den Eindruck völliger Sorglosigkeit gemacht. Johnny war in vielem das Gegenteil seines Bruders, dafür war ich ihm immer dankbar. Aber Milan weiß genau, welche Knöpfe er bei Johnny drücken muss.

Ich höre, wie mein Mann sich dafür verteidigt, dass er einen Plan entwickeln will, bei dem er nicht erwischt wird. Plötzlich wird ein Sessel lautstark über den Holzboden geschoben. Dann ein Klatschen. Jetzt höre ich das tiefe Grollen von Milans Stimme.

Mein Herz rast. Wie kann der Drecksack sich unterstehen, meinen Mann zu ohrfeigen? Warum lässt Johnny sich derart herumschubsen? Ich bin wütend und muss irgendwie eingreifen. Ich werde eine Schüssel Chips ins Zimmer bringen und die Atmosphäre ein bisschen auflockern. Als ich gerade den Vorratsschrank öffnen will, halte ich inne. Milan wäre sicher wütend. Ich würde alles nur schlimmer machen. Nach Sashas Geburt ist unser Verhältnis besser geworden, aber inzwischen ist jegliche Wärme verschwunden. Er will mehr Enkel, und was das angeht, habe ich versagt.

Ich kehre zur Arbeitsplatte zurück, träufele Olivenöl auf die Steaks und würze sie mit Pfeffer und Salz. Das Verrückte ist, dass ich in den letzten Tagen jedes Mal, wenn ich Johnny anschaue, immer nur Milan sehe. Er ähnelt seinem Vater so sehr, viel mehr als Ivan. Wenn Johnny spricht, hören die Leute zu. Er strahlt Würde aus. Wohingegen Ivan es einfach gut verstanden hat, Menschen zu manipulieren, vor allem seinen Vater. Selbst wenn Milan betrunken und extrem geladen war, konnte Ivan ihn zum Lachen bringen. Ivan war charmant, aber sein Lächeln hat nie die Augen erreicht. Er hat sich einfach genommen, was er wollte.

Meine Finger fangen an zu zittern. Der Salzstreuer rutscht mir aus der Hand und zerschellt auf dem Boden. Verdammt. Ich nehme Kehrblech und Handfeger unter der Spüle heraus, fege alles zusammen und höre auf, an Ivan zu denken. Stattdessen konzentriere ich mich auf meinen Mann.

Johnny weiß überhaupt nicht, wie klug er ist. Mit seinen Fähigkeiten könnte er alles Mögliche machen. Ich weiß, dass tief in ihm eine Wut brodelt, allerdings auf niedriger Flamme. Ich habe selten erlebt, dass sie überkocht. Er richtet seinen Zorn nie direkt gegen mich oder Sasha. Sein Vater kann ihn verrückt machen, oh ja. Aber Johnny lässt sich davon nicht mitreißen. Er scheint den Zorn nach innen zu richten.

In Milan ist mehr Wut als in jedem anderen Menschen, der mir je begegnet ist. Er hat eine echte *Begabung* zur Wut.

Wie aufs Stichwort höre ich Milan durch die Haustür treten. Kurz überlege ich, nachzuschauen, ob mit Johnny alles in Ordnung ist, aber damit würde ich zu erkennen geben, dass ich die Ohrfeige gehört habe. Was wir jetzt brauchen, ist ein nettes, normales Abendessen. Sobald Sasha im Bett ist, werde ich in die Offensive gehen. Ich muss Johnny davon abhalten, irgendwelche Dummheiten zu machen. Den Anführer der örtlichen Serbengang zu ermorden, wäre eine Dummheit der Extraklasse.

AMY Als Johnny am nächsten Morgen in der Küche auftaucht, habe ich schon mit Sasha gefrühstückt und ihn zum Schulbus gebracht. Das ist gut für seine Selbstständigkeit, außerdem sitzen immer irgendwelche Kinder aus seiner Klasse im Bus. Zu Fuß ist der Schulweg zu weit, außerdem müsste er den Hume Highway überqueren. Deshalb bringe und hole ich ihn normalerweise mit dem Auto. Die Fahrt dauert nur fünfzehn Minuten, und es ist nicht so, als hätte ich übermäßig viel zu tun. Aber heute Morgen muss ich ein Gespräch mit meinem Mann führen, ihm klarmachen, dass die Situation außer Kontrolle gerät. Gestern Abend hat er sich wieder betrunken, sodass es sinnlos gewesen wäre, nach dem Abendessen mit ihm zu reden.

Johnny sitzt am Küchentresen und macht sich genüsslich über die Eier mit Speck her, die ich ihm hingestellt habe. Ich mag nicht so gut kochen wie Branka, aber mein Rührei muss keinen Vergleich scheuen. Das Geheimnis liegt in einer Prise Dill. Ich schenke ihm schwarzen Kaffee ein, setze mich neben ihn und puste auf meinen heißen Tee. Mit einem leisen Stöhnen schaufelt Johnny sich die Eier rein.

»Schmeckt's?«

»Das beste Frühstück, das ich je hatte, ehrlich.«

»Schön. Freut mich für dich.«

Er senkt den Kopf und führt die nächste Gabel zum Mund. Ich wette, er denkt, dass es nicht schaden kann, die Auseinandersetzung mit vollem Magen zu führen. Ich kann warten. Ich nippe an meinem Tee und schaue ihn an. Meinen großen, gutaussehenden Mann. Ich erinnere mich daran, wie wir gestern Abend völlig unbefangen gelacht haben. Wie wir uns festgehalten und uns geküsst haben. Ich schließe die Augen und merke, dass meine Gefühle weicher werden. Sofort fällt mir wieder ein, dass Milan ihn geschlagen hat, und was er von Johnny verlangt, um irgendeinem verdrehten Ehrgefühl Genüge zu tun. Ich richte mich kerzengerade auf, um mehr Entschlossenheit auszustrahlen.

Mit einem zufriedenen Seufzer schiebt er den Teller beiseite und wischt sich mit dem Handrücken über den Mund. Ihn dazu zu bringen, eine Serviette zu benutzen, ist schon immer ein Kampf gewesen. Er trinkt noch einen Schluck

Kaffee und dreht seinen Hocker dann so, dass er mir ins Gesicht sieht.

»Was ist los, Ames?«

»Du weißt, was los ist.«

»Schatz, ich stehe unter Druck.«

»Dann scheint deine Bewältigungsstrategie nicht zu funktionieren.«

»Gib mir nicht das Gefühl, ich wäre dumm.« Er steht auf und sieht von oben auf mich herunter. Ich weiß, dass keine Absicht dahintersteckt, aber es facht meinen Ärger an, ich schiebe den Stuhl ebenfalls zurück. Wir stehen uns gegenüber, Brust an Brust. Na ja, nicht ganz, denn immerhin bin ich zwanzig Zentimeter kleiner als Johnny.

»Versuch nicht, mich einzuschüchtern, Milan«, fauche ich ihn an.

»Nenn mich nicht Milan!«

»Dann benimm dich nicht wie Milan!« Ich kehre ihm den Rücken zu und gehe um den Küchentresen herum. Ich brauche Abstand.

Johnny lässt die Schultern hängen, er wirkt traurig und frustriert. »Scheiße, ich fahre jetzt«, brummt er.

Von dort, wo ich stehe, kann ich den Vorgarten überblicken. Als Johnny sich abwendet, entdecke ich einen schwarzen SUV vor unserem Haus. Besuch? Ein getöntes Fenster gleitet nach unten. Im nächsten Augenblick macht Johnny einen Satz über den Küchentresen hinweg und reißt mich zu Boden. Wir landen schmerzhaft, ich bekomme keine Luft mehr. Es gibt einen scharfen Knall, dann zerspringt Glas. Er hält mich am Boden fest, sein Körper gibt mir Deckung. Noch ein Knall. Ich brauche eine Sekunde, um zu begreifen, dass es ein Schuss ist. Ich will schreien, aber weil ich immer noch um Atem ringe, kommt nichts heraus.

»Bleib, wo du bist!«, brüllt Johnny.

Völlig verängstigt rolle ich mich auf dem Küchenfußboden zusammen, um mich herum zersplittertes Frühstücksgeschirr. Ich wünschte, sein Körper wäre noch da, um mich vor der Gefahr abzuschirmen, aber er ist weg. Sobald ich das Öffnen der Haustür und schnelle Schritte höre, setze ich mich langsam auf, reibe mir den Hinterkopf und greife nach der Kante des Küchentresens, um mich hochzuziehen. Zitternd schlinge ich die Arme um meinen Oberkörper und bahne mir zwischen den Scherben hindurch einen Weg ins Wohnzimmer. Immer wieder wandert mein Blick zwischen dem kaputten Fenster und den beiden Löchern hoch oben in der Wand hin und her, kurz unterhalb der Decke.

»Verdammte Scheiße«, flucht Johnny, als er wieder hereinkommt und das auf dem Boden verstreute Glas sieht. »Gott sei Dank war Sasha nicht hier.«

»Wie bitte, zähle ich etwa nicht?« Ich erkenne meine Stimme kaum wieder.

»Bist du in Ordnung?« Er steht unmittelbar vor mir, hält meine Schultern gepackt, sein wilder Blick mustert mich von oben bis unten. »Bist du verletzt? Hab ich dich verletzt?«

Ich schiebe ihn weg und deute auf die beiden Einschusslöcher.

»Was zum Teufel hat euer dämlicher Krieg in unserem Haus zu suchen?« Meine Beine zittern, meine Stimme klingt immer noch fremd, so als wäre ich in einem Tunnel.

»Hey, wir wissen nicht, ob es die Serben waren.«

»Was? Nimmst du sie jetzt in Schutz? Ich dachte, du sollst einen von ihnen umbringen. Oder hast du das etwa schon getan?«

»Nein!«

»Also willst du mir sagen, dass jemand auf uns schießt, obwohl du noch niemanden getötet hast?«

»Falls es dich wirklich interessiert: Ich suche nach einem Weg, dass ich Stanislav nicht umbringen muss.«

»Na, wie rücksichtvoll! Dann plan mal schön weiter, Johnny.« Meine Angst ist in Wut umgeschlagen. Ich drehe mich auf dem Absatz um, stürme ins Schlafzimmer und schlage die Tür hinter mir zu.

Auf dem ungemachten Bett sitzend, mit dem Rücken zur Tür, höre ich, wie Johnny mir folgt. Vorsichtig öffnet er die Tür.

»Es tut mir leid, Ames. Ich finde raus, wer das war, das verspreche ich dir. Sie haben die nächste Grenze überschritten. Ich kümmere mich darum, dass das Fenster heute noch ausgetauscht wird. Heute Morgen. Jetzt sofort. Ich muss nur ...«

Ich sehe, wie er die Bodenbretter in unserem Kleiderschrank verschiebt und den Safe öffnet. Dafür kann es nur einen Grund geben, was mir ein schneller Blick bestätigt: Ja, er überprüft die Sicherung seiner Glock.

In den Nachrichten würde man den Vorfall als »Drive-by Shooting« bezeichnen. Das hier ist unser Zuhause. Als wir geheiratet haben, hat Johnny mir versichert, es gebe einen Ehrenkodex – Frauen und Kinder seien tabu. Aber inzwischen scheint alles aus den Fugen geraten zu sein.

Johnny kommt um das Bett herum und sieht mich an. Die Waffe ist nirgends zu sehen.

»Fass nichts an, okay? Bleib einfach hier drin. Und vergiss nicht, dass ich dich und Sasha immer beschützen werde.«

Ich mache mir nicht die Mühe, darauf zu antworten. Beschützen? Wen will er hier auf den Arm nehmen? So etwas wie gerade ist noch nie passiert, aber wenn ich ehrlich bin, hat das Risiko immer bestanden, oder? Vielleicht sollte ich anfangen, mir klarzumachen, in welche Familie ich eingeheiratet habe.

Während ich ihn im Flur in sein Handy brüllen höre, sinke ich auf dem Bett zusammen und starre hinaus auf die Oberfläche des Pools, der in der windstillen Hitze ganz ruhig daliegt. Mein Herz rast. Ich versuche, tief durchzuatmen. Einen Moment lang werfe ich mir vor, dass ich so leicht aus der

Fassung zu bringen bin, dann mache ich mir klar, dass ich gute Gründe habe, verängstigt zu sein.

Ich weiß nicht, wie viel Zeit vergangen ist, als ich vom Wohnzimmer her ein Hämmern höre. Zitternd stehe ich auf und mache das Bett. Als ich die Sicherheit des Schlafzimmers verlasse, ist sämtliches Glas verschwunden. Draußen im Vorgarten schneiden zwei Männer eine neue Scheibe zurecht. Überrascht, dass nirgends ein Polizist zu sehen ist, gehe ich in die Küche, wo Johnny gerade die letzten Scherben zusammenfegt.

Er lehnt den Besen an die Arbeitsfläche und nimmt mich in den Arm. Ich lasse es stumm über mich ergehen und hoffe, er wird sagen, dass er jetzt gehen muss. Ich will ihn aus dem Haus haben.

»Ich muss jetzt zur Arbeit, Ames, aber hier ist alles organisiert. Mach dir über nichts Gedanken. Wenn die Polizei informiert wäre, müsste sie längst hier sein, also hat niemand etwas gemeldet.«

Ich nicke. Er beugt sich vor und küsst mich. Ich schaue weg, sodass er mit meiner Wange vorliebnehmen muss. Er greift nach den Schlüsseln und schließt die Tür zur Garage auf. Als ich höre, wie der Motor des Jeeps anspringt, gehe ich zurück ins Schlafzimmer.

Johnny hat gesagt, eine weitere Grenze sei überschritten worden. Er hat auch gesagt, Sasha hätte im Haus sein können. Ich selbst wäre um diese Zeit normalerweise nicht im Haus gewesen, sondern auf der Rückfahrt von der Schule, wo ich ihn abgesetzt hätte. Vielleicht hätte ich auch mit Lexy einen Kaffee getrunken oder wäre auf dem Weg zu einer Yogastunde gewesen. Oder in einem Buchladen oder der Bibliothek, wo ich mich mit Thrillern eingedeckt hätte, um nach der Hausarbeit etwas zu lesen zu haben.

Wenn ich nicht hier gewesen wäre, hätte ich vielleicht gar nichts erfahren. Johnny hätte ein neues Fenster einsetzen und die Einschusslöcher zuspachteln lassen können. Ein bisschen Farbe darüber, und ich hätte nie etwas mitgekriegt. So aber habe ich Angst. Ich weiß nicht, was er sonst noch vor mir verbirgt.

Ich reibe mir übers Gesicht. In diesem Drama kann ich nur dann ein wenig Kontrolle behalten, wenn ich Sasha und mich aus der Schusslinie bringe.

Ich muss packen. Genug für mehrere Wochen. Wir fahren zu Mum und Dad. Sie werden sich freuen und hoffen, dass es das Ende einer Ehe bedeutet, die sie von Anfang an aus vollem Herzen abgelehnt haben. Ich weiß nicht, ob ich ihre Freude ertragen kann, aber sie wohnen in einer dieser sicheren, bewachten Wohnanlagen für Senioren. Wie sicher sie tatsächlich ist, kann ich nicht einschätzen. Immerhin dürfte es schwieriger sein, durchs Wohnzimmerfenster zu schießen, wenn man vorher einen hölzernen Schlagbaum durchbrechen muss.

Ich würde nicht im Traum daran denken, zu Mum und Dad zu ziehen, wenn sie nicht für nächste Woche eine Flusskreuzfahrt in Europa gebucht hätten. Eine Woche lang müsste ich ihre kaum verborgenen Häme ertragen können. Länger sicher nicht. Aber wie lange wird es dauern, bis Johnny diese Situation entweder bereinigt hat, verhaftet wird oder ums Leben kommt?

Mein Inneres fühlt sich an wie ein Gummiband, an dem aus sämtlichen Richtungen gezerrt wird. Trotzdem muss ich mich konzentrieren. Egal was passiert, ich lasse nicht zu, dass Sasha zum Opfer wird. Wenn wir nicht hier sind, können wir nicht zwischen die Fronten geraten. Oder?

JOHNNY Auf dem Weg zu Anto klingelt mein Handy. Scheiße, es ist Dad.

»Komm jetzt, wir haben Treffen. Hier in Haus.«

»Dad, auf uns ist gerade geschossen worden!«

»Wer schießt auf euch?«

»Ich weiß nicht.«

»Geschossen auf wen? Nicht Sasha?«

»Nein, niemand ist verletzt, aber unser Wohnzimmerfenster ist hin. Amy hat sich zu Tode erschreckt.«

»Wohnzimmerfenster. Nicht du, nicht Sasha, also nichts geändert. Komm her, erklär mir Plan.«

»Um Himmels willen, Dad, ich hab noch keinen Plan. Ich glaube, du hast es nicht begriffen. Jemand hat auf Amy und mich geschossen. Wenn Sasha nun da gewesen wäre?«

»Wo ist Loch von Kugel? Du gefunden?«

»Ja, zwei Löcher in der Wohnzimmerwand, ziemlich weit oben.«

»Also sie nicht versuchen zu töten. Nur Angst machen. Hat funktioniert. Du Angst. Jetzt du holst Anto und kommst her. Du hast zehn Minuten, zu machen Plan.«

Als ich vor Antos Haus ankomme, tritt er gerade aus der Tür. Das Haus ähnelt unserem auf beinahe unheimliche Weise. Dreigeteilte, helle Ziegelfassade mit braunen Fensterrahmen aus Aluminium. Wir wohnen nur wenige Straßen voneinander entfernt in einer Siedlung aus den Siebzigern. Unter architektonischen Gesichtspunkten kein besonders inspiriertes Jahrzehnt, jedenfalls hier in Liverpool. Aber die Grundstücke sind groß genug für einen Pool und einen Grill im Garten, und vor dem Haus ist Platz, um ein bisschen mit dem Ball zu kicken. Mit besorgter Miene nimmt Anto auf dem Beifahrersitz Platz.

»Dein Dad hat gerade angerufen, Kumpel. Der Boss hat ein Treffen einberufen.«

»Ja, ich weiß. Scheiße, jemand hat gerade auf mich geschossen!«

Anto starrt mich ungläubig an. Ich erzähle ihm die Einzelheiten.

»Himmel, Mann! Und dein Dad will dich noch immer nicht vom Haken lassen?«

»Nein! Warum sollte ihm die Sicherheit seines einzigen verbliebenen Sohnes, seiner Schwiegertochter und seines Enkels wichtiger sein als seine scheiß Rache?«

Antos Augenbrauen verziehen sich zu einem »V«. Mein Kumpel fühlt mit mir, ich beschließe, alles rauszulassen.

»Da ist noch was. MacPherson hat mich am Montag vor dem Haus abgepasst. Er hat mich aufs Revier mitgenommen und mir Überwachsungsvideos aus der Nacht gezeigt, in der Michael Vucavec ermordet wurde, und aus der Nacht, in der Ivan ums Leben kam. In beiden Nächten wurde nach den Schüssen ein schwarzer SUV gefilmt. Ein Mercedes ML63.«

»Warum zeigt er dir so was?« Anto mag die Polizei genauso wenig wie jeder andere in unserer Branche.

»Wahrscheinlich geht er davon aus, dass derselbe Täter hinter beiden Morden steckt. Er hat gesagt, ich soll die Schuld nicht den Serben geben. Er will keinen Krieg.«

»Gut. Warum sagst du es nicht deinem Dad? Es gibt dem Ganzen einen neuen Dreh, oder?«

»Ich hab Dad angelogen, als er mich gefragt hat. Jetzt kann ich nicht zurückrudern. Er muss irgendjemandem die Schuld geben, warum also nicht den Serben? Vielleicht stecken sie ja wirklich dahinter. Warum sollten wir den Standpunkt der Polizei übernehmen? Ich muss Dad nur überzeugen, mir mehr Zeit für einen vernünftigen Plan zu geben.«

»Hast du den Wagen gesehen, aus dem heute Morgen geschossen wurde?«

»Ja. Ein schwarzer Mercedes ML63.«

»Leck mich.«

»Nein danke.«

Ich halte hinter Markos goldlackiertem Kabrio, das an der einzigen Stelle steht, die durch den Jacarandabaum vor dem Haus meiner Eltern ein bisschen Schatten bekommt. Ich widerstehe dem Drang, den Jeep in seine im passenden Goldton gehaltene Stoßstange krachen zu lassen, und frage mich, warum Dads Verbot von Angeberautos für Marko anscheinend nicht gilt.

Anto und ich gehen durchs Haus und treten auf die Terrasse. Die älteren Mitglieder der Truppe sind schon da – Dads Vettern, Mike Novak und sein Sohn Boris, alias Stump und Fibs. Stump hat bei einem Rasiermesserkampf im Gefängnis zwei Glieder seines rechten Zeigefingers verloren, und Fibs schert sich grundsätzlich nicht um die Wahrheit, wenn sie weniger spannend ist als die Geschichte, die er loswerden will. Joe und Niko Cetnic heißen Bigsie und Shrimp, weil Joe klein und Niko ziemlich hochgewachsen ist. Natürlich sind auch Baz, Josef und Marko da. Bigsie, Stump, Josef, Baz und Dad gehen alle auf die sechzig zu. Marko ist gerade vierzig geworden, Anto, Fibs, Shrimp, Brick, Blocker und ich sind noch ein paar Jahre jünger. Der Rest der Truppe ist zwischen zwanzig und dreißig und heute nicht eingeladen.

»Bist dünn.« Mum schaut mich an und kneift mir in den Arm. »Amy kocht nicht genug Essen? Sitz, iss *Fritule*.«

Sie drückt mich auf meinen üblichen Platz am Tisch, neben Dad, und schiebt mir eine Platte voll kleiner, mit Zucker überzogener Teigbällchen herüber. Dann füllt sie zwei Tassen mit Kaffee aus der Warmhaltekanne und knallt sie vor Anto und mir auf den Tisch.

Zu den Schüssen sagt sie nichts. Das bedeutet, dass Dad es ihr nicht erzählt hat. Wahrscheinlich ist es das Beste. Sie wuselt noch eine Weile um den Tisch herum und zieht sich dann zurück.

Wir sind als Letzte gekommen, was bedeutet, dass Dad

alle anderen vorher angerufen hat. Das Letzte, was ich jetzt will, ist, mich von ihm in irgendein demütigendes Spiel verwickeln zu lassen.

»Okay, Johnny, wir alle hier. Wir hören Plan, du versprochen.« Das Funkeln in Dads Augen wirkt auf verdächtige Art vergnügt. Ich beschließe, in die Offensive zu gehen.

»Heute Morgen wurde mein Haus aus einem vorbeifahrenden Auto beschossen. Das Wohnzimmerfenster ist komplett kaputt. Amy war im Haus und hatte schreckliche Angst. Gottseidank war Sasha schon in der Schule.«

Aus den Reaktionen am Tisch schließe ich, dass Dad nicht daran gedacht hat, den Vorfall vor unserem Eintreffen zu erwähnen. Ich habe nicht die leiseste Ahnung, warum. Um zu sehen, ob ich es erwähne, um Mitgefühl zu wecken? Um zu sehen, ob ich immer noch ängstlich klinge? Scheiß auf ihn, ich muss die Sache zu meinem Vorteil nutzen und mir mehr Zeit verschaffen.

»Wer war es?«, fragt Josef.

»Sie haben dein Haus beschossen? Heute Morgen? Als deine Frau zu Hause war?« Baz' Reaktion ist genau die, auf die ich gesetzt habe.

»Ja, während Amy zu Hause war. Und nein, Josef, ich weiß nicht, wer es war. Vielleicht die Serben, wer weiß? Ich hab nur einen schwarzen Mercedes SUV gesehen. Jedenfalls bedeutet es, dass unser nächster Schritt, egal was wir tun, nicht zu offensichtlich sein darf.«

Ich will, dass alle am Tisch begreifen, dass sie mit drinstecken. Ich hole tief Luft und fahre mit lauterer Stimme fort.

»Wenn ihnen klar ist, dass wir hinter einem Vergeltungsanschlag stecken, werden die Serben sich ihrerseits rächen. Wir wissen nicht, wen sie als Nächstes töten.«

Ich schaue mich um und sehe, dass Anto nickt. Einige folgen seinem Beispiel, andere verziehen keine Miene.

Marko gibt sich keine Mühe, sein hämisches Grinsen zu

verbergen. »Bist du noch in der Planungsphase, Vetter? Hast du vielleicht vor, dir Eier wachsen zu lassen?«

Mehrere Männer brummen zustimmend, es wird gelacht, aber ich weiß, dass die Reaktion nicht allzu respektlos ausfallen wird. Schließlich bin ich immer noch der Sohn des Bosses, und man hat auf mich geschossen.

»Es geht nicht um meine Eier, Marko, die größer und behaarter sind als deine. Es geht ums Hirn. Es mag seltsam klingen, aber ich möchte weder umgebracht noch verhaftet werden. Ich bin vorsichtig. Wir wollen doch nicht, dass das Ganze sich zu einem offenen Krieg auswächst, oder?«

Diesmal registriere ich mehr Zustimmung am Tisch, selbst Dad scheint meine Worte abzuwägen.

»Nein, Johnny, wir nicht wollen Krieg. Wir wollen Rache. Ist Mittwoch, ich bin geduldiger Mann. Ich dir gebe mehr Zeit. Bis Sonntag, du hast Plan, du erklärst Plan. Ich sage okay oder Marko macht Job. Ist einfach.«

»Gib mir den Job jetzt, Boss.« Marko lehnt sich zurück. »Ich bringe dir Stanislavs fetten serbischen Kopf als Sonntagsbraten.«

Seine Angeberei zieht zustimmendes Gemurmel nach sich, ein paar Fäuste hämmern auf den Tisch. Aber ich weiß, dass die meisten in der Truppe meinen Vetter insgeheim für durchgeknallt halten.

»Du wartest bis Sonntag, Marko. Johnny, du und Anto letzte Woche sammeln zu wenig Geld. Ich sehe in Bücher. Du bringst in Ordnung. Und mach Plan für Sonntag.«

Ich nicke nur. Es hätte schlimmer laufen können. Ich werfe Anto einen Blick zu. Ich brauche den Kopf nur leicht zu neigen, er folgt mir nach draußen.

Wir steigen in den Jeep, ich fahre Richtung Cumberland Highway. Wir haben noch zu tun. Der nächste Halt ist unser Fischladen in Cabramatta. Wir sind beide still und warten, dass die Anspannung langsam nachlässt. Nach ein paar Minuten schaue ich seufzend zu meinem besten Kumpel hinüber. Er wirft einen sehnsüchtigen Blick auf die Krispy-Kreme-Filiale, die rechts vor uns auftaucht.

»Heute keine Krispys, Kumpel.« Ich schlage ihm spielerisch auf den eisenharten Bauch. »In letzter Zeit wirst du ein bisschen füllig.«

»Quatsch keinen Scheiß. Ich hab heute Morgen schon hundert Squats gemacht und kann essen, was ich will. Ich bin mit einem göttlichen Stoffwechsel gesegnet.«

»Ja, klar. Hör zu. Wir sollten eine Menge Geld verdienen und so früh wie möglich in den Ruhestand gehen. Aber erst mal müssen wir uns möglichst schnell etwas richtig Gutes ausdenken, bevor Dad komplett durchdreht und ich im Gefängnis lande, weil ich den fetten Arsch Stanislav umgebracht hab.«

»Dein Dad will dich bloß auf die Palme bringen, dazu benutzt er Marko. Du könntest auf seinen Bluff eingehen und den Job Marko überlassen.« Anto schnaubt. »Ich meine, für so was ist er schließlich ausgebildet, oder?«

»Klar, aber Ivan war *mein* Bruder.« Im Stillen wiederhole ich diesen Satz immer wieder, vielleicht kann ich mich dazu überwinden, zu tun, was Dad verlangt. Ich biege rechts auf die Cabramatta Road.

Anto richtet sich auf. »Vielleicht hab ich eine Idee.« Er klingt über sich selbst erstaunt.

»Dann danke ich dem Himmel.«

»Lexy ist eine Großcousine der Vucavecs …«

»Anto«, unterbreche ich ihn, »ich bin derjenige, der von Dad die Sondererlaubnis eingeholt hat, dass du eine Serbin heiraten darfst, schon vergessen?«

»Mann, dafür verfluche ich dich manchmal.«

»Was ist mit deiner Idee?«

»Gestern Abend hat sie mir erzählt, dass all ihre Verwandten in Belgrad sich gerade zu einem Familienfest getroffen haben. Sie hat mir Fotos auf Facebook gezeigt. All diese beschissenen fetten Serben, wie sie dasitzen und fressen und saufen.«

»Und?«

»All die großen Tiere waren da, Mann. Die Vucavecs, die Milovics und die Novakovs.«

»Tatsache? Interessant ... Was hat sie noch gesagt?«

»Na ja, sie hat rumgequatscht, wie schade es ist, dass wir nicht zu den Serbenpartys hier gehen können, weil ich ein stinkender Kroate bin, bla, bla, bla. Aber ich bin ein netter Kerl und sehe mir mit ihr zusammen die Facebook-Fotos an und sage nette Sachen über irgendwelche Babys. Und wen sehe ich plötzlich im Hintergrund auf irgendeinem Bild aus Belgrad?«

»Wen?«

»Stanislav.«

»Was soll das heißen? Der alte Stanislav treibt sich irgendwo in Serbien rum, während ich mir hier allen möglichen Scheiß über meinen Plan anhören muss, ihn um die Ecke zu bringen?«

»Ich hätte gestern Abend schon mal gründlich nachdenken sollen.« Er tut so, als würde er sich selbst ein paar Aufwärtshaken verpassen. »Ich meine, es muss doch irgendwas zu bedeuten haben, oder? Dass Stanislav so kurz nach Michaels Beerdigung dort ist. Vielleicht geht es um etwas Großes.«

»Ja, absolut. Und vielleicht betrifft dieses Große den australischen Zweig der Familie, und Stanislav war deswegen dort. Aber worum geht's? Wie finden wir raus, was die Serben vorhaben?«

»Ich schätze, wir könnten Stanislavs Auto verwanzen! Das wollte ich schon immer mal.« Anto grinst.

»Das könnten wir. Oder wir schnappen uns einen von denen, bringen ihn ins Lagerhaus, bearbeiten ihn ein bisschen und sehen, was er uns erzählt. Ob er etwas darüber weiß, wer Ivan ermordet hat, und was in Bezug auf die Arbeit in nächster Zeit ansteht.«

Unser Lagerhaus ist ein freistehendes Backsteingebäude in einem der älteren Industriegebiete, die Liverpool wie ein Ring umgeben. Dort frisieren wir Autos um, lagern Drogen und gestohlene Sachen, bis wir sie selbst oder über einen Hehler verkaufen. Dad hat das Haus vor Jahren gekauft. Es ist sicher, und die genaue Lage ist ein gut gehütetes Geheimnis. Ich schlage mit der Faust aufs Lenkrad. Endlich ist mir die perfekte Idee gekommen.

»Wie wäre es mit Nick Stanic? Wir wissen, wo er wohnt, und er ist ein Schwächling. Er wird schnell einknicken.«

»Immer mit der Ruhe, Kumpel«, sagt Anto und zieht eine Grimasse. »Wann hast du ihn zum letzten Mal gesehen? Als wir in der Highschool gegen ihn Fußball gespielt haben? Inzwischen ist er ein riesiger Kerl. Wir müssten ihn auf dem falschen Fuß erwischen. Und was sollte Nick davon abhalten, Stanislav zu erzählen, dass wir ihn uns geschnappt haben?«

»So kräftig ist er nun auch wieder nicht, und im Zweifel hängt es davon ab, was wir herausfinden. Es muss etwas richtig Gutes sein, sonst halten wir ihn einfach fest, bis die ganze Sache vorbei ist. Vielleicht motiviert ihn das, die richtigen Informationen auszuspucken. Ansonsten könnten wir ziemlich sauer auf ihn werden.«

»Klingt riskant.« Anto wirkt besorgt. »Können wir nicht einfach Stanislavs Auto verwanzen?«

Als wir an den roten Backsteingewölben der serbisch-orthodoxen St. George Church vorbeikommen, gibt es einen lauten Knall. Ich verliere die Kontrolle über den Jeep, der ausbricht und auf die Gegenspur gerät. Wir geraten ins Schleudern, ich reiße das Lenkrad nach links, von dem direkt auf uns zukommenden Sattelschlepper weg.

Alles geschieht in Zeitlupe, ich atme erst wieder, als ich den Wagen unter Kontrolle gebracht habe. Ich biege links ab auf die Coventry Street, wo ich halten kann. Wir beide springen aus dem Wagen und sehen, dass der linke Vorderreifen geplatzt ist.

»War das ein Schuss, oder ist er von selbst geplatzt?« Anto betrachtet das verdammt große Loch im Reifen.

Ich schaue zurück zur Kirche und zur Cabramatta Road, um zu sehen, ob irgendjemand uns ein bisschen zu viel Aufmerksamkeit schenkt. Aber ich entdecke niemanden.

Dann bemerken wir beide gleichzeitig das Einschussloch im linken vorderen Kotflügel, direkt vor dem Reifen.

JOHNNY Als ich Anto abgesetzt habe und endlich nach Hause komme, geht es auf sieben Uhr abends zu. Ich bin hungrig und müde und hoffe, dass Amys Stimmung sich etwas gebessert hat. Ich fahre auf die Einfahrt und registriere erleichtert, dass das Wohnzimmerfenster heil ist und anheimelndes gelbliches Licht auf den Vorgarten fällt. Das Garagentor gleitet hoch, ich stelle überrascht fest, dass Amys Mini nicht da steht, wo er stehen sollte. Ich spüre einen Anflug von Angst, schüttele sie aber gleich wieder ab. Amy muss zum Einkaufen gefahren sein.

Ich lasse das Garagentor für Amy offen und schließe die Tür zum Haus auf. Heute will ich für Sasha da sein. Ich will die letzten Tage wiedergutmachen und ein bisschen Zeit mit ihm verbringen, bevor er ins Bett muss. Es dauert einen Moment, bis ich begreife, dass Sasha nicht im Haus ist. Aber natürlich würde Amy ihn nach dem Vorfall heute Morgen hier nicht allein lassen. Es riecht auch nicht nach Essen. Seltsam. Wo zum Teufel ist sie?

Dann entdecke ich den Zettel auf dem Küchentresen.

Johnny,
ich habe Sasha zu Mum und Dad gebracht. Ich glaube nicht, dass wir beide im Moment bei dir zu Hause sicher sind. Ruf nicht an und komm uns nicht besuchen. Ich brauche Zeit, um in Ruhe nachzudenken. Amy

Nicht »In Liebe, Amy«, sondern einfach »Amy«.

Scheiße, Scheiße, Scheiße. Das ist nicht gut. Ich hämmere ihre Nummer ins Handy, als wäre das Display mein Feind. Es klingelt immer weiter. Seltsam. Sie hat ihre Mailbox ausgeschaltet. Ich greife nach meinem Schlüsselbund, springe wieder in den Jeep und rase rückwärts die Einfahrt hinunter. Auf der Straße starte ich schlingernd durch. Statt des Abendessens habe ich nur Wut im Bauch.

Das Haus von Amys Eltern liegt nur zwanzig Minuten entfernt, aber irgendwie auf einem anderen Planeten. Jedes Haus in dieser Rentnersiedlung unterscheidet sich ein wenig von denen der Nachbarn, trotzdem sind sie irgendwie alle gleich. »Einfach« bringt es am besten auf den Punkt. Der Wächter am Schlagbaum fragt mich, zu wem ich will. Dann schaut er auf seine Liste und schüttelt den Kopf.

»Die Parsons empfangen heute Abend keine Besucher, Sir.« Das letzte Wort kommt ein wenig zu spät, um noch als respektvoll durchgehen zu können.

Der Wärter ist kräftig gebaut, deutlich über sechzig, und hat eine Wampe. Ich stelle mir vor, wie ich ihn problemlos aus seinem kleinen Häuschen zerre und so lange auf ihn einprügele, bis er schreit. In den Augen des Mannes entdecke ich so etwas wie Angst, er greift nach unten. Ich werde nie erfahren, was er dort gesucht hat, denn ich lege den Rückwärtsgang ein, setze zurück, bis ich wenden kann und fahre langsam nach Hause.

Irgendwie schäme ich mich. Der arme Kerl hat einfach nur seinen Job gemacht.

AMY Wenigstens muss ich nicht in meinem früheren Kinderzimmer schlafen oder etwas ähnlich Demoralisierendes. Stattdessen liege ich in einem sehr gemütlichen französischen Bett im hübschen Gästezimmer. Zur Einrichtung gehören ein dick gepolsterter Sessel, geraffte Vorhänge und eine Fülle von Zierkissen in beruhigenden Grüntönen.

Ich frage mich, was passieren müsste, damit Johnny seine Eltern verlässt und in einen anderen Teil des Landes zieht. Wenn wir unser Haus verkaufen würden, könnten wir woanders neu anfangen. Wir könnten beide arbeiten. Es würde Spaß machen. Es wäre normal. Ich würde trotzdem dafür sorgen, dass ich zu Hause bin, wenn Sasha von der Schule kommt.

Im Augenblick ist Sasha in »seinem« Zimmer, ein Stück den Flur entlang. Mit seiner blau-weißen Tapete mit Flugzeugmotiven stammt das Zimmer direkt aus der *Vogue Living*. Sasha ist es gewöhnt, mindestens einmal im Monat dort zu schlafen, wenn Johnny und ich abends ausgehen. Als ich vor dem Zubettgehen nach ihm gesehen habe, war ein sanftes Schnarchen zu hören.

In meinen Augenwinkeln sammeln sich Tränen. Die Vorhänge sind geschlossen, aber es ist noch hell genug, dass ich mich auf die vagen Umrisse der Stuckrosette an der Decke konzentrieren kann. Ich habe es mit Yogaatmung probiert. Mit Meditation. Ich habe versucht, im Kopf leer zu werden, aber sobald ich die Augen schließe, sehe ich Johnny vor mir, wie er sich über den Küchentresen hinweg auf mich wirft. Ich spüre, wie wir unsanft auf dem Fußboden landen, wie sein Gewicht mir die Luft abdrückt. Ich höre den zweiten

Schuss durch den sonnigen Morgen hallen und in der Wand unseres Wohnzimmers einschlagen. Unwillkürlich öffne ich die Augen und versuche es noch einmal mit tiefem Atmen.

Ich habe vorher angerufen, um Mum und Dad nicht zu überrumpeln, als ich mit unseren Koffern auftauchte, während Sasha noch in der Schule war. Mum hat mir eine Tasse Tee gemacht und sich mit mir an den Küchentisch gesetzt. Sie wirkten besorgt, hatten aber offenbar beschlossen, keine Fragen zu stellen. Es wäre so leicht gewesen, ihnen alles zu erzählen, so wie ich es früher gemacht habe, vor meiner Heirat mit Johnny. Stattdessen habe ich erklärt, wir hätten uns gestritten, mehrmals gestritten, und ich bräuchte ein paar Tage für mich, um alles zu durchdenken. Hätten sie erfahren, was wirklich passiert ist, hätten sie die Polizei und einen Psychiater angerufen und mich in die Klapse einweisen lassen. Sie wären total verängstigt gewesen.

Aber sie wissen es nicht, sie glauben, was ich ihnen erzählt habe. Auch wenn Dad seine triumphierende Miene nicht ganz verbergen kann, sagt er kein böses Wort über Johnny. Sie wissen beide, dass so etwas nach hinten losgehen würde. Mum erzählt mir den neuesten Klatsch aus dem Viertel. Als Dad in den Ruhestand gegangen ist, sind sie in diese Seniorensiedlung gezogen und haben gleich angefangen, von den organisierten Ausflügen zu den Theatern in der Stadt und zu Kunstkursen zu schwärmen. Sie spielen hier Bridge, Golf und Tennis und haben eine Menge neue Freunde. Mich erinnert das ein bisschen zu sehr an eine Art gemütliches Jugendlager, aber die beiden scheinen es wirklich zu mögen.

Sasha von der Schule abzuholen, hat dem Tag einen Anstrich von Normalität gegeben. Er war begeistert, bei Nanna und Grandpa zu übernachten, schließlich war klar, dass sie ihn verwöhnen würden. Als er begriff, dass auch ich über Nacht bleiben würde, fragte er nach seinem Vater. Um ihn nicht mit allem auf einmal zu konfrontieren, hatte ich die Koffer in der Garage versteckt. Ich sagte, Johnny wäre ein paar Tage beruflich unterwegs, es wäre doch schön, wenn wir eine Weile bei Nanna und Grandpa bleiben könnten.

Ich könnte Mum und Dad bitten, mir Geld zu leihen, an die Nordküste fahren und mich dort niederlassen. Einen Teilzeitjob annehmen. Johnny würde uns so sehr vermissen, dass er den ganzen Schlamassel hinter sich lassen und zu uns ziehen würde. Dann denke ich an das Geld im Safe unter dem Boden unseres Kleiderschranks. Als ich es das letzte Mal gezählt habe, waren dort mehr als zweihunderttausend Dollar. Ich muss mir kein Geld leihen. Ich könnte einfach die Hälfte nehmen, verschwinden und Sasha erzählen, wir würden in Urlaub fahren. Ohne seinen Vater. Hmm.

Wie hat Johnny sich gefühlt, als er meine Nachricht gelesen und begriffen hat, dass wir wegfahren? Ich empfinde es nicht als Sieg, ich fühle mich elend, als hätte ich ihn betrogen. Aber ich werde meinen Sohn um jeden Preis beschützen.

Außerdem fühle ich mich zum ersten Mal seit Ivans Tod sicher. Mein Dad ist gleich am Ende des Flurs. Wenn ich es schaffe, die Augen zu schließen und einzuschlafen, ist morgen früh vielleicht alles besser.

Musik. Laut. Heavy Metal. Dröhnende Gitarren und jemand, der schreit. Ich werde zu Boden gedrückt. Ich wehre mich und kämpfe dagegen an. Heißer Atem in meinem Ohr und an meinem Mund. Ich bekomme keine Luft. Ich versuche es mit aller Kraft, aber ich kann mich nicht befreien. Ich gehe unter. Jemand muss mir helfen!

Ich erwache von dem Schrei, schweißgebadet, meine Arme und Beine haben sich in der Bettwäsche verheddert. Wenige Augenblicke später öffnet sich die Schlafzimmertür, Mum stürzt im Nachthemd herein.

»Alles in Ordnung, Schatz? Warum hast du geschrien?«

Ich muss mich schnell beruhigen. Ich kann nicht riskieren, dass Mum die Reise absagt, weil sie sich um mich sorgt.

»Mir geht's gut.« Ich zwinge mich, langsam zu atmen. »Ich hatte nur einen Albtraum.«

»Offenbar einen heftigen Albtraum.«

»Mum, es ist gut. Ehrlich, geh wieder schlafen.«

Sie setzt sich auf mein Bett und streicht mir die Haare aus dem Gesicht. Ihre kühle, trockene Hand fühlt sich beruhigend an. Ich komme mir wieder vor wie ein Kind. Es ist so tröstlich, dass ich zu weinen anfange.

Warum musste das passieren?

Die Sehnsucht, meiner Mutter alles zu erzählen, ist überwältigend. Ich kann die Tränen nicht zurückhalten. Sie nimmt mich in den Arm, bis ich mich beruhige. Ich fühle mich zerbrochen wie ein kaputtes Spielzeug. Irgendwann gelingt es mir, sie zu überzeugen, dass ich klarkomme und sie wieder ins Bett gehen kann.

Ich bekomme kein Auge mehr zu. Wahrscheinlich ist es das Beste, bis zum Morgen wach zu bleiben.

JOHNNY Ich fahre den Jeep in die Garage und trete auf den Rasen vor dem Haus. Der Mond ist nur eine dünne Sichel. Ich lasse die Schultern hängen, meine Knie geben nach. Ich hocke im Gras und lasse die Tränen fließen. Hier ist niemand, der mich sieht.

Mein Bruder ist nicht mehr da. Meine Frau und mein Kind sind weg. Es ist mein gutes Recht, mich beschissen zu fühlen.

Langsam stehe ich auf und wische mir mit beiden Händen durchs Gesicht.

Nein, ich habe nicht das Recht, mich mitten im Vorgarten gehen zu lassen. Dass mich niemand beobachtet, spielt keine Rolle. Ich kann es sehen. Ivan kann es sehen.

Wenn er jetzt hier wäre, würde er mich an den Schultern packen, mich schütteln und sagen, ich solle mich verdammt noch mal zusammenreißen. Dann würde er mich in den Schwitzkasten nehmen. Kurz muss ich lächeln, dann fließen die Tränen wieder.

Das letzte Mal habe ich ihn nach einer großen Party für die Crew gesehen, in seinem Haus. Nach einem erfolgreichen Blitzeinbruch bei einem Luxusjuwelier in Mosman hatten wir uns alle hemmungslos betrunken. Am nächsten Tag schaute ich bei ihm vorbei und fand ihn allein in seinem Wohnzimmer. Die Vorhänge waren geschlossen und sein Haus ein einziges Schlachtfeld, also bot ich an, ihm beim Aufräumen zu helfen. Er sagte, ich solle es lassen. Irgendwie wirkte er distanziert und wich meinem Blick aus. Wahrscheinlich hatte er einen mörderischen Kater, aber ich wünschte, unser letzter gemeinsamer Moment wäre anders verlaufen.

Ivan war egoistisch und manipulativ. Er konnte ein totales Arschloch sein. Genau wie unser Dad fand er oftmals kein Ende. Hin und wieder musste ich ihn von Schlägereien wegziehen, weil ich dachte, er würde sonst jemanden umbringen. Um seinen Willen durchzusetzen, tat er alles. Aber er hat immer hinter mir gestanden.

Ich wünschte, ich hätte ihn bei unserer letzten Begegnung gefragt, ob irgendetwas nicht stimmte. Vielleicht hätte ich ihm helfen können. Vielleicht wäre ich an der Reihe gewesen, mich um ihn zu kümmern. Jetzt werde ich es nie erfahren. Scheiße, ich vermisse den Drecksack.

AMY Sasha ist in der Schule, Mum und Dad nehmen an einem Golfturnier teil, das sich über den ganzen Tag hinzieht. Also beschließe ich, mich nützlich zu machen. Ich nehme Mums Wäschekorb, stelle das Bügelbrett ins Wohnzimmer und mache den Fernseher an.

Als ich die Fernbedienung aus der Hand lege, verkündet der Nachrichtensprecher: »Gestern Abend sind in Western Sydney ein weiteres Mal Schüsse gefallen. Es war der dritte Vorfall dieser Art innerhalb eines Monats, alle sollen in Verbindung mit den Aktivitäten krimineller Banden stehen. Tony Fazzini, ein bekanntes Gesicht aus dem italienischen Gangstermilieu, wurde von zwei Schüssen getötet, als er die Mülltonnen an den Straßenrand stellte.«

Ich drehe mich um und lasse mich in einen Sessel fallen. Wir waren bei Tony Fazzinis Hochzeit. Er ist der älteste Sohn von Antonio Fazzini, dem Kopf einer der großen italienischen Gangs. Er hat zwei kleine Kinder.

Die Aufnahmen wurden gestern Abend vor Tonys Haus gemacht, keine halbe Autostunde von der Stelle entfernt, wo ich jetzt sitze. Absperrband, besorgte Nachbarn, flackerndes Blaulicht.

»Dieser letzte Anschlag steht für die Polizei im Zusammenhang mit den tödlichen Schüssen auf andere bekannte Bandenmitglieder in den letzten Wochen«, fährt der Nachrichtensprecher fort. »Michael Vucavec wurde am 14. November erschossen, Ivan Novak am 21. November. Gehen die Schüsse aufs Konto einer Bürgerwehr, die versucht, für Ordnung auf unseren Straßen zu sorgen?«

Mum und Dad werden es mitbekommen und ausflippen. Gott sei Dank spielen die kroatischen und serbischen Gangs in den Medien keine große Rolle. Sie sind nicht so berüchtigt wie die Italiener, Libanesen und Somalier. Dementsprechend wurde über Ivans Tod kaum berichtet, obwohl eine Woche zuvor ein identischer Anschlag verübt worden war. Und sicher habe ich im Zusammenhang mit Ivan bis jetzt nie den Begriff »bekanntes Bandenmitglied« gehört.

Im Bild erscheint Detective Inspector MacPherson, der auf den Stufen vor dem Liverpooler Polizeirevier eine improvisierte Pressekonferenz abhält. Was er zu sagen hat, bekomme ich nicht mit, weil der Nachrichtensprecher seinen Monolog unbeirrt fortsetzt.

»Detective Inspector MacPherson leitet die Western Sydney Organised Crime Task Force. Er versichert uns, dass bei dieser Art Verbrechen normalerweise keine Gefahr für die breite Öffentlichkeit besteht und dass sein Team mehreren vielversprechenden Spuren nachgeht.

Und wieder steht eine Saison mit schweren Buschbränden bevor ...«

Ich schalte den Fernseher aus.

»Wann kommt Dad nach Hause? Kommt er morgen zu meinem Cricketspiel?«, fragt Sasha beim Abendessen.

Wir sitzen in der ganz in Weiß gehaltenen Küche. Ich starre demonstrativ auf die neuesten, im Retrostil gehaltenen Haushaltsgeräte in passenden zitronengelben Tönen und hoffe, dass Mum und Dad mir zu Hilfe kommen.

»Ich sehe mir dein Spiel an, Sash«, sagt Dad mit einem komplizenhaften Blick in meine Richtung. »Dein Vater muss arbeiten.« Er beugt sich über den Tisch und zerzaust Sashas Haare. Dass sie verwandt sind, ist nicht zu übersehen. Mein Vater ist groß, sieht für sein Alter gut aus, seine blonden Haare sind inzwischen fast weiß.

»Sei nicht beleidigt, Grandpa, aber ich will, dass Dad kommt.«

Ich muss mir das Lächeln mühsam verkneifen. Bei meinem Sohn kann ich mich immer darauf verlassen, dass er die Dinge sagt, wie er sie sieht. Aber Dad ist Anwalt im Ruhestand und nicht so leicht eingeschnappt.

»Sorry, Kumpel, aber du wirst wohl mit mir vorliebnehmen müssen.«

»Ich komme auch mit, dann ist es gleich noch mal so gut«, sagt Mum, die Cricket hasst, ihrem Enkel aber auch dabei zusehen würde, wie er stundenlang in den Himmel starrt. Wobei Sasha auf dem Sportplatz kaum lange stillstehen dürfte.

»Ich schätze, das ist okay«, erklärt Sasha schließlich. »Kommst du auch mit, Mum?«

»Als ob ich es mir entgehen lassen würde, wenn du einen Sechser schlägst! Kannst du deinen Teller bitte zur Spüle bringen, wenn du fertig bist?«

»Welchen Film willst du sehen, Champ?« Dad folgt Sasha zur Spüle. Auf dem Weg aus der Küche hinaus diskutieren sie die Vorzüge von DC-Filmen verglichen mit denen von Marvel.

»Danke fürs Kochen, Schatz. Was für ein Luxus.« Mum nimmt den letzten Löffel des Lachs-Frühlingszwiebel-Risottos. »In den letzten Jahren bist du eine richtig gute Köchin geworden.«

»Ich habe ja auch genug Zeit, um mich zu verbessern.«

Sie mustert mich aufmerksam, als versuche sie sich zu entscheiden, ob sie fortfahren solle.

»Du weißt, dass ich dir mit Sasha helfen kann, falls du wieder arbeiten gehen willst.«

»Danke, Mum. Vielleicht. Schauen wir mal, wie es weitergeht. Hast du jemals mit dem Gedanken gespielt, wieder arbeiten zu gehen, nachdem du mich bekommen hast?«

»Himmel, nein. Ich hatte immer meine Wohltätigkeitsarbeit und mein Golf. Und ich wollte im Hause sein, wenn du von der Schule kommst. Du hattest eine gute Kindheit, oder?« Sie wirkt verunsichert, als wären meine derzeitigen Schwierigkeiten irgendwie ihre Schuld.

Ich stehe auf und fange an, den Tisch abzuräumen. »Ich hatte eine perfekte Kindheit, Mum. Nach der Schule in den Pool springen. Hausaufgaben machen und sich dabei den Duft eines köstlichen Abendessens um die Nase wehen lassen. Einfach perfekt.«

»Du hast für Sasha eine sehr behütete Umgebung geschaffen. Aber Kinder sind robuster, als wir uns vorstellen können. Er wird mit den Veränderungen klarkommen, falls du dich in diese Richtung entscheidest.«

Als ich ihren Beilagenteller abräumen will, legt sie die Hand auf meinen Unterarm. Ihre Augen stellen die Frage, die sie bewusst nicht ausgesprochen hat. Vielleicht liest sie etwas in meiner Miene, das sie dazu bewegt, die Hand zurückzuziehen und das Gespräch wieder auf sicheres Gelände zu lenken.

»Schatz, du weißt ja, dass du mich zu dem einen oder anderen Wohltätigkeitsevent begleiten kannst, falls du dich langweilst oder nichts Besseres zu tun hast. Ich könnte dich sicher in ein paar Komitees unterbringen.« Jetzt strahlt sie mich an, als hätte sie gerade den Vorschlag des Jahres gemacht.

Eher würde ich Dreck fressen, aber ich gebe mir Mühe, ruhig zu bleiben.

»Danke, Mum, ich denke darüber nach. Geh doch ruhig zu Sash und Dad, während ich mich um den Abwasch kümmere.«

Mit einem dankbaren Seufzer macht Mum sich auf den Weg ins Wohnzimmer. Sie hat in letzter Zeit ein paar Pfund zugelegt, ist aber immer noch ein Hingucker, groß und blond und grünäugig. Ich erinnere mich, dass Johnny gesagt hat, bei der ersten Begegnung mit meiner Mutter sei für ihn alles klar gewesen.

»Du wirst dein Leben lang eine Schönheit sein, Ames. Deine Mutter ist total sexy.«

Für diese scheußliche Bemerkung habe ich ihn gegen den Arm geboxt.

Die Erinnerung zaubert ein vorsichtiges Lächeln auf mein Gesicht. Ich vermisse ihn.

Während ich die Spülmaschine einräume, will sich eine andere, noch nicht so lange zurückliegende Erinnerung in den Vordergrund drängen, aber es gelingt mir, sie im letzten Moment zu verscheuchen. Mit lautem Knall rasselt ein Rollladen herunter. Denk nicht daran, Ames – die Stimme in meinem Kopf ist laut und duldet keinen Widerspruch. Es muss sich um eine Art Überlebensinstinkt handeln. Ich frage mich, ob ich einen Therapeuten aufsuchen sollte, aber wie könnte ich darüber sprechen, was wirklich passiert ist?

JOHNNY Die Rakiaflasche knallt auf den Tisch, ich weiß, dass meine Gnadenfrist abgelaufen ist. In unserem Haus bedeutet Rakia: »Jetzt wird geredet.« Es ist erst Freitagabend, ich hatte gedacht, ich hätte für meinen Plan Zeit bis Sonntag. Scheinbar nicht. Mum hat den Tisch abgeräumt und uns allein am Esstisch sitzen lassen. Die Klimaanlage ist voll aufgedreht, der Ventilator dreht sich mit leisem *Wop-wop* über unseren Köpfen. Trotzdem schwitze ich.

Dad gießt drei Schnapsgläser voll und reicht Marko und mir je eins.

»*Živjeli*!«, sagen wir wie aus einem Mund und kippen den Rakia hinunter. Dad schenkt nach, dann lehnt er sich zurück und starrt mich finster an.

»Marko sagt, deine Frau geht weg, geht zu Eltern. Was ist passiert?«

»Woher weißt du das?« Ich werfe Marko einen mörderischen Blick zu. So überrumpelt, wie ich bin, versuche ich es nicht einmal abzustreiten. Marko nickt und verzieht die Lippen, als hätte er mir einen Gefallen getan.

»Das war nicht meine Frage«, knurrt Dad und zwingt mich zur Konzentration. Er wirkt alles andere als erfreut. »Warum ich höre von Marko, nicht von dir?«

»Ich dachte, sie würde nur eine Nacht weg sein, aber dabei ist es nicht geblieben. Sie spricht nicht mal am Telefon mit mir.« Ich höre, wie verletzt meine Stimme klingt, und bin nicht stolz darauf.

»*Sie spricht nicht mal am Telefon mit mir*«, äfft Dad mich nach. »Hör auf zu weinen wie Kind!«, blafft er mich an. »Sag mir, warum deine Frau nimmt mein einzigen Enkel.«

»Weil irgendein Arschloch unser Wohnzimmer beschossen hat!«, brülle ich. Ich klinge wie ein Teenager, der sich rechtfertigt. »Ich hab dir gesagt, dass sie Angst hatte. Aber ich will wissen, woher Marko davon weiß.« Ich springe auf. »Läufst du mir die ganze Zeit hinterher wie ein scheiß tollwütiger Hund?«

Markos eben noch selbstgefällige Miene zeigt unverhohlene Ablehnung.

Dann platzt alles aus mir heraus, die Wut hat endlich ein Ziel. »Vielleicht hast *du* Ivan getötet.« Ich beuge mich über den Tisch und spucke die Worte aus. »*Du* wolltest Ivan aus dem Weg haben, weil du irgendwann den Boss spielen willst. Je eher, desto besser. Erst Ivan, dann wahrscheinlich mich. Warum? Willst du Amy?«

Marko springt ebenfalls auf. Wir stehen uns drohend gegenüber, aber er hebt beschwichtigend die Hände.

»Beruhige dich, Johnny.«

Im Augenwinkel registriere ich, dass Dad lächelt. Warum zum Teufel amüsiert er sich jetzt?

»Ivan war mein bester Freund.« Marko spricht mit mir wie mit einem Vollidioten, langsam und jedes einzelne Wort betonend. »Du weißt schon, dass Stanislav den Mord an Ivan angeordnet hat. Sein Sohn wurde umgebracht, er gibt uns die Schuld. Er will Vergeltung, obwohl wir mit dem Mord an Michael Vucavec nichts zu tun hatten. Das weißt du! Du hast kein Recht, mir den Mord an meinem besten Freund vorzuwerfen. Oder dass ich irgendwas von deiner Frau will.«

Marko setzt sich wieder hin, als hätte die Erklärung ihn

sämtliche Kraft gekostet. Er schaut mir in die Augen, ich entdecke nur Schmerz.

»Du solltest Respekt lernen, Johnny. Du solltest dich um deine Frau und dein Kind kümmern.« Er schüttelt den Kopf. »Dir ist nie etwas Übles zugestoßen. Das begreife ich. Die schlimmen Dinge hat Ivan dir immer abgenommen. Aber jetzt musst du erwachsen werden.«

Wieder sträuben sich meine Nackenhaare, trotz der schrecklichen Ahnung, er könne vielleicht sogar recht haben.

Dann lässt Dad seine schaufelgroße Hand auf die Tischplatte krachen, sodass die Gläser klirren. Sein Lächeln ist verschwunden.

»Sitz hin. Du nicht antwortest meine Frage, Johnny. Nur beschäftigt mit beschuldigen dein Vetter. Blöder Idiot. Warum ist Amy weg? Sie dich erwischt mit andere Frau?«

Erschöpft lasse ich mich auf den Stuhl fallen. Ich bin die Wut meines Vaters dermaßen leid. Er soll sich raushalten.

»Um Himmels willen, Dad, ich hab's dir schon gesagt! Die Schüsse durchs Fenster haben sie mordsmäßig erschreckt. Sie hätten jeden erschreckt! Sie fühlt sich in unserem Haus nicht mehr sicher. Ihre Eltern wohnen in einer Rentnersiedlung. Es gibt Wachpersonal und einen Schlagbaum am Eingang.«

Dad tut meine Worte mit einer Geste ab, mit der er Fliegen von der Butter verscheuchen würde.

»Zwölf Jahre sie gibt aus unser Geld. Kauft jedes Kleid, das will. Sie glaubt, jetzt gute Zeit zu gehen? Scheiße, was denkt? Amy Problem. Mein einziger Enkel in Gefahr, wenn nicht bei euch.«

»Ich brauche einfach ein bisschen Zeit, um sie zu überzeugen, nach Hause zu kommen.«

»*Du brauchst einfach ein bisschen Zeit.*« Wieder spricht er mit dieser Kinderstimme. »Du bist wie Mädchen. Sie Respekt, wenn du bist wie Mann. Hier, fünfhundert Dollar, gib

Amy. Dann kommt zurück.« Dad stemmt sich ein Stück vom Stuhl hoch, nimmt seine Brieftasche und zählt zehn Fünfziger ab. Dann schiebt er sie mir herüber.

Ich schiebe sie zurück. Zwölf Jahre, und er kennt sie kein bisschen. Amy ist ein braves Mädchen aus der Mittelschicht. Ich habe sie vor der schmutzigen Seite unseres Geschäfts abgeschirmt. Jetzt hat sie Angst. Außerdem ist sie die Letzte, die sich mit Geld kaufen ließe. Marko runzelt die Stirn, als könne auch er nicht glauben, was Dad gerade gemacht hat, aber das nützt mir nichts.

»Es geht nicht ums Geld, Dad. Sie wusste von dem Versprechen, das ich dir gegeben habe. Und dann ist auf unser Haus geschossen worden. Sie ist nicht dumm und weiß genug über unsere Geschäfte, um Angst zu haben. Sie ist niemals irgendwelcher Gewalt ausgesetzt gewesen, aber sie hat begriffen, dass es zu Konsequenzen kommen wird, wenn wir jetzt etwas unternehmen. Wir alle sollten uns Sorgen machen. Was sagst du dazu, dass Tony Fazzini erschossen wurde, als er am Samstag den Müll rausgebracht hat? Genau wie Ivan und Michael?«

Dad stürzt seinen Rakia herunter und füllt sein Glas wieder nach. Dann legt er die Stiefel auf den Esstisch, ein sicheres Zeichen, dass er auf dem besten Wege ist, mit jedem Glas gefährlicher zu werden. Was meinen Versuch betrifft, mit dem Mord an Tony Fazzini vom Thema abzulenken, führt er nur zu weiteren abschätzigen Gesten.

»Bring Sasha zurück, lass Amy hinter Schlagbaum. Amy, wir brauchen nicht.« Er trinkt wieder aus und beginnt sich für seine Idee zu erwärmen. »Ja, bring Sasha, mach Branka wieder glücklich. Sasha wohnt in dein altes Zimmer. Wir finden gutes kroatisches Mädchen für dich, sie mir gibt viele Enkel.«

Langsam begreife ich. Mein Sohn soll in diesem Haus aufwachsen und lernen, andere einzuschüchtern, zu lügen, zu betrügen, zu stehlen. Er soll lernen, nach dem Familienmotto zu leben, als wäre ein kriminelles Leben das einzige, das sich zu leben lohnt. Verdammte Scheiße. Ich muss jetzt vorsichtig sein.

»Das lasse ich nicht zu, Dad. Ich brauche Zeit, um alles zu klären. Amy kommt zurück.«

»Du siehst aus schwach. Bist schwach. Ich rede mit Amy. Oder noch bessere Idee: Ich und Marko, wir holen Sasha von Schule.«

Marko betrachtet mit versteinerter Miene einen Fleck auf dem Tisch. Findet er diese idiotische Idee etwa gut?

Ich habe schon zu viel Zeit verstreichen lassen. Ich muss schnell einen Plan präsentieren, und sei es bloß, um meinen Vater abzulenken. Ihm etwas anderes geben, auf das er sich konzentrieren kann, damit er aufhört, die Entführung meines Sohnes für eine gute Strategie zu halten. Und dann kümmere ich mich um Marko. Er beobachtet Amy, das ist offensichtlich. Woher wüsste er sonst, wo sie ist? Hat mein Vater ihn damit beauftragt, meine Frau zu beschatten?

Und wer zum Teufel profitiert davon, dass jedes Mal, wenn der Müll abgeholt wird, jemand aus einer Gang erschossen wird?

AMY Ich lehne an der Kühlerhaube meines Wagens und sehe Sasha zu, der über das Oval zum Rest seines Unter-elf-Cricketteams geht. Er bewegt sich wie Johnny – leicht stolzierend und mit viel natürlicher Eleganz. Anders als sonst dreht er sich nicht zum Winken um, denn er ist wütend auf mich. Nie zuvor hat er längere Zeit ohne seinen Vater verbracht. Obwohl Mum, Dad und ich ihm erklärt haben, dass Johnny verreist ist – wegen der Arbeit, wer's glaubt, wird selig –, bin ich in seinen Augen scheinbar schuld an der Situation.

Johnny hat immer wieder versucht, mich auf dem Handy zu erreichen, aber ich wollte nicht mit ihm reden. Jetzt klingelt mein Telefon wieder, ich sehe Lexys hübsches Gesicht auf dem Display und nehme das Gespräch an. Sicherheitshalber entferne ich mich ein Stück von Mum und Dad, die es sich in ihren Deckchairs gemütlich machen. Sie lieben diese Ausflüge mit Sasha und mir. Ich frage mich, ob auch sie sich heimlich wünschen, ich hätte mehr Kinder. »Hi, Amy, es tut mir leid. Ich will dich schon seit Donnerstag anrufen. Anto hat mir erzählt, dass du eine Art Auszeit nimmst, stimmt das? Bei deiner Mum und deinem Dad?«

»Lexy, hi. Wie schön, deine Stimme zu hören. Ja, die Schüsse neulich haben mich ziemlich in Panik versetzt.«

»Welche Schüsse?« Lexys Worte kommen langsam, als glaube sie, sich verhört zu haben. Natürlich hat Anto ihr kein Wort gesagt. Kinder und Pferde erschreckt man nicht.

Ich schaue zum Spielfeld hinüber, auf dem Sashas Team als Schlagmannschaft beginnt. Er ist immer einer der ersten Schlagmänner, ich muss das Gespräch also kurz halten.

»Jemand hat unser Wohnzimmerfenster zerschossen.« Ich spreche leise. »Am Mittwoch. Ich hab gedacht, ich muss Sasha in Sicherheit bringen, verstehst du?« Warum klinge ich, als würde ich mich rechtfertigen, als hätte ich Schwäche gezeigt oder so etwas?

»Wie bitte? Ich kann nicht glauben, dass Anto mir nichts davon erzählt hat.« Ich höre sie schreien: »Anto! Warum zum Teufel hast du mir nicht gesagt, dass bei Amy und Johnny durchs Fenster geschossen wurde?«

Eine gedämpfte Antwort, dann wieder Lexys Stimme: »Den schnappe ich mir bei den Eiern. Ich frage mich, was er mir sonst noch verschweigt. Das ist einfach furchtbar. Geht's dir gut? War Sasha dabei?«

»Nein, er war in der Schule, und mir ist nichts passiert, danke. Ich musste nur von Johnny und den Novaks weg.«

»Wo bist du jetzt?«, fragt sie.

»Bei Sashs Cricketspiel, mit Mum und Dad.« Sashas Kumpel Hawken ist der erste Schlagmann. Sein Urgroßvater war ein berühmter Cricketspieler – der Junge hat Potenzial in den Genen. Sasha stellt sich am anderen Ende der Pitch auf.

»Wenigstens kannst du zu deinen Eltern.« Lexy klingt wehmütig. »Meine Mum würde mich auch aufnehmen, aber wenn es nach meinem Dad geht, darf ich ihr Haus nie wieder betreten.«

»Dieser bescheuerte Krieg. Warum hört das nie auf? Haben die Serben und Kroaten vor dem letzten Bürgerkrieg nicht jahrelang friedlich zusammengelebt?«

»Natürlich. Und es gab eine Menge Ehen zwischen beiden Gruppen. Und inzwischen ist es auch wieder so, wenn man nicht gerade in den Gegenden wohnt, wo die Kämpfe am schlimmsten waren, in der Nähe der Grenze.«

»Aber du bist doch hier geboren, oder?« Ich bin verwirrt. Hawken schlägt den ersten Ball Richtung Spielfeldbegrenzung. Die beiden Schlagmänner laufen los, aber der Schiedsrichter ruft: »VIER!« Grinsend kehren sie auf ihre Positionen zurück. Mum und Dad stimmen in den allgemeinen Jubel ein.

»Ja, aber Dad ist zum Kämpfen zurück nach Serbien gegangen«, erklärt Lexy.

»Machst du Witze?« Jetzt hat sie meine volle Aufmerksamkeit. »Warum verlässt ein klar denkender Mensch ein friedliches Land und geht in eine vom Krieg zerrissene Region – zum Kämpfen?«

»Du unterstellst, dass mein Dad klar denkt. Da liegst du falsch. Und natürlich hat ihn das alles noch mehr verändert. Seit seiner Rückkehr ist er noch schlimmer.« Sie seufzt. »Vor meiner Hochzeit mit Anto, als wir noch miteinander geredet haben, hat mein Vater mir erzählt, er hätte Dinge getan, bei denen sich einem der Magen umdreht, auf die er nicht stolz ist. Er ist ein gläubiger Orthodoxer und betet um Vergebung.

Vielleicht kann er sich selbst nur dann vergeben, wenn er den Feind als noch viel schlimmer hinstellt.«

»Dann bist du wegen deiner Ehe mit einem katholischen Kroaten sozusagen der fleischgewordene Teufel?«

»Ja, genau. Ich glaube, wenn man in einem Krieg gekämpft hat, lässt man es niemals wirklich hinter sich. Ich meine, schau dir Marko an. Er kommt mir immer vor wie jemand, der Narben davongetragen hat.«

Ich frage mich, ob ich erwähnen soll, dass ich Markos goldenes Mercedes-Cabrio heute Morgen vorbeifahren gesehen habe, als ich den schlechtgelaunten Sasha in den Wagen gesetzt habe. Es war nicht das erste Mal in den letzten Tagen, dass ich sein Auto gesehen habe. Ich hoffe, es ist nur Zufall, keine von Milan angeordnete Beschattung.

Wieder geht ein Schrei durch die Zuschauer. Hawken hat einen Ball geschlagen, aus dem ein Sechser werden könnte, aber ein kleiner Junge läuft hinaus zum Spielfeldrand.

»Jetzt, wo auch Tony Fazzini erschossen wurde, können die Serben und die Kroaten sich doch eigentlich nicht mehr gegenseitig verantwortlich machen?«, fährt Lexy fort.

Der kleine Junge schnappt sich den Ball, sein ganzes Team läuft hinüber, um ihn zu feiern. Hawken ist raus und wird von Sasha abgelöst.

»Irgendwie kann ich mir nicht vorstellen, dass Milan es so sieht, Lexy. Hör mal, ich muss Schluss machen, Sasha ist dran. Wir telefonieren bald wieder, okay?«

Sasha nimmt seinen Platz ein und klopft zweimal mit dem Schläger auf den Boden. Selbst aus dieser Entfernung kann ich seine ernste, konzentrierte Miene sehen. Ich stelle mich neben Mum und Dad und sehe, wie der Werfer einen Bouncer über die Pitch wirft. Mit einem lauten »Klack« schlägt Sasha den Ball in die Höhe und rennt los. Dann wirft er den Schläger in die Luft, springt jubelnd hoch, der Schiedsrichter ruft: »SECHS!«

JOHNNY Die rote Sonne steht tief. Mit zusammengekniffenen Augen fahre ich auf den Hume Highway Richtung Westen. Mein Ziel ist unser altes Lagerhaus, das Anto und ich für unseren Gast bereitmachen machen müssen. Der Nachmittag war heiß und trocken, der Nordwestwind trägt den unverkennbaren Gestank von Buschfeuern mit sich. Gut siebzig Kilometer von hier, in der Nähe von Bilpin, brennt es an der Bells Line of Road. Als die Sonne hinter den Blue Mountains untergeht, ziehen sich Orange- und Purpurtöne über den Himmel. Zum ersten Mal in diesem Jahr bemerke ich den Brandgeruch und habe ein surreales Gefühl von Déjà-vu. Jeden Sommer wieder brennt Sydney.

Heute Morgen habe ich zu spät daran gedacht, dass Sash ein Cricketspiel hatte. Ich habe versucht, Amy zu erreichen, um mich bei Sasha zu entschuldigen, aber sie ist nicht ans Telefon gegangen. Wie üblich. Ich frage mich, wie sie dem Jungen die Situation erklärt hat.

Nach dem, was ich von Anto gehört habe, bin ich davon überzeugt, dass Stanislav eine große Drogenlieferung erwartet – die will ich mir schnappen. Wenn wir etwas Handfestes herausbekommen, wird Dad Ruhe geben und mir mehr Zeit lassen. Er wird zuerst das Geld wollen, die Rache auf später verschieben. Was mir Zeit gibt, nach dem Mörder zu suchen. Irgendwie werde ich ihn finden.

Amy kommt erst zurück, wenn für sie und Sasha keine Gefahr mehr besteht. Im tiefsten Inneren weiß ich, dass sie recht hat. Sie war immer die Klügere in unserem Team. Der einzige Weg, für die Sicherheit meiner Familie zu sorgen, besteht darin, den Mörder auszuschalten. Bei der Vorstellung, dass Amy mich für immer verlassen haben könnte, umklammere ich das Lenkrad so fest, dass meine Knöchel weiß werden. Ich würde lieber sterben, als sie gehen zu lassen. Ich bringe den Motor auf Touren und werde in den Sitz gedrückt, als ich die Spur wechsele, um einen Deppen in einem Honda CRV zu überholen.

Ich finde den Dreckskerl, der meine Familie bedroht, und bringe meinem Vater den Kadaver.

Das Haus von Nick Stanic ist ein kleiner, kastenförmiger Bau aus roten Ziegeln in der Nähe des Liverpooler Friedhofs. Wir warten die Dunkelheit ab, ehe wir in Antos Holden GTSR vorfahren, der heute Abend wegen seines Kofferraums besser geeignet ist.

Ich habe Nick immer für einen Loser gehalten, aber er steht in der Hierarchie der Serben ziemlich weit oben, im Rang eines Lieutenants. Stanislavs verstorbener Sohn Michael war Nicks engster Kumpel. Nick gehört nicht direkt zur Familie, aber wenn ein größerer Job ansteht, dürfte er Bescheid wissen.

Die Lichter im Haus sind an. Als wir aus dem Wagen steigen, hören wir seinen Fernseher plärren. Wir verlassen uns darauf, dass er allein ist. In unserem Plan sind weder eine Freundin noch andere Zeugen vorgesehen. Wir schleichen an der Vorderseite des Hauses entlang, die Rollos sind heruntergelassen. Direkt vor dem Haus stehen keine Autos, auch sein Ford-Ranger-Lieferwagen ist nicht zu sehen, hoffentlich steht er in der Garage am Ende der Einfahrt.

Wie vor jedem Job spüre ich Hochspannung und ein Gefühl der Unverwundbarkeit. Sobald ich das Startsignal gebe, können wir nicht mehr zurück. Ich habe nicht sämtliche Eventualitäten durchdacht, aber um Amy zurückzubekommen, würde ich alles tun. Das hier fühlt sich an wie der richtige erste Schritt.

»Ich finde die Idee immer noch dämlich«, flüstert Anto. »Wir wissen nicht, wer da drin ist. Nick könnte Besuch von ein paar Kumpels haben.«

»Sei kein Waschlappen. Komm, wir legen los.«

Anto findet meine Strategie nicht überzeugend, aber er wird tun, was ich sage. Ich gehe die Auffahrt seitlich am Haus entlang. Noch immer kann ich keinen Blick ins Wohnzimmer werfen, aber die anderen Zimmer wirken dunkel und leer. Anto lässt mir eine Minute Zeit, dann hämmert er laut an Nicks Haustür und brüllt: »Polizei! Machen Sie auf!«

Es läuft perfekt. Wie der Blitz kommt Nick zur Hintertür heraus und rennt geradewegs in das Kantholz hinein, mit dem ich ausgeholt habe. Als Anto kommt, habe ich Nick schon am Boden und sehe wahrscheinlich ziemlich zufrieden mit mir aus. Nick ist bewusstlos. Wir fesseln ihm die Handgelenke mit Kabelbinder hinter dem Rücken, umwickeln die Fußgelenke mit Klebeband und knebeln ihn. Dann ziehe ich ihm eine Einkaufstasche aus Stoff über den Kopf. Wir wollen nicht, dass er den Weg zum Lagerhaus später wiederfinden kann.

Mit gezogener Waffe gehe ich leise durchs Haus und schaue in jedes einzelne Zimmer. Dass er allein lebt, ist offensichtlich. Auf dem Boden des größten Zimmers liegt eine fleckige Matratze. Über der schmutzigen Duschbadewanne hängen feuchte Handtücher, benutztes Geschirr stapelt sich im Spülbecken und auf der Arbeitsfläche. Das typische Wohnzimmer eines Süchtigen: ein fleckiges Sofa mit Brandlöchern, ein Großbildfernseher, auf dem Couchtisch eine Bong, eine Schale voll Cannabis, leere Bierdosen und überquellende Aschenbecher. Auch die obligatorischen Lines auf einem Rasierspiegel fehlen nicht. Eine kleine Dauerparty für eine Person. Ich bin nur froh, dass er kein Crystal Meth geraucht hat, sonst hätte ich ihn nicht so leicht überwältigt.

Ich schalte den Fernseher aus. Bei seinem Fluchtversuch hatte er Handy und Autoschlüssel bei sich. Ich nehme sein Ladegerät und die Hausschlüssel an mich, damit ich hier abschließen kann. Vielleicht muss es später so aussehen, als wäre Nick ein paar Tage verreist.

Als ich nach draußen komme, liegt Nick bäuchlings auf dem Rasen, mein bester Kumpel sitzt auf seinem Rücken. Anto wiegt hundertzwanzig Kilo, sodass der Serbe hinter seinem Knebel nur leise stöhnen kann. Ich ziehe Anto mit einer Hand hoch, drehe Nick mit dem Fuß auf den Rücken, hocke mich neben ihn und schiebe ihm den Lauf meiner Pistole ins Ohr, damit er keinen Laut von sich gibt.

Anto fährt seinen Wagen auf die Einfahrt. Zu zweit schaffen wir Nick in den Kofferraum. Er ist knapp eins neunzig und wie ein Kühlschrank gebaut. Mit anderen Worten, er könnte als Vetter von mir und Anto durchgehen. Er trägt eine Jogginghose und ein fleckiges T-Shirt. Auf Besuch war er offenbar nicht eingestellt, zuletzt geduscht hat er vor mindestens vierundzwanzig Stunden.

Anto benutzt Seitenstraßen, auf denen weniger Verkehr herrscht. Ich folge ihm in Nicks Ford Ranger. Nach zehn Minuten halten wir an der Rückseite des Lagerraums. Ich schließe auf, öffne das Tor, Anto fährt sofort hinein.

Eine Seite des großen Raums wird von einem mit Autoteilen vollgestopften Metallregal eingenommen. Daneben ist ein Arbeitsplatz für einen Mechaniker eingerichtet, samt Grube, Hebebühne und einer mit Plastikfolie abgetrennten Spritzkabine. Auf der anderen Seite des Lagerhauses stehen Rollregale voller Fernseher und anderer gestohlener Gegenstände. Hinter einer Trennwand befindet sich eine kleine Küche, in der Ecke gibt es eine Toilette. Über einem Drittel der Gesamtfläche ist ein auf Betonpfeilern ruhendes Zwischengeschoss eingezogen. Da oben ist mein Büro, in dem ein zwei Meter hoher Commander Bankers Safe steht. Ihn da hochzukriegen, war ziemlich knifflig, aber er enthält ständig mindestens eine Million in bar, dafür brauchten wir ein Spitzenmodell.

Nick wirkt nicht glücklich, als wir ihn aus dem Kofferraum heben, ihn mit Klebeband an einen Stuhl fesseln und den Stuhl dann an einen der Betonpfeiler binden. Ich ziehe ihm die Einkaufstasche vom Kopf, wir können unseren Fang in Ruhe betrachten.

AMY Heute Nachmittag am Flughafen musste ich meine Eltern mehr oder weniger zum Flugsteig drängen. Mit einem besorgten Blick verschwand Mum schließlich um die Ecke auf dem Weg zur Security. Im Moment sind sie auf dem Weg über Singapur nach Dubai, wo sie einen Anschlussflug nach Amsterdam nehmen. Ich bin erleichtert, fühle mich aber auch ein Stück schutzloser. Jetzt brauche ich meine Freundinnen mehr denn je. Also habe ich es so arrangiert, dass Sasha und ich gleich vom Flugplatz zur Carnes-Hill-Skateboardanlage in Hoxton Park fahren und uns dort mit Chaz und Jenny treffen. Die Kinder finden es toll, mit dem Auto sind es nur zehn Minuten von zu Hause. Natürlich ist es an einem sonnigen Samstagnachmittag wie heute ziemlich voll, aber wir finden einen Sitzplatz im Schatten, statten die Kinder mit Knie- und Ellbogenschonern aus und schnallen ihre Helme fest, bevor wir sie mit ihren Skateboards losziehen lassen.

»Bleibt im flachen Bereich und passt auf, dass wir euch sehen können!«, rufe ich ihnen nach. Sie sind noch in dem Alter, in dem es mehr Spaß macht, vor ihren Müttern zu glänzen, als unserer Aufsicht zu entwischen. Also mache ich mir keine Sorgen. Jedenfalls nicht wegen der Kinder.

»Warum siehst du so ängstlich aus und kaust an den Fingernägeln?«, fragt Chaz. Wieder fühle ich mich mies, weil ich meiner besten Freundin noch nicht erzählt habe, dass ich im Moment bei Mum und Dad wohne.

»Kannst du den Rauch riechen?«, sage ich, um sie abzulenken, und schaue mich um.

»Ja, ich hab im Radio gehört, dass es in den Blue Mountains brennt. Gott, ich hoffe, es wird nicht so schlimm wie letztes Jahr.«

»Wir hatten doch ein ziemlich feuchtes Frühjahr.«

»Ist das wirklich der Punkt, über den du dir Sorgen machst?« Inzwischen kennt sie mich ein bisschen zu gut.

»Sash und ich wohnen im Moment bei Mum und Dad, solange sie im Urlaub sind.« Warum sollte ich nicht damit rausrücken und abwarten, wie sie reagiert?

»Weil du auf ihre nicht vorhandene Katze oder ihren nicht vorhandenen Hund aufpassen musst?«

»Weil ich ein bisschen Abstand von Johnny und dem ganzen Novak-Universum brauche.«

»Okay, jetzt kommen wir langsam zur Sache. Gut gemacht, wenn es das ist, was du brauchst. Wie kommt Johnny damit zurecht?«

Ich bin froh, dass sie fragt. Mir war nie daran gelegen, dass Chaz meine Ehe mit Johnny für einen Fehler hält. Sie verstehen sich ganz gut, trotzdem ist Chaz ihm gegenüber immer etwas misstrauisch gewesen.

»Na ja, ich bezweifle, dass er mit der Situation glücklich ist. Aber ich spreche nicht mit ihm, also kann ich nur spekulieren.«

»Wirklich? Ziemlich erwachsen. Was hat er getan?«

»Nichts. Er hat nichts falsch gemacht«, sage ich. Und in diesem Moment wird mir selbst erst klar, dass ich Johnny eigentlich keinen konkreten Vorwurf machen kann. Aber ich spüre wieder dieses Bedürfnis, mich zu rechtfertigen, sowohl vor Chaz als auch vor mir selbst. »Ich will nur Sasha beschützen. Zuletzt sind drei Menschen gestorben, vermutlich in einer Art Bandenkrieg. Da will ich nicht, dass Sasha auch nur in die Nähe der Novaks kommt.«

»Ich glaube, das ist das Vernünftigste, was ich je von dir gehört habe.« Chaz dreht sich um und sieht zu, wie Jenny einen perfekten Nosebleed hinlegt. Sie verlagert ihr Gewicht zuerst auf den hinteren Teil des Bretts, um die Kante zu überwinden, dann auf den vorderen Fuß. Kurz balanciert sie mit der Nose auf dem Bordstein. Chaz und ich applaudieren überschwänglich. Jenny springt vom Brett, schnappt es sich mitten in der Luft und verbeugt sich.

Chaz sieht mich erwartungsvoll an.

»Jetzt, wo Ivan nicht mehr da ist, will Milan, dass Johnny sich in allen Bereichen des Familiengeschäfts stärker engagiert. Früher oder später wird Sasha merken, dass sein Dad seltsame Arbeitszeiten hat. Es wird Zeit, dass Johnny sich zwischen seinem Vater und uns entscheidet.«

»Also machst du Druck, indem du dich ihm entziehst?«

»Genau«, erwidere ich wenig überzeugend. »Aber jetzt lass uns über etwas anderes reden. Bleib so sitzen. Ich mache ein paar Fotos. Du warst lange genug Single, es ist Zeit für ein bisschen Online-Dating.«

Heute Abend waren Sasha und ich allein im Wohnzimmer von Mum und Dad. Zum ersten Mal ist uns langweilig geworden. Sie haben weder Foxtel noch Netflix, und die frei empfangbaren Programme reißen niemanden vom Hocker. Als Sasha ins Bett gegangen ist, hat er wieder darüber geklagt, dass ihm sein Vater fehlt.

Jetzt sitze ich hier mit einem Glas Rosé und Facebook. Anfangs macht es immer Spaß, die Fotos von angeheiterten Freundinnen bei ihren Jahresausklangpartys zu liken. Oder von ihren bizarr kostümierten Kindern bei ihren Abschlussaufführungen. Freunde, die Urlaub in Thailand machen, die Hochzeit einer alten Schulkameradin auf Bali, drei Freundinnen, die gerade Babys bekommen haben – erschöpft, aber glücklich aussehende Mütter und glücklich, aber ängstlich aussehende Väter. Ich habe seit zwei Wochen nichts gepostet, was aber nicht ungewöhnlich ist. Niemand wird sich wegen meiner spärlichen Kommunikation Sorgen machen. Aber je mehr ich scrolle und like, scrolle und like, desto aufgequollener und unzufriedener fühle ich mich. Als hätte ich zu viel Schokolade gegessen.

Zurück in meinem grünen Zimmer, versuche ich zu schlafen. Kaum dass ich langsam eindöse, lässt der Knall des zweiten Schusses durch unser Wohnzimmerfenster mich wieder erschreckt hochfahren. Als ich irgendwann tatsächlich einschlafe, träume ich, am Boden liegend festgehalten zu werden. Ich wehre mich, kann mich aber nicht befreien. Ich schreie, aber aus meiner Kehle kommt kein Laut. Schluchzend wache ich auf und taste im Bett nach Johnny. Ich schätze, ich vermisse ihn mehr, als ich mir eingestanden habe.

Es ist 2.14 Uhr, als ich auf Zehenspitzen zum Kühlschrank schleiche und mir noch ein Glas Rosé einschenke. Was ist mit mir los? Werde ich zu allem Überfluss noch zur Alkoholikerin? Ich hocke mich an den Küchentisch und suche nach Lösungen.

Seit vier Tagen bin ich jetzt hier. Was muss passieren, damit ich den nächsten Schritt unternehme? Und wie zum Teufel soll dieser Schritt aussehen? Ich komme mir vor, als hätte ich mich in eine Ecke verkrochen. Wie kann ich, wenn ich nicht in Johnnys Nähe bin, irgendeinen Einfluss auf den Ausgang dieses sinnlosen Dramas nehmen? Reicht meine andauernde Abwesenheit aus? Natürlich ist Sasha hier sicherer, aber was macht Johnny? Wie sicher ist er? Seit dem Mittagessen hat er nicht mehr versucht, mich zu erreichen. Er muss etwas vorhaben. Soll ich ihn anrufen? Damit würde ich mich in die schwächere Position bringen. Ich sollte der Sache ein Ende machen und nach Hause fahren.

Stattdessen kippe ich den Rest des Weins ins Spülbecken.

Es bringt nichts, jetzt klein beizugeben.

JOHNNY »Haut ab und verreckt, ihr kroatischen Arschlöcher!« Nick spuckt Blut und tastet mit der Zunge nach lockeren Zähnen. Er ist immer noch an den Stuhl gefesselt, ein blutiges Grinsen ziert sein stumpfsinniges Gesicht. Wir sind erst seit fünfzehn Minuten bei der Arbeit. Anto hat Nick als Sandsack benutzt, ich habe Fragen gestellt, aber bisher vergeblich. Faszinierend, was man in relativ kurzer Zeit mit einem wehrlosen Mann anrichten kann. Wenn es nach mir geht, soll er endlich mit den Informationen rausrücken, dann haben wir es hinter uns.

»Komm schon, Nick. Was weißt du über Stanislavs Besuch in Belgrad? Was ist der große Plan? Was weißt du über den Mord an Ivan?«

Wir kommen kein Stück voran.

Leute zu verprügeln, macht mir nicht viel aus, das habe ich als Kind schon getan. Es war eine der wenigen Möglichkeiten, die Anerkennung meines Vaters zu erwerben. Was bedeutet, dass ich ziemlich gut darin bin. Aber was Nick im Moment braucht, ist ein bisschen Zeit, um sich über seine missliche Lage klarzuwerden.

»Was zum Teufel sollen wir mit ihm machen?«, flüstert Anto, als wir uns für eine Weile zurückziehen.

Verdammt, wo habe ich uns da reingeritten?

»Kommt her, bindet mich los, und ich prügle euch beide windelweich! Dann machen wir Feierabend und tun so, als wäre das alles nie passiert!«, ruft Nick uns in einem Ton hinterher, der seltsam vernünftig, fast schon freundschaftlich klingt. Als wäre das alles ein Spiel.

»Ich hab doch gleich gesagt, wir sollten besser Stanislavs Auto verwanzen.« Anders als Nick klingt Anto richtig angepisst.

Inzwischen ist es ein Uhr nachts. Nick macht den Mund noch immer nicht auf, es sei denn, um uns zu verfluchen und anschaulich auszumalen, was er später mit uns vorhat.

Ich kann nicht glauben, dass er nicht klein beigegeben hat. Mir wird fast übel, wenn ich ihn ansehe, wie er dasitzt, gefesselt, die Augen zugeschwollen, überall voller Blut und mit gebrochenen Fingern, die in seltsamen Winkeln von den Händen abstehen.

Anto schaut weder mich noch Nicks zertrümmerte Visage an. Er lehnt an der Wand neben dem halb geöffneten Tor und versorgt seine wund geschlagene Faust.

Auf der Suche nach einer zündenden Idee sehe ich mich im Lagerhaus um und entdecke zwei Benzinkanister. Dann schaue ich mir die Lötlampe an, die ich vor einer Weile entdeckt habe, zu deren Benutzung ich mich aber nicht überwinden konnte. Ich vergewissere mich, dass Nick mich nicht sehen kann, und schleiche mich zu den Kanistern. Nacheinander hebe ich sie an, stelle den schwereren wieder hin und gehe mit dem leichteren zum Tor.

»Komm mit raus, ich hab eine Idee«, sage ich mit leiser Stimme, als ich an Anto vorbeigehe.

Am Wasserhahn hinter dem Gebäude kippe ich das Benzin auf den Boden. Beißender Gestank erfüllt die Nachtluft. Als der Kanister nur noch zu einem Zehntel gefüllt ist, lasse ich ihn mit Wasser volllaufen. Anto steht nur breitbeinig und mit verschränkten Armen dabei und wirft mir finstere Blicke zu.

»Wonach riecht das?« Ich trete mit dem Kanister auf ihn zu und halte ihn hoch.

»Nach Benzin, du Superhirn.«

»Genau das wird Nick auch denken, wenn du ihn damit übergießt. Dann zünde ich die Lötlampe an, und er denkt, er wird gegrillt.«

Mit gerunzelter Stirn schüttelt Anto den Kopf, als hätte ich den Verstand verloren. Gut möglich.

»Halt durch, Kumpel!« Auch ich schüttele den Kopf. »Mit dem ganzen Wasser drin brennt es nicht, aber Nick wird nur das Benzin riechen, stimmt's?«

Antos Miene hellt sich auf. »Das ist dein erster guter Einfall heute Abend.«

»Ja, dann los. Wir haben nichts zu verlieren, oder?«

»Tut das nicht! Bitte! Was hab ich euch je getan? Verdammte Scheiße!« Nick wähnt sich mit Benzin übergossen und tickt komplett aus.

Im Schein einer nackten, hinter mir hängenden Glühbirne stehe ich drei Meter vor ihm, die Lötlampe in der Hand. Nick hat es geschafft, ein Auge zu öffnen, mit dem er mich anstarrt, als hätte ich mich in den Teufel persönlich verwandelt. Anto hält den ausgeleerten Kanister in der Hand und tritt mit echtem Mitleid in den Augen zurück.

»Nur die Ruhe, Kumpel, erzähl uns einfach, was läuft. Wir wissen, dass ein großer Job bevorsteht. Wir wissen, dass sich die Familien in Belgrad getroffen haben. Lass hören, und du kommst heil hier raus.« Ich bin alles andere als entspannt, schaffe es aber, mit halbwegs freundlicher Stimme zu sprechen.

Tatsächlich bricht Nicks Widerstand zusammen. »Wie habt ihr das rausgefunden?«, stöhnt er. »Es sollte streng geheim bleiben.«

»Na ja, wir wissen es halt. Also spricht nichts dagegen, dass du deine Haut rettest.« Ich schwenke die Lötlampe hin und her, Nick zuckt zusammen. »Erzähl uns die Einzelheiten.«

»Eine Ecstasy-Lieferung für zwanzig Millionen Dollar, die auf der Straße das Fünffache wert ist«, presst Nick widerwillig hervor. »Allerbeste Qualität, von Amsterdam über Belgrad. Sie soll am Donnerstag am Flughafen eintreffen. Mehr weiß ich nicht.« Er lässt die Schultern hängen.

»Wer ist der Empfänger?« Ich spüre meine wachsende Erregung und muss mich beherrschen, um nicht triumphierend die Faust zu recken.

»Woher soll ich das wissen? Stanislav wahrscheinlich, oder einer seiner Verwandten.«

»Okay. Wie bringen sie das Zeug durch den Zoll? Haben sie einen Lastwagen organisiert? Wann ist die Übergabe?«

»Verdammt, Johnny! Ich weiß es nicht, und ich würde es euch ganz bestimmt nicht verraten.«

Wieder schwenke ich die Lötlampe.

»Also, Stan hat Verwandte in der Paketabfertigung und beim Zoll, in der Halle, durch die der internationale Frachtverkehr läuft. Jemand kümmert sich um das Paket. Wahrscheinlich bringt er es selbst mit einem Lieferwagen ans Ziel. Jetzt lasst mich gehen! Ihr elenden Scheißkerle!« Er wirft sich auf dem Stuhl hin und her.

»Immer mit der Ruhe, Kumpel. Wo wir schon mal dabei sind, wäre es nett, wenn du mir ein bisschen über den Mord an meinem Bruder erzählst.«

Abrupt hört Nick zu zappeln auf. »Das waren wir nicht. Stan war sich ziemlich sicher, dass einer aus eurer Truppe Michael auf dem Gewissen hat. Zuerst dachte er, einer von unseren Leuten hätte Ivan aus Rache erschossen, aber niemand hat sich dazu bekannt. Ihr müsst zugeben, dass Ivan ziemlich viel rumgemacht hat. Vielleicht war es irgendein wütender Ehemann.«

Ich spiele mit dem Gedanken, Nick noch eine zu verpassen, aber was Ivan angeht, könnte er recht haben, also verzichte ich darauf.

Anto nimmt eine Flasche Wasser aus dem Kühlschrank und hält sie über Nicks Mund. Das arme Schwein schluckt alles bis zum letzten Tropfen. Dann fordert Anto mich mit einer Handbewegung auf, ihm in die gegenüberliegende Ecke des Lagerhauses zu folgen. Dort kann Nick uns nicht hören.

»Binden wir ihn los. Lass ihn laufen. Und dann verschwinden wir.«

»Das geht nicht. Er wird auf der Stelle zu Stanislav gehen. Es wird keine Stunde dauern, bis ein paar Männer auf uns beide angesetzt werden. Ich hab keine Lust, mich heute erschießen zu lassen.« Ich sehe, dass meine Worte Anto überzeugen, ihn aber auch wütend machen.

»Wo zum Teufel hast du uns reingeritten? Was sollen wir mit ihm machen, wenn wir ihn nicht laufen lassen können?«

Darüber habe ich nachgedacht, aber bisher ohne Ergebnis.

»Ich weiß, was mein Vater dir antworten würde.« Ich werfe einen Blick hinüber zu Nick.

»Auf keinen Fall.« Anto weicht vor mir zurück. »Wir können ihn nicht kaltmachen. Das hat er nicht verdient. Ich hab kein Problem damit, ihn windelweich zu prügeln, aber töten? Nein.«

Ich hebe die Hand. »Ich weiß, ich weiß. Mir geht's genauso. Ich lass' mir irgendwas einfallen.« Warum bin immer ich derjenige, der die verdammten Pläne schmieden muss? Ich reibe mir die Augen und werfe Nick noch einen Blick zu. Er lässt uns keine Sekunde aus den Augen.

»Ich kann nicht glauben, dass ich mich von dir hab breitschlagen lassen«, sagt Anto mit krächzender Stimme. »Verdammt, was hast du für ein Problem?«

»Ein Anteil an zwanzig Millionen Dollar wird dir darüber hinweghelfen.«

Wir setzen uns mit dem Rücken zur Wand auf den Boden. Antos harte Worte hallen in meinem Kopf nach. Wir sind beide todmüde, aber für das, was wir gerade von Nick erfahren haben, könnte das Risiko sich gelohnt haben. Außerdem hat Dad hier nicht das Sagen, was bedeutet, dass wir Nick nicht umbringen müssen.

»Hey, hast du noch etwas von dem Vitamin K, auf das du so stehst?« Gott sei Dank habe ich eine Idee.

Als ich unter der Dusche den Gestank von Benzin und Schweiß abspüle, bin ich ziemlich zufrieden mit mir. Ich schätze, der erste Teil meines Plans steht. Was die weiteren Teile angeht, bin ich noch nicht sicher, aber ich spüre zum ersten Mal seit Ivans Tod wieder Zuversicht.

Ich trockne mich ab, lasse mich aufs ungemachte Bett fallen und genieße die durchs offene Fenster fallende frühmorgendliche Brise auf meiner feuchten Haut. Mir bleibt noch Zeit, um ein Ründchen zu schlafen, ehe ich zu Mum und Dad zum Sonntagsessen fahre.

Das Ecstasy kommt in vier Tagen in Sydney an. Es muss eine Möglichkeit geben, es den Serben wegzuschnappen, sobald sie den schwierigen Teil der Arbeit erledigt haben: es von Europa hierher und durch den Zoll zu bringen.

Ich wünschte, Ivan wäre hier, damit ich alles mit ihm durchsprechen und ein paar Ideen entwickeln könnte. Ich spüre den Verlust wie ein Messer im Leib. Ob Nick wohl recht damit hat, dass Ivan von einem wütenden Ehemann erschossen wurde? Aber wie passen dann Michael Vucavec und Tony Fazzini ins Bild? Irgendwie ergibt es keinen Sinn. Ich stöhne und werfe mich auf dem Kissen hin und her, bis ich mich schließlich zwinge, mein müdes Hirn wieder anzuwerfen.

Im Augenblick ist Nick im Märchenland. Anto hat ihm ein Bier mit genug Ketamin angeboten, um ein Pferd zu betäuben. Vor dem Einschlafen wurde er noch ziemlich gesprächig. Bei zukünftigen Entführungen nicht vergessen: immer Ketamin zur Hand haben. Jetzt liegt er gefesselt in einem Bett in Baz' Angelhütte am Hawkesbury River. Brick und Blocker halten Wache. Wir können ihn kaum vier Tage am Stück zugedröhnt halten, oder? Was passiert dann mit seinem Hirn?

Andererseits würde uns der Drogenfang unseres Lebens entgehen, wenn wir ihn laufen ließen.

Wenn ich ehrlich zu mir selbst bin, weiß ich, dass die sauberste Lösung darin bestehen würde, Nick zu töten. Beinahe glaube ich meinen Bruder zu hören, wie er mir sagt, ich solle genau das tun. Aber ich will Nick nicht auf dem Gewissen haben. Bisher habe ich es geschafft, niemanden zu töten, dabei soll es bleiben.

Ich lasse mir die Möglichkeiten durch den Kopf gehen. In sechs Stunden muss ich bei meinen Eltern sein. Mein Bruder ist tot, meine Frau hat mich verlassen, aber langsam habe ich so etwas wie einen Plan.

AMY Während ich Spiegeleier mit Bacon auf den Tisch stelle, fällt Sonnenlicht durchs Küchenfenster, auf der Fußmatte gibt uns ein Mangrovenmetzgervogel ein Konzert. Mum muss ihn gefüttert haben. Ich stelle ein Stück Bacon für später beiseite.

»Mum. Warum sind wir noch hier, obwohl Grandpa und Nanna verreist sind? Wann fahren wir nach Hause?«

Obwohl ich mit der Frage gerechnet habe, weiß ich keine Antwort, die mein Sohn mir abnehmen würde. Während ich noch auf eine Eingebung hoffe, klingelt das Telefon. Auf dem Display erscheint Lexys lächelndes Gesicht. Ich schnappe mir das Gerät wie eine Rettungsleine und gehe ein Stück vom Frühstückstisch weg, aber Sasha lässt mich nicht aus den Augen.

»Hi, Lexy. Wie geht's dir?«

»Sie haben auf jeden Fall irgendwas vor.«

»Okay, erzähl.«

Sasha scheint sich auf sein Frühstück zu konzentrieren. Dass meins kalt wird, ist mir egal, ich habe keinen Hunger. Ich öffne die gläserne Schiebetür, der Vogel fliegt davon. Dann trete ich hinaus in den taschentuchgroßen Garten.

»Also, neulich war ich abends auf Facebook und hab die ganzen Fotos der Familien in Belgrad entdeckt. Ich hab sie

Anto gezeigt, damit er sich das Baby meiner Cousine anschaut, aber anschließend ist er ganz still geworden. Zuerst dachte ich, es wäre wegen des Babys – du weißt ja, dass er auch unbedingt eins will –, aber letzte Nacht war er bis frühmorgens mit Johnny weg, jedenfalls hat er mir gesagt, er hätte Johnny begleitet. Wenn er mich angelogen hat, bringe ich ihn um.«

Ich bekomme einen Schrecken. Selbst wenn er wegen eines Jobs unterwegs ist, bleibt Johnny praktisch niemals die ganze Nacht weg. Was hatten sie vor? Er würde nicht fremdgehen, davon bin ich felsenfest überzeugt. Eine Party? Früher hat Johnny sich hin und wieder eine Line gegönnt, aber seit Sashas Geburt nimmt er keine Drogen mehr, also klingt auch das unwahrscheinlich.

»Amy? Bist du noch dran?«

»Ja, ich hab bloß nachgedacht. Hat Anto ausgesehen, als käme er von einem Besäufnis?«

»Nein, nur schrecklich müde, wie nach einer durchgemachten Nacht. Aber er hat nach Benzin gestunken.«

»Benzin?« Dafür fällt mir keine Erklärung ein, es sei denn, sie hätten ein Auto abfackeln müssen. Aber in der Regel spritzen sie ihre Autos um und verpassen ihnen einen ganz neuen Look, statt sie abzufackeln. Es würde höchstens dann einen Sinn ergeben, wenn der Wagen bei einem Mord oder für den Transport einer Leiche benutzt wurde. Die Angst schnürt mir die Kehle zu, meine Fantasie geht mit mir durch. Ich zwinge mich, ruhig und gleichmäßig zu atmen.

»Hat Anto dir sonst irgendwas gesagt?«

»Nada. Geht's dir gut? Bist du noch im Haus deiner Eltern?«

»Ja, ich bin noch hier. Sasha und mir geht's so weit gut, wir vermissen Johnny ... Du weißt ja, dass er wegen der Arbeit verreisen musste.«

»Okay, Sasha hört also zu. Verstanden. Ich rufe dich an,

wenn ich irgendwas rausfinde. Natürlich frage ich Anto geradeheraus, was er gemacht hat. Und natürlich wird er abstreiten, dass etwas Ungewöhnliches läuft. Aber ich schätze, unsere beiden Jungs hecken irgendwas aus, was mit den Serben zu tun hat. Ich weiß nur nicht, was.«

Nach dem Anruf vermisse ich Johnny noch mehr. Ich weiß, dass die anderen Frauen über die Familiengeschäfte im Dunkeln gelassen werden, aber ich habe immer gedacht, dass wir keine wirklichen Geheimnisse voreinander haben. Zugegebenermaßen hat mir das ein Gefühl der Überlegenheit gegeben, worauf ich nicht stolz bin. Aber jetzt bin ich völlig außen vor.

»Mum?«

Ich gehe wieder zu Sasha hinein.

»Ja, Schatz?«

»Du siehst ängstlich aus. Heute Nacht hab ich dich wieder weinen hören. Und die Nacht davor hast du geschrien. Nanna hat gesagt, du hättest einen Albtraum gehabt. Ist mit Dad alles in Ordnung? Ist ihm etwas Schlimmes passiert?«

Plötzlich fühlt mein Herz sich an wie in einem Schraubstock. Ich begreife, dass Sasha mehr sieht und hört, als ich gedacht habe. Er macht sich Sorgen um seinen Vater. Ich beuge mich über ihn und ziehe ihn an mich, sein Kopf lehnt an meiner Schulter.

»Deinem Vater geht es gut. Er arbeitet nur sehr hart, wie gesagt.« Ich höre selbst, wie lahm es klingt.

»Bist du böse auf ihn?« Sasha hebt den Kopf, seine Augen sind feucht.

Ich setze mich neben ihn an den Tisch und nehme seine Hände in meine. Ich muss ihm eine sinnvolle Erklärung geben.

»Manchmal brauchen die Erwachsenen ein bisschen Abstand, um nachzudenken. Ich war böse auf deinen Dad, das stimmt. Also brauchte ich ein bisschen Zeit ohne ihn.«

»Was hat er gemacht?«

»Er hat nichts falsch gemacht. Wegen dem, was mit Ivan passiert ist, muss er mehr arbeiten. Im Moment hat er zwei Jobs, seinen eigenen und den von Ivan.«

Ich schätze, dass ich damit nahe genug an der Wahrheit liege und dass Johnny wirklich nichts Schlimmes getan hat. Noch nicht.

»Okay. Wann hörst du denn auf, böse auf ihn zu sein, damit wir nach Hause fahren können?«

»Wenn er zurückkommt, setzen dein Vater und ich uns zusammen und sprechen alles durch. Und dann fahren wir drei zusammen weg. Das wäre doch schön, oder?«

»Mir ist egal, was wir machen, Mum. Ich will nur, dass du und Dad euch wieder lieb habt.«

JOHNNY Diesmal zögere ich nicht, als ich Markos Auto auf dem einzigen Schattenplatz an der Straße entdecke. Ich fahre langsam von hinten heran, bringe meine dicke schwarze an seine goldene Stoßstange und schiebe den Wagen einen halben Meter nach vorn. Die Alarmanlage geht los.

Ich schließe gerade mein Auto ab, als Marko durch die Haustür stürmt. Ohne ein Wort zu verlieren, stellt er den Alarm ab und geht auf der Suche nach möglichen Schäden einmal um das Cabrio herum.

Ich warte nicht, bis er mit seiner Inspektion fertig ist. Im Weggehen kann ich mir ein Grinsen nicht verkneifen. »So ein empfindliches kleines Ding«, sage ich über die Schulter hinweg. Dann trete ich durch die Haustür und ziehe sie hinter mir ins Schloss. Soll der Drecksack ruhig klopfen, wenn er wieder rein will.

Mum muss durchs Küchenfenster zugesehen haben. Sie zieht mein Gesicht zu sich herab, als wollte sie mich küssen, aber stattdessen gibt sie mir einen leichten Klaps. Erst als ich einen Schritt zurücktrete, sehe ich, dass sie wieder geweint hat. Jetzt habe ich sie auch noch verärgert. Ich komme mir wie ein Idiot vor.

»*O moj Bože*. Wo sind deine Manieren? Ich erziehe dich so? Ivan würde sich schämen. Ist schwer für Marko, zu kommen«, zischt sie mich an. »Er sagt zu mir, kann nicht kommen, hat viel zu tun. Ich sage, du musst kommen, Marko. Ivan würde wollen. Aber er traurig wie alle von uns. Manchmal er kann mich nicht ansehen, so traurig.«

Ihre Stimme ist nur noch ein Flüstern. »Du musst sein klug, Johnny. Siehst du nicht? Dein Vater benutzt Marko, um dich zu machen wütend. Um dich zu machen wie er, nicht wie du. Lass Milan das nicht tun.« Am ganzen Körper zitternd, scheucht sie mich mit dem Geschirrtuch weg. »Mach Tür auf für Marko. Hol Bier. Dein Vater wartet.«

Auf Kroatisch vor sich hinmurmelnd, wischt sie sich die Tränen ab und zieht sich an den Herd zurück. Ich schnappe mir ein Bier und eins – verdammt, warum nicht? – für Marko. Ich reiche es meinem Vetter an der Haustür. Dann gehe ich durch den Flur hinaus auf die Terrasse hinter dem Haus, gefolgt von Marko, der leise kroatische Flüche ausstößt. Manchmal hat es Vorteile, die alte Sprache schlecht zu verstehen.

Was Mum eben gesagt hat, ergibt Sinn. Dad hat Marko benutzt, um mich dazu zu bringen, in Ivans Fußstapfen zu treten. Aber was ist, wenn ich meinen eigenen Weg gehen will?

Mein Vater sitzt auf seinem üblichen Platz. Wartend.

»Johnny, du hast Lächeln in Gesicht. Ich glaube, du hast Plan, zu töten unseren Feind. Dein *Tata* will wissen.«

»Der Plan lautet, Stanislav nicht sofort zu töten, sondern ihn erst dazu zu bringen, uns zwanzig Millionen Dollar zu überlassen.«

Marko setzt sich hin und grinst hämisch. »Stanislav hat

keine zwanzig Millionen, die er uns überlassen könnte. Und selbst wenn er sie hätte, warum sollte er das tun?«

Ich ignoriere Marko und konzentriere mich auf meinen Vater, der sich vorbeugt, die Ellbogen auf den Tisch stützt, aber sonst keine Regung zeigt.

Ich erzähle ihnen von dem Belgrader Deal und unseren Bemühungen mit Nick, dann ziehe ich ein Stück Papier aus der Tasche und erkläre ihnen meinen Plan für den Raub.

Jetzt lehnt sich auch Marko vor und vertieft sich in meine Diagramme. Dad verzieht keine Miene, bis ich ausgeredet habe.

»Was ihr gemacht mit Nick?«

»Wir haben ihn in Baz' Angelhütte am Hawkesbury gebracht.«

»Nick hat schönen Urlaub?«

Meine Zuversicht beginnt zu schwinden.

»Nein, er ist gefesselt. Ich habe Brick und Blocker als Wachen dagelassen.«

»Du musst erledigen. Das weißt du, Sohn, ja?«

»Wir werden ihn nicht umbringen.«

»Warum nicht?«, fragt Marko. »Wir rudern ihn raus zur Mitte des Flusses. Mit ein paar Steinen als Gewicht. Ganz einfach.«

»Marko hat recht, ist einfach. Keine Spuren, immer bester Plan.«

»Ich habe einen anderen Plan. Nach unserem kleinen Treffen mit Stanislav am Donnerstagabend zeige ich Nick ein Foto. Fünfzigtausend Dollar in einem auf seinen Namen registrierten Schließfach, daneben die Zeitung von Donnerstag. Wenn wir ihn freilassen, bekommt er den Schlüssel. Aber falls etwas durchsickert, landet das Foto bei Stanislav. Nick weiß, dass er erledigt ist, wenn er den Mund aufmacht. Er ist mit den Vucavecs nicht mal verwandt. Er wird den Mund halten.«

Mein Plan gefällt mir, aber ich sehe die Zweifel in ihren Gesichtern.

»Ist teuer«, sagt mein Dad.

»Wir nehmen es aus meinem Anteil.« Ich beharre auf meinem Standpunkt, sie spüren es beide.

Mit einer beschwichtigenden Geste erklärt Dad: »Okay. Wir lassen Nick erst mal in Ruhe.«

Er lehnt sich zurück und mustert mich eindringlich.

»Ihr das alles gemacht. Du und Anto. Allein. Nicht mich gefragt, ob okay?«

Meine Zuversicht bekommt den nächsten Knacks. »Nein, Dad, das geht allein auf meine Kappe. Mach Anto keinen Vorwurf, er hat nur meine Befehle befolgt.«

»Anto folgt Befehle. Also er dir geholfen oder nicht?«

Ich bin verwirrt. Ich seufze und halte ansonsten den Mund.

Plötzlich bricht Dad in lautes Lachen aus und lässt die Faust auf den Tisch krachen. Mit der anderen Hand schnappt er sich die Rakiaflasche und gießt drei Gläser voll.

»*Živjeli!* Auf mein Sohn Johnny. Was du sagst, Marko? Ist mein Sohn schlau? Schlau wie Ivan?« Dad hält inne und hustet in seine Faust. Als er mich wieder ansieht, sind die Augen traurig. »Nicht schlau wie Ivan, aber ist trotzdem schlau.«

»Boss, an dem Plan ist nichts auszusetzen. Niemand ist so schlau wie Ivan, aber wie es aussieht, ist Johnny kein kompletter Dummkopf. *Živjeli*, Johnny.«

Marko starrt mich an, als wäre mir ein zweiter Kopf gewachsen. Irgendetwas hat sich verändert. Immer bin ich der jüngere Bruder gewesen, der Quälgeist, der mit Ivan und Marko mitgezogen ist und sie ausgebremst hat. Auch als ich sie irgendwann körperlich überragt habe, war ich immer noch der Kleine. Es ist Zeit, dass sich das ändert.

»*Živjeli.*« Ich hebe mein Glas und proste erst Dad zu, dann Marko. Es ist ein unglaublich gutes Gefühl. Ich beschließe, noch etwas länger den Mund zu halten, mich zurückzulehnen und mich für einen Moment in meinem Glanz zu sonnen.

»Und wenn alles vorbei, du tötest Stanislav für Familie. Okay, Johnny?«

Der Glanz verblasst ein wenig.

AMY Herrliche Aussichten auf den Ozean wechseln sich mit Lifestylefotos glücklicher Familien ab, die am Strand spielen oder in Cafés direkt am Ufer etwas essen. Durch die Häuser zu scrollen, die an der North Coast zu vermieten sind, hat therapeutische Wirkung. So sieht das Leben aus, das ich mir vorstelle. Ich habe genug von den heißen, schmierigen Vorstädten Western Sydneys, besten Dank.

War das ängstliche Schaudern bei meiner allerersten Begegnung mit Johnny ein Omen? Bis jetzt hat seine Arbeit unser Leben zu Hause nie beeinträchtigt. Ich konnte immer davon ausgehen, dass Sasha für Johnny Grund genug war, sich von den gefährlicheren Seiten des Familiengeschäfts fernzuhalten. Wie konnte ich so blind sein?

Die Ereignisse der letzten Tage waren wie ein Tritt in den Hintern. So lange habe ich mich gemütlich treiben lassen, jetzt will ich endlich Gas geben und vom Fleck kommen. Hier will ich nicht mehr leben. Ich kann nicht so lange warten, bis Johnny es endlich kapiert. Vor allem muss ich Sasha von dieser kaputten Familie fernhalten, bevor das ganze Drama sich noch weiter zuspitzt und außer Kontrolle gerät.

Ein Blick auf die Uhr, es ist halb eins. Johnny dürfte unterwegs zum Mittagessen bei Branka und Milan sein. Wir fahren *Sonntag für Sonntag* zu ihnen. Nicht dass es mich allzu sehr stört, meistens ist es sogar ganz nett. Branka ist eine tolle Köchin, ich bekomme jedes Mal genug Gemüse für eine ganze Woche mit. Trotzdem läuft es heute anders.

Ich drücke auf die Fernbedienung. Wie erwartet steht kein schwarzer Jeep in der Garage. Ich lasse den Mini ausrollen, Sasha ist zur Tür hinaus, noch ehe wir richtig stehen.

»Warum die Eile?«

»Ich will Dad sehen!«

»Er ist nicht hier, mein Süßer, er ist noch unterwegs. Das hab ich dir doch gesagt. Siehst du? Sein Auto ist auch nicht da.«

Sasha wirkt geknickt.

»Schau doch mal deine Bücher und Spiele durch und such aus, was du mit in den Urlaub nehmen willst.«

Im Haus riecht es nach chinesischem Essen. Ich gehe ins Schlafzimmer, registriere das ungemachte Bett, hebe ein T-Shirt vom Boden auf und atme den Geruch meines Mannes ein. Sekunden später liege ich auf dem Bett und weine still vor mich hin. Ich gestatte mir den kurzen Moment der Trauer, dann gehe ich zum Kleiderschrank und öffne die Tür. Die Holzdielen, unter denen der Safe versteckt ist, lassen sich leicht abheben. Ich drücke die Ziffern auf der Tastatur und halte den Atem an. Sicher hat Johnny die Kombination geändert. *Ding!*, die Tür springt auf. Der Stapel mit Geldbündeln wirkt ein wenig höher als beim letzten Mal. Jedes Bündel Fünfziger bedeutet fünftausend Dollar. Ich schnappe mir meine Strandtasche und lege zwanzig Bündel hinein. Hunderttausend Dollar. Sie brauchen nicht viel Platz und sind nicht schwer, aber sie werden mir gute Dienste tun. Ich überschlage grob, was noch im Safe ist: mindestens hundertfünfzigtausend für den Fall, dass Johnny sie plötzlich braucht.

Neben dem Geldstapel liegt meine Pistole, eine Ruger LC9, eine kleine, kompakte halbautomatische Waffe. Sie ist leicht und für schnelles, treffsicheres Schießen gedacht. Johnny hat sie mir zum ersten Hochzeitstag geschenkt, was mich damals ziemlich geärgert hat.

»Wozu um alles in der Welt sollte ich eine Pistole brauchen, Johnny? Ich bin schwanger!« Als würde dieser Umstand mich vor der schmutzigen Seite des Lebens beschützen.

»Du brauchst sie auch nicht, Ames. Ich dachte nur, ich könnte dich mal mit zum Schießstand nehmen und ein bisschen Zielen üben. Das macht mehr Spaß als Bowling.«

Unbeirrt fuhr er mit seinen Erklärungen fort. Ich weiß noch, wie absurd ich es fand, dass er so stolz auf sein Geschenk war.

»Es ist die perfekte Waffe zur Selbstverteidigung, vor allem für eine Frau. Du sollst sie ja nicht benutzen, aber es ist beruhigend, sie zu haben. Sobald du dich ein bisschen damit auskennst, nehme ich dich mit in den Busch.«

Ich hatte mir zum ersten Hochzeitstag etwas Romantisches gewünscht. Schmuck zum Beispiel. Wie bei normalen Paaren. Aber es stellte sich heraus, dass er mit dem Schießstand recht hatte. Auch wenn ich die Letzte bin, die etwas für Schusswaffen übrighat, muss ich zugeben, dass es Spaß gemacht hat. Und gleichzeitig beängstigend war.

Ich war im siebten Monat schwanger, als Johnny mich zum ersten Mal zur Condell Park Indoor Firearms Range mitgenommen hat. Wir klingelten an der Tür und kamen in einen düsteren Gang, der zu einer zweiten Tür führte. Man musste uns über eine Kamera beobachtet und als ungefährlich eingestuft haben, denn die zweite Tür öffnete sich, und wir traten in einen fensterlosen Raum, dessen Fläche zur Hälfte von einer grünen Theke eingenommen wurde. Dort empfing uns eine aufgetakelte Blondine, die unsere Daten aufnahm, während ich die an der Wand hinter ihr ausgestellten Waffen musterte. Ich hatte meine neue Pistole mitbringen wollen, aber Johnny erklärte, sie sei viel zu klein. In Australien ist der Besitz von Faustfeuerwaffen, die sich leicht verstecken lassen, verboten. Gut so. Unsere scharfen Waffengesetze haben Positives bewirkt. Aber ich bin mit einem

Mann verheiratet, der mir zum ersten Jahrestag eine illegale Feuerwaffe beschafft hat.

Die blonde Geschäftsführerin erklärte mit ernster Miene die Regeln. Ich konnte den Blick nicht von ihren langen Acrylfingernägeln abwenden, pink mit einem Hauch Magenta und hier und dort mit Spinnennetzen und Feen verziert. Kunstvolle Nägel und Schusswaffen, die perfekte Kombination. Johnny wurde darauf hingewiesen, dass er mir zusehen, aber keine Anweisungen geben dürfe. Stattdessen bekam ich meine erste Stunde von Allan, dem Ausbilder.

Der schweigsame Mann führte Johnny und mich auf den leeren Schießstand und wies uns eine Kabine zu. An einem Metallgestänge war eine 9mm CZ Shadow befestigt. Allan brachte die Vorrichtung auf die für mich geeignete Höhe. Der Lauf der Pistole war nach vorne gerichtet. Ich konnte sie nach oben, unten und jeweils ein winziges Stück nach links und rechts bewegen. Auf diese Weise war sichergestellt, dass ich weder mich selbst noch jemand anderen traf. Trotzdem war ich nervös. Die CZ war viel größer als meine kleine Pistole zu Hause im Safe.

Allan zeigte mir, wie ich die Waffe mit beiden Händen halten, die Finger zunächst außerhalb des Abzugsbügels belassen und das Magazin laden sollte. Dann sagte er, ich solle durchladen, um die erste Patrone in die Kammer zu befördern. Ich mühte mich mit dem Schlitten ab.

»Packen Sie ruhig fest zu, Sie tun ihr nicht weh.«

Ich glaube, ihm war nicht klar, dass ich vor allem mit mir selbst sanft umgehen wollte.

Als Nächstes nahm er eine Pappzielscheibe mit einem roten Kreis in der Mitte, befestigte sie an einer Halterung und drückte auf einen Knopf. An einem Draht wurde die Zielscheibe in zehn Meter Entfernung gezogen.

Als wir uns auf meinen ersten Schuss vorbereiteten, kamen drei Männer herein und verteilten sich auf die Kabinen zu beiden Seiten. Ich folgte Allans Anweisungen und brachte Kimme und Korn auf eine Linie. Dann visierte ich den roten Kreis an, atmete ein und drückte den Abzug. Der Lärm ließ mich heftig zusammenzucken, vielleicht drang sogar ein leiser Schrei aus meinem Mund. Allan verzog keine Miene, aber Johnny konnte sich das Lachen nicht ganz verkneifen.

»Hab ich getroffen?«

»Sehen Sie das kleine Loch rechts von dem roten Ziel?«, fragte Allan.

»Ja.«

»Diesmal schließen Sie vor dem Schießen nicht die Augen.«

Ich gab einen Schuss nach dem anderen ab. Jede Kugel landete im roten Kreis, bis die Pistole irgendwann nur noch klickte. Keine Munition mehr. Ich hielt den Atem an. Als ich ihn langsam wieder hinausließ, zitterte ich am ganzen Körper. Ich spürte, wie sich das Baby in meinem Bauch bewegte. Sicher machte es einen Salto.

»Lassen Sie das Magazin in Ihre linke Hand gleiten. Drücken Sie den Knopf mit dem rechten Daumen. Genau. Hier ist das nächste Magazin. Setzen Sie es ein.« Er drückte auf irgendeinen Knopf, die Zielscheibe entfernte sich noch fünf Meter weiter.

Ich versuchte zu schießen, aber nichts passierte.

»Laden Sie durch.«

Ich zog am Schlitten, stellte meine Füße ein Stück weiter auseinander und atmete tief durch. Plötzlich krachten links und rechts von mir Schüsse. Trotz Ohren- und Augenschutz fuhr mir der Lärm durch Mark und Bein. Ich ließ die Pistole los, griff mir an den Babybauch und trat einen Schritt zurück, um mich umzusehen. Die Männer um mich herum hatten ihre eigenen Waffen mitgebracht, ohne Haltegestell. Mir ging durch den Kopf, dass jeder Einzelne von ihnen sich im nächsten Augenblick zu mir umdrehen und mir in den Kopf schießen könnte. Die Angst muss mir anzusehen gewesen sein.

Allan gab mir ein Zeichen, wieder zu meiner Pistole zu treten. »Entspannen Sie sich.«

Ich hasse es, wenn jemand sagt, ich soll mich entspannen. Dann komme ich mir vor, als würde ich vor einem Pap-Test auf dem Untersuchungsstuhl liegen und der Arzt sagt: »Entspannen Sie sich.« Wenn ein Kerl so redet, möchte ich am liebsten jedes Mal sagen, er kann mich mal. Was ich natürlich nicht tue. Stattdessen schluckte ich meine Angst herunter und ließ meine Wut an der Zielscheibe aus. Allan erhöhte die Entfernung nochmals um fünf Meter. Wieder schoss ich das Magazin leer. Erst bei fünfundzwanzig Metern traf ich wieder daneben. Es war geschafft, der scharfe Geruch von Pulverdampf hing in der Luft. Die plötzliche Stille wurde vom Sirren der zurückeilenden Zielscheibe unterbrochen. Als Allan sie aus der Halterung nahm und mir wie eine Trophäe überreichte, sah ich ihn zum ersten Mal lächeln. Ich nahm sie mit zitternden Händen entgegen. Das rote Zentrum war komplett durchlöchert.

»Nicht schlecht«, sagte er.

Dann warf er Johnny einen Blick zu.

»Legen Sie sich besser nicht mit ihr an. Wenn sie Ihr Herz verfehlt, erwischt sie Sie mit einem Kopfschuss.«

Aber ich habe die Pistole seit Jahren nicht mehr in die Hand genommen. Klein und tödlich, wie sie ist, bringt mich schon ihre bloße Gegenwart zum Zittern. Ich schaue nach, ob sie geladen ist. Leer. Ich werde beim Schießstand vorbeifahren und ein bisschen Munition besorgen. Obwohl ich weiß, dass ich niemals auf jemanden schießen würde, lasse ich die Pistole in meine Handtasche gleiten. Ich will den Kopf nicht mehr in den Sand stecken – ich bin mit einem Novak verheiratet und könnte jemanden mit dieser Waffe bedrohen müssen, um Sasha zu beschützen.

Als ich das Schlafzimmer verlasse, werfe ich einen kurzen Blick in Sashas Zimmer. Er liegt auf dem Bett und ist in ein Buch vertieft, *Lizard's Tale* von Weng Wai Chan. Der Klappentext verrät, dass es um einen Jungen aus Singapur geht, der von kleinen Diebstählen lebt. Ich lasse Sasha seine Bücher selbst aussuchen, offenbar ist der Apfel nicht weit vom Stamm gefallen. Jedenfalls freue ich mich, dass er liest, dass er sich beschäftigen kann. Ich sehe, dass er meinem Vorschlag gefolgt ist und seine Tasche schon mit Büchern und Spielen vollgepackt hat. Ich küsse ihn auf den Kopf und lasse ihn in Ruhe.

In der Küche finde ich ein unglaubliches Chaos vor. Ich könnte schnell die schmutzigen Teller in die Spülmaschine räumen und ein bisschen saubermachen. Und wo ich schon dabei wäre, könnte ich die leeren Behälter vom Chinesen und die Pizzakartons im Wohnzimmer in den Müll werfen. Es würde mich höchstens zehn Minuten kosten. Aber ich widerstehe der Versuchung. Ich will nicht allzu deutlich demonstrieren, dass ich hier war. Warum auch immer. Vielleicht ist es feige, aber das ist mir egal. Abgesehen davon: Wie schwer kann es sein, ein Haus einigermaßen in Ordnung zu halten?

Ich nehme den Stift, der an einer Kordel am Kühlschrank hängt, und schreibe eine kurze Nachricht auf den Block für die Einkaufslisten.

Schulde dir $ 100 000. Amy.

Streng genommen schulde ich ihm das Geld nicht, es ist auch meins, allerdings bin ich nicht diejenige, die es verdient hat. Ich weiß, dass es unrechtmäßig erworben ist, aber ganz egal. Mein ganzes Eheleben ist mit illegal erworbenem Geld finanziert worden. Heuchelei steht mir nicht zu. Das Geld wird dafür sorgen, dass Sasha und ich in einem hübschen kleinen Strandhaus an der North Coast unterkommen, während Johnny seine Angelegenheiten in Ordnung bringt.

Noch einmal gehe ich ins Schlafzimmer, lege den Zettel auf den Stapel Geld im Safe und schließe ihn wieder ab. Dann ziehe ich die Holzbretter wieder darüber und mache den Kleiderschrank zu. Gerade noch kann ich mich bremsen, als ich unwillkürlich das Bett machen will. Um noch einmal den Geruch meines Ehemanns zu genießen, greife ich nach seinem Kissen. Es riecht ganz leicht nach Benzin. Was haben Anto und er bloß getrieben?

JOHNNY Es ist spät am Nachmittag, als ich das Wohnzimmer meiner Eltern zur eilig einberufenen Versammlung betrete. Marko sitzt schon, Baz und Anto haben es sich in identischer Haltung – zurückgelehnt, entspannt, breitbeinig – in zwei benachbarten Sesseln bequem gemacht. Josef lässt den Platz gleich neben meinem Vater frei und entscheidet sich für den daneben. Als Dads jüngerer Bruder sieht er seinen Platz in der Nahrungskette ziemlich weit oben. Wir müssen auf ihn achtgeben, damit er nichts vermasselt. Stump, Fibs, Bigsie und Shrimp schenken sich einen Drink ein, bevor sie sich setzen. Brick und Blocker sind noch in Baz' Hütte und bewachen Nick.

Der Deckenventilator lässt den Zigarettenrauch träge kreiseln. Gerahmte Poster kroatischer Sehenswürdigkeiten zieren die Wände, über der Anrichte hängt ein Porträt von Tito, darunter steht eine einzelne rote Rose in einer Vase – Mums Schrein für den Mann, der in einem Dorf sechzig Kilometer nördlich von Zagreb als Sohn eines kroatischen Vaters und einer slowenischen Mutter geboren wurde. In Mums Augen war er der erste und letzte anständige Präsident Jugoslawiens, der Mann, der uns alle vereint hat. Ein kommunistischer Diktator, klar, aber *unser* kommunistischer Diktator.

Üblicherweise treffen wir uns auf der Terrasse hinter dem Haus oder im alten Lagerhaus. Aber jetzt geht es um etwas Wichtiges. Alle Stühle sind besetzt außer dem gleich rechts neben meinem Vater. Mein Platz.

Zehn Männer, alle aus dem inneren Zirkel. Vettern und Onkel, die alle zur Novak-Familie gehören, egal, welchen Nachnamen sie tragen. Tätowiert, vernarbt, mit dichten Augenbrauen und hohen Wangenkochen, krummen Nasen und dicken Muskelpaketen. Kein schöner Anblick alles in allem, mein Vater ist der Größte und Hässlichste von ihnen.

»Erst wir trinken auf Ivan«, knurrt er, lehnt sich zurück und funkelt alle an.

Fast scheint es, als hätten wir es alle für einen Moment vergessen, aber jetzt fühlt es sich an, als wäre Ivan hier unter uns. Als wir die Gläser heben, brennen meine Augen. Dad räuspert sich.

»Dies nicht verlässt den Raum. Verstanden?«

Nicken überall. Und noch konzentriertere Blicke.

»Donnerstag Stanislav bekommt große Lieferung, vier Tage von heute. Erstklassiges Ecstasy aus Niederlande über Belgrad. Fragt nicht, woher ich weiß.« Er tippt sich an die Nase und wird mit leisem Lachen seiner Männer belohnt.

»Lieferung wert zwanzig Millionen in Großhandel.« Diesmal fällt die Reaktion weniger zurückhaltend aus, man klopft sich gegenseitig auf den Rücken. Die Männer beugen sich gierig über den Tisch.

»Wie haben sie einen so großen Deal eingefädelt?« Josef macht nicht den Fehler, ungläubig statt neugierig zu klingen.

»Du willst wissen, wie sie einfädeln Deal, Josef?« Dad sieht zu, wie sein Bruder sich verlegen windet. »In Belgrad, drei Familien kommen zusammen, machen klar. Jetzt ich sage, wie wir schnappen Lieferung.«

Ich lehne mich zurück und schweife ab, male mir aus, wie ich das Geld dafür einsetze, Amy und Sasha zurückzubekommen. Mein Anteil wird die Grundlage dafür sein, dass wir dieses Leben hinter uns lassen. Aber ich schiebe den Gedanken vorerst beiseite. Ich muss mir einen Plan ausdenken, der jemand anderem die Verantwortung zuschiebt, nicht den Novaks. Damit niemand aus unserer Crew verletzt wird und ich mich mit einer zusätzlichen Million für die Haushaltskasse verabschieden kann.

Ich kann das Grinsen nicht unterdrücken. Die zehn hässlichen Säcke gefallen mir mit jeder Minute besser. Manchmal liebe ich meinen Job.

Als ich das leere Haus wieder betrete, ist es mit meiner Zufriedenheit auf einen Schlag vorbei. Keine Amy, die das Abendessen macht, kein Sasha, der im Schlafanzug auf mich zu rennt und zu einem Tackling ansetzt. Ich lasse mich in einen Sessel fallen und merke überrascht, dass mir Tränen in die Augen treten.

Ich beschließe, es mit einem Anruf zu versuchen. Irgendwann muss sie doch drangehen, oder? Wir haben seit Mittwoch kein Wort miteinander gesprochen.

Beim Wählen ihrer Nummer wird mir flau im Magen. Es fühlt sich an wie damals bei unseren allerersten Dates. Als sie sich sofort meldet, kann ich es kaum glauben.

»Ja, Johnny, was willst du?« Sie klingt komplett desinteressiert, aber meine Erleichterung ist größer als mein Ärger.

»Wir müssen reden, Ames. Wir wäre es, wenn ich dich in dieses Restaurant in der Stadt einlade, das französische, das du schon länger ausprobieren wolltest, wie heißt es noch? Ich reserviere für morgen Abend.«

»Hubert.« Sie spricht es mit französischem Akzent aus,

Ühbäär. »Und man kann nur für mindestens sechs Personen reservieren.«

»Was zum Teufel bilden sich diese Restaurants in Sydney ein? Sie kommen sich so verdammt großartig vor, viel besser als ihre Kunden. Oh nein, wir nehmen keine Reservierungen entgegen, dafür sind wir viel zu angesagt. Stellen Sie sich einfach an, wir sehen mal, wo wir Sie reinquetschen können. Scheiß drauf.«

»Okay, dann gehen wir also nicht. Das war leicht, oder?«

Ich brauche einen Moment, bis ich kapiere, dass sie aufgelegt hat.

Scheiße! Nach tagelangem Schweigen hat sie endlich mit mir gesprochen, und ich lasse mich von der Geschäftspolitik eines versnobten Restaurants ablenken. Aber es nervt mich wirklich, wie diese angesagten Läden sich aufspielen. Arrogantes Pack.

Trotz allem hat sie mich auch nach zwölf Jahren noch völlig im Griff. Gegen meinen Willen muss ich grinsen.

Ein lautes Klopfen an der Haustür lässt meinen Adrenalinpegel hochschießen. Ich beuge mich vor, schalte die Tischlampe aus, stehe auf und trete im Dunkeln auf Zehenspitzen an eine Seite des Wohnzimmerfensters. Ich schaue hinaus, kann aber weder an der Tür noch im Garten jemanden entdecken. Die Straße ist menschenleer.

Ich gehe an die Tür, greife nach meinem Cricketschläger und sehe durch den Spion. Nichts. Mit einem Ruck, den Schläger bereit, reiße ich die Tür auf. Ein großer Haufen aus hellem Fell stürzt mir entgegen, auf die Bodendielen fließt Blut.

Es ist der goldene Labrador von nebenan. Seine aufgeschlitzte Kehle sieht aus wie ein grausiges Lächeln.

JOHNNY Mir wird schwindlig, ich hocke mich hin. Welches kranke Arschloch tut einem Tier so etwas an? Molly. Ein Goldstück von einem Hund. Ich kann es nicht glauben. Noch einmal schaue ich mich um, diesmal gründlicher. Niemand zu sehen. Ich ziehe die Hündin ins Haus und schließe die Tür.

Dann wickle ich sie in zwei Strandtücher. Irgendwie wirken die fröhlichen Farben fehl am Platz. Ich werde Molly im Garten vergraben und das Blut wegwischen. Amy muss nichts davon erfahren.

Dann muss ich an Flynn denken, den Jungen von nebenan. Er wird in der ganzen Nachbarschaft Plakate mit der Aufschrift »Hund vermisst« aufhängen. Es bleibt mir nichts anderes übrig, als es Doug und Kerry zu sagen, seinen Eltern.

Es ist neun Uhr durch. Flynn dürfte schon schlafen. Ich nehme Molly und trage sie über unseren Rasen hinweg zur Haustür von Doug und Kerry. Ich spüre die Wärme des Tiers auf meinen Armen, als würde es bloß schlafen. Aber ich registriere auch den metallischen Geruch des Blutes und den dunklen Fleck, der sich auf einem der Strandtücher ausbreitet.

Es ist meine Schuld. Ich habe die Gewalt in diese ruhige Straße geholt. Was soll ich ihnen erzählen? Ich lege Molly ab, öffne die Fliegengittertür und klopfe an. Auf der Stelle wird der Fernseher leiser gedreht, ich höre leise Schritte.

»Hi, Johnny. Alles in Ordnung?« Kerry ist eine kurvenreiche, immer perfekt zurechtgemachte Brünette. Sie ist eindeutig überrascht, mich zu sehen.

»Ich habe schlechte Neuigkeiten für euch. Darf ich reinkommen?«

Sie bittet mich ins Wohnzimmer, das ungefähr so groß ist wie unseres. Doug sieht mein Gesicht und schaltet den Fernseher aus. Ich bin erleichtert, dass er hier ist. Doug ist schlank und blond und denkt immer pragmatisch. Ich hoffe, er macht es mir ein bisschen leichter.

»Willst du einen Drink, Mann? Du siehst ein bisschen angeschlagen aus.« Doug legt mir eine Hand auf die Schulter, seine Besorgtheit ist nicht zu übersehen. »Oh, du hast da Blut auf deinem Hemd. Ist alles in Ordnung?«

Er deutet auf einen Sessel, ich frage mich, was er denkt. Ich setze mich, sie nehmen auf dem Sofa Platz.

»Es gibt leider keine schonende Art, es euch zu sagen: Molly ist tot.«

Kerry springt wieder auf, schlägt die Hand vor den Mund. Doug zieht sie sanft herunter und legt den Arm um sie.

»Ist sie überfahren worden?«, fragt Kerry.

»Nein, jemand hat sie getötet. Mit Absicht.«

»Warum zum Teufel tut ein Mensch so etwas?«, fragt Kerry.

»Was hat man mit ihr gemacht?«, fragt Doug.

»Ich weiß nicht, wer es war, aber sie lag vor meiner Haustür, also geht es um mich, nicht um euch. Ich vermute, es hat mit meinem Bruder zu tun. Übrigens danke ich euch, dass ihr letzte Woche zur Beerdigung gekommen seid.« Ich reibe mir übers Gesicht.

»Es muss eine schwere Zeit für dich sein.« Doug klingt, als versuche er, ein gefährliches Tier zu besänftigen, das irgendwie den Weg in ihr Wohnzimmer gefunden hat. »Du denkst also, dass das, was Molly zugestoßen ist, mit dem Tod deines Bruders zu tun hat?«

»Ja, das denke ich.« Die Schüsse auf unser Haus werde ich mit keinem Wort erwähnen, es sei denn, sie bringen das Thema von sich aus auf.

»Hast du die Polizei angerufen?«, fragt Doug.

»Noch nicht, aber wenn ihr wollt, mache ich das.«

»Natürlich, wir müssen die Polizei rufen!«, sagt Kerry mit schriller Stimme. Doug zieht sie zu sich heran, tröstend und besänftigend.

»Schsch, wir wollen Flynn doch nicht wecken, Schatz.«

Nein, verdammt. Der arme Junge.

»Ich hab Amy und Sasha seit Tagen nicht gesehen. Wo sind sie? Geht es ihnen gut?«

»Amy und Sasha sind im Haus meiner Schwiegereltern. Die beiden sind für eine Weile bei ihnen zu Besuch.« Ich merke, wie fadenscheinig das klingt, also wechsele ich schnell das Thema. »Natürlich würde ich sofort einen Ersatz für Molly besorgen, wenn ihr das wollt. Manchmal ist ein Welpe die beste Art, über den Verlust eines Hundes hinwegzukommen.« Als Kind habe ich meinen Lieblingshund draußen im Westen verloren, als er bei einem von Dads Jagdausflügen von einem Wildschwein angefallen wurde. Es ist einfach schrecklich, einem schwer verletzten Hund eine Kugel in den Kopf zu schießen.

»Ja, danke, Mann, das wäre prima, aber das soll im Moment nicht unsere Sorge sein.« Doug wirkt verunsichert. Er scheint nach den passenden Worten zu suchen. »Ich hab gehört, es gab Anfang der Woche schon mal ein Problem? Jemand hat durch euer Fenster geschossen?«

»Ja. Auch das dürfte damit zu tun haben.«

»Es scheint, als wäre es nicht besonders sicher, neben dir zu wohnen, hm?«

»Doug, das ist nicht gut, wir müssen etwas unternehmen. Offenbar schweben wir auch in Gefahr!« Kerry wird langsam hysterisch. Sie schüttelt Dougs Arm ab, steht auf und fängt an, im Zimmer auf und ab zu laufen.

Die Situation ist unerträglich. Ich muss sie irgendwie unter Kontrolle bekommen.

»Ich glaube wirklich nicht, dass ihr irgendwie in Gefahr seid, Kerry. Hier wollte mir jemand eine Warnung schicken, mir ganz allein. Wer immer es war, muss gesehen haben, wie Molly im Vorgarten mit Sasha und Flynn gespielt hat. Ich werde Detective Inspector Ian MacPherson anrufen. Das ist der Cop, der die Untersuchung zum Mord an Ivan leitet. Er weiß sicher, was zu tun ist. Ist das für euch beide in Ordnung?« Beide nicken. »Ist es euch lieber, wenn ich mich um Molly kümmere?«

Kerry steht mit dem Rücken zu mir, die Arme vor der Brust verschränkt. Jetzt dreht sie sich wieder zu mir um.

»Kann ich sie sehen?«

»Ich glaube nicht, dass das eine gute Idee ist.«

»Ja, Johnny hat recht, Kez. Überlass das uns. Komm, Mann, ich helfe dir. Bringen wir es hinter uns.«

Doug und ich tragen Molly ums Haus herum in ihren Garten. In der Ecke, unter einem Maulbeerbaum, graben wir ein großes Loch. Doug sucht einen großen Stein und legt ihn ans Kopfende des Grabs. Nachdem wir unser Werk noch einmal begutachtet haben, bietet er mir ein Bier an. Ich schätze, diese Geste kann ich nicht zurückweisen. Zusammen stehen wir auf dem Rasen und leeren so schnell wie möglich ein Carlton Draught. Dann rufe ich an Ort und Stelle MacPherson an, damit Doug sicher sein kann, dass ich mich darum gekümmert habe.

Im Stillen danke ich Gott, dass er in einem kleinen Punkt Gnade gezeigt hat, nämlich im Hinblick auf die Uhrzeit. Ich weiß nicht, wie ich das Ganze hätte durchstehen sollen, wenn Flynn noch wach gewesen wäre.

Dann sehe ich zu, dass ich aus diesem Garten verschwinde.

AMY Warum musste ich wegen des Restaurants so ein Theater machen? Ich habe mich dazu gezwungen, so zu klingen, als würde ich mir aus seinem Anruf nichts machen, dabei will ich ihn sehen! Sasha will ihn sehen. Ich könnte schreien, so frustriert bin ich. Im Moment hasse ich Johnny und seine ganze verdammte Familie.

Ich hole eine Flasche Rosé aus dem Kühlschrank, schenke mir ein Glas ein und gehe damit ins Wohnzimmer. In der Hoffnung, dass im Fernsehen etwas halbwegs Anständiges läuft, setze ich mich hin und zappe durch die Kanäle. Mist, Mist, Mist. Ich schalte den Apparat aus und gehe im Zimmer auf und ab. Irgendwie muss ich eine Lösung finden. Alle anderen drängen Johnny dazu, etwas Dummes zu tun. Warum sieht Branka nicht, was da läuft? Warum versucht sie nicht, es aufzuhalten? Wahrscheinlich hat sie es in der Vergangenheit nie geschafft, Milan von etwas abzuhalten, und traut es sich auch jetzt nicht zu.

Johnny muss mit Sasha und mir verschwinden. Sofort. Bevor etwas passiert. Ich muss ihn überzeugen. Dabei bekomme ich nicht mal einen Anruf hin! Weiter tigere ich auf und ab, trinke meinen Rosé aus. Schließlich treffe ich die Entscheidung, ihn morgen anzurufen, wenn ich hoffentlich weniger nervös bin. Ich spüle mein Glas und stelle es aufs Abtropfbrett. Ich will nichts mehr trinken. Stattdessen gehe ich ins Bett und kümmere mich morgen früh um alles.

Irgendwann nach elf gestehe ich mir ein, dass meine Meditationstechniken ihre Wirkung wieder einmal verfehlen. Ich gebe es auf, an Schlaf zu denken. Wir müssen den Schlamassel klären. Ich rufe ihn an.

Noch bevor er überhaupt zu Wort kommt, sage ich: »Du hast recht. Wir müssen reden. Ein Abendessen ist eine gute Idee, solange du nicht auf die verrückte Idee kommst, dass es mehr zu bedeuten hat. Wir müssen nur reden, mehr nicht. Mum und Dad sind nach Europa geflogen, also sehe ich zu, dass Chaz sich um Sasha kümmert. Okay?«

»Ames, du machst mich zu einem glücklichen Mann.«

»Ich verspreche dir nichts außer einem Abendessen. Wie wäre es mit Frentini's, morgen Abend? Da geht es nicht steif zu, man kann reservieren, und sie haben montags geöffnet.«

»Perfekt. Ich reserviere und hole dich um sieben ab.«

»Nein, wir treffen uns dort.« Plötzlich bin ich überzeugt, dass ich mein eigenes Auto brauche. Ich muss unabhängig bleiben. Diesmal strahle ich beim Auflegen übers ganze Gesicht.

JOHNNY Amys Anruf erreicht mich, als ich gerade wieder das Haus betrete und über den blutigen Fleck hinwegsteige. Ich gebe mir Mühe, mir die Anspannung nicht anmerken zu lassen.

Ja! Morgen Abend sehe ich meine Frau. Ich werde sie überzeugen, zurück nach Hause zu kommen. Toll, klar, und wenn sie heute Abend schon hier gewesen wäre? Vielleicht ist sie da, wo sie ist, besser dran.

Als Detective MacPherson auftaucht, habe ich einen Teil des Bluts auf der Veranda und im Haus aufgewischt. Ich öffne die Haustür, noch ehe er klopfen kann.

Er mustert das restliche Blut. »Sieht aus, als hätten Sie jemanden richtig gegen sich aufgebracht.«

»Ja, sieht so aus. Kommen Sie rein. Wahrscheinlich haben Sie längst Feierabend. Möchten Sie ein Bier?«

»Kann ich stattdessen einen Tee bekommen?«

Er folgt mir in die Küche. Zwar habe ich im Wohnzimmer schnell ein bisschen aufgeräumt, aber das Chaos in der Küche sagt alles. Ich weiß nicht, warum, aber er soll nicht wissen, dass Amy mich verlassen hat.

»Ihre Frau ist weg?«

Seufzend knicke ich ein.

»Ja. Amy und Sasha wohnen im Moment bei ihren Eltern. Sie war nicht glücklich wegen der Sache mit dem Wohnzimmerfenster.«

»Was ist mit Ihrem Fenster passiert?«

»Irgendwer hat es am Mittwoch zerschossen. Am selben

Tag wurde auch mein Jeep beschossen. Heute war der Hund der Nachbarn dran, wie ich am Telefon schon gesagt habe. Ich schätze, das alles hängt zusammen. Und dass Sie Bescheid wissen sollten. Milch und Zucker?«

Auf dem Weg zurück ins Wohnzimmer deute ich auf die Einschusslöcher in der Wand.

»Sie haben nichts davon gemeldet?«

»Ich bin eigentlich nicht der Typ, der zur Polizei rennt.«

»Was soll ich dann hier?«

Als ich mich setze, öffnet MacPherson einen Knopf an seinem Anzug und lässt sich seufzend auf dem Sofa nieder. Er trinkt einen Schluck Tee und wartet auf meine Antwort.

»Meine Nachbarn haben darauf bestanden, dass ich die Polizei rufe. Verständlich, schließlich ist es ihr Hund, der getötet wurde. Da hab ich an Sie gedacht, statt mich an irgendeinen Neuling zu wenden. Außerdem wissen Sie über Ivan Bescheid.«

»Es war richtig, dass Sie mich informiert haben. Was können Sie mir sonst noch sagen?«

»Die Schüsse, die auf unser Haus abgegeben wurden, kamen aus einem schwarzen Mercedes ML63, wie Sie ihn mir auf den Überwachungsbändern gezeigt haben. Ich habe den Wagen klar und deutlich gesehen, am helllichten Tag. Ich *sollte* ihn sehen.«

»Okay.« MacPherson lehnt sich zurück und schaut noch einmal zu den Einschusslöchern hoch. »Ich lasse die Spurensicherung kommen. Die Kollegen sollen das Blei aus den Wänden kratzen.«

Jetzt, wo ich ihn einmal gerufen habe, bleibt mir wohl keine Wahl. Verdammt, ich will keine Bullen im Haus herumlaufen haben. Bei dem Gedanken, dass Dad davon erfahren könnte, wird mir mulmig, aber ich zwinge mich zur Konzentration.

»Glauben Sie, die Schüsse wurden aus derselben Waffe abgegeben, mit der Ivan erschossen wurde?« Mein Blick wandert zum Fenster und der dunklen Straße. Als ich MacPherson wieder ansehe, mustert er mich nachdenklich.

»Es könnte dieselbe Waffe sein, wir werden sehen. Hat der Hund ein Halsband getragen?«

»Ja. Der Nachbar und ich haben es in eine Tüte gepackt, bevor wir ihn begraben haben.«

»Gut. Die Kollegen werden nach Fingerabdrücken suchen.« MacPherson zieht seine schwarze Kladde hervor, schlägt sie auf und beginnt zu schreiben. Wir gehen die Daten und Uhrzeiten sämtlicher Vorfälle durch.

»Was glauben Sie, worum es hier geht?«, fragt er dann.

»Verdammt, ich hab keine Ahnung. Die Schüsse auf Anto und mich, okay, so was kommt vor. Aber aufs Haus zu schießen, während meine Frau hier ist? Das geht einfach nicht. Mein Sohn hätte im Haus sein können. Und dem Hund der Nachbarn die Kehle aufzuschlitzen? Das ist einfach nur krank. Wer macht so was?«

»Jemand, der Sie wütend machen und zu einer Reaktion provozieren will. Haben Sie sich in letzter Zeit neue Feinde gemacht? Haben Sie sich aufs Territorium einer anderen Gang gewagt?«

»Meine Familie besitzt eine Reihe von Fischläden.«

»Und meine kommt vom Mars. Ich versuche, Ihnen zu helfen, also beantworten Sie meine Frage.«

Ich habe meine Zweifel, ob er mir wirklich helfen kann. Trotzdem muss ich jede sich bietende Chance nutzen.

»Nicht dass ich irgendetwas zugeben würde, aber um welche andere Gang sollte es gehen? Die Chinesen und Libanesen bleiben unter sich. Die Biker-Gangs bekriegen sich nur gegenseitig. Hier draußen gibt es uns, die Serben und die Italiener. Klar, zwischen den Serben und uns gibt's eine Vorgeschichte, aber inzwischen hat es auf beiden Seiten einen Toten gegeben.«

»Ich hoffe, Sie denken nicht an Rache?«

Ich schüttele den Kopf und sehe Detective MacPherson geradewegs in die babyblauen Augen.

»Okay. Solange wir nicht mehr wissen, empfehle ich Ihnen, vorsichtig zu sein. Ihre Frau und Ihr Sohn sollten bei Ihren Schwiegereltern bleiben. Geben Sie mir doch die Adresse. Ich sorge dafür, dass die Streifenwagenbesatzungen die Augen aufhalten.«

»Mann, die ganze Anlage ist eingezäunt, mit Wachtposten und dem vollen Programm. Fort Knox sozusagen.«

»Es könnte sein, dass ich sie finden muss, Johnny. Im Fall, dass Ihnen etwas zustößt.«

Ich nenne MacPherson die Adresse.

AMY Ich bin als eine der Ersten im Yogastudio. Der Laden hat glänzende Holzböden, getünchte Wände, ein leiser Duft von Räucherstäbchen weht durch die Räume. Ich habe mich auf meinen regelmäßigen Ashtanga-Kurs gefreut. Mehrere Tage hintereinander nicht genug Schlaf zu bekommen, fordert seinen Preis, meine Nerven sind mehr als strapaziert. Ich rolle meine Yogamatte aus, gehe in den Schneidersitz, schließe die Augen und versuche, mich zu zentrieren. Ich brauche diesen Kurs jetzt dringend, vor allem nach meiner morgendlichen Fahrt zur Condell Park Firearms Range, wo ich Munition für meine Ruger gekauft habe.

»Hey, Ames.« Kerry legt ihre Matte neben meine. Das Wochenende ist vorbei, die Kinder sind wieder in der Schule, jetzt haben wir Zeit für uns. Seit zwei Jahren schon teilen wir dieses Ritual, seit dem Zeitpunkt, als sie und Doug mit ihrem süßen kleinen Sohn Flynn neben uns eingezogen sind. Unsere Kinder gehen auf verschiedene Schulen, wir unternehmen ansonsten nicht viel gemeinsam, aber das wöchentliche Yoga genießen wir beide. Ich öffne ein Auge und lächele sie kraftlos an. Wie sie mir zugewandt auf ihrer Matte sitzt, brennt sie offensichtlich darauf, mir etwas zu erzählen. Ich öffne das zweite Auge und drehe mich zu ihr um.

»Du weißt es noch nicht, oder?«, murmelt sie.

»Was soll ich wissen?« Als ich ihre verheulten Augen sehe, krampft sich in meinem Bauch alles zusammen.

»Okay. Interessant. Johnny hat gesagt, du wärst bei deinen Eltern. Ich schätze, du hast nach den Schüssen das Haus verlassen?«

Ich wünschte, der Boden würde sich auftun und mich verschlingen. Ich schäme mich. Dass ich mich nicht mit den Nachbarn und ihren Fragen herumschlagen wollte, war einer der Gründe, warum ich wegwollte. Wir haben viel dafür getan, dass niemand in der Nachbarschaft erfährt, womit Johnny seinen Lebensunterhalt verdient. Ich schaue mich um, weil ich wissen will, ob uns jemand zuhört, aber die meisten anderen sitzen auch auf ihren Matten und plaudern.

»Die Polizei war nicht bei uns. Da hab ich gehofft, niemand hätte es gemerkt.«

»Wir waren unterwegs, aber Mr Fellows hat Doug davon erzählt.«

Natürlich. Mr Fellows, der alte Mann von gegenüber. Vormittags sitzt er in der Regel auf seiner Veranda und behält die Straße im Blick. Dreimal am Tag führt er seinen Dackel aus und schaut nach, was die Nachbarn machen. Für ein bisschen Klatsch ist er immer zu haben. Ich hätte darauf kommen können, dass er die Nachricht unter die Leute bringt.

»Was hat Johnny mir nicht erzählt? Ist noch etwas anderes passiert?«

Kerrys Augen füllen sich mit Tränen. »Jemand hat Molly umgebracht und vor eure Haustür gelegt.«

Ich brauche einen Moment, bis ich begreife, dass sie von ihrem Hund spricht. Dann schnappe ich nach Luft und schlage die Hand vor den Mund. Ich sehe Sasha und Flynn vor mir, wie sie gerade letzte Woche nach der Schule vor dem Haus mit ihr gespielt haben. Der Täter muss gedacht haben, Molly wäre unser Hund. Verdammt, was wäre passiert, wenn Sasha da gewesen wäre?

»Hat Flynn sie gesehen? O mein Gott, Kerry, es tut mir so leid. Das alles ist einfach krank.« Der Gedanke an den armen kleinen Jungen, der auf diese Weise seinen Hund verliert, zerreißt mir das Herz.

»Gott sei Dank war er im Bett.«

Wir fangen beide an zu weinen. Kerry greift nach den Papiertaschentüchern, die sie in ihrem BH verstaut hat, und reicht mir eins.

Inzwischen sitzen fast alle schweigend auf ihren Matten. Wir haben nicht mehr viel Zeit.

»Doug und ich haben es ihm noch nicht gesagt. Wir haben so getan, als wäre sie beim Tierarzt. Ich wollte nicht, dass er heute die Schule verpasst, aber ich muss es ihm sagen, wenn er nach Hause kommt. Wie erklärt man einem Sechsjährigen den Tod?«

Vor drei Wochen habe ich mit meinem Zehnjährigen vor derselben Frage gestanden. Ich weiß also, was ihr bevorsteht.

»Okay, alle miteinander. Augen geradeaus. Tiefe, langsame Atemzüge. Eins …«

Ich spüre meine aufkommende Panik. Ich muss hier raus.

»Sollen wir abhauen?«, flüstere ich zu laut.

»Nein, ich brauche die Stunde, und du solltest auch hierbleiben. Es wird uns beiden guttun. Lass uns nachher reden.«

Ich greife nach der Hand meiner Freundin und drücke sie in dem hilflosen Versuch, uns beiden Mut zu machen. Dann wende ich mich ab, putze mir die Nase und tue so, als würde ich die erste Atemübung mitmachen. Aber meine Gedanken rasen. Wer tut so etwas, und warum hat Johnny mir nichts davon gesagt?

JOHNNY Marko lebt in einem Wohnblock mit heller Ziegelfassade im Zentrum von Liverpool, nicht weit vom Hume Highway entfernt. Der Verkehr ist hier ziemlich laut zu hören. Von außen bietet das Haus einen traurigen Anblick, und als ich die Treppe zu seiner Wohnung im ersten Stock hochsteige, wird es noch schlimmer. Anto wartet draußen im Jeep auf mich. Wir haben einen langen Arbeitstag mit Vorbereitungen für den Coup vor uns, aber das Misstrauen treibt mich her. Marko wusste, dass Amy ausgezogen ist. Das muss bedeuten, dass sie es ihm entweder gesagt hat oder dass er ihr gefolgt ist.

Auf mein Klopfen hin öffnet Marko die Tür und stößt einen Seufzer aus, als habe er mit meinem Besuch gerechnet. Er winkt mich hinein. Gleich hinter der Eingangstür liegt das kleine Wohnzimmer. Es ist das erste Mal, dass ich bei meinem Vetter zu Hause bin. Er ist immer Ivans Freund gewesen, nicht meiner.

Die Wohnung ist aufgeräumt, an den Wänden hängen Poster mit kroatischen Landschaften, auf einem Regal stehen gerahmte Familienfotos. Es zieht mich zu einer Aufnahme von drei Jungen am Strand hin, wahrscheinlich in Brighton Le Sands, im Süden von Sydney. Auf der einen Seite stehe ich, auf der anderen Marko und in der Mitte Ivan. Wir sind neun oder zehn Jahre alt, tragen Boardshorts, haben feuchte Haare und sind stark gebräunt. Ich bin der Kleinste. Wir wirken glücklich.

Daneben steht ein Bild von Ivan und Marko im Smoking, sie haben sich die Arme um die Schultern gelegt. Daneben Amy, ich, Ivan und Marko am Tag, als Amy und ich geheiratet haben. Es gibt ein Foto von Marko als kleinem Jungen, mit seinen Eltern, irgendwo an der kroatischen Küste. Ein Stück weiter Marko in voller Kampfmontur und einem Gewehr im Arm, zusammen mit fünf anderen Soldaten vor einer ausgebrannten Scheune. Und noch ein Rahmen, diesmal nur Amy und Sasha, in Mums Garten. Eine wunderschöne Aufnahme meiner Frau. Mein Herz beginn zu rasen, ich drehe mich zu Marko um, der unwillkürlich einen Schritt zurück macht.

»Was willst du, Johnny?«

»Ich will wissen, warum zum Teufel du meine Frau verfolgst.«

»Wovon redest du? Ich verfolge niemanden.«

»Ja, klar. Woher wusstest du dann, dass sie bei ihren Eltern ist?«

»Ich glaube, du brauchst Hilfe. Du brauchst einen Psychiater.«

So komme ich nicht weiter. Ich atme tief durch und gestehe mir ein, was ich sowieso schon vermutet habe. Dad hat ihm befohlen, Amy zu folgen. Wegen Sasha. Und Marko würde Dad niemals verraten. Okay, so komme ich nicht weiter. Ich wende mich wieder dem Bild von Ivan, Marko und mir zu.

Als ich mich ein bisschen beruhigt habe, merke ich, dass Marko dasselbe Bild betrachtet wie ich. Er sieht aus wie ein Ertrinkender. Vielleicht braucht er mich so sehr, wie ich ihn brauche.

»Marko, mir ist klar, dass Dad uns gegeneinander ausgespielt hat. Vielleicht glaubt er, mit dir als Konkurrenten im Nacken würde ich mich der Situation stellen und mich in Ivan verwandeln. Aber so wird es nicht laufen.«

»Nein, du bist nicht dein Bruder.« Marko schaut mir in die Augen, ich kann seinen Blick nicht deuten.

»Wir müssen zusammenarbeiten und uns vertrauen, sonst kommt einer von uns nicht lebendig aus der Sache raus.« Meine Stimme klingt zu laut.

Er kommt einen Schritt näher und ballt die Fäuste. »Ist das eine Drohung?«

Seufzend hebe ich die Hände. »Scheiße, nein! So hab ich

das nicht gemeint! Ich meine, wir müssen im Team arbeiten, weil sonst irgendwas schiefgeht.«

Marko wendet den Blick ab, öffnet die Fäuste und entspannt die Schultern. Er scheint mit sich zu ringen. Dann deutet er auf einen Sessel und setzt sich gegenüber aufs Sofa. Die Spannung im Raum lässt nach.

»Okay, Johnny. Bei diesem Job bist du der Boss. Ich bin in deinem Team. Vielleicht bin ich beim nächsten Job der Boss.«

»Danke.« Ich strecke die Hand aus, er schlägt ein. Hier geht es um meinen allerletzten Job, aber das braucht er nicht zu wissen. Wenn Marko mir nützlich sein soll, muss ich mein Misstrauen beiseiteschieben. Außerdem brauche ich seine Hilfe. »Falls du zufällig in Amys Nähe kommst, halt Ausschau nach einem schwarzen Mercedes ML63. Ich hab ihn kurz vor den Schüssen auf unser Haus gesehen. Außerdem könnte er in Verbindung mit Ivans Tod stehen.«

»In welcher Verbindung?«, knurrt Marko, als ich aufstehe und zur Tür gehe.

Darüber kann ich im Augenblick nicht mit ihm sprechen. Als ich mich umdrehe, erblicke ich einen Hund, der es nicht erwarten kann, von der Leine gelassen zu werden.

»Ich muss jetzt los. Halt einfach die Augen auf und sag mir Bescheid, wenn du ihn siehst. Okay? Ich erkläre es dir später.«

»Okay, Johnny. Ich passe auf.«

Ich gehe nach unten und steige wieder in den Jeep.

»Alles klar?«, fragt Anto und faltet seine Zeitung zusammen.

»Ich glaube, Marko ist Amy gefolgt. Er gibt nichts zu, aber wenigstens hab ich ihn dazu gebracht, nach den stinkenden Dreckskerlen in diesem schwarzen Mercedes Ausschau zu halten.«

AMY Chaz hat bereitwillig zugestimmt, Sasha nach der Schwimmstunde mit zu sich nach Hause zu nehmen. Ich habe den Eindruck, dass er sich inzwischen mit mir langweilt, jedenfalls fand er den Vorschlag, bei Jenny zu übernachten, prima, auch wenn er auf einer aufblasbaren Matratze schlafen muss.

Ich vermisse Johnny, darf mich aber nicht von meinen Gefühlen leiten lassen. Stattdessen muss ich mir immer wieder den Knall des zweiten Schusses und die Kugel in unserer Wohnzimmerwand in Erinnerung rufen. Oder an Ivan denken, wie er in der Einfahrt in seinem eigenen Blut liegt. Nach der Begegnung mit Kerry beim Yoga heute Morgen kann ich auch einen toten Hund auf die Liste der Dinge setzen, die mich an meinem Plan festhalten lassen.

Ich bin unsicher, was ich zum Essen mit Johnny anziehen soll, und schlüpfe in ein rotes Kleid, aber das wirkt zu bemüht. Als ich stattdessen Jeans und ein T-Shirt anziehe, merke ich, dass ich es in die andere Richtung übertreibe, abgesehen davon ist es draußen ziemlich warm. Ich will einen coolen, ruhigen, gefassten Eindruck machen. Ein maßgeschneidertes weißes Leinenkleid und High Heels mit Riemchen scheinen am geeignetsten zu sein.

Ich dusche kalt, wasche mir die Haare und föhne sie gleich, damit sie möglichst glatt herunterhängen. Das weiße Kleid verlangt nach einem trägerlosen BH und passendem Höschen, beide hautfarben und spitzenbesetzt. Nicht zu viel Make-up. Obwohl ich mit dem Pinsel leicht zittere, verschmiere ich die Wimpertusche nicht. Ich habe kein Parfum mitgebracht, aber auf Mums Frisierkommode steht immer ein Flacon mit Joy.

Ich muss so viel Eindruck wie möglich machen, weil ich hoffe, dass Johnny aus Liebe zu mir die richtige Entscheidung trifft. Lexy erweist sich als gute Spionin, sie hat heute

Morgen angerufen und gesagt, sie sei sicher, dass ein großer Job unmittelbar bevorsteht. Aus irgendeinem Grund bin ich davon überzeugt, dass es Johnnys letzter sein wird, und das meine ich nicht positiv. Nicht im Sinne von: Okay, jetzt haben wir einen ordentlichen Batzen Geld, nichts wie weg aus Dodge City, lass uns ein neues Leben anfangen. Nein, mehr im Sinne von: Peng, er ist tot.

Ich spüre ein immer größeres Entsetzen, als würde in der Dunkelheit etwas wirklich Schreckliches auf mich lauern. Ich kann es nicht sehen, ich kann es nicht hören, ich kann nicht vor ihm davonlaufen.

Dieses Entsetzen begegnet mir nicht zum ersten Mal, ich erkenne seinen Gestank wieder. Ich will es nicht in meiner Nähe haben.

Ich weiß nicht, ob es mein gesunder Instinkt ist, der mir rät, mir Sasha zu schnappen und mit ihm abzuhauen, solange es noch geht. Oder ob ich mich in irgendwelche Wahnvorstellungen hineinsteigere. Dass ich nicht gut schlafe, macht es nicht besser.

Indem ich hier im Haus meiner Eltern geblieben bin, Sasha in die Schule bringe, koche, wasche und zum Yogakurs gehe, versuche ich mir vorzumachen, dass alles gut wird. Trotzdem werde ich die Angst nicht los. Im tiefsten Inneren bin ich überzeugt, dass es zum Schlimmsten kommen wird, ganz egal, was ich tue.

Ich habe mich immer nach Johnnys Vorstellungen gerichtet. Das war nicht schwierig, weil wir immer die gleichen Ziele hatten. Aber diesmal muss er auf mich hören, diesmal muss er es mir überlassen, uns aus diesem Albtraum zu befreien.

Ich tupfe ein bisschen Lipgloss auf und borge mir Mums kleine silberne Handtasche aus. Sie ist gerade groß genug für meine Schlüssel, mein Handy, meinen Lippenstift und meine Pistole. Von jetzt an werde ich die Waffe immer bei mir tragen. Vor dem Spiegel ziehe ich die Schultern zurück und sage mir, dass ich es schaffe. Ich werde all meine Waffen einsetzen, auch Sex. Dann verlasse ich das Haus und gehe zum Auto.

JOHNNY Bei Frentini's zu sitzen und auf Amy zu warten, kommt mir wie eine Zeitreise vor. Hier hatten wir unser drittes Date. Mir ist schwindlig. Jetzt habe ich die Chance, sie zur Vernunft zu bringen. Wenn ich meinen Standpunkt nicht klar auf den Tisch lege, wird sie sich nur weiter zurückziehen. Amy ist nicht impulsiv, es dauert ewig, bis sie eine Entscheidung fällt. Aber wenn es so weit ist, kann sie verdammt stur sein. Sie geht ungern Risiken ein. Sich in mich zu verlieben, war die einzige riskante Entscheidung, die sie je getroffen hat. Aber ich schätze, jede Ehe bringt Risiken mit sich. Sonst würde man an Langeweile sterben.

Ich kann ihr nicht sagen, was wirklich läuft. Ich konzentriere mich auf das Positive, bringe sie zum Lächeln, dazu, dass sie mich so sehr will wie ich sie.

Dann sehe ich sie hereinkommen. Andere Männer schauen auf und mustern sie von oben bis unten, ihr weißes Kleid, ihre von den High Heels betonten langen Beine, den Schwung ihrer blonden Haare. Sie merkt nicht, wie ihr Auftauchen die Atmosphäre im Raum verändert. So ist es, seit ich sie zum ersten Mal gesehen habe. Mit zweiundzwanzig hat sie spektakulär ausgesehen, und seitdem ist sie immer schöner geworden. Ich stehe auf, ziehe einen Stuhl unter dem Tisch hervor und bin stolz, dass sie quer durch den Raum auf mich zukommt.

Sie lächelt und küsst mich leicht auf die Lippen, hält dabei aber Abstand. Wir setzen uns, ich grinse dümmlich und genieße den Anblick meiner Frau.

Der Kellner taucht auf und zieht den Champagner, den ich bestellt habe, schwungvoll aus dem Eiskübel. Mit großer Geste entkorkt er die Flasche und gießt uns ein, dann rattert er die Empfehlungen des Tages herunter. Ich wünschte, er würde verschwinden, muss aber trotzdem lächeln. Als er uns endlich allein lässt, heben wir die Gläser. Wir haben nichts, worauf wir anstoßen können, also muss es ohne Trinkspruch gehen.

»Du siehst gut aus, Johnny. Ich hab deine hässliche Visage vermisst.«

»Ames, ich tue alles, um meine Familie zurückzubekommen.«

»Gut, dann rede ich offen. Ich will, dass es zwischen uns wieder gut wird. Im Moment ist Sasha schlecht auf mich zu sprechen.«

Ich lehne mich zurück und seufze erleichtert. Ich werde der beste Ehemann der Welt sein.

»Wann sind deine Eltern nach Europa geflogen? Ich wette, sie haben es genossen, euch beide für eine Weile bei sich zu haben.« Als wäre es um einen geplanten Urlaub bei den Schwiegereltern gegangen.

Sie wendet den Blick ab. »Du weißt ja, dass sie dich nie gemocht haben. Sie wollen, dass ich dich endgültig verlasse, dabei wissen sie nicht mal, was vorgefallen ist. Ich hab ihnen nur gesagt, wir hätten uns häufig gestritten.«

»Ich weiß, dass ich nicht der Ehemann bin, den sie sich für dich gewünscht haben.« Als sie mich überrascht ansieht, grinse ich. »Aber zum Glück streiten wir uns eigentlich selten, oder? Ich verstehe, warum du wegwolltest. Ich weiß, dass ich etwas ändern muss, wenn ich dich zurückhaben will.«

Unsere Austern werden serviert.

»Es tut mir leid, dass ich am Samstag nicht zu Sashas Cricketspiel gekommen bin. Du hattest zwar ziemlich deutlich gesagt, dass ich euch in Ruhe lassen solltest, aber ich hab mich trotzdem nicht wohl damit gefühlt. Erzähl mir in allen Einzelheiten, was er gemacht hat, seit ihr bei deinen Eltern seid.«

Solange wir über unseren Sohn reden, befinden wir uns auf sicherem Terrain. Außerdem macht es Amy glücklich. In ihren Augen gibt es keinen Jungen, der so klug, witzig und gutaussehend ist wie Sasha. Wir halten das Gespräch unverfänglich, bis nach dem Ossobuco die Teller abgeräumt werden. Jetzt muss ich meinen Plan ausbreiten und sehen, wie sie reagiert.

»Ich habe mit Marko gesprochen. Du weißt ja, dass er ziemlich einsam ist. Heute war ich kurz bei ihm zu Hause. Ehrlich, seine kleine Wohnung kann einen richtig traurig machen.« In Amys blauen Augen zeigt sich Mitgefühl. Gott, ich liebe diese Frau. »Ich glaube, dass er Ivan wirklich vermisst. Ich hab ihn gebeten, dich im Auge zu behalten und aufzupassen, dass es dir gut geht. So hat er auch etwas zu tun. Ist das für dich okay?«

»In den letzten Tagen hab ich sein Auto häufiger gesehen als sonst. Ich hatte das Gefühl, er spioniert mir nach. Ich hab mich gefragt, ob du ihn geschickt hast oder Milan, aber du warst nie enger mit Marko befreundet. Soll das heißen, ihr beide versteht euch jetzt besser?«

Ich wusste es! Ich werde ärgerlich, aber jetzt, wo ich Marko gebeten habe, Amy und Sasha für mich im Auge zu behalten, darf ich nicht herumeiern.

»Ja. Wir müssen jetzt alle miteinander auskommen.«

»Weil ein größerer Job bevorsteht?«

Ich pruste in mein Weinglas. Woher weiß sie Bescheid? Als ich aufblicke, grinst sie zufrieden, weil sie mich erwischt hat. So viel zu meinem Pokerface.

»Ja, ich habe etwas organisiert. Wir werden richtig fett absahnen. Dann kann ich mich von Dad und den anderen absetzen. Das müsste dir doch gefallen, oder?«

Ich greife nach ihrer Hand. Sie gestattet es für einen Moment, dann entzieht sie sich.

»Heute Morgen beim Yoga hab ich Kerry getroffen. Sie hat mir erzählt, was mit Molly passiert ist. Außerdem hab ich gehört, dass eine große Sache bevorsteht. Viele Treffen und Anrufe, mehr als sonst. Ist das neuerdings die Rolle von uns Frauen? Dass wir raten müssen, was ihr Typen vorhabt? Früher hatte ich das Gefühl, wir hätten keine Geheimnisse voreinander.« Sie seufzt, in ihrem Blick liegt eine Eindringlichkeit, wie ich sie selten gesehen habe. »Ich gebe zu, dass es mir früher lieber war, wenn ich nicht Bescheid wusste. Aber jetzt versucht jemand, uns einzuschüchtern. Jemand schickt uns Warnungen, und ich will nicht mehr die Ahnungslose sein. Stell dir vor, Sasha hätte von alldem etwas mitbekommen.«

»Du musst nicht wissen, was ich genau vorhabe, aber ich muss es erledigen. Danach brauchen wir uns keine Sorgen mehr zu machen. Versprochen.« Ich habe noch immer keine Ahnung, mit wem wir es letztlich zu tun haben, aber sie soll glauben, ich hätte alles unter Kontrolle.

»Doch, Johnny, ich muss mir Sorgen machen. Das ist genau das Problem. Bisher hast du die Gewalt nie mit nach Hause gebracht, da konnte ich es mir leisten, die Augen zu verschließen. Aber das geht nicht mehr, ich muss Sasha schützen. Vielleicht werde ich endlich erwachsen.« Sie hält einen Moment inne, atmet tief und langsam. »Als ich dich kennengelernt hab, kam dein Leben mir so glamourös vor. In letzter Zeit hab ich mich manchmal gefragt, ob ich dich nur geheiratet hab, um meinen Eltern eins auszuwischen.« Sie hebt die Hände, bevor ich etwas sagen kann.

»Ich glaube nicht, dass es so war, Johnny. Ich war in dich verliebt, das bin ich immer noch, aber so können wir nicht weitermachen. Ich hab mich nach Immobilien oben an der North Coast erkundigt. Wir können unser Haus hier verkaufen, uns etwas in Strandnähe leisten, richtige Jobs annehmen und eine normale Familie werden. Wir können dein Versprechen, Ivans Tod zu rächen, vergessen, wir können diesen bevorstehenden Job vergessen, dieses ganze Leben und die Gefahr, in der wir schweben. Sofort. Dein Vater wird dir verzeihen, früher oder später. Das weiß ich. Branka bringt ihn dazu, dir zu verzeihen.«

Wieder greife ich nach ihrer Hand, diesmal zieht sie sie nicht weg.

»Ich finde die Idee großartig, in den Norden zu ziehen, am Meer zu wohnen und uns ein neues Leben aufzubauen. Aber erst muss ich die Sache hier zu Ende bringen.« Ich drücke ihre Hand und hoffe, ich habe sie überzeugt, obwohl ich genau weiß, dass es nicht so ist.

»Lass dich nicht darauf ein, Johnny. Halt dich raus. Ich könnte es nicht ertragen, wenn du stirbst oder ins Gefängnis kommst. Die Gefahr ist mir viel zu groß.« Sie schaut zur Decke und blinzelt Tränen weg. Dann sieht sie mich wieder an. »Ich will jetzt nach Hause. Können wir die Rechnung kommen lassen?«

Ich bringe Amy zu ihrem Wagen und ziehe sie an mich, um sie zu küssen. Als unsere Lippen sich treffen, wird sie für einen Moment weich, dann zieht sie sich zurück. Wenn sie mir bloß vertrauen würde. Ich will, dass sie heute Abend mit mir nach Hause kommt, aber sie liest meinen Blick und wendet sich ab.

Ich weiß, dass es keinen Sinn hat, sie zu drängen, also halte ich ihr die Wagentür auf. Ich sehe zu, wie sie losfährt, wie ihre Bremslichter aufleuchten, als sie an der nächsten Ampel halten muss. Ich hab es versaut. Sie kennt mich zu gut. Sie war nicht überzeugt. Es fühlt sich an wie ein Schlag in die Magengrube.

Einen Augenblick später spüre ich einen Luftzug. Ein Auto

fährt vorbei und hält unmittelbar hinter Amys Mini. Hinter der getönten Scheiben sind die Silhouetten dreier Männer zu erkennen. Mein Instinkt setzt sich über den Gedanken hinweg, dass in diesem schwarzen Mercedes-SUV jeder x-Beliebige sitzen könnte. Mitten durch den Verkehr renne ich zu meinem Auto auf der anderen Straßenseite und wende verbotenerweise auf der engen Fahrbahn. Hupen dröhnen. Die Ampel wird grün. Zwischen dem Mercedes und mir ist ein blauer Holden Barina voller Teenager-Mädchen.

Die Autos weiter vorn fahren los, aber das Mädel im Barina würgt den Motor ab. Unglaublich, dass ihr Vater ihr ein Auto mit manueller Schaltung gekauft hat, was für ein Blödmann. Endlich entdecke ich eine Lücke im Gegenverkehr. Ich trete das Gaspedal durch, umkurve den immer noch stehenden Barina und peitsche den Jeep über die Kreuzung, als die Ampel gerade auf Rot umgesprungen ist. Rechts und links bremsen die Autos scharf ab, wieder ertönt ein Hupkonzert.

Ich lasse den Fuß auf dem Gas. Soll ich sie anrufen? Vor mir ist keins der beiden Autos zu sehen. Ich weiß, welche Strecke Amy nehmen wird. Schlingernd biege ich um eine Ecke, dann um die nächste. Noch einmal links, dann bin ich beim Haus ihrer Eltern. Als ich die Ecke erreiche, rast der Mercedes davon, Amys Rücklichter verschwinden hinter dem Schlagbaum. Der Wächter hat sein Häuschen verlassen und starrt ihrem Auto hinterher. Gott sei Dank haben ihre Eltern sich für diese Wohnanlage entschieden. Und Gott sei Dank gibt es den Wachtposten. Ich fahre weiter und versuche vergeblich, den Mercedes einzuholen. Immerhin habe ich das Kennzeichen entziffern können – IS 007. Es gibt nur einen James Bond. Wer zum Teufel ist dieser Wichser? Ich will ihn plattmachen.

Als ich in meine Auffahrt biegen will, bemerke ich, dass die Haustür weit offen steht. Ich fahre vorbei und stelle den Wagen ein Stück weiter am Straßenrand ab. Nach der Verfolgungsjagd hat mein Puls sich noch nicht normalisiert, jetzt schießt neues Adrenalin durch meinen Körper. Mit einem flauen Gefühl im Magen greife ich reflexartig ins Handschuhfach, obwohl ich weiß, dass dort keine Waffe liegt. Ivans Pistole ist in der abgeschlossenen Schublade meines Nachttischs deponiert, meine eigene im Safe unter dem Kleiderschrank. Ich bin nicht der Typ, der zu einer Verabredung mit seiner Frau eine Pistole mitnimmt. Offenbar muss ich das ändern.

Leise schließe ich die Wagentür, gehe ein Stück zurück und halte mich dabei im Schatten. Hinter einem Busch neben der Haustür bleibe ich stehen und lausche. Nichts. Ich zwinge mich, fünf Minuten zu warten. Im Dunkeln vor meiner eigenen Haustür hockend, mit Krämpfen in den Oberschenkeln, komme ich mir wie Idiot vor.

Ich stehe auf, schleiche mich hinein und schnappe mir den Cricketschläger aus dem Schirmständer. Auf dem Weg zum Schlafzimmer auf der Rückseite des Hauses schaue ich in jedes einzelne Zimmer. Ich brauche meine Waffe. Aber als ich zur Schlafzimmertür komme, halte ich inne. Im Mondlicht, das durch die Fenster fällt, sehe ich die Trümmer meines Nachttischs an der Wand liegen. Ivans Pistole ist weg.

Eilig stürze ich ins Zimmer, öffne die Tür des Kleiderschranks und räume die Bodenbretter beiseite. Der Safe ist unversehrt. Ich gebe die Kombination ein, die Tür springt auf. Der Geldstapel ist deutlich niedriger als beim letzten Mal, obendrauf liegt ein Zettel. Als ich Amys ordentliche Handschrift sehe, hocke ich mich erleichtert auf die Fersen. Ich überschlage, wie viel Geld noch da ist. Hunderttausend fehlen – mein Geld für einen Anwalt, mein Notgroschen, den ich über die letzten zehn Jahre hinweg angespart habe, nachdem die Hypothek fürs Haus abbezahlt war. Auch ihre Pistole ist weg, was mich überrascht, aber zeigt, wie klug sie ist. Eigentlich bin ich erleichtert, dass sie ihre Waffe hat. Meine eigene liegt neben dem Bargeld. Ich vergewissere mich, dass sie geladen ist, und stecke sie hinten in den Bund meiner Jeans. Bis das alles hinter mir liegt, gehe ich nicht mehr ohne sie aus dem Haus.

Amy muss zu der Erkenntnis gekommen sein, dass auch sie einen Notgroschen braucht. Warum nicht, die Hälfte gehört ihr. Deshalb hat sie ja die Kombination für den Safe. Allerdings hätte sie es mir beim Abendessen sagen können. Beim Aufstehen fällt mein Blick auf die Schmucklade mit meinen Manschettenknöpfen und Uhren, auf dem Bord, gleich neben der Flasche Eau Sauvage. Meine schwarze Gucci-Uhr fehlt. Amy hat sie mir geschenkt. Ich schlage die Schranktür zu.

Sashas Zimmer ist unberührt, das gilt auch fürs Wohnzimmer. Ich gieße mir einen großen Scotch ein und gehe in die Küche, um Eiswürfel zu holen. In diesem Moment entdecke ich die Nachricht. Jemand hat den Block für die Einkaufszettel genommen, der mit einem Magneten an der Kühlschranktür gehalten wird. Normalerweise baumelt vom Block ein Stift an einer Schnur. Diese Schnur ist abgerissen, der Stift liegt auf dem Boden, aber auf dem Block steht eine Nachricht. Vier Worte – WER IST JETZT DRAN? Zwei Strichfiguren. Die eine trägt ein Kleid, eine Frau. An der Hand hält sie einen kleinen Jungen.

AMY Hinter mir wird gehupt. Ich schaue in den Rückspiegel, aber die Aufregung scheint nichts mit mir tun haben, sondern sich an der Kreuzung abzuspielen, die ich gerade überquert habe. Warum glaube ich immer, dass ich diejenige bin, die etwas falsch gemacht hat? Ich mag nicht die beste

Autofahrerin der Welt sein, aber ich fahre sicher. Ich hatte nie einen Unfall und bin nie beim Rasen erwischt worden. Na ja, einmal habe ich so getan, als hätte ich am Steuer gesessen, damit Johnny, der in Wirklichkeit gefahren war, seinen Führerschein behalten durfte. Aber das zählt nicht.

Ich bin wütend auf mich selbst, weil ich Johnny nicht dazu gebracht habe, den ganzen Mist hinter sich zu lassen. Ich hätte mich mehr anstrengen müssen, statt an der ersten Hürde gleich aufzugeben. Aber wem will ich hier etwas vormachen? Wie konnte ich überhaupt auf die Idee kommen, dass ich eine Chance hätte? Als ob Johnny sich von seinem Vater lossagen würde, um mich und Sasha in Sicherheit zu bringen. Niemals. Johnny hat immer nur für die Familie gearbeitet. Sie haben ihm das Gehirn gewaschen und ihn glauben gemacht, es gebe für ihn kein anderes Leben.

Was bin ich für eine Heuchlerin? Während unserer gesamten Ehe habe ich ihn kein einziges Mal gedrängt, irgendwas anderes auszuprobieren. Wir haben das gute Leben genossen – ein schönes Haus, neue Autos, Urlaub am Strand, ab und zu ein teures Restaurant. Ich habe nur zu gern so getan, als hätte er einfach ungewöhnliche Arbeitszeiten, statt einen Gedanken daran zu verschwenden, worin seine Arbeit eigentlich besteht.

Aber er würde nie jemandem etwas antun, oder? Wozu braucht er dann eine Pistole? Und warum muss ich jetzt selbst eine tragen?

Die wirklich interessante Frage lautet: Warum stelle ich mich so dumm? Habe ich die unterschwellige Bedrohung heimlich genossen? Idiotin. Mein Sicherheitsgefühl war schon vor Ivans Tod gründlich erschüttert. Mit dem Mord ist mein Angstpegel nur noch mehr gestiegen.

Als ich am Tor vorfahre, winke ich Darren zu, dem Wächter, der Nachtschicht hat. Er öffnet mir den Schlagbaum und wünscht mir eine gute Nacht. Gleich hinter dem Freizeitzentrum biege ich rechts ab. Möchte ich irgendwann auch hier landen? Mum ist solch ein Snob. Sie sagt, sie genießt es, »unter Gleichgesinnten zu leben, den Ruhestand zu genießen und sich über nichts Sorgen machen zu müssen«. Was sie meint, ist, dass alle zur Mittelschicht gehören, konservativ, nett, engstirnig und durchschnittlich sind.

Habe ich Johnny nicht auch deswegen geheiratet, weil ich einem solchen Leben entfliehen wollte? Vielleicht hätte ich doch nicht packen und beim ersten Anzeichen von Ärger verschwinden sollen. Und warum habe ich ihm nicht gesagt, dass ich mir so viel Geld aus dem Safe geholt habe? Schäme ich mich dafür?

Ich biege in die Auffahrt. Niemand ist da, der mich begrüßen könnte, Sasha übernachtet bei Chaz. Ich müsste jetzt nicht hier sein. Während des Essens habe ich mir vorgestellt, mit Johnny nach Hause zu fahren und uns auf die Art zu versöhnen, wie wir es nach einem Streit immer gemacht haben: indem wir uns die Kleider vom Leib reißen und übereinander herfallen. So hätte mein vertrautes Ich reagiert, aber inzwischen habe ich mich verändert. Ich hätte es nicht hingekriegt, und das ist der Grund, warum ich mir nicht mehr Mühe gegeben habe. Ich fühle mich schwächer als früher.

Ich bleibe am Steuer sitzen und stelle mir vor, wie Johnny mich in den Armen hält. Bei dem Gedanken, wie sehr Sasha seinen Vater vermisst, bricht mir das Herz. Ich muss alles noch einmal überdenken. Warum nicht auf der Stelle nach Hause fahren? Ich lege den Rückwärtsgang ein.

Dann fällt mir ein, wie Kerry heute Morgen geweint hat. Wenn Sasha nun Mollys Leiche gesehen hätte? Wütend und verwirrt ziehe ich die Handbremse, steige aus und verriegele den Wagen. Ich möchte schreien. Ich möchte so schnell wie möglich zu Johnny fahren. Stattdessen atme ich tief ein und aus, stolpere ins Haus und gehe geradewegs in die Küche. Wahrscheinlich hätte ich gar nicht fahren dürfen. Ich trinke zu viel. Ganz egal! Ich weiß nicht, was ich jetzt tun soll. Vielleicht hilft ein Glas Rosé.

JOHNNY Ich zerknülle den Zettel in meiner Hand. Dann fällt mir ein, dass er sich noch als nützlich erweisen könnte, also streiche ich ihn wieder glatt und stecke ihn in meine Gesäßtasche. In meinem Haus riecht es sogar anders als sonst, in der Küche hängt der leichte Hauch eines billigen Männerparfums. Ich spüre, wie meine Wut langsam hochkocht.

Es dauert nicht lange, bis ich die Stelle gefunden habe, an der meine Besucher sich Zutritt verschafft haben – am Schloss der Tür zur Waschküche ist das Holz gesplittert. Ich schließe die Tür so gut es geht, hole einen Stuhl aus dem Esszimmer und klemme ihn unter die Klinke. Alle anderen Fenster und Türen sind fest verschlossen. Wenigstens habe ich es ihnen nicht leicht gemacht. Trotzdem empfinde ich die aufgebrochene Tür wie eine offene Wunde, ich schäme mich plötzlich für jedes einzelne Mal, wo ich auf diese Weise in ein fremdes Haus eingestiegen bin.

Mit einem Karton aus der Garage gehe ich in unser Schlafzimmer und werfe die Trümmer des Nachttischs hinein. Ich rette ein paar kostbare Zeichnungen und »an Daddy« adressierte Karten von Sasha. Ein paar Briefchen und Karten, die Amy mir zu Hochzeits- und Geburtstagen geschrieben hat. Irgendein Mistkerl hat sich an meinen persönlichen Andenken vergriffen. Ich lege eine Hand auf die Kerbe in der Wand, wo der Nachttisch zertrümmert wurde. Dafür wird jemand bezahlen.

Als ich rausgehe, um meinen Wagen zu holen und in die Garage zu fahren, fühle ich mich beobachtet. Aber warum sollten die Typen, die das gemacht haben, jetzt noch in der Nähe sein?

Sie haben ihr Ziel erreicht – ich fühle mich verletzlich.

Warum sind sie eingebrochen? Um eine Waffe mitgehen zu lassen? Eine Uhr? Um mir eine Nachricht zu hinterlassen und mich zu zermürben? Wer zum Teufel ist IS 007?

Es ist zehn Uhr abends, aber an Schlaf ist nicht zu denken. Ich genehmige mir einen XXL-Scotch und sehe mir die nächste Folge von *Mr Inbetween* an. Als mein Handy auf der Anrichte klingelt, will ich es erst ignorieren, raffe mich aber doch noch auf. Scheiße, es könnte Amy sein. Stattdessen lese ich auf dem Display »MacPherson«.

»Sie sind ja anscheinend im Dauereinsatz«, brumme ich.

»Sobald ihr Typen aufhört, aufeinander zu schießen, habe ich auch wieder normale Arbeitszeiten. Die gute Nachricht ist, dass mein Team aufgestockt wurde und wir im Labor Priorität haben. Wir sind da auf etwas Interessantes gestoßen.«

»Schießen Sie los!«

»Gern, sobald ich Sie auf frischer Tat ertappe!« Er lacht über seinen eigenen Kalauer. »Aber jetzt erzähle ich Ihnen erst mal, dass die Kugeln in ihrer Wand aus dem Gewehr stammen, das auch für die Morde an Michael Vucavec und Tony Fazzini benutzt wurde.«

Verdammt. Erst nach und nach dämmert mir, dass in seiner Aufzählung ein Name fehlt.

»Was ist mit Ivan?«

»Streng genommen dürfte ich es Ihnen nicht sagen, aber beim Mord an Ihrem Bruder wurde eine andere Waffe benutzt.«

Gut, dass ich an der Anrichte stehe und mein Glas nachfüllen kann. Ich nehme einen großen Schluck Scotch und denke nach.

»Okay, das ist seltsam, oder? Wurde Ivan nicht erschossen,

als er den Müll rausgestellt hat? Und niemand hat etwas gesehen? Das spricht doch dafür, dass auch bei ihm ein Gewehr benutzt wurde.«

»Ja. Die Vorgehensweise ist exakt gleich, sogar das Kaliber der Waffe stimmt, trotzdem war es nicht dieselbe.«

»Dann könnten die Morde also zusammenhängen, aber der Schütze benutzt zwei verschiedene Waffen?«

»Ja. Wir gehen zunächst von einer Verbindung zwischen den Fällen aus, aber es gibt auch die Theorie, dass jemand den Mord an Vucavec ausgenutzt hat, um Ivan zu erschießen und es aussehen zu lassen, als würde derselbe Täter dahinterstecken.«

»Was denken Sie persönlich?« Ich kann mir die Frage nicht verkneifen. Mir ist auch nicht klar, warum er mir solche Informationen freiwillig liefert.

»Ich glaube, es ist derselbe Täter, er benutzt zwei Waffen. Sagt Ihnen Ockhams Rasiermesser etwas?«

»Nein.« Ich habe keine Ahnung, wovon er redet.

»Im Prinzip geht es darum, der Hypothese zu folgen, die mit den wenigsten Mutmaßungen auskommt. Die einfachste Antwort zu suchen.«

Meine Gedanken rasen. »Was glauben Sie, wer dahintersteckt? Ein irrer Einzeltäter? Oder eine Bande?«

»Spontan würde ich nicht an einen Irren denken, aber es wäre nicht das erste Mal, dass ich falschliege. Die Auswahl der Opfer kommt mir ziemlich geplant vor. Und ich habe meine Vermutungen.«

»Darf man die hören?«

»Eher nicht. Ich kann Ihnen nur sagen, dass ich drei Theorien verfolge. Vielleicht, Johnny, waren Sie es, der Michael Vucavec nur erschossen hat, um uns auf eine falsche Fährte zu locken.« Stotternd will ich Einspruch erheben, aber MacPherson fällt mir ins Wort. »Sie hatten von Anfang an vor, Ihren Bruder zu töten, um in der Organisation Ihres Vaters eine Stufe höher zu klettern. Brudermord ist ein hässliches Verbrechen. Und natürlich passt es gut, dass diese Kugeln in Ihrer Wand steckten. Sie könnten sogar den Hund getötet haben, um von sich abzulenken.«

»Ernsthaft? So sieht Ihre Theorie aus? Warum zum Teufel sollte ich mit einem toten Hund und zwei Kugeln aus einer Mordwaffe Aufmerksamkeit auf mich ziehen?«

»Klar, deswegen ist es ja auch nicht meine Lieblingshypothese.«

»Dann raus damit.« Ich will einen Namen!

»Für heute Abend war ich offen genug, Johnny. Wie sieht es mit Ihnen aus? Hier geht es um Geben und Nehmen, schon vergessen? Was haben Sie Neues erfahren?«

Nur, dass das Auto, das er mir auf den Überwachungsaufnahmen gezeigt hat, heute Abend meine Frau verfolgt hat. Dass in mein Haus eingebrochen wurde und man mir am Kühlschrank eine üble Drohung hinterlassen hat. Ach ja, fast hätte ich die Ecstasy-Lieferung für zwanzig Millionen Dollar vergessen, die am Donnerstag mit Qantas Freight eintrifft.

»Johnny?«

»Ich denke nur nach. Nein, sorry, bisher hab ich nichts zu bieten.«

Ich bedanke mich bei MacPherson und beende das Gespräch. So gern ich Ray Shoesmith dabei zusehen würde, wie er seine Jobs als Vater und Auftragsmörder unter einen Hut zu bringen versucht, gibt es im Moment Wichtigeres. Ich muss das alles mit Anto durchsprechen.

Fünfzehn Minuten später steht Anto vor meiner Haustür und starrt auf die Stelle am Boden, wo der Blutfleck immer noch zu erkennen ist.

»Was ist denn hier passiert?«

»Lange Geschichte, komm rein.«

Ich schenke uns beiden einen Scotch ein, setze mich hin und reibe mir die Augen. »Okay. Ich war heute Abend mit Amy zum Essen.«

Anto wirkt gelangweilt. Auf keinen Fall will er um diese Uhrzeit meine Eheprobleme diskutieren.

»Als sie vom Restaurant weggefahren ist, hat sich ein schwarzer Mercedes ML63 an sie rangehängt.« Jetzt ist mir seine Aufmerksamkeit sicher. »Ich bin hinterher und hab Amy eingeholt, als sie gerade bei ihren Eltern ankam. Der Mercedes ist abgehauen, aber ich hab das Kennzeichen.«

Ich reiche ihm ein Post-it, auf das ich »IS 007« gekritzelt habe.

»Was für ein Wichser«, bemerkt er spöttisch. Dann steckt er den Zettel in seine Tasche. »Morgen rufe ich Tina an. Zum Glück arbeitet sie immer noch bei der Verkehrsbehörde. Sie findet raus, wem das Auto gehört.«

»Ihr habt noch Kontakt?«, frage ich. Er weiß, dass ich weiß, dass er angefangen hatte, sich mit Lexy zu treffen, bevor er sich richtig von Tina getrennt hatte.

»Sie hat nie erfahren, dass sich da etwas überschnitten hat. Und Lexy weiß es auch nicht. Okay?«

»Wie du meinst, Romeo. Klar, ruf Tina an.« Ein Name und eine Adresse könnten der Schlüssel sein. »Aber das ist noch nicht alles.« Ich schiebe ihm den Zettel vom Kühlschrank hinüber.

»Verdammte Scheiße, Mann, das ist krank.« Er nimmt den Zettel in die Hand und wirkt fasziniert und erschreckt zugleich. Sein Unterkiefer fällt noch ein Stück weiter herunter, als ich ihm von dem Einbruch, der toten Molly und dem Umstand erzähle, dass ich MacPherson eingeschaltet habe.

»Ich kann selbst nicht glauben, dass ich es zugelassen habe«, sage ich und ziehe eine Grimasse. »Aber er hat ein paar Kriminaltechniker geschickt, die heute Morgen die Kugeln aus der Wand geholt haben.«

»Wenn dein Dad das erfährt, bringt er dich um, Kumpel.«

»Er wird nichts erfahren, es sei denn, du erzählst es ihm.«

»Himmel. Wer bringt einen Hund um?« Anto verzieht das Gesicht, als hätte er gerade etwas Ekliges probiert.

»Ein Primitivling, wer sonst?«

Zum guten Schluss berichte ich ihm noch von den Erkenntnissen zu den benutzten Waffen.

»Scheint verdammt gefährlich zu sein, sich in deiner Nähe aufzuhalten.«

Ich möchte es lachend abtun, aber er ist schon der Zweite in den letzten vierundzwanzig Stunden, der mir so etwas sagt. Anto schaut zum Fenster, steht auf, schaltet das Licht aus, ertastet sich den Weg zur Anrichte und schnappt sich die Scotchflasche. Ehe er sich aufs Sofa fallen lässt, stößt er sich am Couchtisch das Schienbein.

»Warum verdächtigt MacPherson nicht dich? Die Kugeln in deinen Wänden sollen dieselben sein, die sie aus Vucavec und Fazzini geholt haben? Wir kennen Leute, die für weniger eingesperrt wurden.« Obwohl es fast dunkel ist, kann ich Antos seltsamen Gesichtsausdruck erkennen. Mein Umgang mit der Polizei scheint mich in ein schlechtes Licht zu rücken.

»Er hat gesagt, ich würde zu den Verdächtigen gehören, aber dann hab ich gefragt, was ich seiner Meinung nach damit gewinnen würde, wenn ich so viel Aufmerksamkeit auf mich ziehe. Ich glaube, da hat er's kapiert.«

»Scheiße, wer steckt wirklich dahinter?«

»Mir fällt nur ein Grund ein, warum man einen aus jeder Familie umbringen sollte«, sage ich. »Nämlich, dass man einen Krieg anzetteln will. Wenn der Scheißkerl in der Lage ist, einen Hund zu töten, nur um mir ans Bein zu pissen, ist er bösartig und gestört. Und dieser bösartige, gestörte Irre hat mir eine Nachricht hinterlassen, in der Amy und Sasha bedroht werden.«

»Herrgott noch mal. Genau das können wir vor dem Job am Donnerstag am wenigsten gebrauchen.« Offensichtlich ist Anto genauso beunruhigt wie ich.

Ich lehne mich zurück. Der Job. Vielleicht ist der Job der Schlüssel zu allem. »Der Scheißkerl muss es auf einen Krieg anlegen, stimmt's?«

»Er hofft, dass wir Serben und Kroaten uns gegenseitig aus dem Weg räumen und gleich noch die Italiener mitnehmen.«

»Genau. Und wer profitiert davon?« Im Dunkeln sitzend trinken wir weiter und denken nach.

»Vielleicht die Chinesen.« Anto klingt nicht wirklich überzeugt. »Oder die Libanesen. Ja, es könnten die Libanesen sein.«

»Rashid Sami? Irgendwie kommt mir das alles hier ziemlich persönlich vor, findest du nicht? Und für Rashid Sami ist es eine Nummer zu klein.«

»Richtig. Aber bei den Libanesen gibt's noch andere, kleinere Gruppen. Vielleicht will sich jemand einen Namen machen. Und warum nehmen sie *dich* ins Visier? Warum nicht deinen Dad? Werden die Serben und die Italiener auch so schikaniert?«

»Keine Ahnung. Die Warnung kommt mir jedenfalls ziemlich persönlich vor.«

Ich schenke nach, wir lehnen uns zurück und grübeln noch eine Weile.

Plötzlich knallt Anto sein Glas auf den Tisch und sieht mich mit triumphierender Miene an.

»Warum sind wir nicht früher darauf gekommen? Die Biker! Ink Slaters Biker-Gang. Wir sind nicht darauf gekommen, weil bisher keine Motorräder im Spiel waren. Wenn die Kerle in einem Mercedes SUV rumfahren, bringt uns das auf die falsche Fährte.«

»Wer?« Ich frage mich, ob ich sein Glas zu voll gemacht habe.

»Komm, du weißt schon, Johnny! Ink Slater.« Anto steht auf, tigert im Raum auf und ab und breitet seine Theorie aus. »Sein Vater hatte draußen in Bankstown ein paar Männer, aber Drogen nehmen war eher sein Ding als Drogen verkaufen. Vor drei Jahren ist er an einer Überdosis gestorben. Zu der Zeit war aus dem schmächtigen Jungen Ink ein echtes Biker-Arschloch geworden, immer noch schmächtig, aber von oben bis unten tätowiert.« Anto gestikuliert wild. »Ich meine überall, sogar im Gesicht. Deshalb wurde er Ink genannt, obwohl ich ziemlich sicher bin, dass er eigentlich Ian heißt. Ian Slater.«

Was die Gangszene von Western Sydney betrifft, ist Anto ein wandelndes Lexikon. Langsam verbindet sich der Name für mich mit einem Gesicht.

»Ja, jetzt erinnere ich mich. Damals, als wir häufiger geschnappt wurden, musste ich ein paar Stunden mit ihm in einer Zelle verbringen. Der Junge muss Anfang zwanzig gewesen sein und wollte mich in eine Schlägerei verwickeln. Was für ein dämlicher Scheißkerl. Er war so schmal, dass ich ihn mit einer Faust in den Boden hätte nageln können. Wir wurden beide vernommen und konnten dann gehen. Amy hat mich abgeholt.« Die Erinnerung wird deutlicher, meine Wut wächst. »Das Arschloch hat eine versaute Bemerkung über sie gemacht. Du warst auch dabei. Weißt du noch?«

»Ja, genau der. Ein ekelhaftes Mundwerk und nur Scheiße im Kopf.«

»Ich wollte ihn fertigmachen, aber wir waren noch auf dem Revier. Die Bullen haben gesagt, wir sollten uns draußen prügeln.«

»Ja. Er meinte, er hätte gar nicht vor, nach draußen zu gehen. Hat sich einfach hingesetzt und blöd gegrinst.«

»Ich wollte es später nachholen, aber Amy hat mich davon abgebracht. Sie meinte, sie hätte schon Schlimmeres gehört.«

»Ink Slater. IS 007. Jetzt passt alles zusammen. Er baut

sich gerade seine eigene Truppe auf. Verkauft den Kids jede Menge Crystal Meth. Scheißkerl. Er ist dafür bekannt, dass er seine Tussen verprügelt und auch sonst ein Arschloch in Reinkultur ist.«

»Ja, er könnte auf jeden Fall unser Mann sein. Außerdem nützt es ihm, wenn sich die Kroaten, Serben und Italiener gegenseitig an die Gurgel gehen, stimmt's?«

»Auf jeden Fall.« Antos Augen leuchten.

»Lass Tina rausfinden, wo er wohnt. Ich denke, wir sollten Ink Slater einen kleinen Besuch abstatten.«

Anto ist nach Hause gefahren, ich kann nicht schlafen. Stattdessen setze ich mich mit meinem Laptop an den Küchentresen und stoße sofort auf zwei aktuelle Berichte. Im ersten geht es darum, dass ein Verfahren gegen Ian »Ink« Slater wegen Drogenhandels aus Mangel an Beweisen eingestellt wurde. Auch der andere Bericht dreht sich um Drogenhandel. Diesmal ist Slater vor Gericht gekommen, aber von den Geschworenen freigesprochen worden. Ich sehe ihn vor mir, lächelnd auf der Treppe zum Gericht in Bankstown. Er ist groß und schlaksig, seine langen Arme schauen zu weit aus den Ärmeln eines schlecht sitzenden Anzugs. Ein mieser Gangster beim Gerichtstermin.

Natürlich hat der Idiot sich LOVE und HATE auf die Fingerknöchel tätowieren lassen. Sein Gesicht wirkt wie ein unvollendetes Kunstwerk, die Tattoos kriechen seinen Hals hoch bis zur Kieferpartie. Ein durch und durch asoziales Stück Scheiße, das höchstwahrscheinlich heute Abend in meinem Haus war und mir diese hässliche Nachricht hinterlassen hat.

Ich schiebe den Barhocker zurück und beuge mich über meinen Laptop. Am liebsten würde ich dem Kerl gleich hier auf dem Monitor die grinsende Fresse polieren. Stattdessen setze ich mich wieder hin und sehe nach, ob Slater eine eigene Facebookseite hat. So dämlich kann er eigentlich nicht sein, oder? Aber ja! Sogar die Fotos sind öffentlich. Für jemanden, der gut hinschaut, liegt sein ganzes Leben offen da.

Ich hatte recht, als ich darauf bestanden habe, dass Amy auf Facebook ihren Mädchennamen benutzt. Nirgends sind Fotos von mir hochgeladen, der Name Novak taucht nicht auf. Wenn ich mich selbst googeln würde, gäbe es keinen Treffer. Meine Präsenz in den sozialen Medien ist gleich null, und bei meinen Festnahmen als junger Erwachsener ging es um Kleinigkeiten, die für die Medien uninteressant waren. Es gibt keine Zeitungsartikel, in denen ich erwähnt werde. Amy und ich kontrollieren regelmäßig ihre Privatsphäre-Einstellungen, um so wenig wie möglich preiszugeben. Ich könnte darauf bestehen, dass sie ganz auf ihren Facebookaccount verzichtet, aber gegen so viel Kontrolle würde sie sich wehren. Abgesehen davon ist es nun mal die Art, wie ihre Freundinnen kommunizieren, wie sie stolz ihre Kinder präsentieren, wie sie die Großeltern auf dem Laufenden halten. Ich sehe bei alldem eher die Gefahren. Warum Informationen aus der Hand geben? Informationen bedeuten Macht. Warum anderen solche Macht über sich selbst geben? Auch in diesem Punkt sind Amy und ich verschiedener Meinung.

Auf Ink Slaters Titelbild räkeln sich zwei leicht bekleidete Blondinen auf einer Harley. Sein Profilfoto zeigt ein Spinnentattoo auf einem Bizeps. Ink feiert mit seiner Truppe in Nachtclubs, ein Bier in der Hand, auf jedem Knie eine Blondine. Blondinen ohne Ende. Wilde Nächte, Fotos von größeren Gruppen, Arme, die um Schultern liegen, Tänzer, alle betrunken.

Ich scrolle in der Chronik zurück zu einer Reihe von Geburtstagsglückwünschen, alle vom 15. Juni. »Einen schönen Achtundzwanzigsten, Kumpel.«

Die Fotos müssen früh am Abend gemacht worden sein,

als alle noch halbwegs nüchtern waren. Es sieht aus, als hätte die Party in einem typischen Vorstadt-Wohnzimmer stattgefunden. Auf dem Sofa sitzt eine ältere Dame. Ansonsten sind alle deutlich jünger, Männer Ende zwanzig, Anfang dreißig. Es sind ziemlich viele. Ich zähle fünfundzwanzig verschiedene Gesichter, die in den letzten zwölf Monaten immer wieder auftauchen. Eine junge Truppe, jeder Einzelne unsterblich.

Verdammt, Anto hatte recht. Ink hat in relativ kurzer Zeit eine Menge Männer um sich geschart. Wenn das unsere Feinde sind, können wir uns ihre Großkotzigkeit zunutze machen.

Auf vielen Fotos taucht ein riesiger, muskelbepackter Typ auf. Ich brauche eine Weile, bis mir klar wird, dass es tatsächlich zwei verschiedene Männer sind. Zwillinge. Rasierte Köpfe und ärmellose Unterhemden, die die Muskeln zur Schau stellen. Sie haben sogar identische Skorpion-Tattoos auf dem linken Unterarm. Aber was die tätowierte Körperfläche angeht, kann niemand aus der Gang es auch nur annähernd mit Ink aufnehmen. Es würde mich nicht überraschen, wenn der Kerl ein Tätowierstudio besäße. Ich fahre mit der Maus über eins der Fotos der Zwillinge, ihre Namen tauchen auf. Mick und Dave Hyde. Ich schaue mir ihre Facebookseiten an und staune wieder. Es gibt sogar Aufnahmen davon, wie sie von den gebräunten Hintern zweier dunkelhaariger Mädchen – die keine Zwillinge sind, aber so wirken sollen – Koks schnupfen.

Sind diese Typen wirklich solche Schwachköpfe?

Google verrät mir, dass die Hyde-Zwillinge beide wegen schwerer Körperverletzung und Drogenbesitz gesessen haben. Anscheinend sind sie nicht so clever wie Ink, deshalb ist er der Boss.

Aber wenn er wirklich hinter alldem steckt, worum geht es ihm dann? Will er den Westen übernehmen? Und warum hat er es auf mich persönlich abgesehen? Hat er sich bei den Serben und Italienern auch jemanden rausgepickt? Bedroht er auch deren Frauen und Kinder? Tötet er deren Hunde?

Auf einmal bin ich erschöpft, ich lasse den Kopf in die Hände sinken. Was zum Teufel hat Ink Slater vor? Wenn wirklich er und seine Zwillingsgorillas hier eingebrochen sind, warum warnen sie mich dann? Warum teilen sie mir mit, dass sie es als Nächstes auf Amy und Sasha abgesehen haben?

Ich werde niemals zulassen, dass dieses Tintenklecks-Arschloch in die Nähe der beiden Menschen kommt, die mir am meisten auf der Welt bedeuten.

AMY Gestern Abend habe ich Chaz versprochen, die Kinder heute zur Schule zu fahren. Es ist das Mindeste, ich kann nur hoffen, nicht mehr über der Promillegrenze zu liegen. Nach dem Essen mit Johnny habe ich eine Flasche Rosé getrunken und bin dann im Gästezimmer von Mum und Dad ins Bett gekippt. Ich habe einen Kater, meine Augen sind verquollen, ich sehe furchtbar aus.

Vor Chaz' Erdgeschosswohnung in der Marsden Road fahre ich auf einen Besucherparkplatz. An einem Strommast vor dem Nachbarhaus lehnt eine alte Matratze, daneben steht ein klobiger Sessel mit einem hässlichen Fleck. Beides scheint für den nächsten Sperrmüll herausgestellt worden zu sein. Ich komme eine Viertelstunde früher als verabredet, weil ich ihr mit dem Frühstück helfen will, damit sie sich in Ruhe für die Arbeit fertigmachen kann. Manchmal beneide ich Chaz für ihren Teilzeitjob als Event-Assistentin bei der Liverpooler Gemeindeverwaltung. Aber manchmal glaube ich auch, es würde mir schwerfallen, jeden Tag zur Arbeit zu fahren, selbst wenn es nur von neun bis drei wäre. Und wie würde ich nach zwölf Jahren ohne festen Job wieder im Arbeitsleben zurechtkommen?

Chaz wohnt gegenüber der Marsden Public School. Hätten wir uns nicht kennengelernt, als unsere Kinder noch Babys waren, würde Jenny zur Schule jetzt nur die Straße überqueren müssen. Aber seit dem Kindergarten sind Jenny und Sasha unzertrennlich. Es wäre grausam gewesen, sie voneinander zu trennen.

Johnny wollte, dass Sasha zum All Saints Catholic College geht, der Schule, die auch Ivan und er besucht haben. Ich war auf einer Privatschule, aber davon gibt es hier draußen keine guten. Nun ja, mit Ausnahme der All Saints. Weil ich zur Church of England gehöre, war ich nicht begeistert, bis ich ein bisschen recherchiert habe. Die Schule genießt einen ausgezeichneten Ruf. Grundschule und Highschool sind getrennte Einheiten, aber im selben Gebäudekomplex untergebracht. Und Johnny ist die Schule offenbar gut bekommen. Auch für Jenny war es die passende Wahl, wobei ich weiß, dass die jährlichen Gebühren für Chaz schwer aufzubringen sind. Ich habe ihr Unterstützung angeboten, aber dafür ist sie zu stolz. Vielleicht will sie aber auch nichts mit meinem schmutzigen Geld zu tun haben.

Als ich mich dem Haus nähere, bekomme ich einen Schrecken, denn ich höre Sasha laut protestieren.

»Ich will nicht in die Schule! Ich will zu meinem Dad!« Er klingt, als würde er jeden Moment in Tränen ausbrechen. Hastig gehe ich zur Tür.

»Wenigstens hast du einen Dad«, sagt Jenny, als ich gerade klopfe.

»Hey! Ich bin's!«, rufe ich. Ich drehe den Türknauf und stelle fest, dass nicht abgeschlossen ist.

»Gott sei Dank.« Chaz schaut mich kopfschüttelnd und mit angestrengtem Lächeln an.

Gleich hinter der Tür liegt der Wohnbereich. Chaz steht

am Küchentresen und macht Sandwiches. Jenny und Sasha tragen ihre Schuluniformen. Sasha ist gekämmt, Jenny trägt einen Pferdeschwanz. Sie sitzen Chaz gegenüber und essen selbstgemachtes Müsli. Jenny dreht sich zu mir um und winkt. Dann zieht sie hinter Sashas Rücken eine Grimasse.

Sasha starrt entschlossen in sein Müsli.

Ich stelle die Handtasche aufs Sofa, trete hinter ihn und kitzele ihn unter dem Rippenbogen. Er windet sich, lacht aber nicht los, wie er es normalerweise tut. Ich drehe seinen Stuhl zu mir herum, lege einen Finger unter sein Kinn und hebe seinen Kopf, damit er mich ansehen muss.

»Machst du Chaz das Leben schwer?«

»Ist schon gut.« Chaz will nicht, dass er Ärger bekommt.

»Nein, das glaube ich nicht. Wie siehst du das, Sash? Entschuldige dich bei Chaz, dann reden wir über deinen Dad. Klingt das vernünftig?«

In Sashas blauen Augen stehen Tränen, aber seine sture Miene wird weicher. Er nickt, wischt sich mit dem Unterarm durchs Gesicht und dreht sich zu Chaz herum.

»Tut mir leid, Chaz.«

»Schon gut, mein Süßer.« Chaz schmilzt dahin. Wenn Sasha sich entschuldigt, ist er unwiderstehlich.

»Gut gemacht, Kumpel. Jetzt iss dein Frühstück. Mit leerem Magen lässt sich nicht gut reden.« Ich werfe Chaz einen entschuldigenden Blick zu.

Sie schüttelt abwehrend den Kopf und steckt die Sandwiches in einen Frischhaltebeutel.

»Ich erledige den Rest. Mach du dich fertig für die Arbeit.«

Chaz schaut mich dankbar an und verschwindet im Schlafzimmer.

Beide Kinder sind mit ihrem Müsli fertig und sehen mich mit großen Augen an. Kurz überlege ich, ob ich mit Sasha allein reden soll, aber letztlich ist es besser, wenn Jenny es mitbekommt, dann können sie später darüber reden. Ich lade die Spülmaschine und lege los.

»Sasha, dein Dad und ich haben uns gestern richtig gut unterhalten. Ich denke, wir kommen voran.«

»Habt ihr euch wieder lieb?«, fragt Sasha. Jenny zieht eine angeekelte Grimasse.

»Wir haben uns niemals nicht lieb gehabt, aber wir müssen ein paar Dinge klären. Außerdem arbeitet dein Dad im Moment sehr viel. Er hat eine Menge zu tun, weil er nicht nur seine eigene Arbeit, sondern auch die von Onkel Ivan erledigen muss.« Diese Entschuldigung habe ich schon mal benutzt, aber sicher ist es besser, konsequent bei einer Geschichte zu bleiben.

»Kümmert Dad sich um alle Fischläden?«

»Ja, genau, und du weißt ja, dass es eine Menge Läden sind, stimmt's?«

»Wir haben zehn Fischgeschäfte«, erklärt Sasha seiner Freundin mit spürbarem Stolz.

»Ich weiß«, sagt Jenny. Sie verdreht die Augen, streckt die Zunge heraus und rutscht von ihrem Hocker herunter. Sie verliert das Interesse und geht in ihr Zimmer.

»Hab noch ein bisschen Geduld, Sasha. Alles wird gut, versprochen!« Warum zum Teufel gebe ich solche Versprechen ab? Jetzt, wo mir die Kontrolle über mein Leben entglitten ist, gibt es keine Garantie, dass ich wirklich Wort halten kann. Aber ich muss ihm eine Perspektive bieten. »Ich sorge dafür, dass du heute nach der Schule mit deinem Dad telefonieren kannst. Okay?«

»Okay, Mum.«

Wie lange wird Sasha noch glauben, dass sein Vater seinen Lebensunterhalt damit verdient, dass er Fischgeschäfte führt? An Santa Claus, den Osterhasen und die Zahnfee glaubt er schon seit Jahren nicht mehr. Ich habe das Gefühl, dass in absehbarer Zeit die nächste Illusion zerplatzt.

JOHNNY Für bewaffnete Raubüberfälle benutzen wir grundsätzlich gestohlene Fahrzeuge. Es ist einfach wichtig, möglichst keine Verbindung zwischen der Crew und dem Job erkennen zu lassen. Weil Autos heutzutage nicht mehr so leicht zu stehlen sind wie früher, brechen wir stattdessen in Häuser ein und stehlen die Schlüssel. Die meisten Menschen lassen ihre Autoschlüssel auf einem Tisch in der Nähe der Haustür liegen, sodass wir relativ schnell rein- und rauskommen. Natürlich ist es ein Vorteil, wenn das Auto auf der Straße steht.

Gestern Abend hat Baz mit ein paar Männern die vier Fahrzeuge gestohlen, die wir für Donnerstagabend brauchen. Dabei haben sie sorgsam darauf geachtet, niemanden zu wecken. Dann sind sie mit den drei SUVs und dem Lieferwagen ein paar Vororte weiter gefahren und haben die Kennzeichen mit denen von Autos vertauscht, die zufällig am Straßenrand standen. Als zusätzliche Vorsichtsmaßnahme sorgen wir dafür, dass die Kennzeichen kaum lesbar sind. Man kann nicht gründlich genug sein. Normalerweise würden wir die Autos später umspritzen, aber bei einem Job dieser Größenordnung zerlegen wir sie lieber in Einzelteile.

Seit ich heute Morgen aufgestanden bin, regnet es ununterbrochen. Anto und ich verschmieren die Kennzeichen der vier gestohlenen Wagen mit Schlamm, während Brick und Blocker sich mit Presslufthämmern daranmachen, im Lagerhaus eine zweite Grube wie die unter der Hebebühne anzulegen. Kein schlechtes Gefühl, sich um die leichten Dinge zu kümmern, während die jungen Kerle die richtig harte Arbeit machen müssen. Das Alter bringt auch Vorteile mit sich.

Die neue Grube wird zwei Meter lang, einen Meter breit und einen tief werden und Betonwände bekommen. Stump und Fibs ziehen dann einen falschen Boden aus Holzdielen ein. Er wird aus drei Segmenten bestehen und unseren neuen, zwanzig Zentimeter tiefen Stauraum tarnen. Bei einer gründlichen polizeilichen Durchsuchung würde er natürlich auffallen, aber diese Suche würde eine Menge Zeit kosten.

Mum bringt eine große Schachtel *Fritule* zur morgendlichen Teepause, der aufs Dach hämmernde Regen macht jedes Gespräch unmöglich. Ich trinke Tee und hänge meinen Gedanken nach, als Anto mir auf die Schulter klopft, weil sein Telefon klingelt. Auf dem Bildschirm taucht das hübsche Gesicht seiner Ex-Freundin Tina auf. Er muss nach draußen gehen und sich in den Jeep setzen, um sie verstehen zu können. Bei seiner Rückkehr grinst er übers ganze Gesicht. Sie hat erklärt, das Kennzeichen IS 007 sei auf einen gewissen Ian Slater zugelassen, und ihm eine Adresse in Bankstown genannt. Anto hat sich den Preis als Detektiv des Jahres verdient.

Siebzehn Minuten später fahren wir durchs Zentrum von Bankstown, einem der kulturell diversesten Vororte von Sydney. Dort gibt es sogar einen eigenen Flughafen. Aber damit sind auch sämtliche Pluspunkte aufgezählt. Bankstowns hohe Arbeitslosenquote hat einen hässlichen Zwilling, die ebenso hohe Kriminalitätsrate. Es wimmelt von zwielichtigen Gestalten. Zu allem Überfluss hat der Ort auch noch das meistgehasste Team der Rugby-Liga, die Bulldogs. Sie haben den Dragons die Morris-Zwillinge gestohlen, was ich ihnen nie verzeihen werde.

Von ein paar neuen Reihenhäusern auf Ink Slaters Straße abgesehen besteht die Bebauung überwiegend aus eingeschossigen Backstein- oder Holzhäusern, die in den Fünfzigern, Sechzigern und Siebzigern gebaut wurden. Ich bin beeindruckt, wie gepflegt die Vorgärten wirken. Wüsste ich es nicht besser, würde ich auf ein nettes Viertel tippen. Wir fahren langsam an Slaters kleinem cremefarbenen Holzhäuschen vorbei. In der Einfahrt steht ein schwarzer Mercedes ML63 – Kennzeichen IS 007 – mit verchromten Felgen und

Niederquerschnittsreifen. Er passt hierher wie die Faust aufs Auge. Wir halten einen halben Block weiter, ich nehme meine Pistole aus dem Handschuhfach. Anto zieht seine buschigen Augenbrauen hoch, als ich sie in den Bund meiner Shorts stecke.

»Im Moment bin ich bisschen paranoid, okay?«

»Bist du sicher, dass wir nicht warten sollten, bis es dunkel ist?«

»Das wäre wahrscheinlich besser, aber wir sind vorsichtig. Außerdem läuft uns die Zeit weg.«

Am übernächsten Abend soll die Sache mit Stanislav über die Bühne gehen. Ich muss die Sicherheitsmaßnahmen voranbringen.

Zum Glück hat der Regen nicht nachgelassen, niemand ist in der Nähe. Wir nähern uns dem Haus im Laufschritt, als wollten wir möglichst schnell aus dem Regen kommen. Früher gehörten zu dieser Art Häuschen grundsätzlich eine Rasenfläche, zwei Zierbäume und ein paar Rosenbüsche. Jetzt ist hier nur noch Beton. Drei Töpfe mit toten Pflanzen stehen hinter der niedrigen Ziegelmauer, die sich um den vorderen Teil des Grundstücks zieht. So lässig wie möglich schlendern wir am Mercedes vorbei die Auffahrt hoch, dicht an dem hohen Holzzaun entlang, der das Haus von seinem identischen Nachbarn trennt. Dann gehen wir in die Hocke, damit man uns von der Straße aus nicht sieht. Die rissige, von Unkraut durchzogene Auffahrt zieht sich am ganzen Haus vorbei bis zu einer offenen gemauerten Garage, darin steht eine schwarze Harley in ihrer einsamen Pracht. Wir sind offenbar an der richtigen Adresse. Gebückt nähere ich mich der Garage. Anto folgt mir, bemüht, auf dem feuchten Beton nicht auszurutschen.

Wir lassen es langsam angehen, richten uns immer wieder auf, um einen Blick in jedes einzelne Zimmer zu werfen. Der Straße am nächsten liegt das Wohnzimmer mit einem Großbildfernseher, einem modernen Ecksofa und einem Kippsessel mit grünem Samtbezug, der aus einer vergangenen Ära stammt. Auf der Kopfstütze liegt sogar ein weißes Tuch mit Spitzenbesatz. Als wir uns dem hinteren Teil des Hauses nähern, hören wir Stimmen. In einem Haus dieses Alters kommen sie wahrscheinlich aus der Küche. Wir bleiben stehen und hören zu.

»Nanna, du machst die besten Sandwiches der Welt.« Eine Männerstimme. Mit einem schmeichlerischen Ton, der mir bekannt vorkommt.

»Du bist zu dünn. Wenn deine Mutter kein Junkie gewesen wäre, hättest du heute ein bisschen mehr auf den Rippen.« Ich stelle mir die alte Dame von der Facebookseite vor.

»Du sollst nicht so über Mum reden, Nan.« Jetzt liegt etwas Bedrohliches in der Stimme, das mir nicht gefällt. Der Scheißkerl hat kein Recht, so mit seiner Großmutter umzugehen.

Ich deute mit der Hand in die Richtung, aus der wir gekommen sind. Anto dreht sich um, wir schleichen uns gebückt zurück. Hinter dem Mercedes stehen wir auf und sehen uns um. Kein Mensch auf der Straße, keine verräterisch schwankenden Jalousien. Noch immer prasselt der Regen. Wahrscheinlich arbeiten alle. Oder es kümmert sowieso keinen, wenn zwei Typen um das Haus eines Nachbarn herumschleichen.

Quer durch den Vorgarten gehe ich in den schmalen Durchgang zwischen Slaters Haus und dem Nachbargrundstück. Alte Gartengeräte lehnen am Zaun. Die drei brusthohen Schiebefenster deuten auf Schlafzimmer hin. Das erste Fenster steht eine Handbreit offen. Ich gebe Anto ein Zeichen zu warten, während ich den Kopf hebe und einen Blick hinein riskiere. Es ist das Zimmer einer alten Frau, voll gehäkelter Zierdeckchen, an den Wänden hängen Fotos in altmodischen Rahmen.

Auch das nächste Fenster ist nicht ganz geschlossen. Hier ist der Übergang vom Teenagerzimmer zum Schlupfloch des Anführers einer Biker-Gang nicht nahtlos geglückt. Ein Doppelbett mit schwarzen Laken nimmt den Großteil der Fläche ein, an den Wänden hängen Poster von Harleys und blonden Pin-up-Mädchen. Einen Ehrenplatz an der Decke über Slaters Bett nimmt ein Poster von Gwen Stefani ein, der Rest von No Doubt ist abgeschnitten. Auf einem kleinen Schreibtisch steht ein Laptop inmitten von Ladekabeln und Motorradzeitschriften. Mit achtundzwanzig wohnt Ink Slater noch immer bei seiner Oma.

Ich gehe ein Stück weiter und schaue in ein drittes Zimmer. Abgesehen von einem Einzelbett und ein paar alten Holzmöbeln ist es leer. Anto und ich treten den Rückzug an. Mit schnellen Schritten gehen wir am Haus vorbei und zurück zu meinem Jeep.

Den ganzen Morgen schon schwirrt mir eine Idee durch den Kopf. Ich habe sie hin- und hergewendet und von allen Seiten betrachtet. Aber die Vorstellung, dass Granny Slater in meinen Plan verwickelt werden könnte, gefällt mir nicht. Sie wird da sein und schlafend im Bett liegen, wenn die Bullen kurz vor Morgengrauen mit einem Rammbock die Tür aufbrechen und durch die Fenster steigen. Sie wird eine Heidenangst bekommen. Scheiße. Hoffentlich bekommt sie keinen Herzinfarkt oder so was. Irgendwie muss ich dafür sorgen, dass sich jemand um sie kümmert, wenn das alles vorbei ist.

Als ich Mums Küche betrete, schlägt mir ein Duft entgegen, der mir das Wasser im Mund zusammenlaufen lässt. Sie brät kleine, dünn geklopfte Hühnerfilets, die in ihrem hausgemachten Paniermehl gewendet sind. Schon beim Anblick fühle ich mich wieder wie ein Zehnjähriger. Dad sitzt auf seinem Platz am Küchentisch und wirkt schlecht gelaunt.

»Siehst du, Branka? Siehst du unser Sohn? Ist Mittag. Gibt Essen, er ist da, immer.«

»Hör auf, Milan.« Mum schwächt ihre Worte ab, indem sie meinem Vater ein schnelles Lächeln zuwirft, dann konzentriert sie sich wieder darauf, die Fleischstücke in der spritzenden Pfanne zu wenden. »Johnny ist jung, braucht Essen, das nur Mama kann kochen.« Sie zuckt die Achseln. »Ist immer genug da.« Sie wischt sich die Hand an der Schürze ab und tätschelt mir sanft die Wangen. Ja, zehn Jahre, noch immer.

»Sitz, sitz, *sjediti, sjediti.*«

Mum zieht ein Blech mit Kartoffeln aus dem Ofen, häuft Hühnerstücke auf eine Platte und stellt das Essen mitten auf den Tisch, neben eine große Schüssel voll Kopfsalat, Tomaten und Zwiebeln. Während wir uns bedienen, geht sie zum Spülbecken und hantiert mit Töpfen und Pfannen. Erst als Dad und ich längst unsere zweiten Portionen essen, setzt sie sich dazu und bedient sich. Ich habe versucht, sie davon abzubringen, immer zuletzt an sich selbst zu denken, aber wenn wir in der Küche essen, läuft es so. Es macht Amy jedes Mal verrückt.

»Dad, ich muss dir erzählen, was bei meinen Nachforschungen zu Ivans Tod herausgekommen ist.«

Mum stößt einen Klagelaut aus und schlägt sich schnell die Hand vor den Mund, als könnte sie ihre eigene Stimme nicht ertragen. Dad sieht mich an, als würde er mich am liebsten gleich hier am Tisch erwürgen. Ich fühle mich wie ein Vollidiot.

Mum fängt an zu beten.

»Tut mir leid, Mum. Ich warte, bis wir mit dem Essen fertig sind. Dad und ich reden draußen.«

»Nein, nein, du viel zu tun. Du reden, ich beten, dann essen.«

Ich schaue zu Dad hinüber. Er nickt zustimmend, aber ich spüre auch eine Warnung.

»Ich habe etwas von einem der Spitzel bei der Polizei erfahren, die uns gelegentlich helfen. Er war letzte Woche auf dem Revier in Liverpool und hat gehört, wie zwei Detectives sich unterhalten haben. Es ging um ...«

»Ivan«, kommt Dad mir zuvor.

»Genau. Sie haben gesagt, sie hätten eine Taskforce eingesetzt, um den Mörder zu schnappen. Sie gehen davon aus, dass es sich um eine Serie handelt. Dass Ivan, Michael Vucavec und Tony Fazzini vom selben Täter erschossen wurden.«

»Serie. Ist das so? Das ist, was Detectives sagen vor Spatzel?«

»Ist Spitzel, Milan«, sagt Mum. Sie scheint sich ein wenig erholt zu haben.

Dad sieht sie ungläubig an. »Spitzel, Spatzel, besser alle tot. Warum sie reden vor diese Kerl? Ist Blödsinn.«

»So wie ich es verstanden hab, stand er um die Ecke. Sie konnten ihn nicht sehen, aber er hat sie gehört. Jedenfalls kam er damit zu mir, weil er wusste, dass ich ihn für die Information bezahle.«

»Du ihn bezahlen. Wie viel?«

»Hundert Dollar. Dad, es ist nicht wichtig, wie viel ich ihm gegeben habe.« Ihm von den beiden verschiedenen Gewehren zu erzählen, wäre im Moment zu kompliziert. Es ist Zeit, ihn von dem fiktiven Spitzel abzulenken. »Gestern Abend ist mir ein schwarzer Mercedes SUV gefolgt, nachdem Amy und ich bei Frentini's waren.«

»Du siehst Amy?«, mischt Mum sich an. »Wie geht es mein Sasha?«

»Das ist, warum wir nicht besprechen Geschäft vor Frauen.« Dad schiebt seinen Stuhl zurück, wischt sich mit dem Handrücken über den Mund und verschwindet im Flur.

»Danke fürs Mittagessen, Mum.« Ich stehe auf und will meinem Vater folgen.

»Sag mir erst. Amy und Sasha okay?«

»Es geht ihnen gut, Mum, sie sind in Sicherheit. In ein paar Tagen ist das alles vorbei, dann kommen sie zurück.«

»Donnerstag du hast großen Job. Dann du und dein *Tata* müssen aufhören. Ist vorbei. Wir haben genug. Dann Amy kommt zurück.« Sie sagt es mit einer Selbstverständlichkeit, die mich überrascht. Undenkbar, dass Dad mit ihr über den Job gesprochen hätte. Aber auch Amy wusste davon. Die Frauen müssen wohl über diese Dinge reden, aber sie sind klug genug, es nur untereinander zu tun. Mum packt mich an den Schultern. Ihre dunkelbraunen Augen sind feucht von unvergossenen Tränen.

»Alles okay mit Marko?«

»Ja, Mum, wir haben uns ausgesprochen.«

»*Dobro, dobro*. Pass auf. Auch auf dein *Tata*. Ihr müsst alle kommen zurück.«

Ich nicke.

»Du versprichst deine Mama.« Ihre Hände lassen nicht locker.

»Ich verspreche es, Mum.«

Zufrieden lässt sie mich los und räumt die leeren Teller vom Tisch.

Draußen hinter dem Haus dampft der Boden im Sonnenschein. Die feuchte Luft ist wie eine heiße, feuchte Decke. Dad sitzt im Schatten des Blechdachs und dreht sich mit langsamen, geübten Bewegungen eine Zigarette. Ich setze mich neben ihn. Als er die Zigarette anzündet, treffe ich eine Entscheidung. Wenn ich Amy und Sasha wirklich schützen will, brauche ich seine Hilfe.

»Okay. Ja, ich hab mich mit Amy zum Essen getroffen. Wir wollten wieder zusammenkommen, wie ich schon gesagt hab. Aber als sie weggefahren ist, hab ich den schwarzen Mercedes gesehen, mit drei Männern. Dasselbe Modell wie bei den Schüssen auf unser Haus. Ich hab ein schlechtes Gefühl, ein Art Instinkt, verstehst du?«

Dad schaut mich an, als hätte ich den Verstand verloren. Dann macht er eine kreiselnde Geste mit der Hand. Red weiter.

»Ich hab sie in dem Moment eingeholt, als Amy bei ihren Eltern angekommen ist. Jetzt wissen sie, wo sie wohnt.«

»*Jetzt wissen sie, wo sie wohnt!*«, knurrt er. Schon wieder macht er mich nach. »Du sie verfolgt? Du geschossen?«

»Nein, Dad, das hab ich nicht.« Ich gebe mir Mühe, meine Ungeduld zu unterdrücken, aber ich wünsche mir auch, ich hätte genau das getan, wonach er mich fragt. Ein paarmal atme ich tief durch. Der Geruch seines Tabaks beruhigt mich.

»Ich hatte keine Pistole dabei.« Angewidert schüttelt er den Kopf. »Ich bin nach Hause gefahren und hab entdeckt, dass jemand in unser Haus eingebrochen ist, Ivans Pistole gestohlen und mir diesen Zettel hingelegt hat.« Ich ziehe das gefaltete Papier aus der Hosentasche, die Drohung mit den Strichmännchen.

Endlich zeigt sich Besorgnis auf seinem Gesicht. Halleluja.

»Wer hat das gemacht? Warum er warnt uns? Was will er?«

»Ich glaube, er will, dass die Serben und die Kroaten sich wieder bekriegen und dass beide gegen die Italiener kämpfen. Sie wollen, dass ich etwas Dummes tue, dass ich zum Beispiel Stanislav umbringe, obwohl wir keinen Beweis dafür haben, dass er irgendetwas mit Ivans Tod zu tun hatte.«

»Vielleicht. Vielleicht.« Dad schaukelt vor und zurück und stößt dabei perfekte Rauchkringel aus. Das macht er immer, wenn er über ein Problem nachdenkt.

Schließlich beugt er sich mit grimmigem Blick vor. »Wir müssen schützen Sasha.«

Bingo. »Genau, Dad. Wir müssen Amy und Sasha beschützen. Ich hab Marko schon gebeten, ein Auge auf die beiden zu werfen, aber die Jungs könnten in Schichten auf sie aufpassen.«

Dad nickt, nimmt sein Handy, wählt eine gespeicherte

Nummer und spricht auf Kroatisch drauflos. Nach zwanzig Sekunden ist das Gespräch beendet.

»Josef wird heute sein vor Schule. Er folgt Amy nach Hause. Du sagst Amy, sie geht nirgendwo ohne dir sagen. Wir passen auf.« Selbstzufrieden lehnt er sich zurück, ich seufze erleichtert.

Wieder schaut Dad mich an. Ich bemerke das Misstrauen in seinen blutunterlaufenen Augen.

»Aber du nicht sagst alles. Was noch?«

»Ich weiß, wem der schwarze Mercedes ML63 gehört.«

»Und?«

»Ink Slater. Er wohnt in Bankstown und ist Boss einer Bikergang. Ich schätze, er will, dass wir uns alle gegenseitig umbringen, damit er sich das ganze Territorium unter den Nagel reißen kann.«

Dad lehnt sich wieder zurück und schickt eine Menge Rauchkringel in den Himmel.

»Er will haben unser Gebiet? Du tötest Slater. Bis dahin, Männer beschützen Amy und Sasha.«

Kurz überlege ich, ihm von dem Plan zu erzählen, der in meinem Kopf Formen annimmt. Aber ich beschließe, mich für den Moment mit meinem kleinen Erfolg zu begnügen. Wenn ich alles gründlich durchdacht habe, komme ich mit meinem Plan zurück.

AMY Obwohl der Regen endlich aufgehört hat, ist die Straße rutschig. Ich fahre langsam an die Kreuzung heran, ehe ich am Stoppschild halte. Nie wieder Alkohol! Ich weiß nicht, was mich dazu getrieben hat, nach dem Champagner beim Essen auch noch die ganze Flasche Rosé zu trinken. Noch immer dröhnt mir der Schädel. Vielleicht wollte ich alle Gedanken auslöschen.

Die Autoschlange vor der Schule zieht sich über den halben Block. Gerade habe ich das Stoppschild hinter mir, als ein kleines Mädchen mit hüpfenden Pferdeschwänzen direkt vor mir auf die Straße läuft. Sofort trete ich auf die Bremse, kein Problem, weil ich sowieso schon Schritttempo fahre. Plötzlich höre ich einen lauten Knall, mein Auto macht einen Satz nach vorn. Ich gerate ins Rutschen und komme keinen halben Meter vor dem Mädchen zum Stehen.

Erschreckt lässt die Kleine ihre Schultasche fallen und fängt an zu weinen. Eine der Mütter läuft zu ihr hin, nimmt sie auf den Arm und wirft mir einen vernichtenden Blick zu. Ich zittere. Das war knapp. Ich schaue in den Rückspiegel und erkenne den Mann, der aus dem weißen Lieferwagen hinter mir steigt. Es ist Josef, Milans jüngerer Bruder. Er wirkt beschämt. Was macht er hier? Er hat keine Enkel, die er abholen könnte.

Ich winke und deute auf eine Stelle am Bordstein, wo wir beide ranfahren können. Dort angekommen, steige ich aus und gehe die paar Schritte zu ihm zurück.

»Josef?«

Er ist knallrot angelaufen und stottert.

»Ich fahre runter die Straße und bumm, stoße zusammen mit dir. Tut mir leid, Amy. Die Jungs bringen in Ordnung, wie neu. Du merkst nicht mal.«

Ich nehme den Schaden in Augenschein. So schlimm ist es nicht, nur eine verbeulte Stoßstange. Vor allem ist dem kleinen Mädchen nichts passiert. Hoffentlich lernt sie daraus, dass sie in Zukunft nicht einfach auf die Straße rennt. Aber ich fühle mich noch etwas zittrig, und Josef benimmt sich seltsam, als hätte ich ihn auf frischer Tat ertappt. Aber wobei? Dann plötzlich dämmert es mir: Johnny hat mir gesagt, Marko würde mich im Auge behalten. Jetzt also auch Josef.

»Bist du mir gefolgt, Josef?«

Er stammelt irgendetwas über Einkäufe für seine Frau, die er erledigen wollte. Ich hake nicht nach, aber es kann unmöglich stimmen. Mary würde Josef nie die Verantwortung für einen Einkaufswagen überlassen. Johnny wird mir erklären müssen, was das zu bedeuten hat.

Sasha entdeckt mich, als Josef gerade losfährt. Mit missmutiger Miene klettert er auf die Rückbank. Ich drehe mich um und tätschele sein Bein, dann blinke ich und fädele in den Verkehr ein.

»Mum, du und Dad, lasst ihr euch scheiden, so wie Timmys Eltern?«

Seine Worte treffen mich wie ein Schlag. Ich fahre noch einmal an den Straßenrand, damit ich mich umdrehen und ihm ins Gesicht sehen kann.

»Sasha, mein Liebling. Es ist so, wie ich heute Morgen gesagt habe. Dein Dad und ich klären die Dinge. Du musst mir vertrauen und mir noch ein bisschen Zeit lassen.«

»Ich glaube, du lügst mich an. Hast du Dad etwas Schlimmes getan?«

Im ersten Moment bin ich fix und fertig, es ist so unfair, dass mein Sohn mich für die Situation verantwortlich macht. Aber ich habe auch Schuldgefühle, weil ich ihn *tatsächlich* angelogen habe. Ich wage kaum, mir vorzustellen, wie er reagiert, falls die Trennung doch endgültig ist.

»Möchtest du deinen Dad heute Nachmittag sehen?«

Sein Lächeln bricht mir das Herz.

»Ich sehe zu, ob ich es arrangieren kann, okay?« Schon bin ich aus dem Wagen.

Johnny geht sofort ans Telefon. »Hallo, Schatz. Wie geht's dir?«

»Ich bin richtig sauer.« Ich spreche leise, aber Johnny soll merken, dass ich wütend bin.

»Was ist los?« Er klingt besorgt. Gut so.

»Gestern war es Marko. Heute Josef. Er ist mir gerade

vor der Schule reingefahren, gerade eben! Fast hätte ich ein kleines Mädchen überfahren!« Ich gebe mir Mühe, dass Sasha nichts mitbekommt. »Ich war damit einverstanden, dass Marko mich im Auge behält, er ist wenigstens diskret. Aber eigentlich weiß ich nicht mal, warum ich überhaupt zugestimmt habe. Was ist hier los? Warum soll jemand auf mich aufpassen?«

»Okay, beruhige dich, ich erzähle es dir. Aber du musst versprechen, nicht wütend zu werden.«

»Das bin ich schon! Ist dir das noch nicht aufgefallen?« Jetzt erhebe ich die Stimme doch. Ich sehe mich um: Sasha starrt durchs Fenster. Ich lächele ihn an und atme tief durch.

»Schon kapiert«, sagt Johnny. »Aber es geht um deine und Sashas Sicherheit.«

Ich drehe mich um, damit Sasha mein Gesicht nicht sieht. »Sicherheit wovor, Johnny? Raus damit. Und wenn du mich jetzt anlügst, ist es vorbei. Hast. Du. Verstanden? Vorbei.«

»Ja, Ames, ich hab's kapiert. Also, ich hab gesehen, wie dir gestern jemand gefolgt ist, als wir das Restaurant verlassen haben. Vielleicht hab ich es mir nur eingebildet, aber ich hab die Truppe als Aufpasser eingeteilt, bloß für die nächsten Tage. Um auf Nummer sicher zu gehen.«

»Wer könnte mich verfolgen, Johnny?« Ich bin nicht mehr wütend, sondern verängstigt.

»Ich glaube, dass jemand versucht, Ärger zwischen den Gangs zu schüren. Aber ernsthaft, mach dir keine Sorgen. Alles unter Kontrolle.«

Johnny gibt sich große Mühe, entspannt zu klingen, aber es gelingt ihm nicht.

»Unter Kontrolle, tatsächlich?«, frage ich in drohendem Ton. »Dein Bruder ist vor seinem Haus erschossen worden. Dann die Schüsse auf unser Haus. Dem Nachbarshund wurde die Kehle aufgeschlitzt. Und bei jeder Müllabfuhr wird ein ›bekanntes Gangmitglied‹ ermordet. Und jetzt muss ich auch noch hören, dass ich verfolgt werde. Das nennst du UNTER KONTROLLE?«

»Schatz, beruhige dich. Vertrau mir. Was hältst du davon, wenn ich gleich rüberkomme? Wo bist du?«

»Ich bin einen Block von der Schule entfernt, wo ich fast ein kleines Mädchen überfahren hätte, weil dein Onkel einen Auffahrunfall gebaut hat. Ich stehe neben dem Auto, damit ich mit meinem verdammten Gangster-Ehemann sprechen kann, ohne dass unser Sohn uns streiten hört. Halt dich bloß von uns fern. Entweder du bringst auf der Stelle alles in Ordnung, oder unsere Ehe ist zu Ende.«

Ich steige wieder ein und sage Sasha, sein Vater sei beschäftigt, er müsse bis zum Wochenende warten. Wer einmal lügt …

Auf dem Rückweg zum Haus meiner Eltern weint Sasha auf dem Rücksitz still vor sich hin. Ich bin zu wütend zum Weinen.

JOHNNY Kaum hat Amy aufgelegt, da bekomme ich einen Anruf von Dad. Bei ihm ist es immer am besten, gleich in die Offensive zu gehen.

»Hi Dad. Du wirst es nicht glauben, aber Josef ist Amy hinten reingefahren! Direkt vor der Schule. So viel zum Thema Beschützen.«

»Du mir irgendwann sagst Wahrheit?«

Wie kann Dad komplett ignorieren, was ich gerade gesagt habe? Seine Stimme klingt hart und eine Spur hämisch. Ich bekomme eine Gänsehaut.

»Ich weiß nicht, wovon du redest, Dad.«

»Wann du weg, Branka und ich haben Besuch. Detective MacPherson. Erzählt interessante Geschichte.«

Mir rutscht das Herz in die Hose.

»Seine Geschichte nicht, wie du erzählst dein *Tata*. Wem soll ich glauben? Komm sofort her. Erzähl alles, dann wir sehen.«

»Okay, Dad.«

Ich fahre langsam. In diesem Moment vermisse ich Ivan so sehr, dass ich ein brennendes Loch in meiner Brust spüre. Ivan wüsste, was zu tun ist. Er würde meinen offensichtlichen Verrat an den Grundsätzen meines Vaters so hindrehen, dass es am Ende so klingen würde, als hätte ich die Polizei an der Nase herumgeführt. Als hätten die Novaks den Bullen eins ausgewischt. Ivan würde Dad dazu bringen, darüber zu lachen. Nachdem er selbst die Prügel eingesteckt hätte. Nachdem er sich vor mich gestellt und verhindert hätte, dass ich etwas abbekomme. Aber Ivan wäre erst gar nicht in diese Bredouille geraten. Er hätte sich nicht ohne den Familienanwalt auf dem Revier blicken lassen. Und nie im Leben hätte er die Spurensicherung in sein Haus gelassen.

Andererseits wäre Ivan nicht an all diese Informationen gekommen. Er würde immer noch blind durch die Gegend stolpern und nichts von seinem neuen Feind ahnen. Vielleicht ist genau das der Grund, warum er tot ist.

Wieder spüre ich den Schmerz, so stark wie in dem Augenblick, als ich von seinem Tod erfahren habe.

Ich muss an den Straßenrand fahren. Sobald der Wagen steht, lege ich den Kopf auf das Lenkrad. Ich will auf jemanden einprügeln, auf irgendwen, von mir aus auch auf eine Wand. Wie konnte Ivan mich allein lassen, allein mit Dad? Ich spüre, wie die Tränen kommen. Für einen Mann, der nicht weint, passiert mir das in letzter Zeit ziemlich oft.

Ich reibe mir übers Gesicht und komme zu einem Entschluss. Ivan ist nicht hier, also muss ich mich gegen meinen Vater behaupten. Ich muss zugeben, dass ich mit MacPherson gesprochen habe, und ihm die Gründe dafür darlegen. Er muss meinem neuen Plan zustimmen. Vielleicht ist er nicht hundertprozentig wasserdicht, aber welcher Plan ist das schon? Dad muss begreifen, dass die Familie für mich an erster Stelle steht, wie immer. Wir Novaks müssen jedes Mittel nutzen, sogar die Bullen, wenn wir unsere Position behaupten wollen. Sonst werden Ink Slaters Biker uns fertigmachen.

Als ich das Haus meiner Eltern erreiche, bin ich wütend auf MacPherson. Was zum Teufel hat der Kerl eigentlich vor? Hat er Spaß daran, alles durcheinanderzubringen, oder was? Ich seufze. Wahrscheinlich ging es ihm nur darum, meinen alten Herrn auf dem Laufenden zu halten. Aber ernsthaft, was denkt er sich dabei? Warum muss er jetzt auch noch Mum verrückt machen?

Zu allem Überfluss entdecke ich auch noch Markos Wagen. Auf dem einzigen Schattenplatz – mal wieder. Diesmal schiebe ich ihn ein bisschen energischer an. Aber zum Glück geht die Alarmanlage nicht los. Ich brauche ein bisschen Zeit, um mich runterzukühlen.

Ich bin entschlossen, Dad davon zu überzeugen, dass ich keinen Mist gebaut habe. Denn im Prinzip läuft es doch gut. Wir haben die Informationen, die wir brauchen, um die Welt wieder geradezurücken, Ink Slater fertigzumachen und die Serben abzuzocken. Alle Risiken, die ich eingegangen bin, werden sich auszahlen. Also atme ich ein paarmal tief durch, steige aus, straffe die Schultern und bitte meinen Bruder, mir in den nächsten zehn Minuten zur Seite zu stehen. Dann marschiere ich ins Haus.

Mum küsst mich nur und deutet in den Garten. Sie bietet mir nicht mal ein Getränk an. Verdammt. Schlechtes Zeichen.

Dad sitzt mit Gewittermiene und stahlhartem Blick am

Kopf des Tischs, Marko direkt daneben. Scheiße. Dieser Moment ruft so viele andere schlechte Momente in Erinnerung. Dad knallt die Faust auf den Tisch. Marko zuckt zusammen. Die Zikaden verstummen.

»Sitz hier.« Dad deutet auf den Platz zu seiner Rechten. »Ganz nah, so ich sehe deine Augen. Erzähl alles von Anfang.«

Ich nehme mir einen Stuhl und ziehe ihn so weit weg, wie es möglich ist, ohne einen allzu ängstlichen Eindruck zu machen. Als ich Marko anschaue, bin ich überrascht, dass er keinen triumphierenden, sondern eher einen verwirrten Eindruck macht. Scheiße. Das ist übel.

»MacPherson hat auf mich gewartet, am Morgen nach der Beerdigung.« Verdammt, nach allem, was inzwischen passiert ist, scheint es Ewigkeiten her zu sein. »Er hat gesagt, ich solle ihm aufs Revier folgen. Er wollte mir etwas zeigen.«

»Er wollte dir etwas zeigen? Warum du rufst mich nicht an? Warum du fragst nicht Sam Dillard?«

Niemand darf mit der Polizei sprechen, wenn der Anwalt der Gang nicht dabei ist. Dad zahlt ihm einen monatlichen Vorschuss. Wir alle haben seine Nummer in unseren Handys. Ich atme tief durch und denke an Ivan. Die Zikaden lassen sich wieder hören.

»MacPherson hat gesagt, er wolle mit mir als Angehörigem eines Mordopfers sprechen, nicht als Verdächtigem. Er hat mir keine Fragen gestellt, sondern etwas gezeigt. Er sagte, ich brauche keinen Anwalt.«

»Er sagt, du brauchst keinen Anwalt. Und du glaubst? Glaubst Bullen? Was du gelernt von mir die ganze Zeit? Was du gelernt?« Dads Augen treten hervor. Ich rieche meinen eigenen Schweiß, aber ich mache weiter und erzähle ihm von den Aufnahmen der Überwachungskameras.

Marko beugt sich nachdenklich vor. Natürlich erfasst er die Bedeutung des schwarzen Mercedes, vor dem ich ihn gewarnt habe. Ausnahmsweise bin ich froh, dass mein Vetter hier ist.

Als ich zu dem Punkt mit Mollys aufgeschlitzter Kehle komme, nickt Marko, Dad starrt mich an.

»Die Nachbarn waren ziemlich aus dem Häuschen. Sie wollten, dass ich die Polizei rufe. Ich dachte, MacPherson erkennt die Zusammenhänge.«

»Besser du hättest begraben Hund. Nachbarn nicht brauchen wissen.« Dads Stimme ist hart und ohne Mitgefühl.

»Ja. Daran hab ich nicht gedacht«, lüge ich.

»Du überhaupt nicht gedacht.« Wieder knallt die Hand auf den Tisch. Ich zucke zusammen. »Du einfach holst Polizei in dein Haus?«

»Na ja, Dad, hast du MacPherson heute etwa nicht in dein Haus gelassen?«

Dad holt aus und schlägt mir mit dem Handrücken ins Gesicht. Es geht so schnell, dass er sich kaum zu bewegen scheint. Fast falle ich vom Stuhl, aber ich fange mich. Mein Gesicht brennt.

Entsetzt, dass Marko Zeuge meiner Demütigung geworden ist, schaue ich zu ihm hinüber, aber seine Miene ist wieder ausdruckslos. Ich habe keine Unterstützung zu erwarten, immerhin gießt er kein Öl ins Feuer. Ich muss meinen Faden wieder aufnehmen.

»MacPherson meinte, die Schüsse könnten alle miteinander in Verbindung stehen. Wir sollten die Angelegenheit der Polizei überlassen.

»Überlassen Polizei«, knurrt Dad. »Er sagt mir auch. Warum überlassen Polizei? Was du noch nicht erzählt?«

»Ich hab dir erzählt, dass Ink Slater Amy verfolgt hat. Ich hab dir erzählt, dass in mein Haus eingebrochen wurde, dass Ivans Pistole gestohlen wurde, dass sie mir eine Nachricht hinterlassen haben. Verdammte Biker-Arschlöcher.«

Ich ziehe den Zettel aus der Hosentasche und reiche ihn

Marko. Er reißt die Augen auf und nickt wieder, was mich ein wenig mutiger macht.

»Ich hab mich über den Dreckskerl Slater informiert. Ich weiß, wo er wohnt. Und ich hab einen Plan, Dad.« Ich beuge mich vor. Ich will ihn unbedingt auf meine Seite ziehen. »Nachdem wir uns das Ecstasy von den Serben geschnappt haben, deponieren wir einen Teil davon bei Ink Slater. Dann geben wir den Bullen einen Tipp. Alle werden hören, dass die Biker mit einem Haufen E verhaftet wurden, und wir sind aus der Schusslinie. Davon abgesehen haben wir Ink Slater aus dem Verkehr gezogen, den Kerl, der Ivan erschossen haben muss. Verstehst du, Dad? Es ist perfekt!«

Dad steht auf, sein Stuhl kratzt über den Boden und kippt hintenüber. Er stützt sich mit beiden Händen auf den Tisch und beugt sich drohend vor. Dann richtet er sich auf, holt aus und verpasst mir eine gewaltige Rechte. Ich sehe sie kommen, weiche aber nicht aus. Der Schlag reißt mich vom Stuhl und lässt mich gegen die Hauswand prallen, wo ich nach Luft schnappend zu Boden rutsche.

»Raus aus mein Haus, Verräter. Stanislav ist mein Feind, er tötet Ivan, und mein Sohn ist Feigling. Du willst verraten an Polizei, Tipp geben Polizei? RAUS AUS MEIN HAUS.«

Mühsam rapple ich mich auf, ein Rauschen in den Ohren, mein Kiefer pocht. Ich mache einen Bogen um Marko und Dad, taumele die Stufen der Terrasse hinunter und gehe seitlich am Haus vorbei zu meinem Wagen.

Ich rase los, um Abstand zwischen mich und meinen Vater zu bringen. Mein Hinterkopf fühlt sich an wie gebrochen. Ich berühre eine empfindliche Stelle und ziehe die Hand gleich zurück. Kaum Blut. Ivan hat immer gesagt, ich hätte einen harten Schädel. Am Ende des Blocks werde ich ein wenig ruhiger, atme gleichmäßiger, nehme den Fuß ein Stück vom Gas.

Was will ich eigentlich erreichen? Ich sehe Amys wunderschönes Gesicht vor mir, dann Sashas. Die Antwort liegt auf der Hand – ich will meine Familie zurück. Aber ist das alles, was ich will? So lächerlich es klingt, ich muss zugeben, dass ich immer noch die Anerkennung meines Vaters – und, seltsamerweise, Ivans – suche. Ich taste mein Kinn ab und spüre eine Mischung aus Scham und Wut. Dad hat kein Recht, so zu reagieren, geschweige denn, mich zu schlagen.

Ich weiß, dass ich recht habe. Die Polizei dazu zu benutzen, um an Informationen zu kommen, ist etwas, das wir seit Jahren praktizieren. Ivan hat damit angefangen, als er einen Junkie dafür bezahlt hat, der Polizei zu erzählen, er hätte etwas gesehen, das so nicht passiert war. Im Prinzip habe ich nichts anderes gemacht. Wie kann Dad mich als Verräter bezeichnen? Was soll das?

Zu Hause angekommen, parke ich am Straßenrand und lege den Kopf aufs Lenkrad.

Im Augenblick habe ich keine Ahnung, ob wir mit unserem Plan weitermachen. Wenn Dad nun alles abbläst? Ich weiß nicht mal, ob Amy und Sasha weiter bewacht werden. Alles hängt von Dad ab. Wie immer. Und davon habe ich die Schnauze voll.

Mir ist klar, dass ein Risiko besteht, dass Amy nicht zurückkommt, egal, was ich tue. Trotzdem muss ich so weitermachen, als würde sie es tun. Ich muss glauben, dass alles irgendwie in Ordnung kommt. Wie auch immer. Könnte Amy doch bloß akzeptieren, dass es darum geht, ihr und Sasha eine Zukunft zu bieten, selbst wenn ich nicht Teil dieser Zukunft sein sollte.

Das Haus ist auf Amys Namen eingetragen, die Hypothek ist abbezahlt, es dürfte achthunderttausend Dollar bringen. Die Immobilienpreise in Sydney sind der helle Wahnsinn. Mit dem Geld könnte sie sich irgendwo anders etwas Größeres kaufen. Dazu käme noch das Geld auf der Bank. Sie soll alles haben. Wenn ich noch eine Million oder mehr in den Safe packen kann, brauchen sie sich nie mehr finanzielle Sorgen zu machen. Dann habe ich für die beiden wichtigsten Menschen in meinem Leben gesorgt.

Ich hebe den Kopf vom Lenkrad und bemerke Mr Fellows auf seiner Veranda. Er beobachtet mich. Am liebsten würde ich ihm den Finger zeigen, aber ich beherrsche mich. Ich richte mich auf und versuche, in die Zukunft zu sehen. Mein neuer Plan ist riskant, kompliziert. Aber letztlich ist es ganz egal, wie gut es am Donnerstag läuft – wenn wir es nicht schaffen, die Serben auf eine falsche Fährte zu locken, ist es mit dem fragilen Frieden zwischen ihnen und uns vorbei. Dann sind die Serben scheißwütend, und die Rache kommt schnell und brutal.

Was ich noch immer nicht begreife, ist Slaters persönliches Interesse an mir. Was soll das? Aber ich habe noch Zeit, es herauszufinden.

JOHNNY Auf dem Weg nach Bankstown klingelt mein Handy. Marko. Mich packt die Wut. Ruft er jetzt an, um seine Schadenfreude loszuwerden?

»Was ist?«

»Johnny, ich möchte, dass du weißt, dass Onkel Milan meiner Meinung nach falschliegt. Ich finde deinen Plan gut, Ink Slaters Gang auszuschalten, und das geht nicht ohne die Polizei. Es ist der beste Weg. Ich hab versucht, mit dem Boss zu reden, aber er ist immer noch wütend. Manchmal ist es schwer, ihn zu überzeugen. Er muss auch begreifen, dass es der richtige Plan ist. Das verstehst du doch?«

Ich kann kaum glauben, wie gut es sich anfühlt, so etwas von Marko zu hören. Mein Ärger verpufft.

»Du findest du Idee wirklich gut?«

»Ja. Du überraschst mich schon wieder, Johnny. Du bist cleverer, als du aussiehst. Wir werden sehen. Aber ich glaube, der Boss wird seine Meinung ändern. Heute Abend rede ich noch mal mit ihm. Überlass es mir.«

»Danke, Marko. Ich weiß das zu schätzen.« Die Worte kommen mir nicht leicht über die Lippen.

»Wir beide haben uns nie gemocht, stimmt's?«

»Nein.« Seine Direktheit überrascht mich.

»Vielleicht werden wir uns auch weiter nicht mögen, aber ich hab gesagt, ich bin in deinem Team. Und was ich sage, meine ich auch. Aber wenn du es versaust, Johnny, bin ich aus deinem Team raus, klar?«

»Klar und deutlich.« Ich schätze, ich habe Marko lieber als Verbündeten, nicht als Gegner. Also kann ich nur hoffen, es nicht zu versauen.

Ich parke ein Stück von Ink Slaters Bungalow entfernt. Keine Spur von dem Mercedes, das Garagentor ist geschlossen. Auch die alte Dame ist nicht zu sehen. Ich werfe einen Blick in den Außenspiegel und sehe Slaters Mercedes in die Straße einbiegen. Er hält in der Einfahrt. Im Auto sitzt nur eine Person, groß und schmächtig. Eindeutig keiner der Hyde-Zwillinge. Ich bin zu weit weg, um irgendwelche Tattoos zu erkennen.

Beim Aussteigen schiebe ich die Waffe hinten in den Bund meiner Jeans und ziehe das T-Shirt darüber. Dann laufe ich über die Straße und hocke mich hinter die Stoßstange des Mercedes. Ich warte, bis die Autotür sich öffnet, zücke die Pistole und bin mit zwei großen Schritten neben dem Wagen. Ink Slater reißt die Augen auf, als er direkt in den Lauf der Waffe schaut. Dann hebt den Blick. Er ist älter und hässlicher geworden, aber das Gesicht ist unverkennbar.

»Verdammt. Johnny Novak, was hast du vor?« Er ist immer noch angeschnallt, auf seiner Stirn stehen Schweißperlen. Slater sitzt in der Falle. Die schmale Auffahrt ist nicht für einen großen SUV mit breiten Türen gebaut worden. Meine Waffe und ich blockieren ihm den einzigen Ausgang.

Aus der Nähe betrachtet ist er ein Freak in grauer Jeans und schwarzer Lederweste. Dünn wie ein Crystal-Meth-Junkie, gelbe Augäpfel. Er grinst mich an und entblößt eine Reihe schiefer grauer Zähne. Seine Haare sind schwarz und fettig, kurz an den Seiten, aber oben und hinten lang. Ich glaub's nicht, er trägt einen Vokuhila. Überall ziehen sich Tattoos über seine blasse Haut – das offenbar neueste, noch stark gerötet, von der rechten Kieferpartie nach oben. Ein Schlangenkopf. Slater gibt sich immer noch amüsiert, aber in seiner Wange zuckt ein Muskel.

»Du siehst aus, als hättest du dich geprügelt.« Er mustert meinen anschwellenden Kiefer.

»Warum bist du gestern Abend meiner Frau hinterhergefahren?«

»Warum sollte ich Amy nachfahren? Habt ihr euch getrennt oder so was?«

»Woher kennst du überhaupt ihren Namen, du Schwanzlutscher?« Ohne die Waffe zu bewegen, verpasse ich Slater eine kurze, kräftige Linke gegen die Nase.

Sein Kopf fliegt zur Seite, die Nase fängt an zu bluten. Dann schaut er wieder zu mir hoch. Ohne mit der Wimper zu zucken, leckt er sich das Blut von der Oberlippe, als genieße er den Geschmack.

»Keine Ahnung, was du da redest, Johnny.«

»Verarsch mich nicht, du kleiner Scheißer. Ich hab gesehen, wie du Amy gestern gefolgt bist, mit diesem Wagen hier. Du bist in mein Haus eingebrochen und hast mir eine kranke Drohung dagelassen.«

»Blödsinn. Das kannst du nicht beweisen.«

Der Mistkerl grinst noch immer, ich bin kurz davor, die

Beherrschung zu verlieren. Warum sollte ich ihn nicht hier auf der Stelle allemachen, so wie Dad gesagt hat? Das Arschloch umbringen, das meinen Bruder erschossen hat? Ich entsichere die Waffe.

Mit dem Handrücken wischt Slater sich das Blut unter der Nase ab. Sein hässliches Grinsen wird breiter, als das Grollen von Harleys die stille Straße erfüllt und zwei Maschinen in die schmale Auffahrt rollen.

Zwei Riesen mit schwarzen Lederklamotten und Integralhelmen bocken ihre Motorräder hinter mir auf. Einer zieht eine abgesägte Schrotflinte aus seiner Satteltasche, der andere eine Halbautomatik aus einem Schulterhalfter. Ohne sich die Mühe zu machen, ihre Helme abzuziehen, nähern sie sich provozierend langsam ihrem Anführer und mir, dem Typen mit der gezückten Waffe. Mein Reptiliengehirn drückt den Kampf-oder-Flucht-Knopf und schüttet Adrenalin aus. Ich halte die Waffe weiter auf Slater gerichtet.

Er sieht in den Rückspiegel und fängt an zu lachen. So heftig, dass er immer wieder aufs Lenkrad schlägt. Dann öffnet er den Sicherheitsgurt, macht aber keine Anstalten auszusteigen, schließlich bedrohe ich ihn immer noch mit der Waffe.

»Sag deinen Jungs, sie sollen sich verpissen, sonst erschieße ich dich.«

»Glaub ich nicht, Johnny. Du erchießt mich nicht. Denn wenn du das tust, machen Mick und Dave dich fertig. Sie lassen dich erst ein bisschen leiden und dann bringen sie dich um.«

Die Hyde-Zwillinge kommen langsam näher und bleiben Schulter an Schulter am Heck des Mercedes stehen. Beide Waffen sind auf mich gerichtet. Als würden sie von einem einzigen Gehirn gesteuert, klappen die beiden zur gleichen Zeit ihre Visiere hoch, hinter denen zwei identische Gesichter auftauchen.

Ein Junge fährt selbstvergessen auf einem Fahrrad vorbei.

Ich stehe Slater zugewandt, der immer noch zusammengefaltet wie ein seltsames Insekt in seinem Wagen hockt. Im Profil biete ich ein kleineres Ziel, aber aus dieser Entfernung können die Zwillinge nicht vorbeischießen. Ich will nicht auf einer verdammten Auffahrt in Bankstown sterben. Ich hasse dieses beschissene Bankstown. Überall wohnen Bulldogs-Fans, und ich hasse die Bulldogs. Einer der Zwillinge tritt einen Schritt vor. Mein ganzer Körper strafft sich. Slater hebt die Hand, der Mann bleibt stehen.

»Amy verdient jemanden, der cleverer ist als *du*, Johnny. Ohne Verstärkung hierherzukommen. Ohne Ivan, der dich bechützt. Du bist dumm. Aber heute ist dein Glückstag, weil du mir Zeit chparst. Ich hab ne Nachricht für deinen Dad. Sie ist ganz simpel. Ab sofort gebt ihr uns zwanzig Prozent von euren Einnahmen. Nicht vom Gewinn, ich will zwanzig Prozent von den Bruttoeinnahmen. Drogen, Chutzgelder, was immer ihr da treibt, auch von dem Geld, das ihr mit den Fichläden macht. Von allem.«

»Da träumst du von, das kann dir jetzt schon sagen.«

»Vielleicht, vielleicht auch nicht. Jedenfalls hast du es dieser Nachricht zu verdanken, dass du am Leben bleibst. Also los, erzähl es deinem Vater. Ich bin jetzt der Chef, Johnny Novak, keiner von euch Kanakenärchen hält mich auf.« Er wedelt mit seiner tätowierten Hand, als wollte er einen Hund verscheuchen. Ich bewege mich langsam auf die Hyde-Zwillinge zu. Slater steigt aus und gibt den beiden ein Zeichen.

»Lasst den dämlichen Idioten durch.«

Alle drei senken wir unsere Waffen. Ich gehe los.

»Ach, Johnny?« Seine ölige Stimme lässt mich noch einmal stehenbleiben.

Ich drehe mich um.

»Wenn du die Nachricht nicht überbringst und ich mein Geld nicht sehe, besuche ich Amy. Ja. Verdammt, ist die heiß.

Glaub bloß nicht, dass der alte Wächter mich davon abhält. Und was deinen süßen kleinen Jungen angeht ... Sacha? Er könnte einen neuen Daddy gebrauchen.«

Die Versuchung, die Pistole zu heben und Slater zu erschießen, ist gewaltig. Aber mein Überlebensinstinkt setzt sich durch. Slater grinst mich an, als könne er meine Gedanken lesen.

»Ihr habt bis Freitag Zeit für die erste Zahlung. Und bringt mir einen fetten Haufen Kohle. Ich mache keinen Chpaß.«

Ich wende mich ab und gehe mit schnellen Schritten zu meinem Auto. Jede Sekunde ist mir bewusst, dass ich ihnen den Rücken zuwende. Ich steige ein, starte den Motor und zwinge mich, langsam zu fahren. Immer noch versuche ich, meine Angst zu verbergen. Aber ich bezweifle, dass ich Ink Slater etwas vormachen kann. Mir selbst kann ich jedenfalls nichts vormachen. Ich spüre, wie die Klimaanlage mir den Schweiß auf Gesicht und Hals trocknet. Ich kann mich selbst riechen. Den animalischen Geruch der Angst. Etwas, das ich normalerweise bei anderen wahrnehme. Ich hätte Anto oder Marko mitnehmen sollen. Markos Anruf wäre die perfekte Gelegenheit gewesen. Warum habe ich es für mich behalten? Was ist über mich gekommen? Werde ich zum Risiko für alle, einschließlich mich selbst? Aber wie wäre es gelaufen, wenn ich nicht allein gewesen wäre? Ein Blutbad auf einer vorstädtischen Wohnstraße, mit dem Jungen auf dem Fahrrad als einzigem Zeugen. Auch der Junge hätte durch einen Querschläger ums Leben kommen können.

Normalerweise neige ich nicht zum Dramatisieren. Im Moment ist schon genug los, auch ohne dass ich mir das Schlimmste ausmale. Ich muss ruhig bleiben, konzentriert bleiben, meine Verbündeten geschickter einsetzen. Ich muss anfangen, wie ein General zu denken, nicht wie ein Fußsoldat.

An einer roten Ampel lasse ich mir Ink Slaters Nachricht

an Dad durch den Kopf gehen. Niemals. Auf keinen Fall werde ich meinen Vater mit diesem Vorschlag konfrontieren. Ich habe schon genug Schwierigkeiten. Da werde ich nicht auch noch zugeben, dass ich als zweiter Sieger aus einer direkten Konfrontation mit dem Feind hervorgegangen bin.

Als ich mir Slaters gemeines Grinsen bei seiner Bemerkung über Amy ins Gedächtnis rufe, schießt mir das Blut in den Kopf. Woher kennt er ihren Namen? Wie lange ist er ihr schon gefolgt? Seit er sie vor all den Jahren auf dem Polizeirevier gesehen hat? Ich habe eine Mordswut. Den mickrigen Scheißkerl lege ich um.

AMY Sasha war untröstlich. Als ich über meine Wut hinweg war, bin ich innerlich eingeknickt, auch weil ich Johnny von meinem Plan überzeugen muss. Zumindest will ich wissen, wer zum Teufel mir folgt. Und warum. Also habe ich ein paar Lebensmittel gekauft und bin mit Sasha nach Hause gefahren. Nach einer kleinen Aufräumaktion sah es wieder halbwegs ordentlich aus. Ich habe eine alte Fußmatte gefunden, die ich auf den Blutfleck vor der Haustür gelegt habe. Als ich gerade angefangen hatte, das Abendessen zu machen, konnte ich den Achtzylindermotor von Johnnys Wagen in unserer Einfahrt hören. Er und Sasha haben in der Garage lautstark Wiedersehen gefeiert.

Jetzt balgen sie sich wie junge Hunde auf dem Fußboden im Wohnzimmer und grinsen um die Wette. Als er mich sieht, macht Johnny sich los, springt auf und nimmt mich in die Arme. Er liebkost meinen Hals, nimmt meinen Geruch in sich auf und küsst mich. Sasha schlingt die Arme vor Aufregung quietschend um unsere Hüften. Ich beschließe, die Situation ein bisschen zu beruhigen.

»Warum leistest du Sasha nicht beim Baden Gesellschaft?

Dann kann er dir erzählen, was inzwischen in der Schule passiert ist.«

»Wie du willst, Ames. Komm, Junge.« Sie ziehen los. Sasha hält die Hand seines Vaters, als habe er Angst, sie je wieder loszulassen.

Ich habe Lammkoteletts mit fünf verschiedenen Gemüsesorten vorbereitet. Angesichts der Menge an Takeaway-Behältern, die ich eben entsorgt habe, gehe ich davon aus, dass Johnny nicht genug Grünzeug gegessen hat. Die Mülleimer habe ich rausgestellt, solange es draußen noch hell war. Wenn es mir nicht gelingt, ihn davon zu überzeugen, mit uns wegzugehen, kann ich wenigstens versuchen, dafür zu sorgen, dass er nicht im Dunkeln erschossen wird.

Wir sitzen am Küchentisch, als wäre im Novak-Haushalt nichts Ungewöhnliches passiert. Während des Abendessens lächle ich ununterbrochen. Ich kann nicht anders. Johnny und Sasha sind so froh, wieder zusammen zu sein.

Nach einer Weile wird Sasha ernst. »Du und Mummy, wollt ihr euch scheiden lassen?«

Johnny starrt mich schockiert an, als hätte ich ihm diese Idee eingeredet. »Nein, wir lassen uns nicht scheiden, Sash«, sagt er langsam. »Seit Onkel Ivan in den Himmel gekommen ist, hab ich furchtbar viel arbeiten müssen. Aber das wird in ein paar Tagen vorbei sein. Dann können wir drei zusammen Urlaub machen.«

»Dad, ich vermisse Onkel Ivan.« Sashas Ernsthaftigkeit bricht mir das Herz.

»Ich vermisse ihn auch, Sash.« Johnny schaut zur Seite und versucht, sich von seinen Gefühlen nicht überwältigen zu lassen.

Wahrscheinlich bin ich die Einzige, die Ivan nicht vermisst.

»Am Freitag ist der letzte Schultag, stimmt's, Mum?«

Ich nicke.

»Dad, kommst du am Donnerstagabend zur Schulaufführung? Ich bin ein Raumfahrer.« Plötzlich wird Sasha wieder lebhaft. »Mrs Glen hat mir eine richtig gute Rolle gegeben. Sie hält mich für ein Naturtalent. Mum und Nanna haben mein Kostüm gemacht. Du solltest es mal sehen, Dad, es ist toll. Ich sehe wirklich aus, als käme ich von einem anderen Stern!«

Johnnys Blick wird düster. Stumm fleht er mich um Unterstützung an. Okay, dann geht der Job also am Donnerstagabend über die Bühne. Ich verschränke die Arme vor der Brust. Sieh selbst zu, wie du aus der Sache rauskommst, Johnny Novak.

»Tut mir leid, Kumpel. Am Donnerstagabend muss ich arbeiten. Ich kann nicht kommen. Aber Mum macht mit ihrem Handy ein Video, damit ich es mir nachher ansehen kann.«

Sasha ist so enttäuscht, dass ich Johnny doch noch zur Hilfe komme.

»Keine Sorge, Sasha. Am Samstag zeigen wir Dad dein Kostüm. Dann ziehst du es noch einmal an und schießt mit deiner Laserkanone auf ihn. Und anschließend zeige ich ihm das Video. Okay?«

Sasha nickt tapfer, aber er ist alles andere als glücklich.

»Warum musst du abends arbeiten, Dad? Alle anderen Väter arbeiten am Tag.«

Genau das ist der Grund, warum wir dieses Leben hinter uns lassen müssen. Auch Johnny scheint es zu begreifen.

»Es ist das letzte Mal, Sash. Bei der nächsten Schulaufführung bin ich dabei. Versprochen.«

»Okay, Sasha. Zeit zum Schlafen.« Ich werfe Johnny einen auffordernden Blick zu. »Warum bringst du ihn nicht ins Bett und liest ihm eine Geschichte vor? In der Zeit räume ich auf.« Es ist erst halb acht, normalerweise dürfte Sasha noch eine halbe Stunde aufbleiben. Aber er ist erschöpft, und ich brauche ein bisschen Zeit mit meinem Mann.

Als ich die Spülmaschine gerade zum zweiten Mal am heutigen Tag angestellt habe, schließt Johnny die Tür zu Sashas Zimmer.

Ich folge ihm ins Wohnzimmer. Wieder nimmt er mich in die Arme. Ich berühre die Schwellung an seinem Kiefer und ziehe die Augenbrauen hoch. Er ignoriert meine unausgesprochene Frage und beugt sich herunter, um mich zu küssen. Ich lege die Hände auf seine Brust und schiebe ihn weg, nur ganz leicht. Vor einem Monat wäre ich längst über ihn hergefallen. Wir hätten versucht, unser Kichern so gut wie möglich zu unterdrücken, und wären durch den Flur ins Schlafzimmer gelaufen, so verrückt aufeinander wie beim allerersten Mal.

Aber im letzten Monat ist viel passiert, im Augenblick kommt es für mich nicht in Frage, mit meinem Mann zu schlafen. Ich schaue hinauf zu den beiden Einschusslöchern in der Wand. Sie wirken irgendwie größer. Ich frage mich, warum, konzentriere mich aber auf das, weswegen ich hergekommen bin.

»Wenn ich sage, dass ich Abstand von dir brauche, Johnny, dann meine ich damit deine ganze kaputte Familie. Ich brauche keinen Josef, der mir vor der Schule in den Wagen fährt, keinen Marko oder Anto, die vor dem Haus von Mum und Dad rumhängen, um mich zur Schule und zurück zu eskortieren. Heute Abend war es übrigens Anto. Aber das weißt du ja, denn als du nach Hause gekommen bist, dürfte er draußen in seinem Auto gesessen haben. Stimmt's?«

Johnny nickt.

»Es macht mich wahnsinnig. Das muss aufhören.« Ich kann nicht verhindern, dass mir Tränen in die Augen treten.

»Okay, ich hab's kapiert. Aber ich versuche nur, euch zu beschützen, Ames. Wir müssen noch ein paar Tage durchhalten. Dann gehen wir zusammen weg. Buch doch einfach irgendwas, und wir fahren am Wochenende? Zu dritt, irgendwohin, wo es schön ist. Nach Byron vielleicht. Das würde dir doch gefallen, oder?«

»Der Job ist am Donnerstagabend?«

»Es ist der letzte Job, mit dem ich jemals zu tun haben werde. Das ganz große Ding, Babe. Danach müssen wir uns keine Sorgen mehr machen.« Er versucht, mich an sich zu ziehen, aber ich weiche zurück wie eine ängstliche Katze. Stattdessen setze ich mich aufs Sofa und deute auf einen Sessel.

»Johnny, du musst mir jetzt sehr gut zuhören. Ich sage es zum letzten Mal. Ja, es ist ein Ultimatum.« Jetzt habe ich seine volle Aufmerksamkeit. »Wir müssen sofort weg. Vor dem Job am Donnerstag. Du hast ja gesehen, dass Sasha anfängt zu begreifen, dass sein Dad nicht wie die anderen Väter ist. Sasha ist nicht dumm. Er bewundert dich. Er will so sein wie du. Er wird bald dahinterkommen, und was wird er sich dann von dir abgucken? Dass es cool ist, zu einer Gang zu gehören?«

Er wirkt wie am Boden zerstört. Ich habe ihn an dem Punkt, wo es wehtut. Ich weiß, dass er auf keinen Fall will, dass Sasha in seine Fußstapfen tritt.

»Wir können das Haus nach dem Umzug verkaufen«, fahre ich fort. »Wir haben zweihundertfünfzigtausend in bar. Das ist genug, um woanders etwas Neues zu finden und uns Arbeit zu suchen. Richtige Arbeit. Verdammt, die meisten Leute haben nie so viel Geld auf einem Haufen gesehen. Sei nicht gierig.« Er hat den Kopf in die Hände gestützt. Es könnte funktionieren. »Ich hab kein gutes Gefühl, was diesen Job angeht. Und du hast mir noch immer nicht gesagt, warum ich beschützt werden muss. Wer hat mich gestern Abend verfolgt? Wenn du Sasha und mich irgendeinem Risiko aussetzt, bin ich für immer weg. Mach dir das klar, Johnny. Das ist es, was jetzt für dich auf dem Spiel steht.«

Ich habe kein Blatt vor den Mund genommen. Er muss einfach begreifen, wie ernst es mir ist. Sashas Wohlergehen steht an allererster Stelle, immer.

»Ames, lass es uns in Ruhe besprechen. Ich hab auch einen Plan.«

»Der einzige Plan, der im Moment zählt, ist meiner. Punkt. Und du wirst diesem Plan zustimmen. Es ist Dienstagabend. Morgen Früh rufst du die Jungs zurück. Sag ihnen, ich bin wieder zu Hause, sie müssen sich nicht mehr um mich kümmern. Dann packen wir und fahren los. Morgen. Ich kann dir nicht sagen, wie ernst ich es meine. Wenn wir im Norden sind, kannst du deinen Vater anrufen. Er verzeiht dir, Branka ist glücklich, du bleibst am Leben.«

Johnny ist völlig vor den Kopf gestoßen. Er wirkt älter und todmüde, aber noch immer nicht überzeugt. Am liebsten würde ich ihn schlagen. Was muss passieren, damit er seine Haltung ändert?

»Ich hab's dir schon gesagt.« Seine blutunterlaufenen haselnussbraunen Augen sehen mich flehend an. »Ich kann nicht einfach alle hängen lassen. Ich kann Mum und Dad jetzt nicht allein lassen. Gib mir bis Freitag Zeit, Ames. Zwei Tage. Kannst du mir bitte noch zwei Tage Zeit geben?«

Am liebsten würde ich einlenken. Am liebsten würde ich um den Couchtisch herumgehen, mich auf seinen Schoß setzen und ihm die Sorgen aus dem Gesicht küssen. Am liebsten würde ich ihm versprechen, ihn niemals zu verlassen. Aber ein kurzer Blick auf die Einschusslöcher in der Wand bestärkt mich in meinem Entschluss.

»Hilf mir, Sasha ins Auto zu bringen. Ich muss hier verschwinden. Ich fahre wieder ins Haus meiner Eltern.«

»Lass ihn, er schläft doch. Ich bleibe hier auf dem Sofa, du nimmst das Schlafzimmer. Da hast du für heute deine Ruhe, und mir geht es besser, weil ich weiß, dass du in Sicherheit bist.«

»Aber ich bin hier nicht in Sicherheit, Johnny, stimmt's? Und Sasha auch nicht. Wir fahren. Du kannst mir helfen oder einfach sitzen bleiben.«

Ich marschiere in den Flur, bevor ich es mir anders überlegen kann, und öffne die Tür zu Sashas Zimmer. Er schläft schon und liegt auf seinem Astronautenlaken, der linke Fuß hängt über die Bettkante. Johnny folgt mir, nimmt vorsichtig unseren schlafenden Sohn auf den Arm, trägt ihn zu meinem Auto und legt ihn auf den Rücksitz. Sasha bekommt von alldem nichts mit.

Johnny packt mich an den Schultern. »Begreifst du es nicht, Ames? Du bringst dich und unseren Sohn in Gefahr, wenn du allein da draußen unterwegs bist.«

Natürlich würde ich gern bleiben, aber ihm muss klar werden, dass ich meine Drohung, ihn für immer zu verlassen, wahr mache. Anders kann ich ihn nicht dazu bewegen, seine Meinung zu ändern.

»Du bist derjenige, der uns in Gefahr bringt, Johnny, nicht ich. Du willst uns zurück? Dann lass dieses Leben hinter dir.«

Er besteht darauf, uns im Jeep zu folgen. Erst als sich der Schlagbaum hinter uns senkt, wird mir klar, dass er meine Frage nicht beantwortet hat. Wer ist mir gestern Abend nach Hause gefolgt?

JOHNNY Ein gewaltiges Dröhnen reißt mich aus dem Schlaf. Ich brauche einen Moment, um zu begreifen, dass es Motorräder sind. Viele Motorräder. Ich ziehe eine Jeans an und greife nach der Pistole unter dem Kopfkissen. Ohne das Licht einzuschalten, haste ich ins Wohnzimmer und schaue so unauffällig wie möglich aus dem Fenster. Auf dem Rasen stehen mindestens zehn lederbekleidete Biker mit ihren Maschinen und lassen die Motoren aufheulen. Ich erkenne die Hyde-Zwillinge an ihrer Statur. Welcher Slater ist, kann ich nicht sagen, alle tragen Helme.

Weitere Biker fahren die Straße auf und ab, einer von ihnen wirft Mülltonnen um. Verdammt, was soll das? Der Lärm ist unbeschreiblich. In sämtlichen Häusern, die ich vom Fenster aus sehen kann, gehen Lichter an. Irgendjemand wird die Polizei rufen. Ich muss rausgehen und diesen Vollidioten entgegentreten. Mit einem flauen Gefühl im Magen schiebe ich die Pistole in den Hosenbund und schnappe mir auch den Cricketschläger – er könnte mir gute Dienste leisten, falls ich überhaupt die Zeit habe, damit auszuholen.

Gerade als ich die Tür öffnen will, verändert sich die Geräuschkulisse. Ich laufe zurück zum Fenster. Die Biker ziehen ab, einer nach dem anderen. Aber der Schaden ist angerichtet. Mein sowieso schon schlechter Ruf in dieser Straße dürfte jetzt völlig ruiniert sein.

Hellwach, wütend und frustriert gehe ich in die Fitnessecke, die ich mir in der Garage eingerichtet habe. Mein letztes ordentliches Training ist mehrere Wochen her, warum sollte ich meinen aufgeputschten Zustand nicht zu etwas Sinnvollem nutzen? Mit zitternden Händen umwickle ich mir die Handgelenke und ziehe die Boxhandschuhe an. Ich fange mit simplen Kombinationen gegen den Sandsack an, den ich an einem Dachbalken aufgehängt habe. Langsam steigere ich den Rhythmus. Dann wende ich mich dem Speed Ball in der Ecke zu, vier rechts, vier links, dann mit beiden Fäusten abwechselnd, immer wieder, immer schneller. Wieder zurück zum Sandsack, diesmal tänzele ich um ihn herum, traktiere ihn mit linken und rechten Jabs, Roundhouse-Hooks und komplizierteren Kombinationen, bis ich nur noch eine prügelnde Maschine bin, die schwitzend auf den Fünfzig-Kilo-Sack eindrischt. Ich sehe Gesichter vor mir: Dad, Marko, MacPherson, Slater. Als ich endlich genug habe, ziehe ich die Handschuhe aus, lege die Matte auf den Boden und gönne mir hundert Crunches, hundert Squats und hundert Push-ups.

Nach einer schnellen Dusche lasse ich mich bäuchlings aufs Bett fallen.

Als ich das nächste Mal geweckt werde, ist mein Handy der Grund. Marko.

»Kannst du zum Haus deiner Eltern kommen?«

»Warum? Ich glaube nicht, dass ich Dad im Augenblick sehen will.« Unwillkürlich betaste ich meinen Kiefer. Ich setze mich auf und schaue auf die Uhr – halb acht.

»Es ist wichtig, dass du jetzt kommst«, beharrt Marko. »Du musst mit dem Boss sprechen, und *Tetka* Branka will dir Frühstück machen.«

Der Gedanke an Mums Frühstück wiegt schwerer als die Erinnerung daran, woher ich meinen schmerzenden Kiefer habe.

»Okay. In zwanzig Minuten bin ich da.«

Ich mustere mich im Spiegel. Das mitternächtliche Training hat mir gutgetan. Aber über den Kiefer zieht sich eine große, violette Schwellung. Ich dusche und fahre zum Haus meiner Eltern.

Der Geruch von gebratenem Speck heißt mich willkommen. Mum umarmt mich und berührt die geschwollene Stelle, dann küsst sie mich auf beide Wangen, ein sicheres Zeichen dafür, dass die Atmosphäre im Haus sich gelockert hat. Ich halte meine Mama ein bisschen länger als üblich im Arm und entspanne mich. Am liebsten würde ich ihr mein Herz ausschütten und die Tränen fließen lassen. Sie scheint es zu spüren, denn sie klopft mir auf den Rücken, schiebt mich weg und reicht mir einen Becher Kaffee. Dann deutet sie Richtung Garten.

»Dein *Tata* wartet. Heute bessere Laune. Nachher, du kommst zu mir und isst. Bist zu dünn.«

»Danke, Mum, ich bin am Verhungern.«

Auf dem Weg nach draußen merke ich, dass mir eigentlich egal ist, wie mein Vater über mich denkt. Wichtig sind nur Amy und Sasha. Ich will, dass das alles ein Ende hat. Dass sie sicher wieder zu Hause sind.

Dad sitzt auf seinem Stuhl am Kopfende des Tischs, Marko zu seiner Linken, als hätten sie sich seit meinem gestrigen Abschied in Schimpf und Schande nicht von der Stelle gerührt. Ein Stück vom Tisch entfernt bleibe ich stehen und hebe zur Begrüßung meinen Becher. Dad und Marko erwidern die Geste.

»Sitz, Sohn, sitz. Marko sagt, ich muss entschuldigen.«

Langsam nehme ich Platz, meine Gedanken rasen. Ich kenne diesen listigen Ausdruck in Dads Augen – er will mich testen. Marko sieht besorgt aus, anscheinend läuft es nicht nach Plan.

»Ich muss mich bei *dir* entschuldigen, Dad. Ich hätte mich erst mit dir besprechen sollen, bevor ich die Polizei einschalte.«

Plötzlich grinst er mich offen an. Das kommt bei Dad so selten vor, dass ich nicht anders kann, als sein Grinsen zu erwidern. Er lehnt sich herüber und klopft mir auf die Schulter.

»Ist korrekt, mein Sohn. Ist korrekt, du musst entschuldigen, und ich bin große Mann.« Er breitet die Arme weit aus. »Ich akzeptiere.« Sein Blick wandert von mir zu Marko. »Dein Vetter, er mich überredet. Neue Idee ist gut. Gut für uns, nicht für Stanislav. Nicht für Ink Slater. Was du sagst, Sohn?«

»Ja, Dad, du hast recht. Gut für uns. Schlecht für alle anderen. Genau wie es sein muss.«

»Marko, schau an mein Sohn. So muss es sein, wir hier zusammen. Ivan auch sollte sein hier.« Seine Miene verdüstert sich. »Wir uns kümmern, wenn ist so weit.« Wieder hebt er seinen Becher.

Markos Lippen formen die Worte *Du schuldest mir was,* ich nicke.

Dad trinkt den Rest seines Kaffees.

»Marko auch sagt, Amy und Sasha kommen zurück gestern Abend.«

»Anto hat gesagt, er wäre ihnen nach der Schule zu eurem Haus gefolgt«, erklärt Marko, bevor ich auf falsche Gedanken kommen kann. »Er meinte, wir könnten heute Morgen alle freinehmen, weil du dich wieder um sie kümmerst.«

Genau das hatte ich befürchtet. Ich werde jetzt nicht zugeben, dass Amy nicht geblieben ist. Davon abgesehen musste ich es ihr versprechen – keine Aufpasser mehr. Sie muss mir vertrauen können, und ich muss darauf vertrauen, dass sie vorsichtig ist.

Dad betrachtet Marko, dann mich. Fast kann ich die Zahnrädchen in seinem Hirn rattern hören, als er seinen nächsten Zug plant.

»Jetzt Marko arbeitet mit dir. Wo du hingehst, Marko geht hin. Auch Anto. Ihr bleibt zusammen. Gebt euch Schutz, bis alles vorbei.« Er schlägt mit der flachen Hand auf den Tisch und steht auf, sein Beschluss ist verkündet. Marko und ich haben uns schon darauf verständigt, bei diesem Job zusammenzuarbeiten. Wir schauen uns vorsichtig an und nicken.

Dad hebt eine Hand, er ist noch nicht fertig.

»Du schuldest Marko, also zeig Respekt. Zusammen wir räumen für dich auf.« Dad deutet mit dem Daumen auf sich selbst, dreht dann die Hand um neunzig Grad und zeigt auf Marko. Ich bekomme ein ungutes Gefühl.

»Was meinst du mit Aufräumen?«

»Dein Freund Nick. Ich hab gesagt, keine Spuren. Jetzt alle Männer frei für Donnerstag.«

Mir dreht sich der Magen um.

»Scheiße, Dad. Warum? Das war völlig unnötig.« Ich schaue zu Marko hinüber, der immerhin den Anstand hat, kurz zusammenzuzucken. Anto wird glauben, ich hätte davon gewusst. »Ich hatte einen erstklassigen Plan. Ich hab Nick versprochen, er hätte das Schlimmste hinter sich. Scheiße, Scheiße, Scheiße.«

»Du musst werden ein Mann, Sohn. Du klingst wie Baby. Manchmal man muss Pläne ändern. Ist gut für Familie.« Dad setzt ein grausames Lächeln auf.

»Wenn es dich irgendwie tröstet: Nick war high vom Ketamin«, fügt Marko hinzu, als würde ich mich dadurch besser fühlen. »Er wusste überhaupt nicht, was los war. Als wir ihn mit Baz' Boot auf den Fluss gebracht haben, dachte er, wir wollten angeln. Ich hab hinter ihm gesessen und den Schalldämpfer benutzt. Er hat nichts gespürt. Dafür schuldest du mir auch was.«

Himmel! Nick hätte niemals sterben sollen. Mein Plan hätte funktioniert. Was für eine überflüssige Aktion! Aber es ist zu spät, um mit meinem Vater oder Marko zu diskutieren. Es ist passiert, ich darf nicht weiter darüber nachdenken. Scheiße.

Was wird mein Vater bis morgen Abend noch am Plan ändern? Es gibt noch jede Menge Möglichkeiten, den Job zu versauen und uns alle ins Gefängnis oder unter die Erde zu bringen.

AMY »Was ist wirklich los?«, fragt Chaz. »Und erzähl mir diesmal keinen Unsinn. Es kann nicht nur darum gehen, dass ihr Streit habt, Johnny und du.« Sie trinkt einen Schluck Rosé.

Es ist eine schöne Abwechslung, mit meiner besten Freundin unter den Eukalyptusbäumen am Rand des Schulsportplatzes zu sitzen. Unsere wiederverwendbaren Bambus-Kaffeebecher sind halbvoll mit Wein, aber die Kühltasche zwischen unseren Deckchairs verbirgt diesen schändlichen Etikettenschwindel vor den anderen Eltern, schließlich könnten sie mit Alkohol auf dem Schulgelände ein Problem haben. Mein Beschluss, nie wieder zu trinken, hat sich zeitgleich mit meinem Kater in Luft aufgelöst. In zwei Tagen fangen die Sommerferien an. Bei Kindern und Eltern, die zu dieser letzten Sportveranstaltung des Schuljahrs gekommen sind, spürt man die Vorfreude. Jenny wird jeden Moment zum Staffellauf antreten, Sasha ist auf der anderen Seite des Platzes beim Hochsprung.

»Aber Johnny und ich streiten uns wirklich«, antworte ich.

»Hör auf, mich hinzuhalten.«

Seufzend schaue ich mich um. Niemand kann uns hören.

»Es gibt ein bisschen Ärger zwischen Johnnys Truppe und den Serben.«

»Wegen der Schüsse?«

Ich nicke, Chaz wirkt irritiert. »Aber wie passen die Italiener ins Bild?«

»Na ja, der Umstand, dass auch ein Italiener erschossen wurde, scheint für Milans Plan, es seinem alten Feind Stanislav heimzuzahlen, keine Rolle zu spielen. Stanislav ist der Kopf der serbischen Gang.«

»Und von Johnny wird erwartet, dass er Ivans Rolle übernimmt?«

»So ungefähr.«

»Ist es wie bei der Mafia, wo man jemanden umbringen muss, um als ›gemachter Mann‹ zu gelten?« Ohne ihren Wein abzusetzen, malt Chaz mit den kleinen Fingern Anführungszeichen in die Luft. Sie lächelt, als wäre das alles ein Spiel, aber hinter der Sonnenbrille runzelt sie die Stirn.

»Johnny hat noch nie jemanden umgebracht und wird jetzt nicht damit anfangen.«

Das hoffe ich wenigstens.

»Ich weiß, dass du ausgezogen bist, damit er sich zwischen

den Familiengeschäften und dir und Sasha entscheidet. Aber es muss noch eine Menge Dinge geben, die du mir nicht erzählt hast.«

Mein Becher ist fast leer, aber ich spüre nichts. Ich greife in die Kühltasche, stelle meinen Becher neben die in Eis gepackte Flasche und warte, dass Chaz meinem Beispiel folgt. Dann schenke ich uns nach. Aber es wird mein Letzter sein. Schließlich muss ich fahren.

»Komm schon, lass es raus. Danach geht's dir besser«, drängt Chaz.

Ich erzähle ihr alles – na ja, fast alles. Die Schüsse aus dem Auto, die tollpatschige »Bewachung« durch die Novaks, Mollys Tod ... Chaz schlägt sich die freie Hand vor den Mund, Schock und Schrecken stehen ihr ins Gesicht geschrieben.

»Gestern nach der Schule hab ich Sasha nach Hause gebracht, damit er seinen Vater sehen kann. Ich hab Johnny gesagt, er soll aufhören und die ganze Idee mit der Bewachung vergessen.«

»Wie kommt er überhaupt darauf, dass du beschützt werden musst?«

»Er dachte, er hätte gesehen, wir mir am Montag jemand vom Frentini's nach Hause gefolgt ist.«

Wieder schlägt Chaz die Hand vor den Mund.

»Wahrscheinlich ist es Unsinn«, fahre ich fort. »Er ist übervorsichtig und würde mich am liebsten keine Minute aus den Augen lassen.«

»Aber warum sollte dich jemand verfolgen?«

»Das hab ich ihn auch gefragt, aber er hat mir keine Antwort gegeben. Ein Grund mehr, es für Unsinn zu halten. Er übertreibt einfach, weil wir nicht mehr unter seinem Dach wohnen und er keine Kontrolle über uns hat.«

»Hat er schon früher solche kontrollierenden Seiten gehabt?«

»Nein, ich meine ›kontrollierend‹ nicht in diesem Sinn.

Denn so ist er normalerweise nicht. Wenigstens glaube ich das.« Ich merke selbst, wie verwirrt ich klinge. Aber um Himmels willen, ich bin doch keine Frau, die von ihrem Partner misshandelt wird.

»Aber was ist mit deinen Plänen, wieder arbeiten zu gehen? Schafft er es nicht immer wieder, dir das auszureden?«

»Ja, wahrscheinlich. Aber das ist eher so ein Statusgehabe: ›Meine Frau muss nicht arbeiten, schließlich bin ich ein MANN.‹ Sie sind anders als wir, verstehst du?«

»Wer? Die Männer oder die Kroaten?«

»Beide! Aber die kroatischen Männer ganz besonders.« Ich muss lachen. »Ich glaube, er ist einfach paranoid.«

»Na ja, er wird schon seine Gründe haben. Drei Tote in drei Wochen. Wahrscheinlich ist es irgendwie sogar ganz angenehm, einen Mann zu haben, der sich Sorgen um einen macht.«

»Chaz! Du wirst auch jemanden finden. Aber dazu müsstest du dich hin und wieder mal verabreden.«

»Ja, du hast recht. Irgendwann. Aber wenn man während der Schwangerschaft von einem Typen verlassen wird, stärkt das nicht unbedingt das Vertrauen in die Männer.« Abwehrend hebt sie die Hand. »Ich weiß! Ich muss darüber wegkommen.«

»Es ist zehn Jahre her!«

»Ich weiß, ich weiß. eHarmony, ich komme.«

»Die Fotos, die ich am Sonntagnachmittag von dir gemacht hab, sind toll. Lass uns heute Abend dein Profil anlegen. Das macht bestimmt Spaß!« Ein bisschen Spaß könnte ich im Moment wahrhaftig gebrauchen.

Wir stoßen mit den Kaffeebechern an und schauen hinüber zum Sportplatz, wo Sasha gerade zum Hochsprung anläuft. Er hebt ab, segelt mehrere Zentimeter über die Latte hinweg, landet auf einem Stapel Matten, schnellt gleich wieder hoch und landet auf den Füßen. Mit hochgereckter Faust läuft er ans Ende der Warteschlange zurück.

»Was hast du jetzt vor?«, fragt Chaz.

»Ernsthaft? Ich will Johnny für eine Weile von seiner Familie loseisen und oben an der Küste eine Auszeit nehmen. Ich hab ihm gesagt, dass ich zur Not auch mit Sasha allein fahre.«

»Hast du das ernst gemeint?« Vor Überraschung steht ihr den Mund offen.

»Todernst! Ich glaube, er hat begriffen, dass er vor einem Ultimatum steht. Allerdings scheint es nichts bewirkt zu haben.« Ich bemerke den bitteren Ton in meiner Stimme. »Seine Loyalität zu Milan und den anderen Novaks ist ziemlich unerschütterlich. Trotzdem muss ich es weiter versuchen.«

Ich könnte Chaz noch eine Menge mehr erzählen, aber ich schätze, für heute hat sie genug zu verdauen.

JOHNNY Anto wartet eine Regenpause ab, ehe er von seiner Haustür aus losläuft und auf den Beifahrersitz meines Jeeps springt. Marko sitzt schon hinten. Ich fahre los, unser Ziel ist das Lagerhaus. Für die verschiedenen Teilbereiche des Jobs habe ich einen Zeitplan aufgestellt. Heute Abend machen wir drei einen Probedurchlauf, um zu sehen, ob meine Schätzungen hinkommen. Wir müssen das Lagerhaus um zehn Uhr Richtung Flughafen verlassen. Dann haben wir fünfzehn Minuten Zeit, um unsere Position einzunehmen. Um uns herum herrscht reger Verkehr, Scheinwerferlichter verschwimmen im Regen, Reifen zischen auf dem nassen Asphalt.

Ich sehe zu Anto hinüber. »Was ist passiert?«

»Was soll denn passiert sein?« Anto starrt stur geradeaus. Vielleicht hat er von Nicks Tod erfahren. Ich beschließe, den Dummen zu spielen.

»Na ja, vielleicht hast du es nicht bemerkt, aber du machst ein ziemlich finsteres Gesicht. Machst du dir Sorgen, oder was ist los?«

Endlich dreht er sich zur Seite und funkelt mich an. Er ist stinksauer. Es muss eine Menge passieren, dass Anto so wütend wird.

»Nein, es geht nicht um den Job, Johnny. Ich weiß nur nicht, ob ich dir noch vertrauen kann.«

Ich schaue in den Rückspiegel, um Markos Reaktion nicht zu verpassen. Er beugt sich aufmerksam nach vorn. Ihn im Auto zu haben, fühlt sich komisch an. Normalerweise sind Anto und ich unter uns. Ich spüre, wie mir das Blut ins Gesicht schießt.

»Was zum Teufel willst du damit sagen?« Jetzt bin ich es, der wütend wird.

»Ich hatte heute einen kleinen Besuch von den Hyde-Jungs.« Anto verschränkt die Arme.

»Wie bitte? Willst du mich auf den Arm nehmen? Was haben sie getan?« Ich schaue zu Anto hinüber und fahre um ein Haar auf einen Toyota Corolla auf.

»Plötzlich standen sie vor der Tür und haben geklopft wie ein paar Mormonen. Nur dass sie von Kopf bis Fuß in schwarzem Leder steckten und ihre Helme noch aufhatten. Zwillingstrottel. Zum Glück war Lexy shoppen. Am helllichten Tag! Sie meinten, du hättest gestern ihrem Boss Ink Slater aufgelauert und gedroht, ihn umzubringen. Du. Ganz. Allein.«

»Ja, stimmt, Kumpel. Tut mir leid. Ich hätte dich anrufen sollen, dich mitnehmen sollen. Ich hatte nur gerade einen Riesenstreit mit Dad hinter mir.« Ich betaste meinen geschwollenen Kiefer, merke, was ich tue, und ziehe die Hand wieder weg. Marko sieht mich von hinten stirnrunzelnd an. Offensichtlich ist er derselben Meinung wie Anto.

»Siehst du, genau das meine ich. Du benimmst dich wie ein

Verrückter. Was zum Teufel treibt dich allein zu Slater? Dieses Arschloch von Meth-Junkie hat wahrscheinlich deinen Bruder auf dem Gewissen, und du schaust einfach mal zum Plaudern vorbei? Was zum Teufel ist los mit dir?«

»Ich weiß, dass es eine beschissene Idee war. Ich hätte draufgehen können, ernsthaft. Aber sie haben mich ziehen lassen, mit einer Nachricht für Dad. Slater will ab sofort zwanzig Prozent von unseren Einnahmen. Eine Art Schutzgeld. Kannst du das glauben?«

Jetzt nickt Anto, als ergebe plötzlich alles einen Sinn. Marko lehnt sich kopfschüttelnd zurück.

»Davon hast du deinem Vater und mir heute Morgen nichts gesagt. Warum nicht?«

»Als würde ich Dad gegenüber zugeben, dass ich bei einem Kampf den Kürzeren gezogen hab. Nicht einen einzigen Schlag hab ich Slater verpasst. Ich hätte ihn erschießen und Ivan rächen können, stattdessen hab ich mich erwischen lassen. Und dann soll ich Dad noch erzählen, dass sie mich wie einen Hund nach Hause geschickt haben, um ihm etwas auszurichten? Hey, Dad, wir müssen Slater jetzt zwanzig Prozent abgeben. Ja, klar. Hast du eine Vorstellung davon, wie Dad reagiert hätte?«

»Verdammter Mist.« Anto schüttelt den Kopf, seine Wut löst sich in Luft auf.

Marko nickt nachdenklich. »Das hätte er nicht gut aufgenommen. Ich verstehe, dass du den Mund gehalten hast. Aber was du getan hast, war wirklich dumm.«

»Ja, ja. Ich weiß. Aber ich hab's überlebt. Ihr seid die Einzigen, die davon wissen, so soll es auch bleiben.«

Vor dem Lagerhaus halte ich an und sehe auf die Uhr. Fünf vor zehn. Der Verkehr wird sich in den nächsten fünf Minuten kaum ändern, also können wir gleich loslegen.

»Anto, stopp die Zeit bis zum Flughafen.«

Er tippt auf seinem Telefon herum und gibt mir das Signal.

»Los!«

Ich fahre die Strecke zurück, die wir gekommen sind. Auf dem Weg zum Gebäude von Qantas International Freight lässt der Regen nach. Früher oder später wird Anto auch von Nick erfahren, da kann ich es ihm genauso gut jetzt erzählen.

»Wo wir schon im Beichtstuhl sind ... Marko, du sagst Anto besser, was Dad und du letzte Nacht getrieben habt.«

»Wir haben euren Freund Nick auf den Hawkesbury rausgebracht. Er ist jetzt bei den Fischen.«

»Mensch, Scheiße, das ist nicht wahr, oder? Warum? Völlig unnötig. Johnny hatte den perfekten Plan!«

Marko zuckt die Achseln.

»Ich stimme dir zu, dass es total daneben ist, Anto.« Ich lege einen Arm um seinen Hals, ziehe ihn zu mir heran und lasse ihn wieder los. »Ich hab es dir und Nick versprochen, Aber jetzt ist es passiert. Okay? Wir müssen uns jetzt konzentrieren. Uns um das Timing kümmern.« Ich schlage mit beiden Händen aufs Lenkrad. »In vierundzwanzig Stunden werden wir die Serben fertigmachen, plus Slater und seine Zwillingstrottel. Dad muss von Slaters hirnverbranntem Weltherrschaftsplan niemals etwas erfahren.«

AMY Zur Jahresabschlussaufführung ist die Schulaula rappelvoll. Lautstark stimmt das Orchester seine Instrumente. Ich suche mir einen Platz am Gang, für den Fall, dass ich raus muss. Chaz sitzt neben mir, die Kinder in ihren selbstgemachten Kostümen warten in den Kulissen. Zum Glück hatte Mum schon immer Talent, wenn es um das Wiederverwerten von leeren Klopapierrollen, Pappkartons und Alufolie geht.

Endlich werden die Lichter gedimmt, ein einzelner Trompeter steht auf und zittert sich durch drei langgezogene Noten. Die komplette Bläsersektion steigt ein, dann krachen

Becken, ein Kind schlägt auf Kesselpauken ein – das Thema aus *2001: Odyssee im Weltraum*. Als Astronauten und Aliens verkleidete Kinder verschiedener Altersgruppen betreten die Bühne. Sasha und Jenny stehen vorn in der Mitte. Nach einer kurzen, aber dramatischen Tanzeinlage verschwinden die Kinder und lassen eine mit Alufolie übersäte Bühne zurück. Das Orchester wechselt zu »Everything's Alright«, eine sehr junge Maria Magdalena huscht über die Bühne, im Gefolge eine Reihe kleiner, als Engel verkleideter Mädchen.

»Soll das eine Weltraumversion von *Jesus Christ Superstar* werden?«, frage ich nach ungefähr zehn Minuten.

»Entweder das oder *Raumfahrer erobern Jerusalem – Das Musical*« erwidert Chaz und nimmt einen Schluck aus ihrer Wasserflasche. Als Sasha bei einer besonders energischen Drehung seinen Papphelm verliert, müssen wir uns beide beherrschen, nicht loszulachen.

Während ich das Geschehen filme, summt plötzlich mein Handy. Ein WhatsApp-Anruf von Lexy. Schnell gehe ich nach draußen, um ihn anzunehmen.

»Hi«, sagte Lexy. »Vor zwanzig Minuten sind hier alle zu einer Pokerpartie aufgetaucht, von der ich nichts wusste. Du kannst dir ja vorstellen, wie ich reagiert hab. Jedenfalls haben sie vor dem Haus geparkt und sind hier reinmarschiert. Ich rede von der ganzen Truppe, jeder einzelne Kerl. Nicht mal einen Drink haben sie angenommen! Dann sind sie in mehreren kleinen Gruppen durch den Garten wieder raus und hinten in die Gasse verschwunden.«

»Wo wollten sie hin?«

»Wie ich es verstanden hab, sind sie zum Lagerhaus. Ganz was Neues. Ich soll die Musik laut laufen lassen, bis Anto nach Hause kommt.«

»Sie basteln sich ein Alibi und hoffen, dass irgendein Nachbar sich beschwert.«

»Genau. Ich hab zum Fenster rausgeschaut und gesehen,

dass ihre Autos sämtliche Parkplätze in der ganzen Straße blockieren. Die Anwohner werden nicht begeistert sein.«

»Hmm. Okay. Danke, Lex.«

»Hoffen wir nur, dass ihnen nichts passiert.«

»Das ist unsere Rolle, stimmt's? Nichts zu wissen und uns Sorgen zu machen.« Wieder nehme ich die ungewohnte Bitterkeit in meinem Ton wahr. Ich atme tief ein und seufze schwer. »Danke jedenfalls, dass du mich auf dem Laufenden hältst. Schick mir eine Nachricht, wenn sie zurückkommen. Okay?«

»Klar. Bei dieser Scheißmusik kann ich nicht mal fernsehen. Ich bin extra in den Garten gegangen, um mit dir zu reden. Anto scheint zu glauben, dass zum Soundtrack einer Pokerpartie Alice in Chains, Red Hot Chili Peppers und eine kleine Prise Megadeath gehören. Grauenhaft. Ich hoffe, sie beeilen sich.«

Ich danke ihr, drücke mein Mitgefühl aus und verabschiede mich. Dann rufe ich Johnny an.

JOHNNY Die Rolltore des Lagerhauses sind geschlossen, aber die Hintertür steht offen, die aufgeregten Stimmen der Männer dringen in die warme Abendluft hinaus. In ihrer Gesellschaft fühle ich mich gut. Zum ersten Mal seit der Beerdigung sind wir alle sechzehn am selben Ort. In einer Ecke stehen Dad und Josef, in eine Diskussion vertieft. Ich ignoriere sie und gehe zwischen den Grüppchen von Männern umher. Alle sind schwarz gekleidet, weiße Zähne heben sich von gebräunter Haut ab. Die Luft wirkt wie elektrisch geladen. Mittelmäßige Witze sorgen für großes Gelächter, man boxt sich spielerisch, zieht sich gegenseitig auf oder macht sich Mut, je nach Typ. Väter, Söhne und Vettern, alle mehr oder weniger eng verwandt. Familie.

Wir haben uns mit Munition eingedeckt, unsere Waffen wieder und wieder kontrolliert. Heute ist schwere Ausrüstung angesagt. Warum sollten wir irgendwas hierlassen, alles kommt mit in die Schlacht. Der Plan besteht darin, zu drohen und uns die Beute zu schnappen, nicht auf jemanden zu schießen. Aber für den Fall, dass die Serben Widerstand leisten, sind wir gerüstet.

AMY »Ames, warte mal!« Ich höre Stimmen, dann Geknister. Johnny muss sich das Telefon an die Brust gedrückt haben, um die Geräusche zu dämpfen. Ich stelle mir vor, wie er das Lagerhaus verlässt, um meinen Anruf anzunehmen. »Ja, das ist besser.«

Er klingt, als wäre es ein x-beliebiger Donnerstagabend. Aber ich weiß es besser.

»Was machst du?«

»Ich regele ein paar Dinge. Wie ist die Aufführung?« Wenn er vermeiden will, mich anzulügen, beantwortet er meine Fragen gern mit Gegenfragen.

»Ein bisschen schräg, aber die Kinder haben Spaß«, antworte ich tonlos. Dann platzt es gereizt aus mir hinaus: »Ernsthaft, was machst du gerade?«

Johnny hustet unbehaglich. »Dann fährst du nach der Aufführung direkt zurück zum Haus deiner Eltern, stimmt's? Ich möchte, dass du besonders vorsichtig bist, nur noch einen Tag. Dann können wir uns ins Auto setzen und nach Byron fahren, okay? Ich hab gemacht, worum du mich gebeten hast, niemand folgt dir. Alle sind mit anderen Dingen beschäftigt. Sei supervorsichtig.«

Ich spüre eine Gänsehaut, als wäre plötzlich ein kalter Wind aufgekommen.

»Warum? Willst du damit sagen, dass wir wirklich in Gefahr sind?«

»Nein, Ames, das will ich nicht. Aber warum bleibst du heute Nacht nicht bei Chaz? Ja, das wäre vielleicht das Beste.«

»Ich glaube, du hast es nicht kapiert, Johnny. Es war mir ernst mit dem, was ich gesagt hab. Ich kann diesen Mist in meinem Leben nicht mehr gebrauchen!«

Er will mich unterbrechen, aber ich brülle ihn nieder.

»Du hörst mir nicht zu! Ich hab die Schnauze voll, Johnny. Stell dich auf ein Leben ohne uns ein. Wir sind weg, du wirst uns nicht finden!«

Ich beende das Gespräch, bevor er die Chance hat, etwas zu erwidern.

JOHNNY Als ich ins Lagerhaus zurückkomme, ist mein Optimismus dahin. Ich wäre lieber nicht ans Telefon gegangen.

Dad hat die Männer zur Ordnung gerufen. Alle sitzen jetzt und sehen mich erwartungsvoll an. Ich hieve mich auf eine in die Wand gedübelte Metallbank hoch und begegne Dads zornigem Blick mit einer neutralen Miene.

»Ich rede mit Josef.« Dad spricht mit tiefer Stimme, langsam und entschlossen. »Ich glaube, wir gehen zurück zu erste Plan. Ist einfacher, wenn wir lassen Teil von Drogen in Wagen mit Stanislav. Wenn wir abhauen, Polizei findet Serben mit Drogen. Ist einfach. Kein Problem. Wir nicht brauchen Ink Slater und Biker.«

Scheiße. Einige Männer nicken und murmeln zustimmend. Ich muss das Ruder rumreißen. Hat Dad die Strichmännchen schon vergessen? Verdammte Scheiße, Ink Slater ist eine Gefahr für Amy und Sasha. Außerdem ist da noch diese Nachricht, die ich Dad hätte überbringen sollen. Scheiß auf Josef. Unglaublich, dass Dad sich vom größten Trottel der ganzen

Truppe bequatschen lässt. Er ist Dads kleiner Bruder, schön und gut, aber dumm wie Brot. Und warum diese Fixierung auf Stanislav, obwohl er hier nicht unser Feind, sondern unsere Chance ist?

Anto liest mir die Panik vom Gesicht ab. Er steht auf, um das Wort zu ergreifen, die ganze Gruppe schweigt. »Boss. Du entscheidest, wie es läuft.« Er holt tief Luft. »Trotzdem glaube ich, wir sollten uns an Joh ... an den neuen Plan halten. Er ist komplizierter, da stimme ich dir zu, aber auch effektiver.«

Schnell setzt Anto sich wieder hin, er sieht aus, als müsste er sich jeden Moment übergeben. Einigen Männern steht der Mund offen. Anto hat meinem Vater noch nie offen widersprochen. So etwas wagen höchstens Baz und Josef, die beiden Ältesten hier. Dads Augen treten hervor, er läuft rot an, wirft Anto einen tödlichen Blick zu und stößt ein Knurren aus. In diesem Moment steht Marko auf.

»Onkel Milan, du hast recht. Du hast immer recht. Aber ich glaube, Anto könnte auch recht haben. Wenn wir Ink Slater das Ecstasy unterschieben, gibt man den Bikern die Schuld. Die Polizei glaubt, dass die Biker dahinterstecken, die Serben glauben es auch. Natürlich ist es nicht so einfach. Aber ich denke, wir sollten den neuen Plan durchziehen.«

»Ihr wollt durchziehen neuen Plan? Anto? Marko? Vielleicht ich nicht mag neuen Plan. Ich mag ganz einfach. Erledigen Stanislav Vucavec. Immer bester Plan.«

Die Männer sind verwirrt. Alle Zuversicht und Kameradschaft ist dahin, jeder wendet sich seinem Nachbarn zu. Welcher Plan ist besser? Ich bin wie gelähmt, meine Miene ist versteinert. Verdammt, was würde Ivan jetzt tun?

Ich springe von der Bank herunter, meine Schuhsohlen klacken auf dem Betonboden. Ich straffe die Schultern, wieder sehen mich alle an.

»Du hast recht, Dad. Wir müssen Stanislav fertigmachen, und das werden wir auch. Aber du glaubst doch wohl nicht, dass er das Ecstasy im Wert von zwanzig Millionen Dollar geschenkt bekommen hat, oder? Jeder Vucavec auf beiden Seiten des Ozeans dürfte bis zum Hals in Schulden stecken, weil alle sich an dem Deal beteiligen wollten. Und jetzt schnappen wir ihm die Lieferung weg. Damit ist er am Ende. Die Familien in Belgrad schicken ihm höchstwahrscheinlich einen Killer auf den Hals, damit weder er noch irgendjemand sonst sie je wieder über den Tisch zieht.« Die Männer hören mir zu. Die Geschichte scheint ihnen zu gefallen, nur mein Vater wirkt immer noch zornig.

»Was nützt es uns, wenn wir Ink Slaters Leute ans Messer liefern? Zuallererst bringt es uns aus der Schusslinie der Serben, stimmt's? Wir wollen doch nicht, dass irgendein Killer aus Belgrad sich in einer dunklen Straße an *uns* ranschleicht?« Kopfschütteln. Keine schöne Vorstellung.

»Und außerdem ...« Ich trete einen Schritt vor und hebe den Zeigefinger. »Außerdem wird Ink Slater mit genug E erwischt, um für den Rest seines beschissenen Lebens hinter Gittern zu landen, wo er sich den mickrigen, tätowierten Arsch ficken lassen kann.«

Mein Vater ist noch immer nicht überzeugt. Slaters Arsch interessiert ihn nicht die Bohne. Ich muss meinen Trumpf ausspielen. Ich balle die Hände zu Fäusten.

»Hier geht es nicht nur ums Geld. Hier geht es um Rache für den Mord an Ivan«, erkläre ich mit grollender Stimme. »Erst wurde Michael Vucavec erschossen. Eine Woche später Ivan. Und dann Tony Fazzini. Wer profitiert am meisten davon, wenn er die Serben, Kroaten und Italiener gegeneinander aufhetzt? Ink Slater. Wer hatte durch den Mord an meinem Bruder am meisten zu gewinnen? Denkt darüber nach.« Jetzt nickt sogar mein Vater, weil meine Worte Sinn ergeben.

»Am Montagabend ist ein schwarzer Mercedes ML63, der Slater gehört, Amy zum Haus ihrer Eltern nachgefahren. Seine Truppe ist in mein Haus eingebrochen und hat Ivans

Pistole gestohlen.« Die Männer schnappen nach Luft. »Und sie haben das hier zurückgelassen.« Ich ziehe den zerknitterten Zettel aus meiner Hosentasche und reiche ihn Anto, der ihn weitergibt. Jeder Mann hier im Lagerhaus soll ihn sich gründlich ansehen und die Drohung auf sich wirken lassen.

»Wer ist als Nächster dran? Vielleicht eine eurer Frauen oder eins eurer Kinder?« Die Männer wirken geschockt. Frauen und Kinder werden bei diesem Spiel außen vor gehalten. Nach einer kleinen Kunstpause rede ich weiter. »Wer ist *als Nächster* dran?«, wiederhole ich. »Bedeutet diese Formulierung nicht, dass schon Morde geschehen sind? Für mich klingt es, als würde er zugeben, Michael, Ivan und Tony erschossen zu haben. Und als würde er jetzt versuchen, uns einzuschüchtern, indem er unsere Familien bedroht.

Wir müssen Stanislav fertigmachen und uns das E holen, ohne jemanden umzubringen oder selbst umgebracht zu werden. Wir dürfen keine Spur hinterlassen. Und wir müssen dafür sorgen, dass jeder denkt, Slater und seine Biker stecken dahinter. Dann sind wir auf der sicheren Seite und gießen kein Öl in Feuer *des Krieges*.« Unsere wenig einfallsreiche Bezeichnung für den letzten Krieg zwischen den Kroaten und den Serben.

»Slater hat Ivan ermordet.« In dem Moment, wo ich es ausspreche, wird mir klar, dass ich recht habe. Es gibt keine andere Erklärung. »Jetzt will er meiner Frau und meinem Kind etwas antun.« Ich hole tief Luft und grolle: »Ich habe euch Rache versprochen. Das heute ist nur der erste Schritt, als Nächstes begrabe ich Ink Slater.«

Die Männer springen auf.

Ich schaue zu meinem Vater hinüber und bemerke seine Überraschung. Dad weiß, dass ich ihn ausmanövriert habe.

»Was meinst du, Dad? Sollen wir Stanislav Vucavec fertigmachen und Ink Slater gleich mit?«

»Ist guter Plan, Sohn. Fertigmachen Stanislav und geben

Schuld Ink Slater. Fertigmachen beide. Dann du tötest Mann, der erschossen meinen Sohn.«

Die Männer brüllen begeistert.

Draußen vor dem Lagerhaus schaue ich zu den Sternen hoch, während die Männer die Lieferwagen beladen und ein letztes Mal ihre Waffen kontrollieren. Ich mache mir Sorgen wegen Amy. Als ich die unbeholfen gekritzelte Zeichnung in meiner Tasche berühre, brennt meine Kehle. Was, wenn ich einfach tun würde, was sie verlangt? Wenn ich der Familie in diesem Moment den Rücken kehren würde?

Ja, klar doch.

Ich muss die Truppe heil durch diesen Job bringen und dann endgültig beweisen, dass Slater Ivan ermordet hat. Solange er frei herumläuft, ist er eine Bedrohung für Amy und Sasha.

Klar, ich könnte verhaftet oder getötet werden, aber Amy ist jung und schön, sie könnte noch einmal heiraten. Jemanden mit einem normalen Beruf. Vielleicht wäre sie ohne mich sogar besser dran.

Nein, Scheiße. Amy und Sasha werden bei Chaz in Sicherheit sein. Wenn das alles vorbei ist, kommt sie zu mir zurück. Alles wird gut.

»Hey, Johnny! Kommst du mit oder was, Mann?«

Alle warten in den gestohlenen Autos. Brick und Blocker sitzen auf großen schwarzen Harleys. Die Brüder haben die richtige Größe – XXL. Von Kopf bis Fuß in schwarzem Leder steckend und mit schwarzen Integralhelmen auf dem Kopf ähneln sie auf irritierende Weise den Hyde-Zwillingen.

Die Fahrertür eines dunkelgrauen Jeeps steht offen. Sehr aufmerksam von ihnen, mir einen Jeep zu klauen. Anto wartet auf dem Beifahrersitz, Marko hinten, das neue Team. Ich schaue auf die Uhr und steige ein. Der Motor heult auf. Ich fahre voran – die Einfahrt entlang, auf die Straße, Richtung Flughafen. Perfekt im Zeitplan.

Donnerstagsabends um zehn herrscht in den westlichen Vorstädten Sydneys normalerweise wenig Verkehr. So ist es auch heute, der Konvoi kann problemlos zusammenbleiben. Ich spüre das Adrenalin, gehe aber langsam und zielgerichtet vor. Ich halte den Jeep genau im Tempolimit, der Rest der Truppe folgt mir nach.

Anto trommelt mit den Fingern auf die Armlehne. Im Rückspiegel sehe ich, dass Marko sich zurücklehnt, die Augen halb geschlossen, als würden wir nur auf ein paar Bier in die Stadt fahren.

Als wir die Einfahrt zum Qantas-International-Freight-Gebäude an der Link Road erreichen, drosseln unsere vier Autos und zwei Motorräder das Tempo. Um diese Uhrzeit gibt es hier genügend freie Parkplätze.

Ich nehme meine vorbestimmte Position nah am Tor ein. Die anderen ziehen vorbei und suchen sich einer nach dem anderen ihre Parkplätze. Scheinwerfer werden ausgeschaltet, Motoren abgestellt, aber die Straßenlaternen sind hell, überall sind Überwachungskameras angebracht. Wir lassen uns in unsere Sitze sinken, ziehen die Mützen tief in die Gesichter. Noch tragen wir keine Masken. Mit ihren heruntergeklappten Visieren sind Brick und Blocker unmöglich zu identifizieren. Wir müssen eine halbe Stunde warten.

Der einzige Weg zum Gelände der internationalen Luftfracht führt durch das Sicherheitstor, wo Ausweise und Frachtdokumente geprüft werden, bevor der Schlagbaum sich öffnet. Aus einer Entfernung von gerade mal zwanzig Metern haben wir beste Sicht auf sämtliche Fahrzeuge, die rein- und rausfahren.

Anto behält das Tor mit seinem Fernglas im Auge. Wir

wissen, dass Stanislav selbst fahren wird. Was wir nicht wissen, ist, ob er von anderen Autos begleitet wird oder einfach auf ein paar diskret bewaffnete Männer im Laderaum vertraut.

Zusätzliche Fahrzeuge sorgen natürlich für Komplikationen, vor allem weil sie nicht aufs Gelände dürfen und sich wahrscheinlich in denselben Parkbuchten positionieren müssten, in denen wir auch stehen.

Dieser Teil meines Plans ist der löchrigste. Männer von beiden Seiten sind damals, als wir alle aus Jugoslawien gekommen waren, zusammen zur Schule gegangen, haben zusammen Fußball gespielt. Ohne Masken könnten wir leicht erkannt werden. Wenn nun ein Auto voller Serben in eine leere Parklücke zurücksetzen und jemand merken würde, dass im Transporter gleich daneben ein Haufen riesiger Typen mit Skimasken sitzt? Dann könnte es hässlich werden, und zwar ziemlich schnell.

Jetzt, wo alle ihre Ohrstöpsel und Mikrofone tragen, schließe ich mich mit den Teamleitern in den einzelnen Wagen kurz.

»Dad, wie läuft's da drüben?«

»Wie es läuft, er fragt. Was glaubst du? Ist wunderschöner Abend.«

»Josef, alles klar?«

»Alles klar.«

»Baz?«

»Alles bestens.«

»Stump?«

»Ja.«

»Brick?«

»Verdammt warm in dem ganzen Leder, Mann.«

»Dann haltet jetzt Funkstille, bis ich bestätige, dass Stanislavs Transporter da ist.«

In der Mittelkonsole vibriert mein Handy. Ich nehme es in

die Hand und sehe Amys Gesicht. Unmöglich, jetzt mit ihr zu reden. Jeder einzelne Mann hier verlässt sich auf mich. Heute Abend trage ich die Verantwortung. Amy muss warten, bis alles vorbei ist. Ihr Ultimatum dröhnt mir immer noch in den Ohren, sofort spüre ich den Schmerz in meiner Brust. Gott, bitte lass sie auf mich warten.

Ich sehe Stanislavs Transporter von links kommen, eine Viertelstunde zu früh. Der weiße Econovan fährt bis zum Schlagbaum vor. Keine anderen Autos oder Motorräder. Gut so, Mann.

Ich schaue zu Anto hinüber und beantworte sein Grinsen mit einem zufriedenen Brummen. Erst als ich ausatme, merke ich, dass ich die Luft angehalten hatte. Marko schlägt gegen die Rückseite des Sitzes. Es geht los.

»Er ist da«, lasse ich die Männer mit leiser Stimme wissen. »Wartet ab. Lasst den Motor an, aber keine Scheinwerfer, bevor wir losfahren. Er muss rein und die Lieferung abholen. Wir wissen nicht, wie lange es dauert, aber richtet euch darauf ein, dass wir noch eine Weile warten müssen. Sobald der Transporter wieder auftaucht, fahre ich los. Den Rest wisst ihr.« Ich höre, wie die Motoren angelassen werden.

»Ja, wir wissen was tun, Sohn. Ist gut. Ist schöner Abend. Macht keinen Mist.«

»Okay. Sprecht kein Kroatisch. Bringt niemanden um. Wir schlagen schnell zu, rein und raus. Wissen alle, was sie zu tun haben?«

»Wissen alle, was tun? Mein Sohn redet zu viel. Besser genießt Abend.«

Ich atme noch einmal tief durch, drehe die Klimaanlage ein Stück weiter auf. Mein Rücken ist schweißnass.

Stanislavs Transporter steht vor dem offenen Tor eines Lagerhauses auf der linken Seite des Geländes. Alles ist taghell erleuchtet. Obwohl gut zu sehen ist, was dort läuft, vergewissere ich mich bei Anto.

»Was kannst du erkennen, Kumpel?«

»Stanislav ist mit Papieren in der Hand auf der Fahrerseite ausgestiegen und ins Lagerhaus gegangen. Ein anderer Mann, Stanislavs Vetter Phil wahrscheinlich, ist auf der anderen Seite ausgestiegen und beim Transporter geblieben. Er spricht mit jemandem im Laderaum. Ich kann nicht sehen, wer es ist oder ob noch andere Männer dabei sind, aber irgendjemand hat Phil eine Zigarette angeboten.«

»Okay, Männer. Anto hat bestätigt, dass Stanislav der Fahrer ist. Im Moment ist er im Lagerhaus. Wie es aussieht, ist Phil Vucavec der Beifahrer, mindestens ein Mann aus der Truppe sitzt hinten.«

»Egal wie viele hinten. Wir erledigen sie«, sagt Dad.

Zehn Minuten verstreichen im Schneckentempo, unterbrochen von gelegentlichen Meldungen Antos.

»Er kommt zurück zum Eingang«, verkündet er schließlich mit Nachdruck.

»Es geht los. Haltet euch alle an den Plan. Und denkt daran, kein Kroatisch!« Nur mühsam kann ich meine Aufregung unterdrücken.

»*Nemoj se zajebavati!*« Baut keinen Mist, sagt Dad.

Ich ignoriere ihn, fahre auf die Link Road und beschleunige dann in Richtung Airport Drive. Im Rückspiegel sehe ich, wie Josef aus der Parkbucht kommt und mir folgt. Marko kniet auf dem Rücksitz. Er hat den besten Blick aufs Geschehen.

»Stanislav ist durch den Schlagbaum. Er fährt gleich hinter Josef.«

Ich schlage mit der Handfläche aufs Lenkrad. Yes!

»Der Boss ist jetzt hinter Stanislav, Stump hinter dem Boss.« Selbst Marko mit seiner ansonsten monotonen Stimme klingt ein bisschen aufgeregt.

Ich biege links auf den Airport Drive, ziehe meine Skimaske über und drücke den Knopf an meinem Mikrofon. »Masken auf!«

»Stanislav biegt auch links ab. Er folgt uns auf die Brücke. Dummer Scheißkerl.«

Unser Konvoi erreicht die Marsh Street Bridge. Ein Toyota Prius kommt uns auf der anderen Seite in normaler Geschwindigkeit entgegen, aber für mich scheint sich alles in Zeitlupe abzuspielen. Unter der Skimaske ist es heiß, aber ich fühle mich beschützt. Sie gehört zu meinem Job, einem Job, bei dem ich immer Ivan an meiner Seite hatte. Das viele Training kommt mir jetzt zugute. Mein Atem und mein Puls werden wieder ruhiger.

Ich schaue aus dem Fenster. Der Fahrer des vorbeigleitenden Prius sieht nicht zu uns herüber. Vor mir ist die Straße jetzt leer. Hinter mir: Josefs Ford Transit, Stanislavs Econovan, der Hilux meines Vaters und Stumps Explorer. Wie Entenküken auf einem Teich. Die Motorräder kann ich nicht sehen, aber ich weiß, dass sie hinter Stump sind, bereit für ihren Einsatz.

Genau in der Mitte der Brücke steige ich auf die Bremse und lenke den Jeep nach rechts, auf die meterhohe Betonplatte zu, die die Spuren in beiden Fahrtrichtungen voneinander trennt. Auch Josef steigt in die Eisen und dreht seinen Lieferwagen nach links. Jetzt sind beide in Richtung Westen führende Spuren blockiert. Stanislav muss eine Vollbremsung hinlegen, um nicht dem einen oder dem anderen Wagen in die Seite zu krachen. Marko und ich sind als Erste raus und richten eine abgesägte Schrotflinte und eine Halbautomatik auf Stanislav und Phil.

Ich sehe, dass Stanislav in den Rückspiegel schaut. Der Hilux und der Explorer hinter ihm haben das gleiche Manöver ausgeführt und blockieren den Rückzug. Die beiden Motorräder umkurven die Wagen seitlich.

Josefs Team drängt sich aus dem Transit, sämtliche Waffen auf Stanislavs Transporter gerichtet.

Anto macht einen Schritt auf Stanislav zu und fordert ihn

mit einer Geste zum Aussteigen auf. Wir haben ihn wegen seiner schauspielerischen Qualitäten als Sprecher gewählt. Ich habe gesagt, er soll Slaters Sprachmuster möglichst nahekommen.

»Lasst die Hände da, wo wir sie sehen können. Raus aus dem Wagen. Alle. Sofort! Hände hoch!«

Stanislav und Phil gehorchen. Im Laderaum tut sich nichts.

»Sagt euren Kumpels da hinten, sie sollen rauskommen, sonst chießen wir durch die Tür. Eure Entcheidung.«

»Kommt raus, Jungs!«, ruft Stanislav und hält verzweifelt nach irgendeiner Möglichkeit Ausschau, aus dieser Falle zu entkommen.

Anto hält sicheren Abstand, die Waffe immer noch auf Stanislav gerichtet. Hinten tut sich nichts.

»Beweg dich. Mach die Chiebetür auf. Langsam. Verchtanden? Hol deinen dämlichen Kumpel da hinten raus. Langsam, okay? Keine Dummheiten.« Anto klingt tatsächlich wie Slater, er geht in seiner Rolle auf. Unwillkürlich muss ich grinsen.

Stanislav schaut sich noch einmal um. Ich folge seinem Blick und sehe, was er sieht – einen Mann wie ein Bär mit einem Bren-Maschinengewehr in der Hand und einer Skimaske vor dem Gesicht. Zwei Typen auf Harleys mit automatischen Waffen. Ringsum Schusswaffen, die alle auf ihn zielen. Stanislav scheint zu begreifen, dass er die Schiebetür öffnen muss, aber er macht schnell.

Drei Männer taumeln aus der Seitentür des Transporters. Ein dunkler Haufen Arme und Beine, gezogene Waffen, die mit vielstimmigem Klicken entsichert werden. Die Angelegenheit könnte jeden Moment in ein Blutbad ausarten.

Stanislav brüllt seine Männer an. »Mick, Zoran, Franco! Weg mit euren Waffen!«

Zwei Pistolen landen klappernd auf der Straße, aber der große Kerl in der Mitte scheint es mit uns aufnehmen zu wollen. Im Augenwinkel registriere ich, wie Marko einen Schritt nach vorn macht. Ein Schuss zerreißt die stille Nacht, der Serbe geht langsam zu Boden.

Die beiden anderen Männer treten einen Schritt zur Seite, als wäre der Tod ansteckend.

»Alle rüber auf die andere Seite des Wagens. Sofort!« Antos Stimme klingt stählern. Unsere maskierten Männer machen den vier verbliebenen Serben unsanft Beine.

Ich gehe zu dem Mann am Boden und fühle seinen Puls. Er hat einen Schuss ins Herz abbekommen, keine Austrittswunde, kaum Blut. Verdammt, ich kann es nicht glauben. Genau das hätte nicht passieren sollen. Marko steht hinter mir und starrt auf den Mann hinunter. Ich sehe ihn an. Sein Blick ist ausdruckslos, gibt nichts preis. Ich fordere ihn mit einer Geste auf, sich nicht von der Stelle zu rühren. Um ihn kümmere ich mich später.

Schweigend lässt unsere Truppe acht Kartons in der Größe von Mikrowellen von Hand zu Hand wandern. Wir stellen sie auf die Ladefläche von Dads Hilux, dann spannen wir die Plane darüber. Ich nehme ein Taschenmesser und einen Sandwichbeutel aus meiner Gesäßtasche. Dann ziehe ich Handschuhe über, schneide ein kleines Stück aus dem grauen Teppichboden des Transporters und stecke es in den Beutel. Zur Absicherung.

Ich zeige auf Marko und Josef, dann auf den Toten und den Wagen. Ich kehre auf meine Beobachterposition zurück, während Marko und Josef die Leiche in Stanislavs Econovan laden.

»Es ist Zoran Milovic.« Ich bin nahe genug, um zu hören, was Josef Marko zuflüstert. Der starrt ihn wütend an und legt einen Finger auf die Lippen.

Ein kleines weißes Auto nähert sich von der Flughafenseite der Brücke her und fährt auf Dads Wagen zu, am Steuer eine Frau.

Fahren Sie zurück, verschwinden Sie hier. Dad gestikuliert mit hochgerecktem Maschinengewehr, damit sie dessen Umrisse im spärlichen Licht erkennen kann. Zwanzig Meter von uns entfernt kommt sie mit kreischenden Bremsen zum Halten und setzt in panischen Schlenkern zurück. Am Fuß der Brücke wendet sie und verschwindet hinter einer Kurve.

Die Serben sitzen inzwischen mit gefesselten Händen und Füßen neben dem Transporter, den Mund mit Klebeband verschlossen. Ich springe in den Jeep und fahre ihn ein paar Meter vor, aus dem Weg, Marko steigt hinten ein. Dad und sein Team verschwinden im Hilux. Sie fahren an den Serben vorbei die Brücke hinunter. Brick und Blocker bringen ihre Harleys auf Touren, als sie an den Serben vorbeirauschen. Hinter ihnen folgt Stumps Team.

Wieder ein Auto auf der Gegenseite. Diesmal ein alter, frisierter Nissan 300ZX, aus dem »Bohemian Rhapsody« dröhnt. Die Teenager im Wagen singen lautstark mit und fahren vorbei, ohne irgendetwas mitzukriegen.

Die verbliebenen Männer treten vom Econovan zurück und steigen hastig in Josefs Transit. Anto lässt sich neben mir auf den Beifahrersitz fallen, ich schaue auf die Uhr. Vier Minuten, seit wir auf die Brücke gefahren sind. Ich fahre als Erster los, gefolgt von Josef. Im Rückspiegel sehe ich, wie Stanislav mühsam auf die Beine kommt und uns wütend hinterherschaut. Um das Gleichgewicht nicht zu verlieren, lehnt er sich an den Transporter.

Irgendwo weit entfernt heulen Sirenen. Ein letzter Adrenalinschub, aber ich bin sicher, dass die Sirenen hinter uns sind, nicht vor uns. Ich halte mich ans Tempolimit, fahre von der Brücke hinunter auf die Marsh Street, dann links auf die West Botany, rechts auf die Wickham, links auf die Bellevue. Mit Josef im Schlepptau halte ich mich den ganzen Weg zurück zum Lagerhaus auf Nebenstraßen.

AMY Nach der Aufführung haben wir die Kinder in Chaz' Wohnung gebracht. Beide sind herumgelaufen, als hätten sie drei Gläser Likör intus, und dann in dem kleinen Kabuff eingeschlafen, das sie sich unter dem Küchentresen eingerichtet haben.

Gestern Abend haben wir Chaz' Datingprofil eingerichtet, jetzt sehen wir uns die Männer an, die ihr inzwischen vorgeschlagen wurden, und amüsieren uns ein bisschen. Aber ich bin nicht bei der Sache und keine besonders anregende Gesellschaft.

»Du bist ja ganz woanders, meine Liebe. Was ist los?«, fragt Chaz.

»Johnny hat gesagt, ich soll Sasha morgen nicht zur Schule schicken. Heute Abend läuft dieser Job, er scheint mit irgendwelchen Nachwehen zu rechnen.«

»Nachwehen? Heilige Scheiße! Ernsthaft?« Sie klappt ihren Laptop zu und nimmt meine Hände. »Wir sollten zur Polizei gehen. Die Kinder ins Auto packen und zum Revier fahren, auf der Stelle.«

»Und was sollen wir sagen? Wir glauben, mein Mann könnte heute Abend den Anführer der örtlichen Serbengang ermorden? Falls Sie ihn irgendwo sehen, seien Sie bitte so nett und bringen ihn heil nach Hause?«

»Glaubst du wirklich, dass er das vorhat?« Sie wirkt verängstigt.

»Nein, eigentlich nicht.« Ich seufze. »Aber irgendwas hat er vor.«

»Wir könnten sagen, du fühlst dich bedroht.«

»Und warum fühlen Sie sich bedroht, Ma'am?«, sage ich mit tiefer Stimme. »Was könnte ich sagen, ohne Johnny *und* seine Männer in Schwierigkeiten zu bringen? Ich will Sasha beschützen, aber ich hab nicht vor, Johnny vor den Bus zu stoßen.«

»Was können wir dann tun?« Chaz sieht sich um, als überlege sie, wie man die Wohnung besser gegen Angreifer schützen könne.

Wenn mir tatsächlich jemand gefolgt ist, bringt meine bloße Anwesenheit hier auch Chaz und Jenny in Gefahr. Der Gedanke, dass diesen wunderbaren Mädels etwas zustoßen könnte, bringt mich zu einem Entschluss.

»Morgen früh sage ich Sasha, dass er nicht zur Schule muss, weil wir an die Küste fahren und dort seinen Vater treffen. Ich werfe unsere Koffer in den Wagen und fahre nach dem Berufsverkehr los. Um die Mittagszeit müssten wir in Kempsey sein. Und zum Abendessen in der Gegend von Byron.«

»Wie lange willst du bleiben?« Chaz sieht aus, als versuche sie, nicht zu weinen.

»Ich weiß nicht. Bis Weihnachten?« Darüber habe ich mir noch keine Gedanken gemacht.

»Okay, das sind keine zwei Wochen. Hoffen wir, dass sich bis dahin alles beruhigt hat.«

Sasha und ich müssen von hier weg, sofort. Ich hebe das Laken hoch, hinter dem die beiden Kinder schlafen, und ziehe Sasha vorsichtig hoch. Immer noch im Halbschlaf, lehnt er sich an mich.

»Bleib doch hier. Ich kann die Matratze wieder aufblasen, dauert nur eine Minute.« Chaz stellt sich mir in den Weg und legt mir eine Hand auf die Schulter.

Auf keinen Fall. »Wir kommen schon klar.« Ich sehe ihr in die Augen. »Ehrlich.«

»Ich will hierbleiben, Mum«, protestiert Sasha leise.

»Ich habe morgen eine Überraschung für dich, aber dafür müssen wir jetzt nach Hause fahren.«

»Kommt Dad auch nach Hause?«

»Bald. Komm, Junge, los geht's. Dann können Chaz und Jenny ins Bett.«

Johnny wollte, dass wir hierbleiben, aber ich kann meine beste Freundin nicht in Gefahr bringen. Abgesehen davon will ich gut schlafen – was auf einer aufblasbaren Matratze nicht funktioniert. Morgen steht mir eine lange Autofahrt bevor.

Ich folge dem schläfrigen Sasha zum Mini, helfe ihm auf den Rücksitz und schnalle ihn an.

Als ich mich auf den Weg zum Haus von Mum und Dad mache, arbeitet mein Hirn auf Hochtouren. Ich darf es nicht mehr aufschieben. Wie kann ich hoffen, dass sich irgendetwas ändert, wenn ich mein Ultimatum nicht durchhalte? Johnny darf keinen Zweifel daran haben, dass ich mit Sasha verschwinde – sonst löst er sich nie von seinem Vater.

Heute Abend noch packe ich die Koffer, gleich morgen früh rufe ich Mrs Glen an, Sashas Lehrerin. Wenn wir den ganzen Tag durchfahren, können wir am Samstag im kühlen blauen Ozean schwimmen.

Eine Straße von der Wohnanlage meiner Eltern entfernt halte ich an einem Stoppschild. Von links nähert sich eine Harley. Ich will sie vorbeilassen, aber sie bremst ab und bleibt vor mir stehen. Was soll das? Dann hält ein schwarzer SUV gleich neben mir auf der falschen Seite. Ich bin eingezwängt. Ein riesenhafter Mann steigt aus, beugt sich herunter und schaut zu mir herein. Er trägt eine schwarze Skimaske. Ich sehe nur zwei blaue Augen, die mich anstarren.

Es fühlt sich an wie ein Sturz aus großer Höhe. Er richtet eine Pistole auf mich, klopft zweimal gegen das Fenster und zielt dann auf Sasha auf dem Rücksitz. Sasha gibt keinen Laut von sich. Offenbar schläft er. Lieber Gott, lass ihn jetzt nicht aufwachen und sehen, wie ihn der Mann mit einer Pistole bedroht.

Ich bin wie gelähmt, meine Ohren rauschen. Wieder

klopft der Typ mit der Waffe ans Fenster. Dann richtet er die Pistole wieder auf Sasha. Endlich kapiere ich es.

Ich öffne das Fenster.

»Was immer Sie wollen, Sie bekommen es. Bitte tun Sie meinem Sohn nichts.« Ich spreche leise, um Sasha auf keinen Fall zu wecken.

»Alle beide, hinten einsteigen.« Mit der Pistole deutet er auf den SUV. »Sofort.«

Mir fällt der Spruch ein, dass man nie und unter keinen Umständen in den Wagen eines Fremden steigen soll. Etwas Schlimmeres gibt's nicht. Lauf! Schrei! Was auch immer. Aber steig bloß nicht in dieses Auto!

Ich höre, wie die Tür hinter mir aufgeht, und wirbele herum, um Sasha zu sagen, er solle wieder einsteigen. Aber der Typ von der Harley ist schon dabei, Sashas Sicherheitsgurt zu lösen. Durch das Öffnen der Tür hat sich das Licht eingeschaltet, sodass ich ihn sehen kann. Er ist groß und dünn. Über seiner Skimaske hält er sich einen Finger an die Lippen. Oberhalb seiner schwarzen Lederhandschuhe schlängeln sich Tattoos über die dürren Arme und verschwinden dann unter einer schwarzen Bikerweste. Ein Schraubstock schließt sich um mein Herz. Sasha rührt sich nicht. Der Tätowierte hält ihn auf den Armen. Er trägt meinen Jungen weg! Ich greife nach hinten, aber die Tür wird zugeschlagen. Der Mann bringt Sasha um das Heck meines Wagens herum zur offenen Hintertür des SUVs.

Tief in meinem Inneren bildet sich ein Schrei und bricht heraus. Sasha wacht auf und flippt sofort aus. Er schlägt auf den Kerl ein, der ihn auf den Rücksitz wirft und die Tür schließt. Die Fenster sind getönt. Ich kann meinen Sohn nicht sehen.

Der Tätowierte wendet sich mir zu. »Bleibst du hier oder kommst du mit?«

Als hätte ich die Wahl.

So schnell ich kann, öffne ich die Tür und hoffe, dem ersten Mann, der immer noch zwischen meinem Auto und dem SUV steht, einen ordentlichen Schlag zu verpassen. Aber es fühlt sich an, als hätte ich die Tür gegen eine Mauer geschlagen. Er zuckt nicht mal. Immerhin tritt er ein Stück zurück, um mir Platz zu machen. Ich schnappe mir die Handtasche und hoffe, an mein Handy zu kommen, besser noch an meine Pistole. Der Tätowierte scheint meine Gedanken zu lesen.

»Gib sie her, Amy. Sofort.«

Er kennt meinen Namen. Mir ist kotzübel. Ich reiche ihm meine Tasche.

Er schiebt die Hand hinein und nimmt das Handy heraus.

»PIN-Code, Amy?«

Mit zittriger Stimme nenne ich ihm die Ziffern. Ich wünschte, er würde aufhören, in diesem unheimlichen Ton meinen Namen auszusprechen.

»Danke. Und jetzt chteig hinten ein, Amy. Sei chtill, und niemandem passiert was. Okay?«

Ich setze mich neben Sasha, der zitternd und mit weißem Gesicht am anderen Ende der Rückbank kauert. Ich rutsche rüber und nehme ihn in die Arme.

Im Rückspiegel werde ich von einem weiteren blauen Augenpaar hinter einer Skimaske gemustert. Der Fahrer kommt mir so riesig vor wie der erste Mann. Ich habe den Eindruck, wir fahren los, aber es ist eine Illusion. Mein eigenes Auto wird zurückgesetzt und geparkt. Wahrscheinlich von dem Kerl mit den Tattoos.

Ich drücke Sasha fest an mich und wiege ihn hin und her.

»Keine Angst. Ich bin hier. Keiner wird dir was tun.«

»Genau. Ihr müsst nur das hier nehmen.« Der erste Mann sitzt jetzt neben dem Fahrer, dreht sich zu uns um und streckt uns zwei Streifen Klebeband entgegen. »Benutz sie als Knebel. Erst der Junge, dann du.«

Als ich zögere, taucht seine Pistole zwischen den Vordersitzen auf, er zielt auf mich. Sasha fängt an zu wimmern. Ich nehme das Klebeband, die Pistole verschwindet. Dann streiche ich Sasha die Haare aus dem Gesicht, klebe ihm das Band auf den Mund und versuche, dabei nicht zu schluchzen. Anschließend küsse ich ihn auf die Wange und knebele mich selbst. Das Band ist hart und klebt ziemlich gründlich. Es wird beim Abziehen wehtun.

»Hände nach vorn. Diesmal du zuerst.« Schwarzer Kabelbinder, wie die Bänder, mit denen man die Müllsäcke verschließt, nur größer.

Ich strecke die Hände aus. Er fesselt mich. Fest.

»Jetzt der Junge.«

Sasha hat zugeschaut, die Augen vor Schreck weit aufgerissen. Er streckt die Arme vor.

»Ich ziehe euch Säcke über den Kopf. Dann legt ihr euch auf die Rückbank.«

Als er mir etwas Schwarzes über den Kopf zieht, rieche ich ungewaschene Haare und versuche, nicht zu würgen. Durch den Stoff dringt noch etwas Licht, aber nicht genug. Ich zittere am ganzen Körper und muss die Zähne zusammenbeißen, damit sie nicht klappern.

»Hinlegen. Sofort!«

Ich mache es mir so bequem wie eben möglich, Sasha liegt vor mir, zwischen meinen gefesselten Armen. Der Sicherheitsgurt schneidet mir in den Rücken. Wieder drücke ich Sasha, um ihn ein bisschen zu beruhigen, aber er muss spüren, wie mein Herz eine Million Mal pro Sekunde schlägt. Er hebt die gefesselten Hände und klopft mir auf die Schulter, als wolle er sagen: alles okay. Dabei zittert er wie ein frisch geschlüpftes Küken. Dann fährt der Wagen los.

JOHNNY Als wir zurück im Lagerhaus sind, herrscht nicht gerade Grabesstimmung, aber alle sind still. Es stellt sich heraus, dass Lexy mit Zoran Milovic, dem Toten, verwandt war. Marko hat seit dem Schuss kein Wort gesprochen. Die anderen Männer halten sich im Hintergrund.

Anto hat sein Ecstasy-Test-Kit zu Rate gezogen und wirkt beeindruckt, seine Augenbrauen wandern höher und höher. Er gibt der Beute die volle Punktzahl, Dad überwacht die Zählung. Alle acht Kisten aus Stanislavs Transporter sind voller vakuumverpackter Beutel mit blassrosa Pillen. Jeder Beutel ist etwa sandwichgroß und enthält zweitausend Pillen. In jeder Kiste sind zweihundert Beutel, also vierhunderttausend Pillen, mit Ausnahme der letzten, die nur halbvoll ist. Alles in allem sind es drei Millionen Ecstasy-Pillen. Nicht schlecht für einen Donnerstagabend mit den Kumpels. Die halbvolle Kiste steht offen auf einem Tisch in der Mitte des Lagerhauses. Anto stopft sieben Beutel in einen grauen Einkaufsbeutel aus Plastik, der unter Ink Slaters Bett deponiert werden soll.

Baz und Josef verstauen die Drogen und die Waffen unter dem falschen Boden unserer neuen Werkstattgrube. Der graue Jeep ist schon auf der Hebebühne, wo er von Biggsie, Shrimp und Fibs zerlegt wird. Die anderen gestohlenen Fahrzeuge warten darauf, dass sie an die Reihe kommen. Der Lastwagen draußen wird ihre Skelette wegbringen.

Sobald die Beute gezählt und wieder Ruhe eingekehrt ist, ruft Dad die Männer zusammen. Jeder setzt sich auf seinen üblichen Platz.

»Heute Abend wir haben gemacht guten Job. Ist schade wegen Zoran Milovic. Aber er freiwillig in dieses Geschäft. Manchmal so etwas passiert.« Dad schaut Marko keine Sekunde an. Stattdessen gibt er mir ein Zeichen, dass ich zu den Männern sprechen soll.

Als ich mich neben ihn stelle, wachse ich ein paar Zentimeter. Durch Zoran Milovics Tod hat unser Risiko sich verzehnfacht, ich spiele die möglichen Konsequenzen durch.

»Stanislav und seine Männer werden die Nacht wahrscheinlich im Gefängnis verbringen.« Ich lege eine Pause ein, um mir die volle Aufmerksamkeit zu sichern. »Täter oder Opfer, sie haben einen Toten in ihrem Transporter. Aber den Bullen dürfte schnell klar werden, dass Zoran von einem Außenstehenden erschossen wurde. Natürlich finden sie auch die Tatwaffe nicht.« An dieser Stelle halte ich inne und sehe Marko direkt an. Er nickt, wirkt aber nicht im Geringsten schuldbewusst. Begreift er nicht, welchem Risiko er uns alle ausgesetzt hat?

»Wenn jemand bei der Ausübung eines Verbrechens getötet wird, bedeutet das in New South Wales, dass *alle* Beteiligten wegen Mordes drangekriegt werden, wenn die Strafe für das eigentliche Verbrechen mehr als fünfundzwanzig Jahre beträgt.« Ich registriere, wie sich die Mienen ringsum verändern, als den Männern klar wird, was ich gerade gesagt habe. »Und ich gehe ziemlich sicher davon aus, dass der Handel mit drei Millionen Ecstasy-Tabletten jedem von uns mehr als fünfundzwanzig Jahre einbringen dürfte.«

Spätestens jetzt haben es alle verstanden. Falls wir erwischt werden, haben wir eine Mordanklage am Hals. Nicht nur Marko, jeder Einzelne von uns. Ich schaue Marko wieder an, diesmal entdecke ich einen Anflug von Reue in seinem Blick. Hat er es endlich begriffen?

»Für uns ist wichtig, dass die Serben so schnell wie möglich aus dem Gefängnis kommen. Wenn Stanislav erfährt, dass Ink Slater mit einer großen Menge Ecstasy geschnappt wurde, soll er in der Lage sein, das Recht in die eigene Hand zu nehmen. Falls die Bullen nicht noch etwas anderes in dem Transporter finden, dürften sie ihn und seine Männer laufen lassen. Natürlich müssen wir hoffen, dass Stanislav davon überzeugt ist, dass es die Biker waren. Ich würde sagen, Anto hat heute Abend einen verdammt guten Job gemacht.« Ich warte. Wie ich gehofft habe, fangen die Männer an zu klatschen. Anto wird mit ein paar Schlägen auf den Rücken und dem einen oder anderen dummen Spruch belohnt.

»Ja, Mann, du hast wie ein echter Assi geklungen«, sagt Shrimp, die allgemeine Stimmung hebt sich.

»Lobt ihn nicht in den Himmel, wir sind noch längst nicht fertig.« Ich deute auf den Einkaufsbeutel mit E, der rechts von mir auf dem Tisch steht.

»Heute Nacht wird Ink Slater auf E im Wert von hunderttausend Dollar schlafen. Mir ist klar, dass hunderttausend für ein Ablenkungsmanöver eine Menge Geld sind, aber er muss für möglichst lange Zeit hinter Gittern verschwinden.«

Ich werfe Dad einen Blick zu. Er nickt und dreht seine Hand, um zu sagen: Mach weiter.

»Marko, Anto und ich kümmern uns um Slater. Die Jungs, die die Autos und Motorräder zerlegen, bleiben hier und ziehen es durch. Bei Sonnenaufgang darf nichts mehr übrig sein. Alle anderen fahren nach Hause. Verhaltet euch ruhig. Seid vorsichtig. Kein Wort über heute Abend an euren Handys. Und auch sonst nicht. Nicht im Pub und nicht zu Hause. Fallt einfach nicht auf. Dad wird sich darum kümmern, das E zu Geld zu machen. Also lasst ihm Zeit. Jammert nicht rum wegen eures Anteils. Ihr bekommt ihn, wenn ihr ihn bekommt.« Mein Vater nickt und hebt die Hand. Er wird das Schlusswort sprechen.

»Ihr macht, wie Johnny sagt. Nicht reden. Nicht kassieren, nicht ausliefern. Und keine Drogen. Wenn einer macht Mist, ich töte ihn.«

Kurz vor Mitternacht gehen Anto, Marko und ich schweigend die drei Blocks bis zu Antos Haus. Man weiß nie, ob man verfolgt oder belauscht wird. Als wir die Gasse hinter dem Haus betreten, dröhnt uns die Musik entgegen. Vielleicht hat es Beschwerden gegeben, aber wenn wir die »Party« jetzt beenden, wird die Polizei nicht mehr aufkreuzen. Wir gehen durch das Gartentor und dann zur Hintertür hinein. Anto stellt die Musik ab, schnappt sich Lexy, wirbelt sie herum und stellt sie mit einem überschwänglichen Kuss wieder auf den Boden. Marko und ich sagen nur Danke. Alle drei gehen wir gleich wieder zur Haustür hinaus.

Sobald wir in meinem Jeep sitzen, plappern Anto und ich gleichzeitig los.

»Das war großartig!« Anto boxt in die Luft.

»Wir haben es wirklich durchgezogen! Na ja, Zoran umzulegen war eigentlich nicht geplant.« Ich sehe in den Rückspiegel. Marko schaut aus dem Fenster.

»Hast du kapiert, was genau lief, als sie alle aus dem Laderaum des Transporters gefallen sind?« Wenn Anto aufgeregt ist, klingt seine Stimme höher, worüber ich jedes Mal lachen muss.

»Ich hab nur Waffen gesehen«, erwidere ich.

»Ich kannte Zoran Milovic von früher«, sagt Marko mit leiser Stimme.

Anto und ich schauen uns an.

»Was meinst du? Aus dem Krieg?«, frage ich.

»Ja. Ich bin ihm einmal begegnet. Am Anfang des Krieges.« Er seufzt und reibt sich die Augen. Dann schaut er mich im Rückspiegel direkt an. »Ich weiß, dass wir es nicht geplant hatten. Aber ich hab ihn erkannt. Er hatte eine Waffe. Ich hab ihn umgebracht. Es ist erledigt.«

»Ja, schon gut, Mann. Es macht die Sache komplizierter, aber ich bin verdammt froh, dass nicht einer von uns eine Kugel direkt ins Herz bekommen hat.« Sämtliche Wut auf meinen Vetter ist verflogen. Ich überlege, wo wir auf dem Weg nach Bankstown die Waffe loswerden können.

»Hey!« Anto klingt aufgeregt. »Warum verstecken wir Markos Pistole nicht in Slaters Haus?«

»Brillante Idee, Mann.« Ich schlage ihm auf den Rücken. Marko bringt eine Art Lächeln zustande. Dann lehnt er sich entspannt zurück.

Zwanzig Minuten später fahren wir langsam an Ink Slaters Haus vorbei. Kein schwarzer Mercedes SUV in der Einfahrt. Keine Lichter im Haus. Ich frage mich, ob er mit seinen Kumpels unterwegs ist, fahre ein paar Häuser weiter an den Straßenrand und stelle den Motor ab.

Wir kontrollieren, ob unsere Funkgeräte noch funktionieren, und steigen aus. Anto geht um den Jeep herum und nimmt auf dem Fahrersitz Platz. Die Luft ist immer noch mild, aber nicht stickig. Der abkühlende Motor tickt laut in der ansonsten stillen Straße.

Marko trägt den Beutel mit den Drogen unter seinem geschlossenen schwarzen Hoodie. Die Pistolen im Hosenbund, gehen wir zielstrebig auf Slaters Haus zu. Als wir die Auffahrt erreichen, ziehen wir die Skimasken über, gehen in die Hocke und durchqueren den asphaltierten Vorgarten. Dann bewegen wir uns seitlich durch den schmalen Durchgang zwischen den beiden Häusern. Wir ducken uns unter dem ersten Fenster weg und erreichen das zweite. Ich richte mich gerade so weit auf, dass ich einen Blick in das dunkle Zimmer werfen kann.

Diesmal ist das brusthohe Schiebefenster geschlossen, aber im Licht der Straßenlaterne kann ich erkennen, dass der Hebel nicht umgelegt wurde. Offenbar ist der Mechanismus von mehreren Schichten Farbe verklebt. Als ich es Marko zeige, nickt er, zieht ein Stemmeisen aus seiner Gesäßtasche und setzt es zwischen Fensterbank und Unterkante des Rahmens an. Dann hebt er das Fenster ein paar Zentimeter an.

Ich stecke die Hand in den Schlitz und schiebe es hoch.

Es lässt sich beinahe widerstandlos bewegen. Offenbar hat Slater in der Vergangenheit einen Fluchtweg gebraucht. Um seinem zugedröhnten Vater zu entkommen? Wider Willen empfinde ich Mitgefühl. Marko schaut mich erwartungsvoll an. Ich verschränke die Hände zur Räuberleiter. Die Fensterbank ist breit genug, dass er sich kurz hinhocken kann, ehe er den Kopf einzieht und sich vorsichtig ins Zimmer hinunterlässt. Dann schaltet er seine bleistiftdünne Taschenlampe ein.

Wir hören die Harley zeitgleich mit Antos Flüstern in unseren Ohrhörern.

»Slater kommt, ihr verschwindet jetzt besser!« Seine Stimme erscheint mir unnötig laut.

Dröhnend taucht die Harley in der Einfahrt auf. Marko nimmt die Taschenlampe in den Mund, legt sich auf den Rücken und schiebt sich unters Bett, um den Plastikbeutel mit den Ecstasy-Pillen zu befestigen. Die Bewegung seiner Beine verrät mir, dass er die Pistole aus dem Hosenbund zieht, die ebenfalls hierbleiben soll. Marko beeilt sich und taucht unter dem Bett auf, als der Motor verstummt.

Wir hören, wie das Garagentor geschlossen wird. Marko stemmt sich auf die Fensterbank hoch, dreht sich und springt wie eine schwarze Katze herunter. Im hinteren Teil des Hauses wird eine Lampe eingeschaltet. Wir schieben das Fenster runter. Als es sich geräuschlos schließt, stoßen wir beide erleichtert den Atem aus und schleichen um das Haus herum. Hinter uns geht eine weitere Lampe an. Ich spähe die Auffahrt hinunter, gebe Marko ein Zeichen, dann rennen wir zurück zum Jeep. Anto wartet schon mit laufendem Motor. Obwohl uns niemand folgt, spüre ich grenzenlose Erleichterung, als wir in die Nacht verschwinden. An der nächsten Kreuzung lachen wir laut los.

AMY Das Einzige, was ich höre, ist der hämmernde Puls in meinen Ohren. Wieder spüre ich tief in mir den Drang zu schreien, aber wegen des Knebels kommt nur ein Stöhnen heraus. Ich muss aufhören zu zittern, muss mich unter Kontrolle bekommen. Um Sashas willen.

Ungeweinte Tränen verstopfen mir die Nase. Ich ersticke! Ich muss mir das Klebeband vom Mund reißen! Aber meine Arme sind um Sasha geschlungen, meine Hände gefesselt. Ich atme kräftig aus, um die Nase freizubekommen, dann fülle ich meine Lunge mit Luft, die durch den ekligen Sack gefiltert wird. Ich habe immer noch das Gefühl, würgen zu müssen, ich will durch den Mund atmen! Ich zwinge mich, aus- und wieder einzuatmen. Langsamer. Langsamer. Dann ziehe ich Sasha an mich. Er zuckt leicht, aber sein Atem ist gleichmäßig. Anders als ich scheint er nicht in Panik geraten zu sein.

Das Schlimme ist, ich hatte Hinweise genug! Aber wer sind diese Männer? Was läuft zwischen ihnen und Johnny? Was hat er getan? Es müssen die Serben sein, wer sonst? Mein Atem geht wieder schneller, mir wird übel, als wir eine Links- und gleich darauf eine Rechtskurve fahren. Dann halten wir, ich höre das tiefe Dröhnen eines aufheulenden Harley-Motors gleich neben der Wagentür. Das Motorrad beschleunigt, wir folgen in hohem Tempo. Ich schlucke aufsteigende Galle hinunter und stemme mich mit den Füßen gegen die Tür, damit wir auf der Rückbank nicht hin und her rutschen. Meine Hände werden langsam taub.

Was ist mit dem Türgriff? Kann ich ihn mit dem Fuß öffnen? Wozu? Um Sasha und mich vor den fließenden Verkehr zu werfen? Ich könnte dem Fahrer gegen den Hinterkopf treten! Aber wenn er einen Unfall baut? Sterben wir dann alle? Die Tür zu öffnen ist die bessere Option, aber ich trage Sneakers und kann den Griff nicht mal finden. Ich versuche, einen Schuh abzustreifen. Wieder fährt der Wagen eine

Rechtskurve und beschleunigt. Wir sind auf einer Autobahn. Im Moment kann ich überhaupt nichts tun. Ich konzentriere mich auf meine Atmung, schiebe alle Gedanken beiseite, wiederhole das Wort Nichts, Nichts, Nichts. Immer wieder.

Wo fahren wir hin? Bringen sie uns ins Buschland, um uns zu ermorden? Sasha ist gerade mal zehn, verdammt! Sein Leben hat kaum angefangen. Warum habe ich nicht einfach die Stadt verlassen? Worauf habe ich gewartet? Darauf, dass Johnny seinen Verstand benutzt und mit uns kommt? Was bin ich für eine Idiotin! Meinetwegen ist Sasha jetzt in Gefahr. Ich hoffe, der Kerl mit den Tattoos hat mein Auto abgeschlossen, sonst ist es wahrscheinlich längst geklaut. Scheiße! Was kümmert mich mein Auto? Sasha ist jetzt still, er zuckt nur hin und wieder. Ich glaube, er ist eingeschlafen, Gott sei Dank.

Wir sind jetzt eine ganze Weile schnell geradeaus gefahren. Ich höre das Geräusch, mit dem sich eine Mautstelle mit dem e-Tag im Auto verbindet. Wo sind wir? Ich schätze, wir liegen seit ungefähr vierzig Minuten auf dem Rücksitz. Plötzlich werden wir langsamer. Ich höre den Blinker, dann biegen wir rechts ab. Die beiden Männer haben während der Fahrt kein einziges Wort gesprochen.

Sasha liegt schlaff in meinen Armen. Offenbar schläft er noch. Ich spüre die Hände und meinen linken Arm nicht mehr. Ich hoffe, sie haben den Kabelbinder bei Sasha nicht auch so festgezurrt. Ich muss pinkeln. Warum bin ich bei Chaz nicht noch zur Toilette gegangen? Aber wie hätte ich mit solch einer Situation rechnen können? Ich muss die Männer irgendwie auf mich aufmerksam machen. Wieder wird der Wagen langsamer. Wir setzen zurück und halten an. Was läuft hier?

»Okay, jetzt kommt der schwierige Teil.« Der erste Mann, die Stimme klingt für einen Koloss wie ihn ziemlich hoch. Kein erkennbarer Akzent, aber er könnte natürlich ein Serbe sein, der hier geboren ist. »Wir bringen erst deinen Sohn rauf, dann dich. Reiß dich zusammen, damit keinem was passiert. Haben wir uns verstanden?«

Hoch? Was soll das heißen?

»Nick einfach, wenn du verstanden hast.«

Ich bin verzweifelt und verwirrt, nicke aber trotzdem.

Die Beifahrertür wird geöffnet. Als der Mann aussteigt, scheint sich der Wagen ein Stück zu heben. Dann ist der Kerl hinter mir und öffnet die Heckklappe. Ich höre das Klirren von Werkzeugen. Bitte, nimm keinen Spaten heraus! Im nächsten Moment wird die Tür neben meinem Kopf geöffnet. Ich versuche, mich aufzusetzen.

»Nein, bleib, wo du bist.«

Ich lege mich wieder hin. Er hebt meine Arme an und setzt Sasha auf. Der Junge erwacht, schlägt um sich und stößt mir einen Ellbogen in die Brust. Es tut verdammt weh, aber ich gebe keinen Laut von mir.

»Sasha. Hör auf!«, fährt der Mann ihn an. Dann sagt er mit ruhigerer Stimme: »Du willst doch nicht, dass ich deiner Mum wehtue, oder?«

Sasha versteift sich, ich spüre, wie er den Kopf schüttelt. Am liebsten würde ich ihn wieder in die Arme nehmen, aber der Mann hält mich wie in einem Schraubstock. Ich spüre ein schmerzhaftes Kribbeln, als mir das Blut wieder in den linken Arm schießt. Ich würde ihn gern schütteln, aber es geht nicht. Der Mann steht im Licht, über uns gebeugt, sein Atem stinkt nach Knoblauch.

Hör hin! In einiger Entfernung nehme ich Musik und Gelächter wahr, zwei Autos hupen sich an. Durch den Sack rieche ich Abgase. Wo sind wir? In der Stadt? Wenigstens nicht draußen im Busch, allein mit diesen schrecklichen Männern.

Der Kerl lässt meine Arme los. »Amy, leg die Hände jetzt wieder in den Schoß.«

Nur mit Mühe bringe ich meinen linken Arm und die Hände dazu, mir zu gehorchen. Dann spüre ich das Kratzen von Wolle auf meiner Haut. Er wickelt Sasha in eine Decke.

»Sasha. Deine Mum wird hier bei meinem Bruder bleiben. Ich trage dich nach oben. Du musst nur so tun, als ob du schläfst. Du willst mir doch keine Probleme machen, oder? Weißt du, was dann passiert? Dann tun wir deiner Mum weh.«

Ich spüre, wie Sasha leicht nickt. Ich wünschte, ich könnte ihm sagen, er soll dem Mann gehorchen. Aber das Klebeband sitzt fest. Ich hätte während der Fahrt versuchen sollen, es am Sitz zu reiben und ein Stück zu lockern! Warum habe ich die ganze Zeit nur dumm herumgelegen? Ich spüre die Arme des Mannes zwischen mir und Sasha. Dann ein kurzes Aufstöhnen, und Sasha ist weg.

»Gut gemacht. Alle beide. Bleib ruhig liegen, Amy.«

Ich tue, was er sagt. Die Wagentür wird geschlossen, das Geräusch lässt mich zusammenzucken. Wo bringen sie Sasha hin? Nach oben. Ist es ein Bürogebäude oder ein Wohnhaus? Wenn sie uns umbringen wollten, wären wir in den Busch gefahren, nicht in die Stadt. Ich ertrage es nicht, von Sasha getrennt zu sein. Und dann ist da noch das Problem, dass ich immer dringender pinkeln muss. Im Auto ist es still, aber ich weiß, dass ich nicht allein bin. Ich höre leise Bewegungen vom Fahrersitz her, dann rieche ich eine Zigarette.

Meine Hände sind noch taub, aber ich schaffe es, sie unter den Sack zu schieben und auf die Uhr zu schauen, dann mache ich mich an dem Klebeband zu schaffen.

»Hör auf damit. Bleib ruhig liegen.« Der Mann auf dem Fahrersitz klingt auf verblüffende Weise wie der andere. Aber schließlich war davon die Rede, dass sie Brüder sind.

Es kommt mir wie eine Ewigkeit vor, bis die Beifahrertür geöffnet wird, aber wahrscheinlich waren es nur fünf Minuten. Ich spüre, wie der Wagen unter dem Gewicht des schweren Mannes wieder ein Stück nach unten sackt. Er atmet schwer. Hat er meinen Sohn mehrere Treppen hinaufgetragen?

»Es läuft so, Amy: Ich nehme dir den Sack ab, du hältst die Augen geschlossen. Mach sie nicht auf. Wenn du mein Gesicht oder das von meinem Bruder siehst, wirst du sterben. Lass die Augen geschlossen, wenn dir dein Leben lieb ist. Ich binde dich los und reiche dir einen Hoodie, den du überziehst. Ich reiße das Band von deinem Mund ab, dann öffne ich die Tür. Du steigst aus. Schau ruhig auf den Boden, damit du nicht stolperst, aber nicht nach oben oder ringsum. Nur auf deine Füße. Nick, wenn du mich verstanden hast.«

Ich nicke. Die Drohung war unmissverständlich. Ich würde alles tun, um wieder bei Sasha zu sein und um zur Toilette zu können.

»Wenn du schreist oder versuchst, dich bemerkbar zu machen, erschieße ich dich. Ich trage auch einen Hoodie. Und eine dunkle Brille. Das Auto ist gestohlen. Mein Bruder bringt mich hier weg, noch ehe deine Leiche auf dem Boden liegt. Wir entsorgen das Auto. Niemand erwischt uns. Unser Boss ist oben bei deinem Sohn. Wenn er einen Schuss hört, bringt er Sasha um, ganz leise. Um seine Leiche kümmern wir uns später. Für uns ist das alles kein Problem. Hast du verstanden?«

Ich nicke, diesmal energischer. Seine Worte sind mir durch Mark und Bein gegangen.

»Setz dich auf.«

Seine Hand ist unter dem Stoff, die Finger riechen nach Zigaretten. Er schiebt einen Fingernagel unter das Paketband. Ich hatte recht. Beim Abreißen tut es höllisch weh. Ich schaue nach unten und sehe riesige Hände mit schmutzigen Nägeln, blonde Härchen an den Gelenken. Mit einem Klappmesser schneidet er den Kabelbinder durch.

»Mach die Augen zu und zieh das an.«

Er zieht mir den Sack vom Kopf, bei dem es sich anscheinend um einen Kopfkissenbezug handelt, und legt mir etwas Flauschiges in die Hände. Meine tauben Hände fühlen sich wie Flossen an, aber irgendwie gelingt es mir, den Hoodie überzuziehen. Der Mann zieht die Kapuze hoch, um mein Gesicht zu verbergen, und öffnet die Tür.

»Jetzt kannst du auf den Boden sehen. Schau mich nicht an.«

Ich starre in den Rinnstein. Er hilft mir aus dem Wagen, schiebt meinen linken Arm unter seinen, wir setzen uns in Bewegung. Ich gehe dicht neben ihm, richte den Blick starr auf den Asphaltweg und sehe alte Kaugummis, Zigarettenkippen, dann zwei an den Seiten abgerundete Terrazzostufen und den unteren Teil einer dunklen Doppeltür mit Holzrahmen. Die linke Türhälfte öffnet sich, er führt mich durch einen Eingangsbereich mit Terrazzo-Boden zu einer hölzernen Treppe. Ein verschlissener roter Teppich ist auf jeder Stufe mit einer Messingstange fixiert. Ein altes Gebäude, Art déco. Es ist still im Haus. Ich hoffe, es ist ein Wohngebäude. Stehen die Chancen auf Hilfe dann besser?

Ich gehe durch rautenförmige, verschiedenfarbige Lichtflecken. Irgendwo muss ein Buntglasfenster sein. Wir steigen die bogenförmige Treppe zu einem Absatz hinauf, rechts erkenne ich die Unterkanten von vier Türen. Dann folgt die nächste bogenförmige Treppe und noch eine, bis wir im dritten Stock ankommen. Aus einer offenen Tür, der ersten auf der rechten Seite, fällt Licht.

»Augen auf den Boden«, flüstert der Mann und klemmt meinen Arm noch fester ein. »Nicht nach oben sehen!«

Er führt mich in einen dämmrigen Flur mit altem, honigbraunem Parkettboden, lässt mich los und zieht mir den Bezug wieder unsanft über den Kopf. Hinter mir schlägt eine Tür zu. Für einen Moment verliere ich die Orientierung, stolpere, aber er packt meinen Arm und zieht mich hoch. Ich kann immer noch ein Stück vom Fußboden und eine geschlossene Tür zu meiner Rechten erkennen. Als der Mann, der meinen Arm hält, stehen bleibt, taucht neben meinen Füßen ein schwarzer Motorradstiefel auf.

Die Tür rechts von mir wird geöffnet, er schiebt mich hinein. Im Zimmer ist es fast dunkel. Durch den Sack kann ich jetzt nichts mehr erkennen.

»Wo ist Sasha?« Meine Stimme klingt schrill und verängstigt.

»Er sitzt auf dem Bett. Ihm geht's gut.«

Ich mache ein paar stolpernde Schritte nach vorn und pralle gegen Sasha. In Windeseile taste ich ihn ab. Seine Hände sind noch gefesselt, er hat den Sack über dem Kopf.

»Ich bin hier, Sasha. Mummy ist jetzt wieder bei dir.«

Sasha antwortet nicht. Er muss unter dem Sack noch geknebelt sein. Diese Bestien! Aber ich lasse die Schultern erleichtert sinken.

Dann setze ich mich neben meinen Sohn und ziehe ihn an mich. »Alles wird gut«, flüstere ich. »Ich bringe uns hier raus. Du musst nur Geduld haben.«

Durch den Sack erkenne ich in der Tür einen menschlichen Umriss. Ein großer dünner Mann. Der Tätowierte.

»Ich sag dir, wie's läuft, Amy. Wenn du uns zeigst, dass wir dir vertrauen können, dürft ihr euch in diesem Chlafzimmer und im Bad frei bewegen. Wenn du aufmuckst und Dummheiten machst, werdet ihr beide wieder gefesselt und geknebelt. Oder Chlimmeres. Verchtanden?«

»Ja, wir haben verstanden.« Als er vom Bad spricht, muss ich die Beine übereinanderschlagen.

»Aus diesem Zimmer kommt ihr nicht raus, also versuch es erst gar nicht. Das Rollo ist am Fenster festgeklebt. Erchpar dir die Mühe, es abzukratzen und rauszusehen. Da sind nur Bäume und ein anderes Gebäude. Man sieht nichts, was verrät, wo wir sind. Das Fenster hier und das im Bad sind zugenagelt. Denk nicht, dass du es hochheben und um Hilfe rufen kannst. Denk nicht, dass du es einchlagen und um Hilfe rufen kannst. Wir würden dich hören und dir wehtun. In der Gegend hier kümmert es sowieso keinen. Kannst du mir folgen, Amy?«

»Ja, ich hab's verstanden.« Je länger er redet, desto weniger glaube ich, dass er zu den Serben gehört. Ich will, dass er in Sashas Gegenwart mit den Drohungen aufhört und verschwindet, damit ich meinen Sohn losbinden und ihn trösten kann. Ich spüre, wie Sasha in meinen Armen zittert und wie sein Herz rast. Ich muss ihn beruhigen. Aber es folgen weitere Anweisungen.

»Behaltet die Kissenbezüge über dem Kopf, bis ich weg bin.«

Kein Wunder, dass der Stoff stinkt, wahrscheinlich hat er darauf geschlafen. Schon beim Gedanken daran wird mir schlecht.

»Okay. Sacha, chtreck die Hände aus, ich chneide dich los. Mach keine Dummheiten.«

Ich spüre, wie Sasha die Arme streckt und sie, kaum dass die Fesseln verschwunden sind, wieder in den Schoss sinken lässt.

»Und jetzt geht chlafen. Wir werden heute Nacht immer mal wieder reinchauen. Wie gesagt, macht keine Dummheiten!«

Ich schüttele den Kopf und spüre, dass Sasha es auch tut. Wir sind sehr gehorsam. Fürs Erste.

Sobald ich höre, wie die Tür geschlossen und der Schlüssel gedreht wird, ziehe ich mir den stinkenden Kissenbezug vom Kopf. Sasha zittert noch immer, Tränen stehen ihm in den Augen. Als er die Hände hebt, nehme ich sie in meine und reibe sie, um das Blut zum Zirkulieren zu bringen, dann will ich das Klebeband von seinem Mund lösen. Aber er schiebt meine Hand weg und reißt es sich mit einem Ruck selbst ab. Er zuckt nur unmerklich.

»Ich bringe diese Männer um, Mum.«

Er zittert nicht vor Angst, sondern vor Wut.

JOHNNY Als ich am Freitagmorgen aufwache, trifft mich die Erkenntnis wieder neu. Mein Bruder ist tot. Jeden Morgen ist es wie ein Schlag in die Magengrube.

Ein paar Sekunden später begreife ich auch, dass ich allein im Haus bin. Wenn ich abends einschlafe, scheint mein Unbewusstes mich immer wieder in die Zeit zurückzuversetzen, bevor mein Bruder erschossen worden und Amy mit Sasha ausgezogen ist. An manchen Tagen geht der Schmerz in Wut und das Gefühl über, verraten worden zu sein. An anderen ist es ein körperliches Verlustgefühl, so als fehlte mir plötzlich ein Arm oder ein Bein. Dafür gibt es sogar einen Begriff, Phantomschmerz.

Heute ist ein Phantomschmerz-Morgen, der durch mein Triumphgefühl nur verschlimmert wird. Mein erster Job ohne Ivan an meiner Seite. Einen Moment lang stelle ich mir vor, wie ich mich fühlen würde, wenn mein Bruder noch am Leben wäre und meine Frau heute Nacht bei meiner Rückkehr im Bett gelegen hätte.

Natürlich hätte ich Amy nicht in die Einzelheiten eingeweiht. Ich wäre nach Hause gekommen, hätte geduscht und mich neben sie ins Bett gelegt. Ich hätte sie langsam mit Küssen auf ihre Lieblingsstellen geweckt. Ich hätte meine Euphorie mit ihr geteilt. Heute Morgen nach dem Aufwachen hätte ich mich wie ein König fühlen sollen, der nach gewonnenem Krieg heimgekehrt ist. Ich bin große Risiken eingegangen, um meiner Familie noch ein hübsches finanzielles Polster zu verschaffen, für unsere gemeinsame Zukunft.

Ich stehe auf und gehe zum Kleiderschrank. Als ich die Tür öffne, stecke ich den Kopf zwischen Amys aufgehängte Kleider und atme ihren Geruch ein, der Stoff streift sanft meine Haut. Ich bin froh, dass mich niemand sieht. Dann ziehe ich den Kopf zurück und schließe die Schranktür.

Das mit dem finanziellen Polster wird noch eine Weile dauern. Mein Bruder ist tot. Amy und Sasha sind nicht hier, das Frühstück muss ich mir selbst machen. Mal wieder.

Scheiß drauf. Mum wird froh und glücklich sein, mir Frühstück zu machen. Was Dad dazu sagt, ist mir verdammt egal.

Ich dusche und steige in den Jeep. Sobald mein Handy sich verbunden hat, wähle ich Amys Nummer. Wie neuerdings üblich höre ich nur das Freizeichen. Keine Mailbox. Langsam wird es lächerlich. Es ist schon frustrierend genug, sie nicht an den Apparat zu bekommen, da möchte ich ihr wenigstens eine Nachricht hinterlassen können. In diesem Moment fällt mir wieder ein, dass sie gestern Abend angerufen hat.

»Eine neue Nachricht, empfangen um 22.10 Uhr«, sagt die Roboterstimme. Nach einem Moment der Stille höre ich das Klicken, mit dem die Verbindung beendet wird. Sie hat sich nicht mal die Mühe gemacht, mir etwas aufzusprechen.

Mum hat mir gerade einen großen Teller Eier mit Speck hingestellt, als wir an der Haustür das unverkennbare Klopfen eines Polizisten hören. Irgendwie scheint in diesem charakteristischen *Bumm, bumm, bumm* jedes Mal ein Anflug gerechten Zorns mitzuschwingen.

Mum schaut fragend meinen Vater an, der am Kopfende des Küchentischs sitzt. Er nickt und kippt seinen Stuhl zurück gegen die Wand. Ich mache mich über mein Essen her.

Es sind dieselben stämmigen Uniformierten, die auch

in der Nacht von Ivans Tod dabei waren. Die Buchstützen – Bridges und Dyson. Sie folgen Mum in die Küche.

»Wollt ihr Jungs eine Tasse Tee? Eier mit Speck?«

»Nein, danke, Mrs Novak. Wir möchten Ihre Männer zu einem kleinen Gespräch aufs Revier bitten.«

»Ich mache was zum Mitnehmen, ihr beide seid zu dünn.«

Der jüngere Beamte wirft seinem Partner einen bettelnden Hundeblick zu.

Ich grinse und lasse mich nicht davon abhalten, meinen Berg Essen im Rekordtempo hinunterzuschlingen.

»Nein, danke, Mrs Novak, aber es ist nett, dass Sie fragen.«

Der ältere Constable tritt einen Schritt vor und legt mir die fleischige Hand auf die Schulter.

»Ja, bin gleich so weit, Officer.« Ich schaufele mir noch zwei Bissen in den Mund, wische ihn mit dem Handrücken ab und rülpse. Dann schenke ich Mum ein Lächeln.

»Das war wirklich fantastisch, Mum.« Erst als ich den letzten Schluck Kaffee trinke, wird der Druck auf meiner Schulter fester. Betont langsam stehe ich auf. Kein Grund, jemanden zu erschrecken.

Dad hat die ganze Zeit kein Wort gesagt.

»Sie auch, Mr Novak. Wir sollen Sie und Johnny mitbringen. Handschellen oder so was sind nicht nötig.« In dem Blick, den der Bulle mit meinem immer noch auf seinem Stuhl balancierenden Vater wechselt, ist der unausgesprochene Nachsatz deutlich zu lesen: *solange Sie uns keine Probleme machen*.

Dad lässt sich Zeit, ehe er den Stuhl nach vorn kippt, noch einen Schluck Kaffee trinkt und, genau wie ich, lautstark rülpst.

»Branka, ruf Sam an.«

Mum nickt. Dad steht auf und folgt mir und den Cops durch die Haustür, die Stufen hinunter und quer durch den Vorgarten in den wartenden Polizeiwagen. Immerhin ist es kein Gefangenentransporter. Ich spüre die Hand des jüngeren Bullen auf meinem Kopf, der mir vorsichtig auf den Rücksitz hilft.

Als ich eine Viertelstunde in einem Vernehmungsraum des Liverpooler Polizeireviers gewartet habe, taucht Sam Dillard auf. Unser Anwalt ist Anfang vierzig, blond und attraktiv. Ein Mann wie aus der Zahnpastawerbung. Sein Akzent klingt unverkennbar nach den östlichen Vorstädten und Privatschule. Seine englische Abstammung ist so unverkennbar wie unsere mediterrane. Dad hat kein Vertrauen zu kroatischen Anwälten, vor allem zu den hier geborenen, er hält sie für schlechter ausgebildet. Dad ist ein Snob oder ein Rassist, vielleicht beides. Aber Sams Arbeit gibt ihm seit vielen Jahren recht, der Kerl ist cleverer, als er aussieht. Er trägt einen blassblauen Anzug, wie immer. Sam liebt seinen Beruf.

»Johnny!« Er streckt mir die Hand entgegen, als würden wir uns in einem netten Restaurant treffen.

»Hi, Sam. Danke, dass Sie so schnell kommen konnten. Ich bin als Erster dran, stimmt's?«

Detective Inspector Ian MacPherson betritt den Raum, schaltet das Aufnahmegerät ein, nennt seinen und Sam Dillards Namen und das Datum.

»Sagen Sie Ihren Namen fürs Band, Johnny.«

»John Novak.«

»Danke. Was haben Sie in letzter Zeit so gemacht?«

Bevor Sam mich bremsen kann, lege ich los. »Na ja, ich hab versucht, das fantastische Frühstück zu genießen, das meine Mutter für mich gemacht hat, aber ich musste es leider abkürzen. Wo wir von kurz sprechen: Kann es sein, dass Sie seit unserer letzten Begegnung beim Friseur waren?« MacPherson achtet darauf, seine rötlichen Haare immer kurz rasiert zu halten, sodass ich mit hoher Wahrscheinlichkeit einen Treffer lande.

»Sehr aufmerksam von Ihnen, Johnny. Sehr aufmerksam. Dann wollen Sie also sagen, Sie wüssten nicht, worum es geht?«

»Was meinen Sie? Haben Sie eine Spur zu Ivans Mörder?« Ich beuge mich vor, als wäre ich neugierig, was er zu sagen hat. Auch Sam wirkt interessiert, sein Blick wandert immer wieder zwischen dem Bullen und mir hin und her, als würde er zwei Boxer im Ring beobachten, die sich gegenseitig taxieren.

»Heute Nacht haben wir Stanislav Vucavec und seine Männer auf der Marsh Street Bridge gefunden, verschnürt wie die Hühnchen. Einer seiner Jungs lag erschossen im Laderaum eines Transporters.«

»Ach du Scheiße!« Ich lehne mich zurück. »Tatsächlich?«

Er zieht die weißen Augenbrauen hoch. »Ja, Johnny. Tatsächlich.«

»Was ist passiert?«

»Nun ja, ich hatte gehofft, Sie könnten es mir erzählen.«

Sam hebt die Hand. »Im Ernst, MacPherson, da sind Sie auf dem falschen Dampfer. Damit hat mein Klient offensichtlich nichts zu tun.«

Ich beuge mich wieder vor. »Wer ist erschossen worden?«

»Ein gewisser Zoran Milovic.«

»Der arme Kerl. Das ist traurig. Sie und Ihre Leute müssen etwas gegen diese Verbrechen unternehmen. Langsam gerät es außer Kontrolle.«

»Ja, Johnny, so ist es. Ein Name mehr auf meiner Liste getöteter Gangmitglieder in Western Sydney.« MacPherson seufzt und reibt sich die Augen. »Was glauben Sie, was passiert ist? Lassen Sie Ihren Gedanken freien Lauf und sagen mir, was Sie vermuten.«

»Ich hab keine Ahnung, Mann, wirklich. Wir waren es nicht, also kommen die Biker, die Italiener oder – um mich ganz weit aus dem Fenster zu lehnen – die Chinesen infrage.«

»Was glauben Sie, was in diesem Transporter gewesen sein könnte, Johnny? Was war einen Mord wert?«

»Woher wissen Sie, dass überhaupt etwas in dem Wagen war?«, frage ich.

»Wir haben einen Augenzeugenbericht von einer Autofahrerin. Sie hat mitten auf der Brücke ein paar Fahrzeuge stehen sehen. Und einen Haufen schwarz gekleideter Männer mit Skimasken und Waffen. Als unsere Leute an den Tatort kamen, war nur noch ein Wagen dort, Stanislavs Transporter. Er und seine Männer wurden überfallen, also müssen sie etwas dabeigehabt haben, das einen Mord wert war.«

»Klingt einleuchtend. Wow! Ich frage mich, was es gewesen sein könnte.« Ich lehne mich zurück und mache eine lange Pause, als würde ich nachdenken. Langsam genieße ich die Situation zu sehr, also werfe ich Sam einen auffordernden Blick zu, als würde mich seine Meinung interessieren.

»Noch mal, Detective, mein Klient hat nichts damit zu tun.«

»Hat die Dame gesagt, was für Fahrzeuge sie gesehen hat?«, melde ich mich wieder zu Wort. »Hat sie etwas von einem schwarzen Mercedes ML63 gesagt?«

Mir ist klar, dass Sam mir am liebsten den Mund verbieten würde.

»Sie wirken ziemlich bemüht, die Sache jemandem anders anzuhängen, Johnny. Mein Bauch sagt mir, dass Sie mehr wissen, als Sie zugeben.«

Jetzt halte ich den Mund. Schüttele den Kopf. Bemühe mich um eine beleidigte Miene.

Sam merkt, dass ich viel lieber etwas sagen würde, also übernimmt er die Initiative.

»Es war doch eine berechtigte Frage. Hat sie irgendwelche Fahrzeugmodelle erkannt?«

»Nein, sie ist sich nicht sicher. Es könnten SUVs gewesen sein. Sie hat auch von ein paar großen Männern auf Motorrädern gesprochen. Es war dunkel, sie hatte Angst. Sie wissen ja, wie es ist.«

»Ja, klar. Wirklich schade, oder?«, sage ich.

»Ja, Johnny, es ist schade. Aber wir schauen uns die Überwachungsaufnahmen aus der Gegend an, da werden wir die Fahrzeuge schon entdecken. Wo waren Sie gestern Abend zwischen zehn und elf?«

»Mit den Jungs pokern, bei meinem Freund Anto zu Hause. Das machen wir einmal im Monat. Ich schätze, die Nachbarn haben es mitbekommen. Wir haben zwischendurch einen ziemlichen Radau gemacht.«

Ein Nachbar hat Lexy angerufen und sich beschwert. Ich spüre den beinahe unwiderstehlichen Drang zu lachen. Vorsichtshalber weiche ich Sams Blick aus.

MacPherson schlägt mit der Hand auf den Tisch und steht auf.

»Johnny, es war nicht besonders erhellend mit Ihnen, wie immer. Also gut, Sie können gehen. Vielleicht möchten Sie im Eingangsbereich auf Ihren Vater warten. Ich weiß aus Erfahrung, dass es ein kurzes Gespräch werden dürfte. Eine Sache noch, Johnny, verlassen Sie nicht die Stadt. Okay?«

Als ich mich gerade auf einen der schwarzen Metallstühle im Eingangsbereich gesetzt habe, taucht mein Vater mit dem telefonierenden Sam im Schlepptau auf. Sam unterbricht das Gespräch, um zu sagen, dass er uns später anrufen wird, und stürmt die Treppe hinunter.

Dads Miene ist unergründlich. Plötzlich blinzelt er mir zu. Unwillkürlich muss ich grinsen, was mir einen strengen Blick einträgt, sodass ich auf dem Weg zum Ausgang schnell wieder eine neutrale Miene aufsetze. Die Glastüren öffnen sich, wir treten in den heißen Sommermorgen, der Himmel ist wahnsinnig blau. Auf der obersten Treppenstufe höre ich meinen Vater laut brummen.

Direkt vor dem Revier steht ein Polizeiwagen. Aus der hinteren Tür steigt eine dürre, in Leder gekleidete Gestalt. Ink Slater. Ich versuche, nicht allzu siegesgewiss zu wirken, aber es gelingt mir nur zum Teil. Ich merke, dass auch Dad sich zurückhalten muss.

Ein wenig beschwingter als zuvor gehen wir die Treppe hinunter, während Slater zwischen zwei Uniformierten auf uns zukommt. Mit jedem Meter, den er näher kommt, steigt meine Laune. Er wirkt entspannt, das muss ich ihm lassen. Er schaut mir direkt in die Augen und lächelt kalt. Es kommt mir vor, als wäre ich draußen auf dem Ozean, weit weg vom Ufer, und entdeckte tief unter mir einen unheimlichen dunklen Schatten.

Niemals würde Dad vor Fremden über geschäftliche Dinge sprechen. Die Taxifahrt verläuft also schweigend, was mir eine Menge Zeit zum Nachdenken gibt.

In der kurzen Zeit kann doch sicher kein Durchsuchungsbeschluss für Slaters Haus ausgestellt worden sein? Und auch die Hinweise, die ich bei meinem Gespräch mit MacPherson habe fallen lassen, dürften nicht dazu geführt haben, dass Slater aufs Revier gebracht wurde. Schließlich waren gerade mal fünfzehn Minuten seit meiner ersten Erwähnung der Biker vergangen, außerdem trug er keine Handschellen. Sie müssen ihn also zur Befragung geholt haben, so wie uns.

Falls Stanislav einen Verdacht hat, würde er ihn auf keinen Fall äußern. Kein einziger Serbe wird in der Nacht auch nur ein Wort gesagt haben, schließlich sind sie nicht dumm.

Aber von zwei Polizisten zur Befragung aufs Revier begleitet zu werden, ist eigentlich keine Situation, die einen zum Lächeln bringt. Es sei denn, man ist durchgeknallt oder hat ein echtes Ass im Ärmel. Dieser Blick, den er mir zugeworfen hat, war irgendwie ... triumphierend. Warum? Ich hole tief Luft. Vielleicht geht meine Fantasie mit mir durch.

Ink muss keinen Grund für sein Lächeln gehabt haben, wahrscheinlich wollte er mich nur provozieren.

Dad starrt immer noch stur geradeaus. Er wirkt völlig bei sich. Er kennt die Nachricht mit der Drohung gegen Amy und Sasha. Aber er weiß nichts von meinem eigenmächtigen Besuch bei Slater. Er weiß nicht, dass Slater explizit gedroht hat, Amy und Sasha zu besuchen, wenn wir ihm nicht zwanzig Prozent unserer Einnahmen abliefern – und zwar heute. Und er wird verdammt sauer sein, wenn er herausfindet, dass ich diese Drohung für mich behalten habe. Vor allem jetzt, wo Slater und seine Biker mit dem Überfall in Verbindung gebracht werden können. Im Moment mag Dad stolz auf mich sein, aber dieser Stolz wird sich in Luft auflösen, sobald ich gezwungen bin, ihn auf den neuesten Stand zu bringen.

Wieder versuche ich, Amy anzurufen. Keine Reaktion. Vielleicht hat sie ihre Drohung wahrgemacht und ist mit Sasha auf der Flucht. Ja, deshalb geht sie nicht ran. Sie sitzt in ihrem Mini und fährt an die Küste. Sobald sie angekommen ist, ruft sie mich an, damit ich weiß, dass sie beide in Sicherheit sind, auch wenn sie mir nicht verrät, wo sie sich aufhalten. Ich muss einfach Geduld haben.

AMY Gestern Abend, sobald wir allein waren, haben wir unser Gefängnis ausgekundschaftet. Die Birne der Deckenlampe war herausgeschraubt, aber durch das Rollo vor dem Schiebefenster drang ein leichter Lichtschimmer. Ich habe die Tür zum Bad gefunden und, immer noch mit diesem Kribbeln in den Händen, den Lichtschalter gedrückt. Das plötzliche, flackernde Licht war so hell, dass ich die Augen zusammenkneifen musste. Das Bad schien aus den Sechzigern zu stammen, war aber einigermaßen sauber. Außerdem konnte ich endlich aufs Klo. Als ich fertig war und mir die

Hände gewaschen hatte, sah ich mich plötzlich im Spiegel. Bleich und verschwitzt, mit einem quer übers Gesicht laufenden roten Fleck, wo das Klebeband abgerissen worden war. Ich habe mir in die Augen geschaut und den festen Vorsatz gefasst, mich zusammenzureißen. Beim Rausgehen habe ich die Tür ein Stück offen stehen lassen, damit wir ein bisschen Licht im Zimmer hatten.

Als sich das Heulen einer Sirene näherte, rannte Sasha ans Fenster und zerrte wie wahnsinnig am Klebeband an einer Ecke des Rollos. Der Ton der Sirene fiel eine Oktave ab, als sie an uns vorbeirauschte, ohne zu halten, ohne uns zu retten. Abwechselnd spähten wir durch den Spalt, den er an der Unterkante des Rollos geöffnet hatte. Das Haus befand sich an der Ecke eines kleinen Sträßchens, wir sahen auf zwei Leopardenbäume hinunter, deren Blätter im Licht der Straßenlaterne hellgrün leuchteten. Dritter Stock und keine Passanten. Das gegenüberliegende Gebäude war dunkel, vielleicht würden wir bei Tageslicht jemanden entdecken. Wir drückten und zerrten, aber das Fenster ließ sich nicht öffnen. Vorsichtig brachten wir das Rollo wieder in seine ursprüngliche Position.

Die einzigen Möbelstücke waren eine altmodische Holztruhe ohne Schubladen und ein Tisch ohne Stühle. Keine Nachttische, keine Lampen. Nichts, was sich als Waffe benutzen ließe. Das Doppelbett hing in der Mitte durch, aber die Laken und die cremefarbene Chenille-Tagesdecke waren tadellos sauber.

Sasha und ich versuchten zu schlafen, aber das Adrenalin ließ uns nicht zur Ruhe kommen. Ich erzählte ihm Geschichten, bis er irgendwann eindöste. Als ich selbst kurz vor dem Einschlafen war, schreckte er aus einem Albtraum hoch, später fiel ich im Traum eine Treppe hinunter, und schon waren wir wieder wach.

Das Zimmer war heiß und stickig. Ich rückte ein Stück von

Sasha weg, damit er besser schlafen konnte, und starrte an die Decke. Ich dachte an meine Kindheit, daran, wie leicht und frei von Problemen sie verlaufen war. Wie wäre ich als Zehnjährige mit einer Entführung zurechtgekommen? Der Gedanke war so abwegig, dass ich beinahe laut gelacht hätte. Undenkbar. Mein Vater war kein reicher Unternehmer oder erfolgreicher Krimineller. Außerdem lebten wir nicht in einem Land, in dem solche Dinge vorkamen. Hat sich das inzwischen geändert? Nein, es liegt an mir. Ich habe mich entschlossen, einen Kriminellen zu heiraten, und bekomme jetzt die Quittung. Meine Augenwinkel füllen sich mit wütenden Tränen.

Sasha. Der Name bedeutet Beschützer der Männer. Dieser Blick gestern Abend, als er erklärt hat, er wolle unsere Entführer umbringen! Er ist der Sohn seines Vaters. Ich bin stolz darauf, wie widerstandsfähig er sich zeigt, aber ich habe auch Angst davor, was das bedeuten könnte. Vielleicht bedeutet das Novak-Blut in seinen Adern, dass er niemals ein normales Leben führen kann. Wird sich die Anlage oder die Erziehung durchsetzen? Als ich seinen Atemzügen gelauscht habe, habe ich mir geschworen, uns aus diesem Schlamassel zu befreien und alles wiedergutzumachen. Ihm ein normales Leben zu ermöglichen, auch wenn ich mich dazu scheiden lassen muss.

In der Nacht sind wir zweimal kontrolliert worden. Ein Schlüssel klirrte und drehte sich im Schloss, dann fiel Licht aus dem Flur ins Zimmer. Die Silhouette eines großen Mannes mit Skimaske füllte einige Sekunden lang den Türrahmen, dann wurde die Tür wieder zugezogen und abgeschlossen.

Heute Morgen hat einer der beiden Brüder Toast mit Eiern und Schinken in weißen Papiertüten gebracht, dazu einen Cappuccino zum Mitnehmen und eine kleine Flasche Orangensaft. Wieder hatte er die Skimaske vor dem Gesicht.

Wahrscheinlich sollte ich dankbar sein, denn wenn wir ihre Gesichter nicht sehen, können sie uns laufen lassen.

»Können Sie mir sagen, was hier läuft?«, habe ich gefragt, aber er hat mich keines Blickes gewürdigt.

»Haben Sie mit Johnny gesprochen, meinem Mann? Kümmert er sich darum, dass wir freigelassen werden?«

Bei diesem zweiten Versuch hat er mich angeschaut. Ich hatte den Eindruck, in seinen blauen Augen so etwas wie Mitgefühl zu entdecken. Aber er hat sich bloß umgedreht, ist hinausgegangen und hat die Tür hinter sich abgeschlossen.

Falls diese Männer nicht zur Serbengang gehören, wer sind sie dann? Wen hat Johnny noch gegen sich aufgebracht?

Sasha war völlig ausgehungert, aber ich habe nur ein paar Bissen von meinem Sandwich herunterbekommen. Wie lange wird Johnny brauchen, um das Lösegeld zu beschaffen? Denn es muss doch um Lösegeld gehen. Warum sollten wir sonst noch am Leben sein?

JOHNNY Ich springe aus dem Taxi raus, noch ehe es vor dem Haus meiner Eltern richtig zum Stehen kommt. Soll Dad den Fahrer bezahlen. Ich wähle Amys Nummer und tigere am Straßenrand auf und ab, in den Schatten des Jacarandabaums und wieder hinaus, die letzten purpurfarbenen Blütenblätter unter meinen Schuhsohlen. Amys Telefon klingelt immer weiter. Ich drehe mich um und stoße fast mit Dad zusammen, der mich anstarrt.

»Was ist los? Warum das tätowierte Stück Scheiße grinst so komisch?« Also hat er es auch bemerkt.

»Ich weiß nicht, Dad, aber irgendwie hab ich das Gefühl, es hat mit Amy und Sasha zu tun. Sie geht nicht ans Telefon. Ich fahre jetzt rüber zur Schule und höre nach, ob Sasha heute Morgen gekommen ist.«

»Ich fahre mit.« Dads Miene verrät mir, dass Widerspruch zwecklos ist.

Ich bete nicht oft. Aber jetzt, auf der zehnminütigen Fahrt vom Haus meiner Eltern zur All Saints, tue ich es. Ich schaue zu Dad hinüber. Er hat die Augen geschlossen und murmelt still vor sich hin. Vielleicht betet er auch.

Auf dem Schulgelände herrscht Ruhe. Alle Kinder sind in den Klassen. Vom letzten Elternabend weiß ich noch, wo Sashas Klassenzimmer liegt. Ich werfe einen Blick durch das kleine rechteckige Fenster in der Tür und schaue mir die gut zwanzig Kinder an. Sasha entdecke ich nicht. Ich klopfe trotzdem, die Lehrerin schaut herüber. Ich erkenne sie wieder, groß und elegant, mit welligen, blonden, schulterlangen Haaren. Sie sagt etwas zu ihren Schülern und kommt dann zu uns heraus. Sie wirkt nervös. Das passiert häufiger, wenn mein Dad und ich irgendwo auftauchen.

»Hi, Miss ...« fange ich an und hoffe, ihr Name fällt mir ein, bevor ich den Satz zu Ende gebracht habe.

»Mrs Glen, Robbie Glen«, sagt sie und rückt ihre ovale Schildpattbrille zurecht. »Sie kommen mir bekannt vor.« Sie mustert mich gründlicher und scheint meine Besorgnis zu spüren.

Ich strecke den Arm aus und schüttele ihr vorsichtig die Hand.

»Johnny Novak, Sashas Vater. Wir sind uns letztes Jahr bei einem Elternabend begegnet. Das ist Sashas Großvater, Milan. Wir suchen Amy und Sasha.« Ich halte mein Handy hoch, als wäre es ein Beweisstück. »Amy geht nicht ans Telefon.«

»Sasha ist heute nicht gekommen, Amy hat ihn nicht entschuldigt. Ich habe während der Teepause im Büro nachgefragt.«

Ich weiß, dass ich Amy gesagt habe, sie solle Sasha heute aus der Schule lassen. Trotzdem spüre ich eine zunehmende Panik, meine Schultern verspannen sich. Wo sind sie?

»Soll ich in der Klasse fragen, ob jemand weiß, wo Sasha sein könnte?«, bietet sie freundlich an. »Man weiß ja nie, Kinder haben große Ohren.«

Dad legt mir seine fleischige Hand auf die Schulter, was mich verwirrt. »Ja, ist gute Idee. Bitte fragen die Kinder.«

Sie geht wieder hinein und lässt die Tür offen.

»Seine Mum und meine sind gute Freundinnen. Wir waren gestern nach der Aufführung noch zusammen. Mum weiß sicher Bescheid«, erklärt ein rothaariges Mädchen, in dem ich Chaz' Tochter Jenny erkenne, mit hochgerecktem Arm.

»Wahrscheinlich hat sein Vater ihn entführt. Sasha glaubt nämlich, seine Eltern würden sich scheiden lassen, wie meine«, sagt ein nerdig wirkender Junge mit dicken Brillengläsern.

»Nein, so ist es nicht, Timmy. Sashas Vater ist der nette Mann, der da drüben steht.« Sie zeigt in unsere Richtung, sämtliche Blicke wenden sich Dad und mir zu. Die Kinder wirken nicht überzeugt und brechen in nervöses Geplapper aus. Mrs Glen hebt die Hand, um sie zum Schweigen zu bringen, kommt zu uns zurück und schließt die Tür hinter sich.

»Ich glaube, von den Kindern erfahren wir nicht mehr. Haben Sie es bei Charlie Tyler versucht, Jennys Mutter? Oder bei Amys Eltern?«

Ich nicke und überlege, welche Fragen ich noch stellen könnte.

»Bitte geben Sie der Schule Bescheid, sobald Sie wissen, was los ist. Meinen Sie, wir sollten die Polizei verständigen?«, fragt Mrs Glen ängstlich.

»Nein, nein. Das wäre zum jetzigen Zeitpunkt übertrieben.« Ich hoffe, ich klinge einigermaßen beruhigend. »Sicher ruft sie bald zurück, und alles löst sich in Wohlgefallen auf.

Aber ich gebe Ihnen auf jeden Fall Bescheid. Vielen Dank für Ihre Hilfe, Mrs Glen.«

»Gut, wie Sie meinen.«

»Ja, das meine ich.« Mir ist klar, dass meine verschwitzten Hände mich verraten würden, also verabschiede ich mich mit einem unbeholfenen Winken.

Auf dem Rückweg zum Jeep rufe ich Chaz an. »Chaz, hi, hier ist Johnny.«

»Gut, ich wollte dich nämlich auch gerade anrufen. Ich mache mir Sorgen wegen Amy. Sie geht nicht ans Telefon. Du weißt, dass sie wegfahren wollte, oder?«

Ich reibe mir die Augen. »Ja, sie hat gesagt, sie wollte sich aus dem Staub machen.«

Dad bleibt stehen und schaut mich an. Ich hebe die Hand.

»Aber warum sollte sie nicht drangehen, wenn *du* anrufst, Chaz?«

»Genau deshalb mache ich mir ja Sorgen. Natürlich gibt es zwischen hier und Newcastle mehrere Funklöcher, aber seit acht Uhr habe ich es jede halbe Stunde versucht.«

»Sie hat mich kurz nach zehn gestern Abend angerufen.« Ich versuche, meine Panik zu verbergen.

»Ungefähr um die Zeit sind Amy und Sasha bei mir aufgebrochen.«

»Ich hatte sie gebeten, bei dir zu übernachten. Warum hat sie das nicht getan?« Ich merke, dass ich aufgebracht klinge.

Nach kurzem Zögern antwortet sie. »Ich hab ihr auch vorgeschlagen, hier zu schlafen, Johnny, aber sie wollte nach Hause und packen. Weißt du etwas, was du mir nicht sagst? Ist sie in Gefahr?« Ihre Stimme klingt jetzt deutlich schriller.

»Nein, wirklich nicht.« Ich belüge sie nach Strich und Faden. »Wahrscheinlich geht es ihnen gut. Vielleicht hat sie ihr Handy gestern wegen der Aufführung stumm geschaltet und heute Morgen nicht daran gedacht, es wieder zu ändern. Sobald sie irgendwo zum Mittagessen hält, bemerkt sie die ganzen verpassten Anrufe.«

»Ja, vielleicht.« Chaz klingt nachdenklich. »Gib mir sofort Bescheid, wenn du von ihr hörst.«

»Klar, du aber auch, okay?«

»Okay, Johnny.«

Als Dad und ich gerade in den Jeep steigen, klingelt mein Telefon. Es ist Amy. Gott sei Dank.

»Vermisst du was, Chonny?« Als ich die ölige Stimme höre, schlägt mir das Herz bis zum Hals. Mit zittrigen Fingern stelle ich das Telefon laut. Immerhin schaffe ich es, halbwegs ruhig zu klingen.

»Solltest du den einen Anruf, der dir zusteht, nicht besser für deinen Anwalt aufheben, Slater?«

»Ich brauch keinen Anwalt, hab nichts verbrochen. Bin längst wieder raus, Mann. Aber danke, dass du dir meinen Kopf zerbrichst.«

»Was willst du?« Ich kenne die Antwort schon. Mein ganzer Körper scheint verrückt zu spielen. Ich öffne das Fenster, weil ich kaum Luft bekomme.

»Könnte sein, dass du was Wertvolles verloren hast.«

»Ich weiß nicht, wovon du sprichst.« Natürlich weiß ich es, schließlich benutzt er Amys Handy.

»Dann erkläre ich es für Idioten. Die Bullen cheinen zu glauben, dass ich und meine Jungs irgendwas damit zu tun haben, dass gestern einer aus Vucavetchs Truppe erchossen wurde. Mitten auf der Marsh Street Bridch. Es heißt auch, wir wären mit der Ladung des Transporters verchwunden. Was hatte er denn geladen, Chonny?«

»Ich weiß nicht, wovon du sprichst«, wiederhole ich wie ein dämlicher Papagei.

»Natürlich nicht. Immer das Unchuldslamm, chtimmt's, Chonny? An dir bleibt nie was hängen. Wie bei diesen neumodichen Bratpfannen. Aber egal, ist alles nicht so wichtig. Weil ich was hab, was du willst.«

»Und was sollte das sein?«

Slater senkt die Stimme zu einem Flüstern.

»Die eine Sache hat einen winzigen Leberfleck hinter dem linken Ohr und riecht wie ein Engel. Die andere riecht nicht so gut, hat für einen Jungen in dem Alter aber einen ziemlich kräftigen Chlag.«

Am liebsten würde ich den ekelhaften Dreckskerl, der so über meine Frau und meinen Sohn redet, gleich durchs Telefon erwürgen. Dad sieht aus, als würde er jeden Moment einen Herzinfarkt bekommen.

»Du mieser dreckiger Bastard!«, brülle ich ins Handy. »Ich bringe dich um!«

»Klar doch. Ich hab's dir angekündigt, aber du wolltest ja nichts davon wissen. Ich chätze, du hast deinem Dad meine Nachricht gar nicht erst ausgerichtet. Und jetzt chaff deinen Arch zurück aufs Polizeirevier und sag MacPherson, du hättest Vucavetchs Sohn erchossen. Dann hattest du Chtreit mit deinem Bruder und hast ihn auch umgebracht, und dann Tony Fazzini, damit es nach einer Serie aussieht. Chaff mir MacPherson von der Pelle. Und erzähl ihm auch gleich, warum du letzte Nacht auf der Brücke warst und diesen Kanaken erchossen hast. Alle vier Morde müssen auf *dein* Konto gehen, Chonny Novak.«

Meine Gedanken rattern. Ich höre die Pausenglocke. Schüler mit Lunchpaketen strömen aus den Klassenzimmern auf den Schulhof. Fieberhaft suche ich nach Sasha – er muss einfach hier sein, in Sicherheit sein. Aber wir wissen längst, dass es nicht so ist.

»Ach, Chonny? Wenn du bei den Bullen fertig bist, soll dein Dad mir und meinen Jungs bringen, was ihr Stanislav gestern weggenommen habt. Höchstwahrcheinlich Drogen, chtimmt's? Und wohl eine ganze Menge, wenn Stanislav einen Transporter dafür gebraucht hat.«

Meine Wut ist wie ein Feuer, das auch meine Angst anfacht.

»Ich werde dich finden und dir mit bloßen Händen das Herz rausreißen.«

»Klar doch. Du musst alle Morde gechtehen. Ich will es in der Zeitung lesen. Dann bringt Milan mir die Drogen, ich gebe ihm Amy und den Jungen. Ganz einfach, Chonny.«

»Du schmieriger Scheißkerl, ich komme dich holen.«

»Quatch du nur. Und jetzt tu, was ich gesagt hab, sonst chicke ich dir deinen Jungen in Einzelteilen zurück. Und Amy behalte ich für mich, die ist heiß. Denk daran, Chonny, im Gegensatz zu *dir* halte ich meine Verchprechen.« Damit beendet der bösartige Dreckskerl das Gespräch.

JOHNNY Es kommt mir vor, als hätte die Erde sich unter mir aufgetan und mein Mund wäre voller Sand. Er droht, Sasha zu zerstückeln? Warum habe ich nicht gemerkt, dass Slater ein totaler Psychopath ist? Was bin ich für ein Vollidiot! Der durch die Wagenfenster dringende Kinderlärm scheint eigens dafür gemacht, mich zu quälen. Ich wende mich meinem Vater zu, rechne mit seiner Wut. Aber er wirkt zu fassungslos und zu erschüttert, um Wut zu empfinden.

»Wann dir Ink Slater gesagt, was passiert? Warum du nicht sagst mir?«

Wo soll ich anfangen?

»Erzähl von Anfang.« Mein Vater, der Gedankenleser.

Als ich ihn auf den Stand der Dinge gebracht habe, hebt er die Fäuste und lässt sie aufs Armaturenbrett krachen. Der ganze Wagen gerät ins Schwanken. Dann atmet er langsam ein und legt die Hände in den Schoß.

»Okay. Jetzt ich verstehe. Du dumm, aber ist passiert.« Seine Stimme ist gefährlich ruhig. »Dieser Slater. Ist verrückt, ja? Dreckskerl glaubt, wir ihn bezahlen für Schutz, ja? Er will Krieg mit uns?«

»Ja, Dad, ich schätze, das war sein Plan. Aber inzwischen will er noch eine Menge mehr.«

»Du kannst nicht tun, was er sagt. Das weißt du, ja? Wenn du gehst zu Polizei, du verrätst uns. Polizei nicht glaubt, du machst Job ganz allein. Wie? Du fährst vier Autos, zwei Motorräder? Ist dumme Idee. Vergiss. Wir machen neuen Plan. Fahr nach Hause. Muss telefonieren.«

Ich schalte auf Autopilot und lasse mich von Dads Gesprächen mit Marko, Anto und Baz einlullen. Wir müssen die Gruppe jetzt klein halten.

Dann muss ich wieder an Amy und Sasha in der Hand dieses Psychopathen denken. Was macht er in diesem Moment mit ihnen? Trotz allem, was mein Vater gerade gesagt hat, werde ich tun, was Slater will, ich werde mich stellen. Aber dann will MacPherson wissen, was in dem Transporter war. Er wird mein Haus durchsuchen lassen, das Lagerhaus, das Haus meiner Eltern. Scheiße, die Häuser von allen. Er wird die Waffen und das Geld in meinem Safe finden, das Ecstasy und unser Waffenarsenal unter dem Fußboden des Lagerhauses. Als ich den Wagen vor dem Haus von Mum und Dad abstelle, umklammere ich das Lenkrad so fest, dass meine Fingerknöchel weiß werden.

Ich schlage die Wagentür hinter mir zu und folge Dad zum Haus. In diesem Moment taucht Marko auf, gleich gefolgt von Anto, auf dessen Beifahrersitz ich Baz entdecke. Zeit für den Kriegsrat.

Verdammt, wer weiß? Vielleicht hat tatsächlich jemand eine gute Idee.

Mein Handy klingelt. Unbekannte Nummer. Scheiße. Ich habe keine Wahl. Ich gehe geradewegs in den Garten und schlage die Fliegengittertür hinter mir zu.

»Ja?«

»Johnny, hier ist Detective Ian MacPherson.«

Einen verrückten Moment lang will ich ihm alles erzählen und ihn bitten, Amy und Sasha zu mir zurückzubringen. Dann reiße ich mich zusammen.

»Vermissen Sie mich schon?«, frage ich und versuche, mich unter Kontrolle zu bekommen.

»Sagen wir mal, Ihr Name wurde heute mehrfach von einer bestimmten Person erwähnt.«

»Tatsächlich? Wer hat über mich gesprochen?« Natürlich kenne ich die Antwort längst.

»Ein gewisser Ian ›Ink‹ Slater. Er hat sich nicht besonders höflich über Sie geäußert.«

»Er ist ein ekliges, durchgeknalltes, tätowiertes Stück Scheiße«, blaffe ich los, dabei steige ich die Stufen der Terrasse hinunter zu der Stelle, wo Sasha Fußball spielt, wenn er hier ist.

»Gut, gut. Sie mögen ihn auch nicht? Verständlich. Ja, Slater ist der Meinung, dass Ihre Männer für den Überfall gestern Abend verantwortlich waren. Außerdem glaubt er, selbst ein felsenfestes Alibi zu haben. Dieses Alibi hat sich heute Morgen aus dem Staub gemacht, aber früher oder später werden wir sie schon auftreiben. So wie wir auch Ihr Alibi überprüfen, Johnny.«

Die Sonne treibt mich wieder auf die Terrasse, in den Schatten.

»Haben Sie das Haus des Mistkerls durchsucht? Er wohnt noch bei seiner Oma, wissen Sie?«

»Dafür fehlt mir bisher die Grundlage, Johnny, aber ich arbeite daran. Sollte ich mich auch um einen Durchsuchungsbeschluss für Ihr Grundstück bemühen?«

Ich hätte einen anonymen Anruf wegen der Drogen unter Slaters Bett machen sollen. Auf so etwas müssen sie reagieren, oder? Aber was hätte es mir gebracht? Amy und Sasha wurden wahrscheinlich entführt, gleich nachdem sie Chaz' Wohnung verlassen hatten. Da war ein Anruf von Amy, als wir gewartet haben, dass Stanislav das Frachtterminal verlässt. Keine Nachricht. Es muss Slater gewesen sein.

»Sind Sie noch da, Johnny?«

»Was wollen Sie von mir? Ich hab Ihnen heute Morgen schon gesagt, dass ich nichts damit zu tun habe. Haben Sie aus Vucavec irgendwas rausbekommen?«

»Ich darf mit Ihnen nicht über die Aussagen anderer Personen sprechen, vor allen Dingen wenn es um das Opfer geht. Und so ungern ich Stanislav Vucavec als Opfer bezeichne, ist er das beim augenblicklichen Stand unserer Ermittlungen.«

»Warum rufen Sie dann an?«

»Nur um Ihnen zu sagen, dass Ihr Name gefallen ist. Gehen Sie nicht weg, Johnny, verlassen Sie nicht die Stadt. Das gilt auch für Ihre Männer. Wir haben am Tatort eine Patronenhülse gefunden, die dasselbe Kaliber wie die Kugel hat, mit der Zoran Milovic ins Herz getroffen wurde. Guter Schuss übrigens. Es wäre doch denkbar, dass jemand die Waffe geladen hat, ohne Handschuhe zu tragen. Weil er nicht damit gerechnet hat, sie zu benutzen.«

»Ich hab nichts damit zu tun, unsere Männer auch nicht.«

»Das wird sich bald herausstellen.«

Inzwischen hat Mum alle ins Esszimmer gescheucht. Offenbar hat sie die ganze Zeit, seit wir zur Polizei aufgebrochen sind, ununterbrochen gekocht. Der große Tisch ist gedeckt, die Sonne fällt durchs Fenster. Der Ventilator und die Klimaanlage führen einen aussichtslosen Kampf gegen die Hitze.

Mum stellt an jeden Platz einen dampfenden Teller mit

Hühnersuppe. Sie glaubt, dass heiße Flüssigkeiten im Sommer kühlend wirken. Ein Salat aus Weißkohl und Kartoffeln steht mitten auf dem Tisch, daneben ein Berg von selbstgemachtem Brot, Olivenöl und Zitronenschnitze. Sie reicht mir die Salatteller, Löffel, Gabeln und Messer, damit ich sie verteile. Dann tut sie etwas Überraschendes: Sie setzt sich auf den Platz neben Dad. Ihr ist klar, dass es um Geschäftliches gehen soll. Dad starrt sie an, aber sie lehnt sich bloß mit verschränkten Armen zurück. Ihr Blick sagt alles – versuch's doch! Versuch doch, mich wegzuschicken!

Dieses eine Mal beugt Dad sich ihrer Autorität.

»Johnny, erzähl. Erzähl alles«, fordert Dad mich auf.

Als ich fertig bin, fasst Baz zusammen: »Dann wolltest du Ink Slater reinlegen, weil er Amy und Sasha bedroht hat?«

»Ist guter Plan für dich?« Dads Ton ist verräterisch beherrscht.

Ich stehe auf. »Als Erstes müssen wir aufräumen. Unsere Häuser, das Lagerhaus, das Ecstasy, sämtliche Waffen. Ich sage, ich hab's allein durchgezogen, mit ein paar Typen, die ich im Pub kennengelernt hab und von denen ich nicht mal die Namen weiß. Ich muss es tun. Ich muss Amy und Sasha aus Slaters Klauen befreien, auch wenn ich dafür die nächsten zwanzig Jahre im Knast verbringe.«

»Sitz. Du machst gar nichts.« So ernst habe ich Mum noch nie erlebt. Ich gehorche automatisch. Sie hebt die rechte Hand und wendet sich mit erhobenem Zeigefinger an ihren Mann.

»Ich schon einen Sohn verloren wegen dein Geschäft. Ist genug. Milan, du musst etwas tun. Sofort.« Sie greift nach der Rakia-Flasche, schenkt sich ein Glas ein, stürzt es herunter und knallt das leere Glas auf dem Tisch.

Dad starrt sie schockiert an. Sprachlos.

»Wie lange Amy und Sasha schon weg?«

»Gestern Abend, ungefähr um zehn, sind sie von Chaz'

Wohnung aufgebrochen. Er muss sie sich auf dem Heimweg geschnappt haben.« Scheiße, ich habe Chaz nicht angerufen. Sie wird sich Sorgen machen. Aber das muss warten, bis wir hier fertig sind.

»Woher du weißt, dass er sie hat?«, fragt Mum mit bohrendem Blick. »Vielleicht er lügt.«

»Er hat mit Amys Handy angerufen und gesagt, Sasha hätte für einen Jungen in seinem Alter einen kräftigen Schlag.«

»Mein Sasha, ist guter Kämpfer.« Mum wirkt erst stolz, dann untröstlich. Sie gießt sich noch ein Glas ein. Dann packt sie Dads Handgelenk und zischt ihn auf Kroatisch an. Ich verstehe nicht alles, merke aber, welchen Eindruck es auf meinen Vater macht.

»*Tetka* Branka, wenn Johnny oder *Tetak* Milan sich stellen, liefern sie uns alle an die Polizei aus. Es kommt aufs selbe raus.« Marko hat Mums Vorschlag offenbar verstanden. Er runzelt die Stirn, was ich noch nie bei ihm gesehen habe. Baz und Anto nicken zustimmend.

»Wo hat er sie?« Mums Wangen sind vom Rakia ein wenig gerötet.

»Ich weiß es nicht. Er ist nicht so dumm, dass er sie in seinem Haus gefangen halten würde. Sein Alibi für gestern Abend scheint übrigens ein bisschen wacklig zu sein.«

»Woher du weißt?« Dad schaut mich an, als hätte ich einen Scheißhaufen aus der Tasche gezogen.

»MacPherson hat angerufen und gesagt, Slater würde uns für den Job auf der Marsh Street Bridge verantwortlich machen. Außerdem hätte er ein Alibi.« Ich denke einen Moment nach. »Wenn Amy um zehn bei Charlie losgefahren ist und auf dem Nachhauseweg entführt wurde, ist das Slaters einziges echtes Alibi.«

»Aber was hilft uns das?«, fragt Marko.

»Keine Ahnung, ich suche nur nach einem anderen Ausweg.«

»Warum MacPherson ruft dich an?«, fragt Dad.

»Er hat mir gesagt, ich darf die Stadt nicht verlassen. Keiner von uns, hat er gesagt. Und er überprüft die Fingerabdrücke auf der Patrone, die sie auf der Brücke gefunden haben.«

»Scheiße. Marko, warum du erschießt Zoran und lässt liegen Patrone?« Dad wirft seinem Neffen einen bösen Blick zu.

»Wer ist dieser Zoran?«, fragt Mum.

»Er ist in Markos Schusslinie geraten, Mama. Mach dir deswegen jetzt keine Sorgen.«

»O moj Bože.« Mum bekreuzigt sich.

»Warum hat die Polizei die Drogen und die Waffe nicht gefunden, die wir gestern bei Slater deponiert haben?«, fragt Anto.

»Sie haben keinen hinreichenden Verdacht für eine Hausdurchsuchung. Deshalb waren sie auch noch nicht hier. Im Augenblick ist es nicht wichtig.« Ich reibe mir die Stirn und versuche, mich wieder zu konzentrieren. »Slater hat gesagt, er würde mir Körperteile von Sasha schicken, wenn ich nicht tue, was er sagt. Wir müssen alle zum Lagerhaus bringen, sofort. Informiert sie, gebt ihnen Zeit, um gründlich aufzuräumen. Dann muss ich mich stellen.«

Mum hievt sich hoch, fix und fertig. Auf dem Weg zur Tür zerrt sie sich die Schürze vom Hals, murmelt etwas über die Hitze und dass sie den Kessel aufsetzen wolle. Dann bleibt sie stehen, dreht sich langsam um. Ihre Augen funkeln.

»Wer ist wichtig für Ink Slater? Wer ist wichtig für ihn, wie Amy und Sasha wichtig für uns?«

»Na ja, eine feste Freundin scheint er nicht zu haben. Ich meine, du liebe Güte, der Kerl wohnt noch bei seiner Oma«, meldet Anto sich zu Wort.

Ich brauche einen Moment, bis ich begreife. Der Groschen fällt erst, als Mum mich mit hochgezogenen Augenbrauen anschaut.

»Mum, sie ist eine alte Dame!«

»Er nimmt Sasha und Amy. Er bricht Regeln zuerst.«

Jetzt erhebt sich auch Dad. Bewundernd betrachtet er seine Frau.

Nach und nach fangen wir anderen an zu nicken.

»Du hast recht, Mum. Vielleicht weiß sie sogar, wo er sie versteckt hat.« Ich kann nicht glauben, was ich da rede.

»Bringt sie her. Ich sie frage, wo ist mein Enkel. Sie mir sagt.« Mum lächelt grimmig.

AMY Man kann unmöglich dauerhaft in einem Panikzustand verbleiben, wenn einfach nichts passiert. Die Stunden vergehen unerträglich langsam, vor allem wegen der Hitze und weil wir kaum geschlafen haben. Wir haben »Ich sehe was, was du nicht siehst« gespielt, bis Sasha anfing, sich Fantasietiere auszudenken, die in irgendwelchen Ecken hockten, was eine Zeit lang tatsächlich Spaß gemacht hat. Aber irgendwann wird auch das langweilig.

Ich habe irgendwo gelesen, dass man versuchen soll, seine Entführer kennenzulernen, der Situation eine menschliche Note zu geben, damit es ihnen schwerer fällt, einen umzubringen, wenn ihre Forderungen nicht erfüllt werden. Ich bin davon überzeugt, dass Johnny Himmel und Hölle in Bewegung setzt, um das Lösegeld aufzutreiben, aber trotzdem muss ich einen Weg finden, unsere Lage zu erleichtern. Vielleicht hat einer dieser Männer Kinder. Ich gehe zur Tür und klopfe fest.

»Hey! Ist jemand da?«

Schwere Schritte. Eine Stimme auf der anderen Seite der Tür.

»Was willst du?« Es ist einer von den Riesen. Den Brüdern.

»Könnten wir ein Kartenspiel oder etwas zu lesen bekommen? Ich hab hier drinnen einen gelangweilten Zehnjährigen.« Ich lächele Sasha an, der gleichzeitig beleidigt und neugierig wirkt.

»Okay, ich sehe mal, was ich finden kann.«

Fünf Minuten später werden die Schlüssel gedreht, einer der Brüder tritt ins Zimmer.

Für den Fall, dass es später nützlich sein könnte, versuche ich, mir jede kleinste Auffälligkeit zu merken. Der Mann hier trägt Jeans und ein weißes T-Shirt. Der Kerl, der das Frühstück gebracht hat, hatte Jeans und ein blaues T-Shirt an. Beide haben schwarze Skimasken, blaue Augen und identische Tätowierungen eines Skorpions auf dem linken Unterarm. Von der Farbe ihrer T-Shirts abgesehen unterscheiden sie sich in nichts.

»Haben Sie Kinder?«, frage ich.

»Nein.« Er legt eine Zeitung auf den Tisch und ist wieder raus, bevor ich mir die nächste Frage überlegen kann. Wieder höre ich den Schlüssel. So viel zum Thema Kontaktaufnahme mit dem Feind.

Unter der Zeitung liegt ein Kartenspiel, das aus derselben Zeit stammen dürfte wie das Bad. Ich hocke mich im Schneidersitz auf den Boden und lehne mich gegen das Bett, Sasha legt sich mir gegenüber auf den Bauch. Aber schon nach einigen Runden »Go Fish« hat er genug und setzt sich auf.

»Mum, mir reicht's. Warum lassen diese Typen uns nicht nach Hause?« Er glaubt immer noch, dass ich auf jede Frage eine Antwort hätte.

»Sicher verhandeln sie mit deinem Dad darüber, wie wir heil nach Hause kommen.«

»Muss er viel Geld bezahlen, damit sie uns gehen lassen?«

»Wahrscheinlich.«

»Wo soll Dad das Geld hernehmen? Glauben sie, dass wir reich sind? Wir sind nicht reich, Mum.« Er ist wieder nervös. Verdammt.

»Dad wird sich darum kümmern. Du musst dir keine Sorgen machen.«

Er steht auf und geht im Zimmer umher, so als wäre er derjenige, der einen Ausweg finden muss.

»Sie werden uns doch nicht umbringen, oder?«

»Schatz, wenn sie uns umbringen wollten, wären wir längst tot. Nein, es geht ihnen ums Geld.«

»Wenn das nächste Mal einer reinkommt, stelle ich mich hinter die Tür, schnappe mir seine Fußgelenke und bringe ihn zum Fallen.« Die Aussicht macht Sasha munter. »Dann trittst du ihm gegen den Kopf, bis er einschläft.« Seine Augen leuchten, als hätte er den besten Plan aller Zeiten ausgeheckt.

Ich kann es nicht glauben. Sosehr er mir äußerlich ähnelt, im Moment ist er Johnny in Reinkultur.

»Es funktioniert, Mum. Dad und ich trainieren die ganze Zeit mit seinem Boxsack. Dad sagt, ich bin ein Naturtalent.«

Sasha scheint meine wachsende Besorgnis zu bemerken.

»Ich glaube, du schafft das, Mum, auch wenn du ein Mädchen bist und alles. Du musst ihm einfach nur fest gegen den Kopf treten.« Mit einem Roundhouse-Kick gegen einen imaginären Schädel demonstriert er, was er meint. »Aber wenn du ihn nicht treten willst, mache ich das. Dann holst du ihn von den Beinen.«

Was zum Teufel hat Johnny ihm in der Garage beigebracht?

»Selbst wenn ich den Plan gut fände, Sasha, was ich nicht tue, aber selbst wenn ... Was meinst du, wie viele Männer da draußen sind?«

»Drei.« Sasha begreift, worauf ich hinauswill, und lässt die Schultern hängen.

»Genau, drei. Und wir sind nur zu zweit, stimmt's?«

»Ja.«

»Wie wäre es, wenn ich dir stattdessen Poker beibringe? Das ist ein Kartenspiel für Erwachsene, wir machen Einsätze. Das heißt, du könntest dir ein bisschen Taschengeld verdienen.«

»Genug, dass diese Kerle uns freilassen?«

»Nein, ich fürchte nicht.«

Er seufzt, setzt sich mir gegenüber und murmelt leise etwas von Anspringen und Treten vor sich hin.

Als ich das erste Blatt austeile, bringe ich meine Liste von Scheidungsgründen auf den neuesten Stand. Johnny ist nicht nur dafür verantwortlich, dass wir entführt wurden, er erzieht meinen Sohn auch zum Schläger! Ich wusste, dass sie zusammen boxen, hatte aber keine Ahnung von den begleitenden Weltanschauungslektionen. Wann hat sich diese vermeintliche Überlegenheit über Frauen ins Weltbild meines Sohnes eingeschlichen? Wäre Johnny jetzt hier in diesem stickigen Zimmer, würde ich *ihn* anspringen und ihm Tritte gegen den Kopf verpassen.

JOHNNY Es ist genau vier Uhr nachmittags, als ich mit Josefs Transporter in die Straße einbiege, in der Ink Slater wohnt. Wir hatten keine Zeit, um ein Auto zu stehlen, und müssen uns mit falschen Nummernschildern begnügen. Neben mir sitzt Anto mit finsterer Miene, hinten pfeift Marko leise vor sich hin. Unsere neue Standardbesetzung.

In der Einfahrt steht kein Auto, aber das Garagentor ist geschlossen. Wir können nicht wissen, ob Slater oder seine Großmutter zu Hause sind. Aber ich wette, dass er sich dort aufhält, wo er Amy und Sasha versteckt hat. Sobald ich anfange, mir Gedanken darüber zu machen, was er mit meiner Frau und meinem Sohn anstellen könnte, wird mir schwarz vor Augen. Ich atme tief durch, schiebe alle Gedanken beiseite und konzentriere mich nur auf das, was wir jetzt vorhaben.

Wir fahren in die Einfahrt, bis dicht vors Garagentor, dann werfe ich einen Blick in den Außenspiegel. Jeder Passant wird das Heck des Lieferwagens sehen, aber nicht die alte Dame, die aus ihrem Haus geschleppt wird.

Zusammen mit Anto gehe ich zur Hintertür. Er drückt seine Lieblings-Schrotflinte dicht ans Bein, ich habe meine Glock. Wenn Slater an die Tür kommt, verpasse ich ihm eine Kugel direkt ins Herz. Anto stellt sich links neben die Tür, sodass er nicht zu sehen ist. Marko ist beim Transporter geblieben, um die Einfahrt im Blick zu behalten. Die grüne Farbe an Granny Slaters Hintertür ist stellenweise abgeplatzt. Ich verberge die Glock hinter dem Rücken und klopfe dreimal. Nichts. Ich versuche es noch mal. Als ich langsame Schritte höre, werfe ich Anto einen schnellen Blick zu. Dann knipse ich mein breitestes Lächeln an. Eine winzige alte Frau öffnet die Tür zu einer gelben Bakelit-Küche, die noch aus der Zeit stammen dürfte, als das Häuschen gebaut wurde.

»Hallo, Mrs Slater, erinnern Sie sich noch? Ich bin Johnny, ein Freund von Ink. Ist er hier?«

»Nein, ist er nicht.« Sie wirkt misstrauisch. »Ich kenne dich nicht. Was zum Teufel willst du?«

Lächelnd trete ich ein, wobei ich Granny Slater einfach beiseitedränge. Überrascht, dass ich ungefragt ihr Haus betrete, weicht sie zurück. Ebenso überrascht reagiert sie auf meine Pistole und den anderen großen Kerl mit einer noch größeren Waffe, der jetzt in der offenen Tür auftaucht. Mit einem Mal wirkt sie angeschlagen, alt und schwach. Sie taumelt noch ein paar Schritte zurück und stützt sich an der Arbeitsplatte ab. Ich komme mir hundsgemein vor.

»Was wollt ihr? Ihr kennt Ian, meinen Enkel? Wenn er davon erfährt, wird er euch beide umbringen.« Ihr Gesicht ist kreideweiß. Ein kurzer Blick zu Anto, und ich sehe, dass auch er sich in Grund und Boden schämt. Ich gebe mir Mühe, so harmlos wie möglich zu wirken, was mit einer Waffe in der Hand nicht so einfach ist. Also sichere ich sie und schiebe sie in den Bund meiner Jeans. Antos Schrotflinte sollte reichen.

Anto reicht mir den Plastikbeutel mit alten Strümpfen und

Halstüchern, die Mum uns aus Sorge um die empfindliche Haut der alten Frau mitgegeben hat.

»Wir wollen Ihnen nicht wehtun. Wir wollen Sie nur an einen ruhigen Ort bringen, wo wir uns darüber unterhalten können, was Ihr Enkel so treibt.«

»Warum müssen wir dazu weg? Fragt, was ihr wollt. Ich bleibe hier.« Mit steifen Bewegungen schlurft sie zum Küchentisch, setzt sich hin und wirkt plötzlich stur.

Ich schaue Anto fragend an. Er zuckt die Achseln und bleibt neben der Tür stehen.

»Nein, Mrs Slater, Sie müssen mit uns kommen.«

Halbherzig deutet Anto mit seiner Waffe zur Tür.

»Okay, ich hole meine Handtasche und die Schlüssel, damit wir abschließen können. Heutzutage kann man keinem mehr trauen. Als ich ein Kind war, brauchten wir die Tür nie abzuschließen.« Vor sich hinmurmelnd müht sie sich wieder hoch und geht zu einer Tasche mit Blumenmuster, die auf der Arbeitsfläche liegt. Sie greift nach dem Schlüsselbund gleich daneben und steckt ihn die Tasche, dann dreht sie sich um und schießt auf Anto. Polternd fällt seine Schrotflinte zu Boden.

Die Zeit steht still. Mein bester Kumpel packt sich an die rechte Schulter und starrt die alte Dame verängstigt an. Dann will sie ihre Waffe auf mich richten.

Ich bin so verblüfft wie Anto, aber als Granny Slater ihren Uralt-Revolver hebt, habe ich meine Pistole in der Hand. Sie zieht den Hahn genau in dem Moment zurück, als Marko mit einer Smith & Wesson 9mm in der Tür auftaucht. Granny Slater zögert für den Bruchteil einer Sekunde, dann schwenkt sie die Waffe von mir zu Marko. Sie ist wild entschlossen. Keine Spur mehr von der netten alten Dame, mit der ich eben noch zu tun hatte.

»Nehmen Sie die Waffe runter, Lady, sonst schieße ich. Damit habe ich kein Problem. Ich habe schon alte Damen getötet. Es ist leicht.«

Etwas in Markos Blick bringt Granny Slaters Entschlossenheit ins Wanken. Ihre rechte Hand beginnt zu zittern, als hätte sie plötzlich Probleme mit dem Gewicht des Revolvers. Ich gehe zu ihr, nehme die Waffe aus ihren arthritischen Fingern und reiche sie Marko. Dann schiebe ich die Glock wieder in meinen Hosenbund und führe die alte Dame zu einem Küchenstuhl. Ihr Atem geht schnell, sie wirkt plötzlich angegriffen.

»Anto, setz dich. Marko, unternimm etwas wegen seinem Arm.«

»Sie hat auf mich geschossen! Die alte Frau hat auf mich geschossen!« Anto schaut Granny Slater entgeistert an, als hätte sie sich in einen geflügelten Dämon verwandelt.

Ich schaue in den Schränken nach, bis ich Gläser entdecke, die ich am Spülbecken fülle. Die Hitze hier in der Küche ist erdrückend. Ich reiche Anto und Granny Slater, die jetzt nebeneinander am Küchentisch sitzen, jeweils ein Glas. Ich lasse die alte Dame in Ruhe austrinken, dann fessele ich ihr mit Mums alten Strümpfen vorsichtig die Hände. Das Nylon riecht immer noch leicht nach Fußschweiß, sodass ich zum Knebeln lieber ein Halstuch benutze. Schritt für Schritt erkläre ich ihr, was ich tue. Ihr Atem wird langsamer, sie scheint sich zu beruhigen und mit ihrer Lage abzufinden.

Überall ist Blut. Anto ist blass, der Schweißgeruch vermischt sich mit dem beißenden Gestank des Schießpulvers. Während ich Granny Slater fessele, wickelt Marko einen der Strümpfe um Antos Bizeps, in dem ein kleines Loch zu erkennen ist. Auf der Rückseite des Arms muss ein größeres sein. Marko nimmt ein Geschirrtuch vom Griff des Backofens, presst es auf die Austrittswunde und fixiert es mit einem weiteren Strumpf. Aus einem anderen Geschirrtuch macht er eine Schlinge, schnell und effizient, als hätte er das hundertmal geübt.

Jetzt, wo ich Granny Slater bewegungsunfähig gemacht habe, entdecke ich die Kugel im Türrahmen. Mit meinem Klappmesser bekomme ich sie problemlos heraus. Die Spitze der Kugel ist eingedrückt. Ich lasse sie in meine Tasche fallen, hole unter der Spüle Desinfektionsmittel und Spültücher heraus und wische alle sichtbaren Blutspuren ab. Wenn die Polizei hier hereinplatzt, wird sie kein Luminol versprühen und nach Blutspritzern suchen, sondern nach einer Wagenladung Drogen.

»Ich glaube, wir sind so weit, oder? Fühlen Sie sich einigermaßen, Mrs Slater?« Die alte Dame nickt resigniert, ihr Kampfgeist ist gebrochen.

Anto wirft ihr einen bösen Blick zu, stemmt sich vom Stuhl hoch und verschwindet durch die Hintertür.

Marko schiebt eine Hand unter Granny Slaters Ellbogen und hilft ihr hoch.

»Kommen Sie, Mrs Slater. *Tetka* Branka wartet auf Sie. Sie wird Ihnen einen schönen Tee machen.«

Stirnrunzelnd sieht die alte Dame zu Marko hoch.

Ich schaue in ihre abgetragen wirkende Handtasche, die ihr Portemonnaie, ein Brillenetui, ein sauberes Taschentuch und einen Schlüsselbund enthält. Den Revolver lege ich dazu. Es bringt nichts, ihn hierzulassen und zu riskieren, dass sie ihn später noch mal auf mich richtet.

Ich suche ein Handy und entdecke es mit einem Ladegerät verbunden auf ihrem Nachttisch. Das Ladegerät nehme ich gleich mit, denn das Handy ist so alt, dass ich wahrscheinlich kein passendes mehr finde.

Dann werfe ich einen Blick in Slaters Schlafzimmer. Das Ecstasy und die Pistole kleben noch unter dem Bett und warten darauf, von der Polizei gefunden zu werden, sobald ich einen Weg gefunden habe, sie hierher zu locken.

In der Küche sammele ich die blutigen Geschirrtücher auf, gehe hinaus und schließe die Tür hinter mir ab. Durch das verstaubte Garagenfenster sehe ich Slaters Harley. Ich rüttele am Türgriff. Abgeschlossen. Einer von Granny Slaters Schlüsseln passt. Drinnen zücke ich mein Klappmesser und schlitze beide Reifen auf. Die Harley neigt sich nach links und fällt dann mit einem hässlichen, teuer klingenden Knirschen zu Boden. Unwillkürlich muss ich grinsen.

Als ich wieder im Wagen sitze, drehe ich mich um und sehe nach Granny Slater. Marko hat sie auf dem am weitesten von der Tür entfernten Sitz untergebracht. Das einzige Fenster dort hinten ist die getönte Heckscheibe. Granny Slater wirkt klein und verängstigt. Ich schenke ihr ein aufmunterndes Lächeln.

»Keine Sorge, Sie sind bald wieder zu Hause. Versprochen.«

Ich setze zurück und fahre auf die Straße. Es ist später Nachmittag und immer noch glühend heiß. Keine Menschenseele weit und breit. Keine besorgten Nachbarn, die möglicherweise den Schuss gehört haben und nach dem Rechten sehen wollen. Ist heutzutage allen egal, was in ihrer Straße passiert? Ich mache mich auf den Weg zum Haus meiner Eltern. Niemand versucht, die drei Männer aufzuhalten, die gerade eine alte Frau entführt haben. Was zum Teufel ist los mit der Welt?

Dads Garagentor ist offen, sein Hilux steht auf der Straße. Ich fahre direkt in die Garage, Dad schließt das Tor hinter uns. Es ist wie früher, wenn Ivan und ich ein gestohlenes Auto nach Hause gebracht haben. Nur dass es diesmal um eine gestohlene Oma geht.

Langsam bringe ich Mrs Slater ins Haus und führe sie an einen Platz am Küchentisch. Ihre Hände sind immer noch vor dem Bauch gefesselt. Ich nehme ihr den Knebel ab, Mum streicht ihr die dünnen grauen Haare aus dem Gesicht und bietet ihr einen Tee an.

Ich konzentriere mich auf Anto. Dad hat ihn zu einem der Sessel im Wohnzimmer gebracht und ein altes Handtuch unter seinen Arm gelegt. Wir wollen keinen Ärger mit Mum wegen Blutflecken auf den Möbeln.

Ich hole meinem Kumpel ein Bier und ein Schnapsglas, die Rakiaflasche stelle ich in Reichweite seiner linken Hand. Dann nehme ich aus dem Schrank im Bad ein paar Schmerztabletten. Dad telefoniert mit einem alten Kumpel, einem Tierarzt, und organisiert einen Hausbesuch. Sobald ich sicher bin, dass Anto es so bequem wie möglich hat, ziehe ich die eingedrückte Kugel aus der Tasche und reiche sie ihm.

»Vielleicht möchtest du ein kleines Souvenir vom ersten Schuss, den du abbekommen hast ... von einer kleinen alten Dame.« Wir müssen beide lachen, aber Anto verzieht vor Schmerz das Gesicht.

»Halt bloß die Klappe, Mann.«

»An deiner Stelle würde ich ordentlich Rakia trinken, bevor der Tierarzt kommt, um dich zusammenzuflicken.«

Mit seiner ungeschickteren linken Hand gießt Anto sich ein Glas ein und verschüttet dabei einen Teil des Schnapses.

Ich gehe zurück in die Garage und höre noch, wie er sich selbst zuprostet.

»*Živjeli*, Kumpel, *živjeli*.«

JOHNNY Es wird schon dunkel, als Marko und ich uns mit den Schlüsseln von Granny Slater Zutritt zu ihrem leeren Haus verschaffen. Wir werden durch Slaters Schlafzimmerfenster verschwinden, sobald wir ein Auto oder ein Motorrad in der Einfahrt hören. Marko und ich teilen uns auf, um die Zimmer systematisch nach Unterlagen abzusuchen, die auf ein anderes Haus, auf ein Mietlager, eine Hütte oder ein Lagerhaus hindeuten. Alles, was groß genug ist, um zwei Menschen zu verstecken, einen mit einem kleinen Leberfleck hinter dem linken Ohr und einen mit einem richtig kräftigen Schlag.

Die Vorstellung von meiner Frau und meinem Sohn in einem schäbigen Biker-Clubhaus macht mich so wütend, dass ich mit der Faust gegen die Wand des Esszimmers hämmere. Marko kommt aus Slaters Schlafzimmer und schnalzt beim Anblick des Loches mit der Zunge. Die Polizei soll, wenn sie sich endlich einen Durchsuchungsbeschluss beschafft hat, nicht auf die Idee kommen, dass sich schon jemand anders im Haus umgesehen hat. Aber wahrscheinlich ist auch Slater selbst zuzutrauen, dass er ein Loch in die Wand geschlagen hat. Außerdem trage ich Handschuhe.

Auf dem Sims des gasbetriebenen Kamins in Granny Slaters Zimmer stehen gerahmte Familienfotos. Ink, spindeldürr und mit schiefen Zähnen, ist auf jeder Aufnahme problemlos zu erkennen. Aber es sieht aus, als hätte er einen jüngeren, stämmigen Bruder, der niemals lächelt. Auf den Fotos, die diesen Bruder als Erwachsenen zeigen, ist er so groß wie Ink, hat aber den Oberkörper eines Mannes, der regelmäßig Gewichte stemmt. Auf einem Bild seilt er sich in voller Kampfausrüstung von einem Armeehubschrauber über dem Wasser ab. Auf einem anderen, das irgendwo in der Wüste aufgenommen wurde, steht er mit mehreren Kumpels zusammen, alle in voller Montur und mit Blaser R93-Scharfschützengewehren ausgerüstet. Ich rufe Marko dazu.

»Ja, Slater hat einen kleinen Bruder.« Marko nickt.

»So klein ist er nicht mehr.«

»Komm und schau dir sein Zimmer an.«

Ich hatte gedacht, das dritte Zimmer wäre leer. An den Wänden hängen keine Poster, nichts deutet darauf hin, dass es einmal anders gewesen wäre. Auf dem Einzelbett liegt eine Armeedecke, die an den Seiten so fest eingesteckt ist, dass keine Fliege darunter Platz finden würde. Der Nachttisch ist leer. Aber in einem dunklen Holzschrank hängen eine Ausgehuniform und ein Kampfanzug. Ausgehstiefel und ein Paar ganz normale Armeestiefel sind blitzblank poliert. Die Innenseite der Schranktür ziert ein vergilbtes Foto von Ink Slaters Bruder als Fünf- oder Sechsjährigem an der Hand einer dunkelhaarigen Frau. Ausnahmsweise lächelt der Junge.

Marko zieht die oberste Schublade einer kleinen Kommode auf, in der wir drei kleine schwarze Schachteln entdecken, geprägt mit der aufgehenden Sonne und der Krone der australischen Armee. Ehrfürchtig öffnet Marko jede einzelne Schachtel.

»Drei Einsätze in Afghanistan. Ink Slaters Bruder ist ein Kriegsheld.«

»Scheiße. Hoffentlich kommt er nicht nach Hause, findet raus, dass seine Großmutter entführt wurde, und mischt sich auch noch ein.«

Wir ziehen uns aus dem unberührten Zimmer zurück und suchen weiter. Das Ergebnis bleibt gleich null. Ich muss mich beherrschen, um nicht auf die nächste Wand einzuhämmern. Als ich in die Küche komme, durchwühlt Marko die Schubladen. Ich spüre ein Vibrieren in meiner Tasche und höre einen unbekannten Klingelton.

Als ich nach Granny Slaters Handy greife, stelle ich fest, dass der Akku fast leer ist. Die Nummer des Anrufers ist aus Sydney, aber es wird kein Name angezeigt. Ich nehme das Gespräch an, sage aber kein Wort.

»Nan?«

»Mrs Slater kann im Augenblick nicht ans Telefon kommen«, sage ich mit vornehmem Akzent und setze mich grinsend an den Küchentisch. Marko sieht mir verwirrt zu.

»Wer ist da? Wo ist Nan?«

»Ich bin dein schlimmster Albtraum, Slater.« Der Spruch ist vor allem für Marko gedacht. Er soll wissen, mit wem ich rede, und zur Abwechslung auch mal einen Grund zum Grinsen haben. Es funktioniert, auch wenn sein Grinsen irgendwie zaghaft wirkt.

»Chonny Novak, verdammt. Was machst du mit dem Handy meiner Granny?«

»Wir dachten, sie sollte lieber nicht allein sein, solange du unterwegs bist und dich wie ein Arschloch erster Güte aufführst.«

»Wo ist Nan? Ist sie bei dir? Hol sie an den Apparat, du blöder Wichser. Ist dir eigentlich klar, was ich mit *dir* anchtelle?«

»Deine Großmutter hat es sehr bequem. Und du musst mir nur sagen, wo Amy und Sasha sind, dann bringe ich sie dir gesund und munter nach Hause.«

»Fick dich!«

»Ernsthaft? Sonst hast du mir nichts zu sagen? Ist deine Oma dir ganz egal?«

»Nan kann auf sich aufpassen. Abgesehen davon wirst du ihr nichts tun. Wenn du ihr wehtust, bringe ich Amy und Sacha um. Wenn du es meiner Nan bequem machst, sorge *ich* dafür, dass Amy und Sacha es so richtig gemütlich haben. Außerdem musst du dich noch den Bullen chtellen. Kein Gechtändnis, kein Frauchen.«

Wütend springe ich auf.

»Was zum Teufel ist los mit dir? Ich hab deine Großmutter! Langsam sollte es reichen. Du hast Amy und Sasha seit gestern Abend. Rück sie endlich raus, du durchgeknallter kleiner Pisser.«

»Ich sag dir was, Chonny. Du bekommst den Jungen zurück. Wenn *du* mir meine Nan zurückgibst. Das ist fair. Amy bleibt, wo sie ist, bis du dich chtellst, die Morde gechtehst und rausrückst, was in Stanislavs Transporter war.« Dann legt der dürre Arsch auf.

»Irgendwie leuchtet es ein, Ink Slater hat zwei Geiseln, wir nur eine.« Auf der Rückfahrt zu meinen Eltern schlägt Marko sich auf die pragmatische Seite.

Bei dem Wort »Geisel« ekle ich mich vor mir selbst. Ich möchte gar nicht daran denken, was Amy und Sasha durchmachen.

»Wenn ich Amy da rausgeholt hab, wird sie nie wieder ein Wort mit mir reden.«

Marko zuckt die Achseln. »Du hast recht, du verdienst sie nicht. Aber Amy kannte deine Familie und wusste, was du machst, bevor sie dich geheiratet hat.«

Mein Gott, so persönlich hat Marko sich mir gegenüber noch nie geäußert. Der Mann beweist Gespür für den passenden Moment. »Besten Dank auch. Hast du etwa je damit gerechnet, dass es mal so übel werden könnte?«

Marko ignoriert meine Frage und bringt ein neues Thema auf. »Wo sollen wir seine Oma verstecken? Jetzt, wo Slater weiß, dass wir sie haben, wird er versuchen, sie zu befreien.«

»Meinst du? Oder will er sie einfach austauschen, wie er gesagt hat? Er weiß, wo ich wohne, also weiß er sicher auch, wo Dad wohnt. Aber sich mit Dad anzulegen und sich mit mir anzulegen, sind zwei ganz verschiedene Paar Schuhe. Sonst hätte Slater wahrscheinlich auf Dads Haus geschossen und dem Hund von Dads Nachbarn die Kehle aufgeschlitzt.«

»Ja, du hast recht. Trotzdem wäre es nicht schlecht, ein paar von den Männern dazuzuholen.«

Wir beschließen, uns darum zu kümmern, sobald wir bei Mum und Dad sind.

Ich versuche, Slater zu erreichen und die Übergabe zu arrangieren. Er geht nicht ran.

Ich komme mir vor wie im falschen Film. Die Szene in Mums Küche unterstreicht noch einmal, dass die Welt aus den Fugen geraten ist.

Mum steht am Herd und brät Kalbsschnitzel, Granny Slater sitzt am Küchentisch und zerstampft in einem Topf Kartoffeln. Sie plaudern wie alte Freundinnen. Keine Spur von Dad. Marko holt sich ein Bier aus dem Kühlschrank und verschwindet im Flur. Ich höre, wie die Hintertür zugeschlagen wird. Ich kann nur hoffen, dass er sich um die Verstärkung kümmert.

Das Bild häuslicher Harmonie gibt mir fast den Rest. Am liebsten würde ich Granny Slater den Topf aus den Händen reißen und ihn durch die Fensterscheibe schleudern. Ehe ich die entscheidende Frage stelle, atme ich ein paarmal tief durch.

»Mum, du hast nicht zufällig herausgefunden, wo Amy und Sasha festgehalten werden?«

»Gladys weiß es nicht. Aber sie will dir etwas sagen. Sitz, sitz, wir essen gleich.«

Auf keinen Fall darf ich das Abendessen versauen. Ich nehme ein Bier aus dem Kühlschrank, setze mich hin und unterdrücke den Impuls, Slaters Vorschlag zu erwähnen, seine Großmutter gegen Sasha auszutauschen. Granny Slater muss mir helfen, Amy *und* Sasha frei zu bekommen.

Mum nickt der alten Dame aufmunternd zu. Granny Slater gibt etwas Butter und einen Schuss Milch zum Kartoffelpüree.

»Ians Vater war auf einem ganz guten Weg, bis er eine Drogensüchtige geheiratet hat. Das Mädchen war eine gemeine, dreckige Hure, die meinen Sohn zu einem Junkie gemacht hat. Ian hat schon gezittert, als er auf die Welt kam. Klar sehen die ganzen Tätowierungen schrecklich aus, aber er ist nicht mehr süchtig und kann richtig nett sein.«

Offenbar ist meine ungläubige Miene nicht zu übersehen.

Die alte Dame legt den Stampfer hin und versucht, es zu erklären.

»Ian und sein jüngerer Bruder Jackson sind bei mir aufgewachsen. Ich hab sie gut erzogen. Ian ist nie ins Gefängnis gekommen, auch wenn die Cops alles versucht haben, um ihm etwas anzuhängen.« Ihre Miene ist traurig. Sie scheint ein Bild ihres armen kleinen Enkels vor Augen zu haben, wie er von korrupten Polizisten abgeführt wird. Mit erhobenem Zeigefinger fährt sie fort: »Wenn er deine Frau und deinen Sohn entführt haben sollte, was ich nicht glaube« – sie wackelt mit dem arthritischen Finger hin und her –, »aber wenn es so gewesen ist, dann will er etwas von dir. Du musst ihm nur geben, was er will, dann gibt er dir, was du willst. Fertig.« Sie klatscht in die Hände, lehnt sich zurück, reckt das Kinn vor und verschränkt die Arme. Offenbar ist sie mit ihrer kleinen Ansprache zufrieden.

»Mrs Slater, Ihr Neffe hat mich heute Nachmittag angerufen, vom Handy meiner Frau, und mir gesagt, er hätte meine Frau und meinen Sohn entführt. Ich denke mir das also nicht bloß aus. Okay?«

Sie hört mich und hört mich nicht. Stattdessen schaut sie zu Mum hoch, die gerade das letzte Stück Kalbfleisch aus der Pfanne genommen hat. Mum dreht das Gas ab, tritt auf Granny Slater zu und tätschelt ihr die Schulter.

»Tut mir leid, Gladys. Ist, wie ich sage. Dein Ian hat unseren Sasha und unsere Amy. Wie wir bekommen zurück?«

Granny Slater sackt auf ihrem Stuhl zusammen. Sie wirkt alt und müde. Langsam glaube ich, dass sie keine Ahnung hat, wo Amy und Sasha sind, aber sie ist meine einzige Chance, also versuche ich es noch mal.

»Ich will, dass alles zu einem friedlichen Ende kommt. Keinem soll etwas zustoßen. Wenn ich mit Ian reden könnte, von Angesicht zu Angesicht, von Mann zu Mann, finden wir vielleicht eine Lösung. Sind Sie sicher, dass Sie nicht wissen, wo er sich gern herumtreibt, vielleicht in einem Clubhaus? Oder sonst wo? An einem Ort, wo er Amy und Sasha verstecken könnte?«

Sie denkt angestrengt nach und streichelt mit der einen Hand ihre andere, als wolle sie sich selbst trösten.

»Manchmal kommt er mehrere Tage hintereinander nicht nach Hause«, sagt sie langsam. »Ich weiß, dass sie irgendwo hingehen. Er und seine Freunde schrauben zusammen an ihren Maschinen, spielen Pool und trinken Bier. Aber sie nehmen keine Drogen.«

Ich erinnere mich an das Foto auf Facebook, wo die Hyde-Zwillinge von den Hintern zweier Mädels Koks schnupfen, aber ich halte den Mund und lasse die alte Dame reden.

»Ich weiß nicht, wohin sie gehen. Es ist besser, wenn ich nicht frage. Er hätte deine Frau und deinen Sohn nicht genommen, wenn du nicht etwas hättest, das er dringend braucht. Was will er von dir?«

»Es ist egal, was er will, Mrs Slater. Er hat die beiden, wir haben Sie. Wir müssen jetzt zusammenarbeiten, damit wir Amy und Sasha finden und Sie nach Hause bringen können.«

Zwei dicke Tränen kullern über die Wangen der alten Dame.

»Vielleicht schickt er dir eine Nachricht?«, sagt sie mit leiser, trauriger Stimme. »Ja, genau. Er schickt dir eine Nachricht.« Sie nickt, als hätte sie endlich etwas Wichtiges begriffen. »Gib ihm, was er will. Wenn er etwas nicht bekommt, kann er richtig gemein werden.« Ihr Ton ist beinahe flehend. »Du willst ihn doch nicht wütend machen.«

Draußen auf der Terrasse versuche ich es auf dem Festnetzanschluss, von dem Slater das Handy seiner Großmutter angerufen hat, dann auf dem Handy, dessen Nummer sie gespeichert hat, und schließlich auf Amys Handy. Ohne Erfolg. Inzwischen habe ich drei Anrufe von Chaz ignoriert.

»Warum geht der Dreckskerl nicht dran? Will er seine Oma nicht zurück?« Ich stütze den Kopf in die Hände.

Marko packt meine Schulter und schüttelt sie kräftig.

»Hör zu. Wir müssen der alten Frau ein paar Finger brechen. Dann redet sie.« Marko ist nicht glücklich mit der sanften Verhörtechnik meiner Mutter. »Sie hat auf Anto geschossen. Sie ist ein harter Brocken. Ein Finger. Nur um sicher zu gehen.«

Dad schaut Marko an, als würde auch er ernsthaft über diese Möglichkeit nachdenken.

Das kann ich nicht zulassen. »Wenn ich wirklich glauben würde, dass es hilft, würde ich sie an einen Stuhl fesseln und die Zange rausholen. Aber sie hat nichts zu gewinnen, wenn sie uns hinhält.«

»Okay, wo liegt Ink Slaters Schwachpunkt?«, fragt mein Vetter. »Seine Großmutter scheint ihm nicht wichtig genug zu sein. Aber was ist ihm wichtig?«

»Keine Ahnung. Mein Leben zu ruinieren? Der König der westlichen Vorstädte zu werden? Vielleicht wäre er gern das größte Arschloch von ganz Sydney?« Ich seufze, aber Markos Frage hat mich zum Nachdenken gebracht. »Er hat eine große Truppe, größer als unsere, und jünger. Mindestens sechsundzwanzig Männer, wo wir nur sechzehn haben. Die Hyde-Zwillinge sind seine Stellvertreter. Wir wissen, dass sie keine Skrupel haben. Die Frauen und Kinder von allen sind in Gefahr.«

»Bringen wir sie alle um. Verdammte Meth-Junkies. Sie haben es nicht verdient, zu leben. Zerquetschen wir sie wie Käfer«, meldet Stump sich zu Wort. Er und Fibs halten hier hinten Wache. Bigsie und Shrimp passen vor dem Haus auf.

Stumps Idee hat ihren Reiz. Die ganze Gang einfach wie Kakerlaken zerquetschen. Irgendwo in meinem Hinterkopf blitzt eine Idee auf, aber ich bin zu müde, um sie zu fassen zu kriegen. Ich schiebe den Rakia weg, ziehe die Kaffeekanne heran und gieße mir noch eine Tasse ein.

»Unser Plan gestern Abend lief darauf hinaus, dass Vucavec glauben sollte, die Biker hätten sein Ecstasy gestohlen und Zoran erschossen, stimmt's?«

»Ja«, sagt Marko. »Aber damit Vucavec wirklich überzeugt ist, muss die Polizei die Pillen und die Pistole finden, die ich unter Ink Slaters Bett befestigt habe.«

»Ja, ich muss einen Weg finden, sie ins Haus zu locken. Ich dachte, wir hätten ein bisschen Zeit. Aber die haben wir nicht.« Ich stehe auf und fange an, hin und her zu tigern. »Was wäre, wenn die Serben herausfänden, dass Slater hinter den Morden an Michael Vucavec, unserem Ivan und Tony Fazzini steckt? *Und* den Job gestern Abend durchgezogen hat? Was glaubt ihr, wie sie reagieren würden?«

»Sie wären ziemlich sauer auf Slater.«

»Und wo wir schon dabei sind, könnten wir den Fazzinis einen Tipp geben, an wem sie sich für den Mord an Tony rächen können.« Die Idee gefällt mir immer besser.

Dad ballt die Hand zur Faust und öffnet sie wieder, als würde er sich vorstellen, sie um Slaters dürren Nacken zu schließen. »Wie wir zeigen Stanislav und Italiener, dass Ink Slater hat erschossen ihre Jungs und meinen Ivan?«

»Na ja, wenn Slater will, dass ich den Bullen die Morde gestehe, muss ich etwas darüber wissen. Sonst glaubt die Polizei mir nicht. Natürlich würde MacPherson mich liebend gern einbuchten, aber dafür reicht kein einfaches Geständnis, sonst könnte ich später behaupten, dazu gezwungen worden zu sein. Die Staatsanwaltschaft wird auf Beweise drängen, zum Beispiel dass ich sie zum Versteck der Mordwaffe führe. Es sind zwei Gewehre benutzt worden. Wo sind die jetzt? Ich hab den perfekten Vorwand, um Ink diese Fragen zu stellen, oder? Wenn er nicht der Mörder von Ivan, Michael und Tony ist, kann er mir dazu nichts sagen. Dann stehen wir da, wo wir jetzt auch stehen. Aber wenn doch? Ich bin absolut davon überzeugt, dass er der Täter ist, und er hat jeden Grund, mir so viele Informationen wie möglich zu liefern. Ich lasse ihn jeden einzelnen Mord beschreiben und nehme mit einem versteckten Mikrofon alles auf.«

»Du denkst, du bist James Bond?«

Ich bleibe stehen und wende mich meinem Vater zu.

»Ich weiß, dass es mir so nicht gelingt, Amy zurückzubekommen. Aber glaubst du nicht auch, dass wir so wieder ein Stück mehr Kontrolle bekommen?« Meine Stimme bricht frustriert, ich drehe mich um und setze mich wieder in Bewegung. »Im Moment lässt er mich wahrscheinlich schmoren, nur damit es mir schlecht geht. Aber irgendwann muss er Kontakt aufnehmen und die Übergabe besprechen – Sasha für seine Oma. Wenn ich ihn dazu bringe, mir ein paar belastende Informationen über die Morde zu verraten, können wir ihm die Serben und die Italiener auf den Hals hetzen. An mehreren Fronten zu kämpfen, würde seine Leute ordentlich auf Trab halten, oder? Und wir befreien Amy. Slaters größte Schwäche ist, dass alle die Biker hassen.«

»Worauf du einen lassen kannst«, sagt Stump.

AMY Ich habe Sasha das Pokern beigebracht. Wir haben stundenlang um Geld gespielt, das wir nicht haben. Ohne Stift zum Notieren mussten wir den Stand im Kopf behalten. Ich habe um einen Stift gebeten, aber keinen bekommen. Vermutlich, weil ich ihn als Waffe benutzen könnte. Im Kopf zu behalten, wer wem wie viel Geld schuldet, hat uns immerhin vergessen lassen, wo wir sind. Für fünf Minuten.

Mittags Pizza, abends Chinesisch vom Lieferservice. Sasha hat sich beide Male vollgestopft.

»Du isst zu wenig, Mum.«

»Tue ich nicht!« Mit der Plastikgabel mache ich mich über den gebratenen Reis her. »Das schmeckt großartig! Und es ist schön, nicht kochen zu müssen. Wie im Urlaub.«

»Ja, klar. Du musst mich nicht behandeln wie ein kleines Kind. Du solltest was essen, Mum. Wir müssen kräftig bleiben, für den Fall, dass wir uns hier rauskämpfen müssen.«

Ich esse noch etwas Reis, dann sage ich mit mehr Überzeugung, als ich tatsächlich spüre: »Dad holt uns hier raus.«

Ich frage mich, ob Johnny überhaupt weiß, dass wir entführt worden sind. Warum dauert es so lange? Was machen wir hier? Wo immer wir sein mögen.

Als wir gestern Abend hier ankamen, war es kurz vor elf, viele Leute waren noch auf den Beinen. Musik, Nachtleben, Autoabgase. Zum Geschäftszentrum von Parramatta hätten wir nur zwanzig Minuten gebraucht, keine fünfundvierzig, also müssen wir nahe am Zentrum von Sydney sein. In der Nacht habe ich jede Menge Sirenen gehört – Polizei, Krankenwagen, Feuerwehr. Ich frage mich, wie die Leute dabei schlafen können.

Mein Tipp wäre Kings Cross, oder jedenfalls in der Nähe. Was gut ist. Tag und Nacht sind überall Menschen. Wenn wir es schaffen, hier rauszukommen, müssen wir nicht über eine Landstraße oder durch eine menschenleere Vorstadtsiedlung flüchten – oder durch den Busch. Albtraumszenarien, eins wie das andere.

Jedes Mal, wenn ich sie reden höre, lege ich den Finger an die Lippen, und wir lehnen uns zum Lauschen an die Tür. Zuerst habe ich gedacht, ich würde jemandem bei einem Selbstgespräch zuhören, bis ich begriffen habe, dass es ein Streit war, wer welche Pizza bestellen soll. Die Brüder. Der Kerl, der uns die Anweisungen gegeben hat, und der Fahrer. Sasha begreift es im selben Moment.

»Sie sind gleich groß und haben dieselbe Stimme, Mum. Wie David und Harry in der Schule. Ich glaube, es sind Zwillinge.«

Manchmal wird die Wohnungstür geöffnet und geschlossen. Dann hören wir die Stimme des Tätowierten. Sie löst ein komisches Gefühl in mir aus, so als hätte ich sie schon mal gehört, diese Schwierigkeiten mit dem »sch«. Aber ich komme nicht darauf, wo es gewesen sein könnte. Mein Gott, es muss das Stockholm-Syndrom sein. Fange ich an, mir irgendeine Verbindung zu meinen Kidnappern zusammenzufantasieren?

Nach den ausführlichen Anweisungen im Auto hat der erste Bruder, wir nennen ihn Zwilling A, nicht mehr viel gesagt. Aber natürlich könnten wir ihn auch mit Zwilling B verwechseln. Wer weiß das schon? Meine sämtlichen Versuche, die beiden in ein Gespräch zu verwickeln, sind fehlgeschlagen.

Wir haben jeder eine Tasse, eine Gabel und einen Löffel aus Plastik und trinken Leitungswasser. Es gibt nichts, womit wir auf die beiden losgehen könnten, wenn sie die Tür öffnen. Die Möbelstücke sind zu schwer zum Hochheben. Ich könnte die Kommode oder das Bett vor die Tür schieben, damit sie nicht reinkönnen. Aber wie sollen wir dann essen? Außerdem sind die Zwillinge einfach riesig – sie könnten die Tür problemlos einschlagen.

Die einzige Waffe, über die ich verfüge, ist der Spiegel im Bad. Ich könnte ihn zertrümmern, ein Stück davon mit einem Handtuch umwickeln und es als Stichwaffe benutzen. Scheiß auf sieben Jahre Pech! Aber ich müsste den richtigen Moment abpassen. Dann fällt mir ein, was ich vor einer Weile zu Sasha gesagt habe – sie sind zu dritt. Da reicht eine Scherbe vom Spiegel kaum aus.

Immer wieder muss ich an die Pistole in meiner Handtasche denken. Ich frage mich, warum ich sie mir auf der Rückbank des Wagens nicht einfach geschnappt, erst Zwilling A und dann den Tätowierten erschossen habe. *Peng, peng.* Im Kopf spiele ich die Szene immer wieder durch, als könnte ich eine zweite Chance bekommen. Dann wird mir klar, dass auch Sasha hätte getroffen werden können. Wir hätten da draußen auf der Straße beide ums Leben kommen können. Stattdessen sind wir hier, unverletzt. Jedenfalls bisher.

Ich frage mich, wo meine Handtasche sein mag. Wenn ich mir einen Grund ausdenken könnte, dieses Zimmer zu verlassen, könnte das die Chance sein, an meine Waffe zu kommen. Und dann? Alle drei erschießen?

Ich erinnere mich an eine TV-Serie über die Entführung von Paul Getty. Wenn nun die Lösegeldforderung Johnnys Möglichkeiten übersteigt und Milan versucht, sie herunterzuhandeln? Wenn sie beschließen, dass der beste Weg zu einem Deal darin besteht, mir ein Ohr abzuschneiden? Oder Sasha?

JOHNNY Mum und Dad erklären sich einverstanden, auf Granny Slater aufzupassen. Mum hat einen guten Draht zu der alten Frau. Ich selbst kann vor Slaters Anruf nichts unternehmen, also fahre ich nach Hause.

Als ich die Tür zwischen Garage und Haus aufschließe, höre ich draußen ein Auto vorfahren, dann gibt es einen lauten Knall im Wohnzimmer. Ein Ziegelstein, der durchs Fenster geworfen wird? Scheiße! Ich habe das Fenster doch gerade erst austauschen lassen! Als ich in den Flur renne, schlägt mir Benzingeruch entgegen. Von zwei zerbrochenen Flaschen mitten im Wohnzimmer breiten sich kreisförmig Flammen aus. Durch das Feuer sehe ich einen schwarzen SUV wegfahren. Ich laufe in die Küche zurück, schnappe mir den kleinen Feuerlöscher an der Wand der Vorratskammer. Als ich wieder ins Wohnzimmer komme, lodern die Flammen an den Vorhängen hoch. Überall ist Feuer. Es ist zu spät.

Ich drehe mich um, renne ins Schlafzimmer und wähle Null-null-null.

»Hallo, welche Art Notfall möchten Sie melden?«

»Mein Haus steht in Flammen. 55 Gundibah Street, Liverpool. Beeilen Sie sich.«

Ich kippe den Inhalt meiner Sporttasche auf den Fußboden, öffne den Safe und werfe das Bargeld, unsere Pässe, Testamente und sonstigen Papiere in die Tasche. Meine Hände zittern, ich fange an zu husten. Durch den Flur dringt Rauch. Hektisch sehe ich mich um, schnappe mir ein gerahmtes Foto von uns dreien im Strandurlaub letztes Jahr. Was würde Amy in Sicherheit bringen wollen? Ich kippe den Inhalt ihres Schmucktabletts in die Tasche.

Dann drehe ich mich um. Durch den Hausflur kann ich nicht zurück. Als ich eins der großen Fenster zum Garten aufschiebe, walzt das Feuer auf mich zu. Schnell. Ich drücke das Fliegengitter heraus, werfe die Tasche aus dem Fenster und stürze hinterher. Der Pool scheint Sicherheit zu versprechen, aber ich rapple mich auf und trete ein paar Schritte zurück. Die ganze Rückseite des Gebäudes steht in Flammen. Als ich an der Garage vorbei zur Straße laufe, höre ich Sirenen, noch ein gutes Stück entfernt. Nachbarn in Shorts, T-Shirts und Schlafanzügen laufen vor ihren Häusern herum. Jemand ruft etwas, aber ich höre nur das Brüllen des Feuers.

Ein paar Meter vom Garagentor entfernt bleibe ich stehen und überlege, wie ich den Jeep retten kann. In diesem Moment reißt die Druckwelle einer Explosion das Garagentor heraus, hebt mich hoch und schleudert mich rückwärts auf die Straße.

Ich liege flach auf dem Rücken und starre zu den Sternen. Zwei Sekunden lang kommt die Nacht mir vollkommen geräuschlos vor, dann dringen die Sirenen wieder zu mir durch.

Doug hilft mir auf die Beine. »Ich glaube, dein Jeep ist explodiert, Kumpel.«

Zwei Feuerwehrautos tauchen auf und blockieren die Straße. Ein älterer Kerl springt als Erster herunter, wirft einen prüfenden Blick auf den Brand und schaut mich dann an.

»Fire Chief Nick Harland. Ist das Ihr Haus?«

»Ja.«

»Noch jemand im Gebäude?«

»Nein.«

»Ihr Name, Sir?«

»Johnny Novak.«

»Okay, bleiben Sie hier, Mr Novak.«

Der Brandmeister dreht sich um und brüllt Befehle. Sein Team – gelb-schwarze Uniformen und Helme – ist schon dabei, die riesigen Schläuche abzuwickeln, jeder Einzelne auf seine speziellen Handgriffe konzentriert. Fire Chief Harland wendet sich mir wieder zu, offenbar will er noch ein paar Fragen loswerden.

»Wissen Sie, wodurch das Feuer ausgelöst wurde?«

Wenn ich die zwei Molotowcocktails erwähne, taucht hier in Windeseile die Polizei auf.

»Nein, ich bin nach Hause gekommen, hab Rauch gerochen und gesehen, dass es im Wohnzimmer brennt. Da hab ich Null-null-null gewählt und bin auf der Rückseite des Hauses zum Schlafzimmerfenster raus.«

Der Kerl zieht eine Augenbraue hoch, aber ich halte seinem Blick stand und sage kein Wort. Der Mann scheint zu begreifen, dass er keine andere Erklärung bekommen wird.

»Na gut. Wie das Feuer ausgebrochen ist, finden wir später heraus. Für den Moment gibt es keine Chance, Ihr Haus zu retten, meine Leute konzentrieren sich also darauf, zu verhindern, dass der Brand auf die Nachbarhäuser übergreift. Setzen Sie sich doch einfach da drüben hin und warten so lange.« Er deutet auf eine Stelle auf der anderen Straßenseite.

Ich hänge mir die Sporttasche über die Schulter und überquere die Straße. Mr Fellows und sein Dackel scheinen vor Aufregung zu beben. Er will ein Gespräch anfangen, aber ich ignoriere ihn, setze eine ausdruckslose Miene auf und betrachte das große Feuer, dort, wo eben noch mein Zuhause war. Die Hitze ist unbeschreiblich, die Flammen schießen hoch in die Luft. Es ist beinahe unmöglich, den Blick abzuwenden. Während alle ringsum fasziniert ins Feuer starren, mache ich mich zu Fuß auf den Weg. Neben den Feuerwehrautos hält jetzt auch ein Polizeiwagen. Ich gehe weiter.

Einen halben Block entfernt bleibe ich im Schatten stehen und drehe mich um. Wir haben das Haus im Jahr vor unserer Hochzeit gekauft. Wir haben Sasha nach seiner Geburt aus dem Krankenhaus hierhergebracht. Jetzt ist nichts mehr davon übrig.

Meine Frau, mein Kind, mein Zuhause. Sogar mein verdammtes Auto. Weg.

Ich dachte, ich könnte Amy und Sasha beschützen. Weil es Regeln gibt, die man nicht bricht. Man lässt Frauen und Kinder aus dem Spiel. Man wirft einfach keine Molotowcocktails in Wohnhäuser. Vielleicht in ein Auto oder ein Lagerhaus, aber nicht in ein Zuhause. Außer Sichtweite stehe ich da und sehe zu, wie die Feuerwehr versucht, den Brand unter Kontrolle zu bringen.

Ich wende mich ab und gehe weg. Vor meinem geistigen Auge erscheinen Bilder: das brennende Wohnzimmer, die Explosion in der Garage. Ich rieche den Rauch in meinen Kleidern, die Abendluft kühlt mein Gesicht. Ich könnte zum Haus von Mum und Dad gehen, auf dem Sofa schlafen oder im selben Zimmer wie Granny Slater. Bei der Vorstellung muss ich laut lachen, was in dieser Situation einigermaßen absurd ist. Ich reiße mich zusammen und gehe weiter.

Kann es noch schlimmer kommen? Vielleicht sollte ich auf eine Art göttliches Eingreifen hoffen. Als ich in der Grundschule war, bin ich mit Mum in die Kirche gegangen, Dad blieb zu Hause. Ivan und ich haben das ganze Programm durchgestanden: die Sonntagsklamotten anziehen, stehen, knien, sitzen, stehen und wieder auf die Knie. Das Beichten hat irgendwie Spaß gemacht. Ivan und ich haben um die Wette versucht, möglichst viele *Gegrüßet seist du Marias* und Vaterunsers aufgebrummt zu bekommen. Bei der Beichte zu lügen kam uns nicht wie eine Sünde vor. Wir haben auch versucht, die Oblate nach der Kommunion so lange wie möglich intakt zu halten. Dann haben wir uns gegenseitig die Zungen mit dem sich langsam auflösenden Esspapier gezeigt, ganz vorsichtig, damit Mum nichts mitbekommt.

Als wir Teenager wurden, gab Mum es auf, uns in die Kirche zu schleppen. Ich versuche mich zu erinnern, wann Mum sich das letzte Mal zum Kirchgang feingemacht hat. Die Erkenntnis trifft mich wie ein Schlag – zu Ivans Beerdigung. Wir alle haben unsere besten Sachen getragen.

Wenn ich an Gott denke, fällt mir ein Bild aus einer Kinderbibel ein: Sonnenstrahlen dringen durch flauschige weiße Wolken, Gott in seinem fließenden Gewand hat lange Haare und einen Bart. Ringsum schweben Engel. Vielleicht glaube ich tatsächlich noch an Gott. Wie die meisten religiösen Opportunisten denke ich aber nur dann an ihn, wenn ich in Schwierigkeiten stecke.

Wie wäre es wohl, jetzt zur Beichte zu gehen? »Vater, vergib mir, denn ich habe gesündigt. Meine letzte Beichte war ...« Scheiße, wie lange ist es her? »Meine letzte Beichte war vor siebenundzwanzig Jahren. Es wird ein Weilchen dauern, Vater ...«

Auf keinen Fall würde ich sämtliche Sünden auflisten, die ich begangen habe, seit ich elf war. Abgesehen davon ist sowieso klar, warum ich jetzt in dieser Scheiße stecke – ich hab mir mein Leben selbst versaut.

Irgendwo muss ich über Nacht bleiben. Ich könnte Anto anrufen und bei ihm schlafen. Aber auf das arme Schwein ist gerade erst geschossen worden. Lexy würde ziemlich sauer sein, wenn ich zu allem Überfluss mitten in der Nacht auftauche und um einen Schlafplatz bitte. Ich könnte auch Marko anrufen, aber der Gedanke an die deprimierend kleine Wohnung meines Vetters nimmt der Idee jeden Reiz. Der Einzige, den ich unbedingt sehen will, ist Ink Slater, und der geht nicht ans Telefon. Scheiße, ich brauche einen Drink.

Ehe ich mitkriege, was ich tue, bin ich im Spirituosengeschäft drei Blocks weiter, auf der Hauptstraße. Von dem Kerl an der Kasse abgesehen ist der Laden leer. Ich stehe vor dem Regal mit Single Malts und überlege, was zum heutigen Abend passt. Nicht ganz so rauchig wie Ardbeg. Laphroaig. Ein rauchiger Whisky zu einem brennenden Haus.

»Ah, ein Mann mit Geschmack. Ein herrlich torfiger Islay-Whisky. Eine meiner Lieblingssorten.«

Hinter der Theke steht ein kleiner, gedrungener Mann mit rundem Kinn und mickrigem Ziegenbart, die Haut so blass, als hätte er nie die Sonne gesehen.

»Was haben Sie zu feiern?«

»Mein Haus ist abgebrannt.« Ich verfluche mich innerlich. Jetzt habe ich dem dämlichen einsamen Typen einen Anlass zum Quatschen gegeben.

»Echt? Heute?«

Ich zucke die Achseln.

»Ich hatte schon den Eindruck, dass Sie nach einem großen Feuer riechen. Als ob Sie einen Hauch Hölle mit in den Laden gebracht haben. Ich war nicht sicher, ob ich Ihre Seele oder Ihren Körper gerochen hab.«

»Was zum Teufel wollen Sie damit sagen?« Plötzlich habe ich Lust, ihn zu verprügeln. Der fette kleine Wichser hat jetzt meine volle Aufmerksamkeit.

»Ich kann Auren sehen und riechen, Kumpel. Nicht dass ich stolz darauf wäre, normalerweise spreche ich nicht darüber. Ich hab's aus dem mütterlichen Zweig meiner Familie. Iren.«

»Wollen Sie mich verarschen?«

»Nein, ehrlich nicht. Außerdem weiß ich ja jetzt, dass Sie nach Feuer riechen, weil Ihr Haus abgebrannt ist. Und einen guten Whisky-Geschmack haben Sie auch. Ihre Aura ist sehr trübe und dunkelrot, was wahrscheinlich bedeutet, dass Sie im Moment stinksauer sind. Also halte ich jetzt einfach den Mund und lasse Sie Ihren Scotch bezahlen.«

»Ja, Mann, kein Wunder, dass ich eine dunkelrote Aura hab. Die ganze Welt kann mich mal.« Ich stecke mein Wechselgeld ein, der Mann hinter der Theke packt mir die Flasche in eine braune Papiertüte.

»Darf ich Ihnen einen Rat geben?« In seiner Stimme schwingt eine gute Portion Beklommenheit mit.

»Warum nicht?« Ich deute ein Achselzucken an. Immer her damit.

»Sie wären viel glücklicher, wenn Sie eine leuchtend rote Aura hätten. Das ist Ihre natürliche Farbe, aber sie ist, wie soll ich sagen, komplett überdeckt von Ihrer negativen Energie. Verbannen Sie die negativen Menschen aus Ihrem Leben. Umgeben Sie sich mit positiven Leuten. Es ist Zeit, eine Wahl zu treffen.«

»Zeit, sich zu entscheiden, hm?«

»Das verrät mir Ihre Aura, Mann. Ich kann nichts dafür.«

Ich zerre den Schlüsselbund aus meiner Gesäßtasche, schließe die Seitentür des Lagerhauses auf, schalte eine der Lampen ein und werfe mich auf das große alte Sofa. Es riecht nach fremdem Schweiß und Zigaretten. Dann öffne ich meine Neunzig-Dollar-Flasche Scotch und nehme ein paar Schlucke gleich aus der Flasche. Wahrscheinlich würden die Schotten diese Art, einen feinen Single Malt zu trinken, nicht gutheißen, aber scheiß drauf. Die Wärme ist auf Anhieb da, der rauchige Geschmack kriecht in jeden Winkel meines Mundes.

Binnen zehn Minuten habe ich das erste Drittel der Flasche intus und fühle mich ein bisschen besser. Als ich beim letzten Drittel angelangt bin, fange ich an, mir Gedanken über meine dunkelrote Aura zu machen. Wen muss ich aus meinem Leben verbannen? Dad wäre für den Anfang sicher keine schlechte Wahl. Bei dem Gedanken muss ich grinsen. Ich kann mir gut vorstellen, was Dad von der Aura-Theorie des Schnapsverkäufers halten würde.

Was stellt Ink Slater in diesem Augenblick mit Amy an? Meine Gedanken bewegen sich in eine ziemlich schlechte Richtung, also rufe ich mich zur Ordnung. Ich muss einfach hoffen, dass er den beiden nichts tut. Worauf zum Teufel legt der Kerl es eigentlich an? Auf die Kontrolle über mein Leben? Jedenfalls ist er ernsthaft durchgeknallt. Ihn muss ich auf jeden Fall loswerden.

Was ist mit Amy? Was denkt sie gerade? Wo ist mein Mann? Warum ist er nicht hier, um mich zu retten? Vielleicht hat sie selbst schon einen Fluchtplan geschmiedet? Wahrscheinlich braucht sie mich überhaupt nicht. Vielleicht ist sie auch schon tot. Müsste ich nicht irgendetwas spüren, wenn meine Frau und mein Sohn tot wären? Müsste ich es nicht irgendwo fühlen, im Herzen?

Wahrscheinlich sollte ich mich selbst als Allerersten verbannen. Ich kann nicht mal für die Sicherheit meiner Frau und meines Sohnes sorgen. Ich liege auf einem schmutzigen Sofa in einem Lagerhaus in Liverpool, inmitten von Drogen und Waffen, lasse mich volllaufen. Stattdessen sollte ich durch die Straßen streifen oder eine alte Dame foltern, um Ink Slaters Aufenthaltsort zu erfahren. Damit ich seinen Hals packen, ihn gegen eine Wand drücken und in die Nierengegend prügeln kann, bis er herauswürgt, wo Amy und Sasha versteckt sind.

Ich trinke noch einen Schluck.

Wer zum Teufel ist überhaupt dieser Johnny Novak? Ein

Kleinkrimineller, der bis jetzt mit Glück durchgekommen ist. Ich bin mir immer cool vorgekommen, wie ein Outlaw, ein gerissener Hund. Keine dieser langweiligen Arbeitsbienen, die ihr Leben in Büros und Fabriken vergeuden. Aber haben diese Arbeitsbienen zugelassen, dass ihre Frauen und Kinder von irgendwelchen Irren aus dem Nachbarbüro entführt wurden? Nein, weil sie richtige Männer sind, die sich um ihre Familien sorgen, auf die anstrengende Tour.

Vielleicht habe ich bisher einfach Glück gehabt. Ich habe immer gern damit geprahlt, dass ich lieber clever als hart arbeite. Aber wer sagt denn, dass diejenigen, die hart arbeiten, die Dummen sind?

Ich stelle die Flasche weg.

Ich bin kein Outlaw, der ein tapferes Leben am Rand der Gesellschaft führt. Niemals. Ich schüchtere hart arbeitende Menschen aus unserer eigenen Community ein, um an deren Geld zu kommen. Meine Familie verkauft Drogen an Dealer, die sie an Highschools oder bei Raves an Jugendliche verticken. Man spricht von Partydrogen und beschönigt damit, dass sie tödlich sein können. Mir wird schlecht. Richtig schlecht. Ich schaffe es gerade eben zum stinkenden Klo in der Ecke am anderen Ende des Lagerhauses und kotze mein Innerstes aus, der größte Teil landet in der Kloschüssel. Dann trinke ich eine Menge Wasser direkt aus der Leitung, stolpere zurück aufs Sofa und sinke ins Vergessen.

AMY Früher am Abend haben Sasha und ich uns aufs Bett gelegt. Plötzlich hörten wir den Tätowierten, der mit lauter, gebieterischer Stimme loslegte, kaum dass er die Wohnung betreten hatte.

»Was zum Teufel macht ihr faulen Fotzen?«

Ich habe Sasha ein Zeichen gegeben, sich die Ohren zuzuhalten, aber er hat nur den Kopf geschüttelt.

»Solche Sachen hab ich schon gehört, Mum.«

»Glaub nicht, dass du deshalb auch fluchen darfst, okay? Und benutz dieses Wort niemals. Es ist schrecklich und respektlos gegenüber Frauen.«

»Was bedeutet es?« Er hat ein bisschen beschämt gewirkt, so als müsse er mit zehn längst Bescheid wissen.

»Das ist ein fieser Begriff für die Vagina einer Frau.«

Sasha ist rot geworden und hat nicht weiter gefragt.

Kurz darauf drehte sich der Schlüssel im Schloss, die Tür ging auf. Sasha und ich setzten uns gleichzeitig auf, rutschten an die Bettkante und schauten zur Tür. Es war das erste Mal, dass ich den Tätowierten gründlicher anschauen konnte. Er war groß und dünn, trug eine schwarze Lederweste und eine zerlumpte, tief hängende graue Jeans. Rote, grüne und blaue Stammessymbole, Anker, Schlangen, Spinnen und Schädel bedeckten jeden Zentimeter Haut, den ich sehen konnte. Er trug eine schwarze Skimaske. Ich konnte ihn riechen, sobald er ins Zimmer trat und die Tür hinter sich schloss. Eine Mischung aus billigem Männerduft und Körpergeruch. Im dämmrigen Licht sahen seine Augen wie dunkle Löcher aus.

»Wie geht's? Behandeln die Jungs dich anchtändig? Hast du alles, was du brauchst?«

Beim Klang seiner Stimme richteten sich die Härchen auf meinen Armen auf, aber mir war klar, dass sein Auftauchen eine Chance war.

»Wir könnten einen Ventilator und frische Sachen zum Anziehen gebrauchen, aber das hängt natürlich auch davon ab, wie lange die ganze Sache hier noch dauern soll.«

»Sie dauert so lange, wie sie dauert, Amy. Aber ich hab dir zugehört. Die Sachen kann ich euch besorgen, kein Problem. Was ist mit dir, kleiner Mann? Sacha, irgendwelche Wünche?«

»Vielleicht ein iPad?«, schlug Sasha vor, ohne eine Sekunde nachzudenken.

»Was? Damit du das ungesicherte WLAN von irgendeinem Idioten findest und deinen Dad herrufen kannst?«

Sasha wirkte enttäuscht.

»Chlauer kleiner Mistkerl, hm?«

»Er wollte keinen Ärger machen«, mischte ich mich ein. »Wie wäre es mit einem Brettspiel? Oder ein paar Büchern oder Zeitschriften? Sogar ein Stift und etwas Papier wären eine große Hilfe.«

»Ja, ja. Keine Sorge, Amy, wir kümmern uns um euch beide. Meine Gäste sollen es gemütlich haben.«

»Danke.« Meine Stimme war leise. Ich stieß Sasha an.

»Danke.« Sashas Verachtung war nicht zu überhören.

Der Tätowierte lachte auf eine beängstigende, irre Art und Weise. Dann starrte er mich gefühlt minutenlang an und zog schließlich ab. Ich konnte ihn noch lange riechen.

Inzwischen ist es mitten in der Nacht, ich liege auf dem Bett und starre wieder an die Decke. Endlich habe ich die Erinnerung zu fassen bekommen: diese Stimme, und den Ort, wo ich sie schon gehört habe.

Es ist ungefähr fünf Jahre her. Damals wurde beim Einbruch in ein Warenlager ein Sicherheitsmann getötet. Johnny hat mir erklärt, dass die Täter einen großen LKW benutzt haben mussten, um die gewaltige Menge von Fernsehern und Stereoanlagen abzutransportieren. Außerdem hat er gesagt, nur Idioten würden Sicherheitsleute umbringen. Ein paar unserer Männer, darunter auch Johnny, wurden von der Polizei befragt. Am späten Vormittag kam dann der Anruf von Sam Dillard.

»Hi, Amy, Sie können kommen und ihn abholen. Und wären Sie so nett, auch den anderen Ehefrauen Bescheid zu geben? Ich bin ein bisschen knapp mit der Zeit, weil ich gleich einen Gerichtstermin habe.«

»Kein Problem, Sam. Wer muss denn abgeholt werden?«

»Johnny, Anto, Marko, Stump und Fibs. Bei jedem haben zehn Minuten gereicht, um die Polizei davon zu überzeugen, dass unsere Jungs nichts damit zu tun hatten.«

Direkt im Anschluss rief ich Lexy an, damit wir uns die Männer aufteilen und sie nach Hause bringen konnten. Eigentlich hätten sie auch Taxis nehmen können, aber aus irgendeinem Grund lassen sie sich gern abholen. Wie VIPs.

Ich kam als Erste aufs Revier. Die automatischen Türen gingen auf, unsere Männer saßen in einer Reihe gegenüber der Anschlagtafel und spielten mit ihren Handys. Sie drehten sich erst um, als eine laute Stimme durch den Eingangsbereich dröhnte.

»Heilige Cheiße! Willst du meinen Chwanz lutchen, Süße? Du bist so was von heiß.«

Wie auf Kommando fuhren alle fünf Köpfe herum. Dann standen sie auf, es fühlte sich an, als wäre die Luft plötzlich voll mit Alphamännchen-Pheromonen. Johnnys Blick sagte, ich solle mich nicht von der Stelle rühren.

Der Typ, der mich beleidigt hatte, war gerade durch irgendeine Tür in den Eingangsbereich getreten. Er war groß, dünn und hatte blutunterlaufene Augen, ein verschwitztes Gesicht und halbfertige Tattoos auf den dürren Armen. Er grinste mich mit gelben Hundezähnen an.

»Scheiße, was hast du gerade gesagt?«, knurrte Johnny und ging um die Stühle herum in die Mitte des Raums. Sekunden später war Johnnys Gesicht nur noch Zentimeter von dem des Tätowierten entfernt, seine Männer bildeten einen Halbkreis um ihn. Irgendwo muss ein stiller Alarm losgegangen sein, denn durch dieselbe Tür wie vorher der Tätowierte drängten sich jetzt vier kräftige Polizisten und postierten sich rings um die Gruppe.

»Okay, alle zusammen. Tragt das draußen aus. Wenn ihr anfangt, euch zu prügeln, seid ihr wegen Körperverletzung dran«, brüllte der älteste Cop.

»Ich warte hier auf meine Mitfahrgelegenheit, danke, Jungs«, sagte der Tätowierte, als wäre er gebeten worden, eine Party zu verlassen.

Johnny blieb noch einige Sekunden vor ihm stehen und wandte sich dann unter gemurmelten Drohungen mir und dem Ausgang zu, die anderen Männer im Schlepptau. Beschützend legte er den Arm um meine Schulter, wobei er mich fast vom Boden gehoben hätte.

»Tut mir leid, Ames. Der dumme kleine Wichser.«

Johnny wollte seine Drohungen wahrmachen, aber ich redete es ihm aus. Es war nicht das erste Mal, dass ein Mann etwas Ekliges zu mir gesagt hatte, und würde wahrscheinlich auch nicht das letzte Mal bleiben. Aber ich muss die Erinnerung in meinem Unterbewussten abgespeichert haben. Es hat ein paar Tage gedauert, jetzt ist sie an die Oberfläche gekommen. Seinen Namen weiß ich noch immer nicht, aber wir begegnen uns nicht zum ersten Mal. Weiß er von damals noch, wer ich bin? Sind wir deswegen hier? Wahrscheinlich hätte ich Johnny nicht daran hindern sollen, den Kerl einzuschüchtern. Vielleicht säßen Sasha und ich dann nicht hier in dieser stickigen Zelle und müssten nicht darauf warten, dass jemand ein Lösegeld zahlt oder uns retten kommt. Aber warum mache ich mir deswegen Vorwürfe?

Meine Angst hat sich in Wut verwandelt, am liebsten würde ich losschreien. Es ist nicht fair. Ich hab die Schnauze voll. Ich werde Johnny nie verzeihen, dass Sasha das hier durchmachen muss. Mir wird übel. Weil ich Sasha nicht wecken will, stehe ich auf und gehe im Zimmer auf und ab. Es hilft nicht, also hocke ich mich im Schneidersitz auf den Holzboden. Tief atmen, und gleich noch mal.

Wieder macht meine Erinnerung einen Rückwärtssalto. Vielleicht ist es tatsächlich meine Schuld, dass wir hier sind? Johnny hat mich gebeten, bei Chaz zu bleiben. Das hätte ich tun sollen! Schließlich hatte ich genug Hinweise. Wenn ich schlauer, hellsichtiger gewesen wäre und meiner Intuition vertraut hätte, wären wir nicht in dieser Situation. Wann werde ich jemals klug?

JOHNNY Keine tolle Art, wach zu werden – bäuchlings auf einem alten Sofa, den Gestank der Hölle in den Klamotten, schweißgebadet und die Zunge am Gaumen klebend. Als ich zu schlucken versuche, fühlt es sich an, als würde sich im Hals eine Hautschicht ablösen. Ich strecke mich und reibe mir die Augen, der Schmerz schießt in meinen Kopf. Ich setze mich auf, kann den Hals aber kaum bewegen. Mühsam taumele ich zum Klo und kann mich nicht entscheiden, ob ich erst trinken oder erst pinkeln will. Ich entscheide mich für Letzteres.

Wie in der Nacht trinke ich direkt aus der Leitung. Bilder des vergangenen Abends tauchen auf. Das brennende Haus. Der explodierende Wagen. Der Typ im Schnapsladen, der irgendwas von einer dunkelroten Aura erzählt. In der Flasche ist noch ein Rest Scotch. Beim Gedanken, ihn zu trinken, muss ich würgen. Wahrscheinlich ist das ein gutes Zeichen. Ich kann kein echter Alki sein, wenn mir am Morgen danach beim Gedanken an einen kleinen Single Malt übel wird.

Was würde Doug tun, wenn Kerry und Flynn seit fast sechsunddreißig Stunden vermisst würden? Was würde jeder anständige Ehemann und Vater tun? Sie hätten längst die Polizei informiert. Die ganze Nachbarschaft würde bei der Suche helfen. Radio und Fernsehen würden landesweit berichten. Wären Amys Eltern nicht auf einem Kreuzfahrtschiff irgendwo in Europa, hätten sie die Sache längst in die Hand genommen, die Jagd eröffnet. Während ich alte Damen entführt und mich besoffen habe.

Ich suche mein Handy. Die Batterie ist fast leer, Chaz hat

sechsmal angerufen. Kein Anruf von Slater. Ich sollte Chaz zurückrufen. Aber was soll ich ihr sagen? Sorry, Chazzer, deine beste Freundin und unser Sohn sind in den Händen eines mordlustigen Irren, keine Sorge, ich hab's im Griff?

Was würde ich tun, wenn ich ein normaler Mann wäre, kein Krimineller?

Die zwölf Jahre zusammen mit Amy haben mich verändert. Vielleicht besteht noch die Chance, dass ich zu einem normalen Mann werde. Im Moment allerdings brauche ich Hilfe. Ob ich will oder nicht, ich muss mich auf die Familie verlassen. Auf die ganze hässliche Truppe.

Als ich gerade in Mums Küche treten will, klingelt mein Telefon. Ich spüre, wie mein Herz hämmert. Ink Slater? Nein. Detective MacPherson. Ich drehe mich um, gehe zur Haustür hinaus und setze mich auf die unterste Treppenstufe, in den Schatten unter dem Dach der Veranda.

»Ich habe gehört, Ihr Haus ist letzte Nacht abgebrannt, Johnny. Möchten Sie mir irgendwas erzählen? Und bevor Sie mir jetzt mit irgendwelchem Blödsinn über eine auf dem Herd vergessene Pfanne kommen: Ich habe mit dem Brandmeister gesprochen, der vor Ort war.«

»Schön. In dem Fall können Sie *mir* wahrscheinlich erklären, was passiert ist.«

»Durch Ihr Wohnzimmerfenster wurden zwei Molotowcocktails geworfen. Jede Menge Brandbeschleuniger. Sie müssen jemanden so richtig sauer gemacht haben. War es das Fenster, das Sie nach den Schüssen gerade erst ausgetauscht hatten?«

»Ja.« Ich seufze. Es hat keinen Sinn, über das, was ich weiß, zu schweigen. Tatsächlich fühle ich mich seltsam ruhig, nachdem ich dem Detective meine Version des Vorfalls erzählt habe.

»Okay, Ihre Geschichte passt zu dem, was ich von der Feuerwehr gehört habe. Gut, dass Ihre Frau und Ihr Sohn nicht da waren. Haben Sie ein Auto gesehen? Warum kommen Sie nicht aufs Revier und erstatten Anzeige?«

Die Vorstellung, mich mit MacPherson zusammenzusetzen und ihm alles zu erzählen, erscheint mir plötzlich unglaublich verlockend. Meine Beine werden schwach. Ich sacke auf den Stufen zusammen, das Handy am Ohr, von Trauer und Unentschlossenheit gelähmt. Dann öffnet Dad die Tür. Sein Gesicht ist ein einziges großes Fragezeichen.

»Johnny? Sind Sie noch da?«

»Im Augenblick kann ich nicht kommen. Aber ich hab gesehen, wie ein schwarzer Mercedes ML63 weggefahren ist. Es war Ink Slater, das wissen wir beide.«

»Dieser Slater ist ein mieser Typ, und anscheinend hat er ein echtes Problem mit Ihnen. Helfen Sie mir, ihn für lange Zeit hinter Gitter zu bringen. Kommen Sie rüber und machen Sie eine Aussage.«

»Ja, das werde ich tun, aber erst mal muss ich mich auf ein paar andere Dinge konzentrieren.«

»Auf was? Jemand hat Ihr Haus bis auf die Grundmauern abgefackelt, Johnny. Mir scheint, Ihr kleiner Bandenkrieg gerät langsam außer Kontrolle. Ich erwarte Sie morgen früh um neun. Übrigens konnten wir die Kugel, die wir aus Zoran Milovic rausgezogen haben, der am Tatort gefundenen Patrone zuordnen. Bis morgen ist sie auf Fingerabdrücke untersucht. Vielleicht stammen sie ja von jemandem aus Ihrer Truppe. Nehmen Sie das als zusätzlichen Anreiz.«

»Klar, kein Problem. Wissen Sie vielleicht, wo Slater sein Clubhaus hat? Alle Biker haben ein Clubhaus, stimmt's? Sie könnten dort nach Beweisen suchen – vielleicht finden Sie ja die Zutaten für ein paar Molotowcocktails.« Ich bereue meine Worte, kaum dass ich sie ausgesprochen habe. Dad wirkt beunruhigt. Das Letzte, was wir gebrauchen können, ist eine

Schießerei mit der Polizei, bei der Amy und Sasha ins Kreuzfeuer geraten.

»Ich sage Ihnen, was ich tun werde, Johnny. Wenn wir für die Zeit, als Ihr Haus in Flammen aufging, irgendwelche Überwachungsaufnahmen mit einem schwarzen Mercedes ML63 finden, der in Liverpool unterwegs war, bemühe ich mich um einen Durchsuchungsbeschluss für Slaters Privathaus und das Clubhaus.«

»Also *wissen* Sie, wo es ist. Würde es Ihnen was ausmachen, mir die Adresse zu verraten?«

»Sind Sie auf Drogen, Johnny? Natürlich weiß ich, wo es ist. Und ich weiß auch, wo Ihre Familie ihr Lagerhaus hat. Ich frage mich, ob wir dort auch Benzinkanister finden würden. Oder vielleicht das, was im Laderaum von Stanislavs Transporter war?«

Dad kommt die Stufen herunter und bleibt neben mir stehen. Natürlich will er, dass ich den Mund halte, aber ich kann es nicht lassen.

»Ich hab Ihnen schon mehrmals gesagt, dass wir es nicht waren. Hinter alldem steckt Slater. Hinter den Morden. Dem Raub auf der Marsh Street Bridge. Den Schüssen und Molotowcocktails. Ink Slater hat meinen Bruder ermordet und hält sich für den König des Westens.«

Ich bin aufgestanden, kochend vor Wut, obwohl ich weiß, dass nicht alles, was ich gesagt habe, der Wahrheit entspricht. Dad legt mir eine Hand auf die Schulter, nimmt das Handy an sich und beendet das Gespräch.

Sobald der Letzte aus der Truppe sich durch die Fliegengittertür gedrängt und auf der Terrasse Platz genommen hat, komme ich zum Punkt.

»Ink Slater hat Amy und Sasha entführt. Am Donnerstagabend, als wir mit etwas anderem beschäftigt waren.« Männer springen auf, Stühle kippen hintenüber. Josef zieht sogar eine Pistole aus seinen Shorts.

Dad erhebt die Hände. »Ruhe! Sitzt. Alle zuhören. Johnny nicht fertig.«

Zornig schimpfend setzen sich alle wieder auf ihre Stühle.

Ich mache weiter. »Ihr habt sicher die kleine alte Dame bei Mum in der Küche gesehen. Das ist Slaters Oma. Anto, Marko und ich haben sie gestern geholt. Und natürlich ist euch Antos Schlinge aufgefallen. Er wurde bei der Aktion angeschossen.«

Anto nimmt die Schläge auf seine gesunde Schulter und die spöttischen Bemerkungen mit einem verlegenen Grinsen entgegen.

Ich berichte von den Brandbomben in meinem Haus und dem Auto, das ich habe wegfahren sehen.

»Der verdammte Ink Slater!«, knurrt Anto.

»Genau das denke ich auch.« Ich merke, dass meine Konzentration schwindet. Ein paar Schmerztabletten wären nicht verkehrt gewesen. Ich reibe mir die Augen, bringe mich wieder auf Kurs und erzähle von der Lösegeldforderung, die inzwischen auch die Beute von der Marsh Street Bridge umfasst.

Wieder allgemeine Empörung. Als die Stimmen lauter werden, steht Dad noch einmal auf.

»Johnny nicht fertig. Still! Ihr redet, wenn Johnny fertig.«

Ich kann nicht fassen, wie dankbar ich bin, meinen Vater an meiner Seite zu haben. Der heutige Tag ist voller Überraschungen.

Nachdem ich von dem Plan berichtet habe, Sasha gegen Granny Slater auszutauschen, komme ich zu MacPhersons Zusage, sich um einen Durchsuchungsbeschluss für das Clubhaus der Biker zu bemühen. Alle begreifen, wie wichtig es ist, Amy und Sasha zu befreien, bevor die Polizei mit einem schießfreudigen Spezialeinsatzkommando anrückt.

Die Männer machen sofort eigene Vorschläge.

»Wer ist Inks Anwalt? Vielleicht kannst du über ihn Verbindung aufnehmen. Aber bezahl ihn im Voraus, sodass er für dich arbeitet und alles, was besprochen wird, unter seine Schweigepflicht fällt.« Stump hat, bevor er den Mund aufgemacht hat, tatsächlich die Hand mit dem fehlenden Finger gehoben.

»Weiß es jemand von euch?«, frage ich.

»Ich frage Sam Dillard. Der kann es sicher rausfinden.« Stump wirkt zufrieden, diese Aufgabe übernommen zu haben.

Marko beugt sich vor und hämmert die Faust auf den Tisch. »Jeder hat einen Preis. Vielleicht sind die Hyde-Zwillinge käuflich?«

Anto steht auf, als würde Markos Idee Platz brauchen, um sich zu entfalten. »Er wird wahrscheinlich die Hyde-Zwillinge zur Übergabe schicken, statt seinen eigenen erbärmlichen Arsch in Gefahr zu bringen. Wir bestechen sie. Wenn das nicht funktioniert, folgen wir ihnen zu Slater und holen Amy raus.«

Die Männer am Tisch nicken.

»Gute Idee«, sagte ich. »Okay, dann an die Arbeit. Baz und Josef, könnt ihr die Pillen aus dem Lagerhaus holen und sie in die Hütte am Hawkesbury bringen? Wenn wir Pech haben, wird das Lagerhaus ziemlich gründlich durchsucht.«

Baz und Josef nicken. Dad sieht aus, als würde er lieber erst den kompletten Plan hören.

»Bigsie, Shrimp, Brick und Blocker, ihr haltet hier Wache für den Fall, dass Slater auftaucht und seine Oma mit Gewalt befreien will.«

Marko lehnt sich zurück und hebt einen Finger.

»Bringt die Waffen her, in Kisten. Wir vergraben die Kisten in *Tetka* Brankas Gemüsebeet. Falls die Situation eskaliert, sollten wir sie in der Nähe haben.«

»Gute Idee«, stimme ich ihm zu. Verdammt, Marko ist heute gut drauf. »Du hast recht. Wenn euch sonst noch irgendwas einfällt, ruft zuerst mich an, okay? Und alle anderen machen Hausputz.«

»Wozu soll das gut sein?«, fragt Fibs.

»Wenn wir die beiden nicht innerhalb von vierundzwanzig Stunden gefunden haben, schalte ich die Polizei ein.«

»Du machst wohl Witze?!«, brüllt Fibs.

Wieder sind die meisten Männer aufgesprungen. Dads Miene ist neutral. Mit einem Nicken fordert er mich zum Weiterreden auf.

Ich hebe beide Hände. »Hört mir zu. Ich will genauso wenig zu den Bullen wie ihr, aber sie haben ganz andere Möglichkeiten als wir. Hat irgendeiner von uns schon mal das Opfer einer Entführung aufgespürt? Wie würdet ihr euch fühlen, wenn es um eure Frau oder euer Kind ginge? Vierundzwanzig Stunden! Dann gehe ich zur Polizei, keiner von euch wird mich daran hindern.«

Das Handy in meiner Tasche vibriert. Ich schaue aufs Display, unbekannte Nummer. Ich schlage mit der flachen Hand auf den Tisch und lege den Zeigefinger an die Lippen.

»Das könnte Slater sein. Haltet alle den Mund.« Ich lasse das Telefon dreimal klingeln, dann melde ich mich.

»Ich soll mit dir die Übergabe besprechen.« Endlich. Vor Erleichterung lasse ich die Schultern sacken, aber es ist nicht Slaters Stimme. Der Akzent klingt weniger breit, die Stimme ist höher.

»Mit wem spreche ich?«, frage ich.

»Ich nenne keine Namen.«

»Sieht dein Bruder dir verdammt ähnlich?«

Kurze Pause. »Ja.«

»Okay, gut. Was würdet ihr beide davon halten, wenn ihr euch selbst einen Gefallen tut und mir zwei für den Preis von einem gebt? Ihr würdet sehr angemessen entschädigt.«

Ich schaue Marko an, der mir zunickt. Wahrscheinlich hat er recht. Wer nicht fragt, bekommt auch nichts. Im schlimmsten Fall habe ich den Keim einer Idee gepflanzt.

»Vergiss es, Mann. Wir bringen nur das kleine Päckchen. Du weißt, was wir im Gegenzug erwarten, ja?«

»Klar. Wo und wann?«

»An der Ecke Brandon Avenue und Chapel Road in Bankstown gibt es einen Ultra Tune. Fahr die Brandon runter, dann siehst du neben dem Ultra Tune einen Laden, der Autoscheiben tönt. Direkt dahinter ist eine Gasse, in die du reinfährst, bis zu einer alten Werkstatt. Von der Straße aus kann uns keiner sehen. Verstanden?«

»Ja.«

»Komm heute Nacht um eins mit deinem Paket. Okay?«

»Ja, aber ich muss vor der Übergabe mit deinem Boss persönlich reden.«

»Warum?«

»Er will, dass ich bei den Bullen die Morde und den Überfall auf die Serben gestehe, den ihr durchgezogen habt.«

»Das waren wir nicht.«

»Wie auch immer. Ihr wisst ja, wie es läuft. Wenn ich bei den Bullen glaubwürdig rüberkommen will, muss ich ein paar Details kennen. Als Beweis. Klar? Hast du verstanden? Wenn er will, dass es funktioniert, muss er mir ein paar kritische Informationen geben.«

»Schon kapiert. Ich rede mit ihm. Wenn er mit dir reden will, ruft er dich an. Persönlich.« Das letzte Wort trieft vor Sarkasmus. Dann fährt er mit seinen Anweisungen fort.

»Komm heute Abend allein. Ohne Begleitung. Keine Dummheiten, sonst kannst du … dein Päckchen vergessen.«

»Okay. Seid nett zu ihm, er ist erst zehn.«

»Sei du nett zu der alten Dame, sie ist um die hundert.«

Er legt auf, ich bin erleichtert. Als ich aufblicke, sind sämtliche Augen auf mich gerichtet.

»Das war einer der Hyde-Zwillinge wegen der Übergabe. Heute Nacht um eins in Bankstown.«

Hässliche Visagen grinsen mich an.

»Wenn sie bringen Sasha, wir töten Zwillinge.« Dad funkelt mich an, als warte er nur darauf, dass ich widerspreche.

»Klar können wir sie umbringen. Aber wer außer Slater selbst weiß dann, wo sie Amy versteckt haben?«

»Wir machen, dass Zwillinge verraten, wo ist Amy.« Dad zieht sein Messer aus der Tasche und lässt den scharfen Stahl herausspringen.

»Ja, genau.«

Meine Zustimmung überrascht ihn. Er wirkt zufrieden und lässt die Klinge wieder zurückschnappen.

»Aber nicht während der Übergabe.« Ich stehe auf und fange an, hin und her zu tigern. »Ich darf nur Granny Slater mitbringen, sonst niemanden. Ich weiß nicht, wie viele von Slaters Bikern dort sind. Wir postieren Marko als Scharfschützen, aber ich muss Granny Slater übergeben und Sasha rausholen, ohne irgendwelches Drama und Blutvergießen.« Ich bleibe stehen und sehe die Männer an. Marko wirkt zufrieden, alle anderen nicken, nur Dad wirkt nicht überzeugt.

»Ich fahre dich. Sind Zwillinge. Also wir kommen auch beide.«

»Okay, Dad, guter Plan.« Ich will meine Zeit nicht mit Streitereien vergeuden. »Inzwischen bekommt Slater meine Nachricht. Wie soll ich Morde gestehen, wenn ich nicht genau weiß, was gelaufen ist und wo die Tatwaffen geblieben sind? Könnt ihr mir folgen?«

»Ja.«

»Klingt einleuchtend.«

»Und dabei nimmst du ihn auf.« Der letzte Kommentar kommt von Anto.

»Ganz genau.« Ich grinse meinen besten Kumpel an, beflügelt von der Erwartung, meinen Sohn heute Abend zurückzubekommen. In wenigen Stunden. »Das ist der erste Teil des Plans. Wir müssen noch überlegen, wie wir den Zwillingen nach der Übergabe folgen.« Jetzt nickt sogar Dad.

»Der zweite Teil des Plans dreht sich darum, sämtliche Möglichkeiten zu nutzen, um Ink Slater und seine Biker zu neutralisieren.« Ich setze mich wieder in Bewegung, die Männer beugen sich erwartungsvoll vor. »Ich möchte wissen, ob einer von euch sich schon in meine Situation versetzt und sich gefragt hat, ob seine Frau oder seine Kinder als Nächste entführt werden können? Ob sie aus ihren Autos oder ihren Häusern gezerrt werden könnten?«

Ein paar Hände gehen hoch, alle nicken. Natürlich haben sie es sich vorgestellt.

»Vucavec und seine Truppe würden so etwas niemals abziehen. Die Serben würden Frauen und Kinder außen vor lassen, stimmt's?«

»Es sei denn, die Puppe gehört zur Truppe«, sagt Fibs.

»Ja, wenn sie Soldatin wäre«, stimmt Bigsie ihm zu.

»Genau.« Ich laufe mich warm und hoffe, alle auf meine Seite ziehen zu können. »Für aktive Mitglieder gäbe es keine Ausnahme, richtig. Wie wäre es bei den Italienern?«

»Die würden Frauen oder Kindern niemals etwas antun«, sagt Brick, dessen Freundin Italienerin ist.

»Und die Chinesen?« Ich bin wirklich neugierig.

»Wer weiß, was Chinesen machen? Warum ist wichtig?« Dad will, dass ich auf den Punkt komme. Sofort.

»Was ist also bei den Bikern anders?«, frage ich. »Warum folgen sie nicht denselben Regeln wie wir alle? Respektieren Sie Frauen nicht so wie wir? Ist es das?«

»Biker sind Meth-Junkies«, erklärt Stump.

»Abschaum«, fügt Fibs hinzu.

Ich bekomme von den Männern genau die Reaktion, auf die ich es angelegt habe. Ganz sicher gibt es jede Menge Biker, die Frauen respektieren, aber das Klischee spielt mir in die Karten. Ich warte einen Moment, in dem das allgemeine Gemurmel anschwillt.

»Was wäre, wenn sie bei jeder Müllabfuhr einen von uns umbringen? Wir sind nur sechzehn Männer, und Anto hat einen kaputten Arm. Außerdem müssen zwei Männer die Hütte bewachen. Wir stehen gegen fünfundzwanzig von Slaters Leuten, alle zugedröhnt mit Crystal Meth. Keine gute Ausgangsposition.« Wieder warte ich, bis der Gedanke sich setzen kann. Wann bin ich eigentlich zum großen Redner geworden? »Stellt euch vor, ich könnte Stanislav Vucavec und Antonio Fazzini eine Aufnahme davon vorspielen, wie Slater die Morde an ihren Söhnen gesteht? Sie dazu bringen, uns die Arbeit abzunehmen und die Scheißer zu erledigen?«

»Johnny, ich verstehe deinen Plan. Aber zu Hause in Kroatien hab ich gegen die Serben gekämpft. Ich kann nicht ihr Freund sein.« Marko wirkt gequält.

Dad rappelt sich hoch und schüttelt den Kopf.

»Stanislav ist mein Feind. Ist schon lange Feind. Wir kämpfen gegen Biker allein.«

»Wir brauchen unsere Feinde nicht zu Freunden zu machen. Diese Koalition soll nicht längerfristig halten. Aber wir brauchen Hilfe, sonst verlieren wir. Die Biker sind in der Überzahl und spielen nicht nach den Regeln. Wenn ich Amy zurückhabe, wäre die Sache nicht einfach zu Ende. Selbst wenn wir die Hyde-Zwillinge unschädlich machen, könnten die Biker unsere Häuser abbrennen und unsere Frauen und Kinder entführen.«

Wieder lasse ich ihnen Zeit, sich dieses Höllenszenario auszumalen.

»Wir bringen die anderen Gangs dazu, die Drecksarbeit zu übernehmen. Sie sollen einem Frieden zustimmen, damit wir Ink Slaters Truppe gemeinsam aus dem Verkehr ziehen können. Der Friede dauert nur so lange wie nötig.«

Ich schaue von einem Gesicht zum anderen und konzentriere mich auf meine Wut, um meinen letzten Sätzen das nötige Feuer zu geben.

»Slater hat meinen Bruder ermordet und meine Frau und meinen Sohn entführt. Seine Leute haben mein Haus abgefackelt. Dad, du und ich, wir müssen mit Stanislav und Fazzini reden und sie an Bord holen. Wir greifen an, sobald wir Amy zurückhaben, und zwar mit einer ganzen Armee.«

Alle Köpfe wenden sich Dad zu, der immer noch den Kopf schüttelt. Schließlich ergreift er das Wort.

»Du machst Aufnahme, dann wir rufen an. Wir machen Koalition. Wenn Biker erledigt, Friede vorbei.« Mit der rechten Hand zieht er einen imaginären Schlussstrich.

JOHNNY »Ivan wäre froh, wenn du bekommst sein Auto. Nimm es«, sagt Mum. Wir stehen in ihrer Küche, sie reicht mir die Schlüssel von Ivans Wagen und Haus. »Wenn Amy und Sasha kommen zurück, vielleicht ihr alle wohnt in Ivans Haus. Oder bleibt hier, ich koche für alle.«

»Danke, Mum.« Ich umarme sie, denn ich brauche eine Umarmung. Als ich mich von ihr löse, hebt sie die Hand, sie will noch etwas loswerden.

»Ivan sagt etwas zu mir, an Tag, bevor er stirbt.« Ihre Augen füllen sich mit Tränen. »Er sagt, hat gemacht großen Fehler. Will mir nicht sagen, was. Hat es dir gesagt?«

Was für einen Fehler? Ivan hat keine Fehler eingeräumt. Niemals. Jetzt frage ich mich, ob er etwas gemeint haben könnte, das mit Ink Slater zu tun hat.

»Nein, Mum. Er hat mir nichts gesagt, aber ich hab gespürt, dass etwas nicht stimmte. Ich hätte ihn fragen sollen, aber ich hab es nicht getan.«

Ich habe meinen Bruder im Stich gelassen.

Abgesehen von den Männern, die das Haus bewachen sollen, sind alle verschwunden. Also gehe ich die drei Blocks bis zu Ivans Haus in der glühenden Hitze zu Fuß. Wellen heißer Luft, die vom Asphalt aufsteigen, formen sich zu flirrenden Fata Morganas. Wo immer möglich, halte ich mich im Schatten, aber wenn ich eine Straße überqueren muss, kleben meine Turnschuhe am Boden.

Seit dem Tod meines Bruders bin ich nicht mehr in seinem Haus gewesen. Am Ende seiner Einfahrt hat sich abgerissenes Absperrband in den Büschen verfangen. Ich versuche, nicht auf den dunklen Flecken auf dem Asphalt zu schauen, dort, wo Ivan gestorben ist.

Das Haus ist perfekt aufgeräumt – offenbar ist Mum hier gewesen, wahrscheinlich hat sie nach der letzten Party Ordnung geschaffen. Am Morgen danach habe ich einfach mein Auto geholt und bin nach Hause gefahren. Ivan wollte allein sein, ich hatte einen mörderischen Kater. Ich kann mich nicht mal erinnern, wie Amy und ich an dem Abend nach Hause gekommen sind. Immerhin waren wir so klug, uns nicht ans Steuer zu setzen. Wir waren alle sturzbetrunken.

Jetzt bin ich wieder hier, mit dem nächsten monströsen Kater. Habe ich ein Problem? Nein, Schluss mit der verdammten Amateur-Psychologie. Es ist halb drei, vor der Übergabe ist noch eine Menge zu erledigen. Ich gehe zur Garage und entriegele Ivans brandneuen Range Rover Sport. Schwarz metallic. Einen Monat nachdem er seiner Sehnsucht nach einem europäischen Luxusauto endlich nachgegeben hat, wurde mein Bruder erschossen. Vielleicht liegt Dad mit seiner Meinung über Angeberautos nicht ganz falsch. Andererseits ist Marko noch quicklebendig.

In der Garage ist es backofenheiß. Ohne einzusteigen, stecke ich den Schlüssel ins Zündschloss, lasse den Motor an und drehe die Klimaanlage voll auf. Dann öffne ich mit der Fernbedienung das Garagentor. Während das Innere des Wagens langsam abkühlt, klappe ich die Hecktür auf, um zu sehen, ob Ivan ein Handtuch im Kofferraum hat. Ich schwitze wie ein Schwein und rieche den Alkohol, der aus meinen Poren dringt. Ich muss mir den Schweiß abwischen, sonst versaue ich die neuen Ledersitze.

Nur ein altes T-Shirt. Als ich es hochhebe, um mir das Gesicht abzuwischen, schlägt mir der Geruch von Sex entgegen. Im selben Moment spüren meine Finger eine getrocknete klebrige Substanz. Ich lasse das T-Shirt fallen, als würden Spinnen darin herumkriechen. Himmel, das Sperma meines Bruders! Und es riecht noch nach etwas anderem, Vertrautem, aber ich kann es nicht zuordnen. Ivan muss es auf dem Rücksitz seines Protzautos mit jemandem getrieben und das T-Shirt dazu benutzt haben, sich den Schwanz abzuwischen. Na super, Ivan.

Lachend gehe ich zum Wasserhahn im Vorgarten, drehe ihn auf, halte den Kopf darunter und schüttele mich anschließend wie ein Hund. Nachdem ich mein eigenes T-Shirt ausgezogen und mich damit abgetrocknet habe, steige ich auf den inzwischen herrlich kühlen Fahrersitz des Autos. Als ich rückwärts aus der Garage setze, klingelt mein Handy. Unbekannte Nummer. Ich halte an und gehe ran.

»Dave sagt, du willst reden, Chonny.«

Ink Slaters schleimige Stimme lässt mich die Faust ballen. Ich speichere den Namen ab. Dann war es also Dave Hyde, der mich angerufen hat. Der dominante Teil des Zwillingspaars?

»Wir müssen uns persönlich treffen, Slater. Du musst mir ein Foto von Amy und Sasha zeigen, auf dem sie gesund und munter sind. Und du musst mir ein paar Einzelheiten über die Morde erzählen, zum Beispiel, wo die Waffen sind. Oder du bringst sie mir als Beweis mit. Ansonsten wird es nicht funktionieren, egal, was ich der Polizei erzähle.«

»Okay, leuchtet ein, Chonny. Wir müssen es wasserdicht machen. Aber nur wir beide. Bring mir ein Foto von meiner

Nan.« Er nennt mir den Namen eines Cafés auf der Chapel Road in Bankstown. Wir verabreden ein Treffen um halb fünf.

Ich gestatte mir einen Moment des Triumphgefühls. Indem er dem Treffen zugestimmt hat, hat er gleichzeitig gestanden, die drei Morde in Auftrag gegeben zu haben. Das Dreckschwein hat meinen Bruder getötet und meine Frau und meinen Sohn entführt. Ich bin so wütend, dass ich ihn am liebsten ausnehmen würde wie einen Fisch. Nie im Leben war ich derart entschlossen. Mir bleiben zwei Stunden für die Vorbereitungen. Als Erstes rufe ich Dad an und sage ihm, dass ich jetzt den Beweis dafür habe, dass Ink Slater Ivans Mörder ist. Dann informiere ich Marko und Anto. Auf keinen Fall gehe ich ohne Rückendeckung. Nicht noch mal.

Anto kennt einen Laden, der sich auf Überwachungsausrüstung spezialisiert hat – *»um Ihren untreuen Ehepartner zu überführen!«* Er sagt, sie hätten jede Menge Aufnahmegeräte. An einem öffentlichen Ort kann Slater mich nicht abtasten. Ich könnte einfach die Aufnahmefunktion meines Handys nutzen, aber das wäre plump. Ich muss auf Nummer sicher gehen und eine klare Aufzeichnung seines Geständnisses bekommen.

Nachdem ich ein winziges Gerät gekauft habe, ziehe ich das T-Shirt aus und bitte die junge Frau hinter der Ladentheke, es mir auf die Brust zu kleben und mir zu zeigen, wie es funktioniert. Ihr scheint die Sache Spaß zu machen.

»Wenn Sie fertig sind, können Sie gern wiederkommen, dann nehme ich es Ihnen ab. Dieses Band klebt extrafest.« Ihre Hand liegt auf meiner Brust, sie schaut zu mir hoch und klimpert tatsächlich mit ihren langen, dunklen, superdicken Wimpern. Ich komme mir vor wie im Kino.

»Danke, meine Liebe, aber ich komme schon klar.«

Als wir mit Ivans Range Rover nach Bankstown fahren, diskutieren Anto, Marko und ich darüber, welche Sportart mehr Technik erfordert – Fußball oder Rugby League. Anto und ich favorisieren Letzteres, während Marko entschlossen für Fußball plädiert. Ich lasse mich gern von diesem Geplänkel ablenken und staune, dass ich die Gesellschaft meines Vetters tatsächlich genieße. Seltsame Zeiten.

Wir erreichen unser Ziel vor der vereinbarten Uhrzeit und finden einen Parkplatz mit freier Sicht auf das Geschehen. Als ich mit dem Aufnahmegerät auf der Brust allein auf das Café zugehe, komme ich mir vor, als hätte ich ein Schild auf der Stirn: *Er ist verkabelt.* Ich wähle einen Tisch im Außenbereich, setze mich mit dem Rücken zum Gebäude und lasse meinen Blick über die Straße schweifen. Keine Spur von Slater.

Um Punkt halb fünf sehe ich sie heranschlendern. Slater in der Mitte, die riesenhaften Zwillinge zu beiden Seiten, nehmen sie die ganze Breite des Bürgersteigs ein, Passanten weichen aus.

Ich sitze an einem Zweiertisch, aber die Zwillinge ziehen noch zwei weitere Stühle heran, sodass ich umzingelt bin.

»Ich dachte, wir hätten besprochen, uns allein zu treffen«, sage ich zur Begrüßung.

»Mach dir nicht ins Hemd, Chonny.« Slaters Blick ist raubtierhaft, seine Pupillen sind weit, sodass die Augen völlig schwarz erscheinen. Meine Finger zucken. Wie gern würde ich dem Drecksack das Grinsen aus dem Gesicht prügeln.

»Hast du das Foto von Amy und Sasha?« Ich bemühe mich um einen gleichmütigen Ton, als wäre ich völlig entspannt, aber meine Verfassung lässt sich nicht kaschieren. Er nimmt sein Handy aus der Tasche, wischt, tippt und dreht es zu mir herum. Als ich danach greife, zieht er die Hand zurück. Ich merke, dass sie leicht zittert. Meth, natürlich.

»Gucken, nicht anfassen.«

Amy und Sasha sind blass und sehen ängstlich aus. Ihre Augen sind aufgerissen, Hände und Füße gefesselt. Kein Hinweis darauf, wo das Bild aufgenommen worden sein könnte, aber nach einem Biker-Clubhaus sieht es irgendwie nicht aus. Die beiden gefesselt zu sehen, macht die ganze Sache unerträglich real. Meine Frau und mein Sohn in den Händen eines psychopathischen Meth-Junkies. Mein Herz setzt einen Schlag aus und hämmert dann umso wilder, meine Arme und Beine kribbeln vor Energie.

Eine kleine dunkelhaarige Kellnerin bringt uns die Karten. Vielleicht hat ihr Auftauchen mich davon abgehalten, etwas zu tun, was ich später bereuen könnte. Einer der Zwillinge bestellt sich tatsächlich einen doppelten koffeinfreien Mokka Latte. So etwas sollte man als Kindergetränk auf die Karte setzen. Ich bestelle einen Long Black, die Kellnerin geht und kommt gleich darauf mit einer Flasche Wasser und vier Gläsern zurück. Sie gießt allen ein und starrt Slater an, als wolle sie seine Tattoos ablecken. Über Geschmack lässt sich nicht streiten.

»Wo ist das Foto meiner Oma?«, fragt Slater, als die Kellnerin endlich im Gebäude verschwunden ist.

Ich reiche ihm mein Handy mit einem Foto von Granny Slater, das ich heute Nachmittag in Mums Küche gemacht habe. Sie backt, hat Mehl an den Händen und ein breites Lächeln im Gesicht. Slater kann es sich nicht verkneifen, einen der Zwillinge erleichtert anzugrinsen und den beiden das Foto zu zeigen. Dann gibt er mir das Telefon, lehnt sich zurück und betrachtet mich wie ein Insekt unter dem Mikroskop. Schließlich zuckt er die Achseln.

»Okay, ich bin bereit, dir ein paar Informationen zu geben. Zeug, das du bei den Bullen brauchst.«

Ich atme langsam aus, damit nicht offensichtlich wird, dass ich die Luft angehalten hatte. Der Plan könnte tatsächlich funktionieren. Erwartungsvoll lehne ich mich zurück und widerstehe dem Drang, die Arme zu verschränken.

»Ich bin ganz Ohr.«

Slater rückt den Stuhl ein wenig vor und spricht mit leiser Stimme.

»Wir haben Ivan nicht umgebracht. Er chtand auf unserer Liste, aber jemand ist uns zuvorgekommen. Wir wollten ihn an dem Abend fertigmachen, sind aber ein bisschen zu chpät gekommen. Die Sanitäter haben gerade versucht, ihn wiederzubeleben. Also sind wir abgehauen.«

»Was? Du gibst zu, dass du die beiden anderen getötet hast, aber nicht Ivan?«

»Genau. Keine Ahnung, wer deinen Bruder umgenietet hat. Ich hätte da ein paar Ideen, denn er hatte einen Haufen Feinde, aber wir waren es nicht.«

Verdammt, was soll das? Er will mich verarschen. Warum gibt er es nicht einfach zu? Was hat er zu verlieren?

Slater scheint sich zu entspannen.

»Bist du gekommen, um Amy rauszuholen oder um zu erfahren, wer deinen dämlichen Bruder auf dem Gewissen hat?«

»Warum sollte nicht beides gehen?«

»Seien wir ehrlich, Johnny, deine Verhandlungsposition ist bechissen, aber ich verrate dir etwas ganz umsonst. Ich hab Ivan, wenn er richtig besoffen war, ziemlich abgedrehtes Zeug machen sehen.«

»Blödsinn.« Ivan konnte ziemlich gemein werden, wenn er betrunken war, aber das würde ich Slater gegenüber niemals zugeben.

»Lass uns bei dem bleiben, warum wir uns treffen wollten.« Slater hat die Augen zu Schlitzen zusammengekniffen und sieht mich höhnisch an.

Nur mit Mühe gelingt es mir, mich wieder zu konzentrieren.

»Okay. Geh jeden einzelnen Job durch.«

»Wir haben beide mehr oder weniger auf die gleiche Art

erledigt. Erst haben wir in Ruhe ihre regelmäßigen Abläufe gecheckt. Die meisten Typen bringen am Abend vor der Müllabfuhr ihre Tonnen raus, chtimmt's? Dave und Mick waren an den entchprechenden Abenden da, als Michael Vucavetch und Tony Fazzini ihre Tonnen an die Chtraße gerollt haben.« Wieder beugt er sich flüsternd vor. »Und buff, sind sie tot.«

»Wer hat geschossen?«, frage ich und blicke von einem Zwilling zum anderen. Ich bin ihnen nicht vorgestellt worden und weiß noch immer nicht, wer von beiden wer ist.

»Warum ist das wichtig?« Amüsiert zieht Slater eine Augenbraue hoch.

»Weiß nicht, professionelles Interesse wahrscheinlich.« Ich zucke die Achseln.

»Mick ist der Chütze, Dave der Fahrer.« Slater sieht erst nach links, dann nach rechts. Dave ist der mit dem gepiercten Ohr.

»Also gut. Welche Art Waffen, und wo sind sie?«

»Die einzige Waffe, die benutzt wurde, war Micks Remington-700-Jagdgewehr.«

»Ich liebe meine Waffe«, sagt Mick, der exakt dieselbe Stimme wie sein Bruder hat.

Slater bringt Mick mit einem Blick zum Schweigen.

»Mick will sich nicht von seiner Waffe trennen, obwohl ich ihm gesagt hab, er muss sie loswerden. Du wirst ihm also eine neue kaufen müssen. Dafür gibt er dir das Gewehr, mit dem er auf die beiden geschossen hat. Wir machen das heute Abend, wenn du Nan bringst und deinen Sohn mitnimmst.«

»Da bleibt mir nicht viel Zeit, mich um eine Ersatzwaffe zu kümmern.« Demonstrativ schaue ich auf die Uhr. Seit Slater und die Zwillinge gekommen sind, sind gerade mal sieben Minuten vergangen.

Die Kellnerin kommt mit einem Tablett voller Tassen zurück. Sie stellt alles ab und geht mit wiegenden Hüften wieder hinein. Slater schaut ihr fasziniert hinterher.

»Du solltest mit meinem Gewehr bei den Bullen reinspazieren und ihnen ein bisschen Angst einjagen.« Mick scheint sich den Vorschlag nicht verkneifen zu können.

Wieder wirft Slater ihm einen bösen Blick zu, dann trinkt er einen Schluck von seinem Sojamilch-Cappuccino und starrt mich an. Als er wieder redet, scheint der Schlangenkopf, der sich an seinem Kiefer hochzieht, zu nicken.

»Sobald du die drei Morde und den Chob zugegeben hast, den ihr neulich mit den Serben abgezogen habt, sind wir für den endgültigen Austauch bereit. Aber darum muss dein Daddy sich kümmern, weil du dann im Gefängnis sitzt. Wir wollen das, was in Vucavetchs Transporter war, plus fünf Millionen Dollar in bar. Dann bringen wir dein chönes Frauchen nach Hause. Oh, chtimmt ja, du hast kein Zuhause mehr, oder? Und auch kein Auto, wie ich gehört hab. Warum verlierst du chtändig Sachen, Chonny?« Er lehnt sich zurück und grinst, als wäre in seiner Welt alles eitel Sonnenschein.

Ich lasse seine Sticheleien wegen des Hauses und des Autos über mich ergehen. Diese Dinge lassen sich ersetzen.

»Jetzt willst du also noch fünf Millionen zusätzlich als Lösegeld?«

»Ja, und ich fühle mich ziemlich gut damit. Komm chon, Chonny, sie ist es wert, das weißt du. Diese wilde blonde Mähne, das wunderchöne Gesicht, die langen, langen Beine. Ich hätte sie gern um meine Chultern liegen, Chonny.« Er grinst anzüglich. »Versau es nicht, sonst bleibt sie bei mir. Sie wird lernen, es zu mögen.«

Es kostet mich alle Selbstkontrolle, nicht nach der Glasflasche zu greifen, sie auf dem Tisch zu zerschlagen und das kaputte Ende in Slaters stinkende Kehle zu rammen. Immerhin beruhigt mich die Erkenntnis, dass es in unmittelbarer Reichweite einen Gegenstand gibt, mit dem ich ihn umbringen könnte.

»Was weißt du über den Mord an Ivan?« Ich gebe nicht auf.

»Auch er hat die Mülltonnen rausgebracht. Die Bullen vermuten, dass es derselbe Schütze war.«

»Dann hast du mit den Bullen geredet, Chonny? Gut zu wissen. Haben sie behauptet, dieselbe Waffe wäre benutzt worden?« Interessiert beugt er sich vor.

»Eine andere Waffe.«

»Andere Waffe, anderer Chütze. Nicht wir, wie gesagt. Ich chätze, es war ein Insiderchob. Jemand hat uns kopiert, damit es aussieht, als wären wir es gewesen. Aber wir waren es nicht. Man muss nicht mehr tun, als ein Chtück von den Chtraßenlaternen entfernt zu parken. Jagdgewehr, guter Chütze, das reicht. Aber wir waren es nicht.« Wieder lehnt er sich mit einem selbstgefälligen Grinsen zurück.

Ich glaube ihm noch immer nicht, aber jetzt sind andere Dinge wichtiger. »Okay. Letzte Frage. Ich kapiere ja, dass du dich in diesen Krieg gegen den ganzen Westen stürzen willst, aber inzwischen kommt mir das alles ein bisschen persönlich vor. Ich weiß nicht, womit ich so viel Aufmerksamkeit verdient hab.«

»Bezieh die Aufmerksamkeit nicht auf *dich*, Chonny Novak. Bild dir nichts ein. Es geht nur um Amy. Ich werde nie vergessen, wie ich sie zum ersten Mal gesehen hab, auf dem Revier.« Sein Blick wandert ziellos umher. »Verdammt heiß, aber mit Klasse, weißt du? Hab sie seitdem immer wieder gesehen. Hab sie nicht aus den Augen gelassen. Auf sie geachtet.«

Ich will ihn umbringen. Auf der Stelle. Aber das bringt Amy und Sasha nicht zurück. Ich warte. Seine dunklen Augen wenden sich mir wieder zu.

»Und jetzt verpiss dich, Chonny. Deine hässliche Fresse macht mich krank.«

Als ich zum Range Rover zurückkomme, sitzt Marko auf dem Fahrersitz. Ich steige auf der anderen Seite ein, er fährt los, Richtung Liverpool. Zitternd vor Wut reiße ich mir das Aufnahmegerät von der Brust, verbinde es über einen Adapter mit meinem Handy und tippe auf »Download«. Sobald das Gerät piept, aktiviere ich die Bluetooth-Verbindung des Wagens, rufe die Datei auf und drücke »Play«.

Ich höre das Zuschlagen einer Autotür, meine Schritte auf dem Asphalt, die Geräusche eines Samstagnachmittags auf der Chapel Road. Langsam beruhige ich mich. Die Qualität der Wiedergabe über die Autolautsprecher ist verblüffend. Mit dem schnellen Vorlauf springe ich ein Stück weiter. Als ich wieder einsteige, höre ich Slater sagen: »Wir haben Ivan nicht umgebracht.«

»Blödsinn«, kommentiert Anto vom Rücksitz. Ich nicke und lege den Finger auf die Lippen.

Als wir an die Stelle kommen, an der es um den Ersatz für das Remington-Jagdgewehr geht, hebt Marko eine Hand. Ich drücke »Pause«.

»Ich habe ein Remington 700. Du kannst ihm meins geben.«

Im ersten Moment bin ich erleichtert. Ein Punkt weniger, über den ich mir Gedanken machen muss. Dann komme ich ins Nachdenken. Ich schaue zu Marko hinüber. Er starrt stur geradeaus, voll auf den Verkehr in der Rushhour konzentriert. Irgendwie spürt er meinen Blick.

»Was ist?«, fragt er mit leiser Stimme.

»Du hast also ein Remington 700?«

»Ja. So wie sieben Millionen andere Menschen. Remington produziert es seit 1962. Es ist das beliebteste Sport-Repetiergewehr aller Zeiten. Er kann meins haben, aber ohne Zielfernrohr, Tragriemen und Zweibein.«

»Prima«, sage ich. »Danke, Kumpel.« Wenn man einmal im Krieg gekämpft hat, legt man wahrscheinlich Wert auf ein persönliches Waffenarsenal. Wenn man sich dadurch sicherer fühlt …

»Kein Problem«, sagt Marko. Ich geb dir mein altes. Vor Kurzem hab ich mir ein neues gekauft, ein M40A5 Remington 700. Das beste von allen. Die Scharfschützen der US-Marines benutzen es. Und ein Gewehr reicht mir.«

Zu Hause … Irgendwie tragisch, dass ich das Haus meiner Eltern wieder als »Zuhause« bezeichne, aber ich schätze, ich habe im Moment keine Wahl. Zu Hause schaut Dad sich jedenfalls Rugby-League-Wiederholungen an, während Mum in der Küche Kartoffeln schält. Granny Slater hält ein Nickerchen, Bigsie bewacht die Schlafzimmertür, Brick ist im Garten am Fenster.

Die Dragons machen die Bulldogs fertig. Schön, irgendwie angemessen. Und auf jeden Fall ein zweites Ansehen wert. Aber Dad schaltet den Fernseher aus, sobald er mein Gesicht gesehen hat. Mum kommt ins Zimmer und setzt sich. Sie gehört jetzt dazu, wir werden sie nicht mehr übergehen.

»Ink Slater gibt zu, dass töten Ivan? Ich will hören.«

Ich setze mich auch hin, lege das Handy auf den Couchtisch und spiele die Aufnahme ab. Während sie läuft, sagt niemand ein Wort, aber ich sehe die Verwirrung in den Gesichtern meiner Eltern.

»Er sagt, er nicht tötet Ivan? Wenn Ink Slater nicht tötet Ivan, dann es war Stanislav. Er Mörder von Ivan.«

»Ich schätze, das ist eine Möglichkeit, Dad, aber mein Bauch sagt mir immer noch, dass Slater lügt.« Alles andere ergibt keinen Sinn. Irgendeine Erinnerung will sich bemerkbar machen, aber ich bekomme sie nicht zu fassen. Dad schüttelt immer noch den Kopf.

»Und warum? Diese Sache mit Amy?«

»Besessen, Milan. Er ist besessen.« Mum nimmt das schreckliche Wort in den Mund.

»Ich weiß es nicht«, antworte ich, dabei weiß ich es genau.

»Sie ist sehr schön, unsere Amy.« Mum weiß es auch.

Dad wischt diesen Teil der Unterhaltung beiseite.

»Ink Slater lügt über Ivans Tod. Wenn wir bekommen Sasha zurück, wir töten Bastard. Du tötest, du versprochen.«

»Glaub mir, Dad, ich hätte nicht das geringste Problem damit, Ink Slater zu töten. Aber das bringt uns jetzt nicht weiter. Die Aufnahme beweist genug, zwei Geständnisse sind besser als keins.«

»Zwei besser als keins. Wir einladen Stanislav und Antonio zum Mittagessen, morgen. Branka kocht etwas Gutes. Ich versuche, nicht töten Stanislav.« Wieder nickt Dad, sicher malt er sich die Szene aus. Dann zuckt er die Achseln und spitzt den Mund. »Ich habe auch Neuigkeit«, sagt er und lehnt sich mit verschränkten Armen zurück. Er wirkt selbstzufriedener denn je.

»Welche Neuigkeit?« Natürlich erwartet er, dass ich frage.

»Rashid Sami will ganze Lieferung. Ich organisiere Treffen nach Mittagessen. Auf Fischmarkt. Du und Marko kommen mit. Wir machen Deal. Schöne Nachmittag auf Boot.«

»Tatsächlich?« Endlich einmal gute Neuigkeiten. Meine Überraschung bringt ihn zum Grinsen. »Dad, das ist toll. Wie hast du das organisiert?«

»Hab viele Freunde, die du nicht kennst.«

»Rashid Sami? Okay, wenn die Libanesen uns die ganze Lieferung abnehmen, müssen sie ziemlich gute Freunde sein.«

»Ist gut. Ja. Morgen wir haben Geld. Ich nehme zwanzig Prozent. Ist normal. Du bekommst zehn Prozent, der Rest geht an Truppe.«

»Wie wäre es mit fünfzehn Prozent für jeden von uns, den Rest teilen wir unter den Männern auf? Der Plan war von mir.« Ich versuche, so gleichmütig wie möglich zu klingen, bin aber ziemlich sauer. »Wenn Anto und ich Nick nicht geschnappt hätten, wäre nichts von alldem passiert.«

»Nichts von alldem passiert. Vielleicht ja, vielleicht nein. Aber ist meine Truppe. Du nicht Boss. Ich bin Boss. Du nimmst zehn Prozent, ist okay.«

Dad gewinnt, wie üblich. Ich hätte von Anfang an einen besseren Deal aushandeln sollen. Aber was immer ich am Ende bekomme, es dürfte reichen. Es muss reichen.

AMY Zum Mittagessen gab es Nudelsalat, geliefert von Zwilling A. Inzwischen kann ich sie unterscheiden – Zwilling A trägt eine kleine goldene Kreole im linken Ohr. Wie üblich hat mein Versuch, ein Gespräch in Gang zu bringen, zu nichts geführt. Ich hasse Nudelsalat, aber immerhin war unter die feuchten Spiralen auch ein bisschen Grünzeug gemischt. Wir haben in den letzten Tagen zu wenig Gemüse bekommen, ich habe mich aufgebläht und nicht ganz auf der Höhe gefühlt. Heute Morgen haben Sasha und ich mit einem Trainingsprogramm angefangen und abwechselnd die Übungen bestimmt. Er wollte vom Bett springen, mein Beitrag war die Dreiecksstellung. Insgesamt war es keine gute Idee. Als er vorgeschlagen hat, Tacklings zu üben, ist mir klargeworden, dass wir besser aufhören sollten.

Nach dem Mittagessen hat der Tätowierte einen Stapel alter, vergilbter Zeitschriften, ein paar Taschenbücher und ein Scrabblespiel gebracht, aber weder Stift noch Papier. Er war ziemlich von sich eingenommen und erwartete offenbar tiefe Dankbarkeit. Allerdings hat Sasha nicht mal ein einfaches »Danke« über die Lippen gebracht, was mir einerseits peinlich war, mich aber auch stolz gemacht hat. Der Junge lässt sich nicht bestechen. Dann rief der Tätowierte Zwilling B herein, der ihm half, unsere Hände und Füße wieder zu fesseln und ein Foto von uns zu machen. Es muss mit den Verhandlungen über das Lösegeld zu tun gehabt haben, weswegen ich insgeheim ganz froh war.

An dem Winkel, in dem das Licht aufs Rollo fällt, sehe ich, dass später Nachmittag ist. Die beiden letzten Stunden waren sehr still. Von gelegentlichem Hupen und Sirenengeheul abgesehen, war von der Außenwelt nichts zu hören. Sasha liest eine *National Geographic*-Ausgabe aus den Achtzigern. Er kichert, als er in einem Artikel über den Dschungel am Amazonas auf barbusige Frauen stößt.

Ein geräuschvoll arbeitender Standventilator wälzt die verbrauchte Luft um und bringt so etwas wie eine leichte Brise zustande. Als der Ventilator gebracht wurde, war ich so aufgeregt, dass ich die Kmart-Tasche erst bemerkt habe, als die Zwillinge schon wieder das Zimmer verlassen hatten. In der Tasche waren Boardshorts und ein T-Shirt in Sashas Größe, für mich ein gelbes Sommerkleid, auch das in der richtigen Größe. Aber was mich wirklich umgehauen hat, war ein weißes spitzenbesetztes Unterwäscheset. La Perla, sicher nicht aus dem Kmart. Und 75C. Um Gottes willen, der Tätowierte muss diese Dessous gekauft haben. Woher kennt er meine Größe? Was für ein widerlicher Typ! Ich schaudere und stopfe die Wäsche zurück in die Tasche.

Es ist höllisch heiß. Ich rieche unter meinen Achselhöhlen – ja, ich stinke. Unglaublich, es ist Samstagnachmittag, und ich trage seit Donnerstagmorgen dieselben Klamotten. Im Bad sind Handtücher, wir haben saubere Sachen, aber der Gedanke, mich auszuziehen, während die Kerle gleich vor der Zimmertür herumlungern, macht mir Angst. Auch Sasha müffelt ziemlich, weshalb ich ihn bitte, zu duschen und sich umzuziehen. Das Geräusch des laufenden Wassers macht mich verrückt, ich stelle mir vor, mich zum ersten Mal seit Tagen wieder abkühlen zu können.

Sasha tritt aus dem Bad, schüttelt sich die Haare aus den Augen und kommt mir wie ein neues Kind in neuen Klamotten vor.

Scheiß drauf. »Sasha, ich dusche auch. Falls jemand die

Tür aufmacht, sag ihm, er soll in zehn Minuten wiederkommen. Okay?«

»Und wenn Dad uns retten kommt?«

Was für ein wunderbarer Gedanke.

»Dad kannst du reinlassen.«

»Und wenn die Polizei uns retten kommt?«

»Die darf auch reinkommen, nur keiner von den Männern da draußen. Erst wenn ich wieder angezogen bin, okay?«

»Ja, Mum.«

Ich schätze, wir können es beide gebrauchen, so zu tun, als hätten wir ein Mitspracherecht, wer unser Zimmer betritt und wer nicht.

Das Wasser ist himmlisch. Unwillkürlich stöhne ich vor Vergnügen. Duschgel, Shampoo und Haarspülung sind von derselben Marke, die ich auch benutze, was mir seltsam vorkommt. Waren die Typen etwa in unserem Bad? Oder ist es nur Zufall? Millionen Frauen benutzen diese Produkte, sie sind nicht teuer. Ich beschließe, es für Zufall zu halten, denn mit der Alternative könnte ich weniger gut umgehen.

Ich höre ein Geräusch. Wird da die Wohnungstür zugeworfen? Ich beeile mich, wickle mir das Handtuch um die nassen Haare und starre zögernd die weiße, spitzenbesetzte Unterwäsche an. Es kommt mir sicherer vor, den alten, verschwitzen Büstenhalter und den Slip wieder anzuziehen, aber am Ende gewinnt das Bedürfnis, mich sauber zu fühlen. Ich reiße die Etiketten der neuen Wäsche ab und ziehe mich schnell an. Das Kleid ist kühl und bequem, eine willkommene Abwechslung zum verschwitzten T-Shirt und der Jeans. Im Spiegel sehe ich beinahe normal aus, als würde ich mich selbst spielen. Ich stopfe unsere schmutzigen Klamotten in die Kmart-Tasche und verlasse das Bad in dem Augenblick, als die Zimmertür aufgeschlossen wird. Schnell werfe ich die Tasche auf den Boden und setze mich zu Sasha aufs Bett. Das Handtuch immer noch um den Kopf, schaue ich zur Tür.

Als der Tätowierte eintritt, hält er inne und starrt mich an. Er riecht noch schlimmer als zuvor. Rechts an seinem Hals ist die Skimaske ein Stück nach oben gerutscht und entblößt Teile einer grünen Schlange und eines Spinnennetzes. Seine dünnen Lippen öffnen sich zu einem Schlitz und lassen schiefe gelbe Zähne erkennen. Er lächelt.

»Ich bin froh, dass dein neues Kleid dir gefällt«, erklärt er selbstzufrieden. Ich habe das Gefühl, mich jeden Moment übergeben zu müssen.

»Ja, danke. Zu duschen und uns umzuziehen hat uns beiden gutgetan.«

»Du hast ein Handtuch auf dem Kopf.«

»Ich hab mir die Haare gewaschen.« Etwas Besseres fällt mir nicht ein.

»Du siehst hübch aus.«

Sasha rückt näher zu mir heran und nimmt meine Hand.

»Chteh auf. Nicht *du*, Sacha. Nur Amy.«

Mir gefällt die Art nicht, wie er meinen Namen ausgesprochen hat. Warum soll ich aufstehen? Ich bekomme eine Gänsehaut und rühre mich nicht.

»Ich will, dass du aufchtehst und das Handtuch vom Kopf nimmst, Amy.«

Diesmal gehorche ich und starre dabei auf den Boden, sodass ich ihn und seine gruseligen Tattoos nicht ansehen muss. Ich halte das feuchte Handtuch in der linken Hand. Meine Lippen beben. Sasha drückt meine rechte Hand, gibt mir Halt.

»Chön. Deine Mutter ist sehr chön, Sacha.«

Der Tätowierte macht einen Schritt auf mich zu, streckt die Hand nach mir aus, obwohl ich zurückzucke.

»Chteh chtill, Amy«, sagt er in bösem Ton.

Ich erstarre beim Anblick seiner blutunterlaufenen Augen, deren Iris so dunkel sind, dass sich kaum ausmachen lässt, wo die Pupillen anfangen. Wie bodenlose Gruben. Verängstigt schaue ich weg, über seine Schulter, als könnte ich ihn auf diese Weise verschwinden lassen. Seine rauen Fingerspitzen schieben mir die feuchten Haare aus der Stirn und fahren langsam hinunter bis an mein Kinn. Sämtliches Blut scheint aus meinem Kopf zu verschwinden und dann wie in einer ans Ufer brandenden Welle zurückzuströmen. Er würde es nicht wagen, oder? Nicht vor meinem Sohn. Seine Fingerspitzen fahren an meinem Hals entlang, über mein Schlüsselbein. Mein ganzer Körper zittert, ich muss die Beine zusammenpressen, um mich nicht zu bepinkeln. Ich kann nicht glauben, was hier passiert, obwohl ich die ganze Zeit schon Angst davor hatte. Seine Fingerspitzen gleiten weiter nach unten. An der Kante des gelben Sommerkleids hält er inne, dann schiebt er einen Träger von meiner Schulter. Er will wissen, ob ich die Spitzenunterwäsche trage. Ich wusste es – das hätte ich nicht tun dürfen. Er betrachtet es als Einladung. Ich erröte. Jeden Moment muss ich kotzen.

»Fass meine Mummy nicht an«, faucht Sasha. Er springt vom Bett auf und wirft sich gegen die Hüfte des Tätowierten. Der Kerl stolpert einen Schritt nach hinten, Sasha springt ihn noch einmal an, boxt ihn in den Bauch und tritt gegen seine Schienbeine. Dann packt der Tätowierte Sashas beide Handgelenke mit einer Hand. Seine Augen funkeln vor Zorn, er holt mit dem anderen Arm aus, um den Jungen zu schlagen.

»Hör auf, Sasha! Er wird dir wehtun!« Ich versuche, Sasha zu mir heranzuziehen.

»Dave! Chaff deinen fetten, faulen Arch hier rüber!«, brüllt der Tätowierte und lässt die geballte Faust langsam sinken.

Einer der Zwillinge hastet durch die Tür, noch damit beschäftigt, sich die Maske übers Gesicht zu ziehen.

»Bring den Jungen hier raus.«

Instinktiv umklammere ich Sasha, halte ihn fest, aber wir werden von kräftigen Armen getrennt. Sasha schreit.

»Stopp! Hört auf!«, brülle ich und höre auf, mich zu wehren. »Sasha, geh mit dem Mann. Es wird nur einen Moment dauern. Dann wirst du zu mir zurückgebracht. Das wird er doch?« Flehend schaue ich auf, in diese schwarzen Augen.

»Ja, nur ein paar Minütchen, Junge, dann kannst du zurück zu deiner Mummy.«

Sasha sieht mich stirnrunzelnd und mit Tränen in den Augen an.

»Geh mit dem Mann, alles in Ordnung. Wir besprechen nur, wie wir heil nach Hause kommen. Okay?« Sasha wirkt nicht überzeugt, aber er hat keine Wahl. Der Zwilling, der Dave heißt, hält seinen Arm fest gepackt, zerrt ihn aus dem Zimmer und schließt die Tür. Jetzt gibt es kein Zurück mehr. Ich kann beinahe den heißen Atem an meinem Ohr spüren. Er wird mich festhalten. Egal, wie heftig ich mich wehre, ich darf nicht schreien. Sasha darf nichts hören.

Als er wieder näher kommt, liegt ein grausames Lächeln auf den dünnen Lippen. Ich drücke die Beine fest gegen das Bett, um sie am Zittern zu hindern. Dann ziehe ich den Träger des Kleids hoch. Als er direkt vor mir steht, schiebt er ihn wieder von meiner Schulter. Ich schließe die Augen und unternehme den verzweifelten Versuch, meine Seele zu schützen, indem ich mich innerlich von meinem Körper distanziere.

»Okay. Zeit fürs Gechäftliche.«

Vor Erleichterung werde ich beinahe ohnmächtig. Ich öffne die Augen. Gott sei Dank. Er ist ein Stück zurückgetreten und lehnt mit verschränkten Armen an der Kommode. Immer noch zitternd, setze ich mich wieder aufs Bett. Meine Beine wollen mich nicht mehr tragen.

»Amy?«

»Ja?« Ich atme tief durch, schiebe meine Angst beiseite und hebe das Kinn von der Brust.

»Sacha kann heute Abend nach Hause. Du musst ihn vorbereiten, damit er nicht auf die Idee kommt, sich zu wehren. Ich will dem Jungen nicht wehtun müssen, okay?«

Der Gedanke, von Sasha getrennt zu werden, macht mir Angst, aber ich beruhige mich mit dem Gedanken, ihn sicher in den Armen seines Vaters zu wissen.

»Okay«, stimme ich zu. »Was ist mit mir?«

»Chonny wird mir eine Menge Geld für dich zahlen, und du bist es wert. Aber er wird sich auch wegen der Morde, die er begangen hat, der Polizei chtellen. Er hat ein paar Kanaken plattgemacht, das respektiere ich, aber seinen eigenen Bruder umzubringen …« Er schüttelt ungläubig den Kopf. »Amy, dein Mann ist ein böser Mench, er wird für lange Zeit im Gefängnis landen. Du brauchst jemanden, der auf dich aufpasst. Warum nicht mich?«

Ich kann ihn bloß anstarren. Gleichzeitig versuche ich, seine Worte zu verdauen.

»Wenn ich deinen Jungen jetzt wieder reinhole, könntest du ihm natürlich sagen, was ich dir über seinen Dad erklärt habe, aber das wäre eine chlechte Idee. Willst du wissen, warum?«

»Warum?«, frage ich mit leiser Stimme. Wieder rauscht es in meinen Ohren. Mein Gesicht brennt. Am liebsten würde ich ihn anbrüllen: Johnny hat niemanden umgebracht!

»Kein Kind sollte erfahren, dass sein Vater ein dreckiger Mörder ist. Überlass es mir. Ich kümmere mich um den Jungen. Ich nehme den Rotzbengel auch als meinen eigenen an, wenn du das willst.« Seine Stimme und sein Blick machen mir eine Gänsehaut, so als würde er mich wieder anfassen. »Aber erst muss ich meine Oma zurückhaben, dafür muss ich Sacha austauchen. Wenn der Junge Dummheiten macht, kann er dabei draufgehen. Vielleicht gehen beide drauf, er *und* Chonny. Verchtehst du? Kannst du mir folgen, Amy?«

»Ja, natürlich.« Keine Ahnung, was er da von seiner Oma

faselt. Was zum Teufel hat Johnny gemacht? Jedenfalls würde ich alles sagen, damit mein Sohn endlich zurückkommt und dieser widerliche Irre aus dem Zimmer verschwindet.

»Braves Mädchen. Sorg dafür, dass Sacha kapiert, dass er auch brav sein muss.« Er wartet auf mein Nicken. »Johnny wird für lange Zeit eingechperrt. Aber du und ich, Amy, wir werden Geld ohne Ende haben. Wir können hinfliegen, wohin du willst.«

Zwei Schritte, dann steht er wieder vor dem Bett und zieht mich grob hoch. Sein Mund nähert sich meinem. Ich versuche, mich zu wehren, aber die grobe Wolle der Skimaske kratzt über meine Wangen, seine harten, dünnen Lippen pressen sich auf meine. Sein fauliger Atem lässt mich würgen. Als er mir die Zunge in den Mund schiebt, drehe ich das Gesicht weg, wieder voller Angst, was er mit mir machen wird. Aber er kichert, schiebt mich wieder aufs Bett und geht zur Tür.

»Du wirst lernen, mich zu mögen, Amy. Du wirst es lernen.«

Ich spüre immer noch die Zunge in meinem Mund und die Hände auf meiner Haut, als hätte ich sein Brandzeichen bekommen. Schnell wische ich seinen Speichel von meinen Lippen und schmecke die Galle in meiner Kehle. Sasha wird ins Zimmer geschoben und die Tür hinter ihm abgeschlossen. Wir laufen aufeinander zu und nehmen uns fest in den Arm.

»Der Mann ist böse, Mum. Wir müssen ihn umbringen.«

JOHNNY Wir haben noch fünfzehn Minuten bis zum verabredeten Treffen mit den Hyde-Zwillingen. Dad steuert seinen Hilux in die Brandon Avenue in Bankstown und biegt dann links in die Northam. Marko steigt aus, nimmt einen kleinen Gitarrenkoffer von der Ladefläche und geht auf das mehrstöckige öffentliche Parkhaus zu. Granny Slater, die jetzt allein auf der Rückbank sitzt, sagt keinen Ton. Sie kennt ihre Rolle im Plan und scheint bereit zu sein, ihrer neuen Freundin Branka zu helfen. Ich bin nervös, hoffe aber, dass unser Plan funktioniert. Sobald wir Sasha heil zurückhaben, folgen wir den Zwillingen zu Amy.

Dad legt einen U-Turn hin und biegt noch mal links ab, wieder in die Brandon, dann rechts in die Gasse neben der Werkstatt, in der man Autoscheiben tönen lassen kann. Hinter mehreren Müllcontainern macht die Gasse einen Knick und führt zu einer uralten, über Nacht verrammelten Reparaturwerkstatt. Hier ist genug Platz, um den Wagen zu wenden, sodass wir wieder in die Richtung stehen, aus der wir gekommen sind. Einen anderen Fluchtweg gibt es nicht. Dad schaltet die Scheinwerfer aus und lässt den Motor laufen. Der Himmel ist bewölkt, mondlos, es ist warm und still. Kein Mensch zu sehen. Der perfekte Ort für einen Hinterhalt. Marko ist unsere einzige Rückendeckung.

Er dürfte inzwischen das Dach des Parkhauses erreicht, sich zwischen zwei Autos auf den Boden gelegt und sein neues Remington M40A5 auf dem Zweibein in Anschlag gebracht haben. Wenn das Treffen sich als Falle entpuppt, wird Marko alles geben, um unsere Chancen ein wenig zu verbessern.

Ich kaue an meinem Daumennagel und frage mich, was die beiden letzten Tage mit meinem kleinen Jungen gemacht haben. Sasha ist tapfer. Beim Sport nimmt er keine Rücksicht auf Verluste. Wahrscheinlich hat er längst die Führungsrolle übernommen, sodass alles davon abhängt, wie Amy sich hält. Für die beiden muss es ein Albtraum sein. Scheiße. Ich schließe einen Moment die Augen und stelle mir vor, was ich mit Ink Slater machen werde.

An der Ecke tauchen Scheinwerfer auf. Jetzt muss ich mich darauf konzentrieren, Sasha zurückzubekommen oder jeden zu töten, der sich mir in den Weg stellt.

Die Scheinwerfer gehören zu einem schwarzen Mercedes SUV. Auf den vorderen Sitzen entdecke ich zwei identisch wirkende Silhouetten. Eine Gestalt in Sashas Größe kann ich nicht ausmachen.

»Rühren Sie sich nicht, bis ich komme, um Sie zu holen«, sage ich zu Granny Slater, ohne den Mercedes aus den Augen zu lassen.

»Ich steige aus, wenn ich Lust dazu hab«, erklärt die alte Dame ärgerlich, bewegt sich aber nicht vom Fleck.

Dad hebt seine abgesägte Schrotflinte, legt die Mündung aufs Armaturenbrett und zielt auf den Fahrer.

Langsam verlasse ich den Wagen, gleichzeitig steigt einer der Zwillinge aus dem Mercedes. Er hebt etwas vom Rücksitz. Mein Herz rast. Die Scheinwerfer blenden mich. Mit einer Hand schirme ich meine Augen vor dem grellen Licht ab.

Ja, es ist Sasha, mit einem schwarzen Sack über dem Kopf.

»Macht die Scheinwerfer aus, damit ich etwas sehen kann!« Meine Stimme ist über die beiden Motoren hinweg gerade eben zu hören. Die Scheinwerfer erlöschen. Daraufhin erkenne ich einen Moment lang nichts, bis meine Augen sich an die Dunkelheit gewöhnt haben. Dann sehe ich, dass Sashas Hände gefesselt sind und dass er versucht, sich von dem Mann loszureißen, der ihn festhält. Er hat meine Stimme gehört. Einen Moment lang spüre ich Panik.

»Bleib bei dem Mann, Sasha! Ich komme und hole dich. Alles ist gut, du bist so tapfer. Bleib da.«

Sobald Sasha aufhört, sich zu wehren, drehe ich mich um, öffne die Hintertür des Hilux und helfe Granny Slater heraus. In einer Plastiktüte hat sie eine große Tupperdose mit Brankas Hühnersuppe, dazu einen Laib Brot und einen Karton Milch. Branka konnte die Vorstellung nicht ertragen, dass die alte Dame mitten in der Nacht nach Hause kommt und nichts zu essen hat.

Außerdem trägt Granny Slater ihre Handtasche, natürlich ohne den alten Revolver. Ich nehme ihr die Plastiktüte ab, halte ihren Arm und gehe langsam mit ihr dem Zwilling entgegen, der Sasha festhält.

Wir treffen uns in der Mitte zwischen den beiden Autos. Ich lasse Granny Slaters Arm los.

Sie macht einen Schritt auf den Mann mit dem gepiercten Ohr zu und zischt ihn an: »Lass das arme Kind los. Ihr solltet euch schämen!«

Dave schiebt Sasha nach vorn. Ich ziehe ihn zu mir heran und reiche dem Mann die Plastiktüte mit dem Essen. Ich spüre, wie Sasha zittert. Über seinen Kopf ist etwas gestülpt, das nach einem Kissenbezug aussieht. Er versucht, mir etwas zu sagen, aber anscheinend ist er geknebelt. Ich höre nur verzweifelte Laute. Es kostet mich Mühe, nicht auf den Mann loszugehen, der vor mir steht. Immerhin besitzt er den Anstand, eine peinlich berührte Miene aufzusetzen.

»Ziemlich unterste Schublade, das alles, stimmt's?«, sage ich.

»Ich hätte es nicht so gemacht. Aber der Junge ist gut versorgt worden. Und Mrs Slater scheint es auch nicht schlecht gehabt zu haben.« Er wirft einen reumütigen Blick auf die Tüte mit Essen in seiner Hand. Granny Slater nimmt sie ihm ab und geht zum Mercedes.

»Auf Wiedersehen, Johnny, ich bin froh, dass Branka ihren Enkel zurückhat. Aber wartet, bis mein Enkel euch in die Finger bekommt. Und damit meine ich nicht Ian«, fügt sie hinzu.

Ich ignoriere die alte Dame und konzentriere mich auf den Mann mir gegenüber. »Sag mir, wo Amy ist. Ich hole sie ab, und die ganze Sache ist erledigt.«

Langsam schüttelt Dave Hyde den Kopf. »Das würde Ink nicht gefallen. Sorry.« Er deutet auf meinen Vater hinter dem Steuer. »Du solltest alleine kommen.«

»Tja, ich hab mich nicht daran gehalten. Und?«

Dave seufzt. »Hast du den Ersatz für Micks 700?«

Ich nicke, beuge mich hinunter, nehme Sasha auf den Arm, drücke ihn fest an mich und sage ihm, wie froh ich bin, dass er wieder da ist. Seine Antwort wird vom Knebel gedämpft. Ich gehe zum Wagen zurück und hebe ihn vorsichtig auf den Rücksitz, wo Granny Slater bis eben gesessen hat. Dann ziehe ich ihm den Kissenbezug vom Kopf. Sie haben ihn mit einer Art Klebeband geknebelt. Verdammte Bestien.

»Jetzt wird es kurz wehtun.« Ich reiße das Klebeband ab.

»Es tut mir leid, Dad«, flüstert er, als ich den Kabelbinder an seinen Handgelenken mit dem Messer durchtrenne.

»Du hast das toll gemacht, Sasha. Du bist so tapfer. Dir muss nichts leidtun.« Ich lege die Hände an seine Wangen und küsse ihn.

»Dad, ich weine nicht.« Seine Stimme zittert, die Tränen laufen ihm übers Gesicht.

»Ich weiß, dass du nicht weinst.« Wieder drücke ich meinen Sohn fest an mich. Wie habe ich zulassen können, dass ihm so etwas passiert? Dads riesige Hand tätschelt Sashas Knie.

»Dida, ich konnte Mummy nicht retten. Ich wollte, aber sie hat es nicht zugelassen.«

Der Blick meines Vaters lodert vor Zorn. »Du sehr mutig. Ich bin so stolz auf mein Sasha.«

»Jetzt musst du noch einen Moment tapfer sein, okay?« Ich spreche leise. »Bleib einfach hier bei Dida, ich bin gleich zurück.«

Ich nehme eine Sporttasche von der Ladefläche. Darin ist Markos Remington 700 verstaut, in Einzelteile zerlegt. Dave Hyde kommt mit einer ähnlichen Tasche auf mich zu. Er bleibt in der Mitte zwischen den Autos stehen und wartet.

»Du weißt, dass Mick sein Gewehr nur gegen ein Remington 700 tauscht?«

»Keine Sorge. Ich hab es hier.«

Mick kann offenbar nicht an sich halten. Er steigt aus, eine Schrotflinte in der Hand. Ich höre, wie Dad ohne Zögern reagiert und aus dem Hilux steigt. Ich brauche mich nicht umzudrehen, um zu wissen, dass auch er seine Schrotflinte schussbereit hat. Jetzt könnte die Angelegenheit schnell aus dem Ruder laufen, direkt vor Sashas Augen. Er könnte sogar selbst verletzt werden.

Mick bleibt zwei Meter vor mir stehen, seine Flinte zielt auf mein Herz. Ich hätte keine Chance. In Erwartung einer Kugel setzt mein Herz aus. Im Augenwinkel sehe ich, wie Dad rechts von mir vorrückt. Marko, schieß um Himmels willen nicht!

»Mach keinen Blödsinn, Mick. Ich passe schon auf, dass es das richtige Gewehr ist. Steig wieder in den Wagen.« In Daves Stimme liegt absolute Autorität. Ja, er ist der dominante Zwilling. Mick schnaubt und geht langsam zurück. Zum Glück tritt auch Dad den Rückzug an. Ich wage es, wieder zu atmen.

»Mach die Tasche auf und zeig mir das Ding«, sagt Dave seufzend.

Beide machen wir die Taschen auf und schauen hinein, wie zwei Kinder auf dem Schulhof, die ihre Pausenbrote vergleichen.

Sobald wir beide sicher sind, dass es sich um zwei gleiche Gewehre in ganz ähnlichen Sporttaschen handelt, tauschen wir.

»Reden wir doch Klartext und überlegen uns einen Plan, mit dem du und dein Bruder ausgesorgt hättet. Warum soll Slater der Einzige sein, der am Ende etwas einsackt? Ihr beiden macht die ganze Arbeit.«

»Klar doch. Glaub bloß nicht, wir würden den Boss verraten. Das läuft nicht. Ink bekommt einen Ständer, sobald er an deine Frau denkt, schon immer. Weiß nicht, warum. Für meinen Geschmack hat sie nicht genug Fleisch auf den Knochen. Aber ihm gefällt sie *so richtig*.«

Mir jucken die Finger. Am liebsten würde ich das Messer aus der Tasche ziehen und ihm zwischen die Rippen stoßen, aber natürlich ist er nur der Bote.

Dave starrt mich abwartend an. Vielleicht lässt ihn der Köder, den ich ausgeworfen habe, doch nicht ganz kalt. »Wenn wir sie dir bringen sollen, bräuchten wir mindestens ... die fünf Millionen, die du Ink geben wolltest. Dann würden wir ernsthaft darüber nachdenken.«

»Klingt vernünftig.« Ich möchte das Treffen in einer positiven Atmosphäre ausklingen lassen. »Das kann ich arrangieren. Tipp deine Handynummer ein.« Ich reiche ihm mein Telefon. Wieder mal hatte Marko recht. Auch die Hyde-Zwillinge haben ihren Preis.

»Sag mir die Wahrheit«, hake ich nach. »Habt ihr beide Ivan erschossen oder nicht?«

»Nein. Es war, wie Ink gesagt hat, wir sind zu spät gekommen.«

Dave tritt den Rückzug an, bleibt aber noch einmal stehen. Er ringt mit sich.

»Was ist?«, frage ich.

»Der Boss hat irgendwas über deine Frau gesagt. Er ist echt besessen von ihr. Ich glaube nicht, dass er sie zurückgeben will, egal, was du ihm zahlst. Wahrscheinlich stehst du dich besser, wenn du dich an mich hältst.«

»Wir haben einen Deal. Ich melde mich morgen, sobald ich das Geld habe. Bis dahin beschützt du Amy vor diesem elenden Arschloch. Okay?«

Er nickt, aber ich kann nicht wissen, ob er es ernst meint.

Ich mache einen Schritt auf ihn zu. »Wenn ihr irgendwas passiert, finde ich dich und bringe dich um.«

»Mach besser schnell mit dem Geld. Jetzt, wo der Junge nicht mehr da ist, muss er sich nicht mehr zurückhalten, wenn du verstehst, was ich meine?«

»Ich hab das Geld morgen. Pass noch einen Tag auf sie auf.«

Er nickt noch einmal und geht weg.

Ist sie im Augenblick mit Slater allein? Was macht er mit ihr? Das Blut rauscht mir durch den Körper wie ein Hornissenschwarm, mein Blickfeld verengt sich. Ich atme mehrmals tief durch und gehe zurück zum Beifahrersitz des Hilux. Sasha hockt auf der vorderen Kante der Rückbank und beugt sich zwischen den Sitzen vor. Sein Blick wirkt entschlossen.

»Dad, du musst mir eine Pistole geben. Dieser Mann, der Tätowierte ... Wir müssen ihn umbringen und Mummy zurückholen.«

Seine Worte lassen mich schaudern.

»Du machst dein *Dida* stolz.« Dad lehnt sich zurück und zerrauft Sashas Haare. Ich sehe Tränen in den Augen meines Vaters.

»Mummy hat gesagt, ich soll dir sagen ...«

»Warte mal, Sash. Ich muss gleich noch mal kurz raus. Keine Sorge. Schnall dich schon mal an. Bleib bei *Dida*. Ich suche deine Mum und bringe sie nach Hause.«

Dad folgt dem Mercedes, der aus der Gasse zurücksetzt. Als wir die Straßenecke erreichen, fahren wir beinahe Schritttempo. Ich schnappe mir die Tasche mit Micks Gewehr und springe aus dem Wagen. Geduckt laufe ich zu Ivans Range Rover, den ich ein Stück entfernt geparkt habe. Dad bremst lange genug, um mir Sichtschutz zu geben, dann biegt er rechts ab und fährt dem Mercedes hinterher. Ich folge mit dem Range Rover.

An der nächsten Ampel biegt Dad rechts ab, der Mercedes fährt geradeaus aufs Zentrum von Bankstown zu. Als Erstes werden sie Granny Slater absetzen, danach führen sie mich hoffentlich zu Amy. Ich muss den Zwillingen nur in sicherem Abstand folgen.

AMY Sasha wollte nicht weg, aber ich habe ihm erklärt, er könne sich nützlich machen und seinem Dad eine wichtige Nachricht überbringen.

»Du musst mir helfen und weiter stark sein, Sasha. Die Männer werden uns nichts tun. Für die ist das Geld, das Daddy ihnen geben wird, wichtiger. Okay? Verstehst du das?«

»Ja, schon. Aber ich glaube, der Tätowierte will dir *doch* was tun. Er soll dich nicht anfassen und so mit dir reden. Auf den Nächsten, der zur Tür reinkommt, gehe ich los. Wenn er umfällt, kannst du ihm gegen den Kopf treten, dann hauen wir schnell ab.«

»Ich glaube, ihr seht euch zu viele Western an, dein Dad und du. Die Männer sind bewaffnet, wir nicht, okay?«

»Okay.« Einmal mehr geht Sashas Großspurigkeit in Tränen über.

»Du musst Dad einfach jede Einzelheit erzählen, die wir wissen. Sag ihm, dass sie uns in einem Apartment festhalten, im dritten Stock eines Hauses. In Kings Cross oder irgendwo im Stadtzentrum.«

Wir sind es mehrmals durchgegangen. Es hat ihm geholfen, sich nützlich zu fühlen. Als sie gekommen sind, um ihn zu holen, ist er ruhig geblieben.

Jetzt warte ich auf das Unvermeidliche. Nachdem Sasha weg ist, hat der Tätowierte mich für sich allein. Er hat kein Geheimnis daraus gemacht, was er als Nächstes vorhat. Er wird durch diese Tür kommen, sie hinter sich abschließen und mich vergewaltigen. Bis dahin kann ich nur im Zimmer auf und ab gehen wie das Tier im Käfig, zu dem sie mich gemacht haben, schwitzend und von Ekel erfüllt. Ich habe meine Atmung nicht mehr unter Kontrolle, hocke mich auf die Unterschenkel und stecke den Kopf zwischen die Knie, damit ich nicht ohnmächtig werde. Ich bin furchtbar verängstigt und hilflos. Und scheißwütend.

Ich muss vorbereitet sein. Ist der Moment gekommen, um den Spiegel zu zertrümmern? Mir eine improvisierte Stichwaffe zu besorgen? Aber der Lärm wäre verräterisch und würde jeden Überraschungseffekt zunichtemachen. Und sowieso hätte ich gegen eine Pistole keine Chance.

Wieder einmal durchsuche ich das Zimmer vergeblich nach etwas, das sich als Waffe benutzen ließe. Ich hätte eine der Plastikgabeln behalten sollen. Mit einer Shampooflasche auf ihn einzuschlagen, dürfte nicht viel bringen. Und wenn ich ihm Shampoo in die Augen spritze? Ja! Das würde ihn für ein paar Sekunden lahmlegen. Ich verstecke die Flasche unter einem Kissen.

Ich hocke mich vor dem Ventilator auf den Boden und gehe meine Möglichkeiten durch. Vielleicht könnte ich mit dem Ventilator hinter der Tür warten und ihm das Ding über den Schädel ziehen. Aber wenn stattdessen einer der Zwillinge kommt?

Widerstand bringt nichts. Wenn er mich vergewaltigt und ich mich wehre, wird er mich wahrscheinlich schlagen. Und Shampoo in den Augen dürfte ihn bloß wütend machen. Lieber konzentriere ich mich auf seine Pistole. Natürlich könnte er sich auf seine pure Körperkraft verlassen, aber er ist ziemlich schmächtig. Wahrscheinlicher ist, dass er eine Waffe dabeihat, was mir die Chance gibt, sie ihm wegzunehmen und zu benutzen.

Könnte ich mich überwinden, ihn zu töten? Die instinktive Antwort zaubert ein grimmiges Lächeln auf meine Lippen. Das erste, seit sie Sasha geholt haben. Verdammt, natürlich könnte ich das!

JOHNNY Als der Mercedes in Slaters Straße biegt, fahre ich geradeaus weiter, biege einen Block weiter rechts ab und gleich noch mal. Kurz vor der nächsten Kreuzung finde ich einen Parkplatz. Es ist nicht ausgeschlossen, dass sie Ivans Auto erkennen, ich will nicht von ihren Scheinwerfern erfasst werden, falls sie hier entlangkommen. Von dort, wo ich stehe, sehe ich die roten Rücklichter in der Einfahrt von Granny Slaters Haus. Es ist ziemlich dunkel, aber ich habe den Eindruck, dass jemand – ihr Enkel – Granny Slater aus dem Wagen hilft. Wenn Slater und die Zwillinge hier sind, wer passt dann auf Amy auf?

Mein Handy vibriert. Dad.

»Sasha, er will dir was sagen. Ist wichtig.«

»Okay, Dad, gib ihm das Telefon.«

»Dad? Ich hab eben schon versucht, es dir zu sagen. Ich soll eine Nachricht überbringen. Mummy glaubt, wir waren in einem Partment in King Cross.«

»In Kings Cross?«

»Ja, oder vielleicht im Zentrum. In einem Partment. Nicht in einem richtigen Haus wie unserem. Es gibt eine Menge Treppen, das Haus ist alt. Ich soll dir sagen, es war im dritten Stock, die erste Tür rechts. Alles war richtig alt. Es sind drei Männer. Zwei sind gleich groß und haben dieselbe Stimme, wir glauben, es sind Zwillinge. Sie haben mich mit dem Auto zu dir gebracht. Wir glauben, der dritte Mann ist der Chef. Wir nennen ihn den Tätowierten.«

»Großartig, Sasha. Kannst du dich sonst an irgendwas erinnern?«

»Sie haben uns jeden Tag zu essen gebracht, aber dann hatten wir die Nase voll von Chinesisch und Pizza. Und sie haben uns neue Klamotten gegeben, alte Zeitschriften und einen Ventilator. Und der Tätowierte mag Mum in ihrem neuen Kleid. Er hat ihr Gesicht angefasst, und ich bin auf ihn losgegangen. Ich glaube, er ist wirklich böse. Und in Mummy verliebt. Das ist nicht richtig. Oder, Daddy?«

»Nein, auf keinen Fall. Das ist nicht richtig, Sasha. Ich

bringe sie heil und gesund zurück. Toll, dass du dir das alles gemerkt hast. Deine Mum wird stolz auf dich sein.«

Ich beende das Gespräch und lehne mich zurück. Ich werde Ink Slater die Augen ausdrücken, damit er nie wieder einen Blick auf meine Frau werfen kann. Dann schneide ich ihm die Hände ab.

Der Mercedes setzt aus Slaters Einfahrt zurück. Als der Wagen auf mich zukommt, lasse ich mich tief in den Sitz sinken. Er biegt rechts ab, ich folge ihm mit ausgeschalteten Scheinwerfern auf die Marion Street. Wir fahren Richtung Stadt. Ich achte darauf, dass drei Autos zwischen uns bleiben, aber zu wissen, dass sie wahrscheinlich nach Kings Cross wollen, macht es leichter, die Route vorauszuahnen.

Um halb drei in der Nacht von Samstag auf Sonntag spucken die Kneipen in Kings Cross ihre Gäste aus. Nichts ist mehr wie früher: Sydneys Rotlichtbezirk ist gentrifiziert worden und verwandelt sich in eine teure Wohngegend voller Banker.

Im Schneckentempo schleichen wir durch die Darlinghurst Road, vorbei an der Coke-Werbung. Ich bin zwei Autos hinter dem Mercedes, als er rechts abbiegt. Ein paar weitere Ecken, und sie halten vor einem dreistöckigen Art-déco-Gebäude in einem Viertel, das zu Elizabeth Bay gehört. Kings Cross ist keine offizielle Bezeichnung für einen Stadtteil, eines Tages wird der Name in Vergessenheit geraten sein.

Ich fahre langsamer und setze den Blinker, als würde ich nach einer Parklücke Ausschau halten. Dave steigt aus dem Wagen, schließt die Haustür auf und betritt das Gebäude. Gleich vor dem Haus biege ich in eine Gasse, damit ich nicht an Mick vorbeimuss. Er sitzt im Mercedes, hat die Scheibe heruntergelassen und zündet sich eine Zigarette an.

Ich schnappe mir die Parklücke, die ein anderes Auto gerade freimacht. Endlich habe ich ein bisschen Glück. Ich nehme die Pistole aus dem Handschuhfach, ziehe die Kapuze meines Hoodies hoch und gehe zurück zur Straßenecke. Etwa zwanzig Meter von dem Wohnhaus entfernt stelle ich mich in den Schatten eines Leopardenbaums, mit dem Rücken zum Mercedes, ziehe mein Handy aus der Tasche, lehne mich gegen eine Hauswand und tue so, als würde ich einem Gesprächspartner lauschen. Ich schalte die Kamera in den Selfie-Modus. Jetzt muss ich mich nur ein Stück nach links lehnen, um den geparkten Mercedes und den Bürgersteig zwischen dem Auto und dem Art-déco-Haus im Blick zu behalten.

Fünf Minuten später tritt Dave aus dem Gebäude, geht zum Mercedes und nimmt auf dem Beifahrersitz Platz. Sie reden kurz, dann fährt Mick los. Ich stoße sämtliche Luft aus und spüre, wie ein Glücksgefühl meinen ganzen Körper durchströmt. Sasha hat recht gehabt, Amy ist hier. Ich weiß nicht, wer sie da oben bewacht, aber die Hyde-Zwillinge können es nicht sein, und Slater sitzt wahrscheinlich zu Hause bei seiner Oma.

Ein Stück weiter an der Straße entdecke ich einen Pizzaladen. Ich gehe los und bestelle eine Pizza mit allem. Auf dem Weg zurück zum Haus schlinge ich zwei Stücke herunter. Ich muss mich über mich selbst wundern, aber der Geruch war einfach unwiderstehlich.

Auf den zu einer Doppeltür mit Holzrahmen führenden Stufen bleibe ich stehen und schaue mir die verblassenden Klingelschilder an. Sechs Namen, keiner davon Slater. Als ich gerade beschließe, zurück zum Auto zu gehen und alles Notwendige zu holen, öffnet sich die Tür, ein gut gekleidetes junges Paar spaziert heraus. Sie streiten sich und kümmern sich nicht darum, dass ich nach der zuschlagenden Tür greife und ins Haus trete. Wenn ich jetzt den Keil unter die Tür klemme, kann ich zum Auto zurück, die Waffe und die Drogen holen. Aber in der Zeit könnte jemand ins Haus gehen oder herauskommen, den Keil entfernen, und die Chance wäre dahin. Scheiße. Amy zu retten, ist jetzt das Wichtigste. Alles andere, was ich geplant habe, wäre ein Bonus.

Ich gehe die Treppe hinauf. Buntglasfenster ziehen sich drei Stockwerke hoch, durch das Licht der Straßenlaternen sind die Farben zu erkennen. Über die Mitte der Treppe zieht sich ein verschlissener roter Läufer. Wie mag es sich anfühlen, in so einem schönen Haus zu wohnen? Und was zum Teufel hat jemand wie Ink Slater hier zu suchen?

Auf der dritten Etage sehe ich gleich rechts die Tür mit der Aufschrift 3A. Hier wohnt angeblich ein Mr Fredrick Handers. Ich klopfe an. Laute Schritte nähern sich der Tür.

»Wer ist da?« Vom Akzent her tippe ich auf die westlichen Vorstädte, aber es ist nicht Slater.

»Ich bringe eine Pizza für Dave Hyde.«

Ich halte die Pizza in der linken Hand und die Glock in der rechten.

Die Tür geht auf. Vor mir steht ein bärtiger Biker-Typ in der obligatorischen Jeans-und-Lederjacke-Montur. Auf seinem im Fitnessstudio gestählten Bizeps findet eine beeindruckende Anzahl von Tattoos Platz. Er würdigt mich keines Blickes, hat nur Augen für die Pizza.

»Superidee, Dave«, sagt er und sucht in seinen Taschen nach Münzen fürs Trinkgeld.

Den Pizzakarton voran, dränge ich mich in die Wohnung, schlage ihm mit der Faust und dem Pistolengriff fest in den Magen und schiebe die Tür mit dem Fuß zu. Die Luft bleibt ihm weg, sein Gesicht landet im Pizzakarton, dann verpasse ich ihm mit dem Lauf der Glock einen Schlag auf den Hinterkopf. Wie ein Sandsack geht er zu Boden.

Ich lasse ihn im Flur liegen und dringe weiter in die Wohnung vor. Hohe Wände, alte Möbel aus dunklem Holz. Sogar ein Kronleuchter. Die erste Tür rechts ist geschlossen. Ich lasse die Finger von der Klinke und durchsuche mit der Waffe im Anschlag erst den Rest der Wohnung. Kein Mensch da. Jetzt versuche ich es an der geschlossenen Tür. Sie lässt sich nicht öffnen.

»Amy, bist du da drin?«

AMY Ich kann nicht glauben, was ich da höre.

»Johnny?«

Ein lauter dumpfer Schlag, Holz birst, das Schloss gibt nach. Johnny fliegt ins Zimmer und schafft es so gerade, nicht mit Wucht in mich hineinzukrachen.

Weinend stehe ich in der Mitte des Zimmers. Ich weiß selbst nicht, was für zusammenhangloses Zeug ich rede, aber er hält mich fest in den Armen. Ich trete einen Schritt zurück und schaue zu ihm hoch. Seine Augen sind blutunterlaufen, sein Gesicht ist blass und abgehärmt. Er wirkt deutlich älter.

»Ist Sasha in Sicherheit? Haben sie ihn dir zurückgegeben? Geht es ihm gut?«

»Ja, Schatz, es geht ihm gut, er ist bei Dad. Er ist in Sicherheit.«

Etwas blitzt in seinem Gesicht auf, wie eine vergessene Erinnerung. Dann plötzlich taucht hinter Johnnys Rücken ein großer bärtiger Biker auf. Er richtet eine Waffe auf uns.

Johnny muss es in meinem Blick gelesen haben. Langsam dreht er sich um. Dabei zieht er hinter seinem Rücken die Pistole.

Der Mann hält sich mit einer Hand den Kopf. Er schwankt und richtet die Pistole mal auf mich, mal auf Johnny.

»Ziel auf mich, Mann. Ich bin der Gefährliche«, sagt Johnny.

Sobald er die Pistole auf Johnny richtet, werfe ich mich auf die Beine des Kerls. Ein wunderschönes altmodisches

Rugby-Tackling gegen seine Knie. Sasha wäre stolz auf mich. Er kippt um wie ein gefällter Baum. Seine Pistole fliegt durch die Luft und landet draußen vor der Tür klappernd auf dem Boden.

»Gut gemacht, Ames!« Johnny klingt begeistert, aber seine Begeisterung ist nicht halb so groß wie meine. Der Mann will sich aufsetzen, aber Johnny drückt ihn nach unten, stellt einen Fuß auf seine Brust und hält ihm die Waffe vors Gesicht.

»Wie heißt du?«

»Pete?« Der Biker hebt am Ende die Stimme, als wäre er selbst nicht ganz sicher. Er ist jünger, als ich dachte.

»Gut, Pete, du wirst uns keinen Ärger mehr machen, stimmt's?«

Pete sagt nichts, rührt sich aber auch nicht vom Fleck.

»Schau mal, ob du etwas findest, womit wir ihn fesseln können, Ames.«

Zum ersten Mal seit Donnerstagabend verlasse ich das Zimmer. Neben der Wohnungstür liegt ein offener Pizzakarton. Petes Pistole ist bis ins Wohnzimmer gerutscht. Eine CZ Shadow. Gut, damit kann ich umgehen. Ich hebe sie auf, überprüfe, dass sie gesichert ist, und lasse das Magazin in meine Handfläche fallen. Voll. Ich schiebe es wieder rein und lade durch. Dann sehe ich mich um. Das große Zimmer ist in demselben dunklen Holzton möbliert wie das Schlafzimmer. Auf dem Couchtisch entdecke ich meine Handtasche und gehe schnurstracks darauf zu. Keine Pistole.

»Alles klar bei dir, Ames?«

»Ich hab Petes Pistole und suche nach einem Seil oder so was.«

Am Ende des Flurs komme ich in eine limonengrüne Küche, die geradewegs aus den Sechzigern zu stammen scheint.

Es dauert nicht lange, bis ich ein Päckchen mit schwarzem Kabelbinder und eine Rolle dickes Paketband gefunden habe – genau das, was sie für Sasha und mich benutzt haben.

Erst fesseln und knebeln wir Pete, dann fixieren wir ihn an dem alten Gasradiator in der Ecke des Zimmers.

»Lass uns von hier verschwinden«, sage ich und gehe zurück ins Wohnzimmer, um meine Handtasche zu holen.

»Ames, das Letzte, was ich möchte, ist, dich hier allein zu lassen, aber ich muss noch schnell ein paar Sachen aus dem Auto holen. Okay?«

Seine Worte versetzen mich in Panik.

»Nein, ich will mitkommen.«

Er tritt auf mich zu und nimmt mich wieder in den Arm.

»Ames, du musst jeden Hinweis darauf verschwinden lassen, dass wir hier waren. Das ist wichtig. Wisch alles ab, was du oder Sash angefasst haben könntet. Ich bin gleich wieder da. Dir wird nichts passieren. Versprochen.«

Er drückt mich ein letztes Mal.

»Behalt die Pistole in der Hand. Wenn jemand anders als ich in die Wohnung kommt, dann schieß.«

JOHNNY Als ich wieder die Treppen zu Apartment 3A hochsteige, höre ich unerwartet Stimmen.

Scheiße. Ich war keine fünf Minuten weg. Wer ist das? Alle drei? Ich bleibe im zweiten Stock stehen, ziehe schwarze Latexhandschuhe über und öffne den Reißverschluss der Sporttasche. Mit überraschend ruhigen Händen setze ich Mick Hydes Gewehr zusammen. Gott sei Dank haben wir das im Busch immer wieder trainiert. Das Gewehr ist nicht geladen, aber zwei Waffen machen immer mehr Eindruck als eine.

Ich schleiche die letzte Treppe hoch. Die Tür ist angelehnt.

Den Kolben des Gewehrs gegen die linke Schulter gedrückt und die Pistole in der rechten Hand, schiebe ich die Wohnungstür mit dem Gewehrlauf auf.

Schulter an Schulter, mit dem Rücken zu mir, stehen die Zwillinge im Flur. Einer hält eine Faustfeuerwaffe. Kein Ohrring, also Mick. Dave trägt zwei volle Einkaufstüten. Amy steht ihnen gegenüber in der Tür des Zimmers, in dem sie tagelang festgehalten wurde, hält Petes Pistole in beiden Händen und zielt auf Mick. Sie sieht mich nicht an.

Dave hält eine der Tüten hoch.

»Leg die Waffe weg, dann müssen wir dir nicht wehtun. Ich hab gedacht, Sandwiches mit Speck und Ei hängen dir zum Hals raus, also hab ich dir zum Frühstück ein bisschen Gebäck besorgt.«

Mein Gewehr zielt auf Micks breiten Rücken, mein Revolver auf Dave. Schöne breite Ziele. Ich trete noch einen Schritt vor.

»Rühr dich nicht vom Fleck, Dave. Keine Bewegung. Mick, lass die Waffe fallen. SOFORT!«

Beide Männer erstarren. Dave stößt einen leisen Fluch aus, aber Mick lässt die Pistole nicht los, also mache ich noch einen Schritt und stoße ihm den Lauf seines eigenen Gewehrs in den Rücken. Endlich lässt er die Waffe fallen. Dave dreht sich blitzschnell um und wirft mir die Tüte mit Gebäck ins Gesicht. Amy schießt Dave ins Bein, er geht zu Boden. Mick streckt die Hand nach seiner Pistole aus.

»Tu das nicht, Mick. Sieh dir deinen Bruder an.«

Dave sitzt auf dem Boden, greift sich an die Rückseite des Oberschenkels und lässt mich nicht aus den Augen.

»Hände auf den Kopf, Mick.«

Der riesige Mann richtet sich wieder auf und hebt langsam die Hände.

»Ich bringe dich um, aber erst ficke ich deine Frau vor deinen Augen zu Tode, bevor ich dich umbringe.« Wenn Mick wütend ist, wird er zum Dichter.

»Ja, ja, red nur. Amy, die Kabelbinder.«

Der Schuss war laut. Bald werden Sirenen zu hören sein. Wir müssen uns beeilen.

Wir zwingen die beiden, sich bäuchlings auf den Wohnzimmerboden zu legen. Amy hält sie in Schach, ich mache mich mit Kabelbindern und Paketband an die Arbeit. Während Amy weiter auf Dave aufpasst, nehme ich Mick mit ins Schlafzimmer. Im Vorbeigehen verpasst er Pete einen Tritt in den Magen. Was für ein Arsch. Ich fessele seine Hände an die andere Seite des Radiators, neben Pete, aber er hört nicht auf zu strampeln, sodass ich seine Beine nicht fesseln kann. Mit dem Griff des Revolvers schlage ich ihm seitlich gegen den Kopf. Er wird bewusstlos, ich fixiere seine Beine mit dem Klebeband.

»Dave, du musst aufstehen und in das andere Schlafzimmer gehen.« Mit der Waffe deute ich an, wohin er gehen soll. Trotz der Fesseln richtet er sich torkelnd auf und schafft es humpelnd in das andere Zimmer, wo ich seine Beine an einen anderen Radiator binde. Dann ziehe ich ihm den Gürtel von der Hüfte und benutze ihn als Druckverband für seinen Oberschenkel.

»Wir wollen doch nicht, dass du verblutest, bevor die Bullen kommen, oder?« Ich ahne, was er vorhat, und weiche seinem Kopfstoß aus. Ohne dass einer von uns weiteren Schaden nimmt, umwickle ich auch seine Beine mit Klebeband.

Amy hat Putzmittel gefunden und bemüht sich, alle Spuren unserer Anwesenheit in der Wohnung zu tilgen. Währenddessen verstecke ich Micks Gewehr und einen Schuhkarton voller Ecstasy im Kleiderschrank des Elternschlafzimmers. Auf dem Nachttisch entdecke ich Amys kleine Ruger und Ivans Beretta, dazwischen meine Gucci-Armbanduhr.

»Vielen herzlichen Dank«, sage ich zu niemand Speziellem.

Jetzt habe ich drei Waffen im Hosenbund und zwei Uhren am Arm. Aus meiner Gesäßtasche ziehe ich den kleinen Beutel mit Teppichfasern aus Stanislavs Transporter. Aber etwas lässt mich innehalten. Warum sollte ich ihn den Serben und den Bullen komplett zum Fraß vorwerfen?

»Johnny. Ich brauch dich hier.« Amys Stimme klingt seltsam, es kommt mir vor, als würde ich eine kalte Hand im Nacken spüren. Mir hätte klar sein sollen, dass alles zu glatt läuft.

Ich ziehe die Glock und gehe ins Wohnzimmer, wo Slater und Amy sich mit gezückten Waffen in einer Pattsituation gegenüberstehen.

»Chau an, Chonny, dann bist du gekommen, um Amy zu retten?« Slater lässt sie nicht aus den Augen.

»Ziel lieber auf mich, Slater. Ich bin der Gefährliche.« Die Nummer hat schon einmal funktioniert, also könnte der Versuch sich lohnen. Er dreht sich in meine Richtung, und Amy drückt ab. Slater lässt die Waffenhand sinken und packt sich mit links an die rechte Schulter. Ungläubig reißt er die Augen auf, taumelt auf sie zu, die Waffe zu Boden gerichtet.

»Du blöde Chlampe! Verdammt, warum hast du auf mich gechossen?«

Mit der linken Hand will er die Pistole aus seiner nicht mehr einsatzfähigen rechten nehmen. Wieder hebt er die Waffe, um sie auf Amy zu richten. Alles passiert in Zeitlupe. Mein Finger krümmt sich um den Abzug, aber Amy reagiert als Erste. Diesmal schießt sie ihm in die Brust. Slater fällt schon, als meine Kugel in seine linke Schulter dringt und ihn herumwirbeln lässt. Ehe er auf dem Rücken landet, drückt er noch ab und verfehlt Amy knapp. Völlig unbeeindruckt zielt sie aufs Slaters Stirn. Seine Augen sind offen, mit einem Ausdruck der Verwirrung. Er zuckt noch einmal und bleibt dann still liegen. Fasziniert starre ich Amy an.

Immer noch auf Slaters Gesicht fixiert, wird ihre Hautfarbe grünlich, als müsste sie sich jeden Moment übergeben. Ich ziehe sie von der Leiche weg. Sie setzt sich auf den Boden, ich drücke ihr den Kopf zwischen die Knie. Keuchend und ohne aufzusehen reicht sie mir die Waffe.

»Langsam atmen, Amy. Ruhig und langsam.« Ich schnappe mir einen Putzlappen vom Couchtisch, den Amy dort liegen gelassen haben muss, wische die Waffe ab und werfe sie auf den Boden. Dann sammle ich die drei Patronenhülsen auf, wische meine eigene Waffe ab und werfe sie auch auf den Fußboden. Hastig gehe ich in das Zimmer, in dem ich Dave Hyde an den Radiator gefesselt habe. Ich erwische ihn dabei, wie er sein Gesicht an der Wand reibt, um das Paketband von seinem Mund zu lösen.

»Hör mir gut zu, Dave. Euer Boss ist tot. Ich musste ihn erschießen, es war Notwehr. Die Polizei wird bald hier sein. Wenn ihr gefesselt bleibt, können sie nicht behaupten, ihr hättet ihn erschossen. Ein Wort über mich, und ihr habt eine Anklage wegen Entführung am Hals. Sobald die Geschworenen Amy und Sasha sehen, werden sie bedauern, dass Tod durch Erhängen keine Option mehr ist. Sag einfach, ihr hättet Streit mit Ink gehabt, er hätte dich und die anderen gefesselt. Dann hättest du eine unbekannte Stimme und Schüsse gehört, mehr weißt du nicht. Hast du verstanden?«

Er nickt langsam.

»Kannst du die beiden anderen auf Kurs halten?«

Wieder nickt er. Ich hoffe nur, dass er vernünftig ist.

Ich gehe zurück ins Wohnzimmer, Amy lächelt mich vorsichtig an.

»Jetzt haben sie hoffentlich begriffen, dass man sich mit uns nicht anlegt«, sagt sie.

»Du bist ein echter Knaller, Ames, aber wir müssen jetzt wirklich verschwinden. Vier Schüsse – irgendjemand muss etwas gehört haben.«

Ich schaue mich um. Wir sind fertig. Als ich die Tür hinter uns schließe und mögliche Fingerabdrücke abwische, höre ich immer noch keine Sirenen. Vielleicht sind die Leute hier in der Gegend an nächtliche Schüsse gewöhnt.

Auf der obersten Treppenstufe ziehe ich Amy an mich – ein langer, sanfter, beinahe keuscher Kuss. Ich vergrabe mein Gesicht in ihren Haaren und begreife endlich, was ich die ganze Zeit nicht zu fassen gekriegt habe.

AMY Als ich mich noch einmal in dem Zimmer umgesehen habe, in dem wir seit Donnerstagabend festgehalten wurden, habe ich bewusst nicht zu den beiden Männern am Radiator hinübergeschaut. Stattdessen habe ich die Kmart-Tasche mit unseren schmutzigen Sachen aufgehoben und mir dabei die CZ Shadow unter den Arm geklemmt. Mit der anderen Hand habe ich den Putzlappen genommen, den ich benutzt hatte, um unser Gefängnis und das Bad zu säubern. Dann habe ich gehört, dass sich die Wohnungstür öffnete. Ich war sowieso schon im Alarmzustand, aber jetzt kam es mir vor, als hätte mir jemand eine intravenöse Dosis Ephedrin verpasst. Schnell habe ich die Pistole unter meinem Arm gepackt und sie mit dem Daumen entsichert, wie ich es auf dem Schießstand gelernt habe.

Der Tätowierte muss das Blut und die Pizza an der Haustür bemerkt und begriffen haben, dass etwas schiefgelaufen war, denn als er aus dem Flur ins Wohnzimmer schlich, hatte er die Waffe schon gezückt. Der Mann, der mich vor ein paar Jahren auf dem Polizeirevier aufgefordert hatte, seinen Schwanz zu lutschen. Ohne Skimaske sah er nicht besser aus. Seine Augen huschten nervös hin und her, sein Gesichtsausdruck wechselte zwischen Belustigung und Wut. Er machte einen Schritt auf mich zu, ich hörte mein Blut rauschen. Kein guter Moment, um in Ohnmacht zu fallen. Ich zwang mich zum Atmen.

»Johnny. Ich brauch dich hier.« Meine Stimme klang, als wäre ich unter Wasser. Ich hielt die Waffe ausgestreckt in beiden Händen, den Finger ruhig am Abzug. Dank des Trainings waren mir die Bewegungen in Fleisch und Blut übergegangen, ich schaffte es, nicht zu zittern.

Am linken Rand meines Blickfelds tauchte Johnny auf, der ebenfalls auf den Tätowierten zielte. Jetzt gibt er auf, dachte ich. Zwei gegen einen. Ich wollte nicht auf ihn schießen.

»Chau an, Chonny, dann bist du gekommen, um Amy zu retten?«, zischte der Tätowierte, ohne den Blick von mir abzuwenden.

Was wir schon vorher geübt hatten, funktionierte auch jetzt. Der Tätowierte ließ sich von Johnny ablenken und fuhr herum, um ihn ins Visier zu nehmen. Die Haut unter seinen Tattoos spannte sich an, sein Blick funkelte wütend. Alles, was in diesem Moment zählte, war, Johnny zu beschützen. Ich atmete ein und zielte auf die rechte Schulter des Tätowierten. Beim Ausatmen drückte ich ab, auf den Rückstoß vorbereitet. Sofort richtete ich die Waffe wieder aus, um den nächsten Schuss abgeben zu können.

Der Tätowierte konzentrierte sich wieder auf mich, er wirkte überrascht und sagte etwas, das ich nicht verstand. Ich starrte auf die Pistole, die nutzlos in seiner rechten Hand baumelte. Er kam einen Schritt auf mich zu. Ich wollte, dass er aufgab, aber der dämliche Kerl packte seine Waffe mit der linken Hand und hob den Arm, um wieder auf mich zu zielen. Ich hatte keine Wahl und drückte ab. Mit brennender Wut im Bauch sah ich, wie das Blut sich auf seiner Brust ausbreitete. Dann hörte ich noch einen Schuss, er wirbelte herum und fiel mir vor die Füße. Als das Leben aus seinen schwarzen Augen schwand, wirkte er immer noch überrascht. Das Brennen in meinem Bauch verwandelte sich in Übelkeit, ich war kurz davor, mich zu übergeben. Aber dann hielt Johnny mich in den Armen, zog mich auf den Boden und schob mir den Kopf zwischen die Knie.

Jetzt renne ich mit klopfendem Herzen hinter Johnny die Treppe hinunter. Das Glas mit seinen verschiedenen Farben erinnert mich an ein Kirchenfenster. Johnny stößt die Haustür auf, die Nachtluft fühlt sich an wie ein Kuss.

Er nimmt mich an die Hand und führt mich um die Ecke zu einem schwarzen Range Rover. Ich erkenne Ivans Auto, der Schweiß auf meiner Haut wird eiskalt. Leise fluchend weiche ich vor der Beifahrertür zurück, aber die Sehnsucht nach Sasha ist stärker als meine Panik. Ich steige ein und hoffe, dass Johnny mein Zögern nicht bemerkt hat.

»Sorry, was hast du gesagt?«, fragt Johnny, als er den Gang einlegt und losfährt.

»Warum benutzen wir Ivans Auto? Wo ist Sasha? Wer passt auf ihn auf?«

»Er ist bei Mum und Dad, es geht ihm gut«, sagt Johnny und wendet sich mir zu. »Amy, es gibt eine Menge, worüber wir reden müssen.«

Sein Gesichtsausdruck ist merkwürdig. Plötzlich fühlt sich alles irgendwie falsch an. Ich stehe unter Schock. Ich habe gerade einen Menschen erschossen. Verdammt, ich kann es immer noch nicht glauben. Das Bild seiner toten Augen, die Einschusslöcher in seinen Schultern und in der Brust, das alles kommt mit der Macht eines Faustschlags zurück. Ich hatte mich gefragt, ob ich jemanden töten könnte. Die Antwort lautet offenbar Ja. Ich lasse das Seitenfenster herunter und strecke den Kopf hinaus, für den Fall, dass ich mich übergeben muss. Als ich die Beherrschung zurückgewonnen habe, schaue ich Johnny an. Er hat nur die Straße im Blick.

»Okay, dann können wir ja Sasha abholen und nach Hause fahren.«

»Nein, sie haben einen Molotowcocktail in unser Haus geworfen. Es ist abgebrannt. Mein Auto auch. Wir können nicht nach Hause, Schatz, es tut mir leid.«

Ein furchtbares Weinen erfüllt den Wagen. Erst als ich

die Tränen auf meinen Wangen spüre, begreife ich, dass ich mich selbst höre.

»Wie sollen wir da rauskommen, Johnny? Das ist ein Krieg, und wir sind mittendrin. Ich hab gerade jemanden erschossen!« Wieder schluchze ich los, bis ich mich irgendwann unter Kontrolle habe.

»Er hieß Ink Slater und hat den Tod verdient, Amy. Außerdem hab ich auch auf ihn geschossen, stimmt's?«

Wir wissen beide, dass er durch meinen Schuss ums Leben gekommen ist, aber Johnny will nicht, dass ich die Last allein trage.

»Du musst jetzt einen Moment still sein, während ich mit MacPherson telefoniere.«

Ich schlage mir die Hand vor den Mund, er tippt eine Nummer ein. Das Telefon läuft über die Autolautsprecher, sodass ich von allen Seiten den Rufton höre.

»MacPherson.« Eine schläfrige Stimme.

»Johnny Novak.«

»Was wollen Sie mitten in der Nacht?«

»Ich habe eine Adresse für Sie, in Elizabeth Bay. Vielleicht möchten Sie ein Team hinschicken. Und wenn Sie schon dabei sind, könnten Sie sich auch den schwarzen Mercedes ML63 ansehen, der gleich um die Ecke steht.«

»Wie lautet die Adresse?«

Als er alles notiert hat, will der Detective mehr wissen.

»In welcher Verbindung stehen Sie zu dieser Adresse?«

»In keiner, Mann. Ich helfe Ihnen nur, Ihren Fall zu lösen.«

»Hmm, wir werden sehen. Ich erwarte Sie immer noch um neun auf dem Revier. Ansonsten komme ich Sie holen.«

»Keine Sorge. Ich komme mit Vergnügen.«

Ich habe einen Mann getötet, und Johnny schickt die Polizei zum Tatort, den wir gerade verlassen haben. Ich bin so müde. Warum nicht kurz die Augen schließen?

JOHNNY Als wir bei Mum und Dad ankommen, schläft Amy noch. Ich trage sie ins Haus, sie fühlt sich in meinen Armen zerbrechlich an. Als sie zu Sasha in mein altes Bett klettert, wacht der Junge auf und dreht vor Freude durch. Sie zusammen zu sehen ist verwirrend. Sasha sitzt auf Amys Schoß, schlingt ihr die dünnen Arme um den Hals und sagt ihr weinend, wie leid es ihm tue, dass er sie nicht gerettet hat. Es hätte der herzzerreißendste Anblick meines Lebens sein sollen, aber das T-Shirt aus Ivans Kofferraum geht mir einfach nicht aus dem Kopf. Warum liegt im Wagen meines Bruders ein T-Shirt, das nach Sex und nach Amy riecht? Schon den ganzen Weg hierher hat mich diese schreckliche Frage gequält.

Mum und Dad tauchen auf. Mum besteht darauf, dass wir alle etwas essen. Sie macht getoastete Sandwiches, ich verlasse die Küche, weil ich sowieso nichts herunterbringen würde. Stattdessen setze ich mich auf die Stufen zur Veranda und schaue auf die dunkle Straße hinaus. Ivans Beretta liegt unter einer Zeitung versteckt auf meinem Schoß. Es dauert nicht lange, bis Dad mir eine Tasse Tee bringt.

»Warum du sitzt hier mit Pistole? Soll ich rufen Jungs? Sollen kommen zurück?«

Ich bedaure es nicht, dass wir die Männer nach Hause geschickt haben, als wir mit Granny Slater aufgebrochen sind. Aber heute Nacht werde ich so oder so kein Auge zutun. »Nein, Dad. Ich halte Wache, nur für alle Fälle.«

»Okay. Wenn sie kommen, wir sind bereit.« Er geht wieder ins Haus und kommt gleich darauf mit zwei Küchenstühlen zurück, geht an mir vorbei und stellt sie unten vor die Stufen. Dann zieht er seine Pistole aus dem Hosenbund und nimmt Platz.

»Ist bequemer.«

Ich setze mich auf den anderen Stuhl und reiche ihm einen

Teil der Zeitung, damit auch er seine Waffe verbergen kann. Er legt mir eine Hand auf die Schulter, drückt kurz zu und lässt sie wieder in den Schoß sinken. Seine Berührung treibt mir Tränen in die Augen.

Mein Gehirn schaltet auf schnellen Vorlauf.

Die Zwillinge und der junge Pete dürften inzwischen in Polizeigewahrsam sein. Der Rest von Slaters Leuten wird bald erfahren, dass es schlecht für sie gelaufen ist. Es ist unwahrscheinlich, dass sie heute Nacht zurückschlagen. Vielleicht tun sie es nie. Ich könnte die Telefonate mit den Serben und den Italienern hinauszögern. Den Bikern die Chance geben, sich zu zerstreuen. Ihnen die Chance geben, diese Art Leben hinter sich zu lassen.

Wie auch immer, ich werde unseren Sieg nicht leichtfertig aufs Spiel setzen. Nicht heute Nacht. Stattdessen sitze ich hier, mit einer Tasse Tee, einer Pistole und einer Zeitung, Seite an Seite mit meinem Vater.

Ich müsste mich euphorisch fühlen. Ink Slater ist tot und keine Bedrohung mehr. Ich habe die Zwillinge auf eine Art und Weise ausgetrickst, die sie in ihren Ausmaßen wahrscheinlich noch gar nicht begriffen haben. Ich habe meinen Sohn und meine Frau gerettet. Oder meine Frau mich? Hätte Slater mich erschossen, wenn sie gezögert hätte? Immer noch sehe ich Amys entschlossenen Gesichtsausdruck vor mir, ihre ruhigen Hände beim zweiten Schuss, dem Schuss, der Ink Slater das Leben gekostet hat. Kenne ich meine Frau überhaupt? Ich drehe den Kopf hin und her, um die Spannung zu lösen, die Fragen müssen warten. Ich trinke einen Schluck Tee, lasse meinen Gedanken freien Lauf.

Aber sie bleiben immer wieder an derselben Stelle hängen. An dem T-Shirt im Kofferraum des Range Rover.

Die Erkenntnis, die ich zu vermeiden versucht habe, trifft mich wie ein Vorschlaghammer, der mir erst gegen die eine, dann gegen die andere Kniekehle schlägt. Amy. Ivan. Konnte

Ivan mir deshalb bei unserer letzten Begegnung nicht in die Augen sehen? Ein bodenloser Abgrund des Verrats tut sich unter mir auf.

Wie lange ist es vor seinem Tod schon gelaufen? Ich packe die Teetasse so fest, dass der Henkel abbricht. Kurz schaue ich zu Dad hinüber, um zu sehen, ob er es gemerkt hat, aber seine Augen sind geschlossen. Ich lasse den Henkel in die leere Tasse fallen und stelle sie auf den Boden.

Irgendwie muss ich alles falsch verstanden haben. Es ist unmöglich. Ivan hat sich mir gegenüber immer loyal verhalten, egal, was war. Bei Amy bin ich mir nicht sicher. Vielleicht könnte sie mich betrügen. Töten kann sie, das weiß ich inzwischen. Kann man eine Frau je wirklich kennen?

Nein, so kann es nicht gewesen sein. Ich zwinge mich, über das andere Problem nachzudenken.

Es gibt keinen Grund, warum Ink Slater oder Dave Hyde mich über den Mord an Ivan hätten anlügen sollen. Es waren nicht die Zwillinge, die Ivan in der Nacht seines Todes aufgelauert haben. Stanislav Vucavec könnte den Anschlag auf den Sohn seines alten Feindes in Auftrag gegeben haben. Aber das hat mich von Anfang nicht überzeugt und überzeugt mich noch immer nicht. Was übersehe ich?

Ich dachte, Amy wäre zu mir nach Hause gekommen, als sie mich im Treppenhaus mit den Buntglasfenstern geküsst hat – auch wenn wir im Moment kein Zuhause haben. Das war, bevor ich von ihr und Ivan erfahren habe. Wobei, wirklich erfahren habe ich nichts, oder?

Ich kippe den Stuhl zurück gegen die Wand und reibe mir die Augen. Ich will mich auf Ivans Mörder konzentrieren, nicht auf Ivan und Amy. Was weiß ich bisher?

Ich weiß, dass Ivan mit Vorsatz ermordet wurde. Man pickt sich nicht wahllos irgendwen heraus, wartet darauf, dass er den Müll rausbringt, und knallt ihn mit einem Gewehr ab. Wenn es weder Slaters Leute noch die Serben waren, wer bleibt dann übrig? Die Italiener? Ernsthaft? Warum? Ivan wurde vor Tony Fazzini erschossen. Und die Chinesen sind auch außen vor, denn unsere Interessen überlappen sich nicht. Die Libanesen?

Die These, dass Ivans Mörder die vorangegangenen Schüsse auf Michael Vucavec ausgenutzt hat, um eine falsche Fährte zu legen, ergibt Sinn. Der Schütze war also ein Nachahmungstäter. Was wiederum dagegen spricht, dass es irgendein Typ war, der seine Frau mit Ivan im Bett erwischt hat. Solche Morde werden in einer Aufwallung von Leidenschaft begangen. Es wäre ziemlich kaltblütig gewesen, eine Gang-Schießerei auszunutzen, um die neueste Eroberung der Ehefrau aus dem Weg zu räumen. Wenn also weder ein wütender Ehemann noch einer unserer Feinde infrage kommt, wer dann?

Wurde Ivan getötet, weil er eine Affäre mit Amy hatte? Ich schließe die Augen und versuche es mir vorzustellen. Dad hat eine Remington 303, aber natürlich hätte er sich eine 700 besorgen können, kein Problem. Nur dass es keinen Sinn ergibt. Hätte Dad von der Affäre erfahren, hätte er Amy erschossen, nicht seinen eigenen Sohn.

Mum könnte keine Waffe abfeuern, schon gar kein Gewehr. Na ja, das glaube ich zumindest, wobei mich die Frauen in meiner Familie in den letzten Tagen mehr als einmal überrascht haben. Aber der bloße Gedanke, dass Mum auf Ivan schießen würde, ist irrsinnig.

Und Marko? Bis vor wenigen Stunden hat er eine Remington 700 besessen. Nein, zwei sogar. Außerdem war er während des Kriegs Scharfschütze in der kroatischen Armee. Aber dass er seinen besten Freund wegen einer Affäre erschossen hätte, ist undenkbar. Mal davon abgesehen, dass er mich nicht mag und keinen Grund hätte, sich für mich einzusetzen.

Amy. Amy. Ein Schmerz schießt mir in die Brust. Amy ist

die wahrscheinlichste Verdächtige. Falls sie *wirklich* eine Affäre mit Ivan hatte und sie beenden wollte, Ivan aber nicht einverstanden war, hätte sie gewaltsam reagieren können. Sie hat heute Nacht bewiesen, dass sie in der Lage ist, einen Mann zu töten. Ich sehe das Tackling wieder vor mir, mit dem sie den jungen Pete zu Boden geworfen hat. Sie hat Nerven wie Drahtseile.

Nochmals nein. Amy weiß weder, wie man mit einem Gewehr umgeht, noch hat sie Zugang zu einem. Außerdem lag sie in der Nacht von Ivans Tod bei mir im Bett. Oder? Eine Stimme in meinem Hinterkopf gibt mir die Antwort. Amy sagt immer, ich würde selbst dann durchschlafen, wenn ich mit einem Bein in einem Ameisennest stünde. Könnte ich geschlafen haben, während sie aufgestanden ist und sich mit einem Gewehr hinaus in die Nacht geschlichen hat? Und könnte sie dann zu Fuß mit diesem Gewehr die sechs Blocks bis zu Ivans Haus gegangen sein? Das wäre selbst mitten in der Nacht ziemlich riskant gewesen.

Ich atme tief aus. Ich kann mir nicht vorstellen, dass Amy es gewesen sein könnte. Vielleicht will ich es mir einfach nicht vorstellen. Meine Gedanken drehen sich im Kreis. Nichts ergibt wirklich Sinn.

Im Osten hellt sich der Himmel langsam auf. Ich schließe die Augen und versuche, mich auf das in wenigen Stunden bevorstehende Treffen mit MacPherson zu konzentrieren. Noch kann alles den Bach runtergehen. Verdammte CSI-Typen.

Dad fängt an zu schnarchen und sackt ein Stück nach rechts. Ich rücke meinen Stuhl etwas näher heran, lege den Arm um ihn, damit er seinen kolossalen Schädel auf meine Schulter legen kann. Er riecht nach Selbstgedrehten, Bier und Brylcreme. Ich fühle mich auf seltsame Weise getröstet und schließe die Augen. In diesem Moment stimmt ein Schwarm Kookaburras sein typisches Gelächter an. Ich weiß, dass die Vögel damit den Morgen begrüßen, werde aber trotzdem das Gefühl nicht los, dass sie mich auslachen.

JOHNNY Ich habe nicht geschlafen, aber nach dem Duschen fühle ich mich fast wieder wie ein Mensch. Tagsüber scheint es mir besser zu gelingen, die düsteren Gedanken aus meinem Kopf zu verbannen. Und dank Sashas und Amys Rückkehr war das Frühstück im Haus der Novaks eine festliche Angelegenheit.

Im Eingangsbereich des Polizeireviers steht ein geschmückter Weihnachtsbaum. Wie stimmungsvoll. Sam Dillard in seinem blassblauen Anzug erwartet mich am Empfang. Wie üblich telefoniert er, aber wir schütteln uns freundlich die Hände.

»Irgendwas, das ich wissen sollte?«, fragt er, als er sein Telefonat beendet hat, und zieht mich ein Stück beiseite, damit der Sergeant am Empfang nicht mithören kann.

»Nein, ich denke, so weit ist alles klar, ich hab Sie nur hergebeten, damit Dad nicht ausflippt.«

»Okay, dann lasse ich Sie machen. Ich greife nur ein, wenn ich das Gefühl habe, irgendwas läuft schief.«

Sobald MacPherson, Dillard und ich im Vernehmungsraum Platz genommen haben, ziehe ich mein Handy heraus und spiele die Aufnahme von Slater ab, wie er die beiden Morde gesteht. Anto hat die Stellen herausgeschnitten, wo es um den Ecstasy-Raub geht und wo Slater den Mord an Ivan leugnet.

»Wie sind Sie an diese Aufnahme gekommen?«, fragt MacPherson.

»Ich habe mich gestern mit Slater getroffen und ein winziges Aufnahmegerät mitgenommen. Clever, was?«

»Illegal.« MacPherson wirft mir einen finsteren Blick zu. »Ihnen ist doch klar, dass die Aufnahme vor Gericht nicht verwendet werden kann? Und warum erzählt er so etwas ausgerechnet *Ihnen*?«

»Es gibt Idioten, die mit ihren Verbrechen prahlen. Ich weiß nicht, ob es Ihnen schon aufgefallen ist, Detective, aber die meisten Kriminellen sind ziemlich dumm.«

MacPherson legt den Kopf zurück und lacht herzhaft. Unwillkürlich muss ich mitlachen. Sam wirkt besorgt.

MacPherson reibt sich die Augen. »Ich schätze, Sie wollen wissen, was unser Besuch in der Wohnung in Elizabeth Bay heute Nacht ergeben hat? Wie haben Sie von der Adresse erfahren?« Er beugt sich vor, jetzt wieder komplett ernst. »Haben Sie Ink Slater erschossen?«

»Ich?«, frage ich mit ungläubiger Miene. Sam gibt ein ersticktes Geräusch von sich. »Ich bin nicht mal in der Nähe gewesen. Ein kleines Vögelchen hat mir gesagt, Sie hätten vielleicht Interesse, also hab ich Sie angerufen. Dann ist Ink Slater also tot? Das ist die beste Nachricht seit Langem.«

»Was hat das Vögelchen Ihnen sonst noch erzählt?«

»Nur das, was ich am Telefon schon gesagt habe, ehrlich. Ich hab nur diese Adresse erfahren.« Ich bin die Unschuld in Person. »Aber Sie sehen ziemlich zufrieden aus, Mann, und ich schätze, dazu hab ich etwas beigetragen. Als gesetzestreuer Bürger, der der Polizei gern hilft, hab ich es sicher verdient, zu erfahren, was Sie gefunden haben.«

»Tatsächlich?« MacPherson mustert mich demonstrativ, aber ich merke, dass er auf etwas Großem sitzt und es nicht erwarten kann, davon zu erzählen. Ich schaue Sam an, in der Hoffnung, er kann MacPherson dazu bringen, es auszuspucken.

»Kommen Sie schon, Detective, sicher hat Mr Novak ein Anrecht darauf, zu erfahren, was sich aus den Informationen, die er Ihnen so großzügig zur Verfügung gestellt hat, ergeben hat.«

MacPherson schaut zwischen Sam und mir hin und her und lacht erneut.

»Ian ›Ink‹ Slater ist an der Adresse, die Sie mir genannt haben, durch mehrere Schüsse getötet worden.«

»Ein Segen«, brumme ich. »Ohne dieses Stück Scheiße ist die Welt besser dran. Was haben Sie sonst noch gefunden?«

MacPherson zögert, aber ich beuge mich vor, so gespannt, dass ich ihn praktisch mit meiner Willenskraft dazu bewege, mehr preiszugeben.

»Wir werden es im Lauf des Tages sowieso an die Presse geben, da kann ich es Ihnen ruhig jetzt schon sagen. Von der Leiche abgesehen, haben wir einen Schuhkarton voller Pillen gefunden, ganz wie die, die wir vor wenigen Stunden auch unter Slaters Bett entdeckt haben. Die Kennzeichnung der Pillen deutet darauf hin, dass sie aus derselben Quelle stammen, was eine genauere Analyse natürlich noch bestätigen muss.«

Granny Slater tut mir leid. Ihr Enkel ist tot, die Razzia im Morgengrauen, auf die ich gehofft habe, hat tatsächlich stattgefunden. Ich werde später bei ihr vorbeifahren und nach ihr sehen.

»Sonst noch was?«

»Alles in allem haben wir Drogen mit einem Straßenverkaufswert von über einer Million gefunden. Außerdem drei andere Mitglieder seiner Gang, dankenswerterweise gefesselt und geknebelt. Darunter beide Hyde-Zwillinge, einer mit einer Schusswunde im Bein. Ich habe den Verdacht, dass wir uns dafür bei Ihnen bedanken können, Johnny. Stimmt's?«

»Niemals! Damit hab ich nichts zu tun. Von wegen!«

MacPherson starrt mich an, wahrscheinlich überlegt er, wie er mich aus dem Konzept bringen kann. Gleichzeitig scheint er darauf zu brennen, sich weiter über die Razzia auszulassen.

»Wir haben zwei Remington-700-Gewehre gefunden, eins in der Wohnung, das andere in dem Mercedes SUV um die Ecke, der auf den Namen Ian Slater zugelassen ist. Dazu noch mehrere Faustfeuerwaffen in der Wohnung. Fingerabdrücke Fehlanzeige.« Er legt eine Kunstpause ein und schaut mir einige Sekunden direkt in die Augen. »Aber im Abfluss der

Dusche hatten sich ein paar lange blonde Haare verfangen. Hat Ihre Frau nicht lange blonde Haare?«

»In den östlichen Vorstädten gibt's Blondinen ohne Ende, Mann. Was hätte meine Frau dort zu suchen gehabt?« Aber er hat mich in die Defensive gedrängt. Ich spiele ein gefährliches Spiel.

»Ich weiß es nicht, Johnny, aber es könnte sich lohnen, später in diese Richtung zu ermitteln. Inzwischen haben wir noch etwas anderes Interessantes gefunden: einen hübschen, eindeutigen Daumenabdruck auf der Patronenhülse vom Schauplatz des Raubüberfalls auf die Serben. Die Kugel, die wir aus Zoran Milović herausgezogen haben, passt genau zu dieser Hülse. Und jetzt raten Sie mal, wem wir den Abdruck zuordnen konnten? Ihr Vetter Marko Novak war der Letzte, der die Hülse berührt hat. Was ihn eindeutig mit dem Überfall auf der Marsh Street Bridge am Donnerstagabend in Verbindung bringt.«

Sein plötzlicher Richtungswechsel ist wie ein Schlag in den Magen. Er muss meine Reaktion bemerken. Das tut auch Sam, der die Hand hebt und eingreifen will. Aber ich bin auf das Szenario vorbereitet.

»Marko hat seine Pistole vor ein paar Wochen bei mir zu Hause gelassen. Er hatte Besuch aus Kroatien, mit kleinen Kindern, da wollte er auf Nummer sicher gehen. Ich habe sie natürlich im Waffenschrank verstaut, wo sie hingehört. Aber als diese ekligen Hyde-Brüder letzte Woche in mein Haus eingebrochen sind, haben sie sie mitgenommen.«

»Wie praktisch. Den Diebstahl haben Sie nicht angezeigt, Johnny, obwohl Sie die perfekte Gelegenheit dazu hatten, als ich bei Ihnen auf dem Sofa saß und wir über die anderen Vorfälle gesprochen haben.«

Die Bemerkung trägt mir einen irritierten Blick von Sam ein, aber er hält sich zurück.

»Klar, aber ich hab Ihnen die Kugeln in der Zimmerwand

gezeigt. Ich hab Ihnen gezeigt, was sie mit dem Nachbarshund gemacht haben. Der Einbruch war am Abend danach. Ich hätte Sie noch mal anrufen und ihn melden können, aber ich dachte, Sie hätten schon genug um die Ohren. Außerdem hat Ihr Team sich nicht gerade mit Ruhm bekleckert, was den Mord an meinem Bruder angeht.«

MacPherson ignoriert die Spitze. »Vielleicht haben Sie auch deshalb nicht angerufen, weil es sich um eine illegale Feuerwaffe gehandelt hat, die auf dem Schwarzmarkt gekauft und deren Seriennummer abgefeilt war.«

»Tatsächlich? Das wusste ich nicht.«

»Natürlich nicht. Nun ja, die Pistole, aus der die Kugel auf Milovic abgefeuert wurde, haben wir praktischerweise unter Slaters Bett gefunden, und der kann Ihre Geschichte nicht mehr widerlegen.« Seufzend lehnt MacPherson sich zurück, noch immer spielt ein Lächeln um seine Mundwinkel.

»Sehen Sie, mein Bauch sagt mir, dass Sie die ganze Sache ausgeheckt haben. Sie haben Stanislav Vucavec und seine Männer überfallen, die Tat Ink Slater angehängt und die Geschichte letzte Nacht in Kings Cross inszeniert.«

»Ganz bestimmt nicht, Detective MacPherson. Ernsthaft, ich bin Legastheniker, so clever bin ich nicht.«

AMY Letzte Nacht, als ich in dem Apartment in Kings Cross alles abgewischt habe, bin ich in der Küche auf mein Handy gestoßen, das mit klebrigen Fingerabdrücken übersät war. Ich hatte dem Tätowierten den Pincode geben müssen, damit er Johnny anrufen konnte. Plötzlich habe ich mich gefragt, ob er sich meine Fotos angesehen hat. Angeekelt habe ich das Handy ins Spülbecken geworfen, mit Bleichmittel eingesprüht und es von allen Seiten abgewischt.

Im Moment ist Johnny auf dem Polizeirevier, Branka bereitet das Mittagessen vor, Milan und Sasha sehen sich im Fernsehen Rugby-Wiederholungen an. Ich suche mir ein Plätzchen in einer Ecke des Gartens, im Schatten von Bananenbäumen. Als ich Chaz' Nummer wähle, rieche ich immer noch das Bleichmittel.

»Oh, Gott sei Dank, Amy! Wo zum Teufel bist du gewesen? Warum hast du mich nicht zurückgerufen?« Chaz klingt total sauer.

»Es tut mir wirklich leid, Chaz. Alles ist ... ein bisschen außer Kontrolle geraten.« Ich habe keine Ahnung, was ich ihr sagen soll.

»Wo bist du?«

»Bei Milan und Branka.«

»Dann bist du schon von der Nordküste zurück?«

»Wir sind gar nicht erst da gewesen.«

»Was ist passiert? Johnny sollte mich anrufen, sobald er etwas von dir hört. Ich hab es immer wieder bei ihm probiert, aber er hat mich nicht zurückgerufen! Ich bin so wütend auf euch beide, dass ihr mich im Unklaren gelassen habt!«

»Es tut mir wirklich leid.« Ich treffe eine Entscheidung. »Du darfst niemandem verraten, was ich dir jetzt sage. Bist du allein?«

»Amy, du kennst mich doch. Ich schweige wie ein Grab. Jenny ist im Garten, sie kann mich nicht hören. Red schon!«

»Also gut. Der Anführer der örtlichen Bikergang hat Sasha und mich entführt, nachdem wir am Donnerstagabend von dir weggefahren sind.«

»Was redest du da?« Chaz holt tief Luft. »Machst du Witze? Geht's euch beiden gut?«

»Ja. Mehr oder weniger jedenfalls. Johnny hat Sashas Freilassung organisiert und mich dann rausgehauen.«

»Rausgehauen?« Es klingt, als würde Chaz hyperventilieren. »Wie meinst du das? Ist jemand verletzt worden?«

»Nein, nein, nichts in der Art. Er hat seine Überredungskünste eingesetzt. Jetzt sind wir bei Milan und Branka in Sicherheit.«

»Du weißt, dass euer Haus abgebrannt ist, oder? Ich bin letzte Nacht hingefahren, um zu versuchen, von Johnny irgendwas in Erfahrung zu bringen, nachdem er nicht angerufen hatte. Wo das Haus stand, ist jetzt eine qualmende Ruine. Und Absperrband vor dem Grundstück. Ich dachte, ihr wärt bei lebendigem Leib verbrannt. Ich hab sogar bei der Polizei angerufen und mich erkundigt, ob es Opfer gegeben hat.« Chaz klingt nicht mehr wütend, sie weint.

»O Gott, es tut mir so leid, Süße. Wirklich. Ich fühle mich schrecklich, ich hätte dich gleich nach dem Aufwachen anrufen sollen. Aber Johnny hat mich erst mitten in der Nacht nach Hause gebracht, ich bin erst jetzt dazu gekommen. Ich glaube, ich stehe noch unter Schock.«

Chaz putzt sich die Nase. »Schon gut, ich verstehe dich. Ich bin so erleichtert, dass es dir und Sasha gut geht. Dann seid ihr also bei den Schwiegereltern? Ich dachte, das wäre der allerletzte Ort, an dem du sein willst. Ihr könnt doch sicher in Ivans Haus ziehen.«

Ich schlucke. »Tja, ich weiß nicht, ob ich die Idee so toll finde. Wir könnten auch über Airbnb etwas suchen, bis wir eine endgültige Lösung haben. Aber mach dir darüber keine Gedanken, okay?«

»Ich glaube, ich muss dich sehen, damit ich glaube, dass alles in Ordnung ist. Haben diese Biker-Schlägertypen ... du weißt schon ... sich irgendwie an dich rangemacht?«

»Nein, angesichts der Umstände haben sie uns ziemlich gut behandelt. Aber der Anführer war von oben bis unten tätowiert und ziemlich unheimlich.« Die Erinnerung an seine Finger auf meinem Gesicht lässt mich am ganzen Körper zittern. »Jedenfalls hat Johnny mich rechtzeitig rausgeholt.«

»Verdammt, wie schrecklich. Und wie geht's Sasha?«

»Ich hoffe, er kommt damit zurecht. Wir haben heute einiges zu tun, aber morgen könnten wir uns mit den Kindern treffen und in Ruhe reden. Okay?«

»Amy, ich will ehrlich zu dir sein. Hast du schon mal darüber nachgedacht, dass es einfach zu gefährlich sein könnte, zur Novak-Familie zu gehören?«

»Ich hab einen Plan, Chaz. Ich erzähle dir morgen davon. Jetzt muss ich Branka helfen. Wir bekommen Besuch zum Mittagessen.« Chaz würde vor Angst sterben, wenn ich ihr sage, von wem.

Ich lege auf und frage mich, ob ich je den Mut haben werde, meiner besten Freundin die Wahrheit zu sagen.

Branka rennt herum wie eine Irre, um dem Todfeind ihres Mannes, Stanislav Vucavec, und dem Boss der italienischen Gang, Antonio Fazzini, ein spätes Mittagessen vorsetzen zu können. Der Esstisch ist mit dem handgewebten Leinentuch von Johnnys Großmutter aus Dubrovnik gedeckt. Im Zimmer hängt der schwere Duft zahlloser Gardenien, die in einer flachen blutroten Vase mitten auf dem Tisch stehen. Für mich ist dieser Duft unauslöschlich mit Weihnachten verbunden.

Johnny hat es geschafft, heute Morgen mit den beiden Männern Kontakt aufzunehmen. Er war nicht sonderlich überrascht, dass beide Zeit hatten und ziemlich neugierig waren.

An der Haustür streckt Johnny Stanislav und seinem Vetter Phil zur Begrüßung die Hand entgegen, dann führt er sie ins Wohnzimmer, wo Milan und Sasha auf der Anrichte die Bar aufgebaut haben. Beide Vucavecs sind groß, blauäugig, dunkelhaarig und schlank. Sie tragen maßgeschneiderte Hosen und Leinenhemden, ihre aufgerollten Ärmel sind das einzige Zugeständnis an die Hitze. Mit ernsthaften Mienen geben sie dem ebenso ernsthaft dreinblickenden Milan die

Hand, aber als sie Sasha vorgestellt werden, setzen sie ein freudiges Lächeln auf.

»Hallo, Mr Vucavec und Mr Vucavec, ich heiße Sasha.« In seinen frischgebügelten blauen Shorts und dem weißen Hemd streckt Sasha erst Stanislav, dann Phil die Hand entgegen, ganz wie er es gelernt hat. Branka hat die neuen Kleidungsstücke heute Morgen unter dem Weihnachtsbaum hervorgeholt. Zweifellos wird es für ihren Enkel zum Fest in zwei Wochen noch mehr Geschenke geben.

Auch für mich hatte Branka ein neues Outfit unter den Baum gelegt – ich trage ein braves marineblaues Kleid. Alles besser als dieses gelbe Sommerkleid. Johnny stellt Branka vor, die sich in Schale geworfen hat, dann mich. Stanislav beugt sich bei Branka zum Handkuss hinunter, dann wiederholt er die Prozedur mit einem Augenzwinkern bei mir. Ich finde dieses altmodische Kavaliersgehabe seltsam liebenswert.

Die vier Männer lassen sich mit Biergläsern auf den Sesseln nieder, heute wird nicht aus der Flasche getrunken. Branka verschwindet in der Küche, ich stehe mit Sasha bei der Anrichte und lasse die Szene auf mich wirken. Trotz ihrer unterschiedlichen Augenfarbe und Statur könnten die Männer als Verwandte durchgehen. Sie haben die gleichen derb wirkenden Furchen oberhalb der Augenbrauen, die gleichen breiten Gesichter, die gleiche olivfarbene Haut. Wenn ich sie im höflichen Gespräch zusammensitzen sehe, wird mir die Idiotie dieser andauernden nationalistischen Feindseligkeiten einmal mehr bewusst.

Antonio Fazzini kommt mit seinem Bruder Alonzo. Beide Männer sind klein, behaart und haben einen dunklen Teint. Sie tragen perfekt geschnittene Anzüge und polierte Lederschuhe, goldene Manschettenknöpfe und Goldkettchen am Hals, die obersten Hemdknöpfe sind offen. Ich bin fast ein wenig überrascht, dass sie nicht mit New-Jersey-Akzent sprechen.

Die steife Höflichkeit löst sich im Verlauf des Mittagessens. Branka serviert, setzt sich aber nicht dazu, bis ich aufstehe und einen Stuhl für sie unter dem Tisch hervorziehe. Als sie sich neben Milan setzt, läuft sie rot an. Links von ihr sitzt Stanislav, dann kommen Phil, Antonio und Alonzo. Mein Platz ist zwischen Johnny und Sasha, der sein bestes Benehmen an den Tag legt. Unausgesprochen scheint er seine Rolle zu begreifen. Er fragt die Männer, wo sie als Kinder gelebt haben und was ihre Lieblingsspiele waren, als sie so alt waren wie er. Das Gespräch wird lockerer.

Die Fischsuppe ist exzellent, dann folgt eine Auswahl von gebratenem Fleisch, mit *Blitva* und Möhren serviert. Dazu frisches Brot. Einfaches, perfekt zubereitetes Essen. Jedes Mal, wenn Branka eine neue Servierplatte bringt, klopft sie vergnügt auf den Tisch und fordert alle zum Zulangen auf.

Als der letzte Gang abgeräumt wird, helfe ich, den Kaffee zu servieren. Branka stellt eine Platte süßer, teigiger *Fritule* auf den Tisch.

»Okay, Sasha, komm mit. *Dodi brzo*, jetzt sofort. Ich brauche deine Hilfe.« Branka schiebt Sasha aus dem Zimmer. Dann wirft sie mir einen Blick zu und wartet, dass ich ihr folge. Früher wäre ich bereitwillig mit ihr verschwunden, aber heute ist es anders. Branka zieht eine Augenbraue hoch und schließt die Tür hinter sich.

Milan bietet uns allen Rakia an. Weil meine Sinne vom Wein schon ein bisschen benebelt sind, trinke ich lieber starken Kaffee.

Johnny nimmt sein Handy von der Anrichte, hält die Hand hoch, bis Stille einkehrt, und tippt dann auf das Display. Ein lautes Klicken, dann Rauschen, schließlich Johnnys Stimme. »Okay. Geh jeden einzelnen Job durch.«

Als der Tätowierte spricht, fühle ich mich wieder in unser Gefängnis zurückversetzt, mit seinen Fingern, die meinen Hals hinuntergleiten. Mein Mittagessen macht sich auf unangenehme Weise bemerkbar. Ich habe ihn umgebracht. Ich habe auf einen Mann geschossen und einen weiteren getötet. Der Schock der neuerlichen Erkenntnis trifft mich mit aller Macht. Am liebsten würde ich aus dem Zimmer laufen, aber ich muss hierblieben und es mir bis zu Ende anhören.

Niemand rührt sich, alle Augen sind auf Johnny gerichtet. Unter dem Tisch nimmt er meine Hand, drückt sie einmal und lässt sie wieder los. Als er die Aufnahme stoppt, ist die Atmosphäre im Zimmer kühl.

»Mit wem hast du gesprochen?« Stanislav sitzt sehr aufrecht auf seinem Stuhl, seine Augen brennen. Phil sieht aus, als sei er bereit, auf der Stelle zu töten.

»Warum sollte er dir sagen, dass er unsere Jungs umgelegt hat?« Antonio ist wütend und verwirrt, beide Hände sind auf dem Tisch zu Fäusten geballt. Sein Bruder macht es genauso.

»Kennt Ihr Ink Slater, den Anführer der Biker in Bankstown?« Zur Antwort erhält Johnny ungläubiges Nicken.

»Ich habe mich gestern mit ihm getroffen. Er hatte Amy und Sasha entführt.« Alle Blicke wenden sich mir entgeistert zu. Zum Glück habe ich mich wieder halbwegs unter Kontrolle, auch wenn ich den Schweißtropfen spüre, der langsam meine Wange hinunterläuft.

»Er hat uns am Donnerstagabend aus dem Auto gezerrt.« Ich atme fast wieder normal.

»Er hat verlangt, dass ich die Morde an euren Söhnen und an meinem Bruder Ivan gestehe«, erklärt Johnny. »Das war eine seiner Forderungen für die Freilassung von Amy und Sasha.«

»Aber sie sind doch wieder frei?« Antonio wirkt noch verwirrter als zuvor.

»Ich habe die Freilassung meines Sohnes ausgehandelt.« Johnny lehnt sich zurück und erwähnt Inks Großmutter mit keinem Wort. »Dann bin ich Slaters Männern nach Kings Cross gefolgt und habe Amy gefunden.«

»Diese Männer müssen alle sterben!« Stanislav schaut sich um, als wäre dieser Schritt nur natürlich und alle müssten zustimmen.

»Nun«, sagt Johnny, »wie es aussieht, haben wir das Hauptproblem schon aus der Welt geschafft. Slater ist tot.« Er legt eine Kunstpause ein und sieht mich an, als könne er es immer noch nicht glauben. »Seine Lieutenants sind von der Polizei geschnappt worden, anscheinend mit einer größeren Menge Ecstasy.«

Bei der Erwähnung der Drogen wendet Johnny den Blick von Stanislav ab und schaut in sein leeres Schnapsglas. Ich kann die Vorstellung meines Mannes nur bewundern. Wie auf Kommando füllt Milan die Gläser nach. Diesmal schiebe ich ihm auch meins entgegen. Warum nicht? Ich schätze, ich bin jetzt offiziell Johnnys Komplizin. Ohne darum gebeten zu haben, bin ich in die Familie aufgenommen worden.

»Er hat meinen Sohn getötet. Ich muss wissen, wie dieser Ink Slater gestorben ist«, hakt Stanislav nach. Natürlich sind sämtliche Männer an Johnnys Antwort interessiert. Aber es ist Milan, der die Erzählung fortführt.

»Ink Slater tötet meinen Sohn Ivan. Er tötet eure Söhne. Er nimmt Amy und mein Enkel. Freitagnacht er brennt ab Haus von Johnny. Sein Auto. Alles. Alles weg. Mein Johnny ihn erschießt, und jetzt ist tot, aber muss immer noch bezahlen.« Milan reduziert es auf das Wesentliche.

»Also habt ihr uns hergebeten, um euch zu helfen, dass er bezahlt? Aber ihr sagt, er ist schon tot?« Stanislav ist immer noch verwirrt.

Ich nippe an meinem Rakia, der scheußlich schmeckt, und beuge mich vor. Jetzt bin ich an der Reihe.

»Wir wissen nicht, wie der Rest von Slaters Leuten reagiert. Das sind Biker, wahrscheinlich sind alle auf Meth.« Die Männer nicken mir zu. Ohne Frage spricht ihnen meine Beschreibung der Biker aus der Seele, aber vielleicht sind sie auch neugierig darauf, was ich zu sagen habe. »Wer weiß schon, was sie als Nächstes tun?«, fahre ich fort. »Ob sie sich auch eure Frauen und Enkel schnappen?« Dankbar registriere ich die verängstigten Mienen dieser großen, furchteinflößenden Männer. Schließlich spreche ich aus Erfahrung, sie werden die Angst, die ich gespürt habe, niemals kennenlernen.

»Ich werde auf jeden Einzelnen einen Killer ansetzen«, sagt Stanislav.

Antonio will nicht zurückstehen: »Alle werden umgelegt.«

Johnny lächelt, als sei ihm eine Zentnerlast von den Schultern genommen worden. »Darüber wären wir ziemlich glücklich, nicht wahr, Dad?«

Milan zeigt eine Mischung aus Nicken und Schulterzucken, eine durch und durch europäische Geste der widerwilligen Bekundung von Respekt.

»Danke, Gentlemen«, sage ich und stehe auf. »Ich muss Branka in der Küche helfen.« Das sage ich ausschließlich in Richtung Milan, weil ich nicht sicher bin, ob ich mir zu viel herausgenommen habe. Aber auch er steht auf und sieht mich mit ungewohnter Wärme an. Unsere Gäste folgen mir in den Flur. Sie bedanken sich bei Branka und verlassen das Haus.

JOHNNY In Fisherman's Wharf, unterhalb der Anzac Bridge im westlichen Innenstadtbereich Sydneys, drängen sich Touristen und Einheimische. Während ich mich noch frage, warum Dad und Rashid Sami einen Ort gewählt haben, der an einem strahlenden Sonntagnachmittag regelmäßig überfüllt ist, folge ich Marko und Dad auf ein Dock, das rechtwinklig zum Parkplatz liegt. Jeder von uns trägt eine große Reisetasche voller Pillen. Die Wahl des Ortes wird mir klarer, als ich eine gut zwanzig Meter lange Azimut-Motoryacht mit rotem Rumpf bemerke, die sich rückwärts einem Liegeplatz am Ende des Docks nähert. Ihre verspiegelten, tränenförmigen Fenster reflektieren Himmel und Wasser. Auf dem Heck des Bootes, noch zwei Meter vom Kai entfernt, steht ein muskulöser Libanese – Rashid Samis Bruder Hakim. Er ruft uns etwas zu.

»Wir dürfen hier nicht anlegen! Nur Touristenboote. Ihr müsst springen, sobald der Skipper das Boot auf einen Meter an den Kai heranbringt.« Er grinst, quasi in Vorfreude auf diese Show, einer seiner Schneidezähne glänzt golden im nachmittäglichen Sonnenlicht.

Dad hasst die Vorstellung, auf ein Boot aufzuspringen, das sich bewegt. Er hat nie richtig schwimmen gelernt. Außerdem ist er davon überzeugt, dass der ganze australische Kontinent von menschenfressenden Haien umzingelt ist. Ich habe ihn wie einen Hund in der Adria herumpaddeln sehen, aber selbst dort hat er sich an einem am Boot vertäuten Seil festgehalten. Er ist blass, also springe ich als Erster und strecke ihm aufmunternd die Hand entgegen. Er sieht mich zornig an. Als er springt, stößt er mich um ein Haar mit seiner Reisetasche über Bord. Marko springt als Letzer.

»Ihr haltet euch besser irgendwo fest«, sagt Hakim Sami, dann ruft er dem unsichtbaren Skipper auf der Brücke zu: »Alle an Bord!« Rückwärts entfernt sich die Yacht vom Kai und gleitet hinaus in die Blackwattle Bay.

Wir betreten das Achterdeck, wo Hakim uns mit der linken Hand zuwinkt, an der die drei mittleren Finger fehlen. Er lacht beim Anblick von Dads Miene und streckt ihm die rechte Hand zur Begrüßung entgegen.

»Milan, gut siehst du aus!«, sagt er mit einem gewissen Respekt. Dad ergreift seine Hand und wirkt neben ihm riesig.

»Hakim Sami. Ist schön, dich zu sehen. Du kennst mein Neffe, Marko? Mein Sohn, Johnny?«

»Ja, Milan, ich glaube, wir sind uns ein paarmal bei den

Bullen über den Weg gelaufen, stimmt's, Jungs? Und dann hatten wir diese kleine Meinungsverschiedenheit, wem der Bereich nördlich der Paramatta Road gehört.«

An Dads finsterer Miene kann ich ablesen, dass er bis heute nicht glücklich mit dem Ausgang dieser Auseinandersetzung ist. Aber er verkneift sich eine Reaktion auf die Spitze, damit unser heutiges Geschäft reibungslos läuft.

Von dort, wo wir stehen, können wir in den großen Salon des Bootes sehen: eine Art luxuriöses schwimmendes Wohnzimmer, überall helles Holz und cremefarbene Polster. Zwei weitere stämmige Libanesen sind auf beiden Seiten der gläsernen Schiebetür zwischen Achterdeck und Salon postiert. Sogar in Boardshorts und T-Shirts sehen sie wie harte Kerle aus, einer hat eine rötliche Narbe, wo sein rechtes Auge sein sollte, der andere ist überraschend attraktiv. Mit ihren drei Augen behalten sie jeden Quadratzentimeter von uns Kroaten im Blick.

Eine hochgewachsene, gebräunte junge Frau mit ausladendem Hintern und einem winzigen Bikini öffnet die Glastür. Eine beinahe identisch aussehende Frau in einem noch spärlicheren Bikini taucht mit einem Tablett mit drei eisgekühlten Flaschen Peroni auf. Hinter ihr erscheint Rashid Sami, klein, muskulös und tief gebräunt. Er streckt die Hand aus.

»Milan Novak. Wie geht's?«

Dad stellt die Tasche ab, schüttelt die Hand seines Gegenübers und nimmt eine der angebotenen Flaschen.

Ich habe Rashid Sami seit mehreren Jahren nicht gesehen. Obwohl der Boss der Libanesen nur wenige Jahre älter ist als ich, steht er in der Nahrungskette zu weit oben, als dass wir uns regelmäßig begegnen würden. Er trägt eine Menge Goldschmuck. Als er meine Hand schüttelt, schaut er mit einem breiten Lächeln zu mir auf und entblößt seine überkronten, strahlend weißen Zähne. Seine braunen Augen sind tödlich kalt.

Er schnippt mit den Fingern. »Mädels, auf zum Bug, und kommt erst wieder, wenn ich euch rufe.« Die jungen Frauen verschwinden auf der Stelle.

»Jetzt, wo die Garnitur abgeräumt ist, sollten wir uns nach drinnen setzen, unser Bier genießen und übers Geschäftliche sprechen. Ich muss mich entschuldigen, aber meine Männer werden euch erst durchsuchen. Bloß eine Routinemaßnahme, um sicherzugehen, dass es keine Falle ist. Die Feds sind neuerdings ziemlich kreativ. Eure Taschen könnt ihr hier draußen lassen.«

Ich bin froh, dass wir selbst uns nur mit der Western Sydney Organised Crime Unit herumschlagen müssen. Ins Visier der Federal Police zu geraten, muss eine ganz andere Nummer sein.

Ich hatte schon geahnt, dass wir durchsucht würden, und erst gar keine Pistole mitgebracht, aber Dad und Marko dürften bis an die Zähne bewaffnet sein. Diplomatisch schlage ich vor, die beiden sollen ihre Waffen auf der weißen ledernen Sitzbank ablegen, die sich um das gesamte Heck des Bootes zieht.

Unter gegrummelten kroatischen Flüchen fördern Dad und Marko aus ihren Shorts und Leinenhemden ein beeindruckendes Waffenarsenal zutage. Als sie fertig sind, werden wir alle behutsam von Einauge oder dem Schönling abgetastet. Hakim ist nach drinnen verschwunden, was mich ein wenig beunruhigt, aber ich beschließe, Ruhe zu bewahren und zu hoffen, dass – zur Abwechslung – alles gut läuft.

Dad wird von Schönling anstandslos durchgelassen, aber bei Marko findet Einauge ein kleines, ans Bein gebundenes Messer gleich unter dem Hodensack. Marko und Einauge gehen in Kampfposition. Wir anderen weichen zurück. Die Angelegenheit droht hässlich zu werden, aber Rashid Sami spricht ein paar scharfe Worte auf Arabisch. Einauge lächelt, streckt Marko den Arm entgegen, sie schütteln die Hände.

Ernsthaft, manchmal glaube ich der einzige vernünftige Mensch auf der Welt zu sein. Ich muss dieses Leben hinter mir lassen.

Kurz darauf sitzen wir drei in Sesseln gegenüber Rashid Sami, der es sich auf einem geschwungenen Sofa bequem macht.

»Ich hoffe, ihr habt etwas Nützliches mitgebracht.« Träge deutet Sami auf die Säcke, die draußen auf dem Achterdeck liegen.

»Wir haben zwei Millionen und neunhundertzweiundsiebzigtausend Pillen«, erwidere ich. »Nicht die drei Millionen, die mein Vater angekündigt hat. Wir haben achtundzwanzigtausend Pillen gebraucht, um etwas einzufädeln. Vielleicht habt ihr in den Nachrichten davon gehört. Ich denke, es nützt beiden Seiten.«

»Ich habe gehört, dass der junge Ink Slater tot ist und dass seine Männer mit einem Haufen Pillen erwischt wurden. Das wart ihr?« Rashid Sami mustert mich mit neu gewonnenem Respekt. Ich bin nicht unbedingt stolz darauf, ihn mir erarbeitet zu haben.

»Ich kann nur sagen, dass die Welt ohne Slater ein besserer Ort ist.« Ich werde hier auf keinen Fall etwas zugeben. »Unser Preis ist sieben Dollar pro Pille. Wir reden über erstklassiges Ecstasy, beste Qualität. Ihr solltet irgendetwas zwischen zweiunddreißig – dem australischen Durchschnittspreis – und fünfzig Dollar pro Pille bekommen. Es ist ein Premiumprodukt.« Ich ziehe den kleinen Beutel mit blassrosa Pillen aus der Tasche, den sie mir beim Filzen gelassen haben. Auf jede einzelne ist ein Blitz aufgedruckt. Ich reiche Rashid den Beutel, Hakim kommt mit einem Test-Kit die Treppe herauf.

Hakim setzt sich neben seinen Bruder und macht sich mit einem Reagenzglas und Lackmuspapier zu schaffen. Es dauert nicht lange, dann nickt er sichtlich beeindruckt.

»So reines Ecstasy habe ich noch nie gesehen«, erklärt er

Rashid, der leicht verärgert wirkt. Sein Bruder hat gerade seine Verhandlungsposition geschwächt.

Rashid wendet sich an Dad. »Was ich noch sagen wollte: Herzliches Beileid. Ivan war ein toller Kerl. Habt ihr herausgefunden, wer ihn getötet hat?«

»Ink Slater hat getötet Michael Vucavec, Tony Fazzini und mein Ivan.« Dad hat sich entschieden, an die wahrscheinlichste Möglichkeit zu glauben. Ich wünschte, das könnte ich auch, aber ich bin noch immer nicht ganz sicher.

Rashid nickt. »Und jetzt ist Ink Slater tot. Gut. Möge Ivan in Frieden ruhen. Also gut, wir werden zahlen, was du verlangst, das sind zwanzig Millionen und achthundertviertausend Dollar.«

Diesmal bin ich beeindruckt – Kopfrechnen kann er.

»Zwanzig Millionen ist gut.« Mit einem großmütigen Lächeln verzichtet Dad auf annähernd eine Million Dollar.

Ich werfe ihm einen bösen Blick zu, es steht ihm nicht zu, so viel Geld zu verschenken.

»Was ist?« Er zuckt die Achseln. »Kleingeld bleibt immer auf Tisch. Ist gut.«

»Diese Regel weiß ich zu schätzen«, sagt Sami. »Danke.«

Rashid hebt seine Bierflasche. Wir stoßen an, prosten uns zu und trinken.

»Hakim!«, blafft Sami seinen Bruder an.

Hakim nickt, packt seine Testausrüstung zusammen und geht nach unten, um das Geld zu holen.

Eine große schwarze Nike-Tasche wird die Treppe hinaufgeworfen und landet mit einem dumpfen Knall auf dem Fußboden, dann folgt die nächste, und noch eine, bis schließlich vier Taschen neben dem Treppenaufgang stehen. Grinsend und mit einer fünften Tasche in der Hand taucht Hakim wieder auf.

»Bitte schön, Jungs!« Nacheinander öffnet er die Reißverschlüsse, damit wir einen Blick in die Taschen werfen können, die bis oben hin voller Bargeld sind. »Vier Millionen in jeder Tasche. Alles Fünfziger.« Hakim wirft jedem von uns ein Fünftausend-Dollar-Bündel zu, damit wir einen Blick aus der Nähe darauf werfen können. Daraufhin gehe ich an Deck und hole eine unserer Reisetaschen. Ich zeige den Samis die mit Pillen gefüllten Butterbrotbeutel. Vor lauter Taschen mit Bargeld und Drogen kann man sich im Salon kaum noch bewegen.

»Gut!« Wieder schnippt Rashid mit den Fingern. »Wir können alle hier auf meinem herrlichen Boot sitzen und Geld und Pillen zählen. Oder wir können uns vertrauen. Was meinst du, Milan?«

Dad schaut dem kleinen Libanesen konzentriert in die Augen und scheint dort etwas zu sehen, das ihm gefällt. Lächelnd steht er auf. Wir anderen schließen uns an. Wieder schütteln sich alle die Hände.

Hakim tritt aufs Achterdeck und ruft dem Skipper auf Arabisch etwas zu. Das Boot nimmt wieder Kurs aufs Ufer. Mit beeindruckender Eleganz überspringt Dad den schmalen Spalt zum Ufer, die geldgefüllte Nike-Tasche dicht an seinen Oberkörper gepresst.

JOHNNY Ich lasse Marko und Dad am Lagerhaus zurück, wo sie das Geld zählen. Josef und Baz sind dazugerufen worden, die Stimmung ist euphorisch. Ich selbst tue mich mit dem Feiern schwer, solange ich nicht weiß, von wem und warum Ivan getötet wurde. Immer wieder kehren meine Gedanken zu dem T-Shirt in Ivans Wagen zurück.

Als ich bei Mum und Dad durch die Haustür trete, werde ich von Sashas kreischendem Lachen begrüßt. Er jagt Amy mit einer Wasserpistole durch den Flur. Als sie hinter mir in Deckung geht, bekomme ich das Wasser mitten ins Gesicht.

Grinsend laufe ich meinem Sohn hinterher und schnappe ihn mir, als er gerade durch die Hintertür flüchten will. Ich halte ihn in den Armen und würde ihn am liebsten nie mehr loslassen. Aber er schlägt um sich und ruft: »Lass mich runter, Dad! Lass mich runter!« Amy krümmt sich vor Lachen.

Seufzend schaue ich von ihrem Gesicht zu dem meines Sohnes. Ich lasse Sasha los und schiebe ihn sanft Richtung Küche.

»Geh und unterhalt dich mich deiner *Baba,* aber spritz sie nicht nass. Behandle unsere Branka mit Respekt. Okay, Sasha?«

»Okay, Dad.« Sasha grinst mich breit an und rennt dann in die Küche. Er bremst nur kurz ab, um seiner Mutter eine Ladung Wasser ins Gesicht zu spritzen.

»Sieht aus, als käme er klar.« Ich bin überrascht und erleichtert.

»Heute Nacht hatte er einen Albtraum.« Amys Gesichtsausdruck verändert sich von einem Moment auf den anderen. Sie starrt mich sorgenvoll an. »Ich bin gleich zu ihm gegangen. Ich hab ihn geweckt und ihn gehalten. Wahrscheinlich wird es nicht sein letzter Albtraum gewesen sein, aber er ist noch jung.« Sie seufzt. »Er braucht einfach Zeit.«

»Und du? Kommst du zurecht?«

Sie hebt die Hand und bedeckt ihre Augen, als wäre da etwas, dessen Anblick sie nicht ertragen kann.

»Der widerliche Kerl hat gesagt, du müsstest sämtliche Morde gestehen. Und du würdest etwas Dummes machen und ums Leben kommen.« Sie flüstert mit heiserer Stimme. »Egal was du getan oder was du ihm bezahlt hättest, ich glaube nicht, dass er mich je hätte gehen lassen, Johnny.« Sie hält inne, atmet tief durch, lässt die Hand wieder sinken und schaut mir direkt in die Augen. »Aber hätte ich ihn tatsächlich umbringen müssen?«, fragt sie.

»Wir haben beide auf ihn geschossen, Ames. Wir haben das Richtige getan. Das weißt du doch, oder?«

Ihr Blick wirkt so trostlos, dass ich am liebsten meine Faust durch die Wand hämmern würde. Ich hoffe, Ink Slater schmort in der Hölle.

»Mussten wir ihn umbringen?«, flüstert sie.

»Du hast ihn gewarnt. Hättest du beim ersten Mal nicht geschossen, hätte er mich erwischt. Er hätte nicht sterben müssen, aber er hat seine Waffe gleich wieder auf dich gerichtet. Er war ein unglücklicher Mensch, Ames. Er hätte dich umgebracht.« Ich bringe eine Art Lächeln zustande. »Er hat sich mit der Falschen angelegt.«

Das ist der Moment, in dem ich meine Frau in den Arm nehmen sollte. Aber ich rühre mich nicht. Im Licht der einfallenden Sonne wirken Amys Haare wie ein Heiligenschein. Sie trägt wieder ihre eigene Jeans, die sie aus der Kmart-Tasche genommen und gewaschen hat. Mum muss ihr geholfen haben, ein altes T-Shirt zu finden. Metallica, eine von Ivans Lieblingsbands. Es ist, als ob ein Teil von mir stirbt.

»Wir müssen reden.« Mit dem Kopf deute ich auf mein altes Schlafzimmer.

Amy nickt, aber in ihrem Blick liegt etwas, das ich nicht deuten kann. Schuldgefühle? Es ist Zeit, endlich herauszufinden, was sich hinter meinem Rücken abgespielt hat.

AMY Johnny starrt aus dem Fenster, als wolle er lieber verschwinden, als das Gespräch zu führen. Dann dreht er sich um und setzt sich ans Fußende seines alten Einzelbetts, neben einen Stapel von Sashas Kleidung.

»Warum fahren wir nicht rüber und holen bei meinen Eltern unsere Koffer? Wir können nachsehen, ob mein Auto noch da steht, wo Slater es geparkt hat.« Wenn ich ihn mit alltäglichen Dingen ablenke, muss ich meinem Mann vielleicht niemals von Ivan und mir erzählen.

Er antwortet nicht, sieht mich nicht mal an. Ich sitze ihm gegenüber auf Ivans Bett, unsere Knie berühren sich fast. Als er zu mir herüberschaut, bemerke ich den Schmerz in seinem Blick.

»Hattest du was mit Ivan?«

Die Frage sollte mich eigentlich überraschen, aber irgendwie ist es wie mit so vielem anderen: Ich habe sie kommen sehen.

»Nein.« Meine Stimme ist leise, sicher hat er mit einem vehementeren Protest gerechnet.

»Was ist dann zwischen euch gelaufen?«

»Wie kommst du darauf, dass zwischen Ivan und mir etwas gelaufen wäre?« Ich weiche seinem Blick nicht aus, wie jemand, der sich schuldig fühlt. Aber ich spüre eine schreckliche Traurigkeit, die mir den Atem raubt und es schwermacht, seinem Blick standzuhalten.

Er scheint sich zur Ruhe zu zwingen. Seine Hand zittert, als er sich ein paar dunkle Locken aus dem Gesicht streicht. Er weiß etwas. Er hat etwas gefunden. Aber was weiß er genau?

»Ich habe hinten in Ivans Range Rover ein T-Shirt entdeckt. Es roch nach Sex, als hätte er sich damit abgewischt, nachdem er es mit jemandem auf der Rückbank getrieben hatte. Das T-Shirt roch auch nach dir, Amy. Es war dein Geruch.«

Ich richte den Blick zur Decke, meine Augen füllen sich mit Tränen. Ich will nicht weinen. Ich blinzele die Tränen weg und atme tief durch. Dann setze ich mich gerade auf. Schließlich gelingt es mir, meinem Mann direkt in die Augen zu sehen.

»Erinnerst du dich an den Abend vor Ivans Tod, als er bei sich zu Hause die Party veranstaltet hat? Als er uns einen Tequila nach dem anderen hat trinken lassen?«

Johnny nickt, zieht aber auch eine leichte Grimasse. Sicher erinnert er sich noch gut an seinen Kater am nächsten Tag.

Sämtliche jüngeren Männer der Truppe waren dabei, mit ihren Frauen. Wir haben abwechselnd Margaritas und Tequila getrunken. Irgendwann waren alle stockbesoffen.

»Weil Chaz an dem Abend auf Sasha aufgepasst hat, hatte ich frei und hab mich ziemlich betrunken. Wir waren alle reichlich voll, weißt du noch?«

Er nickt nur.

Als ich daran denke, was danach passiert ist, verschwimmt alles vor meinen Augen.

»Ivan hat mich in die Garage gebeten, damit ich mir sein neues Auto ansehe. Ich sollte hinten einsteigen, um den Surroundklang zu hören und das Leder zu riechen.« Noch einmal hole ich tief Luft. Ich schaue auf meine Hände, als würden sie nicht zu mir gehören. Sprich es nicht aus.

»Was ist passiert, Amy?«

»Ivan ist auf den Rücksitz gekommen ...« Ich zwinge mich, ihn wieder anzusehen, mein Blick fleht ihn um Verständnis an. »Alles ging so schnell. Ich hab ihn immer wieder weggestoßen und *Nein* gebrüllt, aber es war, als würde er mich nicht hören. Vielleicht hab ich ihn auf falsche Gedanken gebracht ... irgendwie.« Ich kann nicht glauben, dass ich mir schon wieder die Schuld an dem gebe, was Ivan mit mir gemacht hat. Es ist nicht meine Schuld, aber ein Opfer will ich auch nicht sein.

»Er hat mich runtergedrückt, mir den Unterarm auf den Hals gelegt.« Unwillkürlich hebe ich eine Hand an die Kehle. »Ich hab keine Luft bekommen. Er hat mein Kleid hochgeschoben, meinen Slip zerrissen.« Ich habe die Augen geschlossen und bin wieder dort, rieche das neue Auto, den Alkohol in seinem Atem, höre die hämmernde Musik so laut, als wäre sie in meinem Kopf. Der kräftige Arm drückt auf meine Kehle, auf die Luftröhre, sein Knie zwischen meinen Beinen, es drängt sie auseinander. Ich glaube, ich verliere für einen Moment das Bewusstsein. Als ich wieder atmen konnte, war der Arm weg. Dann lag seine Hand über meinem Mund, er stieß in mich herein. Sein Atem heiß und laut in meinem Ohr.

»Was redest du, Amy? Was zum Teufel redest du da?«

Ich öffne die Augen. Johnny läuft tiefrot an. Er springt auf, stürzt zum Fenster, öffnet es, so weit es geht, und lehnt sich hinaus. So weit es nur eben geht weg von dem, was er gerade über den Bruder erfahren hat, den er sein Leben lang vergöttert hat.

»Als er fertig war«, fahre ich stumpf fort, »zog er sein T-Shirt aus, wischte sich ab und warf es auf die Ladefläche. Dann ging er zurück auf die Party und ließ mich im Auto.« Meine Stimme scheint sich zu verlieren.

Johnny hat mir den Rücken zugedreht. Ich spüre die Wut, die ihm aus allen Poren strömt. Er gibt mir die Schuld, wie ich mir selbst die Schuld gegeben habe. Ist das der Moment, in dem ich zum ersten Mal erlebe, wie mein Mann die Kontrolle verliert?

JOHNNY Ich öffne die Fäuste und versuche, die hochkochende schwarze Wut in Schach zu halten. Was ist das für ein Irrsinn? Ivan würde mir so etwas nie antun. Ivan war ein Frauenheld und konnte ziemlich grob werden. Aber sich an Amy ranzumachen? Ist das überhaupt denkbar? Und wie sollte ich nichts davon mitbekommen haben? Ich drehe mich vom Fenster weg, wende mich Amy zu, bleibe aber auf Abstand.

»Amy ...« Ich weiß nicht, was ich denken soll. Ich kann sie nicht ansehen. Mit geschlossenen Augen versuche ich, die Bilder abzuwehren, die ihre Worte in mir hervorgerufen haben. Ich reibe mir die Stirn und versuche, mich in den Abend zurückzuversetzen.

»Ich weiß nicht, wie ich nach Hause gekommen bin. Scheiße, das ist übel.« Wenn es stimmt, was sie gesagt hat, dann war ich zu betrunken, um ihr zu helfen, als sie mich wirklich gebraucht hat. »Wie sind wir nach Hause gekommen?«

»Marko hat mich hinten in Ivans Auto entdeckt. Ich hab geweint. Er hat sich zusammengereimt, was passiert ist. Ich hab kein Wort gesagt. Ich wollte einfach nur verschwinden und hab mich von ihm nach Hause fahren lassen, weil ich kaum gehen konnte. Er sagte, er hätte nichts getrunken, aber wenn ich ehrlich bin, war mir das völlig egal. Er meinte, ich solle mit niemandem darüber sprechen. Immer wieder hat er gesagt, er werde sich darum kümmern.« Amy spricht jetzt schnell, als wolle sie es unbedingt loswerden.

»Er wirkte total entschlossen. Immer wieder hat er gesagt, falls ich darüber spräche, würde es die ganze Familie kaputtmachen. Er hat es mir erklärt, es klang vernünftig, auch wenn ich betrunken war. Er sagte: ›Johnny wird Ivan niemals verzeihen. Onkel Milan wird dir nie verzeihen, Amy. Und *Tetka* Branka wird nicht glauben, dass es überhaupt passiert ist.‹«

Marko hatte recht. Exakt so wäre es gelaufen. Langsam glaube ich ihr. Sie wartet, um mir Zeit zu geben, alles zu verdauen. Ich nicke.

»Auf dem Weg nach Hause sagte Marko, er hätte immer noch Albträume. Jedes Mal derselbe Traum, der sich in seine Erinnerung eingebrannt hat. Die serbischen Soldaten haben seinen Vater erschossen, sobald er die Tür aufgemacht hat. Es waren zehn Soldaten. Sie haben seine Mutter und seine Schwester vergewaltigt. Seine Mutter erschossen sie, als sie genug von ihr hatten, aber seine Schwester vergewaltigten sie immer wieder, bis sie irgendwann tot war. Marko wurde gezwungen, die ganze Zeit zuzusehen.«

Plötzlich fühle ich mich furchtbar schwach, furchtbar müde. Ich lasse sie reden. Meine Wut verschwindet nach und nach. Sie muss es in meinen Augen sehen. Sie holt tief Luft und fährt fort.

»Er sagte, wenn mir etwas an meiner Ehe liege, müsse ich es ihm überlassen, sich um alles zu kümmern ... Er sagte, ich sei nicht schuld. Immer wieder hat er das gesagt. Dass ich es hinter mir lassen und so tun müsste, als wäre es nie passiert. Ich hatte keine Ahnung, was er vorhatte, Johnny. Wenn ich geahnt hätte, hätte ich ihn davon abgehalten, ehrlich. Das musst du mir glauben. Ich hätte ihn davon abgehalten.«

Mein Handy klingelt. Ich ziehe es aus der Tasche, will das Gespräch wegdrücken. Ich muss meine Frau trösten, fühle mich innerlich aber wie tot. Als ich einen Blick auf das Display werfe, sehe ich, das MacPherson der Anrufer ist. Ich drehe das Telefon, sodass Amy es sehen kann.

»Ich muss rangehen.« Lieber würde ich mich von einem Zug überfahren lassen.

»Schon gut, Johnny, wir können später weiterreden, okay?« Amy steht auf und geht aus dem Zimmer. Offenbar ist sie erleichtert, eine Pause machen zu können.

»Ja, Detective, was gibt's?« Es interessiert mich einen Scheißdreck. Ich will meinen Vetter töten. Ich will Ivan ausgraben, um sicherzugehen, dass er wirklich tot ist.

»Interessante Entwicklungen, Johnny. Anscheinend gehört das Apartment in Elizabeth Bay, das wir gestern durchsucht haben, einem älteren Gentleman namens Fredrick Handers. Schon mal von ihm gehört?«

Es ist grundsätzlich ein Fehler, irgendetwas zuzugeben.

»Nein, der Name sagt mir nichts.« Will er darauf hinaus, dass ich in der Wohnung war und weiß, wem sie gehört? Ganz egal. Ich schaue wieder zum Fenster hinaus. Über den Baumwipfeln sehe ich Gewitterwolken.

»Die Nachbarn sagen, sie hätten Mr Handers seit Monaten nicht zu Gesicht bekommen. Vielleicht hat Slater ihn umgebracht und seine Wohnung übernommen. Anscheinend hat sich jemand seine Ersparnisse unter den Nagel gerissen, aber von dem alten Mann selbst gibt es keine Spur. Allerdings braucht man für die achtundzwanzigtausend Pillen, die wir in der Wohnung gefunden haben, keinen Transporter.« Er macht eine Pause, ich spüre, wie er einen neuen Ansatzpunkt sucht. »Ich hab mich gefragt, ob Sie eine Erklärung dafür haben, wie der Überfall auf Stanislav und seine Leute ins Bild passt.«

»Ich hab nicht die leiseste Ahnung. Aber wir haben nichts damit zu tun.« Ich bin auf Autopilot, starre aus dem Fenster. Leugnen, leugnen, leugnen. Der Wind frischt auf, mir wirbeln Bilder von Ivan durch den Kopf, wie er Amy auf den Rücksitz seines Range Rover drückt.

MacPherson lässt sich nicht beirren. »Slaters Alibi für den Abend ist nicht wasserdicht, er könnte es also gewesen sein.«

Ich sollte ein Triumphgefühl spüren, aber ich komme mir vor wie betäubt. Und ich weiß, dass er noch nicht fertig ist.

»Die andere Sache, die nicht passt …« MacPherson legt eine Kunstpause ein, um Spannung zu erzeugen. »Die andere Sache, die nicht passt, Johnny Novak, ist der Fingerabdruck Ihres Vetters Marko auf der Patronenhülse, die zu der Kugel gehört, mit der Zoran Milovic erschossen wurde.«

Ich halte den Mund. Das Schweigen zieht sich in die Länge. Ich werde ihm nicht helfen, irgendwelche Schlüsse zu ziehen. Im Moment ist es mir sowieso scheißegal.

MacPherson kommt auf den Punkt. »Ich habe mich entschlossen, Ihr kleines Märchen zu glauben, dass die Hyde-Zwillinge die Waffe aus Ihrem Haus gestohlen haben.«

»Ink Slater war ein Psychopath. Die Zwillinge sind Abschaum, den Sie aus dem Verkehr gezogen haben.« Ich klinge wie ein Roboter, also versuche ich, ein bisschen Enthusiasmus zu heucheln. »Freut mich für Sie, Detective. Gut gemacht. Es zeigt, was eine gut geführte Taskforce leisten kann.«

»Versuchen Sie nicht, mir Honig ums Maul zu schmieren, Johnny.«

»Nein, ernsthaft, das ist meine Meinung. Gibt's übrigens etwas Neues über den Mord an meinem Bruder?« Ich frage, obwohl ich die Antwort längst kenne.

»Ich wollte mir das Beste bis zum Schluss aufheben. Die Remington 700, die wir in Fredrick Handlers Wohnung gefunden haben, ist die Waffe, mit der Tony Fazzini und Michael Vucavec erschossen wurden. Aber in Ink Slaters Auto haben wir noch eine andere Remington 700 entdeckt, sie lag auseinandergebaut in einer Sporttasche. Mit diesem Gewehr wurde Ihr Bruder Ivan Novak erschossen. Sieht aus, als hätte ich die ganze Zeit recht gehabt – Slaters Gang ist für alle drei Morde verantwortlich.«

Ich habe, was ich wollte. Unsere Männer haben gut verdient und sind auf freiem Fuß, meine Frau und mein Sohn sind in Sicherheit. Ich weiß sogar, warum mein Bruder ermordet wurde. Am liebsten würde ich losheulen, aber ich fahre in lockerem Ton fort.

»Klingt, als könnten Sie mit einer Beförderung rechnen, Detective.«

»Ja, vielleicht. Und vielleicht sollten Sie auch zur Polizei kommen, Johnny.« Der Detective lacht, hält dann aber inne. »Ernsthaft, mein Junge, sagen Sie sich von Ihrem Vater los. Benutzen Sie Ihr Gehirn. Ich hoffe, wir bekommen nie mehr miteinander zu tun.«

Der Himmel verdunkelt sich, das Gewitter rückt näher. Ich wende mich vom Fenster ab, lege das Handy auf den Kieferntisch zwischen den Betten, lasse mich auf den Rücken fallen und starre zur Decke. Als wäre ich sechzehn und würde darauf warten, dass Ivan nach Hause kommt. Wenn es dunkel ist, fährt er uns nach Burwood oder Strathfield, wo wir in ein Haus einbrechen.

Die Hände hinter dem Kopf verschränkt, starre ich auf den feuchten Fleck an der Decke mit dem Umriss eines Hais. Ich bin nicht mehr sechzehn, und Ivan kommt nicht nach Hause. Ivan ist tot, von seinem besten Freund erschossen, unserem Vetter Marko. Weil Ivan sich auf seiner eigenen Party besoffen und auf dem Rücksitz seines neuen Range Rover die Frau seines Bruders vergewaltigt hat. Weil er Amy vergewaltigt hat. Mein Bruder Ivan hat meine Frau Amy vergewaltigt.

Ich habe Tränen in den Augen. Es ist unglaublich. Ivan hatte nie Probleme damit, irgendwelche Mädels aufzugabeln. Er war groß, witzig, sah gut aus, viel besser als ich. Ich habe ihn angebetet. Was zum Teufel ist mit ihm passiert? Wie konnte der Bruder, der mich mein Leben lang beschützt hat, mir so etwas antun?

Aber Ivan hat es nicht mir angetan. Sondern Amy. *Sie* hat er vergewaltigt. Während ich mir keine zwanzig Meter entfernt die Kante gegeben habe. Wie sollte sie mir je verzeihen können? Marko war derjenige, der sie getröstet hat, der sie nach Hause gefahren hat, der ihr gesagt hat, sie solle mit niemandem darüber reden. Er werde sich darum kümmern …

Ich will Marko das Genick brechen. Ich will den Dreckskerl in den Arm nehmen, weil er da war, als Amy ihn brauchte. Und mein Gott, diese Geschichte, dass er zusehen musste, wie seine Mutter vergewaltigt wurde, wie seine Schwester zu Tode vergewaltigt wurde, wie seine ganze Familie ermordet wurde. Was für eine grausige Erinnerung, die er mit sich herumschleppen muss. Sie muss ihn von innen auffressen wie Krebs.

Ich hatte keine Ahnung. Ich weiß noch, dass Dad zu Beginn des Kriegs wie ein Pulverfass war und wir auf Zehenspitzen um ihn herumschleichen mussten. Ich war elf, als Mum uns gesagt hat, Dad hätte seinen großen Bruder Miroslav im Krieg verloren. Aber niemand sprach darüber, nicht über die genaueren Umstände. Ich weiß noch, dass ich gefragt habe, ob Marko kommen und bei uns wohnen würde. Aber Marko blieb dort und wollte kämpfen. Die nächsten fünf Jahre lang. Ich war erleichtert, denn ich wollte Ivan nicht mit Marko teilen. Was für ein egoistischer Idiot ich war. Und immer noch bin.

Marko hat nie mit mir über den Krieg gesprochen, auch Dad nicht. Das Thema ist tabu. Von der brutalen Realität dieses Krieges habe ich nie etwas mitgekriegt. Kein Wunder, dass sie beide die Serben hassen.

Nach Ivans Tod war ich verwirrt, habe mich im Kreis gedreht. Erst jetzt kann ich die Puzzleteile zusammenfügen. Mum, die Marko überreden musste, zu uns zum Essen zu kommen. Welche Schuldgefühle muss er gehabt haben, wenn er ihr in die Augen geschaut hat? All diese Momente, in denen ich keinen Schimmer hatte, was in ihm vorging, in denen ich aus seiner Miene nicht schlau wurde.

Amy, die abwesend wirkte und keinen Sex wollte. Die wütend wurde, als sie erfuhr, dass ich Rache für Ivan geschworen hatte. Ich dachte, sie hätte einfach Angst, dabei ist sie eine kämpferische Frau, die zum Schweigen gezwungen war. Sie muss begriffen haben, dass Ivan nicht der letzte Tote gewesen wäre, wenn sie nach dem Mord an ihm ihr Schweigen gebrochen hätte. Ich hätte Marko umgebracht. Ich säße jetzt im Gefängnis. Sie hat mich die ganze Zeit beschützt, wo ich doch sie hätte beschützen sollen. Ich schäme mich furchtbar.

Jetzt verstehe ich auch Markos Bereitschaft, seine Remington 700 zu tauschen. Er muss sich ausgerechnet haben, dass Slaters Männer dadurch mit Ivans Tod in Verbindung gebracht werden konnten und dass es das Risiko wert war.

Aber hat er auch die Möglichkeit einkalkuliert, dass ich von MacPherson erfahre, dass Ivan mit dem Gewehr erschossen wurde? Wollte Marko, dass ich es erfahre?

Ich reibe mir die Augen. Was soll ich tun? Ich habe versprochen, Ivans Tod zu rächen. Rache! Als wäre ich eine Art Superheld. Was für ein beschissener Witz. Ich fühlte mich gezwungen, Stellung zu beziehen, um meinen Vater nicht vor unseren Männern bloßzustellen. Während Marko die ganze Zeit wusste, wer den tödlichen Schuss abgegeben hatte. Verdammte Scheiße.

Soll ich also einfach hier liegen bleiben und heulen? Oder MacPherson anrufen und sagen, was wirklich passiert ist? Oder zu Marko fahren und ihn erschießen? Oder alles Dad erzählen, damit er sich darum kümmert?

Vielleicht sollte ich zur Abwechslung Amy fragen, was sie will?

Ich stehe auf, mit zwei Schritten bin ich wieder am Fenster. Die ersten dicken Regentropfen fallen auf die heiße Erde. Es riecht nach Kindheit. Ich hocke mich auf die Fensterbank, ziehe den Kopf ein, schwinge die Beine hinaus und lande im Garten. Als ich unter dem Dachvorsprung hervortrete, stehe ich im Regen, der jetzt kräftiger fällt, anscheinend hat er es eilig, den Boden zu wässern.

Ich lege den Kopf in den Nacken, sehe zum Himmel und flehe wortlos um Antworten. Als mir der Regen übers Gesicht läuft, mir warm und schwer das Hemd durchtränkt, überkommt mich ein Gefühl der Ruhe.

Plötzlich sehe ich alles überraschend klar. Ich begreife endlich, dass Amy von Anfang an recht gehabt hat: Am allerwichtigsten ist mir, sie und Sasha hier rauszuholen und woanders ein neues Leben anzufangen. Es liegt an mir, diesen Traum Realität werden zu lassen. Wenn Amy einverstanden ist, brechen wir nach Weihnachten auf. Und ich habe keinen Zweifel, dass Amy einverstanden ist.

Ich kann das Geheimnis meines Bruders bewahren. Ivan hat mit seinem Leben bezahlt.

Ich könnte Marko etwas antun, aber wozu? Marko war Scharfschütze in einem schmutzigen Krieg. Er hat mit ansehen müssen, wie seine Mutter und sein Vater erschossen und seine Schwester von mehreren Männern zu Tode vergewaltigt wurde. Er wird sich bis zum Ende seines Lebens mit Schuldgefühlen plagen. Als Marko seinen besten Freund getötet hat, hat er die verlorene Ehre seiner Schwester und Amys gerächt.

Hier im Regen zwischen dem Haus und dem Zaun zum Nachbargrundstück wird mir klar, dass ich akzeptieren muss, dass Menschen manchmal zu Dingen getrieben werden, die sie nicht begreifen, und zwar aus Motiven, die sie nicht sehen wollen. Ivan ist in einem Haus aufgewachsen, in dem Gewalt die Lösung für alle Probleme war. Oft genug hat er mich davor beschützt. Ist also letztlich Dad an allem schuld? Ich habe die Eltern meines Vaters nie kennengelernt, aber Dads Geschichten aus seiner Kindheit in der alten Heimat waren angsteinflößend und grausam.

Ich weiß, dass auch ich auf Gewalt programmiert bin. Ich habe einen Mann aus seinem Haus entführt und ihm gedroht, ihn zu verbrennen. Letztlich bin ich verantwortlich für seinen Tod. Ich weiß, dass der Schmerz und die Reue, die ich bisher unterdrückt habe, mich irgendwann einholen werden. Und dann Ink Slater. Ich will nie wieder einem Menschen das Leben nehmen.

Ich habe jetzt knapp zwei Millionen Dollar Startkapital, meine Feinde sitzen hinter Gittern, unsere Männer sind frei. Jeder Einzelne aus der Truppe hat die Chance, sich für etwas Neues zu entscheiden.

Der Regen hört so abrupt auf, wie er begonnen hat. Das Gewitter ist weitergezogen.

Wir alle sind in mehr oder weniger großem Umfang das

Produkt unserer Vergangenheit. Aber wir können Entscheidungen für unsere Zukunft treffen. Ich will eine andere Zukunft.

Ivan ist tot, aber Amy und Sasha leben. Ich muss sie hier herausholen, damit Sasha nie lernen muss, eine Waffe zu benutzen.

AMY Branka hat nicht verstanden, warum ich nicht sofort in Ivans Hause ziehen wollte.

»Ich mache Bett. Ist alles fertig für euch. Du kannst lassen Sasha bei mir, wenn du willst.«

Sasha ist seit der Entführung ziemlich anhänglich, ich glaube nicht, dass ich ihn in nächster Zeit bei anderen Leuten lassen werde. Und ganz sicher setze ich keinen Fuß in Ivans Haus, geschweige denn, dass ich mich in sein Bett lege. Schon beim Gedanken daran muss ich würgen. Johnny begreift es sofort.

»Wir müssen mal raus«, erklärt er. »Wir fahren in die Stadt. Wir brauchen im Moment nicht aufs Geld zu achten.«

Über Airbnb finde ich eine Dreizimmerwohnung am Ende der Macquarie Street, die ich bis zum ersten Januar buche, in der Nähe der Oper. Wir feiern Weihnachten und Silvester mit Blick auf den Hafen von Sydney.

Praktischerweise hat Ink Slater meine Autoschlüssel in die Handtasche gesteckt. Nachdem ich bei meinen Eltern unsere Koffer abgeholt habe, fahren wir mit dem Mini in die Stadt. Wenigstens haben Sasha und ich jetzt frische Kleidung, für Johnny kann ich etwas besorgen, sobald wir in der Stadt sind.

Wir erreichen die Macquarie Street in der Abenddämmerung. Über unseren Köpfen segeln Fledermäuse. Wir spazieren durch den Park am Ufer, Sasha geht in der Mitte und hält unsere Hände, als könnte er uns dadurch wieder zusammenschweißen. Beim Essen in einem Thai-Restaurant tun Johnny und ich so, als wäre alles wie immer – um unseres Sohnes willen.

Als wir ihn endlich – in seinem eigenen Zimmer – ins Bett gebracht haben, gehen wir hinaus auf den Balkon. Die Brücke ist erleuchtet wie eine riesige Weihnachtsdekoration. Am Circular Quay herrscht ein reges Kommen und Gehen von Fähren und Tragflächenbooten. Direkt vor uns sehe ich das Opernhaus aus einer ganz neuen Perspektive. Die unglaublichen Rundungen seiner Fassade sind hell angestrahlt, es sieht aus, als wollte es flüchten oder einfach davonsegeln. Die vom Hafen herüberwehende Luft ist salzig. Rechts von mir tanzen die Lichter der am Hafen liegenden Vorstädte auf dem Wasser.

»Es muss toll sein, hier zu wohnen. Oder in einer der Villen am Ufer«, sagt Johnny. Er reicht mir ein Glas Rosé und trinkt einen Schluck von seinem Bier.

»Das können wir uns nicht leisten, stimmt's?«

»Heißt das, du willst immer noch in den Norden ziehen, Ames?«

»Habe ich denn die Wahl?« Unsere Blicke begegnen sich.

»Du entscheidest, wie es weitergeht. Was möchtest du?«

»Ruhe und Frieden.« Seufzend hebe ich das Glas.

»Ruhe und Frieden.« Er stößt mit der Bierflasche an meinem Weinglas an.

»Und keine Novaks in der Nachbarschaft«, fahre ich fort, wo ich einmal dabei bin. »Keine Biker oder irgendwelche anderen Gangs. Keine Verbrechen mehr. Du musst dir einen ehrlichen Job suchen.« Ich mustere ihn und versuche festzustellen, ob er begriffen hat, wie ernst es mir ist.

»Also gut. Ich glaube, ich bin bereit. Die Nordküste?«

»Ja, das dürfte weit genug weg sein.«

Wir reden bis spät in die Nacht. Johnny lässt mich alles noch einmal erzählen, dann beschließen wir, es dabei bewenden zu lassen. Die düstere Nacht, in der Ivan mich vergewaltigt hat, ist zwischen uns kein Geheimnis mehr, nichts, das ich verbergen müsste. Aber der Schmerz ist noch da. Johnny sagt, er begreift es, aber das ist nicht wahr. Wie könnte er? Er hat mit seinen eigenen Dämonen zu tun.

Ohne uns zu berühren liegen wir nebeneinander und lassen uns von den Geräuschen des Hafens in den Schlaf wiegen.

JOHNNY Ich schaue mich im Lagerhaus um, mir wird klar, dass ich diese großen hässlichen Männer vermissen werde. Dad sitzt an einem Kartentisch. Josef reicht ihm graue Einkaufstüten voller Bargeld. Nacheinander treten die Männer vor und nehmen jeweils eine Tüte mit ihrem Anteil in Empfang. Dad verteilt das Geld wie ein König. Der König der Kroaten. Unwillkürlich muss ich grinsen. Scheiße, ja, ich werde das alles ziemlich vermissen.

Bierflaschen machen die Runde, langsam fühlt es sich an wie eine Party. Anto trägt den Arm noch in der Schlinge, scheint ansonsten aber wieder auf dem Damm zu sein. Er macht es sich auf dem Sofa bequem, in der unverletzten Hand ein Bier, die Einkaufstüte auf dem Schoß.

Als alle ihr Geld bekommen haben, steht Dad auf und räuspert sich. Es klingt nach einem hustenden Elefanten. Die Männer verstummen und drehen sich zu ihrem Boss um.

»Seid alle vorsichtig. Kein neues Auto, kein neues Boot. Seid nicht dumme Idioten. Okay?« Dad starrt finster in jedes einzelne Gesicht, bis er sich mir zuwendet.

»War Plan von Johnny. War guter Plan. Seine Amy und Sasha entführt, aber er bringt nach Hause. Sein Haus verbrannt, aber er kann bauen neues. Normales Haus. Nicht dummes, großes Haus. Ink Slater ist tot, Zwillinge in Knast für lange Zeit. Andere Biker? Laufen weg. Ist gut. Ich sage danke zu mein Sohn.« Dad hebt die Flasche und nimmt Platz, während alle applaudieren.

Das ist meine Gelegenheit, ein besserer Zeitpunkt wird nicht kommen, also stehe ich auf und warte, bis es ruhig wird.

»Danke, Dad. Das war ein ziemliches Abenteuer, stimmt's?«

»Besser als Achterbahn, Mann«, sagt Bigsie, und alle lachen.

»Ich hab euch versprochen, dass ich Ivans Mörder finde. Ink Slater hat es abgestritten, aber die Polizei hat bei ihm die Waffe gefunden, mit der Ivan erschossen wurde. Ich denke, wir haben den Richtigen erwischt.«

Wieder erhebt sich Applaus. Ich achte darauf, Marko nicht anzusehen, ich kann nur hoffen, dass Dad es sich niemals zusammenreimt.

»Ich habe viel nachgedacht«, fahre ich fort. »Ich schätze, wir alle haben jetzt, mit so viel Geld, ein paar Möglichkeiten, die wir vorher nicht hatten. Geld eröffnet Möglichkeiten, stimmt's?« Alle nicken, sogar mein Vater neigt leicht den Kopf.

»Ich habe mit Amy gesprochen. Wir haben uns entschieden, an die Nordküste zu ziehen. Wir versuchen es in einem hübschen Städtchen namens Hallows Town, südlich von Byron. Mal sehen, ob es uns gefällt. Ich werde eine Sicherheitsfirma aufbauen und Alarmanlagen installieren.«

»Damit du später noch mal zurückkommen und problemlos einsteigen kannst?«, fragt Stump mit einem verwirrten Stirnrunzeln.

»Nein, ernsthaft. Ich hab mir gedacht, wenn nicht ich die Leute vor Kriminellen wie uns schützen kann, wer dann?«

Einen Moment lang sind alle still. Glauben sie, ich will sie auf den Arm nehmen? Oder überlegen sie noch, ob sie sich durch die Bezeichnung »Kriminelle« beleidigt fühlen sollen? Eher unwahrscheinlich.

»Meinst du, du könntest Hilfe gebrauchen?«, fragt Anto.

»Ich will raus. Ich hab genug. Keiner soll mehr auf mich schießen. Lexy und ich haben darüber geredet, aus Sydney zu verschwinden. Wir haben unsere Hochzeitsreise an die Nordküste gemacht. Verdammt großartig da oben.«

»Warum nicht?« Bei dem Gedanken, dass Anto und Lexy mitkommen könnten, grinse ich breit. »Toll. Amy wäre sicher begeistert, wenn Lexy in der Nähe ist.«

»Ich gehe nirgendwohin. Sydney ist mein Zuhause«, sagt Baz, als hätte jemand von ihm verlangt, ebenfalls zu verschwinden.

Ich schaue zu Dad hinüber, frage mich, was sich hinter seiner breiten Stirn abspielt.

Er steht wieder auf, alle schweigen wie auf Kommando.

»Ist keine gute Idee.« Seine Miene wirkt teilnahmslos. Ich weiß nicht, was jetzt kommt, bin aber gespannt auf meine körperliche Reaktion. Und siehe da, es gibt keine. Vielleicht ist mir nicht mehr so wichtig, was mein Vater denkt.

»Wer kümmert um Fischläden?«, fragt er und zielt damit direkt auf meine schwache Stelle. Er weiß, dass ich immer versucht habe, diese Familien zu beschützen.

»Ich bezahle, was sie dir schulden.« Ich reiche ihm einen dünnen Hefter, er setzt sich hin und schlägt ihn auf. Eine einzige Seite, zehn Namen und zehn Kreditbeträge, alle unter zwanzigtausend Dollar, aber von den Löhnen, die wir ihnen zahlen, unmöglich zu tilgen. Insgesamt sind es 157 570 Dollar. Ich reiche ihm das Geld in einer braunen Papiertüte. »Sie können weiter unsere Mieter bleiben, in unseren Läden arbeiten und von dem leben, was nach Abzug der Miete von ihrem Lohn übrigbleibt. Aber wenn sie etwas anderes wollen, musst du sie lassen. Okay, Dad?«

Er sieht stinksauer aus, aber dann verzieht er den Mund zu einem widerwilligen Lächeln. »Wenn sie wollen, ich lasse sie gehen. Okay. Du hast noch mehr Überraschungen für mich, Sohn?«

»Ich hab Blocker in die Buchhaltung eingearbeitet. Er ist auch Legastheniker, da hab ich gedacht, er ist der richtige Mann.« Blocker grinst in die überraschten Gesichter, die sich ihm zuwenden. »Und wie es aussieht, hatte ich recht. Aber ich werde in den nächsten Monaten, bis er sich sicher fühlt, noch ein Auge darauf haben.«

»Dein Plan gefällt mir nicht«, sagt Dad und zuckt die Achseln. »Aber ist dein Plan, mein Sohn. Also ist Plan vielleicht besser, als ich glaube.« Für seine Verhältnisse ist das ein gewaltiges Zugeständnis, er wirkt selbst ein bisschen überrascht.

Meine Verblüffung muss unübersehbar sein, denn Dad beginnt zu lachen. Ein seltener, wilder Klang und ansteckend. Ich muss grinsen.

»Keine Angst, Johnny. Ich nicht komme und stehle von deine Kunden. Ich habe Geld genug.«

Marko mustert mich. Seine Miene wirkt lässig, aber die Schultern sind angespannt. In seinen traurigen braunen Augen steht eine Frage. Dies ist meine letzte Gelegenheit, ihn vor den anderen bloßzustellen.

»Ich möchte euch allen danken, dass ihr geholfen habt, meine Familie zu beschützen.« Bei diesem Satz wende ich mich Marko direkt zu, ich schätze, seine Frage ist beantwortet.

»*Živjeli,* Johnny! *Živjeli,* Anto! *Živjeli!*« Die Männer trinken auf unsere Gesundheit.

Wenn meine ehemaligen Nachbarn Doug und Kerry einverstanden sind, wird Flynn am Weihnachtsmorgen einen goldenen Labradorwelpen vorfinden. Ich habe mich vergewissert, dass es Granny Slater gut geht, auch Mum besucht sie hin und wieder. Ich habe das Gefühl, meine Verpflichtungen erfüllt zu haben und gehen zu dürfen. Endlich entspanne ich mich. Ich proste den anderen zu.

AMY Der Blick vom Balkon ist postkartenreif – der weite blaue Ozean, die Sonne überzieht den Surfclub und die Häuser am Strand mit einem orangefarbenen Glanz.

Johnny steht an seinem neuen Grill, auf dem Schweinekoteletts und *Ćevapčići* brutzeln. Branka ist in der Küche und führt Lexy in die Kunst ein, eine kroatische *Blitva* zuzubereiten, im Gegensatz zur serbischen *Blitva*. Für mich sieht beides nach reichlich Mangold und Kartoffeln aus.

Als ich den Kopf zum Wasser drehe, merke ich, dass Johnny mich ansieht und die Bierflasche hebt. Lächelnd breite ich die Arme zu einer alles umfassenden Geste aus. Ich kann immer noch nicht glauben, dass diese Aussicht jetzt mir gehört. Wir haben uns auf den ersten Blick in dieses Haus verliebt und es auf der Stelle gekauft, das ist jetzt zwei Monate her. Ich fühle mich schon zu Hause.

Sasha hat immer noch Albträume. Ich auch.

Ich musste mich zwingen, als ich zum ersten Mal nach der Vergewaltigung mit Johnny geschlafen habe. Die Erinnerung an seinen auf mir liegenden Bruder aus dem Kopf zu bekommen, war schwierig, aber es wird von Mal zu Mal leichter. Ich beginne zu heilen. Wir alle heilen.

Johnny wendet die Würstchen noch einmal, dann stellt er sich zu mir, wir schauen in unseren Vorgarten hinunter: ringsum roter und rosafarbener Hibiskus in voller Blüte, Palmen, deren Wedel sich in der angenehm kühlen Meeresbrise wiegen. Milan sitzt im Schatten einer großen alten Frangipani, der Rasen um ihn herum ist von einem Teppich aus gelben und weißen Blumen überzogen. Er und Branka sind für eine Woche auf Besuch hier. Als wir gestern durch die Stadt gefahren sind, habe ich bemerkt, wie interessiert Branka die Schaufenster der Immobilienmakler gemustert hat. Bitte, Gott, nein. Vielleicht ein Ferienhaus, okay, aber wenn sie hier oben ihren Ruhestand genießen wollen, raste ich aus, mindestens. Lexy und Anto haben sich ein Haus drei Blocks entfernt gekauft, worüber ich mich trotz aller gebotenen Vorsicht freue.

Ich bin gespannt, ob Johnny ohne den Adrenalinrausch seiner alten Arbeit zurechtkommt und ein ganz normales Leben führen kann.

Milan raucht eine Selbstgedrehte. Die Stiefel fest ins Gras gedrückt, eine Bierflasche neben sich auf der Bank, schaut er einem heroischen Fußballspiel zu. Anto macht einen großen Satz, kann den Ball aber nicht schnappen, sodass Sasha den nächsten Treffer erzielt, mitten rein in das Tor, das Johnny gestern aufgebaut hat. Mein wunderbarer Junge springt herum, als wäre er gerade Weltmeister geworden, seine blonden Haare glänzen golden in der untergehenden Sonne.

Johnny stellt sich hinter mich, küsst mich in den Nacken und legt eine Visitenkarte auf das Balkongeländer direkt vor mir.

NOVAK UND SOHN
SICHERHEITSSYSTEME.
Jeder Auftrag ist willkommen.

Novak und Sohn, hm? Ich habe es ihm noch nicht gesagt.

Ich ziehe seine Hand auf meinen Bauch und frage mich, ob ein Junge oder ein Mädchen in mir heranwächst.

JOHNNY Meine Arme liegen um Amy, ich habe das Gesicht in ihren Haaren vergraben. Da spüre ich, wie das Handy in der hinteren Tasche meiner Boardshorts vibriert. Langsam gehe ich zurück zum Grill, nehme das Telefon in die Hand. Antonio Fazzini. Was will er von mir?

»Johnny?« Eine Reibeisenstimme in meinem Ohr.

»Ja.« Ich nenne seinen Namen nicht. Ich will mein altes Leben nicht auf diesem Balkon haben.

»Ich habe gute und schlechte Neuigkeiten. Wir haben das Problem aus dem Weg geschafft, über das wir beim Essen im Haus deines Dads gesprochen haben.«

»Okay ...« Bloß keine Geständnisse am Telefon.

»Aber an die Zwillinge kommen wir nicht ran. Die Bullen halten sie in Schutzhaft, bis nach dem Prozess. Sie wissen, dass sie sich ein paar ernstzunehmende Feinde gemacht haben, also sagen sie kein Wort. Aber egal, früher oder später kümmern wir uns um sie. Kein Problem.«

»Okay«, sage ich wieder. Ich habe das unangenehme Gefühl, dass jetzt die schlechten Nachrichten kommen.

Fazzini hustet einmal, dann fährt er fort.

»Du weißt wahrscheinlich, dass Ink Slater einen jüngeren Bruder hatte. Jackson. Ich hab gehört, er durfte die Hyde-Zwillinge besuchen, weil er bei den Spezialkräften ist und eine Art Kriegsheld. Er ist frisch zurück aus Afghanistan. Er weiß, was mit seinem Bruder passiert ist. Dieses Stück Scheiße hat den Tod verdient, aber du weißt ja, wie es in Familien läuft. Es heißt, er sucht Amy und dich. Ich dachte, das solltest du lieber wissen.«

Ich beende den Anruf und betrachte meine wunderschöne Frau, wie sie hinaus aufs Meer schaut.

DANKSAGUNGEN

Dies ist mein erstes Buch, und die Reise bis zur Publikation war abenteuerlich.

Danke an Alice Lutyens, meine Agentin in London. Du bist ein Star. Danke, dass du an dieses Buch geglaubt und mich so geschickt durch unerforschte Gewässer navigiert hast. Danke an Pippa, meine Agentin in Sydney: Toller Job, du bist ein echter Schatz. Danke an Anna, Jack, Katie, Sophia, Caitlyn, Ali und alle bei Curtis Brown, die so hart gearbeitet haben, um mich an diesen Punkt zu bringen. Danke an David Forrer von Inkwell Management in New York, der sich auf mein Buch eingelassen hast.

Danke an Penny Hueston, meine wahnsinnig talentierte Lektorin bei Text Publishing. Du warst immer geduldig und hast mir so viel beigebracht. Danke meinem liebenswürdigen Verleger Michael Heyward für das Vertrauen. Danke Stef, Kate, Shalini, Lara, Jamila, Emily B, Emily M, Imogen, Julia und allen beim Verlag, weil ihr alles gegeben habt, um dieses Buch in die Läden und online zu bringen.

Ohne den First-Draft-Onlinekurs beim Writers' Studio in Sydney und seinen unbezahlbaren Leiter Zahid Gamieldien würde ich immer noch ziellos herumexperimentieren. Dir verdankt Johnny sein Leben, Zahid. Solltest du mal einen kräftigen Mann mit einer Pistole brauchen, ist er für dich da, obwohl Amy vielleicht die größere Hilfe wäre.

Der sechsmonatige Onlinekurs bei Curtis Brown Creative war unvergesslich und für meine weitere Laufbahn als Schriftstellerin, falls es wirklich dazu kommen sollte, ganz entscheidend. Von meinen »September Tribe«-Kursgenossen habe ich Motivation, kritische Gedanken, Inspiration und scheinbar unerschöpflichen Enthusiasmus bekommen. Emma, Veena, Paul und Tina, ich trage euch im Herzen. Unsere Tutorin, die furchteinflößende/wunderbare Lisa O'Donnell, hat mich angetrieben, weiter zu gehen, als ich wollte, aber genau das habe ich gebraucht. Danke.

Rufus Purdy, deine Bestätigung und die redaktionellen Hinweise von Write Here haben mich in die Spur gebracht und mir geholfen, Alice zu beeindrucken. Ihr habt einen wichtigen Beitrag zu meiner Zukunft geleistet.

Danke an Marina Nestoriadis für die Durchsicht des Manuskripts. Dein Feedback war unschätzbar wertvoll.

Charlie Tyler und Robbie Glen, euch zu finden war ein großes Geschenk. Danke, dass ihr mir eure Namen geborgt habt und mit mir die Wellen geritten seid. Ihr sorgt dafür, dass ich bei Verstand bleibe. Ihr beide seid derart talentierte Autoren, ich freue mich auf die Bücher, die ich noch von euch lesen werde.

Danke Marilyn Peck und Colin Peck, meinen lieben Eltern. Euer unermüdlicher Zuspruch war immer meine größte Kraftquelle.

Sharon Elliott Dunne, dein Glaube ist der Wind in meinen Segeln. Maz Farrelly, meine Freundin, Trainerin und Cheerleaderin, ich danke dir.

Danke den Denton-, Pensa-, Cetnic- und Protic-Clans, dass ihr mir die Augen geöffnet und mich in die niemals langweilige Welt der Australier kroatischen Ursprungs aufgenommen habt.

In Erinnerung an Barry »Baz« Badur, unseren zu früh verstorbenen verrückten Kroaten.

Zum guten Schluss danke ich Stan Denton. Meinem Ehemann und idealen Leser, meiner Inspirationsquelle. Dem Mann, den ich immer lieben werde und den ich zu unterhalten versuche. Danke für deine Geduld und Unterstützung, und dass du mich immer zum Schreiben nach oben schickst.